中国古典小说丛书

[清] 佚名 著

大八义

▼ 上册

江西美术出版社

全国百佳出版单位

图书在版编目（CIP）数据

大八义：全2册／（清）佚名著. -- 南昌：江西
美术出版社，2018.10（2020.5重印）
ISBN 978-7-5480-6169-4

Ⅰ.①大…Ⅱ.①佚…Ⅲ.①侠义小说－中国－清代
Ⅳ.①I242.4

中国版本图书馆CIP数据核字（2018）第139067号

出 品 人：周建森
企　　划：北京江美长风文化传播有限公司
责任编辑：楚天顺　康紫苏
责任印制：谭　勋

大八义（全2册）

DABAYI（QUAN 2 CE）

（清）佚名　著

出　　版：江西美术出版社
地　　址：江西省南昌市子安路66号
网　　址：www.jxfinearts.com
电子信箱：jxms163@163.com
电　　话：010-82093808　0791-86566274
邮　　编：330025
经　　销：全国新华书店
印　　刷：北京长宁印刷有限公司天津分公司
版　　次：2018年10月第1版
印　　次：2020年5月第2次印刷
开　　本：690mm×960mm　　1/16
印　　张：43.25
ISBN 978-7-5480-6169-4
定　　价：100.00元

"中国古典小说丛书"出版说明

所谓"古典小说"云者，其义有二焉：一曰，但凡古代之小说，皆可谓之"古典小说"；一曰，但凡技法未受泰西影响之小说，亦可谓之"古典小说"。然此特就今人之观念言之耳。

揆诸坟典，"小说"一词，出自《庄子·外物篇》，其言曰："饰小说以干县令，其于大达亦远矣。"由此观之，庄子所谓"小说"，不过琐屑之言，以其无关道术，故以小说名之耳。

炎汉成、哀之世，刘向、刘歆父子典校秘书，检讨百家学说，取桓谭《新论》"小说家合丛残小语，近取譬论，以作短书，治身治家，有可观之辞"之意，把《伊尹说》《鬻子说》诸书，归为"小说家"之书，而《汉书·艺文志》（以下简称《汉志》）继之。夷考其说，"小说家者流，盖出于稗官，街谈巷语，道听途说者之所造也"（语出《汉志》），此亦非后世之小说也。

唐修《隋书》，其《经籍志》立论本诸《汉志》，以小说为"街谈巷语之说"（《隋书·经籍志》语）。当此之时，小说之名虽同，而其类目稍广，举凡《燕丹子》《世说》《迩说》之属，皆可入诸小说名下。

后晋修《唐书》，其《经籍志》立论与《隋志》无异，以《博物志》隶小说，此为"神异志怪之书"入小说之始。

天水一朝，欧阳文忠公撰《新唐书·艺文志》（以下简称《新唐志》），以《列异传》《甄异传》《续齐谐记》《感应传》《旌异记》等"史部·杂传类"之书移于"小说类"。至是，小说之部类日梦。

及元脱脱修《宋史》，《艺文志·小说类》承《新唐志》之旧而增广之。

明胡应麟以小说繁夥，派别滋多，于是综核大凡，分小说为六类：一曰"志怪"，一曰"传奇"，一曰"杂录"，一曰"丛谈"，一曰"辩订"，一曰"箴规"。至此，小说一类已蔚为大观，脱《汉志》"街谈巷语"之成规。

清修"四库"，《总目提要》（以下简称《提要》）别小说为三派，"其一叙述杂事……其一记录异闻……其一缀辑琐语"，而又损益之。考诸《提要》，则损益可知：一曰，进"丛谈""辩订""箴规"为"杂家"；一曰，隶《山海经》《穆天子传》诸书于小说。小说范围，至是乃稍整洁矣。其分目虽殊，而论述则袭诸旧志。

曩者宋元明清之史志，难觅"平话""演义"之书，此特士夫习气，鄙其为末流所使然也。史家成见，一至于斯。今人刻书，自当脱古人窠臼。

说部诸书，以文体分，有"白话""文言"之别；以体裁分，有"话本""传奇""演义"之别；以内容分，有"佳话""世情""侠义""家将""神魔"之别。细玩其文，既有劝世之良言，亦有"诲淫诲盗"之糟粕，而抉择去取，转成读说部书之第一要务。以此之故，编者特于说部诸书择其精者，辑之而为"中国古典小说丛书"，凡百余种。

然说部之书浩如烟海，其精者又何限于区区百十之数？此次出版，难免遗珠之憾。然能俾读者因之而省择取之劳，进而得窥说部精要，示人以津梁，则尚不违出版"中国古典小说丛书"之初心。

说部之书，多出自书坊，脱误错乱，在所难免，故于"取其精华，去其糟粕"外，尚需广施校雠，始得成其为可读之书。以此之故，编者多方搜罗以定底本，精排其版以美其观，躬自校雠以正讹误，然后付诸枣梨，装订成书，以飨读者。

限于编者学力有限，书中疏漏之处，在所难免，尚祈广大方家、读者诸君不吝批评斧正。凡能指出书中一二谬误者，皆为吾师，吾人不胜感激之至。

戊戌仲夏上浣，邵鹏军序于丰台晓月里

目　录

第一回

左云鹏恩收八弟子　赵华阳私访霸王馆

话说炎宋义，赵匡胤坐了天下，改国号为大宋，是为宋太祖。那时天下太平，万民乐业，传至太宗。此时有二次回朝的老臣神算军师苗光义，袖内乾坤算得准确，早已测及将来传至八代之时，若是暴病驾崩，此地便不能建都。后来太宗垂问："那时可上哪里去？"苗军师跪奏："臣已然觅好建都之地。"太宗忙问何处，军师说："临安最好。"后传至神宗、仁宗、哲宗、英宗、道宗、徽宗、钦宗；到了徽、钦二宗被掠北国，果然迁都临安。徽宗时代，朝中有一臣，姓赵名会，官拜左班丞相，年迈辞官，告老还家。徽宗乃是有道明君，弟名赵昆赵毓淼，官拜八主贤王。赵会跪奏："臣因年迈，无力国事，恳请赦免残躯，回乡休养。左丞相之事，拜求八主贤王替代。"徽宗允奏，赏食全俸，带职还家。

赵会得旨谢恩，收拾细软，雇骡驮轿车，回江南会稽县北门外赵家庄。走在途中，面前有座大山，一棒锣声，跑下一支人马，立时将道路给横啦，吓得赵会颜色更变。少时从山中跑出一匹马，那山寇身高顶丈，胸厚膀宽，面如锅底，抹子眉下环眼努出眶外，大鼻头，翻鼻孔，火盆口，唇不包齿，七颠八倒，四个大虎牙呲出唇外；连鬓络腮须子，似钢针铁线，大耳相衬，非常凶恶。头戴青布软巾，青布靠袄，月白布的护领。黄绒缎十字绊，青布中衣，登山洒鞋筒被袜子，青布裹腿，外罩一件青布的大氅上绣花架，怀中抱着锯齿狼牙刀，说声："孩子们把马接去！"下马一捏嘴唇，哨子一响，又从山里跑出一片人，高矮胖瘦，老少丑俊不等，手拿各样军刀，在山口半出半入，止住脚步。黑脸大汉念道："不怕王法不怕天，也要女眷也要钱；驾登九五从此过，留下人钱放回还。牙崩半个说不字，英雄刀下染黄泉！"赵会家人赵顺上前说："山主何事，容我报告主人。金银任您自取，不过我家主人年迈，并无少妇长女。"山寇哇呀呀怪叫。赵顺忙来见主人，禀报此事。

正在危急，忽见山北一老者口念："无量佛，胆大强徒，敢断道劫人！待贫道下去，叫你知晓剑法厉害！"山寇知道此人，叫声："走吧，剑客爷来啦！"头一个跑进山口，兵丁一齐跑散。原来此山名叫黑蟒山，枭聚许多山贼草寇，全是莲花党人。大寨主赛太岁马彪，二寨主双刀将马豹，三寨主金枪将张文奎，手下有喽啰兵千名以上，专在各处断道劫人。今天下山，巧遇剑客左云鹏金针道长。赵会在朝为官，吃斋念佛，广行善事，生有一子赵庭；今日回乡，不想途遇山贼，得有贵客来救。老家人赵顺拜谢，并问此山何名。老者道："此乃黑蟒山，是一股背道。你们怎会走到这里？今天多亏遇见剑客爷，不然那还了得！"赵顺问："剑客爷贵姓高名？"老者说："无名氏。"说完走去。他们回到会稽县西门外赵家庄，老夫妻抚养赵庭。这年家中着了把天火，虽没伤人，也烧了个片瓦无存，只好移居北院。赵会一想，这是自己行善事所赶，令人取过文房四宝，写了四个大字："僧道无缘。"大门紧闭，在家隐居将有半年。

一日，门前敲打木鱼梆梆山响。老家人赵顺在门房只当没听见。赵会一听，叫过老家人问："你可听见外面有人么？"赵顺说："奴才不知。"赵会说："外边有出家人化募，你问他识字不识，墙上没写着吗？叫他上别处去吧！"赵顺到外面一看，有个老道在蒲团上盘膝打坐，面前放着木鱼；到了切近，却听不见木鱼的声音。老道面如三秋古月，慈眉善目，准头端正，四字海口，三绺墨髯，头戴九梁道冠，身穿道袍，上绣八卦，肩担日月，真有些仙风道骨！赵顺问："这位道爷不识字吗？"老道口念："无量佛，善哉善哉！施主，贫道我倒认字。"赵顺说："既然认字，上边明白写着'僧道无缘'，您改门去化吧。"老道说："施主是贵家主人？"赵顺说："不是，我是管家。"老道说："原来是管家。请您回禀，我一不化房屋地产，二不化柴米，三不化砖瓦，四不化木料。"赵顺问："那您化什么？"老道说："就化后宅那位公子爷。"老家人忙说："快走吧！我家员外斋僧布道，修下一子，名唤赵庭，千顷一苗。"道爷说："您往里回禀，说我不带走，白天修文，夜间习武，给赵氏门中增光耀祖。"赵顺说："道爷少等，待我回禀。"转身进去回禀："门外果是道爷化缘。"将所说之言述说一遍。主仆出门去看，果然气度不凡，有点仙风道骨。老道随员外进来，同到书房落座。赵会问："方才听说道爷的意思，但不知怎么传法，是将我儿带走，还是住在这里传艺？"老道说："在府传艺。但须应我三件大事。"赵会说："哪三件大事？说说我听。"老道说："头一件是我徒弟三年内不准父子相见，不跟你们过话；第二件是许我不教，不许不学；第三件是您找个厨子，干净利落，知书识字，单在我们一处，不许跟我们过话。我们用什么，写单子叫您预备。"赵会说："道爷不用教啦！不用说三年，我那拙荆一天不见都不行！"老道说："金打佛口出，是我门徒自然成功。您将公子爷请出一见。"赵会说："也好。"叫家人去叫公子。赵庭进到书房，正脸一看老道，师徒有缘，双膝跪倒："师父在上，徒儿这厢有礼！"老道见他身高六尺开外，面白如玉，眉分八彩，目似朗星，鼻如玉柱，四字海口，大耳相衬，青色文生巾，青缎色文氅，内衬青里衣，白袜青鞋。道爷叫："待我按摸你四肢，是徒弟才传授武艺，不是不传。"赵庭说："请师父按按看。"老道左手拉胳膊，右手按脖子，摸摸全身，道："员外，这个徒弟管保给你增光耀祖。赵庭，我赐你一号叫'华阳'。你必依我三事：头一件，三年不许跟你爹娘说话；第二件是许我不教，不准你不学；第三件是白天传文，夜间传武。"赵庭答应。这才拿过文房四宝。赵庭问："师父，咱们在哪里学艺？"老道说："就在西隔壁。"赵庭说："西边是块空地。"老道说："员外随我来。"三人到了大门以外，往西来到空地。老道说："员外可命人在此盖房，要一所四合房，五间西房，五间东房，五间南房，五间北房。我师徒要吃什么写在水牌上，挂于北房廊子。你要问我什么，写在水牌上，挂在南房廊子。我们以纸笔说话，不过一言；你要跟我说一句，当时叫他卷铺盖下去。"老道指示好了，大家二次来到宅中，在书房落座。

老道拿起毛笔，开写出来十八般军刃，又买木板四块，四尺宽，一丈二高。东西南北，全是这样的墙，方砖要三百六十块，大开条二百四十块，铁砂子要三十斤。通盘应用物件满全写齐，交与赵会说："员外，您想此房须多少日交工。"赵会说："道爷，过一个半月来也就行啦。"赵庭说："师父，不知我还有几个师哥师弟呢？"老道说："我就教八个徒弟。你有个师哥，还有六个徒弟。"赵庭说："不知师兄姓甚名谁？"老道说："他名宋锦，号叫士公，别号人称'抱刀手'。为师到处传艺，量材授用。他住家山东济南府莱水县东门外宋家堡。我又与你收下一个三师弟，住家辽阳州东门外，苗家集的人氏，姓苗名庆字锦华，别号人称'草上飞'。我与你收下四弟，住家在兖州府南门外白家河口，姓白名坤，人送号'水上漂'。与你收下五弟，住家苏州府南门外，太平得胜桥张家镇，姓张字明，号叫文亮，当地人送外号叫'夜行鬼'。我又与你收下六弟，住家山东兖州府东门外陶家寨，姓陶名金号叫遇春，混号人称'威镇八方鬼偷'的便是。与你收下七弟、八弟，他们住家在扬州北门外，阮家寨的人氏，姓阮名通，双字洪芳，别号人称'钻天猴'，实有飞云纵的功夫，平地能起两丈八尺高；八弟名叫阮麟，号叫弱芳，别号人称'入地鼠'。我与你教了个大师兄，因他不服我教导，我将他逐出门外。此人姓李名纲字通真，别号人称'青面兽'。我与他斗志才收你们弟兄八人。李纲临行时说：'师父，我从此行侠仗义，决不给你老人家摔牌现眼。镖不喂毒，身不带香，您以后收多少徒弟，我也不管。可是有错，我亮刀就杀！'我说：'杀可是杀，我可要赃。'李纲说：'那是当然。'他由此走的。"左云鹏又说："一不准你镖喂毒药配带薰香，二不准插草为标落山为寇，三不准打把式卖艺，四不准结交莲花党，五不准拨门撬户，守为师我的规则。若有失，小心大师哥追取你们残喘。须在江湖绿林上成名露脸，发展你独谋的志向。"

当下老道把话说完，来到西里间。拿出夜行衣一件，单刀一口，百宝囊的东西样样一份，另外夜行衣包一个包袱，当面交与赵庭，说："你行侠仗义，不准留名姓。你还有两位师叔，可是两位僧家远在边北。大师叔广下惠，人称'彻地腾仙'。二师叔上连下锁，别号人称'陆地飞仙'，是咱八门头一门的人。你在外行侠仗义，要偷不义之财，须访查明白。准是赃官恶霸或不正之人，夜晚前去，或杀或偷。在外不准小看人，目空四海。你到东院去向父母说明，我要授艺啦。"赵庭立时向老夫妇说明。

回到西院，老道带来两位文生墨客，一位叫张文锦，一位叫龚有忠，二位传给他文学。张、龚在西房，白天传他文学，夜晚老道传他武学。文学午后传艺，武学子时以后传艺，赵庭学得很有进步。左云鹏费尽三毛七孔心，因赵庭年龄已大，筋骨多已长成，故配治舒筋活血酒，叫他每早一盅，夜晚传艺。东院赵会夫妻在赵庭头次辞别时，看着他双目落泪。赵庭说："爹娘将心放开，不要想念于我，展眼数年我便可学成。那年路过黑蟒山被草寇劫住，正在紧急，山上有位道爷喊了声无量佛，要不然咱们全家遭难，焉有今日？那道人乃是今日之道长，他是世外的高人。我要将他放走，上哪去访明师？再者，孩儿我学得文武艺，货卖帝王家，在朝得个一官半职，调官兵围剿草寇，也可报仇。请父母放心，儿要告辞了。"说完转身而去，老夫妻放声痛哭。后来老家人赵顺过去百般劝说，他夫妻才止住悲声。赵庭在西院学艺，逢年按节，老道打发他到东院看望父母一次。赵庭到东院拜见完了，三五句话转脸而走，茶水不吃，又回到西院学艺。

　　书要简短，他整整学了三年艺，功课已满。老道便将张文锦、龚有忠的束脩给过。打发二人走后，便命赵庭去到东院，在他父母面前练一练，请他们看看。赵庭点头答应。别了师父来到东院上前打门，老家人开门一看，原来是公子爷。只见他身高八尺，双肩抱拢，真是扇面的身子，面如美玉，眉分八彩。目如朗星，准头端正，四字海口，大耳相衬。头戴青缎色八瓣壮士巾，窄绫条勒帽口，鬓边斜插茯菇叶，顶门一朵红绒球，在那里突突的乱跳。身穿一件青缎色贴身靠袄，蓝缎的护领，黄绒绳十字绊，青纱包扎腰紧衬利落，青底衣大叶子搬尖洒鞋，鱼白的袜子，青布裹腿，透出来精神百倍。闪披一件青缎色英雄氅，蓝绒线绣出来的蝴蝶花飘带未结，水红绸子里。胁下配定一口刀，绿鲨鱼皮鞘。真金饰件，真金蛤蟆扣，青铜的吞口，青绸子挽手，往下一垂。赵顺说："公子爷，您这三年学的功夫真好快哪，想必是艺业学成啦。"赵庭说："老哥哥，我已然学好了。"说话之间进了大门。赵顺将大门关好，主仆二人来到后宅院。家人喊道："主母，我家公子爷回来了。"赵会夫妻喜出望外，忙叫他进来。主仆来到屋中，赵庭与父母叩头行礼。赵会问："你与那位道爷学会什么艺业？"赵庭说："我学会文武艺。"说着将《易经》背了几篇，字音不乱。赵会心中暗喜，又问："你的笔法如何？来呀，笔墨纸砚侍候！"老家人将四宝取来。华阳提笔在手，写了自己名姓。赵会一看，真比自己写得还好，足可以在朝为官，喜出望外，忙命家人将书房打扫干净，厨房备案席一桌："我要谢道长替我累尽三毛七孔之心。"老家人答应去了。赵会带赵顺到西院，亲请道长吃酒。主仆到了西院上前打门。厨子问道：“外边什么人？”赵顺说：“是我家主人来啦，请道长到东院用素席，要谢候他老人家。”厨子一听是主人来啦，连忙到了上房说道：“剑客爷，东院我家主人带了仆人前来，请您到东院去相谢。”左云鹏说：“好，我就去。”说着话来到西房，提笔写好了一个简帖，暗暗放在袍袖之中，这才来到大门外。赵会一见，连忙一躬到地笑脸相陪，口中说道：“多谢剑客爷您的美意，传授我儿，替我夫妻管教此子，真令我感激非浅。”左道爷哈哈大笑，说：“小事一件，何用老员外客气！”赵会道：“仙长爷请到东院用酒。”三人一同到了东院。此时书房早已预备好了，赵会请道爷上坐。老道说：“员外上坐。”赵会道：“焉有我上坐之礼？还是请道长上坐！”老道这才坐下。赵庭从后面过来，见了爹娘、师爷。

赵庭说道：“爹爹，我在酒席筵前练练武艺，请您老人家观看。”赵会说：“好吧，待我看来。”他心中所思，左不是弓刀石之类，遂叫他练上来。赵庭说：“老哥哥，您将窗户支上。”说着将头巾取下交与家人，伸手取出一块手巾来包好了头，将刀抽出，把刀鞘放在地上，这才砍了一趟万胜神刀。此刀乃百刀之祖。那老员外赵会一看，儿子练得成了刀仙啦，不由暗喜喝彩。少时收了式，赵庭说：“我还有一手绝艺，再请爹爹观看。”说着来到屋里北间换装。老员外看他所练的倒好，只有一样，总有点做贼的形样；自己心中不明白，不由看看道爷，心中纳闷，放下酒盅，低头不语。少时赵庭由屋中换好夜行衣出来，白昼衣服打成腰围子，紧衬利落，背后背刀。他临出来之时，一长腰就蹿出来啦。赵会一看就急啦，说：“我儿，你这艺业是跟道长所学，就不用练了，我心中明白。”赵庭看爹爹面带怒容，说：“爹爹不要生气。”赵会问：“赵庭，这全是你师父所传？”赵庭说：“不错，是师父所传。”赵会说：“好老道，您这不是传我儿艺业，倒是刨我家的坟来了！我以为三年工夫，您传他弓刀石。谁知您教他做大案贼！那年我在任所捉住的贼人全是如此。赵庭，你就随师父爷儿俩走吧，不要在家里。将来你花惯了，再把我的家业花净，就要占山为王啦。将来断道劫人，被官人拿获，用国家王法一审你，你招认了，岂不是个刨坟锯树的罪过。将来我必要受你之累，莫若我是命中无儿不强求，你去你的吧，休要管我二老了。"赵庭忙回屋中，将夜行衣脱下，换了白昼衣服，又来见老员外，说道："爹爹不要生气。师父也不要生气。"左云鹏道："我已告知了我的规矩，不准你犯。你若是犯了一样，可小心你的命。"说完起身说道："员外不用害怕耽惊，赵庭若有大凶大险，贫道自能前来搭救。员外，贫道暂且与您告辞。"赵会说："赵顺，随我相送道爷。"赵顺答应，主仆往外相送。赵庭说："师父再住些日子？"老道说："不用啦！你小心做事，忠奸任你自为，只留神项上人头。"赵庭说："徒儿不敢胡为。"当下三人往外相送。到了大门外，道爷说："你只要守住为师的规矩，便可高枕无忧。"对赵会说："员外，赵庭今年二十有一，印堂发亮，能在外做事，足可给你门中增光耀祖。"说完又道，"赵庭，你看大师哥来啦。他就是被我逐出门外的李纲。"

赵庭父子往西一看，见来了个花儿乞丐，身高七尺开外，青须须一张脸面，一脸的滋泥，汗道子挺长，细眉毛，圆眼睛，蒜头鼻子，大嘴唇，小元宝耳朵，耳朵梢全干啦，只是两只眼睛一瞪神光足满。穿的衣服破旧不堪，前头一块后头一块的，成了莲蓬啦。拖拉着两支破毛窝，手中拿着根秫秸棍，走道自言自语。赵庭一听，原来他说的是："师父说我不成器，将我逐出。以后他老人家收多少师弟我不管，要犯了我们爷儿俩的规矩可不行。那时我把他人头带去见师父。"说着从门前走过，往东去了。左云鹏又说："赵庭，再往西看，你师弟来了。"赵庭与他父不由全都往西一看，回头再看老道，踪影不见，连乞丐也无了影儿。

三人不由大吃一惊。赵庭说："爹爹，师父乃世外高人。咱们一回头的工夫，师父与师哥都没影儿啦。您就不用着急生气啦！"赵员外说："好，你且先进来。"当下他们主仆三人到里面，赵顺关好大门。赵会说："儿呀，你且随我到内宅，见见你的娘亲。"赵庭答应，当下父子二人来到内宅。员外说："夫人呀，未想到你我家运不通，死后咱们都不能安顿。"杨氏道："老爷，此话从何提起？"员外说："夫人，你我命中无儿，不要强求。咱们只有赵庭一人，为的是叫他将来接续咱们赵氏门中后代香烟。头三年来一道人，说是传给我儿能为艺业。三年已过，我以为他传授他弓刀石，谁知道今天他在外头一练，我一看，原来跟我当年在朝为官的时候，所审问的大案贼一般不二。你我夫妻下世之后，他花惯啦，将咱家业花净，那时他就许出去偷盗，或是断道劫人。那时他为恶满啦，被官府拿获拷问出来，你我死去的鬼魂也要跟他担骂名。你先把箱子里当年我三班朝典，叫他用吧。另外还有弓弦一条，钢刀一口，鸩酒一盅，一齐交给他吧。"赵庭忙跪倒尘埃，说："爹爹，儿今年已然二十有一，所学的武艺尚未施展。您怎么就知我做坏事？为何要赐儿一死？"赵会说："赵庭，我原想老道传你正当艺业，将来保护朝纲。谁知老道竟教你拨门撬户小巧之能。"赵庭说："爹爹，您不知师父虽教给我小巧之能，可有规矩。我背给你老人家听听。我们讲的是杀赃官，灭的是土豪恶霸，敬的是义夫节妇、孝子贤孙。保忠良，爱好友，偷富济贫，不留名姓，此乃侠义之风。"员外说："赵庭啊，你不用说啦，今天将舌头说破也是枉费，老夫要你一死。"赵庭听这个话口儿太紧，遂说："爹叫我死，我不能不死。我要是不死，落个不孝之名。您也不用开箱子，师父赐我一口刀。"说着伸手拉出刀来，往肩上一横，就要抱刀自杀。老夫人杨氏忙上前道："我儿且慢！容我说几句话，再死不迟！老爷在朝为官，忠心报国，在家斋僧布道，才积下一子，为传后代香烟。为娘生养你不易，你若忍心抱刀一死，岂不断了赵氏门中后代香烟？"赵会说："夫人，我今天非要他死不可。他如不死，少时我抱刀一死，要不然就喝鸩酒。因为他不死，倘若再做出那不义之事，岂不给咱们落下骂名？"

杨氏道:"老爷先上书房歇歇,少时叫您看他的尸身,还不成吗?"正在此时,可巧仆人进来说道:"员外呀,现在外边有人求见您,请您赶快去。"赵会主仆这才去到前院书房。按下不表。

且说杨氏见老爷走后,遂说:"儿呀,您父非是一定要你死,实在是因为你会了武艺,恐怕你作出那不才之事,才如此的令你死。"赵庭说:"娘啊,孩儿的师父临别的时候,全都嘱咐好了我们,不准胡作非为。孩儿如若做出不才之事,连我师父都不用动手。我有一个大师哥,名叫李纲,外号人称青面兽的便是。他专暗中监视,一做错事,他就给杀了。"杨氏道:"那么而今之计,我也不忍你死。你可以收拾你的应用东西物件,前去扬州府,找你舅父去。他在县衙门里,充当班头。你一打听花刀太岁杨洪,没人不知道。在那里先住着,顺便令他与你先找一事,暂且存身。容我在家劝说你那爹爹就是了,劝过他来再与你去信,你再回来。"赵庭一昕,也只可这样。母子这才到了里屋,收拾好两个包袱,将夜行衣靠,以及应用之物全都包好,打开后院小门,将赵庭送到门外。赵庭跪在杨氏面前说:"娘亲大人,请多保重。孩儿走后,您千万不要惦念我。儿到了外面,非做一件惊天动地的事不可。"杨氏说:"儿呀,你就一切多多注意就是。在外同不得在家那么随便。"赵庭点头答应,遂告辞扬长而去。杨氏看他走后没了影儿,这才回到门里,回身关好小后门,拿锁头锁好,来到自己屋中,放声痛哭。

赵庭离开赵家庄,顺着大道往西北斜下去,见一股小道,又一直往正北去了。他见小道上行人很多,忙向一人问道:"这股道是上哪里去?"那人开口反问:"不知你上哪里去?"赵庭说:"上扬州。"那人说:"这股小道正是上扬州的直道。那边有个姜家河口,是个大码头,姜家屯上哪里去的船全有。"赵庭来到姜家屯东村头,见一家店墙上写着"安寓客商",那边是"仕宦行台",横匾是"鸿升店"。赵庭到了店门,里边出来个伙计,问道:"客官住店吗?"赵庭说:"住店，可有上房单间没有？"伙计说："有，请进。"赵庭到了店中，伙计说："客官要住单间，住我们柜房旁边吧。"赵庭说："也好，我倒不拘。"说着来到一个单间门口，乃是佛道门。伙计上前开门，一齐进到屋中。赵庭便将包袱放下，见迎面一个大床，两旁有月牙桌，屋子还很干净，遂问道："店家，我这东西，是放到我的屋中，还是存到柜房？"伙计说："您就存到柜房吧。"赵庭当时打开叫他看好，点明白了，又包上，叫伙计拿到柜房去了。少时回来，问道："客官，您是从哪里来呢？"赵庭说："我从赵家庄来。"伙计说："是啦，您从江南赵家庄来，是要上江北的赵家庄去吗？"赵庭说："对啦。"可是他私自一想，怎么江北也有赵家庄呢？有此一猜想，便存一点心。那伙计便问道："客官您吃什么呀？说出来我可以与你预备去。"赵庭说："随便的蒸食，你给我预备点吧。"伙计答应了出去，少时端了上来。赵庭用完，说道："伙计呀，我几时走，几时咱们算账吧，该多少，一齐算。"那伙计说："好吧。"当将家伙捡了下去。赵庭说："你就不用来了，去侍候别人去吧。我用什么叫你，你再来。"那伙计答应着就走了。

　　这里赵庭将屋门关好，原来他这个东墙与柜房是隔扇相截，那屋说话，这屋里正听。就听见那屋里有一个老头儿说道："小孩，你要好好的跟您师父学！将来学好了武艺也可做个有名的事儿，出外行侠仗义，到处有人欢迎。"又听有一个小孩的声音说道："我是要好好学，将来我路入贼门，吃绿林饭啦。"赵庭一听，不由一怔，心说：这么一个小孩，能为武艺还没学好，先想做贼，真是年头赶的。又听那年老的说道："你一说就做贼，那可不容易。"小孩说："怎么不容易呀？"年老的说："你必须先去见那个彭化龙，他外号叫金翅鹞子，是苏州府的马快，八班的首领。见了他，你还得有一手绝艺，叫他当场看明才成。"小孩说："干么先见他去呀？"又听老头儿说道："你哪里知道哇，他是一个首领，转牌为他所掌，各路全归他管。再者说，你要不献绝艺,戴不上守正戒淫花,那时就不能到各处去。就拿咱们这江南的紫云观的观主金针八卦左云鹏说吧。他收了八个徒弟,个个武艺超群,全都没有一个前去找他献武去的。就凭你一说,也敢入绿林行。那左道爷八个徒弟,都没有一个出头露面的。"赵庭一听,心中一动。又听那个老头儿说道:"你还是好好的跟你师父学吧,将来可以在镖行做个事。再者说,戴花不采花;戴花若采花,必死刀之下。我今年六十有六啦。不用说没有见戴花的啦,连听说过谁戴上啦,都没有一个,何况你这小小的年纪啦。"赵庭听着听着,自己困了,不由得躺在床上,和衣而卧,蒙眬睡去。不大工夫醒了,还听那屋里说话啦。老头儿说:"左道爷的八个徒弟,我倒知道七个,那一个我不知道他在哪里住。头一个是抱刀手宋锦宋士公,第三个草上飞苗庆苗锦华,第四个水上漂白坤白胜公,第五个夜行鬼张明张文亮,第六个威镇八方鬼偷陶金陶遇春,第七个钻天猴阮通阮洪芳,第八个入地鼠阮麟阮弱芳。这全是金针八卦左云鹏的门徒,也没戴守正戒淫花。要戴上守正戒淫花,不论他老少,都得以弟兄呼之。本门人可不算。"赵庭在这屋一听,心中所思,我非戴上守正戒淫花不可。说着,他便蒙眬睡去。

第二日天明,伙计将他叫醒,给他打来脸水漱口水。赵庭用毕,少时沏来茶。赵庭正在吃茶之际,外边进来跟船之人,来到店中,问道:"店里的客官,有上四乡八镇去的没有?我们可要开船啦。"赵庭一听,没有上江北的船,遂问伙计道:"怎么会没有上江北的船呀?"伙计说:"这里是没有,他们不上店里来揽座。您要过江,只好亲自去到码头去。"说话之间,与他备上早饭。吃喝完毕,结了店饭账,另外又给了小费钱,伙计直点头道谢。赵庭说:"不要谢了,你可要指我一条明路才好。"伙计说:"可以。"这才到柜房取来两个包袱,交与了赵庭,将他带到了店外,用手指道:"直奔这股小道,一直往北走,就可以打听那个码头啦。"赵庭说:"谢谢了。"这才从此往北走去,走了不远,来到了半路上,有许多往来之人,便问道:"唔呀,列位老哥们，你们都上哪嘎里呀？"内中有一个行路的说道："这位江南人，你怎么说我们上哪嘎里去呀？"又有一年老之人说道："你是不知道，他们江南人，全是这样的说法。"赵庭说："对啦，我请问一声，上江岸码头，是不是从此路走？"那老者说："你不用打听了，我也是上码头去，咱们一同走吧。"赵庭说："很好。"当下大家一齐来到了江岸。

那边的男男女女驶船的主儿，招揽座儿。赵庭一看偏西边有一只船冷清清也没有人下船。赵庭心中纳闷，自己来到这边问道："船上有人吗？"他一问，出来一个老头儿，外有两个小孩，问道："客官爷，您过江吗？"赵庭说："对，我正要过江北去。"说着搭跳板，赵庭上了船。那老头儿叹了口气，说道："天无绝人之路，不想别人不来，今可巧有您前来，我祖孙可以饿不死了。"赵庭说："所为何故呢？"老者说·"客官爷，实不相瞒，小老儿姓江名叫江元，这两个是我的孙子。只因他的娘亲死去，我儿一时无钱掩埋，便在坐船的客官身上，每位要了一吊钱，回船的时候，又要了一次，这才将我那死去的儿妇掩埋。后来便无人坐我的船。"赵庭说："你那儿子呢？"老者说："病倒家中，出不来了。这里又因为我的船破旧，更没人坐啦。"赵庭说："不要紧，我有办法。"说着话伸手取出一锭黄金，递与江元，说道："老头儿，你将此金子拿去花用。一半修船，那一半可以与你儿子看病。你以后要改了名字，叫江方吧，省得那坐船之人，一看你的名字，他们不来。"江元一看，连忙伸手接了过来，称谢不绝，这才撑船往江北而去。走了多时到了北江岸，江元又令他两个孙子，与赵庭叩谢。赵庭说："唔呀，小事一件，不要谢了。"他下船来到岸上，直奔村镇而来。到了村中，见人打听，原来此地是靠山庄。来到镇内，路北有一座店，上写"二合店"。两边墙上写的是：仕宦行台，安寓客商，草料俱全，茶水方便。赵庭到了门前，说道："店家。"就见由店中出来一个伙计，身高八尺开外，胸前厚，背后宽，精神足满。身穿头蓝布的裤褂，白布袜青鞋，腰结一条围裙，黄脸膛、黑眉毛、黄眼睛，小鼻子，小眼睛，光头未戴帽，高挽牛心发髻，竹簪别顶。赵庭问道："有上房没有？"伙计说："有，您随我来吧。"便将赵庭带到里边。一看是五间北上房，到了屋中，迎面有张八仙桌。东西房都有小桌儿，旁边配着小凳。赵庭问道："伙计你贵姓？"伙计说："我姓赵。"赵庭说："唔呀，一笔写不出来两个赵字。"伙计说："原来您也姓赵哇。"赵庭说："对啦。"伙计问："那么您排行。"赵庭说："我行二。"伙计说："原来是赵二爷呀，恰巧我行三。"赵庭说："哦，你是赵三呀。"伙计说："正是，正是。"赵庭说："我这里有两个小包袱，放到你们柜房去吧。"伙计说："银钱我们可不敢存，只因我们柜上常来侠客爷，也不知道怎么样子，那银钱就没了，我们赔人家可就多啦。今天也请您自己收存着吧。"赵庭说："好。"伙计便将他引到了东里间，赵庭坐下。赵三打来脸水，沏上茶来。赵庭一看里边还有个东挎间，迎面还有个大床，他便住在了这里，告诉赵三，说："你每天早晚给我两桌宴菜席，正午来一桌果席，每日如此。店饭账外，另给一两银子水果钱。"赵三连连答应，照样前去预备去了。

　　书要简短。他在这个店中，一连住了半个多月。这一天，赵三与赵庭闲谈，说："赵二爷，您在我们店中，是等人呀，还是有事呢？"赵庭说："我为等朋友，不见不散。"赵三说："您这朋友贵姓呀？"赵庭说："他姓碰。"赵三一听，说："怪呀，我长这么大还没听说过有姓碰的呢，大半不在百家姓之内吧。"赵庭说："对啦，这个真不在百家姓之内。"赵三说："这位名叫什么呀？"赵庭说："碰着谁是谁。"赵三说："那您等着碰吧，不定谁呢。"说完，他走了出去。赵庭一个人坐在这屋里，倒很自在。这天夜里他正在东间屋里睡觉，忽听见西挎间里有人说话。他侧耳一听，就听见西屋有人说道："哎，可叹真可叹，一个官家之后，出来还是官家的习气。每天这样的花法，将来要是花完了呢，用什么补？"赵庭听明白了，连忙爬起穿好了衣裤，围上大氅，背上单刀，蹑足潜踪，开了屋门，直奔西挎间而来。到了西掖间，一听那西掖间里还有人说话："可叹呀可叹。"他听着到了门前，伸手慢慢的开了门一看，屋中黑洞洞的，并无一人。前槽有窗片，有门，北楼下有一独睡床，床上边挂定一幅幔帐。赵庭一看，窗户划啦，心中一动。又听东里间有人说话，说："给他留下点，叫他好花。"赵庭一听，急忙回到东间，见自己的两个包袱踪影不见，不由大吃一惊。欲知有何岔事，且待下回分解。

第二回

为请彭化龙盘杆背书　刘荣下转牌群雄聚会

　　话说赵庭从西里间听人家一说，自己便回到东屋。谁知包袱没啦，只见床上尚有散碎的银子摆成几个字，细看原来是"花亏银两，到处留神。银钱已亏，必定献艺。"当时就怔了。连忙到了院中，飞身上房。往四下里一看，并无有人。下房来到屋中，又一细瞧，床角上有四封银子，旁边有个柬帖，上写："我弟赵庭，你找恩师传手绝艺，蝎子倒爬碑。献献这手绝艺，身受守正戒淫花。"赵庭看明白了，直耗到天光大亮，便将散碎银子，收拾到一处，拿了起来，从此他便将果席撤了。过了些日子，这一天赵庭叫伙计去看看，自己欠柜上多少钱啦。那伙计来到柜上，往水牌上一看，那上面一笔一笔写的有三百多两。遂来到赵庭的屋中说道："大爷，您等哪位宾朋哟。为什么这些日子还不见来呢？现欠柜上的账，已然不少啦。可是从打您来到我们这里之后，我挣了您的银钱有十几两都多。您有别的事情吧，我候了您的这笔账啦。"赵庭说："不用你候。我跟你打听打听，你们这里有恶霸没有？"伙计说："我们这一带还真没有。"赵庭说："那么有财主人家吗？"伙计说："那倒有，在我们房后头，那家财主，在这靠山庄就算第一了。"赵庭说："是啦。"说完之后，伙计走去。

他在晚饭后，先出去到了西村头一个树林子里。他站在林中，往四外观看，查看道路。正看之际，见从北边来了一匹马，上边端坐一人，是位达官打扮。看那人跳下马来，身高九尺，体格魁梧。面如三秋古月，宽剑眉斜插入鬓，通宫鼻子四字口，海下一部墨髯，大耳相衬。头戴一顶鸭尾巾，鹅黄绸子条，双系麻花扣，紫缎色绑身靠袄，青缎色护领，核桃粗细黄绒绳十字绊，蓝丝鸾带扎腰，大红中衣，登山道鞋，蓝袜子，花布裹腰，披紫缎色通氅，掐金边木金线，上绣平金狮子滚绣球，飘带未结，水红绸子里。在马上得胜钩上挂一把蛇矛枪，策马顺树林往南而去。进了靠山庄，赵庭也就随后进了村庄。就见他来到店门口，下马进了店，问道："店里可有上房么？"伙计说："没有啦，只有西房啦，您住西房吧？"这个时候赵庭也跟了进来，见那老者正在西房窗前站着。少时伙计给开了门，那老达官进到室中，伙计问道："您往这边来，有镖吗？"老者说："后边走呢。等我在此休息一夜，明日再行。你先给我打脸水来。"伙计说声"是"，出去给打来脸水，又沏来一壶茶。老者要点蒸食，吃喝完毕，说道："你先去侍候别人去。那北房几时腾出来，你几时给我留下，我全住。这一次镖回来，我还得住你店中。"伙计说："好吧。"遂出去了。此时赵庭在院中听明，进了自己屋中。那伙计也跟了进来，笑道："您听见没有？这位达官爷挥金似土，仗义疏财，我们店中房墙坍塌倒坏，后来这位达官拿出银钱，才修盖这北房五间。"赵庭说："那么他姓什么呀。"伙计说："姓无，名叫无名氏。"赵庭说："啊，原来是无名氏。"知道人不说真名实姓，自己也就不好往下问了。第二天天明，那西屋里老者叫伙计说："老三哪！"伙计赶紧过去，问道："什么事？"老者说："你给我备匹马，我要赶路啦。"伙计说："是。"急忙出去，将马备好牵过来。赵庭急忙到了门前往外偷看，就见那老者拉马向外走，说道："老三哪，北房几时空出来，你可给我留下，我回来还住呢。"伙计连连的答应，那老者扬长而去。伙计来到北上房，他就不管赵庭叫赵二爷啦。他说："赵二大呀，你可把话听明白啦，往后天气很冷，这屋里升三个火盆也不成。依我说，您一个人住这间西掖间吧。这北上房留下与那位达官爷住，因为这房是人家花钱盖的。没别的说的，只可您受点委屈吧。"赵庭也因为自己手中无钱，只可答应。那伙计当时就将他的东西，给搬到西里间，那东间就锁好了。伙计拿他不当店客待，每日是人家吃剩的残菜残饭，过一过火给他端来，叫他去吃。赵庭心说："唔呀，好你个混账东西。我有钱，就是赵二老爷。如今没有钱，什么赵二大。好你个势利眼的东西。"不言他暗中发恨，且说伙计赵三，他本想要将他撵了出去，只是不准知道他认识哪一位。你说不叫他走吧，他几时有钱呢？自己不敢决定。那赵庭自己心中暗想：我可给我师父丢了眼了，给我们家撺了牌啦。不免今夜我出去做一号去吧。想罢，这天将黑，他就出去了。

到了西村口，将要出村，忽听东边有人马声。他急忙回头一看，就见走的那个老达官回来了。马上驮着大褡套，银子装满了。到了店门口下马。赵庭一想：有咧，我何不偷他一下子呢。岂不省事？想到这里，返身回店。那老达官进店叫："老三哪，北房可与我腾出来吗？"老三连忙迎了出来，笑道："早就给您腾出来了。"说着，那老者进店到了北屋，伙计给端过灯去。老达官说："老三呀，你给我把褡套搬进屋里来。"老三答应出去，一搬没搬动，遂说："老太爷，您自己搬吧。我力气太小，搬不动。"老者哈哈大笑，说道："那是你拿不动，差不了多少就是两千银子啦。"说着话，他自己出去，搬了进来放到屋中。老三在外边将马拉去，回来又侍候着。老者叫他预备酒饭，那老三少时给端了进来。饭酒用毕，又给沏来一壶茶。老达官命他将八仙桌往前搭了搭，挪椅子。老者道："你去找来算盘，破账本，麻绳，全拿了来，我好给人家封好了。"老三答应，不大工夫满全送来。伙计尽顾了侍候老达官，他可就把赵庭的晚饭给忘了。赵三走后，老者自己在屋中收拾银两，包成五十两银子一包，包了不少。

此时天有二更已过,那老达官一时心血来潮,便伏在桌上睡着了。西里间赵庭一看,时机到了,连忙掏白蜡纸捻,用自来火点着,粘在屋门上。这就收拾夜行衣靠,穿齐,背上刀,又将白昼衣服包在小包袱之内,打了腰围子。然后看屋中东西不短,这才将白蜡捻取下,收在兜囊,慢慢出了西屋。来到院内,往屋中一看,见老者仍然睡觉。原来,老达官早已料着先前在北屋住的这人,一定是江湖人,便留上神。所以他跟赵三说话,就为给他听的,如今坐在此处也是一半装睡。赵庭看时机已到,他便来到帘子外边,轻轻的打开帘子,便进到屋中。一时大意,往下一放,吧嗒一声响,人家醒啦。赵庭急忙矮身就进到八仙桌底下了。少时老达官便将椅子挪到后山墙,坐在那里看着八仙桌。赵庭一看,无法可偷。这才跳出来,到了老达官面前,说道:"老达官,我这厢与您老叩头了。"老者一见,说道:"好毛贼,你敢前来刺杀于我。"赵庭说:"我不是毛贼草寇,我是访问您老人家,要借银两。"老达官一听,遂说道:"几百银子,我不在乎。你可以先对我说一说,我能对你说明借与不借。如今你身穿夜行衣,背后插刀,不是行刺,也是行刺啊。你是认打认罚吧?"赵庭道:"认打怎么说?认罚怎么讲?"老者说:"你要认打,我把你送到当官治罪。"赵庭说:"受罚呢?"老者说:"受罚呀,你先把你们门户,你的师父全说出来。"赵庭说:"唔呀,我给我师父栽了,现了眼了。"老者说:"你先说一说呀。"赵庭说:"唔呀,太叫我不好开口了。我师父乃是道家。"老者说:"是南二道,还是北二道呢?"赵庭说:"是南二道。"老者说:"那头一位乃是金针八卦左云鹏。"赵庭道:"那位便是我的老恩师。"老者说:"你莫非是我二弟赵华阳吗?"赵庭说:"正是,我姓赵名庭,字华阳,家住江南会稽。老人家您贵姓。"老者说:"我姓焦,名雄,飞天豹子,又号神枪,八门第二门的。"赵庭说:"原来是老哥哥,小弟我要入伙当贼。"焦雄说:"不用,你还是回家吧。"赵庭说:"我誓死也不回家,我非入伙不可。非得扬名四海,我才回家。要不然我死在江湖全都认命。"焦雄说："入伙当贼很是不易。"赵庭说："一个当贼还有什么规矩？"焦雄说："这个还是你师父定的呢。必须有一手绝艺真是天下少有，那才成啦。由莲花掌门长给身受守正戒淫花，到处不论年岁，全是弟兄相称，那才能成。二弟呀，现在夜静更深，你我说话，有扰人家住店的睡觉。最好你先回去，等到天亮，我叫赵老三前来请你，再对你说明。"赵庭说："多谢老哥哥指点，那咱们明天见吧。"说完告辞出来，回到自己屋中，脱了夜行衣，摘下兵刃暗器，倒在床上蒙上被，就自睡了。

第二日天明，穿衣起来，开了屋门。赵老三进到焦雄的房间，收拾好床铺，又忙着给打来漱口水。焦雄问道："老三，我问你一件事。"赵三说："什么事？"焦雄说："我有一个朋友，我们定好在这里相候于我，但不知你看见此人没有？"赵三说："这人姓什么？"焦雄说："他姓赵名庭，字华阳，江南人。"说话间赵三吓得目瞪口呆，浑身发抖，急忙跪倒，口中说："达官爷，是我的错了。"焦雄说："怎么回事？"赵三说："这个人早来了，等您日子多啦。问他老人家，他说找碰大爷，所以我没敢跟您回禀，怕您生气。"焦雄说："你快起来，去把他给我叫来。"赵老三一闻此言，急忙到赵庭那儿去，把他给请了过来。赵庭进到屋中，二次上前行礼，口中说："兄长在上，小弟赵庭有礼了。"焦雄让赵三沏来茶，他二人吃茶谈话。焦雄道："二弟呀，我与你同出于左云鹏左道长门下，就好像亲弟兄一般。你要入伙，必须到山东济南府莱水县东门外宋家堡去找宋锦，人称抱刀手，他能同着你到州府面见彭化龙，别号人称金翅鹞子。江湖好汉的转牌都在他手里啦。转牌一走，才能招来六十四门的人。再献一绝艺，才能戴上守正戒淫花。"赵庭说："这六十四门人，都在哪里住呢？"焦雄说："四山五湖，天南海北。"赵庭说："怎么通知得到呢？"焦雄说："其中就是三个人知道。"赵庭说："那么少哇！"焦雄说："第一个是咱们师父知道，第二个是闪电腿刘荣，第三个是彭化龙他知道。"赵庭说："我必须去麻烦刘、彭二位兄长一趟。老哥哥必须借给我路费才好。"焦雄说："二弟，你我是同师门的兄弟，做什么这个样子呢？二弟我先给你四封银子，作为路费，你也不用还我。"焦雄又问道："二弟，你欠下店饭钱多少？"赵庭说："约有三百多两银子。"焦雄说："怎么吃了这么些呢？"赵三连忙接话说道："老太爷您是不知，这位二爷住在店里，每天早上一遍酒，正午一遍果酒，外加一两小费。你说有这么许多没有？"焦雄这才知道赵庭在店里的行为，遂说："老三呀，你将他的账，全拨到我的账上。"赵庭说："伙计还没起身，不着急，我候吧。"焦雄说："不用，你尽管去吧。"这里赵庭赶紧把随身带的衣物，军刃暗器，收拾齐备，东西物件，一样不短，出了西耳房。焦雄送赵庭辞别了店主人，离开客店，来到东村口，焦雄说道："二弟你走你的吧。我见了转牌的刘荣，一定请他帮忙。"这才弟兄分手，赵庭连夜赶路，饥餐渴饮，非止一日。

这一天赵庭来到山东界内，天黑了，他将一进西村口，忽然看见眼前两条黑影进了村子。赵庭蹑足潜踪，跟了上去，躲在暗处，就看他们到了一家墙外。飞身上墙，奔房上，滚脊爬坡，向一座大院而去。赵庭尾随在二人身后，藏到院内。就见那二人，正在北房西间扒窗户啦。其中一个伸手去掏兜囊。赵庭心想：这许是采花贼吧。常听师父说，莲花党贼人专使薰香，镖喂毒药。遂从房上顺手掀下瓦来，见他们要进屋子，赵庭一瓦打在当院，吓了二寇一跳。一抬头见房上有人，说道："合字，随我来。"二贼闻言，飞身上房，扑了过来。赵庭见二贼来到近前，双手插腰，站住了。二贼说："你是什么人？"赵庭通了名姓。二人说："久仰。"赵庭说："你二人唤作何名？"贼人说："我们乃是弟兄二人。我姓夏，双名德林。这是我兄弟夏德峰。你意欲何为？"赵庭一看这二人报了名姓，就知道这是莲花党，今夜潜入民宅，准是前来偷盗紫合车，不期被他冲散，心中忿恨。三个人打的工夫一大，二贼不敢恋战，怕天亮走不开。夏德林猛然往外一跳，赵庭一大意，往过一追，被夏德林打了一盘肘弩，贼人才跑回了西川。后文书二人当了老道，那时再表。如今且说赵庭，独自一人，看二寇逃走，拔下弩箭来，幸亏未有毒药，心中未免愤恨，后来必有报仇之日。他自己从此往下又赶路。

行到济南莱水县，怎么也找不着宋家堡。这天一清早碰见一个捡粪的老头儿。赵庭上前问道："这位老人家，我向您打听点事。"老头儿说："什么事？你说吧。"赵庭说："有个宋家堡，那里有一位宋锦宋士公，外号人称抱刀手镇东方。"老头儿说："不错，倒是有这么一个人。可不能这样的打听法，必须说霸王馆，才有人知道。"赵庭说："怎么叫霸王馆呢？"老头儿说："他们住家后边有个戴家岭，那里有弟兄二人，跟他学艺。这宋锦在街上开了一个饺子馆，卖的可太坑。他清早起来先去遛弯去，回来之后，他吃完了，才卖别人。要有那不知道的主儿，去了也买不出来。赶巧了不高兴，还能打人家。卖饺子的日子长了，人家全管他叫霸王馆掌柜的。"赵庭说："好得很。我是奉了我师父之命，前来访他。他真要如此狠恶，那我就替我师父管教于他。"老者说："你就从此往东去吧，青水脊门楼一过，那路北里就是那个酒馆。"赵庭点头，来到那青水脊的东边，就见伙计刚开门，举出幌子去，赵庭就进了屋中。那伙计假作没看见，伸手直挂棉帘子。赵庭也不理他，自己来到屋中。一看是两间明间，西边一个暗间是柜房，门外就是灶火。有个酒保，正在那里和面，预备好包饺子。再看屋中是八张八仙桌，前槽三张，后房沿三张，东房山两张。赵庭进门就在挨门口的一张桌旁凳子上坐下。见这个伙计身高七尺，细条条的身材，面色姜黄，小黑头，圆眼睛，蒜头鼻子，小薄片嘴，大扇风耳，光头未戴帽，竹簪别顶，头戴蓝布帽子，白袜青鞋，月白布的围裙。看他和好了面擀饺子皮，两个谁也不理谁。伙计掐好了饺子，放在笼子里。赵庭站起来问道："这饺子怎么卖呀？"伙计说："你问谁啦？"赵庭说："这屋里有谁，我问谁呀。"伙计说："有掌柜的。"赵庭说："他没在屋啊，上哪里去啦？"伙计说："他去睡觉去了。"赵庭说："先给我煮二十个饺子，多来点汤。"伙计说："你先张开嘴，我瞧一瞧。"赵庭说："你瞧什么呀？"他说："我看看你的牙，长齐了没有？"赵庭说："难道说这饺子先进贡吗？"伙计说："这饺子倒不是进贡的，是我们掌柜的吃的。"赵庭说："那就是啦，那么你给我片儿汤吧。"伙计说："片儿汤不卖。"赵庭说："要不然你给我做点猫耳朵。"伙计说："你不用说啦，全不卖。"赵庭说："你给我煮点饺子吧，倒干脆，我还等着吃完了赶路呢。"伙计说："好吧，那么你就等着吧。"赵庭就坐在旁边一条板凳上，看他已然快包满了屉啦，遂说道："伙计呀，你先给我煮二十个吃不成吗？"伙计说："不成，那是我们掌柜的吃的，谁买也不卖。"赵庭说："好哇，你们不卖，这个全是他吃的。"说着将大衣脱下。伙计一看，伸手抄起一根大擀面杖来，说道："就是不卖，你敢怎么着。"赵庭说："你看着吧。"说完噗哧噗哧，用拳头全把饺子给碾碎啦。这一来，吓得这个伙计站在那里发怔。

　　正在此时，忽听见屋中有人痰嗽一声，有一个小童，赶紧打进漱口水去。二回再嗽一声，一拍木凳，大声喝道："什么人胆敢如此无礼？"赵庭说："怪不得落了个霸王馆之名呢！这些饺子也煮不熟吗？"宋锦说："怎么？"说着打开屋帘，来到外间，看见伙计手里拿着一根大擀面杖，在那里发怔。他过来打了伙计一个大嘴巴，说道："你不卖饺子呀？"伙计说："掌柜的，我知道哇？你看那个屉里。"宋士公一看，饺子全碎啦。忙问："这是怎么回事？"伙计说："这位睡觉的要吃片儿汤，我不卖，他一赌气，把饺子给弄碎啦。"宋锦一听，赶紧来到桌子旁。见那人伏桌睡啦。他便吧的一声，打在桌子上。赵庭吓了一跳，说："不卖饺子，吃不着也就得了。"宋士公说："你吃饺子，还是吃片儿汤。"说着上前就是一拳。赵庭忙用双手蔽住前胸，迎他手腕，右脚一勾他脚后跟，往后一送他。宋锦万没想到他有这一手，急忙收拳撤腿，脚底下一抖，噗咚一声，摔倒在饺子屉上，一下子蹿翻了。"好,好拳脚。伙计们快来呀,抬着我的刀出来。"说完,他正面一看,那赵庭早一个箭步蹿了出去,说道:"好,好,你这个恶东西,不卖给饺子,你还打人。"宋锦说:"不用废话,打的就是你。"说罢抢拳便打,赵、宋二人打在一处,打了个难解难分。

此时天光已亮,往来的人很多,全都站在一边看这个热闹。宋锦一见非使毒招不能胜他,这才使了手穿心掌,向里打来。赵庭右手一托宋锦的手腕子,底下使了个裹合腿,便踢了个大倒。宋锦爬起来,从伙计手中接过宝刀,双手一抱,厉声说道:"小辈,今天我非劈了你不可,花多少钱我全认可。"赵庭说:"唔呀,你认可,我可不认可。"当下两个人各不相让。此时童儿一看,急忙从后门跑了出去,去找戴文龙、戴文虎,告知他们。那戴文龙弟兄一闻此言,急忙暗藏军刃,来到了铺子里。一看闲人看热闹的很多,忙分开众人,来到里面,见二人刀法纯熟,不好分解。此时赵庭心里嘀咕:此人拳法刀法,怎么会跟我们门一样呢。看自己不好胜他,这才使出绝招。见宋锦一刀劈下来,赵庭忙一闪身,下边使了一个扫堂腿,宋锦便趴伏在地,刀也撒手扔了。这时戴文龙弟兄忙过来从中解劝,说道:"这位爷,为什么你们打起来呀?"赵庭说:"他不卖饺子,还动手打人。"宋锦说:"我吃饺子,他偏吃片儿汤,那个成吗?"大家一听也乐了,为这么点小事动手,真有点不值。此时宋锦说道:"南碟子,你是哪门的?你师父是谁?说出来饶你一命。"赵庭说:"你休要口出不逊。我要一告诉你我师父是谁,你得吓死。我在你这宋家堡里吃喝住,都得随便,你不敢轰我。"宋锦说:"你休要夸口。我爹娘重生一回也不能答应。"赵庭说:"唔呀,那我可不好说了。死去的老人家全都不安,我还是不说为好。"这时,戴文龙问道:"江南爷,您是哪一门的?您师父是谁?"赵庭说:"我乃八门头一门,师父是道家。"宋锦忙问:"是边南的道家,还是边北的道家?"赵庭说:"是边南的道家。"宋锦问:"是头一道还是第二道?"赵庭忙说:"是头一道。"这一句不要紧,吓得他颜色更变，呆若木鸡，缄口不言。赵庭一看，知道怕老师。宋锦忙问道："阁下莫不是我二弟赵庭吗？"赵庭说："正是。师兄，我是南碟子，我是华阳。"宋锦道："列位老师散一散吧，这是我师弟赵华阳。我师父左云鹏适才派我师弟领了我师父之谕，前来管教于我。"遂说："二弟呀，你是怎么了？怎么不早说呢？显得是我不好是的。求你见了师父，多给我美言几句。"戴家弟兄说："二位老师快回屋中吧。有什么话咱们屋子里说去。"宋锦、赵华阳弟兄二人，这才一同回到屋里，坐下喝茶。赵庭问："师兄，你这铺子卖饺子，怎么落个霸王馆之名呢？这要叫师父知道，焉有咱们的命在？"宋锦道："这倒不至于被杀，左不被推出门来。就是不准配带薰香，采花做案。若犯那戒，一定被除。二弟呀，你是不知，只因我出艺之后，师父就走啦。我在这在右访友，保护这十八村。后来与戴家弟兄结交，传他们武艺。我每次回来吃饭，因为我嘴急，所以做得必要快，因此开了一个买卖。可是每天须等我吃完了再卖。我也曾在这一方打了些个土棍恶霸，是他们恨我不过，这才在外给我起了一个外号儿，才叫霸王馆。他们又在外胡作非为，留下我的名姓，从此便传出我的恶名去。那么二弟你来，所为何故呢？"赵庭便将自己家世一说，又说："特来找您，要打算入绿林。"又将遇见焦雄之事，说了一遍。宋锦道："二弟呀，你不可如此。愚兄我今年四十有二，还不敢去入绿林当贼。你今年二十有一，就敢说当贼，岂有此理。你先在我这里住着吧，等到过年春暖花开的时候，我亲身送你回家。"赵华阳说："不用的，师哥你不用管，我是非入绿林闯荡不可。闻听人言，您与彭化龙相好，那就请您带小弟前去，面见于他，请下转牌。当年师父教我一手绝艺，名叫蝎子爬城，可以爬碑献艺。"宋锦说："不错，倒有此人，只是不好办啊！"赵庭说："我心意已决，再无更改。"宋锦叹了口气，遂说："好吧，容我带你前去。有一天东村闹贼，被我赶到，后来又来了两个好友，才将贼人拿获。将来你要见了那二人，可是咱们好友。他们是弟兄二人，一个叫金须虾米王佐，一个叫银须虾米王禄，两人水性最好。"赵庭说："记下了。师哥，咱们可几时走呢？"宋士公道："二弟呀，要依我相劝，你还是回家去吧。家下又无三兄四弟，只有你一人。你要不回去，岂不急坏了二老？再者说，你要爬碑献艺，练不好那可一定死在下三门的门长手下。"赵庭说："我也不怕。因为我说下不能回家啦。"宋锦一听，知道他是立下了志向啦，不好驳回，遂说："二哥，既有此志，那我也不好再问。可是也得等明年开春，三四月里好不好呢？"赵庭说："也好。"说完他便在此店住。过了年已到了三月，可是宋锦总是用言语支吾，仍然不提。

这一天戴家弟兄也在此，哥四个在院中坐着闲谈。赵庭独自发怔，一言不发。戴文龙问道："二弟，你为何不言语？坐在那里发怔。"赵庭一闻此言，双眼落泪，说道："唔呀，师哥要了吾的命啦。"文龙说："你有事可以说出来呀，为什么如此呢。"赵庭道："我要入绿林，他不带我去请转牌。"宋锦道："二弟你不知，那转牌如同圣旨一样，不是轻易请的。要不然你在影壁上先练练我看看，如果能成，我一定带你去。"赵庭说："不成。当初师父说过，见不着转牌不准我练，已对天赌咒，不敢轻试。"宋士公无法，只可答应。赵华阳看他如此，知道他有点成心，便在夜间，自己偷偷地写了张字柬："三位兄长别找，赵庭奔苏州找彭去了。请来转牌，爬碑献艺，得来守正戒淫花，兄长一瞧便知分晓。"压在砚台旁。他就收拾好了，浑身紧衬利落，取出匕首刀来，划开后窗户，开了窗户他就出去啦。到了外边，双脚勾住了瓦檐，使了手珍珠倒卷帘，将窗户安置好了，翻身上房，从此奔了西村口，一直向苏州而去。

他离了宋家堡，如同小鸟出笼一般。一路之上，看见天快亮了，他便找了树林，进去换下夜行衣，包好小包袱，再出树林赶路。非止一日，这天到了苏州，他便进了北门。一时不知衙门在哪里，便找了一位年长的老头儿，上前问道："借问老先生，我要去衙门该怎走？"老者说："你从此往南，过了十字街。路北有七间楼房，那是会元楼，西边有个夹道，再往北就是衙门。"赵庭说："道谢道谢。"他便按照道儿，来到了西边，果然是会元楼。原来这里是一家酒楼，买卖还真繁华。赵庭进了西边夹道，到了后面一看，原来后边是片空场，北面对着会元楼是座店，对着胡同口是衙门。赵庭又一看街西有家豆腐坊，他往北而来，顺着衙门往西，有一个小巷，上边有个小木牌，上写"太平巷"三个字。细一看是一个小死胡同，他便回头往东，来到店门一看，此店原是德元店，墙上写"仕宦行台、安寓客商"等字样。他便叫道："店家。"从里面出来一人，身高六尺开外，是个五短身材，赤红脸儿，半截眉，环眼，准头端正，四字海口，大耳相衬，高卷牛心发髻，月白布裤褂，白袜青鞋，腰系围裙。出来笑嘻嘻的问道："客官，您是住店吗？"赵庭说："正是。但不知你们这里可有正房。"伙计说："有，有，您随我来。"说话之间，便将他带到了里面北房西头一间，开门放帘。赵庭到屋中一看，这屋内倒很干净，北墙有一张床，旁边有一小茶几，两个小凳儿。赵庭坐下问道："伙计你贵姓呀？"伙计说："我姓景，叫景和。您贵姓呀？"赵庭说："我姓赵。"景和说："我就叫你赵老爷吧。"赵庭说："你不用那么叫，我没做过官，不敢担老爷之名。我且问你，现下你们这个府中知府，可是清官，还是赃官呢？"景和一听，连忙跪下道："这位爷不知，我们这位府台大人，可是一位清官，真是清如水明如镜，两袖清风，手下人全不敢为私舞弊。"赵庭说："你起来，我且问你，府台大人姓什么，官印怎么称呼。"景和站起身来说道："听都堂大人说，姓邓名叫子玉。"赵庭说："你们这都堂大人姓什么呀？"景和说："姓彭，双名化龙，这一方的尊他外号，叫金翅鹞子。他是八班的总班头。"赵庭说："此人可在外吃私？"景和说："紧快住口，这位彭爷可是大大的一位好人，真是八仙桌盖井口，随方就是圆，专在外为朋友管闲事，交友遍天下，人人说他好，真是一位好交的人。"赵庭说："很好。那我要请他吃酒，可是哪个酒楼最好呢？"景和说："那也就是我们这店前边的会元楼了。"赵庭答应说："好吧，就是这样啦。"说完之后，他出店去绕弯，便在暗中将入衙门的道路踩好。回到店中，要了点酒菜，自己在屋中吃喝已毕。候到天黑，景和给端来蜡烛，赵庭说："我这里不用什么了，叫你再来，不叫你可以不必来了。"景和来到外面，向大家交代，说道："诸位客官，现时天气不早，我们可要封火摆账啦。哪位要什么可快点说话，我们要关门撤火啦。"问了三声没人答言，伙计自行收拾去了。

这时赵庭躺在床上，一时心血来潮，便昏沉沉的睡去。至到定更天，梆子一响，将他震醒。睁眼一看，天已不早，连忙坐起。用耳音往外一找，那打更的往后去了。他急忙将白昼衣服脱下，换好夜行衣，用小包袱将白昼衣服打成腰围子，抬胳膊踢腿，不碍事啦。背好了刀，将灯吹灭，将门插关拉开，拉门转身来到外面，将门倒带，矮身到了西房山。听四外无人声，这才飞身上了房，过去便是衙门的内宅。看那院中有一个天灯杆子，高有两丈八，上面挂着一个牛角泡的灯。赵庭伸手取出一块问路石子，扔在地上，吧嗒一声。忙用耳一听，并无人声犬吠，他才大胆的飞身下了房。到地上先猫腰捡起石子，然后转身形来到北上房。这院中宽阔，是方砖墁地。北上房是七间，里面掌着灯光。这是明三间暗两间，东西各一间耳房，东厢房五间，西厢房五间，北面正房点着灯亮，透过窗棂，人影摇摇。赵庭暗道：许是大人尚未睡呢。想到此处，他便来到灯杆之下，双手爬杆子爬了上去，大声喊道："要状告一人。"屋里大人一听，忙叫："童儿，快点上手灯，到外面去看看是什么人喊冤。"小童儿吓得哆里哆嗦，将小手灯点上，来到房檐底下，往上一看，见那灯杆子之上趴着一人，说话唔呀唔呀的。就听他问道："小童儿，你家大人可曾睡觉？如未睡，我要请出他老人家面见，我有事。"小童说："好，你可别走，待我与你请去。"江湖人说："就是吧，叫你多累啦。"那小童遂回到屋中，说道："大人，现在院中灯杆子上有一夜行人，在那里盘看。他要面见您，有冤伸诉。我想您先不必出去啦。"大人说："童儿，不要紧，我一不贪赃，二不卖法，有何惧怕他人之理？"说着接过手灯来到院内，向灯杆上问道："江湖人，你要状告何人？"赵庭往下借灯光一看，这位大人，身高八尺，体态魁伟，面如重枣，一双重眉，阔目，通宫鼻子，四字海口，大耳相衬，光头未戴帽，高挽牛心发髻，胸前飘洒三绺墨髯，身穿蓝色的袍儿，未着官衣。他下边是青底衣，白袜云履。观罢问道："大人您贵姓呀？官印怎么称呼？"大人忙问："江湖人，你问本堂名姓为何？"赵庭说："我听一听大人的名姓，我可以知道是忠是奸。要是忠臣，我好告诉。要是奸臣，那我就走了。"大人说："江湖人，你若问我，祖居庐州府，合肥县北门外邓家庄的人氏，我姓邓，双名子玉。你状告何人呢？江湖人，那么你叫什么呢？"赵庭说："大人，您老人家可以不必问了。我是个江湖人，说出名姓，倘若有个言语失检的时候，您出飞签火票，拘拿于我，那时我就难逃国法啦。"大人说："那么，你姓什么不说，你可状告哪人呢？"赵庭说："我告的是您的大班头彭化龙，他使了我的钱，不给我，我不敢惹他。"大人说："他欠你多少钱。"赵庭说："他借我三百二的蹦蹦钱，今天不给明天就是六百四，后天就是一吊二百八十啦，他一共短我九年零三个月。大人请您给算一算，他一共短我多少了。总要能给我要过来，我有孝心，孝敬您点东西。"大人说："什么东西呀？"赵庭说："背上半本《易经》。"邓大人一听，心说："我才念到上半本。他敢说给我背。"遂说："那么你就背上一背。"赵庭说："是，老大人您休发虎威，待草民我斗胆给您背上一背。"说着便背了上半本，头句"乾，元亨利贞。初九，潜龙勿用。二九，见龙在田，利见大人。"至到"上九，自天佑之，吉无不利。象曰：大有上吉，自天佑也。"大人一听，果然背到《易经》的前半本。又听那人说了声："老大人，您要给我要了来，我还给您背那下半本。我去也。"飞身而去。大人心中所思，这个人乃是外边行侠仗义之人。我若再将此人收服，日后凡是我所管地面，一定高枕无忧。忙叫："童儿，你快去把彭化龙叫来，我有话问他。"小童答应，连忙提了手灯，出屏风门，直到班房。此时彭化龙刚躺下，尚未睡着。小童儿来在窗下，问道："都堂大人，您睡觉啦？"彭化龙道："我刚躺下，有什么事吗？"小童说："您快起来吧，有一件要紧的事。今夜有一个贼，在灯杆子上把您给告下来了。"彭化龙一听，赶快站起身形，披衣下地，穿好了衣服，开了房门，将童儿放进来。童儿说："您去吧，大人叫您哪。"彭化龙一听，心中纳闷：我彭化龙招不出来呀。连忙随着小童来到后宅，在廊子底下一站。小童进到屋中，说道："大人呀，都堂已然来啦？"大人说："叫他进来吧。"彭化龙一听，赶紧进来双膝拜倒，口中说道："大人，三更半夜，您将下役叫了过来，有什么事呢？请您讲在当面。"邓大人说："方才在灯杆子上有一江湖人，他把你给告下来，有这般如此的一件事，我与你三天限，务必要将那盘杆之人拿来。若限满拿不住背书之人，我是一打二革。"彭化龙说："是，是，大人恩典。我急速访拿就是了。"说完站起身形，告辞出来。

到了班房，将手下的伙计全叫了起来，说："你们都别睡啦。"大家醒了之后，问道："头儿，有什么事吗？"彭化龙道："现下有贼人夜入衙门，大人传我捉捕。遇见这样案子，我平常的家伙不成。你们支应一点，我回到家中取那一对镔铁锏去。"说完他走了，不提。

且说赵庭离开后宅，回到店中，推门进到自己屋中，取火折点好了蜡烛。忙换好夜行衣，将刀挂于胁下，长大的衣服穿齐了。听外边梆锣齐响，已然二更。他便出来到了门道，叫声："景和。"此时那伙计将睡着，忽听耳旁有人叫他，连忙披衣起来。开门一看，原来是赵客人，遂问道："您有事吗？"赵庭说："天将二鼓，此时会元楼上门没有？"景和说："没上门。您有事吗？"赵庭说："我去定一桌酒席，打算请都堂大人吃酒。"景和说："嗬，您请他老人家呀，好，我给您开门。"说着上前将门开了。出店一看，那会元楼的后窗户，还有灯光亮着。伙计说："您快去吧。他们楼上饭客还没走呢，您快去，我给您留门。"赵庭答应，当时一直往西南，过了夹道一看，会元楼的伙计正在那里挑幌子啦。他忙上前说道："哎，伙计。"那伙计问道："这位爷，您是吃酒吗？"赵庭说："不是，我要定一桌酒席，明天早晨用。"伙计说："什么席呀？"赵庭说："要一桌上等的酒席。我要请一位朋友。"伙计说："您请哪一位呀？"赵庭说："就是衙门的都堂彭化龙，他是我的朋友，我们是交好的朋友。"伙计一听，忙改了笑容，非常和蔼，说道："您请上楼来吧。"赵庭到了楼上，找好了北面一张桌，说道："你们就给留下这桌吧，把窗户开开，好叫我那朋友往衙门看着一点儿，防备有事。"伙计说："是。"赵庭伸手取出一封银子，交给了伙计，说道："你们拿去，除去酒席外，所余多少，满给你们这些人作为小费。酒席可千万的给我做细着点。"伙计连连答应，说："是。"当时将银子拿到柜上交明白，通堂全喊谢谢。赵庭下楼而去。他们大家便说："咱们不用睡了，把这一桌酒席给作细一点就得啦。"大家说："对。"他们这里忙乱不提。

且说赵庭三更来到衙门，问："门上哪位在？"小伙计们值班，出来问："您找谁？"赵庭说："找你们都堂大人。"伙计说："回家取东西去啦。有事吗？"赵庭说："有事，我在会元楼上后堂，明天请他吃酒。"伙计说："明天一准叫他去。"赵庭出来，便在会元楼房山黑影里蹲下了，少时见一人慌慌张张回衙，心想："此人定是彭化龙。"

彭化龙果然从家取来兵刃，到了班房。伙计说："头儿，背书的贼人胆真不小，愣敢前来请您。他在会元楼定下一桌酒席，叫您前去。"彭化龙气得颜色更变，将镖铁铜顺到每袖口一只，急忙出衙。江南蛮子赵华阳也急急的在他之先，又来到会元楼，问："都堂大人来了没有？"伙计说："没来。"赵庭说："他告诉我马上就来，为什么没来？"说完又往东去，绕过会元楼奔了衙门。此时彭化龙来到会元楼。伙计们一见，忙说："彭爷您来啦，明天您可有咬儿。"彭化龙说："什么咬儿？"伙计说："有位江南爷请您吃酒，是您的朋友，全是仗义疏财之人。他要了一桌上八席，外加山珍海味。"彭化龙说："给了钱吗？"伙计们说："给啦，他拿一封银子来，除去酒席外，其他的钱赏给我们大家。方才还来了，现下又上衙门找您去了。"彭化龙道："那个人可是有事，再来了千万别叫他走。"伙计说："是。"他在这里打听事，那赵庭又来到衙门，向伙计问道："混账东西，那个彭化龙走了没有？"小伙计说："现在去会元楼访您去了。"赵庭说："好的。待我再去找他去。"说完他又来到西夹道黑暗之处偷看，那彭化龙气昂昂的又回了衙门。赵庭便来到会元楼，问伙计道："那彭化尤来了没有？"伙计说："来啦，刚走，又去衙门找您去啦。"赵庭说："唔呀，我二人没缘呀，找了好几次了，也是见不着的。待我上楼等着他吧。"说完上了楼，来到那桌旁坐下，便伸手将北窗户给打开了。伙计说："江南爷，您开窗户干么呀？"赵庭说："为的是看他出来，我好叫他。"伙计看他没走，也就不言语了。那彭化龙从东边绕回了衙门，那差役说："彭头呀，这个江南人，不但胆子大，他的武艺决错不了。"彭化龙说："怎么？"差役说："他又来找您，还说了许多不像话的地方。那我就不便向您来说。他说这一回不来啦，他在会元楼等您。"彭化龙说："好，待我拽他去。"说完转身出来，又来到了会元楼，问伙计说："那个人来了没有。"伙计说："来啦，现在楼上等您。"他说："好。"说着奔了楼梯。此时赵庭听见外边有人说话，他忙将大衣甩啦，打了腰围子，收拾紧衬利落，在此预备着。彭化龙蹑足潜踪，来到楼上，心说：只要被我看见，量你逃脱不了。及至到了上面，一眼看见赵庭，到了桌案以前，问道："在此请我吃酒，可是阁下吗？"赵庭道："不错，正是鄙人，对面可是都堂大人？"彭化龙道："正是彭某。"赵庭说："我请阁下在此吃酒。"彭化龙说："你我素不相识，何人介绍呢？"赵庭说："给你我介绍的这个人，比你我高一点。他是位高爵尊之人。"彭化龙说："但不知是何人，请道其详。"赵庭说："此人与你也认识，跟我也认识，就是你我不认识。"说话之间，看他两只胳膊直着，就知道暗袖着兵刃啦，遂说："就是那府台大人。"彭化龙一听，往后一撤步，双锏得到手中，左手一撮。他双手一扶桌子，飘身纵出窗外。彭化龙也随着跳下，迎头就是一下子。赵庭往旁相闪，说道："且慢，你是官差，我是贼人。头一招我没还手，那是看在府台大人面上，我不还招。第二招我不还招，是因为你是官差。第三招不还招，看在武圣人面子上，我也不还招。"化龙一看，三招已过，他并不还招，就知道此人武艺不坏，上前又要进招。那赵庭这才推簧亮刀，二人杀在一处，分不出胜败输赢。此时天已大亮，太阳出来很高，那看热闹的人，越来越多。两个人累得嘘嘘带喘。赵庭一看不好，急忙飞身又上了楼，彭化龙也飞身上楼。不想在那窗户那里坐着一个瞎子，竟将彭化龙给碰掉下来。他还大声说道："众位老乡啊，这是谁成心欺负我，跟我挨亲？"彭化龙下来，仰面再看那贼，踪影不见，急忙说道："先生你往里点，我们这里办案啊。"那瞎子一听，说道："唉，我躲开你们。"说着话，他倒往前一迈步，整个摔下楼来。化龙看他头要着地，谁知他竟站在对面，用马杆一伸，入在化龙的裆中。彭化龙连忙往旁一闪。那瞎子说道："无论是谁，我先抽个斗子吧。"马杆向他下巴颏打来。彭化龙一看，急忙用兵刃相迎，两个人打在一处。他就听见马杆嗡嗡带响，完全是行者棒的门路。

二人正打得热闹之间，从正北来了三骑马。马上之人大声喊嚷，说："都堂大人，留让一招，五弟慢动手，全不是外人。"彭化龙停手，那瞎子跳在一旁，抱着马杆一站。他可听见从正北而来，却偏向正东磕头，说："师哥累啦，我给您磕头啦。"大家一乐儿。瞎子急啦，大声说道："你们怎么拿我打哈哈呀。"众人便不敢言语了。原来，正北来的三人，头一个是抱刀手宋士公，第二个是单刀将戴文龙，第三个是双刀将戴文虎。只因赵庭夜间留下柬帖走了。天明宋锦起来，心说：

我二弟怎么没来叫我啦，也许是我起在他的头里啦。等来到明间一看，北边墙上粘着一个纸条。宋锦过去一看，心说：得，他走啦。无法，这才与戴家弟兄一齐追了下来。这天来到此地，看见他们打在一处，全不是外人，正是夜行鬼张明与彭化龙动手。宋锦这才大声喊道："别动手，全是自己人。"说话之间，三匹马如飞似的，到了切近。三个人慌忙下马，走过来行礼。那张文亮虚点一马杆，纵出圈外，一抱马杆，说道："我师兄来啦。"彭化龙也一捧双铜，往旁一站，认得是宋锦，不认得那二人，遂问道："大弟，你可认识瞎子？"张明说："你敢当着矮子说短话。"宋锦说："五弟，你不可挑眼，不知者不怪罪。"遂说："彭大哥，快过来，我给您介绍介绍。"又叫："五弟，过来见过了彭大哥。此人住家苏州府西门外，彭家坡的人氏，姓彭名化龙，外号人称金翅鹞子，乃是苏州府的马快班头，绿林箭为他所执掌。"彭化龙说："这地不是讲话之所，你我酒楼一叙。"赵庭早从楼上跳下来，拜见宋锦，然后一同来到酒楼之上。宋锦这才与大家致引，遂说："都堂大人，他不是外人，乃是我的师弟，住家江南会稽县北门外，赵家庄居住。姓赵名庭，字华阳，排行在二。"说："二弟呀，快见过彭大哥。"华阳忙上前施礼。化龙用手相搀，口中说："二弟免礼平身。"赵庭说："兄长镔铁铜门路太好了，多有容让于我。"彭化龙笑道："岂敢，二弟的刀法不弱。总之是左老侠客的传授太好。"两个互相夸了几句。宋锦说："这是我五师弟，他住家苏州南门外太平得胜桥，张家镇的人氏，姓张名明，号叫文亮，别号人称夜行鬼，排行在五。"张明也上前拜见彭化龙。他二人又客气了一番。宋锦再与戴家弟兄一致引，说："他二人住家在山东宋家堡后，戴家岭的人氏。一个是单刀将戴文龙，一位双刀将戴文虎。"戴氏两弟兄也与化龙见礼。大家全致引完毕，这才落座喝茶。

彭化龙问道："二弟，你来到此地，夜入府衙，在天灯杆子上背书，将我告了下来，是何道理呢？"赵庭说："唔呀，我的哥哥。小弟打算访您，又恐怕当差之人不管。又因为府台大人与兄长的名望特大，小弟我这才夜入府衙。我的心意访您老，是为我要入身绿林，要戴守正戒淫花。"彭化龙道："二弟，你要戴也不难，必须有一手绝艺。今与古比，你看做绿林盗的，有几个戴戒淫花的？你要有绝艺呢，我可以下绿林箭，招齐各门各派。献好了艺，还得莲花党之人给戴守正戒淫花。二弟呀，你要打算请各门，还有一件难事，必须等那位腿快之人，来了才成。别人撒转牌，人家也不认可呀。"赵庭说："唔呀，那位腿快之人，住在哪嘎里呀。"化龙说："此人住家山东东昌府北门外，刘家堡的人氏，姓刘名荣，别号人称闪电腿。左老侠客在三江会给他贺的号。他跟侠客爷赛过跑。"说话之间，摆上酒席。众人正要吃酒，忽然听见楼梯响，有人走上楼来。大家不由得注目一看，见上来一个花儿乞丐之人，像貌跟赵华阳长得仿佛。上得楼来，向彭化龙一点头，转身又下去了。宋锦忙问道："此人您可认识？"彭化龙道："我倒是认识他。"宋锦说："为什么不把他唤了过来，在一桌上吃酒呢？"化龙说："大弟呀，是你不知，那人性质不好。他若是正人君子，我早就与你们引见了。要是那采花淫寇，见他何用呢？"原来，此人也姓赵，名叫连登，外号人称赛华阳。后文书赵庭丢花，被他偷去，假充华阳，闹的乱子不小。按下不表。

且说他们众人吃酒之时，又有人上楼。宋锦低声说道："二弟，你看腿快之人来啦，赶紧上前见礼，跪地磕头，别起来。我叫你起来，你也别起来，非他点头不可。"赵庭说："是。"抬头一看此人，平顶身高七尺，细条条的身材，上身短，下身长，两条仙鹤腿，面如重枣，粗眉阔目，准头端正，大耳相衬，海下微有胡须，不见甚长。用白布手巾蒙头，土黄色的靠袄月白布护领，用白布袍扎腰，土黄色的底衣。鱼鳞洒鞋，青袜子，花布裹腿，外罩土黄色通氅，上面用青线勒的斜象眼，青布里儿。肋下挎着一口金背刀，金饰件，月白布的挽手往下一垂，左手提着一个蓝布包袱。赵庭急忙上前跪倒磕头，说："大兄长在上，小弟赵庭给您老人家叩头了，我要烦您老人家一件事。"那刘荣是面向北，正跟彭化龙对脸。那彭化龙冲他一使眼色，此时那刘荣可就没换他。张明说："嗬，刘大哥来啦，我这施礼吧。"说着站起来离座，跪倒磕头，刘荣上前换起。赵庭又追过来，跪倒叩头，说："我的哥哥，小弟有礼了。"彭化龙又冲他一使眼色儿，刘荣心中不快。那宋锦站起说道："兄长，这是我二师弟赵庭，字华阳，大半您也听我师父说过吧。"刘荣说："不错，听说过。"口中说着，心中暗想："彭化龙可不对，我跟老侠客是知己的爷儿们。再说我先跟宋锦认识的，与你没有多深交情啊。你为何这样的不叫我理人家呢？"又听赵庭说："我的哥哥，我有一事相求，请哥哥答应才好。"此时那彭化龙又冲他一使眼色，刘荣心中实在憋不住啦，遂说："彭大弟，你三次向我使眼色，所为何情呢？莫不是叫我得罪人吗？初次见面，就叫人说我瞧不起人，这不是陷我不义吗？二弟你先起来，有什么事我全答应。"赵庭说："不成，哥哥你先答应，要不然我是不起来呀。"刘荣说："二弟你起来，无论什么事，哥哥我应啦。我要不应，叫我不得好死。"赵庭这才起来。刘荣问道："到底是什么事呢？"赵庭说："我求哥哥下一趟转牌，请一请人。"刘荣说："原来这点小事情，不要紧。我可得这就起身，明年此时到齐。但不知何处会见呢。"赵庭说："彭大哥，咱们这里可有大店口？"彭化龙说："有，在此门里路西。"刘荣说："什么字号？"化龙说："是成记老店，前后三层院子，南北的跨院，一共一百多间房，还不足用吗？"刘荣说："足成，足成。"这才赶紧大家用酒完毕。刘荣说："彭贤弟，你还是赶紧请转牌。"彭化龙说："赵庭，转牌一走，你可得圆这案。"赵庭说："当然，兄弟我一定随兄到府衙。"彭化龙说："好吧。"这才吩咐伙计在后面设香案。他自己下了楼，到街上找了轿子铺，叫他们扎了一个彩亭子。前面是黄云缎的一个帘，红走水蓝飘带。八搭亭子的人，是每人一件袍，蓝布头巾，穿青布靴子。大家出西门赶奔彭家坡。亭子落平啦，取出两面锣来，交给家人。他净手焚香，在祖先堂中，请出转牌来，往高一举，然后拜了四方。叫家人打锣，老打两下儿，在前边开道。他命人抬起亭子，一直往会元楼而来。到了楼门前，亭子落平，前边铺一块红毡子。宋士公、赵庭等人上前跪倒，迎接转牌。彭化龙请下转牌，一同上楼，从黄布套内取出来，供在香案之上。大家一看，此牌乃是一块长方铁牌，四犄角有云头。牌边是万字不到头，两边是两条飞龙，里头又是长方的万字不到头，上头是双龙门宝，双龙之下是个太极图，下边写着"左云鹏"三字。鹏字的左右下边一点，是为尊两个字，在为尊的当中有金针一条。供好烧香，大家参拜。彭化龙说道："我怎么说，你们大家也得照样说。"大家说："是。"化龙跪倒说："弟子化龙参见转牌，请转牌出巡。"说完站在一旁，刘荣上前跪倒说："弟子刘荣请转牌出巡，六十四门满到。"他参见已毕，依次宋锦、赵庭等，全都参见完毕。彭化龙忙将铁牌请下，用蓝银朱油将牌全刷好，取来一张高丽纸，用牌向纸上一扣。将牌扣好，用手来回一揉，然后再将转牌起下。一看那纸上可就印成了，双龙、字迹全印在上面。彭化龙拿笔在那空白之处，添上"徽宗御赐"四字，这才交与刘荣。刘荣接了，捧向四外让过，然后折好带在身上，笑道："彭贤弟，咱们成记老店，明年此时再见。"彭化龙说："好吧。"说完给他预备路费。刘荣说："不用，我到哪个镖行都随拿路费，何必咱们预备。"此时赵庭、宋锦弟兄上前说道："刘大哥多受风霜之苦。"刘荣笑道："小事一桩，不足挂齿。"说完伸三个手指，赵庭伸一指，刘荣点头。原来刘荣问他左道爷有三手绝艺，他会几样。赵庭伸一指是会一样。左云鹏献三手绝艺，下文书再表。

　　彭化龙打发刘荣走后，又把转牌请回去，再来到会元楼，说："二弟，你得随我打这官司。"赵庭答说："好，您把国法请来吧！"彭化龙说："随我到班房去戴吧！"赵庭点头，叫宋锦三人暂在楼上略等，我们去去就来。三人答应。赵庭随他到府衙，戴上手铐脚镣。此时大人已升堂。彭化龙给他报名而进。到了堂前，赵庭上前跪倒，口说："罪民参见大人。"府台说："下面跪的可是天灯杆子上的贼人？"赵庭说："正是罪民。"府台说："为何不抬头？"赵庭说："草民有罪，不敢抬头。"大人说："恕你无罪。"赵庭说："谢大人。"忙一正面，那府台大人看他面貌正气，是文生公子模样，遂说："赵庭，你昨夜在天灯杆子上所背的是什么书？"赵庭说："是前半本《易经》。"他说："不错，你再背那后半本。"赵庭又面冲西，从"谦亨君子有终"，直到"上九王用出征，有喜，折首，获匪其丑，无咎。象曰：王用出征，以正邦也。"赵庭背完，不知府台大人有何分派，且看下回分解。

第三回

爬碑献艺巧计盗花　八义成名结仇贼党

　　话说訾了赵庭，盘杠背书之后，到了公堂，又背后半本。那府台大人一听，果然不错，遂说："赵庭，你是认打认罚吧？"赵庭说："认打怎么说，认罚又当怎讲？"大人说："你认打呢，你是背后背刀，夜入公馆，你有杀官盗印之嫌。"赵庭说："大人，我要认罚呢？"大人说："认罚，你得在本地取具妥实的铺保，在我衙中充当二班头，与化龙一同拿贼办案，另外我还有赏。"赵庭说："罪民情愿认罚，在老大人手下当差。"大人一听心中甚喜，命人将他刑具撤下，抖袍袖散堂。彭化龙把他带下来到了班房，令人打水。赵庭洗完脸，哥两个一同来到会元楼，向他三人一说。那哥三个先给彭化龙道谢，又给华阳道喜。打好了会元楼的水印，交了上去。赵庭说："大哥，我可不能在此当差。我有一个朋友，必须写信找他来，他可以当差。您派人骑匹快马，到扬州府东门外阮家寨，约请阮恒阮明芳，让他来接这个二班头。"金翅鹞子彭化龙一听，忙派伙计找来差人。化龙说："你骑马快去，到阮家寨下书，请洪芳、弱芳弟兄，一齐前来，不得有误。"当差之人连连答应，拿着盘费走了。到了那扬州府东门外阮家寨下马，打听好了阮宅在哪里。他们来到路西门首，上前叩门。里边人问道：

"谁呀？"差人说："我们是苏川来的。您这里可是阮宅吗？"里边说："正是。"说着街门开啦，出来一个家人。当差之人将书信呈上，说："烦您传进去。"那家人接了过来，拿到里面，呈给阮明芳。那明芳伸手接过拆开一看，上面写的是约他到府衙当差。赵庭要献艺，戴守正戒淫花，并令洪芳、弱芳也一同前往。看明白后，连忙回到内宅，禀明他娘亲。老太太心中甚喜，遂令家人赏那下书之人纹银十两。家人答应，拿了十两银子出来，到了大门洞，说道："我家老夫人赠你十两路费。"差人说："劳管家驾，您替我道谢，我回去啦。"家人说："是。"差人上马，自回苏州而去。这里家人回到里面，那明芳正跟老太太提说赵庭要献绝艺，约自己当二班头之事。老太太邹氏问道："儿呀，你当二班头，就得出去拿贼。有应拿的，也有不应当拿的。"明芳说："是，是。"老太太说："那大班头是谁呢？"明芳道："是金翅鹨子彭化龙，那赵庭他二人还要约我兄弟一同前往。"老太太点头，说道："明芳啊，此地离苏州相离太远，你必须带着家眷去才好。"当时叫婆子将大奶奶叫来，少时明芳之妻冯氏来到。老太太当面说道："姑娘，你丈夫此次上苏州府当差，我叫你随着去。可有一节，无论什么事，可不准你胡管。要有应当说话的地方，说他不听，可急忙派人告诉我，我自有办法。"冯氏连连答应，便下去收拾去了。那洪芳、弱芳也到了后面，嘱咐好了他们妻尹氏、林氏，好生侍候老太太。外边车辆备齐，冯氏拜别老太太，出门上车。他弟兄三人，也辞别了老母，出阮家寨，向苏州而来，按下不表。

如今且说彭化龙，将转牌送到家中，回来到了成记老店，问道："伙计，有闲房没有？"伙计跑出来一看，笑道："原来是都堂大人呀，别人找没有，您找还能没有吗？"彭化龙道："我可用得多呀。"伙计说："您要用多少间呢？"彭化龙说："你们有多少房屋？往后不用卖别的客人啦，我们要包一年半。"伙计连连答应。他们大家便安在店中。店的对过有座城隍庙。赵庭在吃饭后，出来散逛，便走进庙来，看那庙中是五间大殿，台阶七层。左边有两统石碑，西边也有两统石碑。心中暗想，将来献艺，可以在此碑上。查看好了，他出了庙，往东是一块菜园子。园子边上竟种些个大麻子，往西来有五间北房，往东有一行用秫秸扎的花障儿。顺着篱笆往西走来，到这五间北房一看，那西房山与庙墙有个小夹道。夹道南头有一眼大水井，上面安着辘轳。赵庭来在井口，往下一看，深不见底，他正要向前再看，忽听屋中有人说道："施主，您别往下看了，那水太深，这井叫乌龙泉。"赵庭说："是，我不看了。"说完，他便转身顺庙墙往南来，到了店中。从此每天吃完早饭，赵庭便来。日久熟啦，一问老道，名叫魏清云。二人每天下棋解闷，很是投缘。这一天阮家弟兄到，随来到衙署。向当差之人一说，彭化龙便迎了出来。哥三个一见，忙上前拜倒，说："大哥在上，我弟兄拜见。"化龙连忙仲手相搀，说道："大弟快起来，不要行礼。你们不必打店口啦。赵庭既然把兄弟你举荐出来啦，我这里有两所房子，你可以住一所吧。"说着话便领他们到了西边小胡同太平巷，找来家人彭安，开了门，进去收拾一切。打扫已毕，那化龙之妻早将冯氏接了进去，大家见礼，落座吃茶。少时家人来回说："那院已然打扫完毕，一切齐全。"他们弟兄忙出来督催轿车夫等，往北院卸东西，安置一切，不提。那彭化龙便将明芳弟兄三人，同到成记老店，宋锦与众人引见完毕。赵庭说："彭大哥，您可以去到府衙，回禀大人。就说我有师弟阮明芳，来替我在府当差。"彭化龙说："好吧。"当时他来到衙中，来见大人，说明此事。大人忙命人将明芳唤来，要看一看。便派人到店中，找来明芳。来到内书房，明芳进来见大人行礼，口中说："大人在上，草民阮明芳参见。"大人说："明芳你免礼平身。"明芳站了起来。大人看他身高有九尺，面如白玉，眉分八彩，目如朗星，准头端正，四字海口，大耳相衬，年有三十上下。光头未戴帽，高挽牛心发髻。身穿宝蓝色的大氅，扣着纽绊，上绣万福留云。大人看他骨格不俗，心中暗喜，当下赏银三百。明芳赶紧道谢，退了出来。那班房的差人等，上前道喜。彭化龙道："大弟你先在此，代替我些日子。我必须上成记店中，看守那五路标行的总册子，以及各门的名册，好预备赵二弟他那件事。明芳说："是，哥哥您请吧。"说完，化成竟自拿了两项册子，到了店中。在店房里面一查那册子，彭化龙道："二弟呀！那个门户人不到都行，唯独蓬花党的人，不来可不成。"赵庭答应："是。"

　　一日两，两日三，转过年春三月，这才苗庆、白坤、陶金到，以及镖行十老、镖行三老、镖行二老全到。少时又来了镖行五老，莲花党的李玄清、谢亮，屯龙口的、西川王家坨的、银花沟的、何家口的、莫家村的、佟家庄的、连家洼的，通盘到齐。李玄清问彭化龙道："皇宫大内丢了什么国宝，你下转牌。"彭化龙道："未曾丢国宝。"李玄清说："既然没丢国宝，你为什么下转牌呢？"化龙说："现有赵庭赵华阳，要戴守正戒淫花。"李玄清说："戴守正戒淫花只是一人，就是左云鹏一人。他练一手绝艺吊睛法，外人没有。赵庭有什么绝艺，我得听一听，练得下来才成。要是练不下来，化龙你可知我带来的这些人，干什么来啦，你以为容易下的转牌啦。"赵庭一听，连忙上前，说："明日要在城隍庙爬碑献艺。"这才定规好了是五月十六日这天献艺。到了是日，赵华阳在碑上练毕，辱骂莲花党，当场气走屯龙口的寨主金花太岁普莲。那李玄清问他要戴什么颜色的花。赵庭说："要紫色的。"当时，李玄清给他一朵，赵庭扔下不带。这惹恼了老道，说："赵庭，你特不要脸，从此还不叫你戴啦。"赵庭说："李观主，你须知我献二艺，要带就得我弟兄八人一齐戴，我一个人不戴。"李玄清说："你还有何艺，何妨说了出来。"赵庭说："你们将戒淫花放在城隍爷的头上，派你们手下人看守，我在三天之内，一定盗了走。倘若盗不出去，您可以亮宝剑将我人头带走，不算您欺生，算我学艺不高。可必须将殿中窗户横楣子全都打下去，门可以不动，我自有法子盗那戒淫花。"李玄清说："好。"便派人照法办理。

正在此时中江五龙到，金龙刘清、银龙刘明、小白龙丁得茂、混江龙赵普、闹江龙李庸，他们大家会合一处。李玄清见了说道："你们弟兄来了更好啦，咱们店中去吧。"大家来到店中，同吃晚饭。又来了西川傅家寨的小蜜蜂傅虎、金头蜈蚣傅豹、小花蝶傅荣、追风鬼姚庆、黑面鬼姚明，大家人等来到此处，会见已毕。李玄清来见赵庭，问他："三天盗花，从今天算，还是从明天算呢？"赵庭说："从明天算。"李玄清说："你要盗不了花，你要逃走呢！必须给我找一个保人。"赵庭说："什么人保我？"彭化龙说："我保你。"李玄清说："你可保他，要是三天盗不出来戒淫花，我要江南赵的人头。他要跑了，你可留神。我带来的这些人，我要闹了个地覆天翻。"彭化龙说："我做保，他跑了有我哪。"此时那正门正户的老少群雄一瞧李玄清，心中有点不服。其中何玉、莫方、蒋兆雄、徐国桢、佟豹，这些位更是不服。徐国桢道："化龙啊！咱们到了算吧。"化龙说："是啦！"遂问宋锦道："二弟可能盗守正戒淫花？"宋锦道："我也莫明其妙。"赵庭在旁说道："我能盗，就叫他们派人看守吧。"当下李玄清、谢亮等众人，二次来到庙中，命人将窗户横楣子全部摘了下去，把戒淫花插在城隍爷的帽沿上。李玄清的徒弟玉明、玉朗走了进来，他叫魏清云赶快将那殿中的佛像全搬了出去。殿中预备四个撮灯、四个吊灯、十五把椅子。老道答应，带人一收拾，当下预备齐毕，他命两个徒弟去买下三天的吃喝。二人走后，他便命中江五龙、傅家寨五位，谢亮、于良、玉明、玉朗，连李玄清，一共十五个人，又叫玉明、玉朗出去买来四支大蜡烛来，找三斤香油来，添好了海灯，将这些灯全备齐了。东面五把椅子是中江五龙，面向西看着守正戒淫花。西川傅家寨五人坐在西边，面向东看着戒淫花。于良、谢亮坐在城隍爷的左右，面向正南。另外关好殿门，李玄清坐在当中，上首是玉明，下首是玉朗，四面这样的看着那花。白天他们全目不转睛的看着，到了吃饭的时候，先由东、西十个人去吃。吃完了之后，归了座，李玄清爷五个再去吃饭。按下他们这里不表。且说成记老店中的群雄，大家一处用饭。石俊章心中总不痛快，他说道："我赵二叔脾气真左，据我想现下戴花的除去左剑客爷一人之外，再无二人能戴。现下您献绝艺，得了守正戒淫花，一个人还不肯戴，非要哥八个一齐戴不可。叫人家看守花，您去盗去。他们在那里看得最严，赵二叔既然没有妖魔鬼怪的邪法，我看不易盗出来。"赵庭道："人家有千条妙策，架不住我有一定之规。俊章你哪知道，我若无有此项本领，我也不敢说此浪言大话。"众人一听，全都半信半疑，不知他究有什么本领。晚饭后，真有不服气的主儿，夜间入城隍庙。到了庙中一看那宗形景，全都倒吸了一口凉气。

到了第二天晚上，眼看就要到交花的日子啦，赵庭才把何凯叫到一旁，问道："二哥带着夜行衣没有？"何凯说："带着呢。"说着他取来。赵庭打开，自己换好，外罩大衣，来到外面桌子上，说道："各位仁兄贤弟们，今夜小弟我若盗不出来守正戒淫花，你我下世再见了。"轮流来到何玉他们这个桌子，石俊章冲他一撇嘴。赵庭说："唔呀，这是为何呀？"石俊章道："您一个人不戴，我看戴不成了。"赵庭哈哈大笑，说道："石俊章啊，要罚你三杯水酒。"石俊章说："您敢吗？"赵庭说："不但喝，我还要吃菜啦。"石俊章当时斟了三杯酒，赵庭连喝两杯，将要喝第三杯，石俊章说："姓赵的你还有脸吗？"赵庭一听，心中大怒，一抖手哗啦一声，桌子就翻啦，纵身蹿到外面。石俊章甩了大衣，抽刀跟了出去。当时两个人打在了一处。赵庭说："俊章啊，当着你师父，我不肯下毒手，你要随我来呀。"说完虚打一拳，抹头往外就跑。出了店门，来到城隍庙的西界墙，飞身过去，便蹲在墙下了。石俊章跟了进去，将落墙内。赵庭从后打了他一掌，自己飞身又出东庙墙。俊章吃了一回苦子，二回明白啦，他换了一个地方上东墙。此时赵庭跑在菜园子当中，用土块向俊章打来。俊章闪身躲开，仍然往下追，追得甚紧，那赵庭来到乌龙泉上，踊身跳了下去。

此时众人全都追到，何玉说："好胆大的石俊章，你敢违师命将你赵二叔追下井。你可小心那左剑客爷的青锋剑的厉害。你小子还不下去捞他去。"石俊章说："不要紧，我下去捞他去。有个舛错，有我全家抵住。"此时苗庆就要伸手动他。宋锦说："三弟，不准动手。我看哪位师弟敢动俊章。"当时六个人是面面相觑，真就不敢动手了。何凯说："俊章，你看人家法规如何？"俊章一声不言语，放下了刀，一扶井绳，跳了下去。就听井口内哼了一声，水花咕噜噜一响。大家再叫，井中就无人答应了。旁边谢斌说道："老师，待我下去看看去。"说完他也下到井去，又听见水一响，又无人声。何凯说："列位且慢，这井中必有原故，快取一个灯笼来。"当时拿来点好了，用绳子顺了下去。众人扶着井口，往下看。大家还没看见水皮，噗的一声，灯灭啦。这个时候，小蝴蝶王平连忙到了外边店中，见了李玄清说道："道兄，现在江南赵与石俊章因为喝酒打了起来，俊章把赵庭追落井中。如今下去两个人，也是踪影不见。"李玄清说："贤弟你我先不用去管他们，看守戒淫花要紧。"金龙刘清说道："道兄，您在此等一等，待我去看一看。他若是真死，那时捞出尸身，您手起剑落，砍下人头拿回西川，大家庆贺人头会。"李玄清说："好，刘大王多多小心了。"刘清点头，拿好水衣，出庙来到井口一看，大家围着井。他往下一看，黑咚咚深不见底，便一扶井绳，噗咚一声。大家又听哼了一声，水花咕噜噜一响。大家再叫，也是无人答言。王平飞报李玄清，说："金龙刘大王下井，也命丧啦。"此时银龙刘明一听，说："道兄，事不关心，关心则乱。我大哥死了，待我去看看去吧。"说完，甩了大衣，出庙来到井旁，说："列位闪开了。"他到了井口，叫道："大哥。"里面无人答应，刘明一扶井绳也下去了。又听里面咚咚一声，哼了两声，水花一扑啦，人又不言语啦。王平飞身回到庙东墙，趴着墙，说道："道兄，刘明下去也命丧啦。"李玄清一听，伤了我们人啦，不由得就急啦。他说了声："列位随我来。"大家一齐出了大殿，上东墙外，一看众人正围着井口看。丁得茂三个关心，他们来到井口，扶着往下一看，里面黑洞洞，水花直响。李玄清站在庙墙上，不知他们是何原故。说话之间，就听东边大麻子叶子一响。李玄清急忙回头看，那守正戒淫花还在那里插着，遂叫道："丁得茂啊，你们哥三个快回来吧，咱们看着守正戒淫花。花不丢，我自有法子与他二人报仇。"当下哥三个回来，一齐又到殿中各归本位。何玉说："谢春呀，你在此看守井口，我们先回店啦。"说完，大家一同回到店中。

　　第三日天亮，石俊章、谢斌二人回店，每人一身泥水。何玉问道："俊章，这是怎么回事。"俊章说："师父，守正戒淫花，我八位叔父戴上啦。"何玉往下再问，俊章说："此地不好提，容回到家中，我再说。咱们先上别的屋子住去吧，等我二叔露面，我们再出头。"按下他们这里不表。且说那庙中，天光将亮，刘清、刘明也回来了。刘清问道："道兄，那守正戒淫花何在？"李玄清说："没动，仍然还在那里。"刘清说："好，我下水。头扎在水中，将返回来，有一双大毛手，将我脖子握住，愣往井的窟窿里去填。"一问刘明，刘明也是如此说。刘清说："我只得由那里往上爬吧，上来之后，原来是大麻子底下，这才回到庙来。要有花在，咱们就可以把江南赵的人头带走。"遂令刘明将水衣换好。少时天光大亮，殿中的灯全都熄掉。他们一看那守正戒淫花，仍然是昂然不动。李玄清上前将花摘了下来，插在自己脖纽扣上，心中自是高兴，遂率群寇，大家一齐来到成记老店，来找金翅鹞子彭化龙，要江南赵的人头。彭化龙说："李道友，您先别着急，事宽则圆。"当时向宋锦道："宋大弟，你去找一找赵二弟。他在人前夸下海口，如今这样，是何法呢？"此时一干老少群雄，看他们这些人，全都把眼睛熬红了。当下宋锦出来找赵庭。化龙言道："李观主，您别着急，有事在。可是据我看，他们决不能把送殡的埋在坟里吧。"暂不表他们这里。

　　且说宋锦出来各处一找赵庭，各处无有。忽然想起，这才来到菜园子，见了魏清云问道："道兄，我二弟赵庭可在您这里？"老道说："你二弟因为烦闷，正在这里睡觉。"宋锦遂来到屋中，将他唤醒。赵庭道："唔呀，我的哥哥，可要了我的命。昨天弟在酒席筵前，多贪几盅水酒，夸下海口，如今该当怎办呢？"宋锦说："二弟你不要烦睡呀，前去看看去。见了他们说一说，能成则成，不能成的时候，我是你的哥哥，那时咱们与他等一死相拼，哥哥我的命不要啦。"赵庭说："我的兄长，我是不去了。"宋锦道："那不成啊，你不去那不是叫彭化龙受热吗？"赵庭无法，这才一同出来，见了李玄清、谢亮、于良。此时李玄清一见赵庭到啦，他可就红了眼啦，遂说道："赵庭，已然红日东升啦，你未将戒淫花盗走。快跪在尘埃，你祖师爷好将你人头带走。"赵庭一听，双膝跪下，说："李观主，吾拜托你一件事情。"李玄清说．"你还有什么话讲。"说着伸于按剑把，宋锦大家也全于扶着刀把。大家正要动手，赵庭说："李观主你莫要心慌闷，现时天还未到正午。再者说，也得吃个饱呀。"李玄清说："可以。"大家一齐用饭。饭毕，赵庭说："李观主，你在莲花党是一个有名的人，难道说你做事也不查一查吗？你将守正戒淫花放到盒子里，摇摇看，他昂然不动，那才是真正的哪。那时你亮剑杀了我，我死也不冤。而今当着各门宾朋在此，你何不试试看呢？"谢亮说："也可。"当时有人将八仙桌搭到外面，他们全来到院中。李玄清坐在桌旁，说道："赵庭，你这就不对。瞎摆弄人，谅你也活不了。"彭化龙道："李观主，他不是这样说吗。那您就摇一摇看，如果真啦，那时您亮剑，就把我二弟的人头砍下来，带着一走，不算您的不对。"李玄清一听也对，这才伸手取出盒来，放在桌案之上。赵庭说道："列位兄弟哥哥，如今他要将戒淫花放在盒子里，那时我的命可就没有了。我可叹，二十二岁就要离开阳世了。"李玄清伸手取出戒淫花来，往盒子里放，横着竖着，倒着立着，全搁不下去。赵庭在旁说道："李观主，如今这个花搁不下盒子去，你还不明白吗？我要被你斩杀，我岂不冤枉。李玄清呀，你是靠佛吃饭，赖佛穿衣，你叫城隍爷看着花，你有先不烧香的吗？那城隍爷心中见怒，说你不该先给城隍爷戴上，算是你错了。而今我倒有一枝花，你将盒子拿来，放下去看看如何。"李玄清一听，忙将花又戴上，将空盒子送了过来。赵庭伸手取出一枝花来，放在那个盒子里，是正合适，举起一摇，昂然不动，遂笑道："李玄清啊，咱们二人换换盒吧。我这里有一个盒子，你将你那朵花放到这盒里去看一看。"李玄清接了过来，将花摘下放在盒子里，也是昂然不动。大家一看，不由大吃一惊。李玄清道："赵庭可称高人。如今我送他一号，神偷赵不肖。哪人不服，我就亮剑杀之。"赵庭说："李玄清，我们弟兄哥八个，是每人一朵戒淫花。"李玄清点头，当时命谢亮、于良、玉明、玉朗打出七朵来，又问他们全戴什么颜色。赵庭说："我要紫的。"宋锦说："我也要紫的。"苗庆说："我也紫的吧。"白坤说："我要青的。"张明说："我也要青的。"陶金说："我要白的。"洪芳、弱芳二人说："我们也要白的。"李玄清忙命人写好，拿单子前去北门打好。这才二次下转牌，请齐了人，将花供在香案之上。八个人齐焚香，对天赌咒：自己妇女不算，从此戴花，要在外有调戏人家妇女之处，必受一刀之苦。倘若戴花再采花，必遭各门人乱刃分尸之苦。说完，大家起来，各将花戴好。

　　蛮子赵庭，他又是怎么盗的那守正戒淫花呢？这内中有个原故？是从李玄清派人到北门去打守正戒淫花去后，赵庭便来到东边菜园子，见了魏清云，问道："师兄你可有囤底没有？"老道说："有，你来看这个成不成？"赵庭一看说："成，成。"老道说："您干什么啊？"赵庭说："老哥哥，我另有用处，就以这个我就要盗他的戒淫花。您去把做活的叫来四个人。"老道答应，当时找来四个人。赵庭便叫他们去把井里的四把水罐，打了上来，将水罐撤下。将囤底的四个犄角，扎了一孔，用井绳拴好，又拴好了水罐。然后赵庭光着脚，穿好衬衣衬裤，站立在囤底上，系到井中，入水也就有二指多深。赵庭面冲正东，用刀剜井帮，剜成一个窟窿，成了一个茶壶嘴似的，直剜到与上面透了天啦，上边便是大麻子根。他便钻出来了，用麻子叶盖好了这个窟窿。然后各人给他们一锭银子，嘱咐他们不要向别人去说。四个人答言"是"，乐嘻嘻的走啦。赵庭来见老道，说："老哥哥，他们四个人可嘴严吗？"魏清云说："没错儿，他们嘴严。"赵庭一听放了心，这才又来到北门，在铺子里买了一根棕绳，有核桃粗细，一丈二长。又买了一根青绒绳，将青绒绳围成一个球的形状，把绒绳结了一个活扣，然后回来。吃完晚饭之后，这才来找何玉，来借水衣，拿到外边来，用青绒绳拴好在大麻子梗上。然后那一头就从后墙直拴到大殿的后坡椽子头上。预备好了，他就前来用饭，与石俊章因言语失和二人打了起来，他才向外跑，奔了菜园子，跳了井啦。到了里面，噗咚一声，落到囤底上，然后钻入窟窿之中，将棕绳的套儿备好了。少时石俊章跳了下来，水皮一响，赵庭用绳子套上他脖子，因此他是哼了一声，说不出话来啦。便将他拉到窟窿之中，松了绳，说道："唔呀，俊章啊，你得捧套。"俊章说："二叔您说话，怎么捧套。"赵庭便教给好了他拴套的法子，说道："套好了也拉到这里，下来人全如此。那时我自有盗他戒淫花之法。"俊章说："好吧。"说完，他从窟窿里钻了出去。那谢斌下来，石俊章照方子套他，然后拉到洞中。

　　不言他们这里，且说赵庭在白天买绳子之时，他早在北门也买了一朵戒淫花。仿着那朵一个样，一个颜色，就是比真的大一点，真花是四寸，他买的这朵是四寸五分。今夜来到前坡西头，暗中观看。见刘清出去啦，他便趴在瓦垄上，往殿中偷看。后来李玄清叫众人一齐出了大殿，上了东界墙的时候，赵庭便下了房，飞身蹿到殿中，上供桌伸手摘下，将假花戴在城隍爷的头上。然后飞身下来，急忙到了外边，上了大殿。到了后坡，先将绒绳解下，一拉那大麻子，叶儿一响。李玄清等大众急忙回头一看，那守正戒淫花仍然在那里没动。赵庭容他们下了墙，回到大殿，赵庭这才摘下绒绳，回到菜园子解下绒绳来，来见魏清云，说："道兄，你成全我们弟兄八位啦，从此我们是一世成名。"说完哈哈大笑，赵庭才回店与他们相见。

此时店门外来了七辆镖车，头一辆车上插一面旗子，是鹅黄缎色，青火沿，在旗面上用青线扎出一个三尖两刃短把钿，上有一行小字，上写青州府南门外，王殿元，镇海金鳌，左中二门的头一门。大家忙举目一看，那王殿元正在后边拉马而行。赶车的说："魏达官，前边高搭彩棚，不知何事。咱们可是过不去啦。"王殿元说："好，你与我拉着马，待我前去看看。"后来他看见有转牌在此，忙将军刃放下，扣好大衣纽扣，遂来到店里，参见转牌。彭化龙说："王殿元，现有宋大、赵二、苗三、白四、张五、陶六、阮七、阮八，身受守正戒淫花。因为他们偷花盗花，有下三门的门长李玄清，与赵庭贺号，人称神偷赵不肖。"王殿元一听，便与他弟兄八人道喜。有人早将香案撤下，他们车辆才赶进了店来。彭化龙问道："王老达官，您这保镖落在何地？"王殿元到了临安城，见了镖行人等，无不夸耀此事。这里李玄清说："列位，只要有人镖喂毒药，佩带薰香，就得属我弟兄三人所辖。"众人说："那是一定。"他们众人又在店中住了些日子，纷纷散去。

且说杭州南门外路西有兴顺镖行，那里有十位老达官。有四个伙计分两路，水面二人，是登山伏虎马子登，下海擒龙马子燕，又有柳金平、柳玉平，乃是旱地伙计。那十位达官，头一位是飞天夜叉蒋兆雄，住家山东济南府南门外，蒋家镇的人氏，排行在大。第二位飞天豹神枪焦雄，第三位是多臂长须尤坤凤，第四位是双翅飞熊穆德芳，第五位是金头虎吴纪章，第六位是银头虎孙烈章，第七位是病二郎李贵，第八位是懒麒麟华延生，第九位是飞刀将郑和，第十位是赛余化周通，办理镖店很有威名。此时山东青州府南门外王家坨有一位王殿元，外号人称镇海金鳌，能为出众，武艺高强。收有两个徒弟，大徒弟是飞天豹李翠，二徒弟是追云燕云龙。另外有一义子，名叫笑面虎李明，在八主贤王府充当内管家，净身十四载。王爷因府中有盘龙棍、盘龙枪、九棱凹面金装铜、闹龙宝铠，在府内万佛殿所供。因为李明一人太单，故此张贴皇榜，招请天下群雄，有能为的前来入府当差，相助看守四宝。王殿元走镖到此，打听明白，回来之时，便想对他徒弟们言明此事。这李翠、云龙二人本是姑表弟兄，又是师兄弟，他们在青州府浦江县北门外李家屯住。王殿元便来找他二人。到了门外，一叫门，里面有人应声。王殿元问道："你可是李宅的管家吗？"里边说："正是。"哗啦一声，门分左右，出来一人，左是李翠的管家，是奴随主姓，名叫李增。那李增抬头一看来的这位老者，身高九尺，胸厚膀圆。往面上一看，紫微微一张脸，浅白宝剑眉斜插入鬓。二眸子光华乱转，八宝灵光甚足，灼灼放光，准头端正，四字海口，大耳相衬，海卜一部浅白胡须，根根见肉，根根透风，飘洒胸前。头戴紫缎色壮士巾，窄绫条勒帽口。鬓边斜插一朵茨菇叶，顶门一朵黄绒球，突突乱跳。身穿紫缎紧身靠袄，青缎护领，黄绒绳十字绊，鸾带扎腰，紧衬利落，青中衣，洒鞋蓝袜子，青布裹腿，斜披一件英雄氅，上绣万福留云，飘带未结，水红绸子里儿，胁下佩定一口三尖两刃短把钏。此物好像一把三尖刀，其形渐小。杆下头有小宝剑相仿，有尺六长短，护手盘往下有蛾眉枝子。此家伙乃是大六门第四门的兵刃，最厉害无比。黑鲨鱼皮鞘，黄吞口，蓝布挽手往下一垂。李增忙问："这位爷您贵姓？"王殿元通了名姓。家人遂说："请您在此稍等，等我给您回禀一声。"当时他进到里面，报知他弟兄。二人一听，是师父到啦，急忙迎了出来。一看果然是老恩师，这才上前跪倒行礼。王殿元用手相搀，师徒一齐来到里面。早有仆人高挑帘栊，师徒到了里面落了座。王殿元道："徒弟，你们二入学会文武艺，为何在家治土务农呢？那学会了武艺岂不是白费了吗？"李翠忙说："那么依师父之见呢？"王殿元道："我上京都送镖，听镖行十老所提，王府张贴皇榜，欲招举文武全才练武之人，有妥实铺保，入府当差。我想你二人在家无事，何不前去应差？"李翠道："此事本当从命，但是徒儿家中有老娘在堂，有许多不便。再者徒儿等手中均不方便，无有盘费。"王殿元说："不要紧，只要你二人肯前去，我能给你们预备路费，可以前去入府当差。你的娘亲可以接到临安府居住。"王殿元回到家中，命仆人送去五百两白银，做为盘费。李翠、云龙收下银两，准备动身。仆人又问明叫他们到八主贤王府，找内管事的李明，那是王老达官的义子。二人听明，又有王殿元雇来的车辆，便将东西物件，拴扎车辆。然后李老太太带着儿媳等一同上车，将破家宅交与当家什户，代为照料。当下全家老少从此动身，友人相送，王家家人相随，直向京都而来。

一路无事，左不是饥餐渴饮，夜住晓行，非止一日。这天来到了临安城。李翠、云龙等进了东门，见人便打听哪里是麒麟大街。有人指给他说，再走不远往南拐去，那东西大街便是。他们打听明白，催齐车辆，便一直的来到了大街之上。到了一座客店，路北万顺老店，李翠叫云龙好好看守车辆马匹，待我前去打店。云龙答言："请兄长前去吧。"李翠这才下了马，来到了店门外，叫道："店家。"早有店小答应着走了出来。李翠一看出来之人，身高七尺开外，面如重枣，粗眉阔目，准头端正，四字海口，大耳相衬，光头未戴帽，高挽牛心发髻，木簪别顶，前发开眉，后发盖颈，年约三十内外。上身穿蓝布紧身靠袄，青布的护领，蓝布中衣，白袜青鞋，腰系围裙。遂问他道："伙计，你们可有跨院？"伙计当时说道："有，这位爷您随我来。"李翠说："你头前带路。"当时带到影壁以后，西边有一青水脊门楼，东边是花瓦墙，将铁钉锦摘开，推开了门。李翠往里一看，进门有木头影壁一座，用绿油漆漆着斗大一个崭新福字。北边有两间灰棚，南边也有两间灰棚。当即进去，拐过了影壁，抬头再看，有八尺高花瓦墙，四扇屏风门，绿油油金星。上有四个斗方，写得整齐严肃。伙计上前将门推开，李翠往里一瞧，院子内是方砖铺地，实在干净。有北上房三间，一明两暗，前面有大廊沿，对门口有阶脚石三层。穿院到了北屋，迎门一张八仙桌，一边一把椅，东西各挂蓝布软帘，堂屋东西一边一把茶几。李翠打开帘子到西间，往里一看，前槽有一张大床，前面有四扇大窗户，是活的，能支能摘。后槽有几案一张，西房山迎柜一个。他又来到东里间一看，这屋后槽有一张大床，东房山有茶几，两边配两个小凳，前槽八仙桌一张，东西配两把椅子，四扇活窗户，上边两扇能支起来，下面两扇是纱篦子。三间房舍都糊的是四白落地。店小说："客官，您看怎样？"李翠说："可以，我们就住在这里吧。"二人又走了出来，到了廊子下，一看两个黑油漆门柱，房顶是画栋雕梁。又领他到了西房，里是五间，三明间两暗间。将隔扇门推开，李翠便来到了里面，留神观看，见后墙沿是一对立柜，南边一个，北边一个。挨着立柜一边一个箱架子，当中有梳妆台一座，上面是二尺四高，一尺八宽，古铜板一块，两旁是硬木雕刻，刻成万字不到头，那块铜板擦得光亮照人。背面铺着水银，就像如今的镜子，因为那时没有玻璃，就用它照物照人。铜板两旁有粉缸、粉盏、粉碟，凡是妇女应用的全有。一面有五个小抽屉，妇人卸残妆所用，以及撂满头的珠翠的地方，全有簪环首饰。李翠一看就爱。又一回头往南观看，有绿缎色夹帘一个，红走水蓝飘带。南房山有茶几一张，左右有小凳各一个，前槽有月牙桌一个，左右配两张椅子，前面放有铜痰桶一个。又往北头一看，也是一个样。店小又挑起南间的帘子，说道："客官，您往里面请。"李翠走进去一看，前槽一张大床，也是有四扇活窗户，上边的能支，下边的能摘，外面有闸板两扇。店小说："各种物件要是不用，可以挪出去，要是用呢，就在屋里放着。我们此地最讲究，诸所的物件全有。我们店东做过吏部大官，凡是客人所应用的东西，这里全都给预备齐全。"李翠一听，当然心中满意，这才在此店住下。不知后事如何，且看下回分解。

第四回

揭皇榜云李入府当差　雪私恨金花太岁盗铠

　　话说李翠、云龙弟兄二人，奉了师父之命，携带家眷，来到京都。到了三元店中，那个店小说："您随我来。"又到了北里间，他挑起帘子，说道："您往里请。"李翠一看迎门一张大床，上有蓝绸床围。店小将床围掀开，往里再看，东头一个床帘子，上面有五个小抽屉。东头一个小柜橱，西边一个小柜橱，当中也有一个，西头也摆一个床桌，与东头这个摆的一样。北里间后房沿有一张三连抽屉桌，左右各配两个褥凳，前槽月牙桌一个。李翠看明白了，遂同着店小来到外面，门口上横楣子卷着虾米须斑竹帘一个。店小又将他带到南房西房山，叫他看那边有板隔子一个，是女眷的厕所。到了南房廊沿底下，店小伸手拉风门。进到屋中一看，东西里间是荷叶门，堂屋是迎面八仙桌一个，榆木擦漆的板凳是迎面一条。到了西里间，店小将铁钉锦摘开，推开荷叶门，里面是棋盘炕一铺。西房山有家伙格子一个，前槽有一个连屉，有一口大水缸。二人又到了东里间一瞧，原来是空房，店小说："您要有仆人，可以叫他们住在此间。若用什么，缺少什么，都可以说话，我们可以给您预备。"李翠说："伙计你贵姓啊？"伙计说："我姓张，我们这里同事的全管我叫张二，因为我没念过书，所以没有名字。"李翠说道："伙计，你们这里有仆人没有？千万你将那女仆给我找来四个，千万要能做吃的两个。"伙计回答说："有，我可以给您找。"当时他二人往外走去。李翠道："这个西跨院，无论多少钱我留下啦，我看你这个人很勤俭。"张二说："不敢。"李翠说："我们外面有驮轿车辆，你必须派几个人出去帮助搬下东西来。"伙计说："是。"当时叫出张、王、李、赵四个人来，叫他们随行听使。李翠来到店门外将云龙等唤入，这才一齐往下卸东西物件，李老太太婆媳三人下了驮轿车辆，连同东西物件，一齐到了两跨院之中。当时管家李增查点一切物件，零碎物件俱全，并未缺少。李翠、云龙二人将师父的家人王会叫了过来，说道："王会呀，我们已然到了此地，你将驮轿车辆带回原籍，千万向我师父多给美言几句。"当时命人取出白金六十两，向王会说道："这十两给您，叫你一路受累啦。这五十两全给他们，一路上人吃马喂，算给他们得啦。"王会说："二位壮士，您就不用费心啦。我们临来的时候。我家员外每人给了他们二十两银子，外赏我十亩旱地。我王会倒盼您高官得做，骏马任骑，荫子封妻，我花您银子的日子在后头呢。这个您请收回吧。"说着，他带领那驮轿马匹，扬长而去，伙计张二便出去给他们找四个婆子。这里李老太太等全都进到屋中，安置一切。李翠便将张二等五个伙计叫来，每人赏纹银五两。大家道谢。张二叫他们走后，他自行给找来四个仆妇，来侍候这婆媳三人。张二进来问道："你二位是哪里人氏呢？"李翠道："我们乃是山东青州府浦江县的人氏。"张二又说："那么您二位到此地，是投亲是访友，还是谋事做呢？"李翠说："我二人身怀武技，我们打算在此地打把式卖艺。"张二忙给他们二人道喜。李翠说："我们喜从何来？"张二说："此地张贴皇榜，招募文武全侠，到府内当差。你二人可去揭下皇榜，自有看榜之人，将你们引到王府，在银安殿前试艺。王爷看着艺业出众，自能奏明圣上赏官加封。"李翠、云龙出店口问张二道："那皇条在什么地方啦？"张二道："那榜文就贴在十字街前要路口上，自有许多人观看。"

哥两个一听此言，便向大街而来。走到十字街前，果然看见有许多人在那里围着。二人来到人群之中，向众人道劳驾，来到里面一看。见墙上贴有榜文，写的是：八主贤王谕下。外面张贴榜文。他二人一看那张榜上之文，写的是苏松常镇、吕奉淮阳上溪、两江、两广、南北三湖、陕西一概等处，黄河两岸，回汉两教，僧门两道，诸子百家，文武全侠，有妥实铺保者，入府当差，银安殿前试艺。本爵看技术如何，再为奏明圣上，赏官加封等语。李翠、云龙忙上前将榜文揭下，旁边过来一穿青衣小帽之人，上前将二人拦住。李翠说道："我二人会些乡下粗拳，会些技术，要打算入府当差，求您多给美言几句。"那当差之人问道："你姓什名谁？"二人各通名姓。差人便将他们引到八主贤王府。

李翠、云龙定睛观看，见王府门前有上马石、下马石，座北向南的王府，是广亮大门，前面有八字大影壁，俱是方砖铺地，门洞里东西有两条懒凳，站着许多当差之人，高矮胖瘦，黑白丑俊不一，正在那里闲谈。就见那看守榜文差人，上前说道："外管家，请您代为回禀，现有李翠、云龙将榜文揭了，要入府当差。"早有外差之人进去禀报外回事处管家燕顺，那燕顺即行跑到外面，看榜差人给他们引见道："李、云二位，此位便是我们外管家姓燕名顺。"又说："这二位便是李翠、云龙。"燕顺一看李翠，身高八尺，一身月白衣裤，面似姜黄，粗眉阔目，大耳相衬，头戴月白扎巾，月白布贴身靠袄，蓝布护领，黄绒绳十字绊，青抄包扎腰，紧衬利落，月白布底衣，大甩裆，青洒鞋，蓝袜子，花套裹腿，外罩月白布通氅，青线勒出来蝴蝶闹梅，青布里子。胁下佩定一口朴刀，黑鲨鱼皮鞘，真金饰件，黄吞口，蓝布挽手往下一垂。再看那云龙，身高七尺开外，细腰窄背，双肩抱拢，面如娃娃脸，宝剑眉斜插入鬓，两眸子光华乱转，灼灼放光，准头端正，四字海口，大耳相衬，头戴青布八棱壮士巾，月白绸子条勒帽口，鬓边勒有茨菇叶，顶门一朵紫绒球，突突的乱跳。身穿青布紧身靠袄，月白护领，黄绒绳十字绊，蓝丝鸾带，腰结蝴蝶扣，青底衣，薄底靴子，外罩青布大氅，用蓝线勒出来的斜象限，里面纳的是轱辘线，月白布里。胁下佩定一口雁翎刀，绿鲨鱼皮鞘，真金饰件黄吞口，青布挽手，往下一垂。二人俱有英雄气概。连忙说："你们二位先在此少等，容我往里回禀。"燕顺当时来到了内回事处，禀与李明知道。李明便跟他到了外面，燕顺又给他们引见道："这位是我们内管事的，姓李单字一个明字。"李翠、云龙二人一闻此言，急忙上前，双膝拜倒，口称："大仁兄在上，小弟们李翠、云龙这厢拜见。"李明一听此言，心中不快，连忙往旁一闪，说道："你二人为什么同我呼兄唤弟呢？"二人道："你有所不知，您的义父，乃是我二人的授艺恩师。故此弟兄相称。"李明忙问："你师父是哪一位呢？"李翠道："我师父姓王，双字殿元，他老人家在镖行有一美名，人称镇海金鳌便是。"李明道："那么他老人家有几位师兄弟呢？"李翠道："他老人家是没有师兄弟，倒有把兄弟。"李明说："但不知把兄弟几位，排行在几呀？"李翠道："大哥您盘问这个，是何道理呀？"李明道："你是不知，因为前人扬沙，迷后人眼，早有好几位盗用师父大名，前来揭榜。到银安一试艺业，当场败下阵来，坏了师父的名声。你把你师父的根派门户说了出来，我好给你回禀王爷。若有一差二错，我好一个人担。"李翠说："我师父住家在山东青州府南门以外，离城八里，地名王家坨。他老人家乃是左十二门头一门，把兄弟哥四个，他排行在二。他大哥住家山东青江两海岸尚家台，复姓上官号叫子泉，外号万丈白涛，圣手擒龙，上官老侠掌中一对万字莲花铎。三爷住家在上江口，陈州管辖，高家寨，姓高名叫佩章，外号撒水金蝉便是。四爷住家在中江，郝家庄人氏，姓郝双名佩洪，人送外号踏海乌龙。"李明一听，又说道："我来问你，咱们大师爷，有几个徒弟？"李翠道："有五个徒弟，一个儿子，大徒弟海狗子杜成龄，二徒弟高跳龙门于成凤，三徒弟海马朝云华成龙，四徒弟是自己儿子上官成安，外号闹海金鼍，第五个便是徒弟震八江沉底牛胡成祥，第六个徒弟姓蒋双名成林，外号人称劈水海鬼。前四个人各人手使万字莲花铎一对，胡、蒋二位，每人象鼻飞镰刀一口。"李明又问道："那么高佩章又有几个徒弟？"李翠说："有三个。"李明说："都是谁呢？"李翠说："大徒弟是混海泥鳅杨清，执掌二龙山竹子岛，二徒弟闹海老虎李茂，三徒弟巡海猫李志。"李明又问："那郝佩洪又有几个徒弟？"李翠说："咱们四师叔一个没有。"李明一闻此言，这才点头，准知道无错啦，遂说道："二位贤弟往里请吧。"当时他弟兄三个人，一齐来到里面，分宾主落座。李明道："二位贤弟，先把百宝囊、军刃全都解下来，再把大衣的钮扣扣好，等我先给你们回禀王爷一声。少时王爷升坐银安殿，一定叫你们去见。"二人说："是。"

李明出屋中，到了里面，见王爷跪倒叩头，口中说："李明参见王爷。外面有李翠、云龙将榜文揭啦。"王爷的谕下：命他二人上殿。李明连忙退了出来，到了内回事处，嘱咐二人道："你二人跟我来，咱俩来见王爷。少时见了王爷，你们看我的靴子底，只要一点地，你们就磕头。王爷叫抬头再抬头，不叫抬头，别抬头。问你话你们再说，千万别抢话。"二人答应，遂随他来到银安殿。李明靴尖一点地，李翠、云龙连忙双膝拜倒，口称："王驾千岁在上，草民李翠、云龙与王驾千岁叩首。"王爷定睛观看，说："下面跪的李翠、云龙，你二人抬起头来。"李翠、云龙说："草民貌恶，恐怕冲撞您老人家虎驾，草民等担待不起。"王爷说："本爵恕你无罪。"李翠说："谢过王驾千岁。"王爷说："你二人哪一个叫李翠？"李翠说："草民叫李翠。"王爷说："你二人站起身来。"二人说："现有千岁的虎驾在此，焉有草民扎足之地。"王爷说："你等起来吧。"李翠、云龙连忙谢过王爷，挺彪躯站起身形。王爷一看二人真有几分英雄的气象，遂问道："你二人可有几合技术，可在银安殿下与我左右的健将插拳比武。"二人忙跪倒，口尊：“王驾千岁，我二人拳脚纯熟，与您健将比武，倘若是有个手脚冒犯，那时反倒有罪。”王爷说：“你们只管去比武，本爵恕你二人无罪。”二人忙说：“谢过您老人家。”说完，站了起来，倒退三步，抱拳拱手。往左右一看，又倒退三步，左右一瞧，便来到了银安殿下，一旁站立。王爷出口说道：“左边曹太，与李翠前去比武。如果李翠甘拜下风，你的官职上升。”曹太说声：“遵王爷命。”便来到下面，将头巾摘下，脱了大氅，收拾紧衬利落，遂低低的说道：“李翠、云龙，你二人在外面，不过是毛贼草寇，插草为标，立刀为寇，拦路打抢，抢些个资财。在山上无事，乘跨坐骑，来到京都游逛。你们看见十字街前张贴榜文，你二人真胆大。曹某不与你善罢甘休，你们可要小心了。”李翠道：“大人多多的原谅。”说着便将大氅脱去，遂说：“请大人进招。”曹人施展跨虎登山不用忙，斜身鹞步逞刚强。上打葵花式，下踢抱马桩，鹊雀登枝沿边走，金鸡独立站中央。霸王举鼎千斤重，拜佛童子一炉香。李翠施展进步齐身拉四平，倒步斜身逞英雄。双拳一分开花式，抬头看正江红，低头看草上绒。垫步拧腰翻筋斗，抬腿一绷定太平。曹太一见战不过，几个照面他就甘拜下风。李翠连忙来到殿前，双膝拜倒，口尊：“王驾千岁，草民一时失手，罪该万死。”王爷说：“本爵恕你无罪。”当时谕下，又命下垂首秦横与云龙插拳比武。秦横答应，连忙将头巾摘去，大氅脱下。云龙道：“大人请。”秦横说：“你可小心了。”云龙说：“求您手下留情。”当时秦横上步，左手一晃，右手穿心掌到。云龙往旁边一闪，二人打在一处。云龙走开行门，秦横让过步眼。二人直打得棋逢对手，将遇良材。云龙是高人的传授，那秦横也受过名人的指教。云龙心中暗想，逢强者智取，遇弱者活捉，必须用巧计胜他才是，忙往旁边一闪。那秦横太岁压顶双拳到。云龙伸手接住他的腕子，往前一拉，神人留下铁门坎，又名顺手牵羊，秦横趴伏在地。云龙便来到案前，跪倒，口称：“王驾千岁，草民失手。”王爷说：“你起来吧，本爵不怪罪于你。你二人可有妥实的铺保？"云龙道："草民有妥实铺保。"王爷命李明领本爵之谕，随他二人到外面去对妥实的铺保，将水印对好，再把他们带来。李明谨遵王谕，带他二人来到了内回事处，头巾大氅收拾齐毕。李翠口尊："恩兄，我二人乍来京都，哪有妥实铺保。"李明说："贤弟你有所不知，我那义父结交镖行十老，你随我到南门以外，路西兴顺镖行。"李翠、云龙点头，同定管家大人，三个人出了府来到了南门外兴顺镖行，给他们大家引见一番，便将王爷要铺保一事，细说一遍。十老弟兄当时认可担保，签了名字，又将水印按上。蒋兆雄口尊："管家大人，在银安殿前替我十老美言几句。李翠、云龙的事情，若有一差二错，拿我十老的首级是问。"李明点头，带回二人到王府银安殿下，命二人旁边站立。李明上前将水印放在案上，说请王爷过目。那八贤王爷虎目一看，叫李翠道："本爵放你二十四名健将，身为首领。"又叫："云龙，赏你二十四名健将，也身为首领。你二人带领四十八名健将，看守万佛殿，里面供定为祖父四宝。李明给他二人拿去纹银五百，上外面沐浴更衣。"

二人当时谢过王驾千岁，李明便将他二人带到万佛殿。前去看一看，将那里的规矩，交待与他。李明领王爷的谕下，来到外面，赶奔万佛殿，命二人在外站着。李明伸手探囊取出钥匙将门锁挑开，将钉锦摘下，双扇门往里一推，说："你二人随我来。"来到里面定神观看，原来此院是北上房五间。南北为进身，东西两面宽，进身长，面宽大，顶脊高大，上面有大廊沿，画栋雕梁，汉白玉台阶五层，杏黄色佛帘，上中下三道硬木夹板，每夹板上九颗金钉。青缎色走水，蓝缎色飘带。往上一看，挂着一块匾，四周围万字不到头，蓝地金字，上写万佛殿。便将隔扇一推，当时门分左右。李翠、云龙二人进去定睛一看，里头有楠木的大龛一个，上面五供一份。四块杏黄缎色佛帘，是三个明间，两个暗间，上面一对桌灯，下面一对撮灯。李明道："你二人先在此站着，等我打开让你看一看。"李明上前打开佛帘，令他们观看，乃是盘龙棍一条。第二格打开一看，里面是盘龙枪一条。第三格打开一看，里面乃是九棱凹面金装锏一对。再将第四格打开，里面是一个硬木架，上有一个黄包袱。李翠一见，连忙问道："师兄，这里面是什么呢？"李明道："这里是金书帖闹龙宝铠。"李翠说："您可以把包袱打开，我弟兄看一看。"李明上前忙将包袱打开。李翠弟兄二人上前观看，心中暗想：此物来历不小，此铠是锁子连环甲，金银丝串出来的领子，仿照大马褂的情形，短袖，下摆过腰带大襟。此铠能护住身体，要穿上此铠，周身能善避刀枪。看此物金光万道，瑞彩千条，霞光侵入。李翠道："师兄，您把此铠叠上吧。"李明便将宝铠叠好，依然用包袱包好，放在了里面。李明说道："二位贤弟，你们可第一的紧要，此铠注意留神。这是王驾千岁的祖父遗留，传家之宝。想当初是开国皇帝赵太祖、赵太宗所用之物，争斗宋朝九省，传流已然九代。王爷每月初一正午，必然来到万佛殿烧香，祭奠四宝。十五日是夜内子时，烧香祭奠。他每次来此处设祭，归我李明收拾这里东西物件。"

　　说完，他弟兄三个人转身影来到外面，将双扇隔扇倒带，钉锦挂上，又行锁好，佛帘放了下来，又将万佛殿的里外门通盘上齐毕。李翠道："师兄，您回禀王爷，说我二人跟他所求纹银四百，我们好买点技艺的军刃，好教给这四十八名健将长枪短刀，打拳踢腿，腰腿灵便。我二人保王府里面一草一木不能失去。"李明遂去回禀王爷。王爷一听此言，心中甚为喜悦，当时赏下白金四百，叫他们前去置买这些东西物件。李翠二人拿银子到外边把东西物件通通买来，便在万佛殿后，传艺他们。

　　他二人入府当差没有半年，王爷在六月初一的这一天，来到了万佛殿参见四宝。王爷站在外面等候，李明进到里面收拾东西物件，上下的灯点齐，拜毯预备齐毕，一块一块掀起佛帘，掀到第四块佛帘，李明仔细视瞧，不由大吃一惊，原来宝铠失去，直吓得目瞪口哑，木在那里，胆战心惊，呆呆的发怔。王爷等了半天，李明还不出来，急忙叫道："李明。"李明连忙来到外边拜倒。王爷一看他面上颜色更变，忙问道："你为什么胆战心惊？"李明赶紧回答："您老人家休发雷霆之怒，慢发虎豹之威，容我禀告于您。"王爷说："讲来。"李明说："宝铠已然失去。"王爷一听，气往上撞，不由冲冲大怒，忙下谕将李翠、云龙二人上绑，领本爵之谕送到三法司，严刑审讯：你二人明着入府当差，暗自是看守自盗此铠，何人与你们主谋。李翠二人回答道："王爷，我二人天大胆也不敢。"王爷道："你快将他二人送走，量我也难问出。"李明将他二人当时便送到三法司。那三法司当差之人，一看他二人颜色更变，便将他二人接到班房。三法司的班头问道："管家大人，为何李翠、云龙他二人上了绑啦，所为哪般？"李明说："宝铠失去，因此获罪。"张三、李四两个班头将他两个捆绳摘下。李翠、云龙二人连忙双膝拜倒，口尊："兄长替我二人求情，请您回禀王驾千岁，我二人要出外跟差办案。"李明说："你二人要有口过之处，也可以想一想。"二人说："没有。"李明说："那么你们在山东一带，得罪了毛贼草寇。"二人说："也没有。"李明说："那么你二人在此少候，我见王爷去求情，求下来也别喜欢，求不下来也别恼。"二人说："那是当然。"李明这才转身出来。前去见王爷。他回到王爷府，到了银安殿，正赶上王爷升坐银安殿。原来王爷叫李明带走二人后，升坐银安殿，审问四十八名健将，四十八个人通行跪倒。王爷问道："李翠、云龙他们二人平时如何？"大家异口同音说道："他二人平素安分，天大胆也不敢。您要斟查详情，他二人要有盗铠之意，请您拿我们四十八个治罪。"王爷正在此处问他们之时，李明来到。他看王爷面似垂水，急忙双膝拜倒，口尊："王驾千岁，休要着急。奴才李明有一拙见。"王爷说："当面讲来。"李明道："请示王驾千岁，一来他二人有妥实的铺保，二来有满门家眷，奴才李明领您老人家谕下，带四十八名健将，前去万顺店将他二人家眷全行抄来，送到三法司，搁到南牢，作为押账。您批下王谕，放他二人出外寻拿盗宝之寇，连宝铠及盗宝之贼，一齐带回，那时再将他家眷放出南牢，将功折罪。"王爷听到此处，心中喜悦，说道："那么就依你之见吧。"当时李明将健将带了走，出王府雇了三辆大车，每车四吊铜钱。众人来到十字街以东，万顺店之内，令大家在店门外等候，遂叫道："张二，你快去往西跨院打信，就说我李明求见。"店小一听，连忙上西跨院，见了老太太一说此事，老太太忙叫："姑娘们，快将你兄长请到里面。"姊妹二人当时走出，便将李明迎接到了里面。李明见了老太太行礼完毕，说："婶娘，您别着急，有件事禀报您。"老太太说："有什么事呢？"李明便将丢铠之事，细说一遍："请您满门暂到三法司，住在南牢，稍等几日。我同着我两兄弟，行差访案。我李明指他一条明路，可以将此案访明，全家不用担惊，无有危险。"老太太一听，

遂令两个媳妇收拾应用东西，一齐完毕，便随着他到了外面。大家上了车，由此动身赶奔三法司。李明令张二把西跨院门锁好，交代齐毕。张二说："这里事您不用分心，全交给我办啦。"李明嘱咐他："无论何人来此打听，千万别说，你给他个一问三不知，神人都没奈何。"张二答应。当时李明把李翠、云龙二人的家眷，送到三法司，交与南牢。当时问那牢头："你姓什么？"牢头说道："我姓张，叫张环。"李明说："这家眷可不是外人，这位老太太是我的婶娘，你可千万的多照看一二。"张环道："得啦，管家大人，您请放心吧，反正我不能叫她们老娘几个受委屈。"李明托付好了，这才回到班房，带走李翠、云龙。回到王府，叫二人在外回事处相等。李明转身形往里去，回禀王爷。此时王爷正在银安殿，李明上前跪倒，口尊："王爷在上，奴才李明叩见。"王爷说："你所办之事，俱已办齐了吗？"李明忙将方才之事，一一禀明。王爷忙下谕叫把二人带到银安殿。李明说声："遵谕。"转身形来到外回事处，见了李翠、云龙，说："二位贤弟随我来。"当时三个人一同到了里面。二人上前见过王爷，口称："您

老人家开天地之恩，放我二人出去查访。"王爷说："你二人抬起头来。"李翠说："奴才有罪，不敢抬头。"王爷说："恕你二人无罪。"当时二人一正面，老王爷一看他们的脸上是惊慌失色，忙问道："你们二人是谁造的柬帖，从实说来。"李翠说："我二人天胆不敢私造柬帖。"王爷说："好。"遂叫李明将笔墨纸砚递与他们。李明答应，忙将四宝送在二人面前。王爷说："你二人各自把名姓写上。"李翠伸手接过笔来，把自己的名字写完，交与云龙。云龙也将自己的名字写好了，一齐交了上去。王爷伸手接过，这明是令二人写上自己名字，这暗中是要看看笔体，跟那柬帖上笔迹一样不一样。王爷细一看，两下笔迹全不一样。遂说道："待我批下行文王谕，令你二人在外缉拿盗宝之寇。本爵我与你二人逢州府县下滚单，各处协助。你二人若将宝铠找回，是将功折罪。"二人答言："谢过王爷。"王爷立时赏每人纹银五十两，做为盘费，两人叩头谢恩。李明便将二人带到外回事处，说："二位贤弟，我指你们几条明路。要上南路去找，必须先去拜见那左臂花刀联登联茂真。他是南路的达官，叫他一见此柬帖，他自然知晓。你们要上东方找去，到济南府莲水县东门外何家口，拜望分水豹子何玉，他一看此帖，便知分晓。他要说没有，你们再上北路去找，先上庭河县，正定府所管，北门外佟家寨，找花面鬼佟豹。他是北路的达官，他那里如也说没有，那时你们再上西路去找。西路是大同府东门外尤家屯亮翅虎尤斌。他是西路的达官，一问他便可知晓。你们知道是被拦路贼人盗去。你二人快将东西物件拿齐，赶路去吧。"二人答言，忙将夜行衣带好，以及兵刃等，满全收拾齐了。李明又嘱咐他二人道："千万多注意，那王谕柬帖，不要失啦。"二人答言："谨记。"从此拜别了李明，起身走了。当下他们离开临安，一边走一边闲谈。李翠道："兄弟，你我二人素常没有得罪人之处，一不多说，二不少道。咱二人先不用上别处去找，咱们从山东来的，还是先回山东去找。"云龙说："咱们奔山东，先上哪里去呢？"李翠说："咱们莫若上大哥何玉那里看看去吧。我与大哥分别以来，十年未见，这一番前去，正好相会。"云龙说："好吧，那咱们就先上他那里去。"二人行走，一路无书。这一天来到了何家口西村头，李翠站住一看，这何家口不像当年形貌，遂说："贤弟，咱们先在此打听打听。"正说之间，正东来了一位老者，李翠赶紧上前，抱拳拱手，口尊："老丈，请问贵宝庄唤作何名？"老者道："此庄唤作何家口。"李翠说："您在本街住吗？"老者说："对，我在本街住。"李翠又问道："再跟您打听一位，本街上可有一位分水豹子何玉吗？"老者说："不错，有一位，乃是我们本处的庄主。"李翠说："他住在哪个门首，请您相告。"老者用手指道："从此往东路北第二座大店，吉祥宝号的便是。"李翠道："谢谢您。"老者说："你二人打听他，莫不成与他相识吗？"李翠说："我们乃是盟兄弟，因为多日未见，所以忐怀了。"老者说："是啦。那么你二人就去吧，只不定在家不在家。"二人当时来到吉祥店门前一看，在他对过有一杂货铺，在他东隔壁有一三间门面的杂粮店，西边有一酒铺。二人站在店前，叫声"店家"，从里面出来三四个人，问道："您二位找谁呀？"李翠说："我找你们这里掌柜的。"伙计说："您找姓什么的呀？"李翠说："我找何玉，我们是神前结拜，特来访他。"伙计说："二位来得不巧，我们掌柜的未在家，你们找人为什么不早来？"李翠说："我还来得晚吗？"伙计说："他昨天已然乘着小船游山逛景去了。"李翠道："那么他几时回来呢？"伙计说："没有准儿，十天八天也不一定，一两个月也没准儿。"当时旁边有一个伙计答言："后天走的，前天回来的。"李翠一听，心说："这是哥哥不愿意见呀。"当下二人转身形就走了。他们走后，两个伙计说道："你瞧这个形景，不是求财，就是问喜。"

不言二人在旁说话，私下讲究人。如今且说李翠、云龙二人，由店往西半里多地，路南有片松林。二人来到松林里面，找了一棵歪脖槐树。李翠说："兄弟，这一棵歪脖槐树是为我所长。"说着伸手从兜囊之中将王谕束帖取出，交与云龙。云龙说："哥哥，您将这物件交给我做什么呀？"李翠说："兄弟，你将这两件东西带好，回到京都，找背静之处，找一家店，暗到王府你去等候。多咱哥哥李明出来，你将咱二人被屈含冤之事，详情说明，请师哥李明回禀王爷，叫王爷开天高地厚之恩，将咱们家眷放出南牢。你领家眷回故土原籍吧。"云龙说："兄长，我回故土原籍，您哪？"李翠说："这个松林便是我的归宿。"云龙说："咱们哥儿俩，乃是一师之徒，又是表兄弟。您要一死，我活着岂不是落骂名千载。"李翠一听到这里，心中难过，不由得双眼落泪。二人这才各将绒绳解下，找了块石头，拴在一头，搭在了松枝之上，拴了一个搭连套。二人面向京都，进膝拜倒，口称王爷："您待我二人恩重如山。今生今世，主仆不能见面，皆因为您那祖遗宝铠寻找不着，故此我二人死在了外面。"又叫了声："生身的老娘，指望孩儿享不尽的荣华富贵，想不到你老人家在南牢身死，今生今世母子不能相逢见面。如要相会，那除非是半夜三更，鬼魂相见了。"说完，站起身形，伸手抓住上吊的绳。

二人长叹一口气，将要往里伸头，忽听正西有人说话："你们千万别死，临死要找垫背的。我与你没仇没恨，是这一路的树林，随我辖管，你们为什么单在这里上吊呢？"二人一听，忙往西观看，听说话的口音是南方人，忙走到西边松林以外，抬头观看。从正西来两个人，说话的这个人，他不认识，那一个人正是他拜兄。李翠说："兄弟，咱们拜兄到了。如今叫咱们死，咱们也不死啦，你快上前给大哥磕头。"此位便是抱刀手宋锦，刀法最快，所以叫抱刀手。虽使的是宝刀，可不称为宝刀手，抱刀叫白了成了宝刀手。闲言少叙，当下李翠道："大哥，这个是我兄弟，追云燕云龙。"宋锦道："好，二位贤弟，我给你们致引致引，快上前与你二哥磕头。此人住家在江南会稽县北门外赵家庄，姓赵名庭，字华阳，九手真人李玄清贺号神偷赵不肖，八门人头门，排行在二。"二人上前施礼，赵华阳赶紧用手相搀。

当下宋锦、赵庭、李翠、云龙四个人来到了树林。宋锦说："你二人先将绒绳解下来。为什么在此上吊呢？"二人便将入府当差，丢宝铠之事，向他们细说了一遍。宋锦问道："那么你们二人没上大哥何玉那里去吗？"二人说："我们二人去啦。那店中伙计说，何大哥未曾在家。"宋锦说："不能，我们哥儿俩个跟他们爷儿六个，前后脚走的，他们还先走六天啦。走，咱们看看去。"此时李翠、云龙将绒绳拉下带在身上，随他二人出了树林。宋锦道："丢去宝铠，可有柬帖？"李翠道："有，请您观看。"说着，将那王谕柬帖送与宋锦。宋锦接了道来，说道："此柬帖只要叫咱们二哥一看，就可以知道被哪路贼人盗去。"说话之间，便将二物带好，说："你弟兄三人随我来吧。"

　四个人当时进了何家口的西村头。路南有个酒铺，伸手拉门，四个人一齐到了里面。东面三张八仙桌，西边也是三张八仙桌。弟兄四个人，就到了西面南边这张桌。一边二人就坐下了。酒保忙过来擦抹桌案，笑问道："你们四位吃酒，我这里可是不卖荤菜。"宋锦说："有什么我们吃什么吧。"赵华阳说："你们这里都有什么酒哇？"酒保说："有十里香、状元红，有莲花白，还有女贞陈绍。"宋锦说："你把女贞陈绍，先给打上一罐。"酒保答应了，少时摆上鸡蛋、鸭蛋、豆腐干等等，又问道："四位您要吃凉菜，我给您拌几张粉皮。"宋锦看酒保说话实在，谦恭蔼和，看他年岁也就在四十里外，黄白脸子，抹子眉环眼，鼻直口方，大耳相衬，光头未戴帽，高挽牛心发髻，木簪别顶，蓝布贴身衣服，蓝布底衣，青鞋白袜子。遂问道："酒保你贵姓呀？"酒保说："我姓何。"宋锦又问道："你台甫怎么称呼？"酒保说："我叫德山。"宋锦说："我跟你打听点事情，你可知晓。"德山说："您要打听村外头的事，我可不知，村里的事略知一二。"宋锦说："别的事情我也不打听，我就跟你打听，你们本村的何玉，你可认识。"何德山说："那是我们庄主，我焉有不认识的道理。"宋锦说："他在哪里居住哇？"酒保说："他在吉祥店居住。"宋锦说："那么你家庄主在家没在家？"酒保说："前天回来的。"宋锦说："前天从哪里回来的？"酒保说："从苏州。"宋锦说："他上苏州做什么去啦？"酒保说："皆因有位江南蛮子赵华阳爬碑献艺，偷花带花，庆贺哥八个的提名。"宋锦说："哪哥八个呢？"酒保说："听我家庄主爷所提，大爷姓宋名锦，号叫士公，别号人称抱刀手镇东方。二爷姓赵名庭，号叫华阳，别号神偷赵不肖。三爷姓苗名庆，号叫锦华，别号人称草上飞。四爷姓白名坤，号叫胜公。五爷姓张名明，号文亮，别号人称夜行鬼。六爷姓陶名金，字遇春，外号人称威镇八方鬼偷。七爷姓阮名通，字洪芳，别号人称钻天猴。八爷姓阮名林，号叫弱芳，别号人称入地鼠。他们八位是八门头一门，河南巨龙庄北村头路西紫云观观主金针八卦左云鹏的弟子。一针定八卦，分为八八六十四门，各门有各门的门长，头门的门长宋锦，第二门门长林希斌，三门的门长方佩云，四门的长青爪熊左林，五门的门长过江龙林凤，这为上五门，全是英雄好友。在外边除霸安良。那下三门头门就是九手真人李玄清，二门是一文钱谢亮，三门是钻云燕余良。三个人在西川，独立莲花党。六十四门人，不论他是哪门的，配带我的薰香，镖喂毒药，来到下三门，右肩头刻字，即为弟兄三人所辖。哪一门的门长不服，便要与他人分别优劣，较短量长。"宋锦道："你家庄主全都与你说明？"酒保说："他老人家拿我不当外人。"宋锦说："我这个兄弟前来打听，他们怎么说没在家呢？"酒保问道："您贵姓呀？"宋锦说："我就是宋锦。"酒保大吃一惊，心说：多亏我没说别的，要说别的，人家就许挑了眼。酒保连忙赔罪，笑道："原来您就是宋锦宋大爷，小人不识，多多原谅。那么您作什么还打听呢，不会亲身去吗？"宋锦道："我方才不是已经说了吗？他那店里伙计说，没在家吗。他们小弟兄可在家否？"酒保说："我家大庄主他们哥四个上正北黄龙岭送镖去啦，是昨天走的。水中蛇谢斌，是我家大庄主的徒弟。翻江海龙神手太保何斌，是我庄的二庄主。"宋锦问道："那么你大庄主、二庄主在家？"酒保说："大庄主方才在这坐了一会儿，现在已经回家吃饭去啦。"他们二人正在这里讲话，由柜房内出来一位老者。宋锦兄弟四人抬头往脸上一看，面如重枣，浅抹子眉，二眸子光华乱转，鼻直口方，大耳相衬，光头未戴帽，高挽牛心髻，竹簪别顶，青布衬袄，青布底衣，白袜青鞋，浑身上下紧衬利落，来到他们切近问道："阁下贵姓啊？"宋锦说："我姓宋名锦，号叫士公，别号人称抱刀手镇东方，八门人排行在大。"老者一听，鼓掌大笑，说道："久仰阁下的美名，如春雷灌耳，皓月当空，久仰久仰，真是大水冲了龙王庙，一家人不认识一家子人啦。我跟您打听一位朋友，可曾认识。"宋锦说："有名便知，无名的不晓。但不知您问的是哪一位。"老者道："此人住家在湖北武昌府江夏县北门外李家坡的人氏，姓李名刚，混号人称青面兽。"宋锦道："您与李刚怎么认识？"老者说："我与他们是四个人结为一盟，金兰之好。"宋锦说："啊，那么您贵姓呀？"老者说："我姓何名润，别号人称无鳞鳌。"何润接着又说："您宋锦可别怪罪我们大庄主、二庄主，这里有事。因为他们有一个本族的侄子，在店里头掌勺，大家给他起了一个外号，叫他假高眼，名叫何不着。店里又有一个伙计姓范名叫范不上，他的外号叫全不管。他们两个人就把我家何庄主的宾朋，满给得罪啦。本庄之人知道他二人好打哈哈，外庄来人他们不知道。宋爷您可千万别怪我们大庄主，原是有这种隐情。您要是不知，好像是我们庄主告诉好了他们似的。他们是无故的给得罪宾朋。"他们在此讲话，外边有人拉开风门，走了进来，说道："你们几位在这里吃酒啦。"宋锦回头观看，瞧此人身高七尺，脸上搭一块手巾，看不见脸面。那人就坐在一进门的旁边了，说道："酒保，快给我打两壶酒来。"酒保答言说："您要两壶什么酒哇？"那人说："两壶莲花白，女贞陈绍再来两壶。"酒保说："要什么酒菜呀？您可自己瞧，就是在地的。"那人走过去看了看，就是鸡蛋、鸭蛋、豆腐干，说："你给我各样来点吧。"酒保当时给他预备完了。他一个人坐在那里，用完了酒，站起身形，说：

"你们四位让与我吧。"宋锦回头瞧，他脸上的手巾没动，连忙说："不用让，不用让。"那人说："你们哥四个的酒饭账，我给啦。"宋锦说："不必。"又对酒保说："酒保，你可千万别收他人的钱。"吃酒之人说："大哥，我谢谢您啦。"扭脸就走，宋士公不由一怔。不知此人是谁，且看下回分解。

第五回

请何玉初会丁云龙　得秘信头探打虎滩

　　话说宋锦弟兄正在酒楼吃酒，会过那人酒账，那人说了声谢谢，转身下楼而去。宋锦这么一想，他是谁呢？听着说话的口音，感到耳熟，可当时想不起。赵庭道："您认识他不？"宋锦道："听着说话耳熟，没看见脸，不知道他是谁。你们哥三个先在此吃酒，等我到店里去看一看。"说话之间，他就出去了。一直到了那吉祥店门前，大声说道："何不着、范不上，你二人快去告诉你们东家，我来收这个买卖来啦。"两个伙计来到外面，问道："您是干什么的呀？"宋锦说："我来收这个买卖来啦，这买卖是我的。"伙计说："您贵姓啊？"宋锦说："我姓宋，我叫宋锦。你赶紧往里回禀，要不然我是亮刀全宰。"伙计一看他身体魁悟，胁下佩刀，往脸上一看，面带怒气，连忙来到了里边，说道："东家，您快出去看看去吧，外边来了一个宋锦，他来收这个买卖来了。"何凯连忙随了出来，到了店门外；宋锦一看是二爷何凯出来了，连忙紧行几步，身打一躬，口尊"二哥"。何凯用手指着说："贤弟免礼。"二人一同来到客房。宋锦道："这样伙计用不用两可。"何凯说："哪个伙计呀？"宋锦说："就是他们，何不着、范不上。他二人花言巧语，小看人，差一点儿没将我的宾朋给置于死地。"何凯忙问："哪一位宾朋呢？"宋锦说："就是那震天豹子李翠，追云燕云龙。"何凯说："他二人不是入府当差了吗？为什么来到这里呢？"宋锦道："听他二人所提，你们爷六个早就到了家啦。"何凯说："我们前天到的家。"宋锦又问："四小将呢？"何凯道："何润接了七辆镖车，叫他们哥四个昨天送镖去啦。"宋锦道："你们爷六个的马脚力很快，我们哥两个老没追上。咱们是前后脚起的身呀。"何凯说话之间已然到了里面，当时何玉迎了出来，与宋锦见了面，一同到屋中落座，问起话来。宋锦道："我给石俊章道谢来啦。"何玉问道："作什么给他道谢来啦？"宋锦说："要是没有他，我们哥八个不能戴上守正戒淫花。"何玉说："他是徒弟，何必给他道谢呢。他的脾气太躁烈，大弟你多多的原谅。"宋锦道："他们须用多少日子回来呀？"何玉说："至多也就是半个月，就回来啦。"宋锦道："你们爷六个好快的马呀，也搭着我们是步下走，会没赶上。"何玉说："家中没有人，只有何润一人在家，我不放心，接来往镖车，过镖送镖。"

原来镖店是镖店，镖行是镖行。镖行竟住着保镖的达官。比方如今有人有一万两银子，行走不开。这里有镖店，您来到镖店，跟他们说明白了自己的家乡住处，要将这一万银子保到某处，应当给多少钱。当时店中掌柜的说明，您给五百银子吧，那您就在家中等候。他再问明白贵姓高名，雇镖车的通罢了名姓。来人说，我前往叫王子林，到后就是一万银子收下，再给七百两银子，提五百保费，另外达官奉送二百酒钱。镖店掌柜这才来到镖行。这个镖行行长是青爪熊左林。左林手下宾朋全是练武的，全是那江湖绿林人。他问道："你们诸位，是哪位去？"这个说："我去。"左林说："你拿我镖行镖旗，这个旗子是白缎子做地，青火沿，二尺四长，一尺八宽。上面画着一口金背砍山刀，刀尖朝上，刀刃朝外。旗面上有一行小字，上写祖居青州府北门外左家寨，姓左名林，青爪熊的便是，上五门第四门的。这个达官接到镖旗，直奔镖店。无论几辆镖车，将镖旗插在头辆车上，从青州起身后奔河间府。走在中途路上，那占山住岛的一瞧，车上有镖旗，即使不认识达官，但认识镖旗，镖车也可以高枕无忧。要是镖旗与达官全不认识，再遇见吃浑钱的啦。乍入芦苇，行话不懂，仰仗人多，把镖车给截住。达官身带重伤，回到镖行，备说前情。左林一看，追问镖行的伙计，伙计当时说明不是这么回事，已将镖失去。左林还得给这达官调治伤痕，左林赔镖店纹银八千，镖店里赔王子林九千。倘这个达官若是故去了，镖行也不赔镖店啦，镖店也不赔雇镖的啦，他们是各有分别。

如今何玉跟宋锦说："这是镖行里的规矩。"宋锦道："小弟明白了，我们记得有一次行在中途之上，树林中有夫妻二人上吊。我们哥儿俩将他们救下来啦，盘问他们为什么上吊。他们说：我给人家管一档子闲事，丢去了纹银一百两，没有脸面见人家，故此上吊。我当时周济他们纹银一百，那夫妻二人磕头道谢而去。"何玉说："你们二人留名姓没有？"宋锦说："我没留名姓。"何玉说："学会文武艺，货卖帝王家。帝王家不用，货遇识家。在外面行侠仗义，杀赃官灭土豪，除治恶霸，救的是义夫节妇，孝子贤孙，保忠良，爱豪杰，杀富济贫，不留名姓，这才是行侠仗义的根本。"宋锦说："我们跟他夫妻不认识。"何玉说："不管认识不认识，见死不救非是英雄。"宋锦说："要有咱们至近的宾朋殉难，咱们管不管。"何玉说："应当管啦，舍死忘生，拔刀相助，协力相帮。"宋锦说："要不是敌人对手，死在人家刀头之下啦。"何玉说："死而无怨，那怨咱们艺业浅薄，经师不到，学艺不高，尽其交友之道，神前一炷香。"宋锦赶紧站起，撩衣襟拜倒，说道："小弟给哥哥行礼，现在有求我的宾朋。"何玉说："哪一家啦？"宋锦说："震天豹子李翠，追云燕子云龙。"即将他二人入府当差，丢失宝铠之事，细说一遍。何玉一听，忙问："贼人盗宝可有柬帖？"宋锦说："有柬帖，现在王爷的谕下，竟将他二人的家眷，扣押在三法司的南牢，放出他二人寻找盗宝之寇。将此贼捉住，宝铠回都，才能将他二人家眷放出南牢。如今他二人飘流在外，万般无法，无处可寻，无处可找。二人到了吉祥镖店，拜访兄长。店里伙计一看他二人狼狈不堪，几句恶言恶语，将他二人赶走啦。"何玉说："愚兄我不知，我实在没话。我要那样办事，还有人跟我何玉交朋友吗？我说怎么这些宾朋来往少啦，原来是这些伙计跟先生，全给我得罪走啦。兄弟，前边事情，我是一概不知。我将他们逐出店外，是我们何姓之店，一概不准用。"宋锦这才将王谕柬帖递了过去。何玉接过一看，说道："宝铠有啦。"宋锦说："兄长，您怎么一瞧，就知道宝铠有啦？"何玉说："大弟呀，这宝铠所为二弟的事情，这个盗宝之寇，专为跟你们哥几个斗一口气。"宋锦忙问道："此人是谁呀？"何玉说："此人不是咱们山东人。"宋锦说："那么他是哪里的人氏？"何玉说："他是西川银花沟的人氏，莲花党所辖。他们是弟兄二人，他二弟是银花太岁普铎。你瞧他写的这柬帖，名姓、绰号、山名、地名全留下啦。"宋锦道："您看的那是什么啦？"何玉说："上写：一口单刀背后插，飘流湖海走天涯。不为此铠连珠价，皆因绿林大话发。若问盗铠名和姓，普滩以内生金花。是金花太岁普莲，这个山在我这东南角下，相离约有三十多里地，屯龙口打虎滩。"宋锦说："我听这个山寨很耳熟啊。"何玉说："这山上你没去过，就在我这店里，你跟老哥哥会过一次。"宋锦说："哪一家呢？"何玉说："倒退十几年的光景，我给你弟兄致引，神偷小毛遂丁银龙。"宋锦这才如梦方醒。何玉继续说："老哥哥年迈，将山寨让啦！"宋锦说："就让给普莲啦？"何玉说："内中情由我莫名其妙。自从那老哥哥一让出山寨，他们把上头兵卒满散，空山一座，交与普莲。当时神偷小毛遂丁银龙带着家眷回家，如今算起来，已然弃山寨十二年。现下那山寨里面共成大事。普莲从西夏带来的能人，会排走线轮弦，无与绝伦，水旱两路，逢山遇岭，俱都有消息埋伏，水内有搅轮刀，刀墙三道。旱地有利刃窝刀，群墙之上，有滚檐坡棱砖。枪杆内暗藏冲身毒药弩。群墙展面，挂着有卷网，下面有翻板弩箭坑。平川之路有扫堂棍，过去就是串地锦；再过去那串地锦，就是木猴阵。过去木猴阵就是护山壕，里岸至外岸，足有五丈宽。里岸有大船十只，小船十只，里面有水旱两路的喽罗兵。正座的寨主四位，副座的寨主四位，把守山口的寨主一位。正座的寨主是金花太岁普莲，二座是贪花童子黄云峰，第三座寨主是巡花童子黄段峰，第四座便是狠毒虫黄花峰。副座的四位寨主，叶德、叶茂、叶福、叶喜，弟兄四人。那把守山口的寨主，是八臂哪吒叶秋风。喽罗兵丁，足有七千挂零。此山寨眼下是非常坚固之极。"何玉一跟宋锦讲话，外面伙计跑了进来，说道："回禀东家，外边有醉汉，请您赶紧观看，手持朴刀，见人就杀。"何玉说："杀了哪个啦？"伙计说："刚进店来还没杀呢。"何玉、何凯、宋锦弟兄三人转身形往外。宋锦说："大哥不用着忙，那不是外人，是咱们二个贤弟。"二个人到了店门里一看，果然是李翠、云龙、赵庭。

原来三个人正在酒铺喝酒，越喝越烦。赵庭说："走啦，咱们哥三个，把刀都亮出来，先宰那个何不管、范不上。"赵庭三个人来到了店门口，他唔呀唔呀的说道："全宰呀。"伙计一听大吃一惊，吓得颜色更变，连忙往里就跑，禀报东家知晓。哥三个得知，这才回来，大家相见。三个人上前给何氏昆仲行礼，将他三人让到里边，分宾主落座。何玉问李翠、云龙的前情，李翠忙将入府当差，以及丢失宝铠之事，细说了一遍。何玉说："容等四个孩儿回来，店内有人，咱们弟兄六个赶奔青州府阴县东门外丁家寨，约请兄长丁银龙，进山要铠，易如反掌，如探囊取物一般。"宋锦道："咱们那边的酒饭账，给了没有？"赵庭道："没有给哩。"何玉道："不用给啦，那个买卖，如同咱们的一个样。"说话之间忙叫了一个伙计过来，说道："你快去到酒铺，将他们哥四个的酒饭钱，拨在吉祥店账上。"伙计答应前去拨账不提。当下何玉出去，将店门关了，叫先生写了一个字条，贴在店外，说此店不卖外客。哥六个在店中相候四小将，住了一日。

这一天外面有人来报。何玉忙问:"什么人来啦?"伙计说:"你们打算请谁去,谁来啦。原来是老达官来到,另外还同着一位,那一位我们大家全都不认识。"六人一听,连忙迎了出来。宋锦、何玉、何凯到了外面,见了丁银龙,忙上前跪倒叩头,口称:"大哥在上,小弟们这厢有礼。"丁银龙用手相搀,给宋锦道喜,说:"宋大弟,你大喜了。江湖绿林之中,就你们哥八个为尊啦。你们八弟兄都戴上守正戒淫花啦。"宋锦说:"大哥您先不用说啦。来呀,李翠、云龙、赵庭,你三人过来,拜见丁大哥。"三个人上前行礼,礼毕,马匹交给店伙计。丁银龙将褥套取下来,大家一同往里而来。到了里面,丁银龙道:"我再给你们哥几个引见一位朋友,此人姓李双名文生,人送外号飞叉手镇关东。"又向李文生替他各通了名姓,大家相见。何玉道:"但不知哪一阵香风,将兄长刮到何家口呢?"丁银龙说:"我为一点笑谈的事。"何玉问:"跟何人呀?"丁银龙说:"就跟你李大哥。"何玉说:"你们哥儿俩因何提起啦!"二人这才说他们的来意。丁银龙道:"我弃舍山寨,带你嫂嫂回家。不想家门不幸,你那嫂嫂病故了,给我遗下一个小女孩子。此女年方七岁,我传的是文武全艺,但是无人每天给姑娘梳洗打扮,我带着姑娘上李仁兄那里去啦,我非常着急。你说我再续弦吧,又怕此女受气,又怕弟兄耻笑于我。后来听李兄说,他家中也有一女,名叫李翠屏,今年才五岁,有您弟妹看着,您可将小霞姑娘搁在家中,叫她们在一块,叫她婶娘给她们梳洗打扮。"丁银龙道:"我也曾说明,此女我养得太娇。李兄说:彼此一个样。我说:放心不下。李兄说:也不能虐待于她。您可以回到宅中,将婆儿丫环们都归到我家,将空宅院交给当家什户,拼到一处,年陈日久啦。"丁银龙继续说:"李文生对我说,普莲在外面风声很大,屯龙口的名誉可不好惹,恐怕那个普莲给您惹下了风波之事。当时我闻听心中一想,也许有的,我们这才到店中。"何玉说:"兄长您来得正好。不来我们还要前去找您去啦,他真给您惹下了风波之事。"丁银龙道："何玉，你也是我的朋友，他也是我的朋友。你可不要给他栽赃，千万不要移祸于人。"何玉说："我做什么移祸于人呀，这里有他的束帖。"丁银龙道："只要是他的束帖，我认识他的笔迹，一看便知普莲拿何人走差呢？"何玉说道："就是李翠、云龙二人。"二人忙上前说道："我们的老娘家眷，全在三法司南牢，做为押账，放我二人飘流在外，将盗铠之贼拿回交差。贼、铠入都，那时才能放出我满门家眷，将功折罪。"何玉道："我拜托你同云龙、李翠弟兄二人，到那里将铠要出来，解送京都。丁银龙说："若是拿不来此铠，我以魁首相见，我这就前去。"何凯说："丁仁兄且慢。我那嫂嫂病故之时，那普莲上您家去了没有？"丁银龙说："诸亲贵友，我全没送信。"何凯说："您让山寨时，有几名寨主？"丁银龙说："就是普莲、云峰、段峰。"何凯道："您让他们多少口限啦？丁银龙道："掐指一算已然一十二载了。"何玉道："现下人家造得铁壁铜墙一般。"丁银龙道："那不要紧，山寨是我的。我到那里跟他要宝铠，他如不给铠，我跟他变目。我人老，我的军刃不老。我好纳闷，那普莲盗铠所为哪般。是不是他跟李翠、云龙有仇。"李翠道："我们与他平素不相识，怎么能有仇呢？"何玉道："丁兄长您有所不知。"丁银龙说："那么贤弟你可曾知晓？"何玉道："我略知一二。"丁银龙问道："你既然知道，可以说了出来，我听听倒是为了何事。"何玉道："所为就是江南赵爬碑之事。"丁银龙道："那江南赵爬碑，碍着他什么事啦？"何玉道："只因江南赵他在爬碑之时，说了些个浪言大话。"

原来，赵华阳他蝎子爬碑乃是一种绝艺，他在碑上爬着的时候，说："上五门，大六门，散二十四门，左十二门，右十二门，外六大门，虎穴三门，老少人等，都能练我江南赵这手绝艺。唯独下三门的淫寇，皆因他见美色起淫心，镖喂毒药，佩带薰香，败坏好人家的门风，毁少妇长女，淫乱奸情，他们绝对练不了我赵华阳这手绝艺。"赵庭在碑碣之上胆大狂言，口出不逊，厚骂莲花党之人。下三门的人无人敢答言。东南角下，怒恼金花太岁普莲，普莲说："三位贤弟，我给小辈来个金风未动蝉先觉，暗算无常死不知。"说话之间，伸手探兜囊取出一种暗器，名为五谷飞篁石，足有头号核桃大小，暗拿准备。

按下普莲暂且不表，且说那边赵庭说："给我拿一盅香茶来。"这才有八献茶。赵庭伸手把茶接了过来，捧在手内。他低着头翻起脸来往四外观瞧，在东面站着宋锦师兄，挨着师兄的是师弟白胜公。由打苗景华又挨着胜公，他紧挨着碑下的左边，身披英雄氅，并未伸袖。在西面站着五弟张明、六弟陶金、七弟洪芳、八弟弱芳。他在碑上让道："你们兄弟哥哥吃茶。"大家说："您用吧。"赵庭说："您用吧。"赵庭又说："李玄清，我能在碑碣之上，爬五寸香的工夫，你们成吗？"李玄清叫钻云燕云良，找城隍庙的道长，找香炉一个，细线香一支，插在香炉之内，外面露着五寸，拿引火之物就将香点着了。香要是立着较比躺着着得慢。这才怒恼普莲，他一听大家人等鼓掌大笑，听大家所说，天上无有，地下无双，一手绝艺，可戴守正戒淫花。旁边有人说话，说："他一个人戴花。"又有人说话："总算他们头一门，不论多大年岁都得跟他们按弟兄呼之，人前显贵，熬里独尊。"普莲看出破绽，这才用飞篁石打赵庭。张明就听见东南角上，带着风声来了一物。他忙用报君知往上一搪，当的一声，将石头子挡回。宋锦扭项一瞧，那飞篁石系由东南而来。他说："苗庆、白坤二位贤弟，随我来。"三个人到了东南角上，各亮军刃。抱刀问："哪一位宾朋所发？"连问三声，无人答言。弟兄三人破口辱骂。在旁边有人说话，说："斗者不怕，怕者就不用斗。逢强智取，遇弱活捉。明箭好躲，暗箭最不易防。"普莲颜色更变，当时说："宋锦你且住口，你们仰仗你弟兄人多势众，却都是乌合之众，徇党蜂群。你看我普莲生而何欢，死而何惧？宋锦你弟兄随来，咱们是外面较量，看看你们哥儿们有多大的本领。"普莲、云峰、段峰、花峰摘头巾，甩大氅，勒绒绳，紧线带，高挽袖面。衣襟一掖，各人推簧亮刀，纵身形跨上东南的界墙。普莲回头说："宋锦，你弟兄随我来，咱们是城外头较量。"宋锦、苗庆、白胜公一看四寇越墙而过，宋锦就要往东南追去。白胜公用手相拦，说："兄长且慢，您要从此处上墙，恐受他人的暗算。咱们弟兄可以从这边走。"往北一错，由东面墙上纵了上去。到了墙头之上，低头往下一看，那四寇果然在墙根底下浑衣而卧，刀交左手，右手登着毒镖，正要打卧看巧云锁喉镖。宋锦跳下墙来。四寇一看此计没用上，镖入兜囊，刀一换手，赶奔东门。前走四寇，后跟三将，追得甚紧，穿街越巷。四寇在前口出浪言，说："男女老乡闪开一条生路，挡我者死，闪我者生。"大家扭项回头一看，来了七个人，手执军刃，出了东门啦。一过海河吊桥，沿大道而走，跟飞八相仿，脚程很快，跑出也就有二里来地，　直正道。路南有片竹塘，四寇心中所思：宋锦二人脚程比我们快，八门人他们是头一门，左云鹏亲传，刀法出众，武艺超群。一人说："弟兄随我来。分竹子转身形，往里而来。那竹塘里面黑暗处，谁要往里一钻，我们当时就可以要了他的命。"四寇拿好了主意，这才在竹塘内一伏。那宋锦弟兄三个来到竹塘，四寇踪影不见，苗庆就要分竹子向竹塘内而来。宋锦说："贤弟少往里去。"哥三个围着竹塘绕了一个弯儿，一看四外无人，竹苗竹叶不动，弟兄三人正在纳闷，就听正西有人说话，连声喊，口尊："兄长千万别往里追。贼人在暗处，咱们在明处。他们用了军刃，咱们躲之不及，恐对咱们不利，受他人之害。路遇再说就是。"宋锦一看，来者是六弟陶金。他们哥四个这才回归城隍庙。他们走后，那时金花太岁普莲弟兄四人藏在竹塘里面，心中暗想。普莲说："三位兄弟，咱们的马匹行装褥套，东西物件，银钱等项，抛在店口。不是我普莲惧怕他等，人家正门正户，人等太多，五路保镖达官，人都结有团体之心。咱们这下三门的人，李玄清道长不给咱们大家主事，皆因我等带你们弟兄三人远逃。耗到昏天，等到汪攒，再去取回。"

那昏天是江湖人说黑了天啦，汪攒就是二更天。当时他们耗到天黑时候，出了竹塘，取回东西物件。一路之上，饥餐渴饮，夜住晓行，来到了屯龙口打虎滩。山口里面，护山的喽卒手捏嘴唇哨子响，就从里面冲出一只船来。船贴外岸，普莲等四人弃岸登舟，那水手忙用篙支船，冲至里岸。普莲弟兄四个人上了岸。普莲道："你们把小船驶回，换出一条大船，在此等候。"水手点头。弟兄四人来到山峰之上，后奔大厅。八臂哪吒叶秋风、叶茂、叶福、叶喜、巧手将殷智文、妙手先生殷智武、商平、高安、高吉、高庆大家人等，急忙迎下厅来，吩咐摆酒，当时与他接风洗尘。殷智文、殷智武、叶秋风弟兄三人看普莲的气色不正。叶秋风问道："贤弟，你的气色不正，所为哪般？"普莲道："兄长您不必问啦。"叶秋风说："兄弟，有话你说。"普莲这才将江南赵庭在碑脚之上辱骂莲花党之事，详详细细全说啦。又说："可叹咱们下三门的门长在西川地面，独立莲花党，不护众，发卖五路薰香、天明五鼓返魂香、天明五鼓断魂香、八步紧、断肠散、子母阳阴拍花药，断魂香用解药，返魂药等不用解药。兄长想我弟兄四人，在苏州江南城隍庙，看赵华阳爬碑献艺，那里看主不少，正门正户人等太多，莲花党的宾朋也不少。赵华阳说出浪言大话，辱骂莲花党的宾朋。九手真人李玄清，他是下三门头门的门长，二门门长一文钱谢亮，三门门长钻云燕余良，那时三门的门长就在那里，人家辱骂，气得他们不敢答言。这不是欺压莲花党没有能人吗！三门的门长畏刀避箭，不敢答言，是佩带薰香的没有一个斗虫。我普莲一看这个形景，佩带薰香的人没有义气，没有联合。我看人家正门正户五路保镖达官，实有护众联合的义气。小弟我在暗中拿出飞篁石子，打江南赵头顶，实意是打算把他头顶打破。不想被那夜行鬼张明，抖手扔出报君知，竟将石子挡回。宋锦、苗庆、白坤，到了莲花党的人群中，手持利刃，辱骂莲化党的宾朋，口出不逊，难以为情。他没骂打暗器之人，小弟不能答言。三位门长不敢拦人家，宋锦这才骂打暗器之人。小弟答言。兄长您可要细想，我要跟他单打单斗，可以跟他动手，怎奈他们正门正户的人太多，师兄弟八个全在当场啦。我们只是弟兄四个人，我普莲当时不得已而为之。我对宋锦说：咱们在城外来较量高低。当时我们四个人倒身形跑出界墙之外，他们三个人追了出来。到了东门以外，我们没能把他们抛下。路南有一竹塘，我们便隐竹塘以内。八义的弟兄连心，有人将他哥三个叫回去了。我们耗到天黑，这才出竹塘回山。兄长啊，那江南蛮子赵庭实有绝艺，天上少有，地上无双。他在碑碣之上爬着，实在难练。我普莲打算做一件惊天动地之事。"叶秋风说："贤弟，你要打算做出点什么事来？"普莲说："我要做出一件事情，惊动那些长翅乌纱、方翅乌纱、团翅乌纱、青衣小帽的兵卒，让他们大家全得胆战心惊。"叶秋风说："贤弟，你还要刺王杀驾吗？你这个可错呢。"普莲说："兄长你比我年岁人，您给我出一条妙计。"叶秋风说："贤弟，要依我之见，你入都盗件国宝来，留下一张柬帖。盗宝你不留柬帖，那不是跟看国宝的有仇吗？人家没招你，没惹你。"黄云峰在一旁答言，说："二位兄长且慢，兄长要盗来国宝，官方必然办案，倘若知道此宝落到本山，外有雄兵百万，战将千员，将山寨攻开，那时你我大家难以脱逃，兄长落一个盗宝之寇，身领国法，凌迟处死。我等大家随您项上餐刀，这不是人财两空，后悔晚矣。人家江南蛮子赵庭，他为的是守正戒淫花，二为是成名露脸，三为的是扬名天下。你我大家为死呀。"普莲说："贤弟，我怕你们哥三个受累。要没有你们三个人跟着我，我早就动了手。治死一个够本，治死两个赚一个。"说到此处，不由动了无名火起，遂说："贤弟你还是不用拦，我马上就要下山，叫仆人与我备马，我上京都走走。"大家相拦。普莲站起身形亮出刀来，将刀搭在肩头之上，说道："哪一位再劝我，我是抱刀自杀。"大家当时就不能拦啦。

普莲才来到前面家中，安置已毕，收拾好了行囊，散碎金银多拿，来到山峰之下。有人给他预备行囊、褥套、马匹，到了里岸。令水手搭上跳板，普莲拉马离岸登舟，向众人道："列位暂且请回，我去去就来。"船离里岸，到了南岸，他们搭上跳板，普莲牵马上岸，那船自行冲回。普莲上马，由此起身。一路之上，饥餐渴饮，夜住晓行，来到了京都东门关外东头，翻身下马，拉马往街里行走。两旁铺户，非常繁华热闹。他到了桥梁之上，进东门之内再看，人更多啦。普莲忙向一行路之人，抱拳问道："这位老兄，我与您领教领教，这个麒麟大街在何处？"那人说："从此往南，拐弯往南，拐弯往西，那里就是麒麟街。"普莲谢了那人，就一直的奔麒麟街而来。到了大街之上，有家三元店，他到门前，叫道："店家。"里面有人答言，出来一个伙计。普莲瞧他平顶身高六尺身材，面似姜黄，粗眉阔目，准头端正，四字海口，大耳相衬，光头未戴帽，高挽牛心发髻，竹簪别顶。头蓝布贴身靠袄，头蓝布底衣，腰结一条围裙，白袜青鞋。忙问他道："你们这里有单间没有，清静的所在？"伙计连连答应，说："我们这里有，有，有，您随我来，到里边看看。"普莲随他到了里边，一看那东房五间，全是单间，当时将马交与伙计，把行囊褥套，搬到北头一间屋中，伙计将马给拉到后边去了。少时伙计回来到屋中问道："客官，您这是从哪来？"普莲道："我这是由西川来。"伙计说："您到这里有什么事吗？"普莲说："没有事，不过我听说这里新翻盖的大街十分热闹，故此我到此逛一逛。"接着问："伙计贵姓呀？"伙计说："我姓张。"普莲说："你台甫怎么称呼？"伙计说："我没念过书，我没起过大号，排行在二，人都管我叫张二。"普莲说："是啦，我必须在此地住个一个多月呢，那我就尊称你为张二吧，好不好呢？"伙计说："岂敢岂敢。"普莲说："张二，你们这条大街，真是听景不如见景，全说你们这里非常热闹，如今一看，并不算得热闹哇。"伙计说："您这些日来，是不热闹。您要前三两月来，是非常热闹的。"普莲说："那些日怎么那么热闹呀？"伙计道："要说起来，还是您这练武的吃香，由打山东青州府都江县北门外李家岭，来了二位侠客爷，在山东惊天动地。"普莲说："哪一家呢？"张二道："我是听管家大人所提。"普莲问："哪一家的管家？"张二说："八主贤王府的内管事的，我跟他有个不错，我是听他说的。"普莲道："那个人呢？"张二说："他说的是来了一个震天豹子李翠、追云燕云龙，是左十二门头一门的人。二人入府当差，照管万佛殿。"普莲道："这个八主贤王府在什么地方？"张二说："您出我们这店往西，见十字街往北，路西有一巷口，叫八宝巷。路北有一小夹道，从那小胡同口上再往西，路北有一广亮大门，门前有许多门军往来巡视。那里就是八主贤王府。"普莲说："那万佛楼有什么要紧的呀？"张二说："我听管家大人李明跟我说过，想当初大宋朝，开国之时赵太祖、赵太宗使的军刃。"普莲说："使的什么军刃呢？"张二说："马上是盘龙棍、盘龙枪，步卜是九楞凹面金装锏，身上穿着金书帖笔闹龙宝铠。上身穿着此铠，刀枪不入。这四件宝物在那万佛殿供着，传至现下已然八帝啦。而今王驾千岁是徽宗的御弟，是宣和皇帝的叔父，宣和驾崩，死后宣封钦宗，王爷逢每月初一日正午，必要亲身去参见。十五日夜内子时，来到万佛殿参拜四宝。王爷为看护缺少能人，所以他们张贴皇榜。这才有李翠、云龙入府当差，夸官三日，所以这麒麟大街是十分热闹。"普莲一想，遂说："张二，明天就是十五哇。"张二说："对了，明天是十五。"普莲心中一动，遂叫张二给预备酒饭。张二道："现下不到开饭之时，灶上无人，您必须稍微等一等。"普莲说："好，我等一会儿再吃吧。"说话之间，伸手从褥套之内取出散碎银两，放入兜中，对张二说："伙计，你将门帘给我挂上，我到外面散逛散逛。"说话之间，普莲转身形往外，张二随后出来，将屋门倒带，拿铁锁头将门锁好啦。

普莲出离了店往西，到了十字街路南，有一座五间门面的大酒楼，在酒楼的西角有一个立额，上写蓝地金字，西面包办酒席，北面临时小卖，横着一块匾，黑地金字，上写美丰楼。廊子底下西头，猗角那里有个酒摊。普莲这才来到了酒楼之上，挨着楼梯有一张桌儿，他就坐下啦。酒保赶紧过来，擦抹桌案，问道："客官您吃点什么？"普莲说："你给我报一报了酒名儿。"酒保说："有莲花白，有十里香，有黄酒，有多年的绍兴酒。单有一类酒，是特别好。"普莲说："是什么酒？"酒保说："是女贞陈绍。"普莲说："你每样给我打上一壶，给我配上四样菜。"酒保答应走去。少时全给端了上来。普莲在此地独自用酒。正在此时忽听楼梯响，他不由得低头往下一看，上来一个官军，是青衣小帽。酒保往下一看，正是王府里当差的。那人上了楼，酒保道："兄长，这些日子为什么没上这里来吃酒？"那当差之人说道："现下我正练武啦。"酒保说："您跟谁练啦？"差人说："我与李翠、云龙练。"酒保说："他二人是干什么的？"差人说："他俩人就是那山东的侠客呀，来无踪，去无影。他二人说啦，也不是夸下海口。据我这么一瞧，他二人这一入府当差，不用说丢东西，连一根毫毛都不能缺少。"普莲这么一听，不由气往上冲。直吃到酒过三巡，菜过五味，遂说道："酒保，快给我算账。"酒保忙过来算好，说："您这里一共是二两三钱五分。"普莲伸手取出一块白金，有五两开外，摆在桌案之上。酒保说："我找给您呀。"普莲说："除去柜上之外，剩下全是你的。"酒保一见，连连道谢。普莲道："你不必谢。"说着起身离了酒楼。

一边走着，一边心中暗想：我何不到八主贤王府，踩一踩道呢？他就按照张二所说的道路，来到王府。到了那里一看，实在是繁华热闹，顺东夹道往北，到了中间。看这个夹道也就有四尺来宽，东面是民宅，西面是府墙。抬头看，墙高有两丈四尺有余。出了夹道往西，迎面一座楼。到了跟前，在门前有几个人在议论。他便站住偷耳窃听。据这兵卒所提，他是左十二门头门的，能为出众，武艺超群，不用说丢东西，连根草刺也少不了。就这样才回到三元店，天色已晚，他要酒菜，吃喝完毕，店里伙计问他道："客官您还要什么不要啦？"

普莲说："你给我沏一壶茶来，再拉一盏把儿灯来，将文房四宝拿来一用，我给朋友写封信。"店里伙计答应了出去，少时之间，全给他备了前来。普莲道："我叫你再来，我不叫不用你来。"伙计连忙点头，到了院中，交代店里的规矩，说："你们众位客官，还要什么不要啦，要是不要，我们可要关门封火，放犬拢账啦。"规矩交代了三声，无人答言，照旧所为，店中伙计拾妥完毕，睡他们的觉不提。

　　此时普莲在屋中喝了一盅茶，那灯放在窗台之上，双扇隔扇紧闭。他来到了床榻之上，和衣而卧养神，直耗到天有二鼓，普莲这才站起身形，见那烛芯约有二指挂零，屋里阴阴惨惨。普莲主意拿定，将白昼衣服通行换去，换好了夜行衣，寸排乌木钮，兜裆滚裤，上房的软底鞋袜，鸾带系腰，紧衬利落，绒绳十字落甲绊，背后勒刀，绢帕罩头，撮打拱首，将白昼衣服打成一个小包袱，盘水裙打成腰围子，抬胳膊，踢了踢腿，并无不合适之处。前有三囊、食囊、镖囊、百宝囊，薰香兜子一个，里面是天明五鼓返魂香。通盘收拾好了，这才施展百步吹灯法，用二指一掐口，将灯吹灭，开了双扇，蹑足潜踪，来到外面。返身带好两扇门，挂好钉锦，伸手探兜囊，取出问路石，往院内一扔，吧嗒一声响，犬吠声音无有。长腰到了院中，猫腰捡起石子，放在兜囊之中。抬头往西房上看，远近均看明，施展提气功，抖身形往上纵。左胳膊攀住前檐滴水瓦，右手一扣腕子，滚脊爬坡，上了西房，蹿房越脊如履平地，一直往正西，来到十字街正北。中脊起下一块瓦来，往当地上一扔，听见无有人声犬吠，这才纵下房来。到了甬路正西，进入八宝巷。普莲心中所思：自己忙中有错，二次返回店中，把文房四宝放进了兜囊，这才又来到王府的东夹道，进到了里面。抬头看王府墙两丈四高，伸手探兜囊抖锁，锚练八尺长，手指粗细，前有抓头，后有青绒绳两丈四长。抖起来扣住了墙头，手持绒绳来到了上面。低头往下瞧，见有两个更夫，正打二更二点。就听他二人说话，有一个说："伙计，今天不是十五吗？我听人说，王爷初一、十五上万佛殿，烧香上祭去。"又听那个更夫说："万佛殿在这个王府吗？"那个更夫用手一指道："你是新来的不知道，那边那房子，是外回事处。这边就是内回事处。靠北边这个房山，就是万佛殿的山墙。"说完话，两个更夫往北去了。普莲心中所思：要得心腹事，但听口中言。把抓头倒换好了，扶锁下到了里面，慢慢抖下绒绳来，带在身旁。这才来到万佛殿，扶着门往里观看，是三间西房，三间东房，屋里面是明灯蜡烛，照如白昼。北房廊子底下一对气死风灯，在那里支着。有当差之人，将殿里殿外设摆齐毕，尽等老王爷设祭。老王爷设祭完毕走后，普莲再看，那殿内黑洞洞的。这才来到东厢房，往里撒薰香。他使的本是天明五鼓返魂香，将屋内之人薰了过去。他这才来到北房廊子底下，一掀万佛殿的佛窗，用手一摸锁头，锁着门，伸手掏出如意丝折样一个钥匙，将锁开开。双扇门往里一推，普莲到了里面，打着火折。借火折的亮儿一看，见这里分四隔子，每格是黄云缎子软帘，第一格是盘龙棍，第二格是盘龙枪，第三格是金龙锏，第四格将包袱打开一看，原来是宝铠。他忙将抄包解下，将包袱放在抄包之中，带在身上，遂将写好了柬帖，扔在殿中。他出来又将门带了，照着锁上，便离了王府，照原路回到了店中。到了自己屋内，换好了白昼衣服。将夜行衣包好，又将兵刃挂在胁下。把宝铠以及夜行衣，全放在行囊褥套之中。此时天光大亮，把文房四宝放在桌上，高声喊叫店家。张二来到问道："客官您有什么事吗？"普莲道："我这封书信没写。提笔忘字，你去将店饭账钱，算一算。"张二道："整整三两。"普莲伸手取出一块银子，足有五两，交与伙计道："除去店饭账外，所余之数，完全赐了你啦。"张二连忙道谢。普莲叫他备马。张二道："好吧，客官呀，您以后来到这里，您就上这里来。您有什么零碎东西，都想齐了。"普莲说："物件不缺。"张二这才到后边将马拉了出来。普莲将行囊褥套，拿出搭在马上。普莲接过了缰绳，叫伙计给开门，当时来到了外面，一直奔了东门。正赶上开城，这才出了东门，飞身上马回山。这便是他盗铠的倒笔，暂且不提。

如今且说丁银龙与何玉说话，丁银龙说："山寨是我的，我这就要入山去。"遂说："李翠、云龙，我到了山上将宝铠得回，你们将宝铠解回京都，向王爷禀明，盗铠之人案后再拿。"何凯道："兄长，此铠您不准到里就能拿了回来，现下普莲是共成大事。"丁银龙说："二弟冲你这句话，我是这就去。"说："我人老，刀法不老。"何凯说："您要一个人探山，倒不必。那普莲不跟你动手，他手下的偏寨主太多，您也打不出山去，跟您来个车轮战，您也得甘拜下风。"丁银龙说："依你之见呢？"何玉说："兄长，此时当着我哥哥，现在有李翠、云龙、宋锦、赵庭，您要依着我的主意，您就去；要是一个人探山，您就不用去。"丁银龙说："我就依你之见。"何凯说："咱们要到了山寨里面，我要是瞧出破绽来，冲你一摆手，咱们就走。"丁银龙说："就是吧。"说完，便将夜行衣包兵刃等拿好。何凯也将水衣水靠反金背砍山刀带好。弟兄二人往外行走，那李翠、云龙、宋锦、赵庭，往外相送。宋锦道："大哥，您可千万千万的要把火压住了，事事全听我二哥的。"店里伙计到外面开门，弟兄二人出店。出了东村口，一直奔东南，来到了屯龙口两边山。路南有片松林，二人到了林中，稍微站着怔一怔。何凯说："大哥您看，如今这比您让山寨之时，管保大小相同吧。您让山寨的时候，有这道墙吗？这墙行高就低，墙头之上全有檐坡垄砖，暗藏毒药刀。墙里头有卷网滚网，下有翻板弩箭坑。您先随我来吧。"他二人随着大墙往南走来，越走墙越矮，直来到南边，再往东拐，直到了平川之路。何凯说道："大哥您可别看那小道很平坦的，其实那边全有卧刀离刀。不懂消息的人，蹬上就废了双腿。丁银龙一听，不由暗暗想道："哎呀，果然坚固了。这样工程可就不小哇。"何凯又："您看这里就有道护山壕，南岸至北岸，足有五六丈宽，白浪翻滚，水中有搅轮刀墙三道。咱们哥儿俩怎么能过去呀？"丁银龙说："我会打西川的哨子。"说话之际，用手一捏嘴，哨子一响，由西北角上，冲出一只小船来。那船来到河当中，丁银龙一看这个水手年约三十上下，一身蓝布的水衣水靠，青油绸子抄包扎腰，面皮微黄，细眉毛圆眼睛，小鼻子小嘴，一对小元宝耳朵，光头未戴帽，高挽发髻。遂问道："水手你贵姓啊？"水手说："我姓李，名叫李四。人送外号，叫我翻江海狗。"丁银龙说："你把船冲一冲，我二人好过去。"水手忙问道："您二位贵姓？"丁银龙说："我姓丁名唤银龙，人称神偷小毛遂。"水手说："哪里人氏？"丁银龙说："我住家在青州府阴县东门外丁家寨左十二门第八门。"水手说："那一位呢？"何凯说："我姓何名凯，人称逆水豹子，住西北角下何家口，我排行在二。你将船冲到了岸，我二人好上船。"水手说："我家寨主有话，私往里渡人，拿我家满门家眷。您二位先在此等候，小人我往里给您回禀一声。"说完，他划船到了里岸，上山坡往里去了。到了大厅，单腿打千，说声："报，外边有丁银龙、何凯前来拜访。"普莲说："列位随我来。"大家人等，出大厅下山，来到了北岸。他令大家在北岸等候，他一人上船。水手将船冲到南岸，忙弃舟登岸。身打一躬，口中说道："兄长来了，小弟这厢有礼。"丁银龙忙过来用手相搀，弟兄二人及何凯一齐上船。

水手划船到了北岸，大家人等，如同众星捧月似的，来到了大厅之上，分宾主落了座。普莲说："哪一路香风，将兄长刮到小小的屯龙口打虎滩？"丁银龙说："贤弟你若是闻我，我是无事不来。"普莲说："兄长，您所为什么事呢？"丁银龙道："我问贤弟，你夜入京都，在八主贤王府盗来闹龙宝铠，但不知你为什么盗铠呢？"普莲说："我就为江南蛮子赵庭，他在碑上爬着，口出大言，辱骂莲花党。我斗的就是他。"丁银龙道："你就为此盗铠吗？那王爷可把李翠、云龙的满门家眷全拿下南牢。兄弟，你先把那宝铠交给我，我拿回叫李翠、云龙二人送回京都，先把他满门家眷换了出来，那李翠、云龙跟你没仇没恨啦。"普莲说："那可不能给您。我若将宝铠给您，不如我不去盗好呢。兄长您跟江南赵也是交友，跟我普莲也是交友。这交友之道，一盆凉水，您可往平里端。您可不要打哭了一个，哄笑了一个。您若要铠也成，必须叫宋大等弟兄八个人，捧着左云鹏的转牌，来到我外岸双膝跪倒，高声朗诵，叫我普大太爷三声，我将宝铠双手奉献。"丁银龙一听，气往上撞，伸手推簧亮刀，跳出厅外，点名叫："普莲出来，分个强存弱死，真在假亡。"普莲也连忙从兵器架子上，抄起一口雁翎刀，来到当场，哈哈大笑。丁银龙将刀一轧，披手一晃，刀往里走，普莲缩颈藏头。丁银龙的刀一空，忙一裹腕子往外一撕刀，名为凤凰单展翅，普莲往下一低头，丁银龙刀往下就劈，普莲忙蹿出圈外。何凯一看这形景不好，那普莲面挂气容。他又一看众贼人，全都手扶刀把。何凯忙向他拍手，暗示不叫他动手。口中说："大哥，他近来得了这么一个病症。"普莲忙一看，那丁银龙两只眼直啦。普莲赶紧上前，右手持刀挟在左胁下，定睛观看。丁银龙抱刀一站，气得颜色更变，浑身立抖，口尊："何凯，我又得罪哪一路的宾朋？"何凯说："大哥，您又与普莲斗气。"普莲一看，忙上前单腿打千，口尊："兄长，小弟普莲多有得罪。"丁银龙说："贤弟，说哪里话来，你恕过愚兄年迈。我说话颠三倒四，言语有冲撞之处。"何凯说："贤弟，宝铠阁下是给不给。"普莲说："我给不着。"何凯说："你若是不给，恐怕要招出横祸临身，发来官军，那时我可以给你报信。"普莲说："二位仁兄，可以不必管我二人之事。您就在何家口，倒看我二人谁胜谁败。"丁银龙一见，自知不成了，这才将刀归入鞘内，弟兄二人转身形往外走。普莲手下的偏副寨主，全都是怒气不息，意欲动武。普莲忙上前相拦，说："放他二人逃命去吧。"

　　且说丁、何二人来到了山坡之下，就听背后有人喊嚷，何凯往后一瞧，从后来了三支飞叉。二人连忙各自施展铁板桥，方将三支飞叉躲过。二人翻身起来，各自亮刀，说道："对面你是什么人，你对我们施展金风未动蝉先觉，暗算无常死不知。"丁银龙往后一瞧，身后并无别人，只有眼前站立一人，身高在九尺开外，细高的身材，月白布头巾，蓝绫条勒帽口，鬓边斜插茨菇叶，迎门一朵白绒球，突突乱颤，月白布贴靠袄，青布护领，绒绳十字绊，蓝丝带扎腰，双结蝴蝶扣，花布裹腿，蓝洒鞋，短衣襟，小打扮。掌中一条五股烈焰叉，左肩头还有三支小飞叉。丁银龙问道："对面来者，你是何人？"那人说："我住家在山东青州府北门外孟家堡，我姓孟，双名天龙，别号人称飞叉手。"丁银龙说："你可认识神棍将孟景生？"孟天龙说："那乃是我家主人，焉能不认识？"丁银龙说："你是领了普莲的命令，还是出于本心，要暗害我二人。"孟天龙道："我是出于我本心。"何凯说："丁兄长闪在一旁，待小弟过去。"丁银龙说："贤弟你要多多留神。"孟天龙说："对面是什么人？"何凯说："我住家何家口西北，我姓何名凯，人称逆水豹子。"何凯说话之间，摆刀上前就剁。孟天龙往旁一闪身，刀就砍空啦。他便涮叉一走，前把一栽，后把一抬，往前一支。何凯见叉头到，忙用刀一支叉梁。孟天龙往旁一闪身，忙往下一坐。何凯用刀头往前一递，使了个顺风扫叶。孟天龙忙往下一坐腰，早被何凯使了个扁踩，蹬上他就一溜滚儿。何凯往上一抢步，说声："你归阴去吧。"往下一落刀，噗哧一声，孟天龙尸头两分。何凯便在死尸身上擦了擦刀上的血迹，将刀归入鞘内。弟兄二人紧行了几步，来到了里岸。水手一看，从山上来了何凯、丁银龙。水手见何凯面带怒气，再往山上一瞧，见那边倒着一个人，尸头两分。水手李四当时弃舟登岸，往山上跑，上大厅报信。何凯见了说："丁大哥，您赶紧随我来。"弟兄二人跳到船上，何凯赶紧起锚，手执船篙，撑船到岸，两个人下船来，扬长而去。

　　暂且不言丁、何二人回何家口，且说水手李四来到大厅，报告普莲说："山底下有一个死尸，不知何人。"普莲一听气往上撞，带领众人各掌兵刃，追下山来。到了山坡一看，那只小船已然支在外岸，知道他二人业已逃命去了。普莲低头观看，抓起首级一看，原来是飞叉手孟天龙，遂说："来呀，刨坑埋了。"叫李四赶快坐小船过河，将那只小船带了回来。李四划船过去，将那船一齐带了回来，大家是恨恨回山不提。

如今再表那何凯、丁银龙。弟兄二人到了山坡以西，正是够奔何家口的一条大道，眼看就到了何家口啦。此时天色已黑，丁银龙道："二弟你暂且先回店中，那何家口正西，有座侯家村，那里我有一家朋友，会摆走线轮弦，他叫神手大圣侯凤，非请出他出来不可。我在店中已跟宋锦等弟兄四人把话说满，我要是回到了店中，没要来宝铠，岂不被他们耻笑于我吗？"何凯说："哥哥，您可去去就来呀。"丁银龙说："我一定去去就回来。"何凯一人回店。

那丁银龙走前街，来到了西村口以外。此时四外梆锣齐响，已然定了更啦。他往正西一瞧，路南有一大片松林，遂来到了松林里面，长叹一口气，往山东青州府忙送一目，口中说道："丫头哇，你在我那李贤弟家中，管家老了，今生今世父女不能相逢见面啦。可叹你今年十九岁，我没把你找一安身之处。不想如今我被宾朋所挤，我在松林之中，要悬枝高挂。"说完，他像木雕泥塑一般，即将刀抽出。他又一想：我在此地自尽一死，原不足惜。不过知道的那是不用说，要是不知道呢，岂不说我不定做了什么见不得人的事啦。说着，将刀往肩头上一搭，就要自刎。不知后事如何，且看下回分解。

第六回

群雄败走独龙口　鲁清设计捉贼人

话说丁银龙因为自己夸下了海口，不想事未成，反受羞辱。自觉得无面目去见群雄，这才在林中要自刎人头。将刀一横，正要自刎，忽然后面来了一人，将他手腕子按住，左手用胳膊一搭他的肩头，便将刀给抢过来啦，说："兄长，你有什么为难之事，可与小弟说一声。为何抱刀自杀？"丁银龙忙回头一看，原来是闪电腿刘荣。忙说道："贤弟你从哪里来？"刘荣说："我给赵庭下转牌，刚回来。"丁银龙说："是啦。"遂将普莲盗铠之事，以及与何凯上山向普莲要宝铠，他不给等等的情形，细说了一遍。"那山寨之上有走线轮弦，无与绝伦，真有一人扼守，万军难入之险。"刘荣说："这可不足为奇。"丁银龙说："贤弟，哪个为奇？"刘荣说："兄长您想一想，此人与您八拜结交，神前结拜，与我是过命之交。"丁银龙问："是哪一家呢？我当时想他不起，你说了出来吧。"刘荣说："此人乃是大六门第四门的，住夏江秀水县南门外，姓石双名锦龙，别号人称圣手飞行。二爷陆地无双石锦凤，三爷万战无敌石锦彩，四爷银头皓叟石锦华。长房屋中两位公子，大公子闹地金熊石芳，二公子穿山熊石禄。大公子不是横练，石禄是横练三本经书法，先练发毛经，二练冠水经，三练达摩老祖易筋经。内练一口气，外长筋骨皮，周身善避刀枪。我替你去趟夏江石家镇，约请石禄，哪怕山上走线轮弦。"

丁银龙一听，心中大喜，这才带领刘荣，出了松林，直奔何家口。到了吉祥店门前，忽听店内一阵喧哗。刘荣上前打门，里面有人问道："外面是什么人？"刘荣说："我是刘荣。"店里伙计忙将门开开，丁、刘二人遂走进来，伙计一见连忙喊道："打鬼，打鬼。"刘荣听了大怒，说："伙计，你这是由何说起，怎见得我二人是鬼呢？"伙计忙暗笑："刘爷，我没说您投了丁老达官啦。"丁银龙说："你为何说我呢？"伙计道："你到了后面，便知分晓。"二人一听，急忙向里走去。那伙计自行关上店门。刘荣跟随丁银龙，够奔北上房。此时屋内何玉抱怨何凯，说："何凯，你为何一个人走了回来？"何凯便将在山中经过说了遍。何玉说："你为什么独自回来呢？"何凯说："我二人一同回来，走在半道上，丁大哥说是从咱们这里往西，有侯家寨神手大圣侯凤，会摆走线轮弦，他上那里去请侯凤去啦。"何玉说："你这个人好不明白。大哥不是请人去了，他是因为在店中把话说满啦，当时回不过脸来，不好来见李翠、云龙、宋锦、赵庭。你们赶紧出外去找，也许抱刀自杀，也许拴套吊死，也许投河觅井。赶紧出去找去吧。"众人听见此理很是，正要往外行走，可巧外面有人叫门。伙计出去开门，所以那伙计见了丁银龙就喊打鬼。丁银龙问清楚，二人往里走，来到屋中，与众人相见。刘荣上前与宋大、赵二道喜。宋锦说："刘大哥，您不喜吗？"刘荣说："总算江湖之中让你们哥八个能够露脸。"宋锦说："要没有您下转牌，天下的众英雄也是来不了哇。"说话之间，便与李翠、云龙二人引见了，对施礼毕，何玉又把打虎滩之事，向刘荣说了一遍。刘荣说："那我得走一趟。"何玉说："你上哪里去呀？"刘荣说："我上趟夏江秀水县南门外石家镇，约请石禄去。"何玉说："你约请石禄，他是浑小子。"刘荣说："您别看人浑，能为出众，艺业超群，掌中一对短把追风铲，周身善避刀枪，哪怕山上走线轮弦。"

刘荣忙问："他们小哥四个呢。"何玉说："他们上正北送镖去啦。"刘荣道："那么他们得几天回来呢？"何玉道："再有个五六天，也就回来了。"刘荣道："他们小哥们要回来，可千万别听孩子们的话。那何斌性如烈火，谢亮脾气左劣，谢斌性情粗暴，石俊章办事粗鲁。这小哥四个是被您给惯起来的，在山东省成了名，就有点眼空四海，目中无人，艺高人胆大。他们要回来，可千万别叫他们知道。"

却说闪电腿刘荣辞别众位英雄，够奔秀水县而来。一路上无非晓行夜宿，不必细表。这一天，刘荣来到秀水县南门外，只见群峰环抱之中有一座村寨。走到近前一看，有兵器架子，长枪短刀，在上插着。西墙立着三块磨盘，一条门闸看过之后，他方往里边走，有一个上了年岁的庄丁，上前问道："这位达官，您是穿庄经过，还是到庄内找人？"刘荣说："老庄户，不瞒你说，我是到庄内找人。"那庄兵又问道："但不知您找哪一家呢？"刘荣忙说："贵庄是石家镇吗？"庄兵道："不错，正是石家镇。"刘荣说道："我说的这位，大大的有名。"那庄兵道："请您说出名姓，做甚事业方成。因为我们这里满全姓石。"刘荣说："我我的是圣手飞行石锦龙，号叫振甫。"庄兵道："那么您贵姓？"刘荣说："我姓刘名荣，别号人称闪电腿。"庄兵道："您请在这边稍坐一坐，等我到里边给您看一看去。刘达官您家住哪里，您是哪一门？"刘荣说："我住家山东省东昌府北门外刘家堡，左十二门的第四门。你问这么清楚，做什么呀？"庄丁道："这是我家庄主所留下的庄规，这六十四门人，就见六十一门的人，那下三门的人不见。上五门、大六门、点穴三门、左十二门、右十二门、散二十四门、外六大门，这路的人满见。唯独是那下三门不见，不但不见，反叫庄兵送出庄外。"刘荣心中一想，暗道："我那兄长把家中之事，重整铜墙铁壁一般。"遂说："那么你快去，到里头看一看去吧。"庄兵说："是吧，您先在此落座，待我给您看一看去。"说着，他来到西房，进到屋中，上了北里间书格子上，将大账拿了下来，翻开账篇一见，上面写着门户，设有注脚：左十二门，第四门，刘荣可见。庄兵赶紧将大账合上，又放在那明间桌子之上，来到了外面，抱拳拱手，说道："刘达官，您看在我家老寨主面上，多多原谅，您随我来。"庄兵在头前引路，刘荣在后面相随。他细看这街道，很是宽大。在西边有八条胡同，在路东里也有八条胡同，可是不对着，全是阴阳扣咬住。遂问道："庄户，这个胡同，也有说法吗？"庄兵说："这是八卦，路西里乾坎艮震巽离坤兑，路东里是休生伤杜景死惊开。"二人说话之中，已然到了十字街。庄兵站住，说道："达官，我不往前送您啦。您由此往西，路北头一条胡同过去。路南里有个八字的大影壁，路北有广亮大门，一边有八棵垂杨柳，前头一边有三棵门槐，门前有晃棚吊槽，那就是我家庄主的住宅。"刘荣说："庄兵你别走，我且问你。"他见东南角上有二丈八高的一个砖台，一丈八见方，上面座北向南有一间房，这间房上面，四面有窗户。刘荣问道："庄户，这是干什么的？"那庄兵说道："这是聚将钟，头道钟响，四门紧闭。二道钟响，哥三个必须出来哥俩。三道钟响，哥两个出来哥一个，来到四大庄门各抱弩箭匣。一匣竹弩是一百单八双，此匣长一尺四寸，八寸宽窄，高矮八寸，匣里头有鸭子嘴，上面有盖，一抠就开。后头有个牛角拐子，里面有崩簧。巧手将王三所造。一道庄墙，是二百个弩匣。大家在四道庄墙上一站，每一家若有不明之时，以梆子为齐。大家人等是一拥而至，那打管箭匣与护庇庄墙者无干。我家庄主将此石家镇，重整太严密啦。在石家庄镇里住的，不敢欺压别人。如有犯庄规之人，将他送到秀水县。"庄兵接着说："您去吧，我就不往西再送您啦。"

刘荣点头答应，自己往西而行。将衣纽扣好，周身掸了掸土。刘荣来到门前，上前打门，里边有人问："谁呀？"刘荣说："是我。"里面又问："找谁呀？"刘荣道："贵宅可是石宅吗？"里面说："不错，是石宅。"刘荣又问："你是石宅的管家吗？"里边说："不错，我是石宅的管家。"刘荣说："你先把门开开。"管家说："我家庄主不在家。老庄主有话，您通报名姓，我再叫您进来。"刘荣说："我姓刘，名叫刘荣。"管家说："是啦，您先在外候等片刻，待我与您看看去。"说完他往里而去，到了门内打开账簿瞧一瞧，必须跟四大庄主有交情，神前结拜的才见啦。管家一看，账上有他名字，这才来到外边，将门开了。刘荣一看这个老家人，身高八尺开外，胸前厚背宽，面如重枣，白抹子眉，须发皆白，脸上皱纹堆垒，鼻直口方，大耳相衬，青布头巾，青布大氅，鸾带扎腰，蓝布底衣，白袜青鞋，年岁也就在六旬开外。那老家人一看刘荣，身高七尺，细条条的身材，面皮微黄，粗眉阔目，准头端正，四字海口，三绺黑髯，脸很长，大耳相衬，头戴月白布的头巾，蓝绸子带勒帽口，鬓边斜打茨菇叶，顶门一朵红绒球，突突乱颤。老家人说道："刘达官，您看在我家主人面上，您多多的原谅。我家主母有话，跟我家主人神前结拜的，才见啦。"当时将刘荣让到书房，落了座。老家人献上茶来，家人说："您在此稍坐，我出去把大门上闩去。"说着出去将门关好，二番回来在下垂首相陪。刘荣道："管家，你给我往里回禀。"老家人说："您少等一会儿。"刘荣说："我被宾朋所请，前来请人来啦，现下我心中急躁。我到了石家镇，就如同来到我家一样，我与石锦龙神前结拜。他的夫人，我要叫嫂子都有点透着远。我也与她娘家哥哥马得元神前结拜，她要住娘家之时，我要去见了，管她叫姐姐。若在此地，我管她叫嫂嫂。你不用与我回禀啦，我自己有腿。"吓得家人呆呆的发怔，赶紧将刘荣拦住，说："您先且慢，容奴才回禀。"刘荣问道："内宅是有什么事吗？"老家人说："有点事。"刘荣说："你何不说出。"家人说："您今天来得不巧，我家公子爷惹了一点事，正赶上我家主母责罚他啦。我们二公子爷是个浑人，他性情最傲，也是我家主人跟主母惯的，他管谁都叫二格。在前一个多月，我家公子爷骑马来着。这匹马在丁花门外崔家庄，把崔老员外的一个小孩给撞啦。崔员外来到我们庄院。我家主母给断的养力，银钱花了不少。我家老主母一有气，把他给锁到一间单间里啦，天天给吃给喝，拉撒睡全在那屋里头。这是昨天，女仆与他送饭去啦，仆人一看他在炕上睡着啦。女仆将窗户给他打开，又把他给叫了起来，那时他在炕上给女仆叩了一个头，说：'二格，你去对我老娘去说，我不叫他老人家生气啦。这间屋子里气味太大。再在这里，我可就要睡啦。'女仆这才赶紧回禀我家主母。仆人来到里面，说：'主母，您快把二公子爷放开吧。他面带忧愁，那屋中屎尿太多，味气难闻。二公子爷在炕上给我磕了一个头，叫我跟您提一提。您不是就这么两位吗？'我主母一听，心中暗想：他知道有味，也许他心里明白啦。取出钥匙，把他放了出来。老主母看见他面带忧愁，心中也是难受。那二公子爷到了上房，给我家主母跪下，说出改过后悔之话，我家主母才饶他。不想昨天他又跑到门外去玩，有一辆绸缎车经过，当时被庄兵鼓惑，他把人家车给劫啦，又把人家车上牲口 掌给打死啦。人家赶车跟客人来到我们宅内。我家主母照样赔了人家一匹牲口，另外给人家三千银子。人家走后，今天所以才责罚他。"

刘荣说："你家二公子石禄，有能为没有？"家人说："他学会一百二十八路万胜神刀，百家之祖，短把追风荷叶铲，一招拆八手。横练三本经书法，外加原臂功、蛤蟆气、崩功、提功、吊功，外加紫砂掌，打豆腐，砸铜钱。铁砂掌击石如粉，寒暑不侵。"刘荣说："那么你给我往里回禀吧。"老家人往外走去，来到了屏风间，那间的上垂首有一个梆子，一打梆子，从里面出来一个女仆。刘荣借着纱窗往外一看那个女仆，年过花甲。那女仆问道："外管家，有什么事呀？"男仆人说："你往里回禀主母，说有刘荣求见。"那女仆自是进到里面，向主母一回。此时马氏正责罚石禄，马氏一听刘荣到，才将家法交与仆人，在此看守石禄，并向石禄说道："你若违背她，就如同违背老身。外边你刘叔父来啦，他一来准有事。那是无事不来之人。"马氏这才跟随女仆出来，说道："你快将屏门大开，我好迎接那刘贤弟。"女仆上前将屏门大开，向那男仆说道："外管家你去说，咱们主母请刘达官。"那男仆来到外边说道："刘达官，我家主母有请。"刘荣一听，连忙起身往外，来到了屏风门。刘荣往里一看，那马氏正向外行走。他便紧走几步，双膝拜倒，口中说："嫂嫂在上，小弟刘荣与您叩头。"马氏顿首一拜，说："叔父刘荣，快快请起。"叔嫂二人这才进了上房。女仆上前高挑帘栊，来到了里面，分宾主落座。刘荣说："嫂嫂，您老人家上坐。"刘荣在下垂首一站。马氏道："兄弟你落座讲话。"刘荣说："嫂嫂，小弟不敢。"马氏说："我拿你就当我娘家亲兄弟看待，只因你与我娘家哥哥神前结拜，又与我夫石锦龙磕头的把兄弟，做什么说话这样的客气呢？再说，我还跟你哥哥打听你来着，不知你为什么，老不上我们这里来啦。"刘荣道："嫂嫂不知，我那镖行之中，事情太忙。"马氏说："哪一阵香风将兄弟你刮到了我家？"刘荣说："嫂嫂，我到您庄内，特来约请能手来啦。"马氏说："你三位兄长未曾在家，我还要跟你打听打听他弟兄三人，现在哪里安身。"刘荣说道："嫂嫂，我那大仁兄在武江口地面，拜访宾朋。我那二位仁兄在正北。我三哥现在鄱阳。"刘荣又说道："他弟兄三人，没往家来信吗？"马氏道："你二哥、三哥倒是不断往家中来信。"刘荣说："那么信上没写明地名吗？"马氏说："不能写地点。你三位兄长办的什么事，兄弟你还不知道吗？"刘荣说："我倒略知一二。"马氏说："因此不写地名。"刘荣说："我大哥可以时常往家中来信吗？"马氏道："你大哥是乔装改扮，是常来常往。"刘荣道："哦，那可好。"马氏道："你大哥将庄权交给了你四哥代理。"刘荣说："那么庄里之事，我四哥能办，那么庄外之事呢？"马氏道："树墙之内砖墙之外，是你大侄儿石芳执掌一切，代管护庄壕内的大小船只。"刘荣说："我二侄男呢？"马氏说："今天兄弟你来得很巧，我正在家中，请家法责罚于他。"刘荣说："我既然赶上，请您给小弟一个全脸。您就不必生气啦，别打他啦，可以将他带到前面。"马氏道："你这个二侄男，叫你哥哥给惯得傲性太大。他跟庄兵一块儿去玩耍，那庄兵不说好话。"刘荣说："他们还能说什么外言外语吗！我拿您当我亲姐姐一般看待，他们说了外言外语！还有什么令人怪罪的地方吗？"马氏说："他未曾说话，粗字不离口。"刘荣说："那么他与嫂嫂可怎么说话呢？"马氏道："就是见了我夫妻二人，没有外暴，他倒很恭敬我们。"刘荣心中所思，此孩是大孝格天。遂说："嫂嫂，他只要尊重您老夫妻二人，那就不怕。他在外作了什么事，也不要紧。"马氏道："此孩太拙笨，说话粗暴，可以不必提他了。那么兄弟你来到我这里有什么事呢？我看你面上气色透慌，不知有何事？"刘荣赶紧站起，上前跪倒，口中说："嫂嫂啊，受小弟一拜。"马氏道："兄弟，你太客气了，你我还有什么可说的吗！快快请起。"刘荣说："嫂嫂，您赏与小弟全脸，我被宾朋所派。"马氏说："你被何人所派，请道其详。"刘荣道："是我这里的大哥拜兄，此人姓丁双名银龙。那丁银龙与小弟仕何家山，将话说大了。"说话之间，伸手取出王谕及盗宝的简帖，往桌上一放。马氏道："你将公事拿出，嫂嫂我也不认字呀。有什么话，你可以讲在当面。"刘荣便将李翠、云龙怎么入府当差，府中丢宝，以及奉王谕出来搜找之事，根根切切说了一遍。马氏道："如今你三个哥哥未曾在家，你还要请谁呀？你四哥与你大侄男，各有职务。那石禄是浑拙愣怔，还有什么用吗？"刘荣说："小弟此事，是特请石禄来啦。皆因盗宝之人，我们业已访出，是屯龙口打虎滩的为首的金花太岁普莲。皆因他山内有消息埋伏，我大家不能趁虚而入。石禄是横练，周身刀枪不入。若将大寨攻开，拿住盗宝之人，我再将石禄送回。"马氏道："你将他送回，倘若要有个一差二错呢？"刘荣道："别说没错，倘若有错，小弟我拿人头来见嫂嫂。"

叔嫂在此讲话，就听外面唏里哗啦，有锁练声音。帘栊一起，从外面进来一个猛汉。刘荣一看，此人身高丈二开外，披头散发，胸前厚，膀背宽，粗脖梗，大脑袋，虎背熊腰。往脸上一看，面如紫玉，两道扫帚眉斜入天苍，眼似铜铃，努出眶外，黑眼珠如刷漆，白眼珠白如粉淀，皂白分明，塌鼻梁，大鼻翅，翻鼻孔。一把鼻须露出孔外。火盆口，唇不包齿，七颠八倒，四个大虎牙往外一支。大耳相衬，压耳毫毛倒竖，像笔一般。脖项之上有一挂铁练，还锁着啦，在胸前搭拉半截铁练，有核桃粗细。上身穿紫缎色紧身靠袄，青缎色护领，鹿筋绳十字绊，青底衣，一巴掌宽皮挺带扎腰，薄底靴子，粗胳膊大手。刘荣一见，准知道是石禄，这是看父敬子，遂问道："嫂嫂，这是何人？"马氏说："他就是你二侄男石禄，你兄长的次子。"刘荣道："真是父是英雄儿好汉，父强子不弱呀。"忙说："嫂嫂，您先给我们爷儿俩致引致引呀。"马氏道："叔父刘荣不必致引了。这小子说话太不通情理，可以不必见了。"刘荣道："我拿他就当我亲侄男一般看待，他有什么错言错语的，我不能怪罪于他，他是个浑人。"马氏道："兄弟你一定要叫我与你致引。"遂站起来说道："你先受嫂嫂一拜。"刘荣说："嫂嫂，您拜者何来？"马氏说："你看在我们夫妻的份上，多多原谅于他。"拜罢，这才回头叫道："玉篮，上前与你刘叔父叩头。"石禄跪倒行礼。刘荣用手相搀，说："孩儿免礼平身。"石禄说："你干什么来啦？小子。"刘荣这么一听，喜出望外，又听他问道："你姓什么呀？小子。"刘荣说："我姓刘。"石禄说："我就管你叫刘子。"刘荣说："好吗，我姓刘，你就管我叫刘子，我名叫刘荣。"石禄说："那么我就管你叫荣儿得啦。"遂说："荣儿，你上这里干什么来啦？"刘荣说："我来请你来啦。"石禄说："请我干什么呀？"马氏从旁答言，说："叔父，你必须如此如此的对他说，他可以明白。换个别人，他是不懂。再者说，他就跟我夫妻有来回话儿，错过了这样，他不明白。"刘荣听了，这才说："玉篮，我来请你来啦。"石禄说："请我干什么呀？"刘荣说："请你攻取屯龙口打虎滩，拿金花太岁普莲。"石禄说："这个屁股帘解下来我结，我叫我老娘给做，他老人家老不给做。拿着太岁解下那个来，可是我的。"刘荣说："是你的，哪个也不敢跟你要。"石禄说："咱爸爸说过，谁要是跟我要，谁得让我打他三个嘴巴，踢他一个跟头，推他一个手按地。"刘荣说："这是谁说的？"石禄说：

"这是咱爸爸说的。"刘荣说:"这是你爹说的。"石禄说:"不是。"刘荣说:"那么是你爸爸说的。"石禄说:"不是。"此时马氏站起说道:"叔父刘荣,你得海涵于他,必须跟他这样说,说我爹说的。"刘荣一听,心说好哇,这成了坟地改菜园子,全得拉平啦。遂问:"你有能为吗?"石禄说:"我有能为,都是爸爸传的。"刘荣说:"咱爸爸都传你什么能为?"石禄说:"咱爸爸传的能为,比咱爸爸能为还大呢。嘿,荣儿你有拉子吗?"刘荣说:"嫂嫂,什么叫拉子呀。"马氏说:"他给物件起名的地方太多了,人他还给改名呢。他管刀就叫拉子。"刘荣说:"我有拉子。"石禄说:"你把拉子给我看一看。"刘荣说:"拉子要拉了你的手呢。"石禄说:"拉不着,爸爸跟咱娘揍得结实。"遂说:"你给我啦,小子。"刘荣这才一分大衣,将刀摘下,递与石禄。石禄说:"你怎么不将裤了脱了下来?"刘荣心怯,说:"我不脱裤子,你脱裤子吧。"石禄赶紧推簧亮刀,又说道:"这个拉子的裤子是我的。"说完了,将刀鞘递了进来,说道:"这裤子你拿着。"石禄一看这口刀,说:"这个拉子,我可爱。"原来这口刀是粗把大护盘,长刀苗子。这刀面,背后一指,刃薄一丝,金背砍山刀体沉。遂说:"荣儿,你结实吗?"刘荣说:"我结实。"石禄说:"你结实?"刘荣说:"我结实呀。"石禄往前一抢步,左手一晃,右手倏的就是一刀。刘荣躲得快,一长身就西边去啦。耳轮中只听咔嚓一声响,那椅子背就劈啦。刘荣吓得颜色更变。马氏大惊。马氏忙叫道:"玉篮,刘荣糟极啦。"石禄说:"荣儿呀,你结实不结实?"马氏说:"叔父问您,您快说:我糟我糟,一拉就流水。"刘荣只可照着样说了一遍。石禄说:"原来一拉就流水呀,那你还是不结实呀,那么你告诉我结实,你唬我的。"说完将刀抢开,从头顶一直剁到脚面上。刀交左手,又剁右边,砍了个来回,全身衣服满碎。石禄说:"你这个拉子饿啦,你不给他吃的,他把我的衣裳全吃啦。你得赔我,你要不赔我,叫拉子咬你。"马氏道:"玉篮不许这样,老身我赔你一身衣服。"连忙叫女仆到后面拿身衣裳来。

那女仆来到后面开箱子取出一包衣服来，来到外边。马氏伸手接了过来，那女仆便将桌上陈设挪开。马氏把衣服放好，说道："叔父刘荣，你来看一看他的衣服。"一件一件打开叫刘荣看。马氏说道："这是你兄长惯的。此孩性情太傲，严关渡口，官管镇城，大小的镇甸，俱都有杂货铺，带卖衣服。石禄是差色的衣服不穿。"刘荣谨记在心。马氏将包袱包好，交与仆人，拿到外面。又叫石禄去到沐浴堂，沐浴完毕，好更换衣服。女仆接过包袱，带石禄前去沐浴。当时到了外边，叫过二名男仆人，说了一遍。那男仆将他带去沐浴更衣不提。

且说马氏与刘荣讲话，说道："兄弟，你将我儿石禄带走，须多少日子，才把他送回来啦。"刘荣说："攻取屯龙口打虎滩，将山寨攻开，把那普莲拿获，得回宝铠，连贼带铠送到京都，面见王爷，得功受赏。那时小弟一定将石禄一同送了回来。"马氏说："石禄憨憨傻傻，给他个棒槌就认针。你替我夫妻二人，在外边多多教训于他。"刘荣说："嫂嫂，他要不听我的话呢。"马氏说："等他回来，我要当面嘱咐于他。你兄长飘流在外，你先在我家中住个三天五日的。等你兄长回来，你再将他带走。如今你私自把他带走，我放心不下。石禄倘若有个一差二错的，你兄长回来，那时我有何脸面答对于他。"刘荣道："我既然将他带走，他若有差错，我拿六阳魁首来见你。"叔嫂正在讲话，那石禄从外面回来了，刘荣见了心中很喜。马氏便命女仆到外面将四庄主爷跟大少爷找来。女仆答应，到了外面，对男仆一说。那男仆答应前去找去。到了店口，见银头皓叟石锦华，说："我家主母有请。"石锦华说："我嫂嫂叫我有什么事？"仆人说："有刘达官来到庄内。"石锦华问："哪一位姓刘的？"仆人说："此人姓刘名荣。"石锦华这才随着仆人回到家中，到了屏风门外，梆子一响，女仆出来，说："我家主母有请。"锦华到了里面，进了北上房。刘荣一见石锦华到来，连忙抢行几步，双膝跪倒，口尊"四哥"。石锦华用手相搀，说："贤弟请起，你我弟兄有数载未见，一向可好？今天你到此有什么事吗?"刘荣说:"我到此请人来啦。"石锦华说:"你来这里请谁来啦?"刘荣说:"我请玉篮来啦。"石锦华连忙向马氏说道:"嫂嫂,您可以叫他把玉篮领走,他与我兄长是过命之交。"刘荣说道:"嫂嫂,您先嘱咐好了石禄,倘若中途上他若不跟着我走呢,那时怎么好哇。"马氏说:"玉篮随我来。"说着往外而去,那石禄便跟在后面。母子二人来到了外面,马氏回头叫道:"刘贤弟。"刘荣:"是。"连忙走了出来,马氏用手一指天说:"玉篮,你看上边。"石禄仰脸往上一看,说:"娘啊,上头是穿蓝袍的。"马氏道:"你随着你刘叔父,到了外面,要听他的话,就如同听我的话一样。你如要不听话,那穿蓝袍的与我报信,老身我就不等着你啦。你要违背刘荣,老身我在家中,是悬梁自尽。"石禄说:"娘啊,吃喝呢?"马氏说:"我吃喝有你兄长。"石禄说:"把我兄长叫来。"马氏说:"四弟,你把石芳找来。"石锦华答应,出去工夫不大,便将石芳找了来。石芳到了里面,说:"二弟,你要跟刘叔父上何家口,要攻打那屯龙口打虎滩,到处要多多的留神。刘叔父嘱咐你什么话,你要谨记在心。刘叔父说你什么话,你要不听,可晓得咱爸爸与老娘可是狠打。"石禄说:"我不敢违拗。"石芳道:"刘叔父,我二弟差色衣服不穿。"刘荣谨记在心。马氏说:"玉篮呀,到后面把你的军刀拿来。"石禄到了后面,将白布裆子取了出来,那里面放着一对短把追风铲。马氏令其抽出双铲,将裆子交与石芳,到西里间,拿了许多散碎金银。刘荣说:"嫂嫂不用拿那么些,走在路上体沉。"石锦华说:"嫂嫂,叫人给他们爷儿俩两匹马。"石禄说:"我不要马,咱们家中的马不好。"刘荣说:"嫂嫂,可以不用备马啦。走在中途路上,瞧见哪匹马好,我给他买哪匹。"石芳令石禄将双铲放在布裆子之内,外用包袱包好。刘荣伸手摸摸身上的王谕束帖,又一看天时尚早。马氏说:"石芳啊,你快去告诉厨房给做饭。叫他们爷两个吃完了饭再走。"石芳答应,告诉了厨房,少时酒饭齐备。石锦华陪着他们吃喝完毕,石禄说:"咱们走啊!"刘荣站起身形,说:"嫂嫂,小弟跟您告辞。"石锦华叔侄往外相送,众人到了北门以外,刘荣抱拳拱手,说:"四哥,您请回吧,送君千里,终有一别。"石芳上前揪住石禄的手腕,说:"二弟呀,你要不听刘叔父的话,咱爸爸可有气。"石禄点头应允。刘荣这才带领石禄走得没了影儿,这里他叔侄方回到庄内。

如今且说刘荣带领石禄,走在半路之上,不由长叹了一口气。石禄问道:"荣儿呀,你做什么长叹口气呀?"刘荣道:"你一步迈不了四尺,给你买马你又不要。照这样走法,几时能到何家口哇。"石禄道:"那你不早说话。你要早说,我还会飞呢。"刘荣说:"你先飞一个我瞧瞧。"石禄说:"我飞,怕你追不上。"刘荣道:"只要你把我扔下,天天我肥酒大肉白黄瓜。可是我要把你扔下呢。"石禄说:"你把我扔下,你给什么我吃什么。"刘荣说:"你收拾收拾吧。"石禄连忙摘头巾,脱大氅,一勒腰带,将皮褡子往肩上一搭,施展绝艺夜行术,哧哧的向前跑去。刘荣一看他的功夫,果然真快,不由得吸了一口凉气,心说:"想当初我兄长怎么传艺来着。这真是父传子受,累碎三毛七孔心。自己便将大氅也脱下来,将刀摘下,背在背后,拿绒绳一勒,全身用力,也向前追去,与石禄靠了肩啦。石禄一看,说:"来了吗,小子。"刘荣说:"来了。"一听石禄带着喘声,遂说道:"石禄,你要把我落下,我把闪电腿就丢啦。别说是你,就是左云鹏,他都扔不下我,我实跟剑客比赛过。左云鹏与我下过转牌,贺号我闪电腿。"说完,他施展绝艺,往下走去。乃是野鸡溜子的跑法,他是跑着跑着往前一蹿,足有一丈五六远。当时便将石禄扔下啦。

石禄定睛观看,刘荣没影儿啦,不由高声喊道:"荣呀荣呀,没有影儿啦。"刘荣听见他在后面喊嚷,这才到了一个密松林中,把气一沉,在此一站,气不涌出,面不改色。少时石禄也来到。刘荣说道:"别喊哪,我在这里等着你啦。"石禄这才来到松林,将皮褡子往下一扔,双手捂着肚子在地上来回打滚。刘荣问道:"你是怎么啦。"石禄说："老肚咬我啦。"原来是他把凉气吸在肚中，所以肚子疼。刘荣道："咱们上前边打店去吧。"石禄说："我不走啦，要走你得背着我。"刘荣说："你身高丈二，我才七尺多高，背得起来吗？"石禄说："你不背着我，那你得扛着我。"刘荣说："背着扛着，不是一般大吗？"石禄说："那你得搋着我，反正我不走啦。"刘荣急得搓手磨掌，束手无策。工夫一大，石禄睡着啦。刘荣心中所思：他睡醒了一觉，也许好啦。自己连忙从背后抽出刀来，挨着树根一坐。一时心血来潮，他也睡着了。刘荣秉性最为警醒，忽听草苗中一声响，有件岔事惊人。

欲知后事如何，且看下回分解。

刘荣请石禄出世　普莲弃山寨远逃

　　话说闪电腿刘荣，在似睡未睡之中，听见草苗一响，连忙睁睛一看，石禄坐起来了。遂问道："你肚子不疼啦？"石禄说："老肚不咬我啦，可是我饿啦。"刘荣往四处一看，天已大黑，又听四面梆锣齐响，已然四更天啦。刘荣说道："你起来跟着我走，有村镇店，咱们好住下。"石禄这才爬起，说："咱们爷两个走哇。"伸手拿起皮褡子，应用物件不丢。刘荣也站起，刀归入鞘内。黑夜之间，爷儿俩往下走。看见天光发晓，少时太阳已然出来。石禄说："荣呀，白灯笼来啦。黑灯笼回去啦。"二人正走之间，从东边来了二人。刘荣说："待我上前打听打听道路再走。"遂上前抱拳说道："老乡，请问此地宝庄唤作何名？"来人道："前边这村叫作永兰村。"刘荣道："那里可有骡马店。"来人说："那里七里地长街，非常繁华热闹。"刘荣又问道："那里可有宽阔的酒楼。"有一位年长的说道："这位达官，您可以到那东头，路北有座安家骡马店，挨着店就是一家酒楼。"刘荣连忙说："谢谢二位。"那人说："达官您请吧，还有很远啦。"刘荣叔侄二人昨晚还没吃饭啦，肚内饥饿，爷儿俩往前走。此时太阳已然有一竿子高啦，眼前到了村口。二人一进西村头，刘荣定睛观看，路南路北住户铺户人烟稠密。石禄说："你看这人，他们都瞧我。"刘荣怕他惹事，伸手拉着他手腕，说："你闭着眼，人家就不看你啦。"石禄真闭上了眼睛。爷两个到了永安村东头路北安记骡马店，在东头有一家七间门面大酒楼，这座酒楼紧挨十字街口。刘荣说："石禄，你在此站一站，待我去瞧一瞧。"刘荣一看这座北向南，座西向东，抱角地这么一家大酒楼，此楼很是繁华热闹。自己心中一想，这么大的一座酒楼，怎么连字号全都没有呢。正在思想之际，旁边有人说道："达官，您看这酒楼的字号是在那柱子上挂着呢。"刘荣一看，可不是吗，原来那里有一块龙头凤尾立额，高矮有五尺，宽窄有二尺六寸，四周围是万字不到头，蓝地三个大金字，是砖角楼。看完了，他便带石禄来到酒楼里边一看，真是高朋满座，胜友如云。刘荣定睛观看，这里处处坐满，真没有地方啦。此时有个酒保过来笑道："二位您请到南楼。"爷儿俩这才上了南楼，到了楼上一看，有许多人在那里吆五喝六，划拳行令。石禄一伸大拳头，说道："小子，我来了。"他说话嗓音又粗，大家一听，当时吓了一跳。那些个划拳行令的主儿，一齐不言语了。大家尽看石禄，见他长得特凶，身高丈二开外，胸间厚，膀背宽，虎背熊腰，粗脖梗，大脑袋。往脸上一看，面如紫玉，宝剑眉斜插天仓，又宽又长。眼似铜铃，努于眶外。准头端正，四字海口，大耳相衬，压耳毫毛倒栽抓笔一般。头戴文生巾，白玉镶嵌，绣带飘摇，身穿玫瑰紫贴身靠袄，青缎护领，领上用黄绒扎成古楼钱。十字勒甲绊，有核桃粗细。皮挺带扎腰，有三环套月，实在紧衬利落。青底衣，薄底靴子，外罩紫缎色英雄氅，上绣花五朵，飘带来结，鹅黄缎子里，手提白褡子，里头鼓鼓囊囊的，装着一对短把追风荷叶铲。铲杆足有鸭蛋粗细，光亮无比。石禄叫酒保道："二格。"酒保说："我不叫二格。"石禄说："我偏叫你二格。"刘荣说："酒保，我侄管你叫二格，你得承认你叫二格。他有这种口头语，不但叫你一个人，他管我家仆人全叫二格。再说我们吃完走了，你脑袋上又没刻成字，还有人管你叫二格吗？"刘荣一看两房山有一张八仙桌，左右没人，他便坐在上垂首，石禄坐在下垂首，石禄便将皮褡子立在墙下啦。刘荣问道："你们上等席，高价酒宴，要卖多少钱？"酒保说："上等酒席每桌六两四。"刘荣说："好吧，那你先给我们摆上一桌吧。"酒保这才擦抹桌案，沏过一壶茶来，遂说道："你们二位先喝着，随后酒菜全到。"爷两个每人喝了两杯茶水，下面堂柜喊叫，酒保下楼将盘托上杯碟盘碗，酒菜满到。石禄说："我先吃。"刘荣说："你吃吧。"瞧他吃很有规矩，遂用手让道："玉篮，你吃这个。"石禄说："咱爸爸有话，说你吃那个，我吃这个，叫人吃咱们剩的，那多不合适呀，这岂不是叫大家耻笑吗？"他吃喝完毕，这才说："叔父您吃吧。"刘荣一听他叫出一声叔父，心中满意，暗说我带他出来十几天啦，他才说句话。刘荣这才吃酒。

石禄在旁站着说道："叔父，他们怎么不吃酒，尽看着我呀。谁要再瞧我，我把他眼珠子抠出来。"刘荣说："你坐在那里把眼睛闭上，人家就不瞧你哪。"石禄这才闭上眼坐在那里。刘荣心中暗想："得，这就快给我惹娄子啦。"站起身形抱拳拱手，说道："列位老兄，我这个侄儿，他乃是愚鲁之人，言语多有不同，请诸位千万不要见怪，多多的原谅。"旁边有位老者，慈眉善目，年约七旬开外，说道："这位达官，您这是从哪里来呀？"刘荣道："我从夏江秀水县而来。"老者道："我看您带着这个侄男，实在眼熟，当时想他不起。"刘荣道："您在秀水县认识哪一家呢？"老者道："秀水县南门外有我一个好友，住家在石家镇。"刘荣说："究竟是哪一家呢，姓石的可多了。"老者说："阁下贵姓。"刘荣说："我住家在山东东昌府北门外刘家堡人氏。我姓刘名荣，镖行贺号闪电腿。那么您贵姓高名？"老者说："我姓安，名唤安三泰。本村人送我美号，人称神弓安三泰。那石家寨，有我一家拜弟，姓石名锦龙，号叫振甫，别号人称圣手飞行，水旱两路的总达官。有一镖局，名万胜镖行，开设在扬州府东门内路北。"刘荣一听，鼓掌大笑，说："真是大水冲了龙王庙，一家人不认识一家子人啦。"连忙过来跪倒行礼，安三泰用手相搀。刘荣道："我听我大哥曾讲过。"安三泰道："我也听我大弟说过阁下，最好的是痛快。"刘荣说："贵行？"安三泰说："我骡马行为业。此地有个大买卖，安家骡马店。"刘荣忙将石禄叫过来道："快上前与你三大爷叩头。"石禄一睁眼，说："叔父，他为什么老瞧我呀？"刘荣说："你要不瞧人家，人家就不瞧你啦。"石禄道："许我瞧他，不许他瞧我。他们要再瞧我，我可给他们两个嘴巴。"安三泰道："各位老乡，看在我安三泰的面上，哪一位也不准看他哪。石禄乃是愚鲁之人，横练三本经书法。"石禄听到此处，站起身形，袖面高挽，大巴掌一伸："谁要架得住我这一个嘴巴，谁再瞧我。"说着，将旁边闲座一条板凳，拉了过来，用力击去，吧又一声，那板凳面是立劈两半。又说道："谁要比他硬，谁就瞧我。"大家　看，全吓得胆战心惊，各人将堂倌叫过来，给了酒饭钱，纷纷下楼而去。刘荣一看楼上的座儿，空了多一半啦。忽听底下一阵大乱。石禄问道："荣呀，这底下是干什么啦？"刘荣说："他们藏迷哥啦。"石禄说："那我也来。"刘荣道："你认得人家吗？"他说："不认得，也得有我来。要不然，我全打。"刘荣说："你瞧瞧去。"石禄就奔西边这个楼窗而来。酒保赶紧过来说："大太爷，我给您打开这个楼窗。"石禄说："你不用开，待我自己开吧。"说着用手一巴拉，那酒保就来了个跟头。石禄上前用拳头往外一推，当时就弄了个大窟窿。酒保爬起来说道："嗬，我说大太爷，您这是拆是怎么着？"刘荣说："酒保不要紧，他损坏你们什么，我赔你们什么。"安三泰道："酒保，你少说话，这是我一个把侄。你将这残席撤下，再给我们哥两个摆一桌。"刘荣说："大哥不必啦，我们爷两个早已吃喝完毕，我们还要登程赶路啦。"安三泰道："刘爷不要紧，这个买卖是我的，我还要求您点事啦。早晨的饭，我也没用啦。"遂叫酒保："快去摆一桌上等的酒席来。"

　　酒保答应下去，那石禄扒着楼窗往下走，回头说道："荣呀，不是藏迷哥的。"刘荣说："他们是干什么的呀？"石禄说："这是卖马的，这里马都可爱，我就要这个马。"刘荣说："我瞧瞧去。"石禄往旁一闪，刘荣到了这里，定睛往下一看，原来是五个江洋大盗。遂说："这个马你爱吗？"石禄说："这个马我爱。"刘荣说："你去买去吧，多少钱咱们都买。"石禄说："我爱这个马，他不卖，我打他个球囊的。"刘荣说："你拿着你褡子。"他是怕石禄吃那五个人的亏，打不过人家，所以叫他拿着兵刃。石禄说："不用拿。"刘荣说："这匹马你真爱吗？"石禄说："我爱。"刘荣说："你要是爱，多少钱咱们都要。"石禄说："卖也得卖，不卖也得卖，你就不用管啦。不是吃完了酒席咱们往东吗，你就往东找我好啦。走的时候想着那皮褡子，酒饭钱给人家，那褡子里有钱。"刘荣说："是吧。"石禄这才转身形下楼，来到外面，分开众人，说声："躲开小子，躲开小子。"众人翻脸一看他，问道："你是干什么的？"石禄说："我是买马的。"大家说："你买得起吗？"石禄说："买不起我也要瞧瞧。"卖马的听见石禄说话声音洪亮，连忙说："列位闪开，叫他进来。"石禄到了人群里面，看这匹马个头很大，状样亦好。此马头朝西，尾朝东，头至尾一丈二，蹄至背八尺，细脖，竹签耳朵，龟屁股蛋，高七寸的大蹄腕，鞍鞯鲜明。石禄围着马一绕弯，不住夸讲马好。他问道："这匹马是谁的？"卖马的赶紧过来了，石禄一看这卖马的身高七尺，细腰窄背，双肩抱拢，面皮微青，细眉毛，圆眼睛，五官端正，四字海口，大耳相衬，头戴青缎色六瓣壮帽，青缎色紧身靠袄，蓝缎色护领，黄绒绳，十字绊，纱包系腰，紧衬利落。青底衣，洒鞋蓝袜子，青布裹腿。身披青缎色大氅，蓝缎色挖出来蝴蝶花，月白绸子里。胁下佩着一口轧把折铁雁翎刀，绿鲨鱼皮鞘，金饰件，金吞口，鹅黄网子挽手。另外还有三四个人乱插言。石禄说："这匹马是谁的？"面皮微青的这人说："你们这位别推我，这匹马是我的，您看这马好吗？"石禄说："这匹马好，你们卖吗，小子。"卖马的说："卖。"石禄说："这匹马名叫什么呀？"卖马的说："他叫粉定银鬃叫。"石禄说："什么，他叫粉不愣登叫？"卖马的又重说了两句，他还是记不住。石禄说："我就叫他粉不愣登叫愣，我说什么是什么。"卖马的连连点头。石禄说："我看一看行不行？"卖马的说："我既然卖马，我就不怕人瞧，您骑一趟看看。"石禄这才过来，往马身上爬。大家人等一看这个买马的要上马，这青脸的赶紧过来了，用手一托他，说："您往上。"石禄爬在马的身上，把马脖子抱着了。那青脸的忙把他的两脚安在马镫里，赶紧到面前来说："您撒开手，掉不下去啦。"将马缰绳给了他啦。石禄骑马往西去啦，由正西拨回头来，到了人群，说："卖马的，你真球囊养的，你这劣马没走儿。"卖马的气往上撞，这四五个人，你一言，我一语，说："这个主儿他还买马啦，上马他全不会。"青脸的说："朋友，你先下来，我骑　趟，你看　看。"石禄连忙甩镫离鞍，下了马。卖马的过来，将马肚带解开，往里立煞三扣，当时马肚子勒蹬葫芦形样。青脸的说道："朋友，你要上马，必须跟着我学。"石禄说："跟着你学，你是我师父，我是你徒弟。"卖马的说："右手揪着嚼环，左脚蹬这里。"右手一扶判官头，往上一纵身，飞身上马，认镫占鞍，一揪缰绳，马脑袋与判官头一平，人马又一合辙。石禄一看这马实在有走儿。卖家骑上这马，一直正西，那马走起来马蹄乱蹿。马一伏腰走得甚快，看的无影啦，那马到了西头又往回来。马来到人群，那卖马的翻身下马，说道："诸位您看，这匹马有走没有，连不会骑的主儿，都可以看出来。"石禄说："我再瞧瞧行不行？"卖马的说："我既然卖马，就不怕人瞧。"这匹马因为我们哥几个，走在中途路上缺少盘费，要不然我不卖，这是我心爱之物。"说着话他把马仍然头朝西一放，此马是咴咴乱叫。一抖浑身的尘垢，四蹄昂然不动。

　　石禄一看此马，心中也爱，伸手拉过来说："我再看看，我跟你学的。你是我师父，我是你徒弟。单手拉嚼环，这双脚搁在这镫里。"右手他一搂判官头，纵身上马，双足牢扎镔铁镫，一揪缰绳，马脑袋就扬起来了。石禄一合裆，小肚子一撞判官头，双耳挂风，这马如飞似的往西去了。马往西足有一箭之远，马往回一拨头，又来到人群之中，马头冲东。石禄在马上问道："卖马的，这匹马要多少钱呀？"卖马的说："您瞧这马有走吗？"石禄说："有走。"那人又问道："这马您爱吗？"石禄说："我爱，我要不爱，我就下去啦。我还是真爱这匹马。"那卖马说道："这匹马的价钱可高啊！"石禄说："我倒不怕高，物高自然价出头。"卖马的说："您要是明理，咱们二位好商量。总算是买金的遇见卖金的啦。"石禄说："那么你倒是要价呀。"卖马的说："这匹马价，实在是大，我难以出口。"石禄说："难以出口，那你就在口里头忍着吧。我买心爱的东西，就不怕贵。劣马倒是贱啦，我也得要哇。你上天上头冒云的那窟窿要价去，我到井底下冒水的眼那里还钱去。"卖马的说："我干什么上云眼里要价去啊？"石禄说："你满天要价，我就地还钱。你要一万两，我不嫌多。我给你一分银子，你别嫌少。"卖马的说："您要明理，我们就占了光啦。"石禄说："我不讲理，你们就抬了筐啦。"卖马的说："您把马留下，多多原谅我吧。您看物之所值吧。"石禄说："这马值多少，你倒要价呀。"卖马的说："我这价实在高，我恐怕说出来，怕您有气。"石禄说："那你就不用说价了，马算我的啦。"卖马的说："世界上哪有那么回事呀。我不说价，马就算您的啦。"石禄说："反正我不下去啦，我爱这匹马，你把打马藤条给我。"卖马的说着，就把藤鞭给了他啦。石禄伸手拿过来一看，比大拇指还粗。拿手这里有一个皮手套，那一头拿皮条缠着，有半尺长的穗，笑道："这个马鞭子我也爱，正可我的手。我买了马，这个鞭子可也得给我。"卖马的说："那是自然啊。马都卖给您啦，这个鞭子我没用。"石禄说："你要多少钱啊？"卖马的说："咱们说黄金，还是说白银呢？"石禄说："你说白银吧。"卖马说："要说白银，您给三百五十两。"石禄说："不多。"卖马的说："这您就原谅我们啦，周济我扪啦。在这三百五十两以外，还有住店的钱，他们伙计涮饮喂遛，您得给他们零钱。"石禄说："一共多少人呀？"卖马的说："我们是五个人。"石禄说："有店里人没有？"那人说："没有。"石禄说："那么店里人，我还给钱不给。"卖马说："就在乎你啦。"石禄说："价钱以外，我爱给多少就给多少。"卖马的说："那是零钱，由您随便赏。"石禄说："你要价呀。"旁边有人说："哥哥您跟他要价呀。"这个卖马的说："您要是买这匹马呀，就是三百五十两白银。"石禄说："我还价你卖不卖？"卖马的说："我听您的啦。"石禄说："我看你们五个人是交朋友的人，这匹马你们舍不得卖。"那人说："舍不得也得卖，不是吃饭住店，人家要钱吗。"石禄说："我连里外的花消全算上，我给多少钱？"卖马的说："您说吧。"石禄说："我给四百七吧。"卖马的说："您是周济我们啦，您就把我们捧起来啦。"石禄说："我把你们五个人全周啦，每人捧两巴掌。"卖马的　听，心中暗想，他怎么把我们全周啦，未免心中纳闷。石禄说："你们倒卖不卖呀？"那人说："卖啦。"石禄说："我给崩崩钱行不行。"这五个人可是江洋大盗，他们可不晓得道个崩崩给钱。石禄说："这个马可算我的啦。"卖马的说："那是呀，马算您的啦。"石禄说："你不心痛，你不后悔？"卖马的说："我既要卖，我就头朝外。"石碌说："你跟我走，到庄内拿钱去。"说完他打马三下，这马往东跑下去了。卖马的说："你庄在哪里呀？我们跟你上哪里去拿钱去？"石禄说："海里摸锅。"

　　卖马的一看，马已然伏腰，如飞往东而去。青脸的说："四位贤弟，赶紧到店里拿军刃。这个买马的，你也不买四两棉花纺纺，我们哥五个是干什么的。咱们哥五个久在江边打雁，今天被雁把眼睛给啄啦。这个马要奔不回来，店就不住啦，咱们哥们就算栽啦。江湖里头，就算没啦。"这哥五个将军刃拿齐，令店里伙计把零星物件给收拾回去，告诉他说："我们的马被人给拐走了啦。"说完，五个人首尾相连，一直往东追了下来。出了永安村东口，沿大道一直正东，五寇在后面紧紧跟随。石禄在马身上，用马鞭子直抽这匹马，此马累得浑身是汗，遍体生津，马累得咴咴乱叫。石禄抬头一看，正东有片松林，这片松林实在不小。这是五里地宽，七里地长的一片大松林，三四个人没有从这里走的。两三辆大车没有从这里过的。要从此过，除非是镖店的车辆。从此过的人，除非绿林人，就是保镖的。石禄骑马进了大松林，来到了当中，翻身下马，拉着马来回的走，把马的汗给遛了下去啦，然后将马拴在松树上。

不提石禄，且说那卖马的五个人，他们是上天追到灵霄殿，大海追到水晶宫，抬头一看他撞进大松林啦。五个人这才不跟跑啦，青脸的说："兄弟们不用追啦。这才是天堂有路他不走，地狱无门自来寻。飞蛾投火，自来送死；就凭小辈这个穿着打扮，里边尽是咱们合字。咱们跟他完了，咱们合字跟他都完不了。是咱们莲花党的人，谁不认得我这匹马。"抬头一看，天已正午，五个人也进了松林，一边走一边收拾，快到当间啦，一个人没碰见。再一看，那买马的用手巾正给马擦眼睛啦。卖马的一看那马还是头朝东在那里拴着啦。青脸的说："老五，是你过去，还我过去？"白脸的说："待我过去吧。"石禄正在那里擦马，就见从西边来了一人，此人平顶，身高不到七尺，胸间厚膀背宽，粗脖梗，大脑袋，面皮微白，煞白的面，扫帚眉，环眼努于眶外，浑登登的眼珠子。蓝手巾包头，撒打迎手。蓝缎色绑身靠袄，黄绒绳十字绊。身上斜背着一件大氅，胸前勒着兰花扣，鸾带扎腰，掖着走穗。蓝绸子底衣，洒鞋白袜子，青布裹腿。怀抱一口砍刀，奔石禄而来，高声喊叫："买马的小辈，你买马给我们钱啦？"石禄说："买马没给钱你手里呀？"白脸的说："那马是我们的。"石禄说："我买马的时候，你没答言呀，这钱我不能给。"白脸的说："你给也得给，不给也得给。报通你的名姓，刀下不死无名之鬼。"石禄说："我姓走，名叫走二大，住家在大府大县大村子。"白脸的说："你是哪一门的？"石禄说："我是树林，没有门。"白脸的一听大怒，上前动手。石禄虎抱头，卧牛就一腿，将贼人踢出一溜滚儿。接着又追过去，猫腰就要捡人家腿，耳后就听金刃劈风，刀就到啦。石禄往旁略闪，一百灵腿，将刀踢飞。进身一反臂撩阴掌，将此贼打了一个爬虎。石禄猫腰要抓这个，那左胁下刀就递进来啦。石禄来了个鹞子翻身，一叼他的腕子。这黑脸的一撒开，腕子躲开。可是他伸手把刀给抓住啦，往怀中一拉他，跟身一劈心掌，将贼人打了一个坐墩。此时五个人上前，就将他围上了。石禄在当中不亚如老叟戏玩童一般，这五个人成了搬不倒啦，这个起来那个倒，那个起来这个倒。这个还没起来啦，那个又趴下啦。打得五个人鼻青脸肿，头破血流。石禄用手向上指点着说："白灯笼刚到这里，白灯笼下去我都不累，我吃饱啦，为是拿你们五个消化食。"此时把五个人打得连刀都捡不起来啦，直将他五人打得是甘拜下风。五寇又听正西有人说话，此人高声喊叫，说："石禄，千万别动手啦，全不是外人。这大水冲了龙工庙，家了人不认识家子人啦。"石禄抬头一看，是刘荣来啦。石禄说："我还不累啦，你等我把他们灭了再来。"中江五龙一看，都认得，心说："救命星来啦，要不然我们全得累死，他准跟他认识。这小辈手底下真高，生铁铸成的一般，刀枪不入，横练一个。"五龙心中纳闷，江湖之中并不认识。五龙说道："咱们哥们可吃过这样的苦子。"

　　原来，刘荣与安三泰在酒楼吃酒的时候，安三泰说："刘贤弟，石禄下楼买马，你怎么不叫他拿钱呀？"刘荣说："这五个不是安善良民，一定是江洋大盗陆地的飞贼。"安三泰道："这五个人住在我那店中，先来了两个，后来了三个，就是这么一匹马。我这永安村四外，都没地方卖啦。无论是谁，只要你一买马，就得丢东西。"刘荣道："店饭账钱缺少不缺？"安三泰说："差柜上二百六十两啦，老说卖出去这匹马再给我。"刘荣说："今天就卖出去啦。"安三泰说："那不他们不给我这笔钱啦，为求省心，我就把他们给赶了走啦。"刘荣道："今天他们要将此马卖啦，回来一定给您。"说话之间，弟兄二人酒过三巡，菜过五味，吃喝完毕。刘荣伸手取银子，正要给酒饭钱，安三泰说："兄弟你可别给，不瞒你说，那店跟这个酒楼，全是我开的。"刘荣说："好吗，那我不给啦。"伸手拿起皮褡子，站起身形，当面道谢。安三泰说："这五个人，你可曾认识。"刘荣说："我看他们倒有些面熟，乃是中江五龙。黄脸的叫金龙刘清，白脸的是银龙刘明，两个人是同姓不同宗。青脸的是小白龙丁子茂，那个蓝脸的是混江龙赵普，黑脸的是闹江龙李庸。这五个人乃是莲花党之人，佩带薰香，镖喂毒药。他们看见少妇长女，夜晚前去用薰香行伤天害理之事。他们五个人，乃是采花的淫贼。只要他们五个人追下去，要这匹马，打不死他们，也得剥一层皮。此孩乃是我兄长的亲传，不但武艺出众，外加三本经书法，先练发毛经，二练吸水经，三练达摩老祖易筋经，能为出众，武艺高强，军刃全熟，实有万夫不当之勇。"安三泰道："如此说来，真是父是英雄儿好汉，父强儿子不弱啊。兄弟，你快下楼去看看去吧，恐怕受他五个人之累。"说着往外送刘荣。刘荣说："三哥您别往下送啦，以后不好说话。"安三泰说："贤弟，我可就依你啦。如要见着我弟振甫之时，可要与我带好。"刘荣说："是哪。"说完，这才下楼，到了外面抱拳拱手，问道："列位老乡，那个买马的往哪里去了？"旁边有人答言，说："达官，您跟那买马的认识吗？"刘荣说："我们是路遇的宾朋，我二人是狭路相逢，在楼台之上吃酒，他候了我一顿酒饭账钱。受人点水之恩，必要涌泉答报。我跟你打听打听，我要赶奔前去，给他们解去重围。"这人一听，连忙行礼，说："我替那位买马的拜托您哪。那人倒很诚实。卖马的五个人，不是好人。由此往东有一片松林，您到那里看一看去得啦。他们卖这匹马有六七回啦，这一方的村庄，受害多啦。您真要给他一百两银子，他就卖给您。卖完了之后，银子多好，他也说不好。明着上庄子内换银子去，暗中他就把道踩好了，仍然把马拉了走。"刘荣说："这一回他们这匹就卖了，这回银钱就可以拿回来啦。"说完他提着褡子，一直往正东。等到安三泰下楼时候，那刘荣早已没了影儿。

且说刘荣，他一直奔了正东。此时天已过午，少时来到松林西边，高声喊叫，说："石禄，千万别动手啦，不是外人。"石禄一听，虚点了一掌跳出圈外。这五龙一想：得啦，可来了救命星啦。刘荣到近前一看，五龙各人全带伤啦，遂说道："你们不认得他吗？"五龙齐声说："我们不认识。"刘荣说："我拜托你们哥五个点事。"金龙刘清说："哥哥，您有什么事？"刘荣说："这匹马是你们哥五个谁的？"刘清说："是我的。"刘荣说："是你的，兄弟那更好办啦。暂且把这匹马借给我使，我把石禄驮到何家口，要银子我给四百七十两，送到中江五龙岛。"刘清说："这个石禄，他是哪一门的？什么人子弟呢？"刘荣说："我要一说他天伦，你们哥五个就悔之晚矣。"刘清说："倒是哪一门的呢？"刘荣说："他是大六门第四门的。"刘清说："莫非他是石锦龙的门吗？"刘荣说："这是石锦龙的次子，名叫玉篮石禄。"石禄一听，说道："荣呀，你认识他们吗？"刘荣说："我认得。"石禄说："认得给我引引。"刘荣说："这个是金龙刘清，银龙刘明，小白龙丁子茂，混江龙赵普，闹江龙李庸。"石禄说："原来是五条泥鳅哇。"中江五龙一听，心说：好吗，我们五龙他愣管叫泥鳅鱼。当然是不爱听啊。石禄来到近前说："泥鳅。"五人没言语。石禄说："我叫他们，怎么会不答应呀？"刘荣说："你叫人泥鳅，人家怎么答应啊？"石禄说："荣呀，你把双铲给我拿过来。我叫他们谁，谁不答应，我把谁给劈啦。"刘荣说："不用。"遂对五龙说道："他再叫你们谁，你们就答应。要不然他把你们给劈啦，可是死而无怨。"五人一听无法。石禄说："大泥鳅。"金龙说："在。"从此叫谁，谁就答应了。刘清心中一想，我们弟兄人称五龙，都是有名的人物。不想今天遇见小辈石禄，他叫我们，我们就得答应。他没有军刃还不是他对手，这要拿着军刃，更不是他的对手啦。如今既在矮房下，怎敢不低头，这也是万般无法。石禄说："谁有匣子谁走。谁要没有，我要他的命。"刘荣问道："你们哥五个，都是谁没有薰香盒子？"刘清说："我们哥五个都有。"石禄说："既然有，你们就拿出来，都放在地上。"石禄上前将五个匣子全落到一块，遂说："五条泥鳅，今天我告诉你们，是有这个匣子的，以后我是见头打头，见尾打尾。因为你们有这个薰香匣子，走在大街小巷，见着了少妇长女，你们就惹了事啦。你们想一想，你们家里要有少妇长女，人家瞧着合了适，你愿意不愿意。"说完往南一指，说："你们还不入窟窿。"中江五龙一听，低头满地上找窟窿。石禄一看，气往上撞，把刘清抱起来，往地上一扔，差点没把他摔死。刘清急忙爬起，向刘荣问道："刘大哥，地上没有窟窿啊？"刘荣说："石禄，地上没有，你可叫他们哪里去找啊？"石禄往南一指，说："那不是窟窿吗？"刘荣说："石禄是叫你们钻入松林。"中江五龙一想，五个薰香匣子不给了，真可惜啊，当时没有使的。刘荣说："他叫你们走，你们哥五个可就赶紧的走，要不然没有好儿。"

五龙一听，别卖贵的呀，这才走入松林。石禄说："荣儿，你到林子里瞧一瞧，他们要露着尾巴，告诉我说。"刘荣到了松林，跟下他们，说道："五位贤弟，你们可以在树林密处隐藏身子，暗中观看。他把你们匣子给毁啦，或是埋了，容我们爷儿俩走了，你们再想主意。"刘荣说完，出了松林，来到石禄切近。石禄说："泥鳅都钻窟窿了吗？"刘荣道："全钻进去了。"石禄说："泥鳅哇。"大声叫了五六声，听松林里无人答言，遂问道："荣呀，他们怎么会不理我呀？"刘荣说："他们全走了，没有影儿了。"石禄说："把单铲拿过来。"刘荣递给他。石禄用铲在地上挖了一个坑，叫刘荣把坑里土都弄出来。石禄将五个匣子，全给踩扁了，然后全扔在坑里给埋了。埋完了之后，他又一揪刘荣，说道："咱们爷两个在这里踩一踩吧。"石禄将铲收好，搭在马鞍之上，将缰绳解下来，回头说道："荣呀，我这个扣儿会飞，你追得上吗？"刘荣说："我追得上。"石禄说："我要是没有这个扣儿，我追你累得睡不着觉。如今我有了扣儿，该累你啦。"刘荣说："咱们爷儿俩，谁快谁在前头走。你有能为把我扔下，我有本事把你扔下。"

石禄说:"我可不认得道,要往哪边去,您得告诉我说。"刘荣说:"是吧。"这才将他带走,暂且不提。

且说中江五龙出了树林,用刀将坑挖开,一瞧薰香盒子满都碎啦。哥五个一想,说:"咱们可怎么回店啊,那里还有许多东西呢,那还有四匹马啦。"小白龙说:"我有主意,二位兄长,你们赶紧用刀砍一点青草来,在地上捡一点江石头子,侧在坑里。把土堆里一拌,咱们往里撒尿,推簧亮刀,往里一和,叫它成了一块一块的。李庸你将破抄包解下来,放在地上。"李庸如言放好,大家将青草与尿泥包好,用手一拍,成了长方。丁子茂将包拿起说:"二位兄长,您看这个包儿,够四百七十两不够?"丁子茂说:"咱们哥五个回店,我如此如此的一说。把枕头给我一个,挡住众人的眼睛,就成了。以后石禄走单的时候再说,君子报仇十年不晚。"中江五龙这才一齐出了松林,赶奔回店,来到了永安村东口。店的门前路南路北站着的人很多,大家看见他们,说:"你们几位回来啦,那买马的说给崩崩钱,那可不是跑啦。你们几位当时没猜出来。"金龙刘清说:"他拿冷字考我。"大家往五个人脸上一瞧,也有青红的,也有肿了的,还有鼻子青的。小白龙丁子茂说:"列位,这位买马的,不是闹着玩的。刚才我们哥五个去追,耍一时的聪明,使了一个鬼招。"有那两边看热闹的说:"您追到哪里呀?"五龙说:"我们追到石家屯。我有一个宾朋,此人姓石,名叫石昆,这是石昆之子,我们与石昆同在镖行做过事。买马的这人名叫石禄,他来到这里,上马他全不会。我教给他一遍,他就会骑。您大家看他呆呆傻傻,他是外拙内秀,这就叫父传子受。石禄武艺超群,将拳脚是倾囊而赠。我们这哥五个,跟我兄长插拳比武,他是一个点到而已。跟此子一比武,是疆场不让步,举手不留情。让你们大家听着见笑,我们哥五个,是甘拜下风。我那石兄长给纹银四百七十两。我兄长有点闲事,叫我们在店中稍等几日,再付银子一千两。"说话之间,他们到了店门口,叫道:"店家!"那伙计赶紧答言,说:

"你们，几位把银钱取回来了？"五龙说："取回来了。"丁子茂手提着那个包袱，问道："店家，我们拖欠你门多少店饭账钱？"伙计说："下欠不多，不过是二百六十两。"丁子茂说："给你，这是四百七十，暂且搁在柜上，先存我们二百一十两。"伙计说："不错。"丁子茂说："今天晚上，给我们预备一桌上等酒席，外加山珍海味。今天晚上，我那兄长还来啦。"伙计不知所以，忙将包袱提到柜房。先生接过来放到钱柜之中，用锁头一锁。五龙来到了北上房，伙计早给预备过来洗脸水。众人净面落座，茶水献上来，五个人吃茶闲谈。赵普说："伙计，你们快把酒席预备好了，少时我兄长就来。伙计答应，来到了厨房，告诉厨子说："要一桌上等席，外加山珍海味，快点做。"厨房当时一通儿忙乱，不大工夫酒来菜到，通盘摆齐了。他五个人坐在一旁等候，直到天黑，不见有人来。刘清道："哎呀，咱们石兄弟，为何不来呢？"丁子茂说："想必是有事，今天不能来了。他不是说过吗，叫咱们等个三天五日的。"店里伙计说："那么你们五位，就先吃酒吧。"刘清嚷道："伙计你也在一处吃吧。"伙计连连摆手道："不让不让，您五位用吧。"中江五龙在此吃酒，酒过三巡，菜过五味，残桌撤下。伙计擦抹桌案，又问道："给你们几位沏过一壶茶呀？"刘清说："来一壶吧。"丁子茂说："伙计，这天到了什么时候啦，怎么还不点灯啊？"伙计说："随后就到。"少时拿过一盏把儿灯。将蜡烛点着，送到上房屋中。刘清道："伙计你去歇着去吧，我们叫你再来，不叫你就不用来啦。"伙计答应走了出去，到了外边交代店中规矩，说道："诸位客官，您要用什么，可赶紧的要。"交代三声，无人答言。又说："我们可要上门撒犬，封火拢账啦。"

五龙在屋中一听，心中放心。先将屋门关好，将灯挪到东里间，将灯放好，哥五个在后沿这张大床上和衣而卧。耗来耗去，天到二鼓。刘清一推刘明，刘明又将他三人推醒。刘清说："快去查点咱们东西物件。"他五个人蹑足潜踪，东西里间，以及明间，一件东西物件不短，统给收拾齐整。一瞧蜡花有一指多高，屋内照得阴阴惨惨。五个人将白天衣服全行脱下，换好三串通扣夜行衣，寸排乌木纽子，兜裆滚裤，上房软底鞋袜。围打半截花布裹腿，绒绳十字绊，鸾带扎腰，背后背好刀，青手巾包头，前后撮打拱手，前挂三囊、食囊、镖囊、百宝囊。白天的衣服，包好包袱，围在腰中。抬胳膊踢腿，不绷不靠。刘清低声说道："你们哥几个都齐了没有？"赵普说："我们全齐啦。"刘清两个手指一挡口，施展百步吹灯法，将灯吹灭。他一长腰，上床榻，伸手向兜囊取出匕首刀，回头说："赵普贤弟，你在店中等候，明天你要如此如此。"他们三人，将窗打开，带好刀，取出问路石，投石问路。刘清头个出来啦，猫腰捡起石子，放在囊中。点手叫刘明、丁子茂等，四个人出后窗户，纵身形上房，蹿房越脊，向外走去。四个人便往永安村西口外而去。赵普在屋中赶紧将白天的人毫取出，将后窗户给放下，一切收拾好了，将刀摘下，然后穿上大衣，在屋中耗到四鼓，连忙将店中伙计唤起，说道："伙计呀，你快去将我们四匹马备上。你们店里昨夜闹贼啦，我四位兄长追下去啦。二更多天走的，至今杳无音信。我放心不下，你快将马备齐了，我必须从此处走，往下追他四个人。"店里伙计说："您兄长往哪里去？您知道吗？"赵普说："我听绿林人说话，说你等乌合之众，狗党羊群，人多势众，西村口外分上下高低。因此我知道他们在西村口啦。再说镖行的马，向例必须压一压。伙计你查点查点屋里东西。"伙计说："您不是还回来吗？"赵普说："我不回来，我上哪里等我兄长啊？天到亮的时候，你再给我们预备好一桌酒席。"伙计这才点头应允，来到后边，叫人给他备好马。当时四匹马全备好了，拉到了外边。李庸来到外面，说："伙计你先将店门关上吧。"说完，他上了马，拉着三匹，直奔正西。到了西村口以外，听四外梆锣齐响，正是四更的第二更。江湖绿林人黑夜里找人，只要用哨子响，能听出几里地去。赵普当时捏嘴唇，哨子一响，西边的哨子就接上啦。他便拉马来到西边，五个人会在一处。五寇即赶奔西川，好置买薰香盒子。此是后话，暂且不表。

　　如今且说闪电腿刘荣，从松林带走石禄，一直奔济南。走在中途路上，见对面来了一片人，在人群里面有一串大车。这些人各持长枪短刀，前呼后拥。人群后面有两匹马，马上骑着二人。头匹马上之人，身穿青衣裤，面皮微黑。第二匹马上之人，浑身翠蓝色衣服，面如敷粉。刘荣对石禄说："你看这一片人，是干什么的？"石禄说："我不知道。"爷儿俩正往前走，对面有片松林。见那林中有两个人，一老一少。就听那老者说："儿呀，你先上树林里去吧。"听那少年说："爹爹呀，这是干什么的？"老者说："这是土豪恶霸，谁也不敢惹。你这样年轻力壮，要被他人抢了去，工钱没有，就为混成了一党，大家伙吃伙花。你要不听他们调遣，他们就把你给废啦。"刘荣听到此处，遂叫道："玉篮呀，咱们到那里打听打听，是什么事。"石禄这才将马勒住，翻身下马，随着刘荣来到森林。刘荣冲老者一抱拳，说："这一位老丈，我跟您领教，正东来的这一伙子人，是做什么的？"吓得这个老头儿颜色更变。刘荣一看他害怕耽惊，遂连忙说："老丈，休要拿我当匪人，我叔侄爷儿俩乃是镖行的达官。我住家在山东东昌府北门外，刘家堡的人氏，姓刘名荣，外号人称闪电腿的便是。"说完又给石禄报了名姓，忙问道："老丈，您要知道此事，请道其详。"老者说："达官，我久仰您的美名，听各位老乡常常提您。"说到此处，老者便将原由说出，气得二人哇呀呀怪叫，这才引出独虎营来。以后二打屯龙口，石禄破埋伏，杜林出世，中三亩园拿普莲，贼、铠入都，普铎报仇，一镖三刀，打死何玉，请群雄入西川，电龙出世，子报父仇。种种热闹节目，尽在下文中再表。

第八回

杜林无心逢山寇　豪杰有意赚贼人

　　话说上回书中说到刘荣与石禄在中途巧遇一个老者，正向老者打听道路。那老者不放心，刘荣才通报了真名实姓。老者放了心，遂说道："我久仰得很。这西南角下，有一个村子，名叫独虎营，那里住着弟兄二人，在那里为首。他们能为出众，武艺高强，欺男霸女，强夺少妇长女，硬下花红。"刘荣说："此地归哪里所管呀？"老者说："正北有个临水县，是济南的首县。"刘荣说："那里知县是哪位？"老者道："那知县姓高，名叫高文峰。"刘荣说："那么高文峰是清官还是贪官呢？"老丈说："他乃是一位清官。"刘荣说："他是清官，为什么不抄拿他们呢？"老者说："官人艺业浅薄，抵挡他人不过。"刘荣说："玉篮呀，你快去把那伙人赶散，把大车上那人救下来。"石禄说："好吧，小子。"说话之间，提双铲往外就走。刘荣问老者道："那恶霸姓什名谁呢？"老者说："头前走的那个姓李名宝，自称叫净街太岁。后头走的那个是他侄儿，名叫李桐，外号叫寸地君王。李宝能为出众，武艺高强。"刘荣道："他们就以武艺高强欺压人吗？"老者说："他就倚着蔡京是李宝的亲娘舅，在朝为官。达官，您在都京哪府当差呢？"刘荣说："我在镖行跑腿。我有两个朋友在王府当差。"老者说：

"您这两位朋友在哪王府当差？"刘荣说："一位叫镇天豹子李翠，一个叫追云燕云龙。"老者问："他二位在王府官拜何职？"刘荣说："是在银安殿站班健将的首领，代管四十八名健将，八主贤王府所派，叫他二人，夜晚护庇万佛殿。皆因那殿中失去了传辈的闹龙宝铠，我这里有王谕龙票，何不将两个土豪处治呢？"老者闻听双膝拜倒，口中说："达官爷，您要把他二人除治，不但这里县太爷感念您。就连我们全县的黎民，全都救啦。那李桐他要看见谁的少妇长得好看，夜晚带打手去抢。瞧谁家姑娘长得好，他白天去提亲。给也得给，不给也得给。哪一家要说不给，不论黑夜白天，当时就抢。"刘荣一听气往上撞，遂说道："要处治二人，我把他们拿到公堂，你们与他对质吗？"老者说："我能打质对。"刘荣说："好啦，你先在此等候，待我到外边看一看。"说着他到了树林之外，推簧一亮刀，往怀中一抱，定睛往对面观看。

再说石禄，手提一对短把追风铲，来到当场，将车的去路挡住。将双铲上下一分，口中说道："你们是干什么的，小子？"大家一看，忙站住了，由车上跳下一人，口中说道："列位闪开，待我过去。"那些恶豪奴闪在一旁，此人过来一看石禄，乃是一个猛汉，长得像貌怕人。石禄他看从车上下来一人，面露惊慌之色。看他身高七尺开外，骨瘦如柴。往脸上一看，面如刃铁，扫帚眉，大环眼。身穿青布衣服，蓝布护领，蓝纱包扎腰，紧衬利落，青布底衣，青布靴子。胁下佩定一口鬼头刀。来人问道："你是干什么的？"石禄道："你倒问我是干什么的。我这是问你啦。"那人说："我们这是接人的。"石禄说："接人有捆住的吗？那个少妇、那个姑娘，为什么全捆着哇？再说，你们接人，可这车上为什么一个女的没有哇？竟用男子接人。今天你们说了真情实话，我放你们过去，要是花言巧语，我是要了你们的命。"来人说："我们住家在山西，地名叫独虎营。车上这两少妇姑娘不是外人。"石禄说："不是外人，她们是你等的什么人？"那人说：

"我是独虎营的管家，姓张，名叫张治，大家赠我一外号，人称金眼老鼠。车上绑着一位是我嫂嫂，一位是我妹妹。"石禄说："你把她们先解开，我得问一问。光听你说，那可不成。必须追问情形，如有差言差语，那时我可叫你家去。"张治说："好朋友管好朋友的事，我家的闲事不用你管。你我平素不认得。"石禄说："我要认识你，我倒不管啦，皆因不认识，我才管的。"张治说："朋友你一死的要管，先报通你的名姓。放着大道你不走，你小路旁多管闲事。"石禄说："你要不捆着她，我就不管，皆因你捆着她我才管。"张治说："黑汉报通你的名姓吧。刀枪之下，不死无名小辈。"石禄说："我姓走，名走二大，大府大县大村子。树林没门，你上树林，我不出门来，要你的命。"张治一听，气往上撞，往后一闪身亮出刀来，说声："将他给我围上吧，要死不要活的，这土儿也就是打死了他臭一块地。"大家一听，忽啦一声，将石禄围上啦。石禄一分双铲，与他们打在一处，双铲上下翻飞，把恶奴的军刃满给磕飞啦。大家受伤的不少。张治一看，丧命的倒是没有，遂说："你们大家闪开了，待我拿他。"张治上前说道："好一个走二大，我叫你多管闲事。"左手一晃，刀向顶门就劈。石禄用左手铲往上一挂，张治将刀抽回，石禄的铲已空。当时二人招势可快，光闪纫针。石禄往里一跟步，双铲一合，往里一推。张治忙往下一坐腰，石禄飞起左腿，名为打合腿。这手绝艺，名叫白猿献桃。也是张治的报应循环，竟在铲下做了鬼。

那些恶豪奴一见张治已死，俱都吓得胆战心惊。由打车后转过来净街太岁李宝，翻身下马，推簧亮刀，扑奔石禄。石禄说："对面来的小辈，报通你的名姓。"李宝说："住家在独虎营为首，姓李名宝，人称净街太岁的便是。"石禄一听，小子叫净街太岁，心中不大痛快。那李宝也问他："小子你叫何名，我好与张治报仇解恨。"石禄说："我叫走二大。"李宝上前就是一刀，石禄往旁一闪，铲挂刀背。刘荣说道："玉篮呀。你可千万别叫他走了，睡下为止。"石禄说："知道啦，他绕不了鸭子。"不提他二人动手,那刘荣抱刀来到车辕切近,说道:"你等众人还不早行逃命,等待何时?你们大家为恶多端,抢劫民间妇女,那还了得?"寸地君王李桐下了马,将大衣脱啦,伸手亮刀,问道:"来者老儿,你是做什么的?"刘荣说:"对面土豪,报通你的名姓。你家老太爷刀下不死无名之鬼。"李桐说:"我姓李名桐,人称寸地君王。"说完轧刀站,说:"老儿,你叫何名?"刘荣说:"我姓刘名荣,外号人称闪电腿。"正要跟他动手,忽听背后噗哧一声响,急忙回头一看,那李宝已在铲头下做鬼,打得他万朵桃花。这些恶豪奴一看,张治死啦,倒没跑,如今李宝已死,大家便四散逃走。石禄打死了他,一分双铲就奔了李桐,把铲一举,说:"荣儿,你闪开吧,他渴了,要喝他们红水。"刘荣往旁一闪,说:"千万也别放他逃走。"石禄说:"这个也叫他摔了吧。"刘荣说:"摔了吧。"石禄分双铲来到近前,说道:"嘿,刘荣说啦,叫你摔了吧。小子你怎样?"李桐说:"什么叫摔啦?"石禄说:"叫你家去,就是摔啦。"李桐不懂这话,他看见李宝已死,一心要给他叔叔报仇,双手托刀往里一扎,石禄用双铲往下一挡他的刀。李桐借力使劲往下一压刀,石禄用铲往里一走。李桐忙使了一个铁板桥,石禄撒手铲,左腿往里一跟,右腿的百灵腿就过来啦。李桐再躲,可就躲不及啦,当时被踢出一溜滚去。那李桐打算用就地十八翻逃走。石禄忙跟了过来,踩住左腿,双手将右腿提起,说声:"小子,我看你是桶子不桶子,你再来吧小子。"只听噗哧一声响,立劈两半。

此时树林那位老者来到车前,面见他二人,跪倒行礼,口中说:"达官,您这是救了我们一县的人啦。可是千万别放走一个恶奴。"刘荣说:"好吧,玉篮你往此看。"说着四下一看,往正西跑着一个大个,脚下很快。刘荣一伏腰就到啦,来到他背后,是人到刀就到啦,在他腿肚子上,刀尖就扎上啦。那大个哎哟了一声,趴在就地,口中说:"大太爷饶命。"刘荣说:"我饶你也成,快说,你们是从哪里抢来的少妇。"大个说："我们从打刘家庄抢来的，有我们太爷的话。"刘荣说："你姓什么？"大个说："我姓李。"刘荣说："你叫什么名字？"大个说："我叫李纲，大家送我外号叫野鸡溜子。"刘荣说："你怎么叫野鸡溜子？"李纲说："皆因我腿快。"刘荣说："你腿快，还快得过我吗？"李纲说："刘荣是我师爷爷。"刘荣一听，说："你见过刘荣吗？"李纲说："我没见过呀。"刘荣又问他说："你既没见过，怎么知道他是你师爷爷啦？"李纲说："他的名姓比我大。他在镖行跑腿。"刘荣说："那么凡是在镖行跑腿的，就是你师爷爷吗？"李纲说："不是，因为他是闪电腿，在镖行里头一个。我有一个师父。"刘荣说："你的师父是谁？"李纲说："我师父也在镖行成名。住家在东昌府北门外，马家湖的人氏，此人姓马名叫遇龙，外号人称千里腿。他是我师父。"刘荣说："你见过那马遇龙吗？"李纲说："他名千里腿，一天能走一千里，我没见过。"刘荣说："你没见过，你就说是你师父。"李纲说："他走一千里，我能走一百五十里。"刘荣说："看在你的面上，你要叫我一声师爷，饶恕于你。可是你得说明这个少妇跟这个姑娘是从哪里抢来的？"李纲说："我倒是略知一二。"刘荣说："好。那么你愿意好好跟我走，还是叫我把你捆上呢？"李纲说："老太爷，您只要饶我命，我情愿跟着您走。"此时由树林里走过那个老者，老者说道："这位刘达官，这位可是一个好人。"刘荣说："老丈，您认识他吗？"老者说："我认识他。"刘荣问道："他原先干什么呀？"老者说："他原先是个货郎，他家就有一个老娘，早先有个妹妹，早已出嫁啦。"刘荣说："这个货郎，要有一差二错，你可敢保。"老者说："我敢保，这个货郎是我看着他长大的。"说完，转脸问李纲道："你怎么跟他们在一处荡浑水去啦？"李纲道："你有所不知，我要不去，他们就把我给废啦。家里还给拨去一石小米去啦，另外又留几十两银子。有我老娘的吃喝，我干什么不去呢？您想，谁知道他出庄抢人去呢。我要知道他出庄抢人，把我治死，我也不去呀。"刘荣说："这位老头儿，您先把那位妇女的绳子解开。因为您的年岁大。"老头儿上前便将那少妇的背绳解啦，那妇人便伸手从口中掏出堵口之物。她跪在车上，直给老头儿叩头，说："老太爷，您算救了我的性命。"老者道："这位少妇，你别给我叩头。你必须给这位刘达官跟这位大太爷磕头。要没有他们二位，惩治不了恶霸。"那妇人赶紧又给他二人叩头。刘荣说道："你先把那位姑娘解开。死去的恶霸，他从哪里把你们抢来的？"妇人道："您要问哪？我住家高家湖，我娘家姓马。我有一个哥哥，名叫马龙，奉我母亲之命，前去接我。"刘荣说："你婆家在哪里呀？"妇人说："婆家在文武庄西村头里，我丈夫姓张。这个姑娘是我妹妹，她名叫张翠屏。"说话之间，便将那姑娘的绑绳也给解啦。张马氏说道："妹妹，你快给这二位达官磕头道谢救命之恩，要遇不上他们二位，咱们姐妹都得死在贼人之手。"那姑娘闻言，便跪在车上，口中说道："这二位恩公，你把我们救了，我这里谢谢您。可是您还得把我大哥给救了啊。"刘荣说："你大哥在哪里啦？"张翠屏说："我大哥在正东那块树林子里，被他们给捆在树上啦。"刘荣说："还有别的人没有哇？"翠屏说："倒是还有，可是那老天杀的，不用救她啦。"刘荣说："那个是你什么人呀？"翠屏说："她是一个继母娘，竟给我嫂子气受。我们姐俩多日才能受得完啦。"刘荣一看她们二人面色中正，纯是安善妇女，遂叫道："玉篮。"石禄就过来啦，说："什么事呀？"刘荣说："你在此看护车辆，待我到东边救人。你在此好好的看着她们，谁也不准动车辆。谁要动，把谁治睡啦。"石禄说："你去吧。"

刘荣这才伏腰往东，来到南北一股大道东边一片树林之内，听见有人哼哼，赶紧上前一看，有一个男人在树上捆着。刘荣将他解救下来，那人伸手从口中掏出堵口之物。看此人忠厚老实，并非奸诈之徒，遂问道："你姓什么呀？"他说："我姓马，名叫马龙。"刘荣说："正西那位少妇？"马龙说："那是我的妹妹。"刘荣便将治死恶霸的情形一说。马龙连忙双腿拜倒，说："恩公，我给您磕头啦。"刘荣说:"树林里还有捆着的没有。"马龙说:"还有亲家娘在那里啦。"二人便在树林里找。在东北角上一棵杨树上,捆着一人,头冲下,脚冲上,七孔冒血,那人是绝气身亡。马龙一见,遂叹了一口气说道:"亲家娘啊,您此时一死,我两个妹妹可逃出来啦,没别的可说,这总算是您的报应循环。"刘荣说:"这个死尸,你先别摘。你从此去到文武庄,将你妹丈找来。先叫他瞧一瞧死尸然后把他带到正西,一来看看你们车辆,二来瞧瞧恶霸的死尸。"马龙点头,说:"恩公,您在此等候,文武庄就在南边不远。"刘荣说:"好吧,你去,快快回来。"马龙答应前去,少时便将那张文和找了来。张文和一进树林,就看见他母亲在树上绑着,七孔冒血而死,便放声痛哭,跪倒磕了三个头。刘荣在旁一看他,虽哭但不见有眼泪。张文和说道:"这位达官,她是我的继母,从打她到了我家,扰得我们乱七八糟。我给她磕头,谅是说她可死了。我们家中,应当满完啦。"刘荣说:"原来如此,那么你将死尸运回去吧。"张文和答应,这才叫道:"马大哥,您快回庄去,叫来几个人,前来时务必带着锹镐。"马龙答应去了,少时只有马龙一人回来,拿来一把铁锹。到林中见了他妹丈,说咱们必须如此的办。张文和连忙说道:"此办法正合我的心意。"刘荣问道:"文和,她可是你的继母吗?"文和一听,忙跪倒向他述说一遍。刘荣明白她也是报应循环,遂说:"既然如此,那么你们将她埋在此地,没人究问吗?"张文和道:"没人究问。有人问时我自有办法。"便叫马龙出树林看看外边有人没有。马龙到了外边一看四外无人,这才进来,说道:"兄弟,你将老娘的死尸给摘下来,我在此处刨坑,将她就埋在此地啦。"张文和过去就将死尸摘下,这边已然刨好一个长条坑。马龙道:"我未将家人带来,因为恐怕家人口中不严,走漏风声。"刘荣说:"那么她娘家没有人吗?"张文和说:"只有一个兄弟,是出家的道人,也是在西川一带。"刘荣说:"那里你不给他送个信吗?"张文和道:"送信也不来。在她生着的时候,连去好几封信,连个回信都没有。"张文和随着将尸首摘下，放在土坑之内埋好。刘荣道："张文和，这位老太太有什么样的过处？"张文和一闻此言，跪倒尘埃，说道："她老人家过恶很大，这完全可说是报应。请您到前边不远文武庄，打听打听，人人所知，要有一个人说我这个做儿女的不对，那时请您把我送到当官治罪。我这位继母对待我全家，苦不可言。"刘荣道："那么人家街坊四邻要问你的娘亲啦，你是何言答对？"张文和道："她活着的时候，时常出庄去要钱，十天八天，一个月半个月的不家来，我爹爹不找她不回头。如今要是有人问，只可说她又外出要钱去了，一去未归，不知上哪里去了，这一来也就算罢休了。"刘荣一听，这才将二人带到车辆之旁，向石禄说道："玉篮，你好好的看守他二人，别叫跑了一个。不能尽听你二人一面之词，我必须调查。"说话之间，他来到车前，向张马氏问道："我问你，你那娘母有什么过处吗？"张马氏也随姑娘一样话，跟他二人所说的遥遥相对。刘荣道："好吧，你们在此等候吧。"他便往南，到了文武庄头，有一棵槐树，树下坐了不少男女人等。刘荣到了切近，向众人抱拳拱手，说道："我跟诸位打听一件事情。"这里有位老者，站起身形，见他胁下带着军刃，遂说道："这位达官，您有什么事呀？"刘荣问道："您几位是本村的人吗？"老者说："不错，咱们大家全是本村的人。"刘荣说："您贵姓啊？"老者说："我姓张。"刘荣说："台甫怎么称呼哇。"老者说："我叫张海方。"刘荣说："这个本庄里有叫张海魁的吗？"海方道："不错，有个张海魁。他是我的叔伯兄弟。"刘荣说："你那兄弟他有一个媳妇吗？"此时众人全站了起来，向前说道："这位达官爷您要问，她过恶太多啦？叫我们这位老太爷对您说一说。"刘荣说："好吧。"那老者便对他一五一十，全说了，与张文和等所说，分毫不差。这才别了众人，回到原处，问道："张文和，此地离县衙多远？"张文和道："您要报告县衙，事情可就大啦。"刘荣道："那么独虎庄离此多远呢？"张文和道："一直往西南，第二个村子就是。"刘荣道："马龙，你再刨个大坑吧，将三名死尸全拉在坑里一齐埋了吧。"马龙答应，张文和帮助他，立时刨好坑，将三名贼人全都埋好。刘荣叫马龙赶着车辆，她姑嫂在车上坐着，刘荣、石禄等三个人在后边跟随，一齐到了文武村西村里。路北有座梢门，她们下了车辆，众人也随着走了进去，车辆交与做活的。众人到了里面。张文和一告诉他爹爹，他父子即治酒招待，向刘荣等千恩万谢。

　　刘荣用完了酒饭，带着石禄告辞出来。二人出了村庄，看见天时尚早。刘荣道："玉篮，你随我来。"应当他们出庄往东，他们往西去啦，便问文和道："东边这个村子叫什么名字？"张文和道："那里叫太平堡。"刘荣等这才辞别他们。张文和说道："达官，您可想着，将来要是再从此处经过时，务必要赏我全家之脸，进来坐一坐再走。"刘荣说："是了吧。"这才抱拳说声再见。此事后义书再提。且说刘荣与石禄来到了太平堡，东村口里路南有一座高升店。来到了店门外，问道："店家，有闲房没有？"店里伙计说："有闲房，这里还有三间东房。"刘荣、石禄拉马匹往里，当时伙计接过了马去。石禄将皮褡子拿了下去，来到了东房，在廊底下一站。伙计拴马回头，上前将门开开，竹帘放下，伙计说："二位客官，您往里请啦。"二人进到屋内，看见迎面有一张八仙桌，左右两把椅子，令伙计打过一盆水来。少时送来。二人洗脸漱口吃茶。天时已晚，将灯点上啦。刘荣问石禄道："你还吃什么不吃呢？"石禄道："咱们刚吃完饭，做什么又吃啊？"刘荣说："那么你不吃啦。"石禄说："我不吃啦。"刘荣说："你上北里间睡觉去吧。"石禄说："您不困吗？"刘荣说："我还得跟伙计说一会儿话呢。"石禄自往里间去了。刘荣便问伙计道："你贵姓呀？"伙计说："我姓李，名叫李二。"刘荣说："你们柜上都卖什么吃食？"李二说："斤饼斤面馒头，全是论斤的。"刘荣说："你给我来五斤馒头，来一碗汤菜，来一壶酒。"李二答应，出去不大工夫，便将那些全给送了过来。刘荣一边吃酒，一边问道："我跟你打听点事。"李二说："但不知您打听什么事。"刘荣说："正西有个独虎庄。"李二说："这个地名，上年岁的才知道叫独虎庄。年轻的主儿，全知道叫独虎营。"李二抱拳拱手说道："达官，小人我说话，实在嘴冷。这五路保镖达官，有行侠作义的。按说他们不是杀赃官灭恶霸吗？除治土豪吗？可是据我一想，他们全是畏刀避剑，怕死贪生。"刘荣吃喝完毕，遂说："伙计，你去吧，待我叫你再来。不叫就不用来啦。"李二答应，将要转身，刘荣道："也罢，待我将饭账付了，也省得明天一早费事。我们应当多少钱呢？"李二说："一共一两四。"刘荣说："好。"伸手取出二两一锭银子，放在桌上，说道："拿去吧，余下的作为小费。"李二说声"谢谢您"，拿着银子走啦。到了外面将钱交给柜房，关店门，撒犬睡觉不提。

单说刘荣将门关上，端灯到了南里间，灯往前槽窗户一放，自己和衣而卧，躺在床榻之上耗时间。直到二更，刘荣站起身形，将夜行衣换好，把白昼衣服打在包袱之内，抬胳膊踢腿，不蹦不吊。背后带好金背刀一口，手巾蒙头撮打拱首，低头一看，零杂物件不少。这才将灯熄灭，蹑足潜踪，来到北里间外头。听了听石禄，已然睡着啦。刘荣将门插棍拉开，门分左右，他便到了外面，将门倒带，钉锦稍微一响。刘荣一听，北里间不打呼啦。自己心中所思，不用管他啦。这才回头一看满天的星斗，便纵身形上了西房。蹿房越脊，如履平地，施展小巧之能，来到了太平堡西村头。低头往下一看，黑洞洞。忙取下一块瓦来，扔在地上，人声犬吠无有，他这才下房，沿大道一直向南。刘荣走着，就听背后有人说话，说是："李宝、李桐、张治出去抢人，为什么一去未归呢？你我二人来到外面，必须在各村寻找，并无音信。据我这么一想，咱们躲不住啦，风声特大，不应当在外边去对敌官长。我听中江五龙说，刘荣可将石禄请出世啦。五龙那么大的能为，都不是石禄的对手。要说石禄一对短把追风铲。那是石锦龙的真传。一百二十八手万胜神刀，一手拆八手，百手为祖。那老儿刘荣，也不是好惹的。"这两个人路上说话，草里有人听，被刘荣听见了，耳音很熟，却一时想不起来。原这两个人乃是千里追云郎智，万里追风郎千。这二寇乃是西川郎家窝的，他二人眼光最好。郎智抬头一看，见前面有一条黑影，连忙问道："头前是合字吗？"刘荣没言语。郎智一看那条黑影，扑奔了独虎庄。郎智他二人不知道是刘荣。他们要是知道是他呀，从此就跑啦。郎智道："前面的朋友，在下我弟兄郎智、郎千，阁下是哪一位呢？"刘荣一想，低头不语，忙一猫腰，往下走去。郎智一想，说道："朋友你要讲跑吗，也不是向你吹牛，江湖之中，除去老儿刘荣外，就得数我二人脚程快。你还能跑得了吗。"说着，脚下用力，追了下来，谁知竟会追不上。来到了独虎庄，反把那条黑影追丢了。二寇走着，慌不择路，迎头来了一个大土块，忙闪身躲开，往四下一看却没有人。

不言二寇，且说刘荣来到独虎庄，在东村头一看，庄墙高大。他围着庄子绕了一个弯子。他见有一座大宅院，门前有垂杨柳。此时二寇已到，忙趴在地上。二寇到了墙上，飘身下去。刘荣心说：好吧，他是给我带道。向上一看，墙高一丈六七。伸手探兜囊，取出抓江索，手拉绒绳，脚踏庄墙，进了庄墙。到了里面一看，还有二道围子。他趴在墙上，往前看二寇。那二寇在前行走，刘荣一看，准知没有走线轮弦。又一想，这里边为首的，一定能为不小。他便跟在后面，一直到了三层房的上面。看二寇下去啦，刘荣便爬到东房后坡，一看院子里宽大，北上房七间，明着三间，暗着五间。那里面是明灯亮烛，照如白昼一般，里面贼人很多。就听郎智弟兄二人说道："回禀大王爷，我二人在各村子全找啦，并无踪影。"刘荣看明白啦，起下一块瓦来，向北房台阶上一摔，吧嗒一声。自己心中所思：我夜入贼巢，这地方我若不敢下去，岂不是畏刀避剑怕死贪生？瓦一见响，那屋内灯光已灭，大家各亮军刃，全出来了。抬头往四外瞧看，看见东房脊上站着一人。三面全没人，就是东房上一人。为首的问道："东房上什么人，赶快答言。"刘荣道："朋友你贵姓？"那人说："我姓李名方，别号人称双刀将。"刘荣说："李方你是朋友，你是冤家？"李方说："朋友怎么讲，冤家怎么说？"刘荣说："你们乌合之众，不足为奇。你们要是朋友，咱们单打单斗。你要是冤家呢，我跳下去，你们大家一齐上手。"李方道："朋友报通你的名姓吧，咱们是单打单斗。列位贤弟，你们收拾好了。"刘荣在房上亮刀，说道："我姓刘名荣，别号人称闪电腿。"李方忙叫张惠，赶紧鸣锣聚众。锣声响亮，由四外来了许多人，手执亮子油松，照如白昼一样。刘荣一看那有头有脸的贼人，满在北面房底下，才跳下房来，抱刀站在当院，说："列位，哪位不怕死的可前来。俩打一个，匹夫之辈；一个一个的动手，若将我打倒，我死而无怨。你们哪一个过来？"轧刀在当场一站。旁边有人说声："待我来。"刘荣一看过来之人，身高七尺开外，一身夜行衣靠，面紫色，扫帚眉，环眼努于眶外，狮子鼻，翻鼻孔，火盆口，大耳相衬，手中一口朴刀。刘荣忙问："来人报名受死。"那人说："我祖籍西川郎家窝，我姓郎名智，千里追云便是。"说完，上步举刀就砍。刘荣看刀到，往旁一闪身，用刀一轧他的刀，使了一个顺风扫月。郎智往下一坐腰，刘荣抽刀往里一滑，郎智一转身，可就躲慢了，在他肩头，刀尖划上啦。身受刀伤，长腰纵出圈外。刘荣抱刀一站，嘿嘿一阵冷笑，说道："你们还有不怕死的上前受死？"

打虎亲兄弟，上阵父子兵。万里追风郎千，上前与他兄长报仇，掌中一把鬼头刀，赶紧过来，口中大骂："老匹夫刘荣，今天要你一死。"说着上前摆刀就剁。刘荣此时就横了心啦，看刀到，往旁一闪身，他刀一空，递刀进招。他二人就打在一处，也就有个三四个照面，刘荣托刀往里一扎，郎千用刀一挂，当时将刘荣的刀咬住了。郎千一见心中大喜，忙用力往外一挂，跟着飞起一个扁踩。刘荣躲之不及，当时就翻身栽倒，他一倒下，那刀就出了手啦。郎千一长腰就过来啦，用脚踩住刘荣，扬刀就剁，只听吧喳一声响，红光崩现，鲜血直流。原来刘荣未死，是郎千左肩头挂伤，跟着二块瓦已到。郎千看二块瓦带风声又到，连忙一纵身，往西纵出。回脸往西一看，见前坡站着一个大个，就听他说话瓮声瓮气的，刘荣一听是石禄来啦，急忙爬起，抓起刀来，说道："玉篮来啦？"石禄说："我来啦，你走的时候，怎么不叫我呀？你一个人走啦，来找莲花来啦。这些个全是莲花吗？"刘荣说："对啦，他们全是莲花。"那位说，石禄不是在北里间睡觉，他怎么会来到这里呢？原来他正睡着，忽听见外边门的钉锦响，石禄急忙坐起，伸手拿起皮褡子，来到南里间，但黑洞洞，看不见人。他便将灯光点着，将蜡一弹，看炕上不见了刘荣。他急忙将鹿筋绳解开，把双铲背在背后，收拾紧衬利落，这才将灯吹灭，出了西房，将门倒带，钉锦扣好，飞身上房，往外就走，如踏平地之路。抬头往四外一看，只见西南有火光的亮子。石禄忙向前奔去，到了西村头，先从房上起下块瓦，往地上一扔，并无人声犬吠，他才下来。出村子一直往西南，少时到了独虎庄，听见里面喊声震耳。他抬头一看庄墙太高，伸手取出百练索，八尺铜练，两丈四尺绒绳，共合三丈二。墙高万丈，挡不住来人。当下石禄进了庄墙，掀下一块石子往下一扔，并无人声。他才蹿房越脊，来到里面。越听杀声越近，他便顺着声音找来，上房行走，到了一所院内。站在东房往下一看，正赶上刘荣被人踢倒。他急忙起下瓦来，抖手向郎千头上打来。二瓦又打下，他才答话跳在院中，一摆双铲。刘荣心中所思：他若不来，我命休矣。石禄捧双铲，当中一站，问刘荣道："他们全是莲花吗？"刘荣说："对啦，他们全是。"石禄说："那么全叫他们睡了吧。"刘荣说："冒水就得。"石禄说："谁拿拉子咬你来啦？"刘荣说："他们大家都要拿拉子咬我，我全不怕。"刘荣说："你多要留神，莲花太多。"什么叫莲花呢？原来石禄管采花贼就叫莲花。

石禄捧双铲，阴阳双铲手内卡，来到战场全凭它。有人与我来争斗，铲头以下染黄泉。石禄问道："你们哪一个过来？"当时正北有人答言，说：“列位闪开了。”蹿出一人来，刘荣一看，这个贼人眼熟，手中使这对军刃厉害，原来他掌中一对蜈蚣剪。石禄一看来人身高九尺开外，胸前厚，膀阔宽，面皮微黑，穿青挂皂。黄绒绳十字绊，皮挺带系腰，紧衬利落。就听来人问道：“对面的小辈，报上你的名来。”石禄说：“我姓走。名叫走二大，别号人称要命鬼。你叫何名？”来人说：“我姓张名冲，外号人称烟薰皂王便是。”左手剪叠着，右手剪垂下。刘荣说：“玉篮，你可多要留神，他这一对家伙可厉害。”石禄说：“我比他还厉害啦。”张冲左手剪往上一递，那右手的剪盖顶就打下来啦。石禄看剪到，往里跟身，右手铲往上一挂，二人动手。说书说得慢，那招数可来得快，不亚如打闪认针，他用左铲一挂，那右手铲就跟上来啦。没容他左手剪撒手，右手铲已奔他耳根子扎去。张冲一见，忙往下一坐腰。石禄一改招，使了一个双风贯耳，这手又叫白猿献桃。张冲稍慢一点，只听噗哧一声，发卷跟绢帕满没啦。贼人往后一倒腰，左手剪搭在胳膊上，手摸头顶，哇呀呀的怪叫，忙说道：“列位宾朋，这个走二大的武艺，可真不弱。千万别告奋勇，哪一位要前来，可要先酌量自己的能为。轻者带伤，重者就要废命。”当时旁边有人说：“张大哥闪开了，待我治死他。”

说话出来一人。石禄一看，来人身高一丈，白煞的脸面，掌中一条方天画戟。忙问道：“报上你的名来。”贼人说：“我姓王名元。外号人称赛仁贵。”王元摆戟到了近前，用戟分心就刺。石禄右手铲用了个海底捞月，急架相还。王元摆戟头往下一压戟杆，将铲压住，右手扣住戟杆。那王元一见，忙往怀中较劲，往回一夺。二人一较劲，石禄将双铲撒手扔地，他右手可将戟杆抓住，长腰往近挨身，黑虎掏心一拳打来。王元撒手戟，往后倒步。石禄说：“你的军刃我不要。”抖手往人群里扔去。往南一跟，穿心掌就打进来啦。王元用手腕子往下一挂，二人在当场就打在一处。一个是受过高人的传授，一个是名人的指教。刘荣一看西川路的贼人也有这个样的贼人。也就是他，要换个别人，早就完啦。大家群贼一看，说道："咱们王大哥若战不过他，可别跟他动手。工夫一大就不好办啦，必须三两招，就得扯呼。"群贼说："对。"此时刘荣看石禄不还招，人家拳脚直向致命打来，忙说道："莲花太多。你进招吧。"石禄一看他使的是流星赶月，泰山压顶，盖顶就打下来啦。石禄使野马分鬃，手指伸张，向他撮去，左手奔他耳门子。王元一看，用手一挂他右手，形铜似铁。石禄看他一坐腰，他那撮掌，当时就变了手沟子。王元看他一进招，往底下一低头。石禄的左手在上边，右手在下边，双手一按，当时就把王元的两肩头抓住啦。用双手一按肩头，往起一纵身，双腿起来将他腰缠上。双手往后一推，口中说道："你趴下吧小子。我结实，你比我还结实。你家去吧小子。"只听噗咚一声响，两个人全倒下啦。王元仰面朝天，石禄砸在他的身上。王元双手抱住石禄的胳膊，二人当时僵住啦，原来王元也是横练。刘荣说："玉篮，赶紧叫他睡了吧。"石禄也抬不起手来，两胳膊往外一支，说："小子你睡了吧，小子。"用头一找他准头，只听吧喳一声，脑髓皆迸，万朵桃花。大家群贼一见，胆战心惊。石禄站起身形，拉双铲说："荣呀，他没有我结实呀。"

他二人正讲话，由正北来了一人。石禄面向南，刘荣面向北，说："玉篮瞧后头。"石禄往前一低头，右手铲往上一挂，后面这人手使竹节鞭打来。此人抽鞭换式，往旁边一站。石禄分军刃说："你要这样，我可急啦。"一句话说漏了兜啦，问道："小辈，你叫什么？"那人说："我姓董名平，单鞭赛尉迟。"石禄说："要使鞭我们家里可多得很，祖传槊鞭铲。"大家一听这三种兵刃耳熟，群寇交头接耳说话。有人说："要是石锦龙的后人，咱们可得快走。除去夏江秀水县，别无旁人。"群贼交头接耳说此事。那石禄在当场，还说："槊鞭铲是我们的祖传。"石禄生来恨莲花党之人，只要对了手，他是一招都不让，皆因他们竟败坏好人家妇女，所以恨之刺骨。因那董平知道其外之事，他不知其内之情。他提手一晃，鞭就到啦。石禄一看，忙往旁边闪身，右手铲往外一挂，左手又往里一撮。董平往下一坐腰，石禄是铲腿一齐到，一腿便将董平踢了一溜滚儿。董平连忙起来。石禄横铲一瞧，口中说："好小子，你会跑啦。"此时正北又上来一人，说道："小辈别走，看枪。"石禄扭项回头看，见此人平顶身高七尺开外，细腰窄背，双肩抱拢。董平在那边说道："贤弟千万别动手啦，此人手段太高。"石禄说："你趴着吧小子，别多说话啦。你拿着的扎枪叫什么？"此人说："我姓焦名亮，外号玉美人的便是。小辈你不用说些假话，你要说出你真名实姓，刀下不死无名之辈。你要说假话，乃是擦粉的妇人，穿两截之衣，油头粉面，带子缠足。"石禄说："小辈你真骂人呀，我说出真名实姓，你们大家可别飞呀。"玉美人焦亮说："何能惧怕于你？"董平说："兄弟，你可要多留神。"焦亮说："兄长千万别扬他人之威，灭你我大家的锐气，生而何欢，死而何惧？叫他在枪头做鬼。你快通报名姓吧。"石禄说："我姓石名禄，外号人称穿山熊。"焦亮说："你是哪一门？"石禄说："我是大六门第四门。"焦亮说："看枪。"石禄说："小子，你不是叫玉美人吗，今天叫你睡啦。"说话之间，看枪到，他用铲一挂，焦亮急忙将枪抽回来，抢枪就扎。石禄一横腰，说："小子，我给一下子。"用脊背接枪杆，双铲可奔他扎去。焦亮看他一低头，枪杆可就扎在他的身上去啦。又一看他双铲奔自己脖子来啦，一想要往上纵，他一定将我腿打掉。往下一坐腰呢，一定废了命。于是往后一纵身，来了一个铁板桥。石禄往前一撒手，左手铲一挂枪，右手铲直奔胸前而去。石禄口中喊道："你家去吧，小子。"噗哧一声，红光崩现，肠肚一齐而出，也是他的报应循环。群贼见他铲头往下直流血，不由得胆战心惊。

众人交头接耳，说："咱们可不能惧怕他人。他拿军刃往前一挂，咱们就趁势走。"旁边有人说："赶紧把他死尸拉开，待我上前战他。我若不是他的对手，那你们就赶快走吧。要不然是轻者带伤，重者废命。"说完话，他手捧锯齿飞镰刀，来到当场，口中说道："石氏门的军刃，听说过，没会上过。今天倒要看一看有何能为。"刘荣说："石禄，他可是好的，不要叫他流水。"石禄定睛一看来人，身高八尺，肩宽背厚，两道浓眉，大环眼，鼻孔朝外，火盆口，唇不包齿，大耳相衬，压耳毫毛倒竖抓笔一般。青布扎巾，青布贴身靠袄，蓝布护领，黄绒绳十字绊，青抄包扎腰，紧衬利落。青布底衣，洒鞋鱼白的袜子，打着半截花布绑腿，手轧飞镰刀。石禄问道："报上你的名来。"那人说："我住家在正北贺家川，姓贺双名飞雄，别号人称卷毛吼，在五峰岛是第三把交椅。你原来是石禄哇，你家贺三爷倒要斗一斗，看你们爷儿们有什么本领？"说完，托刀往里就扎。石禄见刀到，用单铲往出一挂。贺飞雄连忙抽刀。石禄的铲往外一扁腕式，只听嘎吧一声，刀铲就碰到一处。双铲使了一个野马分鬃式，将刀撕出，只听当的一声，那贺飞熊的头巾发鬏就掉啦。石禄说，"荣儿，他是好的。"刘荣说："对啦，他是好的。"石禄这才将双铲一合，说："你赶紧逃命去吧。"贺飞雄当时倒吸一口气，往前问道："朋友你贵姓啊？"刘荣说："我姓刘名荣，别号人称闪电腿。"贺飞雄猫腰将头巾抓起，飞身上东房，到了前坡一站，说声："列位贤弟，还不跟我逃走吗？还在此地吗？"当时大众人等，纷纷上了东西等房，向四外逃走。石禄要追，刘荣说："别追，叫他们去吧。"因此群贼得以逃走。这时候恶豪奴跪下一片，各扔军刃，苦苦哀求。大家说道："请二位大太爷手下留情，千万别要我们的命。我们不入伙，他不答应。"刘荣说："那么你们大家认打认罚吧？"大家说："认打怎么样，认罚怎么样？"刘荣说："认打呀，将你们带到县署问罪。你们要是认罚呢，见死尸刨坑掩埋。"大家一听，齐说："我们认罚。"说着，一齐站起身来，找锹镐各处刨坑，将死尸埋完。刘荣道："你们是多少人，满全聚齐。"又将后面女眷叫出来五六个。刘荣问道："你们大家可是三媒六证，花红彩轿娶的吗？"那些妇女一听，又看到刘荣慈眉善目，知是好人，这才一齐跪下说道："这位老爷子，你是不知。我们全是附近住户。"这个说："我在门前买绒线，被他们抢了来。"那个说："我正在家中，闻见一股子清香，及至醒来，便是此地。"刘荣说："好，你们先各自回屋，收拾金银细软之物。待我禀报县衙，将你们各送回家，好团圆。"那些妇女走去。刘荣道："你们仆人一共有多少。他手底下财产在什么地方放着，快将银钱搭到此处。"刘荣一看他们俱都是害怕耽惊的样子，遂说道："你家庄主，所作所为，全是非法。可是你们可能够打质对吗？"大家说："这一位老达官，此地有为首的，那县署他们不敢往这里来。"刘荣说："他们不敢来，如今已被我们扫灭，他还不敢来吗？你们哪一个认识县署？"有一个说："我认识。"刘荣说："那么你快把文房四宝拿来。"那人转身走去，少时回来，交与刘荣。刘荣当时写好了一封书信，交与了那人。那人持信而去，到了县署将信送上。官兵问道："你从哪里来？"家人说："我从独虎庄来。"差人上下一看他，说："你在此等候吧。"他拿书信到了里面，见知县，回说："外面有独虎庄送信之人。"县太爷接过信来，拆开一看，不由大吃一惊。欲知信上写些什么，且看下回分解。

第九回

转角楼石禄拐马　密松林毒打五龙

　　话说知县一见书信，不由吃了一大惊。只见上面写着："现有八王府护卫首领李翠、云龙奉王谕访拿盗走宝铠之贼，来到贵县，现在独虎庄，除恶安良。请知县大人速来，我等追查宝铠要紧。"官兵差役人等，大家随着那名仆人，赶奔独虎庄。到了庄中，县太爷下马，叫人往里回禀，就说："小县已来到此处。"有人回了进去，刘荣连忙迎了出来。他看见门外站着知县，身高八尺开外，细条身材，面如三秋古月，粗眉阔目，准头端正，头戴圆翅乌纱，身穿青色袍儿。那知县见刘荣出来，连忙一抱拳，说："上差老爷。"刘荣也一抱拳，说道："此地不是讲话之所，请到里边一谈。"当时他们一齐到了里边，大家落座。刘荣取出龙票王谕以及束帖，令知县观看。那知县问道："这位达官，您贵姓？"刘荣说："我姓刘名荣。"知县说："但不知哪位是李翠、云龙？"刘荣说："他二人追下盗宝之贼，留下我二人等候知县。贵县贵姓呀？"知县说："下官姓清官印清廉。"刘荣道："县太爷既然到了，甚好。那么此地之事，就全交与阁下啦。我还要追李翠、云龙去啦，因为他二人艺业浅薄。"说完又将龙票王谕等收了起来，又说："贵县您替国家出力吧，我二人走啦。"说完话，将石禄带走。

不言知县办理独虎庄之事。如今且说，刘荣将石禄带到高升店，伙计说："您二位做什么去啦？"刘荣说："我们爷两个，给这一方除去一恶霸，将独虎庄扫灭。"又对伙计说："你去告诉他们，谁要是在独虎庄内有房的主儿，可以拿房契领房去。那里有县署的人在那里照管，我们就不管啦。"伙计说："您贵姓？"刘荣说："我姓刘名荣，他是我一个把侄，姓石名禄。依仗他一对短把追风铲，横练三本经书法，周身善避刀枪。"伙计说："达官您把为首的拿住了没有？"刘荣说："业已将为首的治死啦，手下的四散奔逃。"伙计一听，双膝跪倒，口中说道："我这里谢谢二位侠客爷。"刘荣用手相搀，说："你起来吧，快去与我们打盆脸水。"伙计答应，起身而去。他叔侄进到屋中。少时打来脸水，又沏来茶，坐下喝茶。刘荣问道："伙计，你们这里有杂货铺子吗？"伙计说："有。"刘荣取出银两，出去买来两身衣服，二人每人一身。又问伙计说："你们这一带，可有沐浴堂。"伙计说："有，您没有看见吗，在我们对过，永林沐浴堂。"刘荣便带石禄，叔侄到了那里，沐浴更衣，两身带血迹的衣服拿了回来。刘荣说："伙计，你将两身衣服拿去洗一洗，自己留穿吧。"店里伙计当时谢过。刘荣道："我们沐浴身体，可给他多少钱呀？"伙计说："二位侠客爷，那您就不用管啦，我们就给啦。"刘荣说："好吧，那你赶快与我二人预备酒饭。"伙计答应。当时出去，工夫不见甚大，叔侄吃酒。吃喝完毕，说："伙计，店饭账钱，算到一起，共合多少钱。"伙计说："侠客爷您不管啦，现在有位庄主爷，已将店饭账钱全给啦，外赠给你一匹马。"刘荣道："此位贵姓高名，你快将此位请来。"伙计说："你在此等候，待我去请。"说完，他出去到了街当中路北，将贺员外请来。一进院中，伙计就大声说道："刘达官，我已将我们庄主请来啦。"刘荣忙转身往外迎来。只见这位老员外站在院中，慈眉善目，须发皆白。连忙抱拳拱手，说道："这位员外，您往里请，咱们到屋中再叙。"说话之间来到了里面。贺老员外问道："这位达官您贵姓呀？"刘荣通报了名姓，说道："员外，您为什么替我们还了店饭钱，又赠马匹。我与你素不相识啊。"贺员外道："刘达官，您有所不知。只因有许多的镖车全都绕着走，不进我们庄村啦。您去跟各镖局打听，我姓贺名瑞，字沐芳。不论哪一路的镖车，要从我们庄路过，我都要请到庄中待酒大家镖行赠找我一个美号，人称贺百万。我今天听伙计说，您两位扫灭独虎庄，给这一方除去大害，我们感激非浅。我已将住店饭账全候啦，请您将马收下吧。"刘荣道："贺老员外，您候了店饭钱，我倒依实了。您可将马拉回去吧，我在镖行跑腿不用马。"遂叫石禄道："玉篮呀，上前谢过员外。"石禄说："老头儿，我这里谢过您啦。"刘荣道："伙计，店饭钱，这位老员外已然给啦？"伙计说："不错，老员外已然给过啦。"刘荣说："好，那么你将那钱交与账上。"说着伸手取出一锭黄金来，说道："这个小意思，是给你们买包茶叶喝吧。"伙计急忙出去，叫进杂役人等，一共六名，大家上前谢谢刘达官。刘荣说："你们不用谢啦。玉篮呀，赶紧将马匹备好，咱们这就得起身。"石禄答应，当时出去将自己马匹备好，又将皮褡子搭在马的身上，站在院中，说道："荣儿，咱们走哇。"刘荣一看，东西物件不短。贺老员外道："您二位可以在我们这里住个三天五天的，再走不迟。"刘荣说："不必啦，我二人有紧急事在身。"说着，他二人往外走。那贺老员外以及伙计人等，往出相送。到了太平堡东村头以外，刘荣向众人一抱拳，说："列位请回吧，送君千里终有一别，咱们改日再会吧。"

刘荣带走石禄，一路之上，饥餐渴饮，非止一日。这一天相距何家口约有几十里地。刘荣说："玉篮呀，咱们快到啦，可以连夜往下赶吧。"石禄道："夜间走，吃什么呀？"刘荣道："我给你买点熟食。"石禄说："咱们怎么不住店啦？"刘荣说："店里头爬爬太多。"石禄道："爬爬用手一按就死啦，味臭，味臭。"他们说的是臭虫。"那么马儿吃什么呀？"刘荣道："往往有这么一句话。"石禄说："王八什么话呀。"刘荣道："不是王八有话，是往往有这么一句话，说的是人不得外财不富，马不吃夜草不肥。"当下二人一边走，一边闲谈。一路之上过了许多大小村镇。刘荣心中急躁，恨不能一时到何家口才好。天时已晚，石禄说："我饿啦，怎么办？"刘荣便给他买了点馒头饼等，他在马上吃，刘荣在地上走着吃。叔侄一直走了多半夜。一听四外梆锣声音，已来到何家口西村口。刘荣道："玉篮你下马吧，到了何家口啦。"石碌说："不用，我今天可累啦，马可不累，我不下马啦。"刘荣一听，忙上前将马的嚼环拉住，长叹一口气。石碌说："荣呀，你干么唉声叹气的？"刘荣道："我与你舅舅单鞭将马得元，又与你爹爹圣手飞行石锦龙，陆地无双石锦凤，万战无敌石锦彩，银头皓曳石锦华，我弟兄全是神前结拜，没想到我刘荣为镇天豹子李翠、追云燕云龙寻找宝铠，给这个孩牵马坠镫。"说着，拉马匹来到衬内，听见前头有人说话，离切近一看，是吉祥店老家人何忠。原来何忠手拿扫帚，正在那里扫街啦。刘荣说："前面老哥哥何忠，早就起来啦。"何忠抬头一看，见是刘荣，遂说道："我昨夜一夜没睡。"刘荣道："你为什么呀？"何忠道："刘爷，您把石禄请来啦吗？"刘荣说："我已请来啦，你往马上瞧。"老家人何忠往马上一看，那马上有一猛将，忙将扫帚放在就地，来到刘荣面前跪倒，说道："刘爷您受我一拜，我替我们主人在您面前请罪。"刘荣道："何必如此呢。"何忠道："此地不是讲话之所，您请到里面，老奴我有细事回禀。"石禄翻身下马，何忠拿起扫帚，开了店门，三个人进店。早有店里伙计将马接过，涮饮喂遛去了。当时石禄拿着皮褡子，跟随何忠来到了屋中。刘荣一看北上房中一个人没有，可是明灯蜡烛。刘荣忙问道："何忠，这是怎么回事呀？人全哪里去啦？"何忠道："刘爷您要问，这里有这么一件事。"

原来，自从刘荣走了之后五六天，四小将回来了。水中蛇谢斌、独角蛇谢亮、水豹子石俊章、翻江海龙神手太保何斌，由正北黄龙岭回头，车辆马匹一进何家口东村头，来到街的当中间祥平店门前，有伙计在门前站着。看见他弟兄回来了，忙上前迎接，说道："少达官爷您回来了，一路之上多受风霜之苦。老达官有话，叫你们诸位回来，车辆马匹全卸到祥平店。"哥四个下马，这才将马匹交与了伙计，拉去涮饮喂遛，暂且不提。他弟兄四人要往里走，何斌问道："伙计，什么人住在吉祥店啦？"伙计道："李翠、云龙。"何斌说："李翠、云龙，他们为什么占官店呢？"伙计说："我不知道，您请到里面自然知道。"弟兄四个人便奔吉祥店。何斌上前叫门，何忠将门开了，一看是他弟兄，遂说："少达官回来啦，您到上房看看去罢。"小哥四个便到了上房，何斌一见宋锦、赵华阳，急忙上前跪倒，说："宋大叔，赵二叔，您二位大喜啦。"宋锦说："我喜从何来？"何斌说："我二叔偷花戴花，江湖里头让你们弟兄八位成名，是我二叔献一手绝艺，您八位一齐佩戴守正戒淫花。"宋锦道："孩儿你不喜欢吗？"何斌说："二位叔父，咱们大家同喜，可是您戴守正戒淫花，您知道宗旨吗？"宋锦心中所思，还是在外保镖，能长经验阅历，听保镖老达官说过，那二老讲过，天上无有，地下无双，才能配戴戒淫花。遂说道："我听三老所说，戴花不采花，采花不戴花。戴花若采花，必死乱刃下。这守正戒淫花的宗旨，就是这个。"何斌点了点头，心中所思，八门的头一门，金针八卦左云鹏，乃是世外的高人，镇江南的剑客，祖居河南聚龙庄北门内路西，紫云观观主。一针定八卦，分为八八六十四门。人家是八门头一门。想到此处，忙把他们三人叫进来，上前与二位叔父见礼，给一致引，给李翠、云龙行完礼。何斌看他二人面带愁容，忙上前追问前情。李翠、云龙就将入府当差，丢失宝铠之事细说一遍。何斌一听，当时气得浑身乱抖。何玉说："儿呀，你不要生气，事宽则圆。丁银龙也说道："孩呀，由我随你二叔，探一次屯龙口，那恶贼普莲会跟我翻了脸啦。幸亏你二叔跟了去啦，他不去还真糟啦。现下你刘大叔上了夏江石家镇，请石禄去哪。你们哥四个回头，叫咱们一齐在店中等候。"何斌说："非得等我大叔将我石大哥请来。倘若他不出世呢，那咱们宝铠就不用要啦？"丁银龙道："何斌，皆因那山上有走线轮弦，武勇绝伦。恐怕大家入山涉险，这倒是刘荣的一番好意。"何斌道："那么我刘大叔将我石大哥请来，他就不怕吗？"丁云龙道："那石禄他横练三本经书法，刀枪不入。"何斌说："伯父，我弟兄回来，一路劳乏，趁此机会我们休息个三天五日的，暗中算等我刘大叔。"李翠道："何斌呀，那王谕束帖等，全叫刘荣拿着呢。"何斌道："您拿着王谕，您可曾到济南府挂号了吗？"李翠说："我倒是挂了号啦。"何斌又问："秀水县您挂了号了吗？"李翠说："也挂了号啦。"何斌说："挂了号就得啦，那我们去歇息去了。"四个人退到后面，直过了三天。

到了第四天头上，早饭吃完，大家落座闲谈。何斌道："上至我伯父，下至我几位叔父，咱们可以到院中，过一过兵刃。今天晚上咱们夜奔屯龙口打虎滩。我跟我爹爹学的这口砍刀，我要会一会普莲，拿着了他，要给我丁大伯父报仇雪恨，得回宝铠，要搭救我二位叔父满门家眷。"旁边何忠说道："少达官，您可要慎重，千万不要艺高人胆大。那普莲是西川下三门的人，手段毒辣。"何斌道："何忠啊，我是主人，你是主人？"何忠说："少主人，您是主人，我是奴才。"何斌说："我父亲爱才，这才用你，有事问你再说。我们大家讲话，何忠你在旁答言。你要是再多言多语，小心在我的刀下做鬼。"老家人何忠一听，吓得颜色更变，诺诺而退，不敢答言。丁银龙说："侄男何斌，咱们再等个三两日再说。"又等了三天，刘荣、石禄仍无音信。何斌说："明天咱们吃完早饭，大家过一回军刃，晚上我杀奔屯龙口。"第二天吃完早饭，每人全过了家伙。天到大平西预备晚饭，众人吃喝完毕。何斌道："众位伯父以及列位叔父，赶紧将东西物件拿齐。老哥哥何忠，你看守店口。会水的将夜行衣包水靠拿好。其余的列位，拿好军刃暗器、夜行衣包。"当下何玉、何凯、丁银龙、李文生、宋锦、赵庭、李翠、云龙、谢斌、谢亮、石俊章、何斌，众人往外。何忠将店门开开，说："列位达官，您到了那里，可千万要仔细留神。"丁银龙说:"不用你惦念,好好的看守店房吧。"众人是每步加三分,来到屯龙口西山坡。一看无有隐藏之处,绕到南山口平川之路。丁银龙道:"这个地方别走,他暗藏走线轮弦。"

众人便来到东边山树林之中,大家一齐坐在地上。耗到天晚,山上梆锣齐响,也就在定更天。何斌说:"列位,咱们大家收拾吧。"众人探兜囊取白布捻一撮卷啦,打火折子一点,着啦,化点烛油,贴在树木上啦。江湖人有点灯亮,瞧什么也能看得清楚。大家忙脱下白昼衣服,换好三排通扣夜行衣,寸排乌木纽子,兜裆滚裤,上房的软底鞋袜,围打半截的鸡爪花布绷腿,绒绳十字绊。脱下来衣服包好,抄包扎腰,紧衬利落,抬胳膊踢腿,不绷不吊。刀插背后,明露刀把,手帕罩头,地上物件不短,将白烛捻吹灭放在囊中。李文生取绒绳将甩头拴好。大家到了林外,向山坡走来,到了那群墙之下。何斌说:"列位老人家闪在一旁,待我先上去。"说话之间,伸手取出绒绳,抖手扔上去,抓住墙头,两双手紧倒换,双足踹墙,如走平地一般,直到了上面。左臂一挎墙头,往下一看是黑洞洞,并无人声。忙伸手取出问路石,犬吠声音没有。遂低声说道:"列位老人家随我来。"何玉道:"上边没有走线轮弦吗?"何斌说:"没有。"大家人等这才纵身形,一齐到了墙头之上。何斌摘下抓江锁,大家一齐下来,到了墙里。何斌伸手亮刀,向众人说道:"大家千万的留神,我左臂一抬,就要站住。"正说之间,往前一迈步,踏上铜弦,扫堂棍打来。何斌忙用刀支住,身子向后再退,就听咯噔的一声,那走弦向东去了。东边梆子声响,出来许多喽兵,各抱弩箭匣。

原来,自从丁银龙二人走后,那普莲就作了准备啦。两个首领带了二百名喽兵,暗伏在各处。今夜走弦一响,知有奸细到了,所以全出来了,便向众人放箭。何家口众位用刀拨打弩箭。何玉道:"儿呀,咱们这便如何是好?往里去吧,竟是走线轮弦,此地又有弩箭。这可如何是好?"大家人等在墙里面,正在着急,那两个首领手打梆子催兵，放箭正紧。就听墙头上有人从鼻子眼里一哼哧。这二人翻脸往墙头上一看，说道："墙头上是我二哥鲁清吗？"上面答应道："不错，正是我。你们是林贵茂吗？"二人一齐答言道："正是我二人。"鲁清一听便跳下墙来，说道："你们二人要反呀？我不是把你们荐到青州府东门外路北三元镖店，怎么会来到此地呢？"林贵道："二哥您不知道，提起来话太长啦。我们哥儿俩对不起您。那镖行三老，看在您的面上，对我们很看重，给我们二人一千两银子，给东昌府西门外单鞭将马德元家中送去。另外给了我们一百两盘用。我二人穿城而过，那时心中一喜欢，进了酒店，喝得大醉，给了酒饭钱，出了酒店，往西到了赌博场，去赌金银。一千两银子转眼之间输了个精光。我们二人了没脸去见单鞭将马德元，只好在树林子闲逛。幸亏那一百两银子的盘用还没输掉，我二人才不至于挨饿受冻。"鲁清说："你们二人来得正好。"就叫林贵、林茂跟何家口众位一块用刀拨打弩箭。众英雄且战且退，弩箭倒是没伤着谁，可是那走线轮弦躲了这边的，又碰上那边的，连个贼人的影儿都没看见，已有好几位身上带了伤。眼看天快亮了，何斌一看不妙，赶紧顺原路回到屯龙口东山树林中。老少众位伤势不重，就连夜返回何家口。老家人何忠一看众人无功而返，也顾不上埋怨何斌冒失了，赶紧叫人取出刀伤药，给带伤的上了药，又安排老少英雄洗漱吃喝。

过了几天，何斌见老少众位伤已治好，养足了精神，就又要攻打屯龙口。真是江山易改，禀性难移，何斌就是这样性烈如火。叫他这么一鼓捣，众位英雄又去夜打屯龙口。当下何斌、何玉、何凯、宋锦、赵庭、林贵、林茂、鲁清、丁银龙、李文生、李翠、云龙、谢亮、石俊章又来到屯龙口。上一次吃了走线轮弦的亏，这一次你倒提防着点哇。偏偏又踩上了消息，一时间扫堂棍左右轮番抽打，弩箭赛如飞蝗。工夫不大就接二连三的倒下好几个。只得搀扶着带伤的，二次退回何家口。到了店门口，何斌才知道刘荣已请来石禄。刘荣一见何斌、谢亮、谢斌、石俊章，就知道是这四个小子不听何忠的良言相劝，冒险攻山，一生气到里边坐着，关上了门，不理这四个人。还是老家人何忠心眼好。他对鲁清等人说："你去叫何斌他们四个人在这边蹲着，然后咱们请出刘荣来，叫他四个人与刘荣赔罪。"大家说："好。"那何忠到了屋里见刘荣，说道："刘爷您大喜啦？"刘荣说："我喜从何来？"何忠说："大家全来啦。"刘荣一听，连忙跑了出来。大家遂说："我们大家有罪了。"刘荣道："岂有此理，不用客气。你们大家攻山的心盛，总是为得回宝铠，救的是李翠、云龙。"众人这才同他往里，刘荣过去挽起他们小弟兄。大家到了屋中，一看石禄哇，原来是浑小子一个，长得凶猛。当时有认识的见礼，不相识的有人给致引。此时石禄与大家送外号，管丁银龙叫大厨子，管李文生叫人脑袋，管何玉叫人何，何凯是二何，何斌是小何，管宋锦叫大肚子四，管赵华阳叫小脑袋瓜，管林贵叫贵儿，林茂就叫茂儿，鲁清叫大清儿。刘荣便问大家的情形，众人便将入山的情形一说，以及鲁清怎么样解的围。刘荣道："很好，大家虽然涉险，并没伤人，这就算是便宜。"鲁清道："刘大哥，您与我请来拐棍来啦。我说话他懂，他说话，我能顺着他的话音，往上讨。"刘荣道："石禄说话，是天真烂漫，出口也实在难听。"鲁清道："石爷您做什么来啦？"石禄道："有荣儿上我们家去啦，跟我老娘借人去啦。我老娘就把我借给他啦，上这里叫大何带着，上口子把莲拿住，把宝铠拿回。做官八百品，银子八抬筐，好养活我老娘。"鲁清一听，万恶淫为首，百行孝当先，遂说道："你们爷两个，走了一夜啦，我们大家也累了一夜啦，咱们一齐歇个三天五天的。有受箭伤的，好好调养调养，再攻山不迟。"大家说："好吧。"展眼过了四五天。这一天早饭之后，鲁清问那受弩箭伤的："全好啦？"受伤的说："好啦。"鲁清说："咱们谁使什么家伙，咱们可以过一过。"当时众人过完了军刃，在店中睡了一会儿。天色晚，吃喝完毕，大家由店起身。鲁清说道："师哥这一对铲，是他自己拿住，还是有人给他拿住呢？"石禄答道："我自己拿着吧！有绳子没有呢？"何斌说："有绳子。"石禄说："你拿来我瞧吧。"早有人将捆镖车的绳子，拿了一根过来。石禄将一双铲勒到了背后。何斌一看他背好了，不由一声叫，遂向鲁清道："鲁大叔您看，一会儿见了普莲，刀法慢了还受伤啦。如今他这样怎么往下拉呀？"鲁清说："待我问问他。"遂说道："石禄，要见了普莲，这铲怎么往下拿呀？"石禄一听，忙双肩一抱，运用三本经书法，哼了一声，周身绳子满折，双铲垂落在地。石禄说："你们瞧这够多么麻烦，还有绳子没有？"当时又给他拿出一条绳子来。鲁清道："你将大家先拿下来。"石禄说："对啦，清呀，你要不说，你要不说我还是真忘啦。"说着便将大氅取下，将双铲往后一背，何斌给他结好。鲁清道："咱们大家全把名字写好，要不然到别里不知全有谁。"大家答应，写完之后，收拾紧衬利落，这才一齐往外。何忠将大门开开，何玉等众人到了外面，他将何润叫了前来，说道："你可以在门外，看守门户。"何润说："我也随兄长前去。"何玉说："你不用去啦，就在家吧。"何润点头，大家人等这才出了东村头，扑奔屯龙口。

　　绕到两边山，到了松林，当时进入林中。有坐着地上的，有站着的，为的是耗到天黑。少时天黑，就听山上梆锣齐响，定更天，众人各自取出白蜡捻儿，用火折子点着了，站在树林里面，各自换好夜行衣。鲁清说："列位，千万先将虎尾棍的环子，全用绒绳捆好。"低头一看，地上一件东西不短，将白蜡捻取下收好。鲁清道："咱们此次入山，叫石爷在前，我在他后边，你们大家全在谢斌、谢亮、石俊章、何斌、林贵、林茂他们后面。我到时候要是一扎煞二臂，你们可就站住。谁要越过那一位，死在走线轮弦上，那可死而无怨。"众人点头，大家出了松林奔山坡而来。鲁清抬头一看群墙，墙头之上有滚檐坡龙砖，外头出来八寸的瓦檐来。鲁清说："列位，上面可有走线轮弦啦。"大家连忙点头。鲁清说："石禄你上去吧。"石禄说："我不上去。

这个泥马我可不去。"鲁清说:"这里头有莲花,莲花在里头啦。"石碌说:"这里头莲花多吗?"鲁清说:"里头多,都拿着拉子啦,是莲花都要拉我。莲花里头有老王那个铠儿呀。你要将莲花拿住,把铠得回,见了老王岂不做官吗?石爷,大家都得吃你呀。"石碌说:"大伙都吃我,是我养活的。你们全怕拉子,我不怕,我结实。这个泥马不老实吧。"鲁清说:"老实。"石禄说:"好,待我上去。你们大家可往后退,上头要嘎吧噔哧,留神咬你们。"众人这才往后。鲁清离开他也有一丈七八,再从墙里发出什么暗器,也够不上啦。石禄这才纵身形上墙,左胳膊一挎墙头,攀檐往里一滚,檐里出来冲身毒药刀,来扎石禄的右肋。石禄说:"你们可先别上来,有拉子。他通窗户啦。"鲁清说:"什么通窗户啦?"石禄说:"是拉子。"鲁清说:"你把它拿下来我看看。"石禄说:"我要把它拿坏了,莲要我赔啦。"鲁清道:"他叫赔,是我叫你拿的。"石禄说:"莲要叫我赔,清可说,大清叫我拿的。"鲁清说:"对啦,你就往我身上推。"石禄说:"那么莲要打你啦。"鲁清说:"他打我,你就说大家都是我养活的,你管我呀。"石禄说:"对啦,大清是我养活的。谁要打大清,我打谁。"鲁清说:"对了。你倒是上去呀。"石碌这才用左胳膊挎好墙头,右手攥住了刀。一用力将刀弄折,扔在地上。鲁清晃着火折子猫腰捡了起来,令大家观看。

众人一看此刀,足有一尺二寸长,刀苗子足有九寸五,刀尖上红锈不少。原来,那全是毒药喂好了的,从刀把往后不远,全有一个个小窟窿。鲁清忙将此刀插在墙根底下,用脚往下一踩,将刀入了地啦。向石禄说道:"你将它骑上。"石禄道:"我骑上它跑吗?"鲁清说道:"你骑上它就跑。"石禄这才一跨腿骑好了,那滚砖来回摆悠。石禄说:"这个泥马竟活动不走,叫拉子直咬我。"鲁清说:"你先把那个拉子全拿下来。"石禄答应,伸手全给拿了下来,将刀扔在地上,说道:"大清,你叫我拆,我可就拆。莲要是问,我就说,大清叫我拆的。"鲁清说:"你将瓦鞍子给他拿下来。"石禄答应,一用力便将滚瓦给坏了，扔在外面。石碌一掀滚瓦，说："嘿，大清，这个瓦有牙呀，咬人。"鲁清说："扔下来我瞧一瞧。"扔下之后，猫腰拾了起来一看，原来是竹瓦所制。石禄在墙上道："嘿，这里有个大窟窿。"鲁清道："你往里边看一看，有什么没有。"石禄伸手往里一摸，说道："里边有一根筋。"鲁清说："你赶紧掀它，北面拴着太岁啦。"石禄便用手一拉，当时将铜弦掀折啦。鲁清一看上面的滚瓦不动啦，他伸手取出拦江索抖了上去，抓住墙头，不动啦，这才顺绒绳上前。此时大家也跟了上去。众人到了墙上，鲁清等大家下墙，说道："咱们大家必须向一丈二外边纵去，可以高枕无忧。"大家答言，便一齐的飞身跳下，全有一丈开外。石碌也随着下来，会合在一处。石禄在前，鲁清在后，大家又跟着在后。石碌往前一走，脚上一掀，扫堂棍到。鲁清便一扎煞双臂，大家连忙站住。何斌说："鲁大叔，头一次我们来的时候，就遇见过扫堂棍啦。"鲁清道："石禄，你把他揪起来，这个木头棍，跟我有交情，使劲揪。"石碌一听，猫腰揪住一拉，嘎吧一声，将弦揪断，棍已破啦。大家再往里走，二道轮弦是串地锦。鲁清叫石禄一猫腰，将串地锦给揪了起来。石禄一看，说："好一个大蜻蜓给飞了。鲁清叫他使劲揪，当时便将铜弦揪得串地锦完全废啦。石禄来了个大坐墩，坐在堆里。石禄道："清儿呀，你得赔我。"鲁清说："赔你什么呀？"石禄说："你得赔我屁股，我屁股两瓣了。"鲁清道："谁的屁股全是两半的，别废话，咱们走吧。"石禄说："你的屁股就是整的。"鲁清说："除去狗豆子，竟吃不拉。"大家一听，鼓掌大笑，石禄这才往前再走。

鲁清走了不远，看见前边一片木猴，也有躺着的，也有站着的，等等不一。鲁清说："你过去把它搬过来。我叫它给你来个蝎子爬。叫它给你推个小车。"说着一扎煞二臂，说："列位往后，这是木猴阵。"石禄往前一走，脚蹬上弦，那猴味的一声，就奔石禄而来，伸拳就打。石碌忙用手一拦，右手抄着猴胳膊，嘎吧一声，竟给拿了下来。

他一抬脚，那猴又回去啦。石禄道：“大清你看，这不是真猴，是木头的，这里还有拉子呢。”鲁清说：“待我瞧一瞧。”说着伸手接过来：“你看，原来猴的指甲全是牛耳尖刀，用毒药喂好了，打得如同手指一样，厉害无比。”鲁清又说：“石爷，你看那边那个可是真的，你过去看看去，将它抱过来，可千万别把它窗户凳儿挟折了，折了它就睡啦，没人跟你练了。”石禄说：“好。”忙往前一上步，那猴就扑了过来，使了一手白猿献桃，向他打来。石禄身形一矮，使了一手野马分鬃，将猴双臂支了出去，往下一按，一进身将猴腰抱住，说：“你过来吧，小子。”木猴往下一弯腰，石禄一用力，咯吧一声响，铜弦已断，那些个猴全倒下了，木猴阵破啦。鲁清一看，说：“得，木猴全睡啦，没人跟你练啦。”石禄一气跳在当中，便将那些猴儿全给毁坏。大家人等过了木猴阵，再往前去，便是一片水。鲁清说：“石爷，前边可是有了水啦。”石禄说：“小子，我的鸭子渴啦，他要喝水。”鲁清忙问刘荣，说道：“他会水不会？”刘荣说：“这一层我倒不知，莫明其妙。”就见石禄来到河边，噗的一声跳下去啦。众人一齐乱叫石禄。林贵、林茂说道：“这水里可有走线轮弦。”刘荣一听，伸手拉刀，说道：“普莲呀，今天不能报仇，来生来世，也要报此仇恨。我在石家镇夸下海口，说他有舛错，我以人头相见。如今他下了水，不知生死。”吓得水中蛇谢斌说道：“待我换好水衣，下去看一看去。”说话之间，他下水中一看，当时便吓了身冷汗，原来水中一盘一盘的搅轮刀，很是稠密。谢斌忙上来了，说道：“列位叔父伯父，水中搅轮刀稠密，你我大家难以下水。”石禄在里面已将刀统盘毁破，来到西岸。石禄上了岸，说道：“你们大家在那里叫什么？”大家说：“打鬼打鬼。”石禄说：“你们在东边，我一人在西边，干吗嚷打鬼呢。”鲁清说：“你是活人吗？”石禄说：“我是活人。”鲁清说：“那么你说一说，你家住哪里？”石禄说：“我姓走叫走二大，大府大县大村子。”鲁清说：“你满口里乱道。”石禄说：“满口里放炮。”大家说：“你必须说你的真名实姓。”石禄这才说出真名实姓。林贵、林茂说："二哥，您叫他往北走，那北边有独龙桥，西岸有一个石头桩儿，在那下边有一个大铁环子。叫他拉起环子，套在那石头桩上，咱们大家才能过去。"鲁清一告诉石禄，石禄说："没有石头桩。"林贵用手一指道："您看那不是吗？"鲁清说："你知道是叫石头桩，你知道他管它叫什么呀？"遂说道："石禄你往北走，我告诉你就是。"石禄走了不远，到了石头桩旁边，鲁清喊道："站住。"石禄就站住了，鲁清说："你低头看，那不是石头桩吗？"石禄道："这叫石头孩。"鲁清说："对啦，在那石头孩下边有个环子，你把它拉起来套在石头孩头上，就行啦。"石禄说："好吧。"他对石头说："孩呀，你要勒脖子跟我说。要嫌勒得慌，我再给你摘下来。"鲁清说："你把双铲拿起来，往南。"石禄答应，真往南去了。走了有一箭之路，鲁清令他坐下，他面向北将双铲放在就地，坐在双铲之上。鲁清道："诸位，咱们可以从独龙桥上过去。"林贵说："列位随我来。"大家一齐到了桥边一看，原来有两根锁练子，挂在两岸的石头桥上，要不然过不去。众人来到了岸边。林贵说道："咱们大家过桥可以，千万的越快越好。"又叫林茂把守东岸，鲁清在头前引路。众人一上桥，那铁练子套着石头一响。石禄以为是石头孩说话，他往这跑，口中问道："我给你摘下来吧。"鲁清一听，说："咱们大家赶紧走。"众人遂来到西岸。再看石禄上下无根线，鲁清说："石禄你的衣服啦？"石碌说："我的衣破了，全叫莲弄的鬼拉子，全给我吃啦。我要是找着了太岁，非叫他赔我衣服不可。"石禄又问："大清，你认识太岁那里吗？"鲁清说："我认识。"石禄说："你认识，带我走，咱们找他去，叫他赔我衣服。"鲁清一看那山坡，是逢高就低，顺着山坡盖好了房屋，遂说道："林贵呀，你把守此西岸，叫你兄弟把守东岸，这边是一个人也别放。"林贵这才把守西岸。鲁清问道："哪一位认识大厅？"丁银龙道："我认识大厅，这里是我盖的。"说着往前而走。鲁清说："还是诸位在我身后，叫石爷在前引路，防备有走线轮弦。"丁银龙在后面指引说："从此往北往西，就赶奔了大厅。"大家这才一齐到了山坡，顺路往西，这才来到了大厅，围大厅绕了一个弯儿。鲁清道："何玉、何凯、石俊章，你们爷三个在东房上，千万别动。宋锦、赵庭、谢亮，你们三位在北面。刘荣、李文生、谢斌，你们三位在西面。我与丁银龙、何斌三人在南面。石禄你提双铲，往里走。"当时石禄答应，提军刀往里而去，刘荣他们众人，各自飞身上房。那石禄刚一到屏风门，就听里面有人说话。按下不表。

且说那门里的狠毒虫黄花峰说道："兄长，您那年与江南蛮子赵庭，为一件小事，与他们为仇。我这两天，因为他们将林贵、林茂带走，不知又生出什么事来，所以我心中很是耽惊。咱们山上的出入之路，他二人是略知一二。他要归到何家口，对他们一说，难免带他们大家再次攻山，那就会如探囊取物一般。"普莲一听此言，哈哈大笑，说道："列位宾朋，休道我是夸口，谅他们外边有雄兵百万，也进不来。"正说着，看见从外边进来一人，连忙使百步吹灯法，将灯吹灭，说道："大家收拾了。"当时众人归着齐啦。普莲在屋中间道："院内什么人？"石禄道："我乃走二大。说话之人是莲吗？"普莲说："正是你家太岁爷，金花太岁普莲。"石禄说："你是莲花的头吗？"普莲说："正是你家大太爷，山上头把交椅。"石禄说："小子你出来呀。"普莲在屋里这才推簧亮刀，伸手摘下竹帘，卷在一处，抖手一扔，随着人就到啦。石禄见黑忽忽来了一物，忙用左手掌往外一豁，将竹帘支了出去。普莲见他将帘子支出去，摆刀刚要刹。往四外一看，房上人全满啦，连忙将刀往怀中一抱，丁字步一站，不由心中想道：外边有那走线轮弦，全拦不住大家。就听南房上丁银龙说道："列位您看，在院中怀里抱刀的便是金花太岁普莲。"那房上镇山豹子李翠一闻此言，摆军刀就下来了，说道："石爷你且闪开了，我见了盗宝之寇，焉能叫他逃走。"普莲轧刀一站，问道："对面什么人？"李翠道："正是你家健将首领镇山豹子李翠。你我二人素日无仇，你为何害我弟兄二人？"

普莲说："我为斗一斗江南蛮子赵庭。"李翠说："你将宝铠双手献出，你再去找赵庭，与我们无干。"正说之间，那北屋中有人说："普寨主，你闪开了，今天咱们有一场血战，叫何家口的群贼，一个也休走。"普莲往旁一闪，当时跳出一人，乃是叶秋风，遂道："老哥哥您多要留神。"又命人将院中灯光掌好，又说道："列位呀，我的老哥哥要是不成，我另有办法。"原来他暗有准备。叶秋风道："既来之则安之，咱们大家不能群殴。不论哪一位，若将我踢一个跟头，我情愿将宝铠双手奉献。"李翠说道："来者可是叶秋风？"叶秋风道："不才正是某家。"李翠说完，举刀就剁。叶秋风往旁一闪，横刀质风扫月。叶秋风往下一坐腰，用刀背一拦他的刀，往外一豁，刀再往里走。李翠也一坐腰。叶秋风看他这样，他一立腕子，往下就剁。李翠往旁一闪，叶秋风用左膝盖找右腿洼双腿一跪，那磕膝弩就打出来啦，奔李翠哽嗓。只听咯吧一声响，不知李翠的性命如何，且看下回分解。

第十回

中三亩园应誓拿普莲　八贤王贺号石禄得马

　　话说叶秋风与李翠对了面，刀里加镖，直奔李翠的咽嗓打来。李翠一见，急忙一甩脸，左边耳朵上就打上啦。忙往后一倒步，将镖拔下。叶秋风就是这一样好，他打的暗器，是全不喂毒药。丁银龙上前说道："李贤弟闪开了。"到了前面亮金背砍山刀，问道："对面可是八臂哪吒叶秋风吗？"叶秋风道："既知我名，何必多问。你报上名来。"丁银龙道："我姓丁双名银龙，外号人称神偷小毛遂的便是。"说完举刀往下就砍，叶秋风往旁一闪，用刀急架相还。二人当时杀在一处。真是棋逢对手，将遇良材。说的慢当时快，那普莲心中暗想：丁银龙刀法实在是高，我那老哥哥不能取胜，我必须注意与他。叶秋风一见，尽找那空子，好打暗器。无奈丁银龙看的太严，不容工夫。二人打的工夫大了，叶秋风虚点一刀往北就跑。丁银龙执刀一追。叶秋风脚下一滑，趴伏在地，连忙刀换左手。丁银龙赶奔上前，连肩带背就砍下来了。那叶秋风的这一手名为卧看巧云锁喉镖，就听他说"着"，镖就打了出来。丁银龙一看实在躲不了啦，用左胳膊一挡，那镖正扎在胳膊肘上。丁银龙身带重伤，往旁一闪，那何玉就到了。何玉扎刀说道："胆大的叶秋风，你用暗器伤了我的拜兄，我焉能跟你善罢甘休。"叶秋风道："何玉，我与你乃是对头冤家。"说完，二人杀在一处，就在三四个回合，叶秋风左手一晃说："你看你家大太爷的暗器。"何玉往上翻脸一看，什么没见。那叶秋风的刀往下一沉，就向前扎来。何玉躲之不及，就在左边大腿上中了伤啦。何斌一看就急啦，急忙提刀来到阵前，他要替父报仇。叶秋风问道："对面来者什么人？"何斌道："你可是老儿叶秋风吗？"叶秋风道："正是你家老太爷。"何斌说："在下姓何名斌，外号人称翻江海龙神手太保，特来替我父报一镖之仇。"叶秋风刚要上前动手，那后面有人说："老人家先行闪开，待我叶德治他。您连胜三阵，必然累啦。老不讲筋骨为能，英雄出在少时，您给我们观敌掠阵，待我大战于他。"说着话摆朴刀上前动手。正南鲁清说道："孩儿呀，你可多多的留神，此贼可太滑。"原来鲁清有见面知其心的聪明，他一看就知道此贼奸猾。何斌道："老人家休要夸奖他人，量他小小狗子，有何能为，何必挂在唇齿。"又说道："叶德小辈，你将朴刀扔在地上，待我将你人头斩下，好报那一镖之仇。"说着话就要动手。那叶德焉听这一套，他举刀上前，左手一晃，右手刀砍来。何斌一见，急忙往旁一闪身，他刀就砍空啦。何斌托刀往里一扎，叶德往后一坐腰，二人打在了一处。叶德拿起朴刀来砍他的下三路。何斌长身就纵起来了，双手抱刀往下一劈。叶德身子一转，就躲过此刀。何斌跟身一步，反臂撩阴刀，往里一滑，口中说："小辈，可要小心你的左臂。"那叶德急忙往里一收左臂，稍微慢一点，刀尖就在他左臂上划了一道大口子。当时他带重伤，败回本队。

那八臂哪吒叶秋风大声说道："列位，大家可千万别过来，这个小畜生何斌，杀法特骁勇，待我战他。"说着话来到近前，举刀就剁。何斌见刀到，往旁一闪，当时二人杀在一处。何斌的刀正拦头往里走，叶秋风往下一坐腰，用刀背磕他的刀背，呛啷一见响，他用刀往出一撤，刀已撤出，但镖也已打出。何斌倒是躲过刀啦，那镖没能躲避，便打在他左胯骨上。自己忙将镖起下，扔在就地。谢斌赶奔上前。石禄答言，说道："斌跟亮，你们全别过去啦，他拿冰钻把小何钻啦。叫他钻我。"说话之间，摆双铲来到当场说道："对面老排子，你用刀扎人，用竹签钻人，还不成，如今又用冰钻咬人。小子你咬一咬我试试。"叶秋风轧刀看他，借灯光一瞧，见他身高约有丈二，虎背熊腰，长得很是凶猛，外带拙笨，瞧他样子，可是一时又想不起来。可是知道使这路军刀的，武艺弱不了。看他上下无根线，忙问道："对面来的黑汉，报上你的名来。"石禄说："我姓走，名叫走二大。"叶秋风说："你不用说那鬼名鬼姓，我刀下不死鬼名鬼姓之人。不说你的真名实姓你是擦粉妇人，穿两截之衣，带子缠足，油头粉面。"石禄说："小子，你真骂人呀。我要一报名姓，你可别走哇。"叶秋风说："我何惧于你？"石禄说："我住家夏江秀水县南门外石家镇，姓石名禄，人称穿山熊，大六门第四门。"叶秋风心中一想，他一定是石锦龙的后人，暗想先下手为强。摆刀上前就剁，那左手的镖也打出。他是刀镖一齐到。石禄左手铲往上一豁，一铲破刀镖，刀碰铲杆，那镖也打在铲头上啦。石禄说："好你个老排子，真叫厉害。"说着往前一进身，双锋贯耳。叶秋风往下一坐腰，石禄忙将双铲一变招，往下一劈。叶秋风见铲到，忙往外一转身。石禄将双铲一并，说声："你家去吧，老排子。"吧的一声，打在贼人左背之上，当时打出一溜滚儿。要换别人，跟过去，那老贼就得丧命。那叶秋风急忙翻身爬起，跑到大厅廊檐底下，说道："普贤弟，逢强者智取，遇弱者活擒。我可不是长那石家之威，如今咱们这里有他一人，可就难以取胜。"

普莲哈哈一阵大笑，说道："待我前去。"当时到了战场，问道："你们大家哪个为首？"鲁清答言说："我为首。"普莲问道："朋友你贵姓？"鲁清说："我住家在山东登州府南门外，鲁家庄的人氏，姓鲁名清，外号人称会友熊。"普莲说："鲁爷，你既来之则安之，咱们俩造里动手，宾朋全得受累，轻者带伤，重者丧命。"他心中原来是想：外面的走线轮弦都没挡住他人，一身横练功夫，我必须先把他收到一个地方。这战场上没有石禄啦，那何家口的众人，一定难逃公道。这是他心里的话。鲁清道："依你之见，又当怎办？"普莲说："你可能拿主意？"鲁清说："能拿主意。"普莲说："咱们二位办事，是千锤子打锣，一锤子定更。"鲁清说："男子说话必须如白染皂方成。"普莲道："那个自然。我也不是无名少姓之人，在西川敢说是镇住半边天。山东地面也有我这么一个姓普的。我是明人不做暗事，山下走线轮弦，满是姓石的给毁的吗？"鲁清道："不错，正是他给毁，他看出来破绽就给毁了。"普莲说："鲁爷，我后面有个七巧楼。我因为与江南蛮子赵庭呕了口气，所以才把宝铠盗来。如今你们可以设法破楼，我已将那铠放在楼中。因为楼外周围的人太多，我恐怕他们暗中偷盗，故此我才将铠收藏起来，可以高枕无忧。我将姓石的同领到楼下，他能将宝铠取出，双手奉献，然后我再束手被擒。你的意下如何？"鲁清说："普莲，我一看你的脸面，我就知道你的心，你竟是虚伪，说话是满不应心。你那七巧楼里有什么意外的消息，将姓石的给关在那里呢？我可怎么办呢？"普莲道："后头没有。那一来，还算人做事吗？"鲁清一听，四外梆锣齐响，正交三更，遂说："姓普的，你看我给个便宜，你将宝铠送出，我们拿了走。盗铠之人，我们案后再拿。你看怎样？"普莲说："鲁爷，你有这一句话，我普莲是感恩非浅。"鲁清说："既然如此，那么你空口无凭，你对天赌咒。"普莲抱刀跪倒尘埃，口中说道："过往神灵听真，弟子普莲，若在七巧楼中有什么鬼计害人之处，我弃山逃走之后，叫石禄在我朋友家中，把我堵上，胳膊腿给他砸折，天厌之天厌之。"鲁清一听，说道："姓普的你快起来吧，这个誓，如同没起。哪有那巧的事呢，那太巧啦。"宋时年间的景况，起誓不飘。"你带着石禄前去取铠去吧。"遂回头对石禄说道："你跟普莲到后面去取宝铠去吧。见着了坷吧噗，就给他拆了。"普莲说："云峰、段峰，你把茶壶碗，桌椅条凳，全拿出来，请他们诸位先去喝茶。"当时带石禄往后来。石禄提双铲随在背后，顺大厅的西夹道往后而去。

石禄到了后边一看，原来是顶头门，三层台阶，门上头有兽头。那兽头之上，套着一个环子。普莲说："姓石的，你在此站一站。"石禄当时在旁一站，那普莲将刀交左手，右手抓住环子，往怀里一带，一用力又一撒手，那兽头两半，门已开啦。石禄道："莲呀，你可损啦，怎么把狮子头给弄两半啦？"普莲道："石禄你不明白，这是玩物。"石禄说："你跟它玩呀？"普莲说："对啦，我尽跟它玩。你随我来。"当时二人来到了里院。石禄一看这院子，南北宽，东西长，座北向南七间楼。普莲说："你在南面往北瞧着，待我进去。"说着，他取过一个高凳，到了楼的底下，上面写着七巧楼，一块匾，在那巧字的下面，有个阴阳鱼。普莲用刀尖扎在阴阳鱼的缝里头，双手抱着护手盘往西转八个扣，一用力，一抽刀，那阴阳鱼反倒往东转去啦。就听楼上头铃响，哗啷啷，普莲忙用刀背一钉它，楼上的铃不响了。又听上面吧的一声，放下来一个蜈蚣梯子。普莲下了高凳，登着梯子上了楼，当时便将三面楼窗打开。看那里面有四双撮灯，全被他点着了，亮如白昼，明是三间，暗是九间。石禄一看，那里面东边一个软帘，西边一个软帘，里头有个明柱。就见普莲将刀放在门外，招手叫石禄道："石爷，看这个是什么？"石禄说："那是柱子。"普莲心说："只要你明白是柱子，你作出事来挡不住我所料。"双手搂着柱子，往前一带，就将柱子挪到屋的当中。又从二道檩上，下来一挂练子，约有茶碗口粗细，见棱见角，练子头上有个钩子。普莲赶紧看了看，拿起刀进到东里间去。石禄在下边听见那屋里一响，就见普莲打屋中拿出一个簸箩来，叫石禄看，问道："石禄，你看这是什么？"石禄道："那是簸箩。"普莲又来到西里间，只听哗啦一响。原来，普莲已然暗地将走线轮弦，通盘上好。普莲由西里间出来，手中拿着一根竹竿，其形好似铺子里晃叉子的，手中拿着一个包袱，说道："石爷，你看见没有，这就是金书帖笔，王爷的闹龙宝铠。"说完放在簸箩里，然后挂在练子钩上。挂完之后，拿起竹竿，将柱子后头一根锁练挑了下来，然后用竹竿紧了紧丝带，又旱地拔葱纵起来，爬上柱头，双腿盘绕，伸手一拉。就听吧的一响，那根柱子就入了槽儿，不能再动啦。普莲一拢手，人落楼上，锁练上去了。普莲又用竹竿，把四面的挑山字画，全都挑下来，全卷好，放在后檐墙洞里头。又将蜡花弹了弹，竹竿放到西里间。前槽十二扇隔扇，他给关上十扇，东边五扇，西边五扇，当中两扇敞着。石禄一看东西房山，跟后房沿挂着整扇的花帐。普莲提刀，下了楼堂，到了外面，说："石爷，你也上去，把包袱伸手就可以拿下来。"石禄登着蜈蚣梯子上来，到了里面，将双铲放在就地，伸手去够包袱。够了半天没够着，回头说道："莲呀，这个包袱我怎么够哇？"普莲说："你等一等，我把练子给你放下点来，你就够着了。"将梯子给撤啦，将双扇门倒带，钉锦扣好，用铁锁锁上啦。普莲提刀来到外面，扎刀一站，说道："石爷，你拿那包袱吧。"石禄说："够不着哇，小子。"普莲说："你不会往起跳吗？"石禄道："莲呀，鲁清绝户不了啦，你是他孙子，也会给我出主意。"普莲在外咬牙忿恨。石禄一想也对，他这才提身起来，伸手揪住了铁练，打算伸手拿包袱。谁知那簸箩一翻过，那包袱就掉下去了，锁子一吃劲，楼堂的踏板没啦。石禄借灯光往下一看，黑洞洞深不见底，又上来一阵寒风，当时将灯扑灭啦。普莲一瞧屋里灯光一灭，这才说道："小辈，我将你困在七巧楼中，大厅之上来了官兵百万，猛将千员，也难脱逃。"普莲说完，到了廊子底下，将刀往旁一立，伸手将门坎里头一个环子，外头一个环子，左手揪里头那个环子，右手揪住外头那个环子，用力一提，就将那上边楼门关上啦。来到台阶以下，用手一推那台阶，就推在一旁。下边有牛角拐子，用手倒捻八扣。

不提普莲将石禄困在七巧楼，且说普莲来到大厅前头一看，东边条凳上坐着何玉，南面坐着鲁清，鲁清的下垂手站着水豹子石俊章。鲁清道："俊章呀，而今你师父、你师兄全受伤了。如今普莲可回来了，那石禄可没回来。你快将刀亮出，先保护你师父要紧。"石俊章连忙答应伸手抽刀，在何玉身旁一站。普莲来到丁银龙的近前，双膝拜倒，说道："老哥哥您受我一拜。咱们哥两个无仇无恨，冤家宜解不宜结。最可叹我跟何玉，我二人曾有三江四海五湖仇。从我离了西川，来到山东地面，兄长们将山寨让与我。那何玉跟我面合心不合，他决不该累次叫人攻取我的山寨。由其交友之道，还能打哭了一个，哄笑了一个吗。"说着说着，他往前一长身，举刀就砍何玉。那石俊章用刀背一迎，他没砍着。普莲说："列位齐备了。"说完，哨子一响，那群贼一齐提兵刃跑了过来，乱杀乱砍。鲁清一见，急忙翻身上了东房，伸手掀下两块瓦来。往外一看，就见屏风门外，有许多的兵丁，灯球火把，刀枪并举，一齐闯进屏风门来。何玉道："谢斌、谢亮、石俊章，你们二个人千万别叫普莲走啦。"二个人·闻此言，各摆军刀，上前就把普莲给围啦。叶秋风道："列位，他们要群殴，咱们也一齐而上。飞叉手李文生，横叉挡住了叶秋风。叶秋风扎刀一站，问道："对面来的老儿，报上名来，我刀下不死无名之辈。"李文生说道："你要问我，住家山东青州府阴县北门外，李家岗的人氏，姓李双名文生，别号人称飞叉手镇关东。来人可是莲花党之人叶秋风吗？"叶秋风道："不错，正是某家。"李文生道："按规矩说，我得让你三招，你我素日无仇。不过你是莲花门的人，我是一招不让。"李文生乃是双头权，那叶秋风举刀就剁。他往前扑，权头一找他的手腕子，贼人腕子一沉，一抽刀，李文生权头落空，赶紧往回撤，焉能来得及，只听噗的一声，叶秋风的飞镖打中哽嗓咽喉，焉能来得及，倒地气绝。这时石禄赶到，一摆双铲，与叶秋风战在一块。叶秋风老奸巨猾，一看大英雄杀到，准知道讨不着便宜，就想三十六计走为上，虚晃一刀，探囊取出飞镖，抖手指向石禄的咽喉。石禄一身横练功夫，哪听他这一套！举起右手一铲劈下，那叶秋风登时身首异处，栽倒在地。众贼人一看大势不好，纷纷抱头鼠窜而逃。石禄杀起了性子，手提双铲追杀过去。那喽兵腿快的幸免于死，腿慢的可就倒霉了，工夫不大，倒下一大片。傻小子还真有个好记性，一边追杀，一边大喊："莲在哪里？花布帘子快出来。"不大工夫，追上两个喽兵，问道："莲在哪里？"喽兵吓怕了，一个劲喊："大太爷饶命。"石禄说："饶你命可以。你带路，领我去找何家口的人。"喽卒吓得浑身筛糠，迈不动步，加上天黑，迷迷糊糊领到庄子外边去了。石禄急眼了，伸手提着一个喽卒说："不给你点厉害，你还敢骗我！你看我这一巴掌打下去，你架得住吗？"喽卒说："行，我架得住。"石禄说："好，你可架得住？"那个喽卒说："行。"他一低头，石禄上前，抢圆了一掌，竟将他打得万朵桃花，脑浆崩裂，死于非命。吓得那个兵丁颜色更变，拉了一裤子屎。石禄说："你带我去吧，不用管他啦。他架不住，他说架得住。"喽卒无法，只可头前引路。石禄提双铲后面跟随，穿宅过院，来到前面，是从大厅东夹道过来了。兵丁用手指道："大太爷您瞧，那何家口的人，全在人群里头啦。"石禄说："好吧，那么你去吧。"他一提双铲，说声："小太岁，闪开，我来了。"那鲁清在前坡上问道："下面石爷来了吗？"石禄说："我来啦，清呀，莲在里头吗？"鲁清说："莲在里头啦。你把双铲提起往里打吧。他们可把大何给围上啦。"石禄一听，忙将双铲两旁一分，一扎煞两胳膊，叫上三本经书法，当时成了铁的啦。说道："小太岁，你们全不躲呀，我可要往里打啦。"此时人声过众，他在后面人家听不见呀。他急了，往里打来，那些兵丁是挨着死，碰着亡，浑身血迹可就多啦。他来到里面，正赶上何玉身上已受了几处刀伤。石禄说："大何你躲开吧。"郎千跳过来就是一刀，奔石禄砍来。石禄左手一接他腕子，往前一拉，右掌往里一推，郎千当时就气绝身亡。黄花峰过来，说声："好胆大的石禄，你吃我刀。"黄花峰他想，这个金钟罩不怕刀砍，可怕钻。双手托刀奔他肚腹，往里一扎。石禄往旁一闪身，刀就空啦。他一上步，一歪腕子，奔石禄眼睛扎来。此时石禄已然挨近身去，外摆莲腿一扫，右掌切他耳门子，黄花峰栽了个大筋斗。他倒了之后，石禄说："小子，你就不用起来啦。"说着上前一脚将他右腿钩着，两手一抱左腿，说声"开"，力劈黄花峰。云峰大声说："哥哥，那老三死在他人手下，你我如何。"普莲一看不好，遂说："列位，咱们是三十六着，走为上策。云峰、段峰随我来。"众人从此奔大厅西北夹道而逃。鲁清正在东房坡上站着，低头往下瞧，看见石禄身上背着一个黄缎子包袱，忙问道："石爷，那个是宝铠吗？"石禄道："对啦，正是宝铠，我从楼里拿出来的。"鲁清说："你认得吗？你打开瞧了没有？"石禄道："我没打开瞧，我也不认得。"鲁清道："众贼逃走，千万别放走普莲，他是盗宝的正差。"普莲带着云峰、段峰到了西夹道，往后一看，他们众人往这里追来。普莲一猫腰拾取一物，往后扔来，口中说道："看法宝。"众人一见，连忙往旁一闪，吧喳一声，摔在地上。大家一看，原来是个花盆，再看普莲是踪影不见。就听大众前头，丁银龙说道："列位不必追啦，只要得回宝铠，许他不仁，不许我不义。"大家这才回到大客厅。

此时那兵卒见他们众贼已逃，本来兵是贼人之威，贼人是兵卒之胆。如今众贼已逃，他们连忙全都跪下了，扔刀抛剑，苦苦的哀求。鲁清看见，忙问道："你们大家可知普莲逃往何地，近处还有他的至亲至友没有？"当时有他手下一个人说道："咱们寨主素日说过这话，一问三不知，神鬼怪不得。"鲁清上前在众人中揪住他的头发，一刀将他耳朵削下一个来，说道："你快说普莲藏在何处，你要不说，我非砍掉你的人头不可。"那兵卒吓得颜色更变，说道："您把我杀了，我也不知我们寨主逃到哪里。"鲁清便将他撒了手。又听四外梆锣齐响，外面交四更，遂说道："众兵卒，你们是认打认罚呢？"众兵卒说："我们认打怎么论，认罚怎么讲？"鲁清说："你们要是认打呀，把你们捆送到涟水县，打你们个知情不举。你们要是认罚呀，把死尸给掩埋起来。"这兵丁们连忙点头，说："我们认罚，我们认罚。"鲁清说："好，那你们大家就去吧。"那些兵丁听见，如同恩赦一般，就全站起来走啦，见死尸就埋。这里众人便到了大厅之中，各将夜行衣脱下，换好了白昼衣服，将夜行衣包成小包袱，围在腰中。众人满都收拾紧衬利落，此时天将大亮。鲁清问道："龙签王谕，现在谁的手啦？"李翠说："我拿着王谕啦。"遂说道："那么你二人快出山，向县中报案，说拿到了贼首，已将宝铠得回，叫官家派人急速来抄，查点东西物件，封关贼人巢穴。"二人一听，连连头点。鲁清问刘荣道："今晚石爷这身衣服，非回何家口才能有，而今怎么办呢？"刘荣道："那你就设法子办吧，我此时也无法可想。我听我那嫂嫂所提，石禄他是差色的衣服不穿。"鲁清道："石爷，你在大厅等着，那普莲不一定藏到哪里啦。眼看这不是太阳满出来了吗？"石禄说："哟，白灯笼出来啦。"鲁清道："对啦，我回何家口，取回衣服来，你穿上好回去。那普莲他恋恋不舍山寨，少时一定出来，你见了千万把他拿住，别放走了，把他腿给砸折啦。"石禄点头。他把石禄安置好了之后，众人这才往外，看见那埋死尸的。对他说："兵卒，里面留下英雄石禄，你们可别惹他。"

　　说完他们大家一齐出来，又到了独索桥西岸，问林贵道："此处走人没有？"林贵说："没有哇，就是走了李翠、云龙。"鲁清说："众位，咱们看看他里岸有船只没有。"众人一听，便四下查看，就见西边山有船只，鲁清喊道："石俊章，快换好了水衣，下水去看看有什么样的走线轮弦。"石俊章忙脱下白昼衣服，换好水衣，将衣服打在油抄包之内，围在腰中，收拾好了，提刀下水。往水中里岸外岸看好，见那消息满被损坏啦，这才从里岸上来，将口中水喷出。连忙将水衣脱下，又换好了白昼衣服，遂说："鲁大叔，现下水中的走线轮弦，满全毁啦。"鲁清说："好，你快入水，将他们船只，一齐摆到护山壕里，把锚给提了起来，停在那里。"此时逆水豹子何凯与独角蛟谢亮、水豹子石俊章叔侄爷三个，一齐下水将船满全冲到山坡壕的当中，将锚全弄下砸坏，爷三个这才上岸，众人便从独索桥，过到东岸。又叫林贵用虎尾三节棍将独索桥的一头砸折。林贵答言，举棍将那索头打折了。大家来到东面石板坑，又用三节棍把翻板的轴，砸折有三四块，那翻板才不动。当下众人各自飞身蹿上墙头，往下一看，没有什么。他们恐怕外边有人暗算，大家一看没有，这才下了墙，大家往何家口走。

此时太阳已高，众人到了何家口吉祥老店，上前打门。里面有人问道："什么人叩门？"鲁清答说："我们大家回来啦。"店里伙计一听，连忙将门拉开。大家进店，够奔北上房。何玉吩咐伙计们与大家预备脸水，沏上茶水。伙计答应，这才出去，少时与大家全预备好了。众人洗完脸，坐下吃茶。鲁清问道："列位哥哥，有挂伤的，不知伤势如何？"何玉道："兄弟你不要惦念，不伤筋动骨，没有多大的关系。"众人在店中不提。

且说李翠、云龙离开山寨，绕边山一直往正北，到了涟水县的南门。见有行路人，连忙抱拳拱手问道："列位，县署现在哪里？"有人说道："您打听县衙呀，从此往北，那十字路街北边路西，就是县公署。"二人致谢，按照此人所说的道走去，果然看见。这才上前说道："列位辛苦。"那位当差的当时出来，一看他二人，问道："二位找谁呀？"李翠一抱拳，问道："这是涟水县的衙署吗？"当差之人说道："不错，您有事吗？"李翠道："有事，贵姓呀头儿？"那人说道："不敢，我姓张，名叫张春。您贵姓氏？"李翠当时通报了名姓，便将丢铠之事以及访贼事一说。张春一听是上差，连忙将二人让到里面，请二人坐下，捧过茶来，问道："此案落到何处啦？"李翠道："此案落到你们县界南门外屯龙口打虎滩，金花太岁普莲盗去宝铠。"张春一听，大吃一惊。李翠道："你们不用担惊害怕，有我老哥哥兄弟们，已将山寨攻破，盗宝之贼逃走，得回宝铠，可不知道真假。"张春一听，忙问道："您二位可有龙签信票？"二人说："有。"便将信票王谕取出，令他观看。张春伸手接过，笑道："二位爷台，您还有什么话吗？"那张春就到了里面，向县太爷一回。知县看了是真，这才又派张春出来相问，交还龙签王谕。问二人道："还有什么事？"李翠、云龙说道："请县太爷带人前去查点山中东西物件，派官兵看守山寨。"张春点头答应。李翠将王谕等接过，二人这才回了何家口，见了大家细说一切，按下不表。

且说石禄在屯龙口的大厅上，眼看着东方发白，太阳已然出来了。他左手指着说道："白灯笼怎么一点也不动啊。我是够不着你，够着你非打你几下不可。"这里无人，他等的工夫大了，心中也烦啦。遂提了双铲，自言自语的说道："我不等着他啦，我回口子哪。"说话之间，他就要往外走。低头一看，浑身上下无一根线。当时来到了外面，直奔大门，便在门洞里一站，看见有一个兵卒，背着一个包袱。石禄说："小于，你站住。"那个兵就站住了，说道："大太爷，您有什么事？"石禄说："你那个包袱里有什么呀？"兵卒说："全是衣服。"石禄说："好小子，你把包放下，给我找两件好的。"兵卒忙放在就地，将包袱打开，一看全是红绿衣服。那兵卒给他拿起一件妇人穿的大红夹袄，水绿的袖儿，又肥又大，说："大太爷，给您这个穿。"石禄当时放下双铲，解下包袱，用脚踩住了，伸手接过这件衣服。低头一看，下身还露着呢，遂说："这可不成，下身还露着啦。"那兵卒又给他拣了一条葱心绿裤子，大红裤腰。石禄伸手接过来一穿，双腿伸了进去，可是屁股进不去。那兵卒给他出主意，叫他瘪肚子呼气。石禄当时听了，真照法办，好容易才穿了下去。兵卒一看成了大老妖，要乐又不敢乐。石禄笑道："这倒省裤腰带，可是你也得给我一条啊。"那兵卒又给他找一条水绿的汗巾，石禄系好，往后一撤身，猫腰要拣包袱。哧的一声，裤子破啦，伸手拣了起来，仍然提好。二次拿起军刃，说道："小子你还不走吗？"那兵卒闻言，忙包好了衣物，径自去了。

石禄也跟了出来，到了河岸一瞧，那独索桥拆啦，来到石头桥旁，说道："孩儿呀，你怎么把锁练撒手啦。"说着话，他放下军刃，慢慢的将锁练拉了过来，到岸上一大堆。他一看那大铁环子，还在那挂着啦，遂说道："孩呀，你没撒手，他撒手啦，那个圈儿还在你的脑袋上挂着啦。你不理我，不用理我哪。"说完了，抢圆一掌，竟将石桩打折，又将铁练一齐扔到河中。自己一想，下水吧，衣服全坏了。不下去吧，过不去。便来到里岸，一找船，可那些船全划到河的当中去啦。石禄说道："这是谁出的主意呀？"他一急便下了水啦，浮到东岸上来，浑身湿啦，从身上往下一流红绿水儿。他自言自语的说："得，这衣服全坏啦。"他往前一走，那湿衣服裹腿，他使劲一迈，哧的一声，成了开裆啦。往前来到围墙之下，看那翻板全立来啦。他仰脸一看太阳，天还不到正午，说道："这个白灯笼，怎么还不到正南。"心中不高兴，大声说道："外头有人没有。我可要扔铲啦，砸着不管。"

抖手，便将双铲扔出墙外，跟着纵身形就上了墙。到上面低头先看双铲，那军刃砸得土直飞扬，他说："好吗，土地爷出气啦。我要一下去，他也是出气呀，那衣服全坏啦。"说着跳了下去，拣起双铲，猫腰扬土，口中说道："土地爷，你出气吧。"石禄一看太阳还是一动也不动，知道这个白灯笼算是搿不动了，只好走出庄子，进了一座树林。刚要坐下歇脚，忽见树林中走过两个人。这下子石禄可乐了，有人送裤子来了。只见石禄大喝一声，拦住二人去路："来者何人？脱下衣服，我让你过去。不脱衣服，拿命来。"来人说："大胆强徒，也不问问你家大太爷是谁。就凭你这个穿开裆裤的黄口小儿，也敢来劫道。"石禄说："赶快报上名姓，脱下衣服，免得我伤了你的细皮嫩肉。"来人说："我姓云名彪，号叫追风虎。你姓什名谁？"石禄说："我叫走二大。"云彪说："看抓。"飞抓直奔石禄裤裆而来。石禄一合双铲，把飞抓夹得严严实实。云彪扔下飞抓，撒腿就跑。石禄见跑了一个，心说：抓住一个就够我换裤子的了，于是举起双铲，照旁边的这个头上砸去。这个人架起铁棍迎上去，只听呛啷一声，铁棍磕飞，双手发麻。石禄一把抓住这个人，解下自己腰上的带子就绑上了。云彪回头一看，坏了，只好返回来，躬身作揖说："大英雄，放了他吧，要不，你把我捆起来。"石禄说："看你还挺讲义气，他是你什么人？"云彪说："这么说吧，我跟他哥哥是拜兄弟，他就是我亲兄弟一样。"石禄说："那么他姓什么，叫什么呀？"云彪说："在我家正北有个黄驼岭，我那大弟在那里结拜。他在家中开垦山地，治土务农。这是我二弟，名唤黄龙，字远威，别号人称昆仑帅。朋友你贵姓呀，可是你必须说出真名实姓。你要说假话，你可是匹夫之辈。"石禄说："我住家夏江秀水县南门外石家镇，姓石名禄，号称穿山熊，大六门第四门的。"云彪说："你使的那对家伙是什么名目？"石禄一时忘了，便说："这一对叫短把追风荷叶锤。"云彪一听此言，这才如梦方醒，自己想起来了。遂问道："石禄，我跟你打听一位老前辈你可认识？"石禄说："有名的你不用说，没名的不知道。"云彪道："你不要笑谈啦，此人大大的有名。"石禄说："是谁呀？"云彪说："他也是大六门第四门的人，叫陆地无双石锦凤，我使的飞抓，跟他的铁棍招数，全是他老人家所传。"石禄道："那是我的叔父，焉有不认识的道理。"云彪道："噢，原来如此。那么您上哪里去呢？"石禄说："我上大何二何他们那里去。"云彪说："你上何家口哇。"石禄说："对啦，我上口子，你们二人也上口子去吗？"云彪说："对啦，我们也上那里去，你赶紧把我二弟解开。"石禄道："我把他解开也行，你们两个人，都是我养活的。"石禄这才将云龙的绑绳解开，弟兄三人东西物件通盘拿齐，树林之中不丢一点，这才出树林子，直到何家口。

将要进西村头，就听后面有人喊叫，云彪忙回头一看，原来是镇天豹子李翠、追云燕云龙。弟兄们数载未见，云彪忙上前跪倒行礼。云龙忙用手相扶，弟兄携手揽腕，往村口而来。石禄一看，也有意思，说："来来，咱们也手拉手。"便跟大家都要手拉手。云彪道："石爷你别胡来啦。"石禄说："那没什么的，对面要来人，叫他撞啊，撞不过去，他就不用过去。"云彪说："你别起哄啦。"说话之间大家便一齐的来到何家老店，将门叫开。那何忠将门打开一看，石禄成大老妖啦。鲁清一看，连忙叫人去给他买衣服，又叫人将石禄带到沐浴堂洗澡，好更换衣服。告诉他们灶上的人说，叫他们赶紧预备一桌酒席。石禄洗完了澡，回来换好了衣服，三个人一齐用饭完毕。残席撤下，坐下喝茶。鲁清问李翠、云龙道："这个宝铠，你们哥两个瞧见没有？"李翠道："我们哥儿俩就看见过一次。在头次入府当差之时，参观万佛殿，那时打开看的。"鲁清道："咱们大家舍死前去，如今既然将宝铠得回，咱们大家背着王爷，大家何不瞻仰瞻仰。"李翠说："好，那咱们看一看吧。"遂向石禄说道："你将宝铠拿出来吧。"石禄道："你要可不成，大清要才成啦。"鲁清一听，这才上前说道："石爷把宝铠给我吧。"石禄当时双手递了过来。鲁清把包袱接了过来，放在桌案之上，打开众人定睛观看，原来是一件大叶锁子连环甲。鲁清心中思索，此铠一定不真。回头问李翠道："你们哥儿俩看见过没有？"李翠说："看见过。"鲁清道："那么你二人过来看一看，是这件吗？"李翠道："我们二人入府当差之时，管家大人就打开包袱一看，并没提起来细看，大概是这件。"云龙过来看了看，也说是这件，当下老少莫名其妙。丁银龙道："鲁爷，要依你之见呢？"鲁清道："要依我之见，我要验看验看此铠。"遂问李翠："此铠有什么珍贵之处呢？"李翠道："真铠能避刀枪，若是假的，避不了刀枪。我这是听管家大人所提，赵太宗、赵太祖当年所穿。"鲁清笑道："那别的话不用说，就提此铠吧。不是能避刀枪吗？你们可以当面一试。要真是宝物，不怕刀枪。"李翠说："此物是八王千岁传家之宝，谁敢亮兵刃考核真假，倘有差池，谁能担待得起？"旁边石禄插话说："宝贝不怕试验，待我来试试。"说完，把宝铠放在桌子上，举起追风荷叶铲照定宝铠就剁。就听吭哧一声响，不但宝铠应铲而断，连桌子面也给剁透了。众英雄见此光景，一个个犹如木雕泥塑一般，全傻眼了。李翠、云龙二人见是假铠，好似从万丈山崖坠落尘埃，半晌不语，呆呆发怔，强打精神说："众位朋友为我二人舍生忘死，攻破山寨，谁知得回的竟是假铠。如今正犯在逃，宝铠未获，我二人回家决无生理。"众位英雄正在作难之时，老家人何忠进来禀告："杜锦、杜林父子求见。"鲁清一听，笑道："这爷儿俩是送宝铠的消息来了。"急忙起身来到门外。杜锦、杜林把马匹交给家人去喂草饮水，径直进到堂屋，与众位英雄施礼相见。杜锦见桌子两截，宝铠碎了，就问是怎么回事。鲁清就把攻取打虎摊，普莲逃走，宝铠是假的等，一一说了。杜林说："那普莲逃到哪儿去了"杜锦使劲瞪了杜林一眼说："小毛孩子别乱插嘴。"鲁清一看这父子俩的情形，心里先明白了一多半，就说："有志不在年高。咱们练武学艺之人，讲的是侠肠义胆，不能看着李翠、云龙有难冷眼旁观，不能看着何大爷受伤无动于衷。不管是谁，为擒普莲、找宝铠立下了功，赶巧了就能做官。咱们大家学会了文武艺，为卖帝王家。一辈子保留，那还成什么名啊。必须想着神前那股香，就应当看着何大爷所受之伤难过，当时说出贼人下落。您要顾全贼寇，那就不用往外说啦。"杜锦道："鲁爷，你说话总是带后钩儿，不知是何原故。"他们正说着，那杜家父子喝下浓茶之后，肚子里咕噜噜一阵作响，原来二人还没吃饭啦。人能撒谎，肚子可不答应。杜锦又说道："我父子只要知道，那没问题。现在不知道，你怎么叫我说呢。"鲁清一听，忙往西一努嘴，那丁银龙会意，遂说道："杜贤弟，你看我理他吗？近来鲁爷说话全没准儿啦。"杜锦这才与丁银龙谈闲散的话，竟是些个各门的事。哪一个门强，哪一门武艺高强。他们在一旁说话不提。

且说鲁清鼻子眼一哼哧，自言自语地说道："人不可貌相，海水不可斗量。自从官门抄下来之后，逢州府县，到处张挂榜文，一体严拿盗宝之人。有些秃瞎聋哑之人，要知道贼的下落，当官呈报，也能家中立刁斗旗杆，改换门庭。"鲁清一边说罢，不住用眼睛直看杜林。就见他听了此话，直吐舌头。他一见心中明白，是见景生情，见事作事，真叫心快意，一看就猜了八九。遂改口说道："杜林。"杜林答言："是。"鲁清道："什么人给你我致引你拜了我啦。"杜林说："我听大家的谣传，说我的心眼快，您比我的心眼还快。"鲁清说："那么你跟我学刀法吗？"杜林说："我不学刀法，您听说我们花刀杜家，您知道怎么叫花刀吗？"鲁清说："花刀想必是刀法快吧？"杜林说："不是，我就抄着近说吧。从打上五门至下三门，这八个门户，我们是一门有八手刀。一手拆八刀，因此叫花刀。我们刀法足够用的啦，跟您可学什么刀法呢？"鲁清道："那么您给我磕了头，为学什么呢？"杜林道："由其我心眼慢，我怕不够用，所以才给您叩头，学学坏来了。"鲁清道："虽然我是坏，可是正的，专为帮助朋友之难，并非有什么损人利己之处。我看那跳海站缸沿、拉幌绳、擘疯狗咬傻子，借剑杀人，明箭容易躲，暗箭最难防。就拿我鲁清比吧，我要知道贼人在哪里，我就　定先去捉拿贼人。若将贼、铠捕获呢，献到王爷面前，老王爷见喜，立时家中就可受职加封，名利兼收。"他一边说，还不住用眼睛看杜林。一提盗宝之贼，他就点头。此事关乎重大，并不是藏着的事。他这里一叫："杜林呀！"那杜锦就一回头，杜林就不敢言语啦。杜林看见他父不回头啦，便伸了三个手指头，指了指他爹。又伸三个手指，往西南一指，一抖二臂，又伸三个手指头，一指地，然后指天指地，指鲁清，指自己。又对杜锦背后一指，一摆手。鲁清何等聪明，他一见心就明白啦。看见他先一伸三指，是说三寇，指西南是山寨，指天是三更天，指地是立足之地，一抖二臂是他们逃走之后，又一指鲁清，是说您要问此事，指自己，是表示我知道，而一指他爹，是说他叫我说，我才说。一摆手，是他不叫我说，我不敢说。鲁清见了，遂问道："杜大哥。"杜锦道："鲁贤弟。"鲁清说："那盗铠之贼金花太岁普莲，您是知道不知道哇？"他是提着气问的，杜锦一看他面色不正，带着气啦，自己心中也不痛快，遂说："鲁爷，你这是拿话难我姓杜的。但是我不知道啊，你可叫我怎么说呢？"鲁清道："老哥哥，您是确实不知道吗？"杜锦道："我确实不知道，难道说还叫我起誓吗？"大家一听，连忙说道："杜爷要是真不知道就算了，谁叫你起誓呢？那盗铠之贼乃莲花党之人，现有王谕柬帖捉拿。你可知道吧？"老龙神杜锦说："我本来不知道吗。"鲁清说："老哥哥你可不知？"杜锦说："我实在不知。"鲁清一看屋中一片人啦，众目所观，遂说道："哥哥您要是不知道啊，少爷可知道。"杜锦一闻此言，就站起来，瞪眼一看杜林，手按刀把。杜林道："师父您这可不对，怎么给我们父子拴对呀。您瞧我爹爹要宰我。"鲁清说："老哥哥您这不是持刀威吓吗。您拿刀要宰他，他还敢说吗？据我想来，您一定是跟普莲神前结拜，这是护庇普莲呀。"杜锦道："他是莲花党之人，我对他说了一句话，都嫌脏了我的门户。"鲁清说："既然如此，那您为什么持刀威吓杜林，不叫他说呢？"杜锦说："杜林呀。"杜林说："是。"杜锦道："此处可并非在咱们家中啦，这里说话不能不算，并非儿戏。此事可关系重大。"杜林说："我知道。"杜锦说："那么你知道盗宝之贼吗？"杜林道："我知道也不能说呀。"杜锦道："你要知道，就可以说，不知道就不用说。"杜林一闻此言，长身就蹿到东房上去啦。此时杜锦一跺脚，说道："你就说吧。"杜林说道："爹呀，可是您别着急，我不说就是。"杜锦说："小子你说吧。"杜林说："这可是您叫我说的。我要不说，怕把您急死。"杜锦道："你哪是怕我急死呀，简直是要我的命！"鲁清在旁见了，说道："丁大哥、何大哥，你们几位先将杜大哥让到西里间，待我盘问杜林，那盗宝之寇究竟落于何处。"大家一听有理，这才将杜锦让到西屋。这里鲁清将杜林叫过，要追问盗宝之寇。杜林走了过来，便如此长短的一说，鲁清这才明白。

原来，杜锦、杜凤是弟兄二人，本是铜头太岁杜阿桥之子，生有二男一女。杜锦娶妻刘氏，杜凤娶妻王氏。王氏没开怀，刘氏跟前一对双子，先落生是杜林，后落生是杜兴。办满月的这一天，大家亲友前来庆贺喜棚。事毕，大爷便将杜兴过继了二爷，哥儿俩一屋里一个。后来杜林、杜兴弟兄二人入南学念书。天长日久，从打五岁上，就给他折腰，令其踢腿。白天上学，黑间学武术。杜林武艺跟水性全好，那文学可就差多啦，竟逃学。杜兴的文学太好，也是水性好，那武学可就差了事啦。这样些年，他弟兄全十五六岁啦。杜林这份淘气，就别提啦。杜锦雇了一个接骨匠，在家中常住着。这一天正赶上杜锦寿诞之日，白天无事。到了夜晚，外人已然走去，就剩下家里人啦。杜林说话粗鲁，尽是一派土话。他问他父道："老爹爹，咱们怎么叫花刀杜家。"杜锦说道："儿呀你不知，要提此事话可就长啦。"接着将来龙去脉说了个详细。原来，还在杜林的祖父那时，杜锦同其弟弟还在年幼，金针八卦左云鹏在河南聚龙庄立过松棚会。皆因河南有贼竟盗婴儿紫河车，镖喂毒药，佩带薰香，采花做案。有许多之人到县衙报案，不是有尸无头，便是因奸不允，刀伤人命。再者便是开膛破肚，失去婴儿。彰德、卫辉、怀安二处的大人奏明圣上。那时皇上龙心大怒，张贴皇榜捉拿。天下练武之人，左云鹏出头露面，要求三位府台大人给他做主，准其立松棚会，要召集天下练武之人，为的是在当场好搜他们身上所带之镖，是不是喂毒药，身带薰香。三府大人便问左云鹏，说："我们与你做主设立松棚会，那么以后如果再有人扰乱三府的地面，那时又当如何？"左云鹏当时夸下海口，说："以后再有人扰乱三府的地面，那时拿我左云鹏是问。"三府大人点头，当时便将松棚会立齐啦，就在聚龙庄的当中。那庄的南门到北门有七里地长，路东三十六座大店，路西三十六座大店，另外东西还有三十六座小店。左老道这才约请那能人，头一个便是闪电腿刘荣，那时才十九岁，第二个飞毛腿果豹，第三个是千里腿马云龙。定下请帖聘请天下的练武之人，绿林英雄，水中豪杰，回汉两教，僧门两道，男女大众一齐到了聚龙庄。开棚赴会之时，上自行侠仗义，下至世俗人等，以及花儿乞丐，男男女女，一百二十八样各样的军刃，有那暗器成名，或是军刃成名，或是拳脚成名，准其上台献艺。三府大人堂前论下，公立门户。

内中有一人到将台之上，高声朗诵："哪一位是立松棚会的坐主，请上台来，要将我萧子玉踢下台去，他们再分立门户。"左云鹏这才出头露面，带着官兵八名，预备捆人的。上台问道："对面那位会武之人，家住哪里，姓什名谁。贫道左云鹏在此。"萧子玉说："我住家在淮安府东门外，萧家寨居住，姓萧，名子玉，号叫振方，外号人称赛温侯的便是。"左云鹏一看他身高在九尺开外，细腰窄背，面如刀铁，扫帚眉，大环眼，大鼻头，翻鼻孔，火盆口，唇不包齿，七颠八倒，大耳相衬。稍微有点压耳毫，不见甚长。头戴一顶甜瓜巾，歪戴着。青缎色绑身靠袄，蓝缎护领，蓝丝绑带扎腰，双结蝴蝶扣，走穗在腰里掖着。手中捧着一口三岔鬼头刀。左云鹏道："来，萧子玉你先将镖取出来，待贫道看一看。"萧子玉说："道人，你先报通你的名姓，然后你再看萧某的暗器。"左云鹏说："住此聚龙庄北门内路西，紫云观的观主，姓左双名云鹏，外号人称金针八卦。"萧子玉这么一听，人家的威名远震，河南八府的剑客啦。借此可以成了名，我跟他动手啊。想到此处，伸手取出一支毒药镖来，说："道长，你看看吧。"那左云鹏定睛观看，此镖三寸五长，前边是荞麦棱的尖子，尖子上有五分长的红锈。萧子玉右手托着镖，左手刀就扎在台中，将镖交与左手，右手又取出一支来，说道："道长，你可认识此物？"左云鹏道："此乃毒药镖。"萧子玉往后一倒步，说："道爷给您这镖。"说话左手镖打出，直奔道爷哽嗓。老道见镖到，忙一甩脸，便将镖接住，那二支镖就奔下三路来啦。老道见第二支镖奔肚子而来，忙一闪身，背后的官兵有一个给打在大腿之上啦。那萧子玉一连两镖打出，跟着一上步，将刀抽取在手，抡刀就剁。那左云鹏用二指在他腕门上一点，当时给点住啦。老道便令人将他捆上，官兵上前将他踢倒，解绒绳捆好，然后与他破了点穴。旁边有镖行的人上前来与官兵治那毒药镖伤。萧子玉说道："左云鹏你躲了我的暗器，没防备你才将我点倒。你有能为，可以将我放开，你我再过一过家伙。如果我败了，当时将毒药镖洗尽，永不采花。要再采花，叫我死在乱刃之下。"左云鹏说："很好，来人，将他绑绳给解开。"官兵把他解开。那萧子玉站起来，左手捧着鬼头刀。老道说："子玉，我连通氅都不脱。你拿刀要将我道袍划破了一个口儿，当时松棚会归你执掌，我远走永不出世。今天若不给你个厉害，你也不知我是何人。"当时老道亮出青锋宝剑，二人打在一处。动手工夫大啦，真是棋逢对手，将遇良材。那萧子玉真受过高人的传授，名人指教，武艺还真不错。可是左云鹏使出八仙剑的功夫，他一看前后左右上下全是老道，不知道哪一个是真的啦。老道看他是一勇之夫，终无大用。二人动着手也就在二十几个回合，左云鹏心中一想，如此战法，杀到什么时候是一站呢。这才虚砍一剑蹿出圈外，白鹤亮翅回头瞧。那萧子玉横刀一站。左云鹏用宝剑一点他，施展蛇形纵，往前直刺他面部。萧子玉见忙用刀一挂。老道说："子玉，你可当心你的左目。"萧子玉急忙一甩脸，哧的一声，就将他左耳削下一个来，当时气走萧子玉。

这才有人在下念了声无量佛，上来四个老道。左云鹏道："道兄，哪位道长为首呢？"单有一老道答言说："愚下为首。"左道爷问："阁下贵姓？"道人说："我住家在北边九天玄密观，姓李双名玄清，别号人称九手真人，这是我三个徒弟，一个叫夏得桂，一个叫夏得林，一个叫夏得峰。"李玄清又道："道友你有什么绝艺，咱们可以不必在台上练。有绝艺可以单独出来，当着天下的练武之人，回汉两教，僧道两门，诸子百家，男男女女，你我二人当面试艺。"左云鹏施展吊睛法，李玄清不成。又施展第二手绝艺，空中扶翎，是将鸟放在高凳之上，鸟一飞，老道伸手将它弄回来。李玄清又不成，他又甘拜下风。第三手，左云鹏说："道友，咱们要从将台上蹿上看台去，你成不成？"李玄清说："你又有什么绝艺呀？"左道爷说："我有八步过江十三渡。"说着伸手掏出一对霸王钱，中间拴着绒绳，抡圆了双足踩上绳儿，可以飞行。那将台与看台相差足有十三四丈远，他令闲人往后闪开，为的是防备有奸人暗下毒手，打暗器，那时不好躲避。众人往两旁一闪，左云鹏连衣服都没脱，双手抡圆两个钱，往上一长腰，左脚一登绒绳，嗖的一声，如同飞一般快，瞬时上了看台。三府大人一看，这才令他执笔，分出门户来，各设门长一人。

杜林听了，问："噢，那么就分出您是花刀第五门门长吗？"杜锦道："我跟你二叔，我们两人是花刀门长。"杜林道："那花刀杜家，外面就知道有您二位，人家知道有晚生下辈吗？将来谁执掌门户呢？"杜锦道："国家要丢了点东西，我能上府衙去泄机，捉拿盗宝之寇，四外全知道你才成啦。"杜林说："那可哪里去找盗宝之寇呢？爹爹您带我走一趟吧。"杜锦道："我带你上哪里去呀？"杜林说："您带我上何家口，到我何大爷那里，我也散逛散逛，躲一躲咱们老街坊的小孩子，他们骂得我难听。"杜锦问道："他们骂你什么呢？"杜林说："他们骂我属豆腐的，就是这么一块。"杜锦说："一块就是一块，他能把你骂死不能。"原来杜林在这一带，与他相仿佛的孩子们，被他打伤多啦。有把人家腿给踢折的，有把人家胳膊给踢折了的，他家中有接骨匠长期住着，为的是与他人接伤。杜林他说得出来，也就行得出来。他说："谁家小孩再说我，我可把他鼻子削下来。"接骨匠袁先生一听，说道："大官爷，公子上那里去，您就带他去吧。他可说得出来，就行得出来。您要容他把人家鼻子削下来，那我可没法子治。"杜锦说："好吧。"这才对杜林说道："孩呀，你要上何家口，人家何斌的刀法出众，你比得了他吗？"杜林说："我怎么比不了他，他不过比我年岁大一点，能为武艺，哪一样不如他呢？那么他是多大岁数？"杜锦说："他今年二十有四。"杜林忙问道："他别号是什么呀？"杜锦说："他外号叫翻江海龙神手太保。要到何家口你不听我的话，岂不叫大家耻笑于我吗。"杜林说："爹爹您带我去吧，我一定听您的话，您让我往东我就往东，您让我往西我就往西。您要叫我往东我若往西，您叫我打狗我若骂鸡，别人不说我不好，说您家教不严。"杜锦说："到那里要不听我的话，我可当时就把你带了回来，咱们是家丑不可外扬。"杜林说："是，老爷子。"杜锦嘱咐他安置一番。杜林到了后边辞别娘亲，辞别了姨母，又把他兄弟杜兴叫到前面，向他说道："兄弟，你的武艺出众。我父子走后，家中倚仗你保护哪。每日务必要到后面，小心家里。你大娘的屋中，千万要多到几次，替哥哥我尽一份心。此番我父子走后，别出甚不测之事。"小花脸杜兴说："哥哥您就是要听我伯父的话，到时候该说话再说话。一路之上处处多要小心。到了什么地方，时常给家里来个信，我们好放心。"杜林说："不用兄弟嘱咐。"当下杜林便到后宅，与杜锦多拿几身衣服。杜锦叫家人杜廉说："早将马匹备好，我们父子明早起身。"家人点头，前去备马不提。

第二天吃完早饭，杜凤说道："哥哥你在外叫十刀别跟他生气。他在外若有不听话的地方，给我来信，我一定不答应他。"说着话，过来拉着杜林的手，说道："杜林啊！"此时随声双目落了泪，继续说："孩儿呀，你可不准叫你爹爹在外生了气，他在你身上全都中了病哪，一气主糊涂。因为我跟你爹爹是一母所养，处处关心。你们父子在家中，你要是惹了人家，我能出去办理。如今你们远出在外，又道是在家千日好，出外一时难，倘若你要是再惹了事，我可怎么前去给你调停去呢？再者说，杜家本族一大片，就数咱们这一支子人口少，还数咱们辈数大。花刀杜家本谱咱们执掌，那么你出去闯荡江湖，我还能不愿意吗？一辈子不出马，终久是个小驹。我弟兄现下年迈，一辈子把他气坏了，岂不叫咱们本家本户暗中趁愿吗？所以我劝你要跟杜家五狮子争一口气，你到外边千万不可小瞧人家。人不可貌相，海水不可斗量。到外头不准目空四海，艺高人胆大，到处都要留神。你们父子全是好打路见不平，那时难免又有一番的周折，保不住有些意外。杜林呀，我劝的可是外皮，你自己的心中可要长牙才好。倘若作了一官半职的，回到家来，也算改换门庭，给咱们杜家门争了光荣。"说着泪下，杜兴上前劝道："爹爹您就不用啼哭啦。我哥哥随我伯父出门在外，一定听我伯父的话。请您放心吧。"说完，他又转身冲杜林双膝拜倒，说："兄长你随我伯父出门在外，千万要体念他老人家年迈，二来看我伯母身上，以及我父子。千万别招他老人家生气。你是鬼计多端，我父子在家，实在放心不下。可是您在外成名也在您，摔牌也在您。可别忘了与那五狮子争气。"杜锦说道："你们爷三个哭什么呀？不是叫我带着他出外闯荡去吗？那我就带他走一趟得啦。"便叫家人领马，父子二人往外而来。那杜凤率领杜兴，往外相送。要依着杜兴，先要南院通知杜家五狮子一声，说他们父子要飘荡在外啦。杜林说道："不可，咱们是各闯各门，叫他们知道干什么呀？"父子拉马向西村口而去。杜凤道："杜廉呀，你先回去吧。我父子还得送他们几步。"那家人自行回去。这爷四个出了西村口，忽见对面来了两个人。杜林虽然年轻，可是眼神最好，他问道："老爹爹，您看见对面那二人没有？"杜兴道："二位老人家已然年迈，眼力不佳，就连兄弟我也没看出是谁来。"杜林道："那是闯江狮子杜万，混江狮子杜红。待我气气他。"说着话，飞身上马，往对面而来。那杜万、杜红看见他一噘嘴。原来他们是面合心不合。杜锦拉着马，杜凤、杜兴在后相随。那杜万二人看见他们，便往南一甩脸，并没理他们父子，就走进庄去。杜锦道："二弟你看，他们两个人还有尊卑长上没有吗？"杜凤道："兄长，您别生这个气，这是杜林招的。这本是激将法，为是激杜林。"又说道："兄长，那五狮子在背地里，将杜林说得粪土不值。杜林此次在外倘若成了名，你我在地府阴曹，也心甘瞑目的。他要是成不了名，咱们死后都得跟他受累的。"杜林走了不远，这才翻身下马。当时已然走了很远，遂说道："你们爷儿俩要跟我们去是怎么着？"说着话一看杜凤与杜兴，爷儿俩全是眼泪在眼眶里转，遂跪杜凤面前说道："叔父您请放宽心，孩儿我一定往正道上走，请你老人家放心。"说着站了站来，伸手拉出刀来，用刀尖在地上划了一道，说声："叔父，这道儿东边是咱们的家，西边是外头。孩儿我若成不了名时，我是永远不回家，您看怎样？"杜凤点了点头。杜锦道："得啦，送人千里终有一别，你们爷儿俩就回去吧，我们也该上路啦。"说着话他父子上马，那杜凤与杜兴直将他们目送得没有影儿，这才回去不提。

　　如今且说杜锦与杜林父子走了过午，前面有三股道，正西是奔涟水县，西北这股岔道，是奔何家口，西南这股岔道是奔济南。杜林是在头前走，杜锦在后边，他恨不能一时飞到何家口才可心。他停马在岔道嘴上，等杜锦马到，遂问道："爹爹，咱们往哪股道去？"杜锦说："不用忙，待我看一看。"看好了，说道："咱们往西呀。"杜林这才催马直向西而行。走了半天，他一看村庄离着大道远啦，心下纳闷，连忙问道："爹爹，咱们把道儿走错了吧？"杜锦说："没走错，你就往前走吧。"杜林说："不对，大半是走错道啦。"杜锦说："往西。"此时天色已黑，村庄镇店没啦，眼前一大片松林。他们爷儿俩到了切近一看，原来是片阴宅，座北向南。杜林道："你这孩子把我气坏啦，现今咱们把道走错了。"杜林道："咱们别走啦。"杜锦道："咱们别走啦，就住在这里呀？"杜林道："我不认识道儿，我怎么把您气坏啦？"杜锦说："是你把我给气迷了头。"杜林道："咱们走在三股岔道之时，我没问您吗？叫您看好了方向，咱们好往下走，如今怎说是我气坏了您呢？"杜锦说："杜林呀，简直你就是我的一块心病。咱们到了何家口，你是人不出众，貌不惊人。到了那里，好叫我心中不高兴。因为你何大爷有三个徒弟，你比你们哥四个，比哪一个你也比不上啊。"杜林道："我比他们缺胳膊少腿呀。生来一个男子汉，落生之后，就要名姓吗。人要是有好名，在沿关渡口上一传说，不也是有名吗。"爷儿俩说话当中，下了马，将马拉进了松林。进来一看，迎面有一个石头案子，旁边站着一个石头人。石桌以西，是三大士的像。他父子便将马拴到了石头人的身上，从马上搬下褡套来，放在石头桌上。杜锦坐石头桌上，往褡套上一靠。杜林说道："爹呀，咱们就在这里呀？

往下赶啦！"杜林又自言自语地说："合着也不吃什么，就在这里给人家看着坟地，知道这坟地是谁的呢。咱们不吃啦，那么马也不用喂啦。"说着了话，他将马解下来，叫它在地上吃些青草。杜锦道："你别麻烦，胡捣乱。"说完，他倚了褡套，就合眼睡着了。杜林见了，只好又将马拴好。按说他多有智谋，究竟是十六岁的小孩，心里没有什么。

他一个人出了树林子，到外边往四下里一看，是四野黑洞洞的，并无人声犬吠。他顺着松林往西面来，到了西面，看见有一股小道，是直奔西南。正在看着之际，就听西南之上人声呐喊，一片锣声。当时火光成片，杜林不知何故。他急忙顺着上道，一直往西而来。走在中间，两旁蒿草很深。听见前边有人说话。杜林忙一分蒿草，就蹿进了草地。细听来人说道："哥哥，您跟江南蛮子赵庭斗气盗宝铠，不应当住在何家店。那老儿何玉是山东省的人，虽说人不亲，那他们水土也是亲近啊。那里面除去姓石的与江南赵，其余全是山东省的人。咱们哥们不是山东省的人。那老儿何玉率领众人是探山带打山攻山，是三次，就将山寨攻开了。我三弟黄花峰，被石禄给劈啦。偌大的山寨，是化为粉碎。那山寨的东西，都没法顾得住，只可任其查抄入官。那么宝铠又被石禄得回，这岂不是前功枉费吗。如今直落得无片瓦遮身，咱们哥弟兄三人，并无立足之地，可称是人财两空。宝铠一回都，那王爷必定下令，各州府县一体严拿盗宝之人，哥哥您不是落网黑人吗。眼看着天光就亮，咱们周身的血迹，可往哪里去。"普莲说："二位贤弟，不要着急，他得的那铠是假的，真铠在我身上啦。再说你我的妻子那没有什么的，好比衣服一样，脱了一层还有一层，没有关系。君子报仇，十年不晚。二位贤弟，咱们在路上行走，少要多言。跟随我走，必有相当去处。少要多言，免得路上被人听去，那时与你我不便。"杜林一听，普莲嘱咐云峰、段峰啦，知道三寇逃走啦，他这才顺着草地，回到了林中，将他父唤醒，说道："爹爹您起来吧，买卖下来了。注意点，拿着上色的包袱。"杜锦一翻身起来了，急忙到了林外一站，看见从西边来了三条黑影。头前走着是金花太岁普莲。普莲问道："前边是合字吗？"杜锦道："哪位呀？"普莲到了切近一看，说："莫非是杜老哥哥吗？"杜锦道："正是，原来是普贤弟。"普莲说："老哥哥，您往这边做什么来了？"杜锦道："我跟下镖来了，走在半道之上，肚子疼痛，故此在林中解解手。"普莲说："是啦，咱们哥儿俩改天再说话吧。我同着朋友，现下我的垛柴窑抄啦，外边风紧。您往阳山把合把合，起啦红啦，吗密风紧，你我改日再会吧。"普莲说完，带着云峰、段峰，一直往南边东北角下去了。普莲所说，全是江湖的行话。跟杜锦说，您往阳山把合把合，就是您这看一看。起啦红啦，是着了火啦。垛柴窑抄啦，是山寨丢啦。吗密是官人办他来啦。风紧是官人太多啦。

三寇走后，杜锦转身形，来到里面，说道："杜林呀，好孩子，你真是我的要命鬼。"杜林说："爹，您怎么不劫呀？"杜锦说："我不劫啦，你怎么不打听打听他们是谁？"杜林道："他是谁呀，我不知道。"杜锦在林外与别人说话之时，那杜林可就将夜行衣靠偷偷的从褡套中取了出来，围在身上。他一听是盗宝之寇，心中暗喜，遂说道："这不是我进见之功吗？做官的苗头就来了吗。我在外保些日子镖，行侠作义，家里也改不了门庭。我小孩子要是将普莲再拿了，贼、铠全到手，那时不用说得一官半职的，就是从王府里得了点赏，也可以跟五狮子夸一夸呢。因此他存下心，才将夜行衣带好。他赶紧问他父道："那三寇是谁呢？"杜锦道："这三寇是西川人，内中还缺少一人呢。"杜林说："短谁呀？"杜锦说："短黄花峰。贪花童子黄云峰，第三个是巡花童子黄段峰。杜林呀，你怎么单给我惹这个事呀？"杜林说："我给您惹什么事啦？"杜锦道："那三寇全是莲花党之人。"杜林道："那么他们莲花党之人，刀法比咱们强，比咱们好，咱们刀法敌不住他们？"杜锦道："不是刀法敌不住他们，因为老虎还有打盹之时啦。得罪了他们，还不好防备。他是常来常往，咱们看守不住。你看得严密，他不下手；你有个疏神大意，一个看守不到，他要下了手，往里弹薰香，就如同治死人一般，那时咱们死都不知道。因为莲花党之人，不行人事，专一在各处做那不仁不义之事。杜林呀，我要知道你是这样的一个琉璃球儿，我把你过继你二叔。你看杜兴，他怎样的仁义，三纲五常，仁义礼智信，尊卑长上。"杜林说道："爹爹，您可知为人任养活贼子，不养活亲侄。杜兴是我亲兄弟，把他过继了我二叔啦。合着您老兄一屋里一个，他也是坐船绕开庄村巡查。咱们喝的是江中水，有人在水内洗脚等事，他就不管。我在何家渡口打过马俊。您要跟他没交情，就叫他死在那里。再者说，凡是咱们这兖州府的地面，提起杜兴来，无人知晓。您要提起我杜林来，管保那些个贼人，都得想一想我是怎样人物。"杜锦说："杜林啦，咱们爷两个睡一会儿吧，不必提这些事啦。在这露天地里，防备有人听见。我也想着他那上色的包袱里，必是宝物。得啦，不用提了。"说完，他一靠那褡套，又睡着了。杜林一看他爹爹睡觉了，拿起自己的大氅给他爹爹盖上。杜林恐怕未睡实，低声叫道："爹爹，您睡着啦？"问了两声，那杜锦是沉睡如雷。

杜林一见，心中放了心，这才来到林子外头，使了个诈语，说道："小辈，你不用在那藏着，我看见你啦。"说出半天，听四外无有动作，无人答言，他这才顺着小道，一直往东北而来。飞跑了不远，影绰绰前边有三个人影，正是那三寇，一边走着一边说话。就听黄云峰说："兄长，您可记住道路啦？"又听普莲说："我记住道路啦，我就上他家来过一次。"又听云峰说道："眼看天光大亮，你我弟兄周身的血迹，恐怕走脱不开。"普莲说："不必担惊，随我来吧。"说话之间，他们出了小道，一直扑奔大道而去。普莲说道："这中三亩园有个白面判官徐立，奉母命在金盆洗手，不做绿林的事。想当初我二人同手作事的时候，他不佩服我。从刘荣下转牌之后，他没上我这里来。今夜咱们三个人，是上徐立家中安身。他若留咱们，做罢论。可是将来我破案之时，也得咬出他来。他若是不留咱们，那爷仗咱弟兄三口利刃，杀他满门家眷，将尸首全埋了之后，咱们在那中三亩园藏几天。容等四外火光熄了，咱们再回故土原籍去安身。在西川养足了锐气，大家杀奔何家口，杀那何玉老儿的满门家眷，再为报仇。咱们到了那里，我要叫开了门，我进去，你们弟兄紧跟着也就进去，将大门给他关上。"二人答应："是。"三个人主意打好，这才往前而去。眼前来一中三亩园的西村头，杜林老远的就趴在地上了，回头向四外瞧。三寇长腰往村子里头一跳，站住之后，扎煞二臂往后定睛观看，四外无人。他三个人是往高处看，要是有人跟着是有黑影。他们细看没有，这才进了村子，来到路北第二个大门，对面有八字影壁。杜林看准三寇奔了大门，他便偷偷的来到影壁西跺墙，隐着身子，偷看三寇叫门，按下不表。

且说普莲与云峰、段峰说道："我只要将门叫开，你二人可想着往里去。"二人答应。普莲用手弹门，少时里头有人答言，问："是谁在外边叫门？"普莲说："是我。此处可是徐宅吗？"里边说："不错，是这里。"普莲说："徐立可曾在家？"里面说："那是我家主人，现正在家。等我给您开门。"说话之人原本是老家人徐福，急忙找引火之物，将灯点上，穿衣下地，将灯放在门房外边窗台，照着亮儿，将锁开了，摘下门来。门一开，那云峰就用胳膊肘儿一拐那左边的门，当时三个人匆匆的便都走了进来。当时吓了老家人一跳，看他三人浑身的血迹，各持一口刀，脸上带着煞气，又不认识三个人。他们进来之后，就将门关好啦。当中一人，手提一个黄缎子包袱，不知包内何物。徐福忙问："三位大太爷，贵姓呀，老奴好往里与您回禀。"普莲说："你贵姓啊？"家人说："我姓徐名福，是本宅家人。"普莲说："我乃是屯龙口打虎滩一山之王，姓普名莲，金花太岁的便是。"徐福问道："那二位呢？"普莲说："那是我的二位拜弟，一个叫巡花童子黄云峰，一个叫贪花童子黄段峰。你赶紧回禀你家主人，就说我三人恳求我那徐大哥，借他家宅躲灾避祸，住个三天五日，容等四外火光熄灭，好辞别我那兄长，回我们西川银花沟。"老家人徐福说道："普大王，想我家主人，奉母命在金盆洗手，他要收留您，您也别喜欢；不收留您，可千万别恼。您三位在此等候，等我去回禀一声去。"普莲说："老哥哥，我那徐仁兄要是不留，您给美言几句就是。"老家人说："是啦。"说完，转身往里而去，用手一推东边那扇屏风门，进了院子，来到北房东门外边，用手一弹窗户，东边徐立连忙问道："外边什么人？"徐福说："是我。"徐立问："什么事？"老家人说："你我主人稳在家中坐，谁知祸从天上来。"徐立在屋一听老家人说话，透着惊慌失色，心说："老哥哥，不要耽惊，全有小弟担承。"说着边忙起身，说道："娘子快穿衣服。"当下他妻子徐门张氏，也就起身穿好衣服，掌上灯光。徐立到了外屋，将门开了，出来与老家人一同来到外面。那普莲一见，连忙上前，双膝拜倒，说声："大哥在上，小弟普莲拜见。"徐立伸手相挽，借灯光一看，他三人每人一口刀，浑身血迹，又见普莲手中提着一个黄包袱。

原来宋时年间，平常人不准使上色的包袱，黄的红的不叫使。民间小登科之日，都使淡红的包袱，全不能使大红的，大绿的、水红水绿的居多。徐立忙命徐福将西房的灯光点上，那徐福答应，到了西间，将里外屋的灯，全行点好，徐立方将三寇让到西房屋中。三寇到了屋中，徐立让他们进到北里间，忙问道："普贤弟，这个上色的包袱是从哪里来的？里边包着什么啦？"普莲才说："江南蛮子赵庭，爬碑献艺，我与他赌气，在京都八主贤王府盗来金书帖笔闹龙宝铠。我盗宝铠为斗赵庭，哪知何家老贼何玉，率领众人，一死与我作对，攻取我那打虎滩。是我弟兄寡不敌众，我将带了出来，黑夜之间，无有扎足之地，才想暂上哥哥您这里来。再说身上血迹颇多，白天行走不便。为的是在您这住几日，我们好回西川银花沟。"徐立一听，忙命老家人快到里院，向张氏要出三身青衣服来，三根凉带，好与他三人更换。回头对普莲说："普贤弟，想我徐立，奉母命金盆洗手之后，在此地治土务农，所交的人是一片农家朋友，倘若被他们看出一点破绽来，倒有许多的不便。"此时徐福来到了里院房底下，说道："少主母。"里边张氏问道："外边可是老哥哥？"徐福说："正是奴才。"张氏问道："你来到后面，有什么事吗？"徐福说："我家主人叫我跟您要三身青衣服，三根带。"张氏答应，忙开箱子取出来，送到屋门口。徐福伸手接过，拿到外面西房，交与徐立。徐立伸手接过，拿到北里间，令普莲三个人，将有血迹的衣服脱下，换好了青衣，结上凉带。将那三件带血的衣服，放在背静地方，掩埋不提。此时天已快亮，那老家人埋完回来，徐立令他去打了盆洗脸水来，送到北里间。徐立跟进来道："你们弟兄三个人，先洗一洗脸，少时天就要亮啦。我自从金盆洗手后，在家所结交的全是一班农夫农妇，每日不断往来，恐怕被他们看见。你三人浑身一脸全是血迹，走漏风声，一时不便。"回头对徐福说道："老哥哥，少时天亮，您好好看守大门。要有人来找，就说我没在家。我那神前结拜的朋友，方许进来。"老家人点头答应，转身出去。这时普莲说道："徐大哥。"徐立说："贤弟有话请讲。"普莲说："我出来仓促，金银一分未带，我未有什么东西献与老伯母，现下一件物件，可以奉送她老人家。"徐立说："什么物件呢？"普莲说："我与江南蛮子赵庭打赌斗志，就是金书帖笔龙宝铠，我从八主贤王府盗了出来，直到而今。请将此物收留，四外火光熄灭之时，我弟兄回川，那时您到县中献宝，可以高官得做，骏马任骑。"徐立伸手将包袱双手接过，拿出屋来。自己在廊下一站，手捂胸前，暗暗说道："好普莲，我跟你何冤何仇，你将此物甩在我家，是唯恐我家祖坟不刨呀。"他这么一低头，忽然看见眼前有条黑影，还真是快，只见这条黑影奔西北去了。

原来，这条黑影，便是混海龙杜林。他看见三寇叫门往里去啦，就偷偷的爬起，来到门道，便将白日衣服脱去，换好夜行衣靠。白昼衣服在小包袱之内，打了腰围子，用丝绦带结好，抬胳膊踢腿，不绷不吊，来到门外，翻身上房，往里而来。到了里面，他往影壁上一爬，就见从西屋出来一人，站在西房檐下，手拿包袱，在那里长叹一口气。杜林看了知道是宝铠。他这才长腰奔了内宅西房前坡，手扒中脊，飘腿就过去了。徐立提包袱来到里院，一边走一边小声说道："真是稳在家中坐，祸从天上来。是福不是祸，是祸躲不过。"提包袱进了北上房，说道："娘子，你快将娘亲唤起，现在有人送来宝铠，暂且先存留在咱们家中。"那张氏答应，举着把灯儿来到西间，后面徐立跟随，二人到了西屋。那张氏将灯放到一旁，急忙跪倒。此时徐立也随在后面，双手放下包袱，手扶床沿，小声唤道："娘啊。"张氏叫道："婆母啊，您快起来吧。"她们婆媳平常很是投缘对劲。徐立叫了两声，老太太没理他。张氏说道："娘啊，咱们真是稳在家中坐，祸从天上来。您那不孝的孩儿所交不义的宾朋，有人将国宝盗来，送到咱们家中来啦。"老太太一闻此言，吓得急忙醒了，说道："姑娘啊，你快将我扶起。"此时老太太正在病中，尚未痊愈，张氏急忙上前将老太太扶起。徐立一看老娘吓得颜色更变，就在地上跪着，忙说道："娘啊，您不必耽惊害怕，孩儿我有妙计。"老太太说道："孩儿呀，祸全到了咱们家哪，你没有妙计啦。贼咬一口，入骨三分。你在外头什么朋友全交，摸一摸脑袋算一个。"那张氏在一旁站着，双手搀扶着老太太啦。那老太太用手搀了张氏，双目落泪，如同断线的珍珠一般，说道："儿呀，姑娘，为娘的托媒婆，将你说到我家，为的是跟我儿成为白头到老。不想他行为不检，竟跟那狐朋狗友结交。直到而今，又将盗宝之寇，让到家中。那贼是居心不善，他要临死拉垫背的啦。此人盗宝关系重大，他来到咱们家中，倘若官军从此处拿走盗宝之寇，他落个凌迟处死，咱们全家落个项上餐刀。"说着话，她婆媳痛哭一场。徐立一看，此时好比万把钢刀扎肺腑，滚油泼心一般，便呆在那里。张氏说道："娘啊，您将钥匙交与孩儿，我将宝铠暂且锁在咱们箱子里面。外间屋中有神佛，孩儿我每晚跪他高香三股，叩禀上苍，因为此乃天上所掉之事。"老太太交了他，张氏伸手接过，说道："娘啊，您看在孩儿面上，千万别哭了。"说完，站起身形，开了箱子，将宝铠收好。锁好了之后，又将钥匙交还了老太太，回身冲徐立一拜，说道："夫主，后面之事，你一概不用分心。你到前面侍候三寇，千万别落个不字。"王氏老太太说道："姑娘，从此以后，你可不要梳洗打扮。那西川路上的人，狼心狗肺。"张氏点头答应，从此他是每晚要跪一股高香，为的是叩求上苍，早行赦免，收回恶人。暂且不表。

　　且说杜林他在暗中一切看明，这才飞身下去，到了外面，够奔西村头。到了那座坟地切近，就听他爹正在林中骂啦，说道："我夫妻二人怎么养活这么一个孩子呀。早晚我们这两条老命，被他给断送了。"杜林连忙进了林子，说道："爹爹您别骂啦。您骂多少样，您记着吗！"杜锦说："你别气我，这就快把我气死啦。"杜林道："您要不骂我，我还不进来啦。可倒好，全在猪身上找，称得起是猪八样。"杜锦问道："你换上夜行衣，做什么去啦？"杜林道："我上树林外头拉屎去啦。"杜锦道："这么大的一片坟圈子，你会拉不了屎。"杜林说："往往大家都说闻臭闻臭，三天不长肉。本来您就长得瘦，我要再在您的旁边拉屎，您闻见了臭味，更不长肉了，那成了爸爸灯啦。"杜锦说："杜林啊，你别气我啦，留我这一条老命吧，快将夜行衣脱下，解下马来，咱们好走。"杜林当时脱下来，仍然收在小包袱之内，换上白昼衣服，问道："爹呀，咱们上哪里去啊？"杜锦说："咱们回家。"杜林道："咱们给人家看了一夜的坟，坟主知道吗？人家也不知情啊。"说完他解下马来，将两匹马的肚带，勒紧了三扣，将褥套拿出，放在马上。看地上没落下东西物件，杜锦转身往外要走。杜林说道："爹呀，咱们不用回家啦，还是上我何大爷那里去吧。"杜锦说："不用，回家吧。"杜林说："您为什么要回家呀？要不那时候咱们不来好不好。"杜锦说:"杜林,你的机灵差远着啦。眼下我听镖行人说,那普莲盗走闹龙宝铠,那看楼的是李翠、云龙,他二人是你王大爷的徒弟。"杜林说:"哪个王大爷?"杜锦说:"镇海金鳌王殿元。"杜林道:"那也不要紧啊。"杜锦说:"内中有鲁清,自在熊鲁彪的兄弟。"杜林道:"这个鲁清,我已然在背地里给他磕了头啦,拜他为师。"杜锦说:"你为什么给他磕头哇,为的是跟他学刀法?"杜林说:"刀法,咱们是花刀第五门,比他们全强,跟人学做什么呀。我就求人家别跟我学就得啦。我不是跟他学别的,学点坏。"杜锦说:"得啦,别说,咱们还是回家吧。"杜林说:"爹呀,您带我去吧。"杜锦说:"咱是别去啦,现下你大叔上石家镇,已然将石禄请了出来。而今他们拿普莲心急,真如钻冰取火、轧砂求油一般。"杜林说:"干什么这么拿他呀?"杜锦道:"他是国家的要犯,此铠他们没得回去。"杜林心中一想,这可是进见之功。我要将铠得回,拿住了普莲,将来贼、铠一入都,王爷必有赏赐。那时我拿回家中,也可以夸耀于他五弟兄之前。想到此处,遂用好言安慰,说道:"爹爹您带我去得啦。"杜锦说:"杜林呀,是你不知。你是我的儿子,你是什么脾气,我还不知道吗。你的口齿不严,那鲁清两眼不揉砂子,见其面知其心。"杜林说:"这么办吧,咱们到了那里,不管他怎么问,我是一问三不知,神鬼怪不得。无论他怎样问,咱们是一概不知,他没主意。现下咱们在这里没有外人知道,到了那里,您叫我说我才说,不叫我说,宁可烂在肚子里还不成吗。"杜锦一听,实在无法,这才答应。杜林说道:"再者,孩儿我明白,他们大家求咱们帮忙,拿住了三寇还好,若是跑了一个,那咱们杜家河口就不用太平啦。又道是伸手是祸,拳手是福。"杜锦说:"你说的全好,那咱们走吧。"说完,父子二人拉马出了树林,认镫搬鞍上了马。

此时天光已大亮,太阳出来了。杜林说道:"爹爹呀,您可认好了道路,先找个镇店,吃点什么再走。"说着话走了不远,看见有一股大道往北而去。看见一个打柴的，杜林忙跳下马来，上前抱拳问道："借光您哪，何家口在哪里？"那樵夫说："离此地还远啦。"杜锦说："前头有村子没有？"打柴的说："有，那村子名为三义店。"杜林说："三义店有酒楼吗？"打柴的说："那是一个大镇店，什么都有。"杜林说："有劳了。"那樵夫自去。他回头一看他爹的马，相离远一点，他便站在那里等着，说道："哎呀，我实在饿啦，您把缰绳交给我吧。"杜锦说："你要缰绳做什么呀？"杜林说："为的是走得快一点。"杜锦说："可别太快了。"杜林说："是啦，不能太快啦。您饿不饿呀？"杜锦说："不饿，不像你，一会儿就饿。"说着把缰绳递了过来。杜林伸手接过，便拴在自己马后，飞身上马，抽出打马藤条，怀中一抱，两匹马往下走来。他的马拉着后边之马，越走越快。杜锦在马上骑着没有拿手，缰绳在前边黑马身上拴着啦，忙问道："杜林啊，你打算干什么呀？"杜林说："我饿啦，这匹马不快。"杜锦说："这匹马还不快啦，有多快呀。"杜林说："咳，您说这匹马不快呀，来，咱们叫它快着一点。"说完，他连打马三下，两匹马如飞似的，往下跑了下去，穿村过店，直往下跑。那杜锦连忙趴伏在马鞍子上。杜林在沿道上，看见有那年老的行人，就问道："老大爷，我跟您打听打听，何家口在哪里？"老者说："你从此往北，顺着河沿走，再往东，看见石桥，过了桥再打听，那就快到了。"杜林说："道谢，道谢。"说完一打马，直向北而去，顺着长河又往东，那河就往北拐下去啦。他们便顺着东岸，一直往正北。看天时已然过了午啦，好容易看见眼前有一道石桥。到了桥的切近，那桥翅上坐着几位年老的人。杜林连忙问道："老大爷，何家口在哪里啊？"那几个老人一看，见两匹马，后边那匹马上驮一年老之人，趴伏马鞍之上，纹丝不动，两匹马浑身是汗。众人以为是去瞧病，大家全说："不可不快告诉他。"遂说："马上这位小爷，你要上何家口，由此过河往西北，见了十字路往北再往西，路北有座大庙。顺着庙墙的大道，再往北，道西边头一个村子，那就是何家口。"

杜林说声"劳驾"，打马三下，一直又跑了下去。直到了何家口的东村口，问道："爹爹您还肚子疼不疼啦？"杜锦说："好孩子，你可真成，不用废话啦。我说不用那么快，谁说肚子疼啊。杜林啊，你安着什么心啦。"杜林说："我没安什么心。您叫我说，我才说。不叫我说，我不说。"说话之间父子二人下马，拉马进了村子。杜林道："怎么找不着哪个是正村子。"杜锦道："这还没进村子啦。"说着话，眼前来到一片大土围子，有三道大豁口子。爷儿俩就进了南边这个口子。杜林说："这个是何家口吗？"杜锦道："对啦，这个是东村头。"

父子进了村子，一看两旁铺户住户不少。走了不远，往北有股大道。他们往北，见了十字路口，又往西，便是何家口的中街。杜林一看这些铺住户，每家门首全挂着小锣梆子。杜林问道："爹呀，您看他们全挂着梆子铜锣，那是做什么呀？"杜锦道："这是小锣会。要是一失火，以小锣为记。有了贼是梆子为记。"说话之间，来到吉祥店门前，门是关着。上前叫门，里边有人问道："何人叫门？"杜锦道："我拜兄何玉可在家？"里边说："在家，您是哪一位？"杜锦说："我住家兖州府西门外，杜家河口，我乃杜锦，到此处来看望我的兄长。"店里伙计从门缝往外一看，问道："那一位呢？"杜锦说："是我儿杜林。"伙计说："您在门外稍等，待我给您往里回。"说完他到了里面。对何玉一提，鲁清便过来了，问道："开门了没有？"伙计说："没开门。"鲁清道："何大哥，杜锦的名声可不小。列位，那杜家河口，离咱们这里有多远？"何玉说："约有四五十里地。"鲁清道："是啦，而今咱们大家攻破了打虎滩，没拿着盗宝之贼，金花太岁普莲跟云峰、段峰三寇，不知逃往何处。据我猜想，盗宝之寇，以及宝铠的消息，一定在他父子身上。我鲁清敢说，见其面，就可知其肺然。少时您见了他们必须如此如此，丁大哥您少时也必须如此如此。"安排已定，众人这才迎了出来。伙计开了门，大家见礼毕，这才将他们父子同请进来。后来听杜林说了出来，鲁清道："你可知道贼、铠落到何处？"杜林道："连那铠放在哪里我全知道。"鲁清一问，他才详细说了出来。石禄说道："清啊，原来老肚子来啦，带了小棒槌一根。连他们到了判官那里，好啦，我找判官去。"说完，他将皮褡子内的钱倒了出去，插上双铲，往外就要走，杜林问道："鲁大叔，此位是谁？"鲁清道："他乃是圣手飞行石锦龙之次子，他名叫石禄，外号人称穿山熊。"杜林说："他怎么管我叫小棒槌呀？"鲁清道："这人忠厚又护热，这他就记住了。"杜林道："他飘流在外，上哪里去找判官去呀？"鲁清道："那你就不用管啦。"石禄来到外边，叫伙计给他开店门。伙计说："您上哪里去呀？"石禄道："我上三环一人滚判官他家去，那个莲跑到他们那里去啦。"问道："伙计，他们从哪边回来的？"伙计说："从东边回来的。"他说："好吧，那我往东去啦。"说完他一直往东去了，按下不表。他这一去不要紧，才闯出大祸一身。欲知端的，且看下回分解。

第十一回

徐立献宝铠二峰漏网　石禄擒普莲侠客出

　　且说店中鲁清大家人等，陪着用饭。鲁清说道："杜林啊，这可是你爷儿俩的功，可不是给你们爷儿俩拴对儿，办出事来，应有我姓鲁的一点事，我尽替朋友着想。"说完又唤伙计，叫他把鲁清、丁银龙、杜林等三人的马备上，快去中三亩园挂桩。伙计答言说"是"，赶紧帮这爷三个将应用物件拿齐。鲁清说道："何大哥，咱们这一带有三亩园没有？"何玉说："有，大概是在东里啦。"鲁清道："有就好找，你们诸位在店中等候。李翠、云龙你二人赶紧四下派人到处去打听去。那石禄回来不回来，没有多大的关系。"刘荣说："石禄若有三长两短，那可如何是好？"鲁清道："你放心吧，刘爷，他若有个舛错，我拿人头见您。"说着话，鲁清牵过马匹，辞别众人，上马而去。出了村子，一直往正东。杜林一看，问道："这附近有一座石桥吗？"丁银龙道："不错，有一座石桥，来，随我来。"说着在前边打马走去。直到了石桥口那里还是有些个年老的人，在那里说话。"丁大哥您下去，向他们打听打听，这个三亩园离这里有多远。"丁银龙道："不用打听啦，反正近不了，咱们就往前走吧。"此时鲁清已然下了马，到了人前，说道："借问一声，中三亩园在哪里？"当时有人说道："这个三亩园，离此约有四十多里地，顺大道一直往东，就可以到啦。"鲁清一抱拳，说声"谢谢"，拉马过桥，飞身上马，老爷儿三个，顺大道一直跑了下去。走了二十多里地，太阳已然压了山啦。鲁清说道："大哥呀，此天已不早，您看前边来了一位老头儿，您也年长，可以过去向他打听打听，还有多远。"银龙一听，也对，这才下了马，迎了过去。眼前来的那个老者，拉着一头驴，驮着两条口袋，一定是上集镇去买粮食，连忙抱拳说道："仁兄。"那老头儿一抬头，连忙说："达官，您有什么事？"丁银龙道："我跟您打听打听，咱们这一方，有三亩园吗？"老者说："但不知您是打听哪个三亩园。"丁银龙道："有几个三亩园呀？"老者道："三亩园有三个啦。"那老头儿说道："您看见路南那片松林没有。那松林东边，南北的村口，就是上三亩园。那上三亩园北口往东有一股人道，这一股人道是穿村而过，那村子便是中三亩园。出中三亩园的东口，再往东去三里，即是下三亩园。"老者便将三亩园的街道地方详详细细的全部告诉明白了他们。丁银龙道了谢，三个人又往前走到了松林之外，翻身下马，进了林中，将马拴在树上。爷三个席地而坐。鲁清道："老哥哥您已然打听了。依我说，咱们先上这个三亩园打好了店，暗中把咱们人偷偷的运到了店中，然后咱们再上中三亩园拿贼去。您先去打店，咱们必然如此如此。"丁银龙说："是啦，那么我先去吧。"说着他解下马来，拉马出了树林，往村内走去。

到了上三亩园的北口，看那村中还很繁华，在路西有一座店，白墙黑字，上写仕宦行台，安寓客商，水旱两路的镖店，门前有两行小字，左边写着茶水方便，下边是草料俱全，中间店门上有一块横匾，金底大字，上写丁家老店。丁银龙上前叫道："店家。"当时从里边出来一个伙计，身高有八尺开外，胸间厚，膀背宽，面如重枣，宝剑眉斜插入鬓，二目灼灼放光，准头端正，四字海口，大耳相衬。光头未戴帽，高挽牛心发髻，上身穿毛蓝布的贴身靠袄，青布底衣，青鞋白袜子，腰中系着一条半截围裙。这人出来问道："客官您住店啊？"丁银龙说："不错是住店,你们这里可有上房?"伙计说："有,您随我来。"说着转身往里,丁银龙拉马跟进店内。一进店门,在门洞里边,两边有懒凳,在北边凳子的西头,有柜房的门,门上有青布软帘,挽在西边门柱上。丁银龙从此经过,未免往里看了一眼,见北房山挂着五样兵器:头一件是,长杆的开山铖;第二件是方天画戟;第三件是白杆花枪一条;第四件是龙须刀一口,长约四尺七寸五,一寸七宽,护手盘底下有个蛾眉枝;第五件是一对朴刀。店里伙计说:"您将马交给我吧。"丁银龙道:"慢着吧,我这匹马老实,你去拿来一个凳子,放在当院,把马拴在那腿上,旁边放个草簸箩就得。我原是青州府的人,此次我们是三人出外取租,中途路上,被大旋风将我们一匹马吹散了。将马拴在那院中,等他们从此门前过,看见了此马,自然知道是自己的人住在了那里,这是我们的暗记号。"伙计答应,便领他到了五间北房屋中。丁银龙进到屋中,看见迎面有张八仙桌,一边一把椅子,东西各摆一张茶几,配着四个小凳,两旁暗间,挂着青布软帘。伙计拿进一盏灯来,放在八仙桌上,笑问道:"客官爷,您还用什么呀?"丁银龙道:"你先给我打一盆洗脸水来,好擦一擦手脸。"少时打了来,丁银龙洗完了脸,坐在那里吃茶。此时那村外头的杜林,也拉马走进村来到路西这个丁家老店,看见院中拴着那匹马,杜林知道丁银龙住在此店,他便叫道:"伙丘子,伙丘子。"伙计一听,急来到了外面,问道:"小爷您要住店吗?"杜林道:"你是这里的伙丘子吗?"伙计说:"我不是伙丘子,我是这里的伙计。"杜林说:"你是伙计,必须找瓦匠。"伙计说:"这里是店东啊。"杜林说:"你是房东?"伙计说:"我是房东。"杜林说:"你贵姓?"伙计说:"我姓丁。"杜林道:"你是大丁小丁,你是老丁少丁?"这几句话真把伙计给问上气来啦,急了脸问道:"您是打店呀,还是找人呢?"杜林道:"我找人。"丁银龙一听是他,连忙出来说道:"伙计,你可别跟他一般见识,我这个侄儿好玩闹。"当时伙计就不言语了。杜林将马拉到那匹马一旁,也拴在那里，向着马说道："马呀马呀，今天夜里，咱们全不用活啦。我们不是吃板刀面，就是吃馄饨。你们俩准上马杆铺。"伙计说："这位客官，您说怎么会不能活呢？"杜林道："今夜店里一闹贼，那不是全完了吗？得啦，马呀，没想到咱们全活不了哇。"伙计说："小爷，您千万别这么打哈哈。我们这店里住着许多的客人，您这么一吓，人家住不住哇。"丁银龙叫道："杜林呀，别跟人家打哈哈，快进来吧。"杜林进到屋中说道："伯父哇，今天夜间咱们一定活不了。"

伙计在外面听得明白，不好言语，只可到了柜房又给拿来一个茶杯，送到了北房屋中。忽听门外有人喊道："掌柜的！"伙计一听，心说：今晚真是个麻烦，怎么尽来这些个人呢。杜林在屋中一听，忙说道："伙计，你还不快出去看看去，有人喊你啦。"伙计无法，到了店门口一看，见一人拉了一匹马，连忙问道："您是打尖，您是住店？"鲁清道："你是掌柜的吗？"伙计说："我不是掌柜的。"鲁清说："那么你是掌柜搭。"伙计说："我也不是掌柜搭。"伙计说："掌柜的也不能搭我。"鲁清说："我不信，你要是死在这里，掌柜的还不把你搭出去。"伙计说："客官爷您与我有什么仇哇，愿意叫我死呀。我要死了，掌柜的还不把我搭了出去。"鲁清道："搭到哪里？"伙计说："那还不外事。"鲁清说："搭到厨房去。"伙计说："得啦，客官爷，您别跟我打哈哈，我说不过您。您是打尖呀，还是住店呢？"鲁清道："我看见院中这两匹马眼熟。"伙计说："是啦，想必全是一块儿的。"说着伸手接过马来，又把那两匹马也解了下来，一同拉到棚里去了，鲁清来到北屋，杜林说："我看此店有些不顺，为什么柜房中挂着兵刃呢？要是镖店，应当把兵刃摆在廊沿底下。您还喝茶不喝啦？"鲁清说："不喝啦。"杜林："我试试他们，叫他摆上一桌酒席来。"遂叫伙计给来一桌上八席，外加山珍海味。伙计答应。杜林道："以外给我们来一碗汤菜，多来点海海迷字。"伙计一听，忙看了杜林一眼，说道："这位小爷，您是合字吗？"杜林道："我是海字。"伙计说："那么您是线上的吧？"杜林说："我连一根绳都没有。"伙计说："我看阁下眼睛挂神，可是乍入芦苇。"杜林说："我倒没进过苇塘。我倒时常在竹林里睡觉。"伙计说："那么阁下怎么知道下海的迷字呢？"杜林说："我跟赶大车的学的，他赶着车，一共是十几辆车。"伙计说："车上有东西没有？"杜林说："有啊，车上不少东西物件，全用绳子拴着。"伙计说："那赶车的手中拿着鞭子没有啊？"杜林说："没有。"伙计说："那么他的鞭子搁在哪里呀？"杜林道："插在车辕上，头一辆车上还插着个旗子。那赶车的说道，我一问他，他说那叫胡椒面儿。我也是叫你多给来点，为的是好吃。"伙计一听，知道他是外行，遂冲他一撇嘴。杜林说道："嘿，你怎么撇嘴，不给不要紧，我们会上外边自己买两包去。"伙计哼了一声，便走了出去。丁银龙见他走了出去，这才说道："我看他们也许不是贼店，可是他们这军刀怎么放在柜房里呀。再者说，也不应当用真的兵刃呀。"

　　不言他们三个人在此猜疑。书中暗表：原来这个丁家店中，除去打更的与厨子之外，其余全是一姓的人。哥五个奉母命金盆洗手，在此处开店。这个伙计出来，告诉别的人说："北屋来的这些个人，一个好人没有，咱们快给掌柜的送信去。"此人这才来到店门外南隔壁一个大栅栏门内，伸手进去开了门，往里而去。到了一间大门洞里，一叫门，里边说："三哥呀。"外边人说："不错，是我。老五吗？"里边说："是。"外边说："咱们大哥在家没有？"里边说："在家啦。"门一开，此人进去，到了屋中，面见他们兄长，说道："咱们暗中北屋，住了三个人，我一问他，他是全不懂。据我看他们全不是好人，要菜要汤，让我多些下海的迷字。"他们大爷说："这是有点成心吧！来呀，来人。"说着梆子一响，来了许多壮汉，俱都身高九尺开外，正在壮年。各人全身青布衣打扮，短衣襟小打扮，两个人一根练腿绳，还有刀斧手，预备齐备。哥五个会到一处，大家一商量，便将四十名绊腿绳手埋伏大东房门口，刀斧手埋伏在大西屋过道，哥五个一字排开，各持兵刃。大爷道："你们千万别乱，咱们是一个一个挨着上，别露出咱们透着急来。他们出来一个拿一个。我打不过他，你们再上手。"哥五个这里正说话，噗的一声，桌子上的灯忽然灭啦。老三忙用引火之物过去要点，忽的一声，那灯又着了。一连那灯又接连着了、灭了，一闹三次，吓得他五个人瞪目发怔。外面那个遛马的回来了，站在院中说道："我把你们胆大的畜生，你们还要以小犯上不成吗。交友之道，谁还敢跟你们交啦。"哥五个一听，连忙走了出来，一看说话的人，正是那个遛马的人。他二目瞪直，哥五个没注意。老五将他推到一旁，哥五个各摆军刃，冲着北屋，说了声："唰，北屋之人，一个好人没有。有什么事快些出来，吃我一钺。"杜林忙将灯给吹灭，说："伯父，您看是不是，我早看出来他们是黑店。酒席还没给咱们预备啦，他愣说吃了他 个月啦。"丁银龙道："你这小子真能惹事。你就不用出去了。"杜林说："那是，我不出去了，出去小命就得完。这小子兵刃有些扎手，我还留着小命喝豆儿粥。鲁清你出去看看去吧！"鲁清道："不是我惹的事，我不出去。"丁银龙说："杜林呀，往后你可别管他叫鲁叔父啊。你是刚出世的孩儿，他闯荡江湖倒很有些年。今天咱们一点小事，他就从此的往后退缩。明天以后，可别叫他叔父啦，他不够资格了。"丁银龙将大氅脱了，将大衣围在腰中，说道："老贤侄，你别再叫我伯父，他也别白叫我兄长，待我先出去一战。要是战人家不过，死在他们之手，就求你二人将我尸骨带回青州，那我就感恩非浅。"说完拉刀纵出屋来，抱刀在院中一站，冲着当院持钺之人说道："看刀吧，你家老爷还能活六十多吗？"哧的一声就是一刀，那人横杆一架，说道："且慢，快通快你的名姓，你家丁某钺下不死无名的鬼魂。"丁银龙说道："你就不用管了。"那人说："不成，你必须说出真名实姓，世居哪里？"丁银龙道："小辈，你家爷，我乃祖辈居住青州府首县阴县东门外，丁家寨的人氏，姓丁双名银龙，人送一匪号神偷小毛遂，左十二门第八门的。"那人一闻此言，往后倒退三四步，说道："老三呀，快将灯光掌上。"当时明光蜡烛，照如白昼。丁银龙此时再一看各屋窗户下，全安着人啦，两个人一根绊腿绳。他往对面一看老者，虽年岁老，可是精神不老，精而有神。他细看了看，说道："对面老人家，休要发雷霆之怒，虎狼之威。我要跟您打听出来一人，您可认得？"丁银龙道："对面的小辈，你要问那有名的主儿，我必手下让情，可以告诉你。"那人说："提起此人可大大的有名。"丁银龙道："但不知是哪一位呢？"那人说："此人住家也在贵宝地，姓丁双名银凤，外号人称赛彦章。"丁银龙一听，细看了看，想道：我看他年岁，也就有三十上下的岁数，他怎么与他相识。因为那年他小叔嫂吵嘴，那银凤一赌气走了。如今约有二十多年，是音信皆无。遂含泪问道："你们与他怎能相识？"那人说道："老者您可认识此人吗？"丁银龙道："我焉能不认识此人，我二人乃是一母所生。"那人一听，急忙将钱扔在就地，上前跪倒，口中说道："孩儿不知伯父驾到，多有罪过。"丁银龙道："丁银凤是你什么人？"那人说道："他老人家乃是我们五个人的天伦，早就想托人给您带个信，不知道您在哪里住。直到如今，这才见着。"他们爷儿，正在此地说话，那遛马的李三，大声说道："兄长，您别生气，那五个畜生无知。"旁边丁家第三个一听，给他一拳，那李三就倒在地上，竟自睡去了。这时那四个人也一齐过来，跪在地上，给丁银龙磕头。银龙用手一搀他们，双眼就落下泪来，爷六个一同哭了。屋中杜林知道全是自己的人啦，他便将灯点上了。鲁清出来说道："老哥哥不要哭了，爷六个一同到屋中说话来吧。"这哥五个，大爷名叫金面熊丁世凯，二爷叫银面熊丁世平，三爷叫花面熊丁世安，四爷叫赤面熊丁世吉，五爷叫黑面熊丁世庆。五个人一听屋中有人说话，遂说："伯父呀，咱们一同到屋中说话去吧。"丁银龙说："也好。"当时他们众人一齐来到屋中，坐下谈话。

书中暗表那丁银龙的武艺。他弟兄相差十八岁。银龙娶妻李氏，李氏长得有闭月羞花之美，沉鱼落雁之容，头紧脚紧，面色忠正。那丁银凤正在青年二十多岁的时候，乍出世，不知什么。他家是个财主，家大业大。有一年，丁银龙保了一支镖，远走他乡。丁银凤永远在外面书房睡觉，那李氏就拿他当作自己亲兄弟一般看待。银龙临走的时候，嘱咐李氏，自己不在家，深恐后面有什么事情，必须叫兄弟来后面来睡。丁银龙走后，他们吃完晚饭，李氏说："兄弟，今晚你在后面睡吧。你哥哥有话，怕后边有什么意外之事。"银凤说道："我遵我哥哥之言，不能到后面安歇。再者我哥哥并未对我言讲，还是在外边睡觉。"李氏道："你在前边，有时深夜，睡得沉了，衣被或是盖不到，那时容易着凉。"银凤一听，说道："姐姐，我兄长在家之时，何人与我来盖呀？"李氏道："你是不知，你兄长每夜三更，必定到你屋中看你。"银凤道："满口乱道，我兄去时，我焉能不知，真是岂有此理。"说着他还是出外面去了。李氏无法，白可在后面睡了。睡了一觉，心中不放心，自己忙点上灯，来到前面书房。用手一推，那门未关，当时就开了。李氏来到屋中，用灯一照，银凤未在屋中，不由纳闷。原来那丁银凤自从听了李氏之言，他来到前面自己的屋中，心中暗想：我兄长未跟我提，怎么我嫂嫂对我说此话，好叫我丁银凤纳闷。再者我素日拿她当作我姐姐一般，此话说不着哇。自己愈想愈不对，后来躺在床上，细一想，或者也许有的，急忙爬起，换好夜行衣，背好朴刀，出了书房。将门带好，飞身上房，一直向后面而来。到了西房后坡，往后一看，正见自己的嫂嫂从屋中出来，手中提着手灯，走道自言自语，听她低声说道："尽跟我说，怎么不跟兄弟说呢。兄弟呀，你要把嫂子错放了地方，那你可错啦。"一边说着，一边往外来。银凤看她出了屏风门，直向书房而去。他急忙由房上来到花瓦墙上，往西房观看。就听李氏站在檐下，向屋中问道："二弟，你又将衣服被子踹到地上了吧？"问了两三声，无人答言。她用手一推，门分左右，不由得又说道："哟，怎么没关好门，你就睡觉哇。"说着进到屋中，来到北里间一看，床上没有人啦，不由一怔，说道："我二弟上哪里去了呢？好让我放心不下。"又到南里间看了看，还是没有人。自己这才出来，将屋门给他带好，便回到了内宅。银凤急忙跟了下来，到了房上飞身下来，到了窗户旁，用针刺了一孔，往里观看。就见那李氏坐在屋中，双眉紧蹙，长叹一口气，说道："未想到我的命，怎么这样的独哇。想你哥哥走后，恐怕你夜中有个盖得到盖不到，恐怕着了凉，我才前去看你去。怎么他会没在那里睡觉呢？"银凤在外一听，知道自己的嫂嫂是第一的好人，未免的是我错了。后来看见她将手灯熄灭，和衣睡了，自己这才来到西房廊沿下，坐在台阶上，心中暗想，哥哥走后，倘若我嫂嫂发生了意外，那时有何面目见哥哥？莫若在此守夜吧。他坐在那里，后来心中一迷，倚靠柱子，竟自睡着了。更夫交了三更，将他惊醒。正在此时，北房屋中又有动作。急忙又来到窗前，找着针孔，往里一看，见那李氏又坐起来了，下地点上手灯，还是出了上房，往外面书房而去。他连忙飞身上房，顺着爬坡，来到外面，在厨房上偷看。见李氏又来到书房门前，说道："二弟，你好叫嫂嫂我着急。"说着用手一推屋门，又走了进去。到了北间一看，仍然没有，又到南间一看，也是没有，不由得说道："他怎么一夜没睡觉哇，真叫人不放心。等他哥哥回来之时，非交代清楚，再让他走。要不然，我真着急。"说着，她出离了书房，仍回到自己屋中。银凤跟着到窗外偷看，见李氏又吹灭了手灯，和衣睡下。丁银凤连忙返身回来，到了自己屋中，心中暗想："哎呀，且慢，嫂嫂这样的替我发愁，不放心我。倘若急出病来，我怎么对我那兄长。"想到此处，不由后悔起来，只可睡觉，明天再说吧，这才睡去。那李氏天亮睡醒之后，起身梳洗，这就做饭。饭已做得，出来开了屏门，叫道："二弟，吃饭来吧。"银凤在屋中连忙答应，随即来到上房。他一看他嫂嫂，坐在那里青丝散乱，面带愁容，不由问道："嫂嫂您这是何原故呢？"李氏道："只因你兄长走后，嘱咐过我，叫我夜间出去照看你，恐怕你夜间有个盖不到时，一定受病。谁知我两次前去，二弟你全不在屋中。但不知你上哪里去了，未免令嫂嫂我跟着着急。"说着双眼落泪，如同断线珍珠一般。丁银凤道："嫂嫂，此言差矣。我哥哥临行之时，怎么未跟我提。再者说，弟兄怎么样，也是亲的。您如何也是外婆的，从此请您自行做饭。外边有酒楼，我自己会到外边去吃，不用做我的饭了。等我兄长回来之时，我问他，有此话便罢；若未说，那时我问问他为什么不对我说。"说完了，他转身出去，从此不到内宅。有时出外到各处与人练武，也有时找人下棋。可是到了夜间，二更三更时候，准到李氏住房探望保护，也怕出了意外，对不起自己兄长。这且不提。

　　且说李氏有一天在门前买绒线，忽听见西边有人痰嗽一声，连忙抬头一看，见有一人站在那里，两眼直视自己。不敢再瞧他，便急忙买完就进去了。此人来到货郎身旁，问道："借问一声，此妇人是哪家的？"那货郎一听，说道："您必不是此地人。"那人说："对啦，我乃西川之人。"书中垫笔，原来此贼是西川采花贼紫莲花孔星。他路过此地，遇见李氏，动了心，这才上前打听。那货郎一看，见他头戴六瓣壮帽，是紫缎色的，上绣花贯鱼肠，两旁双搭珠穗，身穿紫缎色贴身靠袄，蓝缎子护领，上绣子孙万代，五彩丝鸾带扎腰，紧衬利落。大红中衣，青缎薄底靴子，挖垫八宝，紫缎色英雄氅，上绣花花朵朵。飘带未结，水红绸子里，胁下佩带着一口轧把折铁刀，绿鲨鱼皮鞘，金饰件，金吞口，鹦哥绿的绿绸子挽手。往脸上看，面如傅粉，在左脸颧骨上有块紫记，好像莲花形样，因此得外号，人称紫莲花。那货郎看罢，说道："您西川什么地方，贵宝村？"此人说："我住家西川孔家寨，我姓孔名星。"刚要说外号儿，又咽回去啦。货郎道："但不知您在那里做何生理。"孔星道："我在家治土务农。我跟你打听打听，此地唤何名？"货郎说："此地名唤丁家寨。"孔星道："我跟你打听一个人，你可知道？"货郎说："您打听谁？"孔星道："神偷小毛遂丁银龙。"货郎道："方才买绒线的那妇人正是他妻。"说着一回头，用手指道："您看他兄弟回来啦。"孔星忙往西一看，见来了一人，身高不满七尺，细腰窄背，双肩抱拢。往脸上一看，是面如白玉，眉分八彩，目如朗星，通宫鼻子，四方海口，大耳相衬。头戴翠蓝色八楞壮士巾，窄绫条，勒帽口，鬓边斜拉茨菇叶，顶门一朵紫绒球，突突乱跳。翠蓝色贴身靠袄，青缎护领，上绣万福留云，青丝鸾带扎腰，双褶蝴蝶扣，走穗相垂。青底衣，青袜子，洒鞋，青布裹腿，外罩翠蓝色通氅，上绣串枝莲。也是飘带未结，鹅黄绸子里，胁下佩带一口朴刀，绿鲨鱼皮鞘，真金饰件，真金的吞口，黄绒的穗子。这个货郎连忙问道："二爷您回来啦？这里有人正打听你们大爷啦。"丁银凤一听，上前说道："但不知仁兄贵姓高名。"孔星说道："姓孔名星。"刚要一说绰号，连忙又咽了回去。丁银凤说："那么您往里请吧，我兄长未在家，此地不是讲话之所，大哥家中坐吧。"那孔星问道："大爷上哪里去了？"银凤道："保镖出外去了。您既然与我哥哥是朋友，那就请到里边吧。"孔星正想要进去，得着这个机会，焉肯放过，他便连忙走了进去，到了外书房落座。丁银凤便到了内宅，向李氏说道："姐姐，外边有我哥哥的一个朋友，来到我家。"李氏道："二弟，现你大哥不在家，别管是他的朋友、你的朋友，一概不许往内宅带，在你们外面吧。现下世间，好人少坏人多，倘有一差二错，那时后悔难了。"丁银凤一听，不敢说别的，只可告辞出来，到书房陪孔星坐着闲谈。外面有人打门，银凤说："孔大哥在此少坐，待我出去开门。"孔星说："请吧。"当时丁银凤来到外面，开门一看，原来是老家人丁祥。丁祥上前行礼，银凤道："不用行礼啦，你为何去了这么许多的日子呢？"丁祥道："二爷不知，老奴身体略有不爽，以致回来迟了。"说着话，主仆二人将门关好，一同来到书房。丁祥到了屋中，上下打量孔星。孔星一看这个老家人，有六十上下的年岁，面皮微黄，皱纹堆垒，抹子眉，大环眼，准头端正，四字海口，海下一部花白胡须。头上未戴帽，高挽牛心发髻。身穿一件头蓝布的大衫，腰中结着一根扣儿，青中衣，白袜青鞋，精神不衰。孔星心中暗想，别看他人老，精神倒不老。老家人丁祥说道："二员外，您先同着这位大爷说话。待我到内宅，与我主母叩首。"说完他来到里院，在廊子底下，大声说道："大主母，老奴我回来了，特来给您叩头。"屋里李氏说："老哥哥回来了，快些请进来吧。"丁祥闻言，急忙走了进来。到了屋中，双膝拜倒，口中说："主母在上，老奴拜见。"李氏道："老哥哥，快快请起，不要行此大礼。丁祥这才站起身来，问道："大主母，外边书房那人是做什么的？"李氏道："那是二弟将他同了进来，说是与大爷相好。"丁祥道："主母，据老奴看，此人必非安善的良民，面带匪气。"李氏道："对啦，老哥哥所说很是。只因老哥哥来在家，我出去买绒线，那时这个人便从西来，相离不远，他一痰嗽，小妹一抬头，看见那人二日直向我瞧来，我就急忙的走了回来。不想，二弟倒把他让到家中来了。老哥哥，您出来进去的，可多要留心。"丁祥说："是啦，少时您告诉二爷，少往内宅让就是啦。再说我看大爷没有这样的宾朋。正人君子，哪有穿这么花梢的啦。"说完他转身出来，给他们预备晚饭。

丁银凤年方十八岁，不知道什么。那孔星见他爱听什么，就说什么，为的是哄着他。说道："大爷多少日子才能回来呢？"银凤道："这趟镖须一个月才能回来，刚走了十几天。"孔星说："是了。"当下用完晚饭，两个人坐到一处闲谈，还很投缘。那孔星在丁家寨住了有半个月，他将银凤的脾气摸准了，他便在书房里边随随便便。这一次银凤给他嫂嫂上阴县买东西去了，老家人在门后睡着了。孔星一看，机会已到，他便大胆的竟到了内宅。此时天色正午，他来到屋中一看，外间是佛堂，东里间挂着一个蓝布软帘。他一进来，那屋中李氏问道："外面何人？"孔星道："嫂嫂，是小弟孔星。"李氏道："原来孔兄弟呀，快进到屋中来坐。你有什么事吗？"孔星到了里面说道："特来向嫂嫂借剪子一用。"李氏伸手递给他，那孔星并不伸手去接。李氏站在八仙桌的东边，将剪子放在桌上，说道："兄弟你怎么不接着哇，还不拿走。"孔星道："嫂嫂不知，想我孔星，来到山东省，为找我那知心对劲的朋友。不想我兄长未在家中，我住在您家，等候了半个多月之久，还不见回来。嫂嫂，我哥哥他可多少日子才能回来啦？"李氏道："他得两个多月才能回来啦。"孔星说："我在您这里等他，我可等不了。我尽想念家中，因为您那弟妹太拙笨。"李氏一见孔星两眼不往上下直打量自己，知道他不怀好意。又听他说道："嫂嫂，您有那穿剩下的便鞋，赏与小弟一双，拿回去与您弟妹观看。"李氏一听，心中不悦，说道："兄弟，你千万不可说醉言醉语。我这穿坏的旧鞋，早被你哥哥用火焚化啦。别在此屋久待，快到前面书房，去等二弟去吧。"正在此时，外面有人痰嗽一声，原来正是老家人丁祥。丁祥早在他身上注意，今天二主人出外买东西去了，他便躺在床上。忽然听见西屋的竹帘子板一响，他急忙爬了起来，往外一看，见孔星往内宅去了。他连忙起身，到了西屋一看，果然屋中无人，急忙也追里院。到了当院，听屋中东间李氏正说："少说醉言醉语"，遂先痰嗽了一声，跟着问道："主母与何人讲话？"李氏道："老哥哥，我正与二弟的朋友讲话。他来与我借剪子。"丁祥连忙进到屋中。此时孔星听见老家人已到，不好在此啦，转身出来，并未拿剪子。原来他是另有心意，径自回到书房。丁祥看他走了出去，说道："主母，可千万留神这个小子，可不是好人。我早防备他啦。"说着，拿起剪子，来到外面书房，说道："孔爷，给您这把剪子。以后再要用什么东西，先叫老奴。我去给您去取。自己别往内宅去呀。"孔星说："我叫你两声，你没听见。"丁祥说："你叫谁啦。我在门房，听着啦。"正这说着，外面有人叫门，丁祥急忙出来开门，是丁银凤回来了。银凤来到书房，看见孔星面色不正，遂问道："兄长与何人呕气？"孔星道："我的指甲劈啦，我叫丁祥去到后面取剪子一用，喊了半天，他没来，我自己到后宅去取。"丁银凤说："那么您使完了没有？"孔星说："使完啦。"银凤道："我遵我父母之命，才将他收养。要不然，我早将他逐出门外。"丁祥一听，走了进来，说道："二爷，连大爷回来，他都不能说出此话。别说你啦。"丁银凤道："丁祥，你还敢多嘴，总是你的耳背。我哥哥叫你，你没听见就是啦。"丁祥说："得，算我没听见。我的耳背，该削下去啦。"丁银凤说："你少说话。还不出去。"那丁祥只得退了出去。银凤看他走后，自己也就随着出来了，直向内宅而来。来到了门口，先叫道："姐姐在屋啦？"那李氏在屋中答应道："兄弟回来啦，请进屋中。"丁银凤这才来到屋内，先把所买东西物件，交代明白。正脸一看，见李氏面挂愁容，暗含怒意，不由问道："姐姐与何人呕气啦？"李氏道："二弟呀，你交的这个朋友孔星，他不是好人，你可少往后宅引他。"丁银凤道："姐姐，您可千万别多心，他叫丁祥来的，是他没听见，人家这才往后来。我交一个朋友，您说不是好人，那么我哥哥交的全是好人吗？"李氏道："兄弟你不知，那孔星他来借剪子，原没有什么。不过他在后宅屋中说了些个醉言醉语。以后你在外交朋友，少往里让就是啦。"丁银凤道："姐姐，我们哥们借给他点胆子，他也不敢呀。"李氏说："兄弟也别管他敢与不敢，你以后少往后带也就是啦。"银凤道："姐姐，论起来，兄弟我在外交朋友，那可保不着是哪路的朋友来，交遍天下友，知心有几人，落下一个就算不错。您别看我叫您姐姐，那也不过是花红彩轿把您给搭到我家。我哥哥有什么，您管他成啦。我可不能叫您管着。"李氏一听，气往上撞，遂带怒说道："二弟，你看你脾气太急了。你哥哥不在家，由你反啦。"说着双目落泪，哽咽着说道："兄弟呀，你哥哥不在家，那么由你调动吧，嫂嫂我当然是管不了啦。"丁银凤转身往外，便与孔星走了出去，在外边酒楼去吃酒。丁祥将大门关好，来到里面，听见李氏在屋中啼哭，连忙问道："主母，为何啼哭哇？"李氏说道："老哥哥，你进来。"丁祥这才来到里面。李氏道："老哥哥呀，只为方才那孔星，我兄弟银凤，他反倒说我不是。"丁祥道："主母，据我看他决不是好人，一定是西川莲花党之人，采花的淫贼。老奴我在您府上，没挨过说。方才二爷会躁我几句，叫我心中难过。"李氏道："老哥哥，您倒不用难过，他是个小孩子。有什么错，您全看在我夫妻分儿上啦。等到他哥哥回来之时，我必叫您出一出气就是啦。"丁祥这才转身形出来。

少时外边有人叫门，老家人出来与他们开门，那孔星与银凤走了进来。他二人终天每日在这方近左右，无事闲遛。那孔星看遍了那些少妇长女，总是没有出色的。他便向银凤说道："兄弟你看，他们真没有嫂嫂好。"银凤一听，心中有些不愿意，可也没说什么。又过了两天，这一天外边有人打门。丁祥出来问道："何人叫门？"外边说："丁祥啊，是我回来了。"丁祥一听是少主人回来啦，连忙将大门开了。丁银龙拉马而进。丁祥忙上前接过马来，口中说道："您这一路之上，路途遥远，多受风霜之苦哇。"丁银龙道："这也没有什么可累的。"说着话便来到了上房屋中，落了座。那李氏由东屋出来，到了银龙面前说道："夫主回来了。"银龙抬头一看。见李氏头发散乱，面色青白，连忙问道："你这些日子是怎么啦？"李氏道："没怎么呀。"说着转身进了东里间，丁银龙连忙跟了进去。到了屋中又一细问，李氏道："你可有一个西川路的朋友吗？"丁银龙道："没有没有，西川路我就不交朋友。"李氏一听，便将借剪子之事，以及二弟银凤所说之话，一一说了。丁银龙当时安慰她几句。此时外面银凤带着孔星二人回来一叫门，丁祥出去开了门。一看是他二人。遂说："二爷，大爷回来啦。"银凤说："好，待我看看去吧。"说着二人到了外面书房。孔星道："老哥哥快到后面将大爷请出来，我有话说。丁银凤道："咱们一同到后院不好吗？"孔星道："不用，还是把他请出来的为是。"丁祥一听，连忙到了后宅。向丁银龙说道："大爷，外边孔爷请您哪。"丁银龙便随着来到书房。那孔星接到门口，上前跪倒行礼，口中说："兄长在上，小弟孔星拜见。"银龙忙用手相搀，说道："贤弟请起。"细一看，自己不认得他，不由心中纳闷，遂一同到屋中落座。丁银龙道："我怎么一时想不起阁下来了。"孔星道："兄长真是贵人多忘事。想当年在金家楼吃酒，您给了钱，那伙计怔说没给，二人捣乱，是我上前解劝，有此事无有。"丁银龙道："那我忘了，不记得此事啦，或者是我镖局子事忙，一时忘了。"话说完了，心中一想：这小子不定安着什么心啦。又听那孔星说道："兄长，我在西川治土务农。听说此地刀最好，所以我特意前来买刀。又因为我的一个家人偷了银钱跑了，我出来找他，故此来到此地。"银龙说："是啦。"当下命人摆酒款待不提。

这一天镖局派人来请银龙，说："有一批镖，还得请大爷前去。"丁银龙便到书房，说明此事。又说："我去了不过十数日便回。"银凤说："好吧，兄长您请吧。"银龙来到内宅，李氏知道了，双目落泪，说道："夫主哇，你此次出外，但不知去多少日子才回来呢？"银龙道："至多十几天。"李氏道："你要晚回一步，你我夫妻就不用相见了。我看那孔星定非安善之人。你走后他要有不法行为，那时我为保你们家中脸面，我可行其拙志。"银龙道："你且少安勿躁，待我到了那里，少时即回。"说话之间，到了镖局子里，问明白上哪里去。他叫人家插上镖旗子，尽管前去，一路无忧。镖店照他的言语，人家走了。他回到家中，命丁祥将银凤唤到内宅，向他说道："二弟呀，我有一事向你说明。我可没有孔星那么一个朋友。那西川路上可没有好人，全是莲花党之人。你一死说他是好人，我也无言可辩。这样办，五月十六日北边镇海娘娘庙会之期，叫你嫂嫂梳洗打扮，咱们一同前往。他要是到了那里，两眼尽看少妇长女，或是看你嫂嫂有些不规矩行动，那时你我就可以明白他啦。你千万别露痕迹。"银凤说："是啦。"当时他出来到了书房，告诉了孔星，要去庙上烧香求子，孔星一听也很喜欢。丁祥给雇好了小轿，到了是日，李氏梳洗打扮，出来上轿。丁银龙弟兄三个人，早有家人给带过马来，三个人一齐上马。到了那庙上，果然热闹非常。来的时候，银龙跟银凤说："到了庙上多留神他。他要是双目尽看少妇长女，那小子准不是好人。"丁银凤道："他倘若是淫贼，我要不把他杀了，算不了英雄好汉。"如今到了庙上，果然那孔星两只眼睛不够他用的啦。银龙便暗跟银凤说道："二弟，你看这小子如何？他说拿别家妇女，比你嫂嫂。"银凤一看，心中不由大怒。当时不便发作。小轿子到了大门外，李氏下了轿，大家一齐往里走去。李氏在当中，孔星在上垂首，银凤在下首，丁银龙在后面。此时孔星只一双贼眼四下里观看。他心中所思：这庙堂的妇女，全都不如李氏。想到此处，不由得邪火上升。心中又一想，他弟兄二人也不是好惹的。两人猛虎一般，看守甚紧。不过他们今天前来镇海娘娘庙，叫我跟随前来，也不知他弟兄二人有何居心。那李氏貌美，但是一时不得近身。她长得好看，乃是一团正气，真称得起是女中魁首，恐怕难从心愿。再说一近她，我的性命难保。他一路上胡思乱想。在殿上烧完了香，四个人往回而来。正走到庙门口，可巧从对面进来一个少妇，长得与李氏一般无二，面貌出众，身穿花花的锦衣，八幅罗裙，足下窄窄金莲，天女一般，拉着一个小孩，旁边跟着一个半大的姑娘。孔星他们出的是东角门，这个少妇进的是正门。他不住往正门那里看。银龙唤过小轿，叫李氏上了轿。那孔星说道："兄长。"银龙说："有什么事？"孔星说："我方才在大殿之上，看见一个朋友。我二人数载未见面，方才未得说话，我此去与他相见。您请先回，今晚我也许不回去，明早一准回到府上。"银龙说："好吧。"说完那孔星又来到轿前，说道："嫂嫂，兄弟我遇见一友，必须前去相见，请您先回去吧。"李氏点了点头，并没言语。那孔星又说道："兄长跟二弟，您就请吧。我们见面后，今晚也许不回去啦。"银龙说："好吧，任凭你去。"他们便催着轿夫，抬着李氏，往家中而来。弟兄二人在后相随。银龙道："二弟，你看孔星如何。果然是莲花党不是，你这还有何面目见你嫂嫂？这可不是她给咱们拆散弟兄的和气吧。"丁银凤说："是，是小弟的不是了。待我除去此贼。"丁银龙道："二弟，你可带好了东西物件。"银凤说："业已带好。"银龙说："好，给你两封银，暗暗跟在后面，离开此地。到了别的县界，那时亮刀除了此贼。你可得远走些日子。"银凤伸手接过来，带在身上，辞别兄长，径自到庙中去了，按下不表。

且说丁银龙，跟随李氏小轿，回奔家宅，来到门前，轿子落平，上前打门，里边有人问道："谁呀？"银龙说："丁祥，是我回来了。"家人急忙将门开了。打发轿子走后，夫妻二人向内宅走去。那丁祥将大门关好，一齐奔上房。丁祥问道："大爷，我那二爷上哪里去了？"银龙道："他随同那孔星去了。"丁祥道："如何？那贼人是个不法之人不是？如今可洗出主母的心来了。老奴有一事，不是对您夫妻夸我人情。那孔星在咱家住着时候，我是白天睡觉，每天夜间足更已过，老奴便坐在屏门以外，直到四更，才回屋睡觉。今天他走了我才说出，那小子真不是好人。"银龙道："老哥哥的美意，我很领情。我们夫妻平素可没拿您当外人看待吧。请你看在我那父母的身上，诸事多要指教才是。"丁祥道："少主人，您在外保镖为业，什么人您全见过。人怕久挨金怕炼。老奴我说一件事情，您可依从？"银龙道："您说吧，有话请讲。我拿您当我亲哥哥一样看待，有什么话您请说吧。"丁祥说："少主人，老奴我攀个大说，由起我的天伦，在您宅中，直到了我，传留有四辈。让我出主意，我才说出。要没有什么好儿的事，老奴我是不敢说出。"银龙道："虽然说您是奴辈，您跟我天伦是孩童之间一同长大。我那天伦临危之时留下遗言，叫我有什么事，全都问你老人家，与您商议。"丁祥说："少主人，我今天攀个大，斗一回胆，我就拿你当我个兄弟，我算是你个哥哥。由打二弟银凤跟下淫贼孔星去啦，我想他杀死淫贼不杀死淫贼，他也不回来啦。因为他没有脸面回来啦。老奴我今天出个主意。"丁银龙说："老哥哥出什么主意，请说出来，我无不依从。"丁祥说："少主人，我说出来就得与咱们丁姓有益处，若无益处，对不起我那故去的老主人。我是叫您雇一个四十多岁的女仆，给您做菜做饭的。再买一个小丫头，为的是服侍少主母。平常时候不准她们出去站门上街。你有朋友，让到外边书房，不可以往里相让他等。容等老奴我给他倒茶，看一看他是不是正经的人，那时再令他跟咱们相近。"丁银龙说："好，我全依从了。"按下他们不表。

且说丁银凤暗中跟下孔星，那淫贼做梦也想不到哇。丁银凤在庙墙垛子一站，用眼注意孔星。少时就见从西配殿里走出一位少妇来，满头珠翠，身穿花红招展的衣服，满面脂粉，手中拉了一个小孩，后边跟着一个十八九岁的大姑娘，长得有几分姿色。书中暗表：这是小姑嫂子。因为婆母病体沉重，所以前来烧香求炉药。在妇女身背后，隔着有四五个人，便是那孔星贼人，直勾勾一双贼眼，向那前边看来。那少妇长女出了庙，拐弯往西而去，离庙不远，有一轱辘车，车旁站着一个老头儿，见她们来到，笑嘻嘻的说道："姑娘，你们回来了？"姑娘叫了声："亲家爹，我们回来了。"原来此老者乃是少妇的娘家父亲。当时搀她们上车，又将小孩抱上车去，拿起鞭子，轰地一声，车辆一直驶正西去。在路上走着，向车里问道："庙里香火怎么样啊？"少妇说："香火很盛。"一边说着话，一边往西走着。老者回头往后边一瞧，看见一个少年公子，紧随在后。车走得紧，他跟得紧，车走得慢，他也追得慢，不知是何原故。面前有片松林，他们车来到林外，那林中坐着许多老乡。看见他们车到，连忙问道："庙上人多不多呢？"赶车老头儿说："人倒是很多。"说着话，那些人站了起来，随他们车后，也往西去。老者说："列位往这股道上来，也就是咱们这个村里的人。外人来的可太少啦。你们几位看，后边那个人，他往这里来，必有所为。"说话声音又小，那东边的孔星，可听不见。那孔星见他们车进了村子，他也跟了进去。看见村子口内路南有一座大酒楼，西边有个店。街市上行人不少，买卖铺还真繁华。此时那车到了路北一家广亮大门门前下车，少妇长女全进去了。老者赶车便奔了店，赶了进去。孔星来到切近一看，这店名叫金凤驿。他又回头一看酒楼，乃是二友居，便到了酒楼来吃酒。此时那丁银凤暗跟在后头，看他进了酒楼，自己便到了酒楼旁边一家小饭铺。一进门说道："辛苦了，掌柜的。"伙计说："来啦客官，您就坐在这里吧。"将银凤让到一张桌旁。银凤要了点火烧饼子，跟两盘菜，一碗粥，自己用着，向他们问道："我跟你们打听打听，贵宝村唤作何名？"伙计说："这里叫崔家峪。"丁银凤又问道："您是这里陈住户吗？"伙计说："不错，我是这里陈住户。"银凤道："这个路北的那家住户是做什么的呢？那老者是拉脚的吗？"伙计说："不是。"丁银凤道："我从打镇海娘娘庙跟下这辆车来，那么店里住着了保镖吗？"伙计说："没有。"正在说着，过来一个老者，是本铺掌柜的，姓崔，前来问道："客官，您问这些做什么呀？您贵姓啊？"丁银凤说："我姓丁名唤银凤，住家在阴县东门外丁家寨。若提起我的兄长，是大大的有名，我兄名唤神偷小毛遂丁银龙。我方才跟着我兄嫂到娘娘庙烧香求子。我们烧完了香，看见方才过去的车辆，拉了少妇长女，有一匪人追随在后。我兄长恐怕他是匪，这才叫我暗中跟了下来。要察出他有不法之时，叫我亮刀斩杀于他。我跟到此处，见他进了村子，上了酒楼。"崔掌柜的一听，连忙出去，到了酒铺一看，楼底下并没有公子打扮的人。他上了楼一看，果然有一个武生公子，坐在楼梯门一张桌上，两眼贼光不稳。连忙抱拳说道："达官爷，您才来呀？"孔星抬头一看，不认得，遂说："可不是吗，才来。您坐下，咱们一同吃酒吧。"崔掌柜说："不用，我早吃完饭啦，您这是保下镖车来啦？"孔星说："对啦，我是跟下镖车来了。"崔掌柜的说："镖车怎么没进村子呢？"孔星说："人太多，没有好意思叫他们进来。叫他们从庄外走啦。"崔掌柜的说："达官，这笔酒钱让给我吧。"孔星说："不用不用。"崔掌柜说："那么回见啦。"说完他就下了楼去，来到自己铺中一看，那位姓丁的已然走了。原来丁银凤吃完了，给了钱，自己出了铺子，到了西村外。一看有密松林，相离很远，这才返回。又到那个大门旁边一看，插上旗子啦。就见在他们墙角下，用粉漏子漏一个莲花，心中明白，这是那小子留下的暗记。连忙去隐身之处，预备夜间前来拿贼。

　　而今再说孔星，他在酒楼上正然吃酒，上来一个人猛然认他为达官。那人走后，自己心中直犯狐疑。他就叫过伙计过来，问道："方才这个人是做什么的？"伙计说："他是东边火烧铺的掌柜。"孔星说："他姓什么呀？"伙计说："那人姓崔，名叫崔义。是本村的首户。"孔星一听，心中才不疑，遂将包袱解下放到桌上，说："伙计，你给我照管一下，我下去寻找一个东西，少时就回。"说完下楼，到了外面一看，恰巧无人，便暗暗取出粉漏子，就在墙上打了暗记。二次回到楼上，伙计说："您找着了吗？"孔星说："没找着。"伙计说："您丢了什么啦？"孔星说："丢了一封书信，倒是小不大要紧。"说着坐下照样吃酒，直耗到天色已晚，他才付了酒资，拿了小包袱出酒铺。到了西村外一看，树林子相离很远。他出村往南绕，到了一个所在，是不大一片树林，自己进去歇坐。耗到二鼓已过，点上白烛捻，急忙脱下白昼衣服，换好夜行衣靠，青帽帕包头，撮打象鼻子疙疸。打着花布的裹腿，纱包扎腰，背好了刀。又将白昼的衣服包好打成腰围子。低头一看，一点物件不短。忙将树干上的白烛捻吹灭，带在身旁，出了树林。

　　书中暗表：丁银凤也在这个林中，暗中监视他。看他换好夜行衣，他才换。那孔星出树林进了村子，来到这家墙外，往墙里看完，忙又回头往后瞧。那丁银凤忙趴在地上。孔星一看四外无人，他猫腰先将墙角暗记擦去了，来到洞里偷听。在宋朝年间，凡是盖在临街的大家房屋，全是宽大的门洞，外带廊子，为的是有个刮风下雨的时候，有那山南海北的行路之人，可以在那里避一避风雨。这全是厚道的地方。闲言少叙，且说那孔星用手扶住大门，向里细听，就听见门房里有仆人说话的声音。有一人说道："今天咱们的小姐跟少奶奶上庙去烧香，真叫孝顺啊。再说，余江他这个女儿，给到咱家，总算门当户对。今天她们回来，一定沐浴，夜晚跪香。"孔星听了，转身形到了门外。来到西面墙下，飞身上了墙，蹿房越脊，头一层院子过去，第二层院子南房屋中有灯光。他连忙用耳音一找，听见中房的西里间有人说话。屋中正是那姑嫂说话。那少妇说："妹妹，少时咱们姐俩到庙堂跪香。"遂叫道："翠红啊，快将手灯点上。我们好去跪香。"小红答应。孔星在北房后坡，双手扶中脊往前观看，就见小红出来，上北房而去。那翠红到了北屋门前，卷好佛帘，开了门，进屋先点好一对素烛，又点上撮灯。预备好了，出来又到南屋，说道："小姐啊，主母啊，那佛堂已然预备好了，您快去烧香去吧。"二人说："好吧，我们就去。"当下由小红引路，姑嫂二人出了南屋，去到北房。孔星连忙从北房绕到西房，往屋内偷看，见她们忙着烧香，孔星心中暗想："这倒是个好机会，莫若我先到西里间床下躲避，她烧完香自然就回来，那时再揎薰香不晚。"想到此处，他便绕到南房西南角上，飘身下来，到了屋门，伸手起帘子。忽然从东北角上打来一块小瓦岔儿，吧的一声，正打在左肩头，又忙到地上，吧嗒一声响，他连忙一回头，就隐到西边明柱之后啦。翻脸往东北一瞧，在那中脊的后头，有条黑影冲他一点手。孔星这才一长腰奔了东房，来到房下飞身上了房，就见那条黑影儿奔了东边，口中低声说道："朋友，咱们走吧。"孔星不知是谁，急忙也跟了下去。那人走得可是真快。又听那人说："朋友快跟我走，咱们林中一叙。"孔星说："前边带路。"说话之间，两个人一齐到了东边，飞身下了房，一直往东村口。出了东村，来到松林中。孔星问道："前边什么人？"丁银凤先将扑刀取到手中，问道："来者可是孔大哥吗？"孔星一听是丁银凤的口音，不由一惊，忙问道："前边可是丁银凤二弟吗？"银凤道："好耳音，不错，正是小弟。"孔星说："银凤，你来此做甚？"丁银凤道："孔二哥，咱们在庙场分别，您不是说有朋友吗，数载未见。您的朋友现在哪里？"孔星说："我由朋友家中而来，追下一寇。"银凤忙道："哟，我把你这个恶淫贼，你是满口胡言乱道，交朋友也在五伦之中。我一时不察，误认你为友。你原是西川路上的淫寇，还敢瞒哄于我。"孔星说："丁银凤，你既然看出我的行迹来，你家二太爷就说明了。不错，二太爷在西川就欢喜美色，因为看见你的嫂嫂长得貌美，才与你结交。那妇人太节烈，你家中那老匹夫老丁祥看守太紧，未得乘虚而入。"丁银凤一听心中大怒，上前劈手一晃，就是一刀。孔星忙往旁一闪，用刀一扎他手腕子。银凤往回一撤刀，说道："你们西川路上的淫贼，要跟你家二太爷走个八九个照面，我怎对得起我那兄长？"说着一错腕子，往上一撩，那刀尖就划在贼人手腕上啦。孔星手腕挂了伤，抹头就跑，要打算想法子暗算哪。银凤一见，大声说道："小辈，我看你往哪里逃走。上天追到你灵霄殿，入地追到你水晶宫。"说着飞步追来。那孔星刀交左手，右手就掏出镖来啦。丁银凤追到切近，捧刀对他后身就扎。孔星听后面带着风来啦，急忙往旁一闪。那银凤早飞起一脚，踹贼人一个滚儿。银凤踢他倒下，上前举刀剁他双足。孔星一见，心中大惊，连忙使了个就地十八翻，滚到一旁。银凤伸手掏出一块飞蝗石来，往前打去，忙着一纵身，到了切近，石头打上，刀也到啦，噗哧一声，已将淫贼的双足剁下。当时孔星就哎哟了一声，疼死过去啦。丁银凤一见，咬牙愤恨，上前伸手，揪住了头发，举刀又将人头砍下，心中这才平气，遂说："小辈，这就是你们莲花党的下场。多亏我家还有德行，要不然早将名誉失去。"说完，他用刀刨了一个坑，便将人头放在一旁，将尸身及双足，一齐拉在坑子内，用土埋好，又将新土掩好了血迹。这才提人头出树林，直奔自己家中而来。

　　此时天已三鼓，来到了家中，飞身上房，赶奔内宅，从西房下抖身蹿了下来。先将孔星的人头放到院中。一看北上房灯光明亮。银凤提刀到了廊沿底下，说道："兄嫂，为何尚未安睡？"老家人丁祥一听，说道："二爷回来啦。"丁银凤知道他们还没睡啦，这才走了过去，先向丁祥行了一礼，说道："老哥哥，请你看在我那兄嫂的面上，多多原谅于我。是我不对，有那冷言冷语，请您不要见怪。"又与兄嫂行礼，说道："哥哥啊，咱们的家门有德，若是无德，早出了事啦。老哥哥丁祥，以后您得重用他。是小弟一时莽撞，竟引贼人来家。今夜我已将淫贼斩杀，人头现在院中。兄长可以将他埋了，那尸身早被我在树林埋了。"李氏一听说道："兄弟呀，可不是嫂嫂我拆你弟兄的和美。我早就看出他不是好人，因为你年轻，百般的护庇他，我未敢十分得罪于他，怕你错想。如今你看如何，还是堵了你的嘴了不是。"说得丁银凤哑口无言，不由得双目落泪，遂说道："兄嫂哇，我今天非出去闯荡江湖不可了。家中一切，多求老哥哥关照就是了。"丁银龙一听，上前一把拉住，说道："贤弟，你年十八岁，乍出世面，休要如此狂傲。小马出世嫌路窄，大鹏展翅恨天低。在外难免出了意外。"银凤说："不成，我非出外不可，兄长就不用相拦啦。"丁祥道："二爷，您人年轻，千万别出去。您走后，人爷与我家主母一定放心不下，那时岂不是个麻烦吗。当时有事，可往哪里找你去呀。"丁银龙看他一定要走，遂说："二弟，你要飘流在外，掌中一口刀，能为武艺，倒是不错。可必须往正路上走，千万不准镖喂毒药，身带薰香。倘要做出不义之事，被我访知，那时可别说我意狠心毒，我是亮刀砍下你的人头。"银凤说："兄长，你请放宽心，我一定不作那伤天害理之事。小弟此去必定杀赃，灭恶霸，偷富济贫。"银龙说："好，正应当如此。我看你面上带煞，也不好相拦于你。你可知咱们门户吗？"银凤说："知道，咱们是左十二门第八门。"银龙说："咱们的门长，你可知道？"银凤说："知道，门长乃是镇海金鳌王殿元。"丁银龙说："对啦，那么他住在哪里你可知道？"银凤说："我不知。"银龙说："他住家在山东青州府南门外，离城八里，大道以东，王家坟。掌中三尖两刃短把钿一支，水旱两路的家伙。"李氏道："二弟呀，可不是嫂嫂多心。你与孔星如同生死弟兄一般，就如你一说，你把他杀了，有何为证呢？"银凤说道："嫂嫂不信，人头现在院中，待我取来。"说完来到院中，拿起人头到了屋中，说："嫂嫂您请看，这不是恶贼的人头吗？"李氏道："二弟呀，今天当着你哥哥，是你说的，老太太花银钱花红彩轿，将我接到你家，这还不要紧，那么以后老哥哥丁祥，就不许你向他发脾气。咱们要依照我那婆母的遗言，要看丁祥如同咱们兄长一个样。不准错看了他。"银龙道："二弟从今以后，你在外交友，可不准往里面带。你有友人可以在外面书房一叙，老哥哥叫你让他见你嫂嫂，你再往里带。如果不叫见，千万不许往里带。"丁银凤说："是。"李氏道："二弟你看我有这个记性没有，是你的事，以及在外交友，我是一概不管。婆家娘家的名声要紧。"丁银龙道："老哥哥，先将恶贼的人头，找个地方埋了吧。"丁祥说："是，是。"银凤此时心中不大痛快，说道："哥哥啊，照您说来，此后是凡交的就是淫贼吗？"丁银龙道："二弟呀，你太年轻，不知事务。自从你从小长大，直到如今，你看我多咱向老哥哥暴躁过。咱们弟兄二人全是他抱起来的。再说，你交友不慎，竟说凭咱俩掌中刃，别人不敢。倘若他们是淫寇，使出薰香，那时你也受不了，不知事啦，他再到后院宅进掸薰香来，不论如何，你我的名声可就栽啦。二弟，你就不用提着人头啦，交给老哥哥去埋了吧。"银凤一跺脚，说道："兄长啊，待我拿着出去吧，省得老哥哥害怕。"丁祥说："我去埋去，不害怕。"银龙说："老哥哥，你们可要埋在僻静的地方，千万别叫风声外出，免得发生了意外。"丁祥说："是了。"当下二人一同来到院中，出了屏风门外，来到影壁头里。丁银凤问道："老哥哥就将他的人头，埋在此地吧。"说着用刀刨了一个坑儿，将人头脑袋儿朝下埋下。银凤站起身形，又向丁祥施了一礼，口中说："老哥哥，您多原谅我，我一时鲁莽。今天既然将此贼斩杀，才出了我心头之恨。以后您在我家多多分心、受累，我要告辞，出外闯荡江湖去了。"丁祥说："二爷，你走也不要紧，别向我告辞啊，有什么话去向大爷交代去。"银凤道："没有那么大工夫。老哥哥您看我兄嫂来啦。"丁祥回头一看，那丁银凤冷不防飞出了西屋，飘流在外去了。家人丁祥回头一看，屏风门那里并无有人。容再回头一看，那丁银凤是踪影不见。不由唉了一声，这才往里回报丁银龙。到了屋中，银龙问道："老哥哥，人头已然埋好了吗？"丁祥道："二弟总是年轻哟，那兄弟想我主母害怕，他将人头提了出去，到外边去埋。"银龙道："啊，这可是老哥哥您的错哟。他这一来，是羞臊难当，一定远走不回来啦。"丁祥道："对啦，他临走的时候，还给我磕了三个头。"丁银龙当时心中不悦，面沉似水。李氏一见，忙说："咱们没叫他走哇。"银龙道："就是你一句话，将他逼走。"李氏说："夫主，我哪一句话把他说走了。"银龙说："你说，二弟，你以后在外交友，我一概不管。他冲这一句就走啦。"李氏道："那么他走了，还能找回来不能哪？再说，我叫他个兄弟，可不是我娘家的人。他也不姓李，叫他为是近，谁知他一怒走去。那么从此我半夜与他烧一股亮香，保佑二弟在外平安无事。"说完之后，三个人心中各有不安，一夜也没睡觉。第二天天亮，他们才各自安歇，按下不表。

且说丁银凤出了家中，到了外面，心中很是难过。他想一来对不住兄嫂，二来对不住老家人。他一气往下走去，白天住店，夜间行路。这天吃完了晚饭，又往前赶路。可巧这时刮起北风，乌云密布，雷声阵阵。丁银凤一看不好，急忙往前飞奔，好容易看见前边有个村庄，连忙跑了进去。书中暗表：这个村子乃是中三亩园。进了村子，雨就下起来了。他连忙来到路西一家的门洞里躲避，一看外边雨已下大啦。细看这个店房倒屋塌，不像样子了。他正在这里避雨，天已然黑了。里面有人说道："天到这般时候，还没人住店，把门关了吧。"又听有人答言，少时出来一个老头儿，到了门洞里，一眼看见丁银凤，遂说道："你是做什么的呀？"银凤道："我是镖行里一个小伙计，奉命去送了一封信，回来晚啦，遇上了雨，这才借您的门道暂避一时。"一边冷得直哆嗦。那屋中有个老太太问道："你还不快关上店门。大下雨的，与谁说话啦？"老者说："咱们门道里有个人，在此避雨啦。"老太太说："你看看他是好人不是。要是好人，可以把他让进屋中。要是歹人呢，趁早找人把他轰了走。"老头儿在门道里看不甚真，这才将店门关好，将他带到了屋中，往东屋里让。银凤往屋中一瞧，东屋里床沿上坐着一个大姑娘，那床上坐一位老太太。他连忙止住了脚步，说道："老伯父，我不能进您这屋子。"老太太说："不碍事，您进来吧，不碍事，这全不是外人，就是我母女二人。"老头儿也说："小伙子你进屋中去吧，不要紧的。"丁银凤道："老伯父，您不知道，屋里有我大姐，我不好进去。您这里若是店呢，请您与我找一间房吧。"老头儿说："我这里倒是店，只是无钱修理，房屋早已坍塌啦，只有这三间房啦，你就先到屋里来吧。"老太太说："那么姑娘你先到西里间去吧，那位也好进屋来。"那姑娘一闻此言，就上西屋去啦。银凤这才进到东屋。老太太下了床。丁银凤面如敷粉，长得一表人材，穿蓝挂翠，浑身衣服全被雨淋湿。遂问道："你贵姓啊？"银凤道："我姓丁，我叫丁银凤。"老太太说："你在镖行做事吗？"银凤说："不错。"老太太说："你吃过饭了吗？"银凤说："在前村用过。"老头儿道："你还用问他做什么，快给他做碗汤，我还吃呢。"老太太说："唉，我给他做去，别管他做什么事，他看见屋中有姑娘不进来，就是个好人，知道尊卑长幼礼节。"说着出去与他们做好了汤，与银凤吃了。老太太说："你看你身上衣服全湿啦，脱下来换换吧。"说着，到西里间取出一身来，叫他换下。老太太又说："少时你们俩在屋里睡吧，我们母女在外间。"丁银凤说："不可，您要是留我，可以找一个单间屋子。"老头儿说："没有单间啦，只剩下这三间啦，堂屋还漏呢。"丁银凤说："老伯，您这样恩待我，令我心中不安。咱们素日不相识，家中有我这位姐姐，我怎敢同屋睡呢，与我名誉有碍。这个房山还不太漏，就在此处睡吧。"老太太一看说："也好，那么你就给他搬过一个铺板吧。"当时就给他支搭好了，又搬出一份铺盖来，说道："银凤啊，你就在此住吧。夜间解小手，出去往东随便一地方全成。"丁银凤点头，说："我谢过伯父伯母和我那位姐姐。"老夫妻说："哎，不用客气啦。"老夫妻到东里间，银凤自己睡好。谁知第二天浑身发烧，头胀难受，卧病不起。这一来不要紧，他才招赘王家。书说至此，暂作结束。以后尚有许多热闹节目，如丁银龙伯侄相会，三亩园拿普莲，贼、铠入都，普铎火烧何家口，一镖三刀制死何玉，石禄误走火龙观，夏得元火烧穿山熊，种种节目，尽在下文再为表出。

第十二回

丁银凤王家招赘　小毛遂伯侄相逢

　　话说丁银凤住在王家老店，不想到了第二天，竟自浑身发烧，病在这屋中。那老者王会出来一看，知道他夜间受寒，白天雨淋而成病。忙上前一摸他身上，是锅边一般的热。叹道："银凤啊，你是怎么啦？"丁银凤道："老伯父，这可害了我啦。"老头儿说："不要紧，你病了，便在我这里济养吧。"银凤伸手取出六十两银子，说道："老伯父，您拿这个银子，请医生与我看病。"老头儿答应。从此是给他煎汤熬药。老头儿给他端屎端尿，一展眼就是三个多月。

　　这一天老太太的娘家兄弟来啦。老太太娘家姓杨。他兄弟叫杨忠。杨忠是卖野药为生。他常上丁家寨，因此认得银凤。可是丁银凤不认得他。今天他来到屋中，看见了他，急忙到东屋问道："姐姐，您知道外间屋中坐着的那人是谁？"杨氏说："他是一个过路的病人。"杨忠说："他做什么事的？"杨氏说："他镖行做事。"杨忠说："不错，他是在镖行。那么他姓什么呀？"杨氏说："他姓丁名叫丁银凤。"杨忠说："对啦！他叫丁银凤，他哥哥名叫丁银龙，是山东一带著了名的人物。他武艺能为比世人都强。我常从他们丁家寨过，所以认得他。那么他怎么会来到您家呢？"杨氏便将那经过的事，说了一遍。杨忠说："是啦。那么我姐夫上哪里去啦？"杨氏说："他上涟水县为病人买食物去啦。"杨忠道："甥女玉蓉，今年也不小啦，何不招他为婿呢？"杨氏道："你那姐夫眼中并不瞎，想必早已打定了主意啦，大概也就照着这样去办。"姐弟这里说着话，老头儿从外边回来，说道："屋中是谁说话哪？扎啦扎啦的。那病人还怎么睡觉哇。"说着走了进来。丁银凤道："老伯父，我没有睡觉，您去看看去吧，屋中您来了宾客啦。"老者来屋里，说道："兄弟，你几时来的？"杨忠说："我刚来不大工夫。姐丈啊，外边这个人他是干什么的？"老者王会说："他在镖行做事。"杨忠说："不错，他姓什么呀，您可知道？"王会说："他姓丁，病在我这里两个多月啦。他说住在丁家寨，现下父母双亡，只孤身一人。"杨忠说："他今年多大年岁？"王会说："他说十八岁。"杨忠说："岁数倒对，不过他说孤身一人，那可不对。找倒常上他们那个庄儿去，他有一个哥哥，在镖行做事，人称神偷小毛遂丁银龙。他的外号人称赛彦章丁银凤。您这里来，我与您说两句话。"当时将王老汉带到西里间，问道："我甥女今年多大啦？"王会说："她今年十七岁啦。"杨忠说："姐丈啊，如今莫如招他为婿。这可是一件好事，可称起是打灯笼都没地方找去。"王会点头微笑道："不劳兄弟提拔，我早已有了此心。如今正缺少一人从中说合。你既有此意，那么你就在此多住些日子吧，容他好了好与他提亲。"杨忠答应，从此他也住在了店中。后来丁银凤病体完全好了。王老者说："银凤啊，我与你指引一个朋友，此人姓杨名叫杨忠，是我们姑娘的舅父。"银凤一听，连忙上前行礼，遂说道："我病倒您家，多承您老人家关照，才将我命保住。可称是我重生父母再造爹娘一般。他老人家既是我姐姐的舅父，当然也是我的舅父啦。"杨忠说："不要客气啦，实不相瞒，我认识您，您不认识我。我时常到丁家寨去。"银凤说："啊。"心中暗想：或者他与我兄长相认，也未可知。当下没敢往下再说，他们就坐下用饭。

过了一个来月，这天杨忠说道："姐丈、姐姐不是爱看练把式吗？如今有人会练，为什么不叫他练一趟给咱们看看呢？"王会夫妻说："谁会练呀？"杨忠说道："银凤，你可以活动活动腰腿，叫他们看看。"

丁银凤答应，收拾好了衣衿，取出刀来，在院中练了起来。三个人一看果然是好。容他练完，四个人一同来到屋中。王会问道："你与何人所学？"银凤道："与我拜兄所学。"王会一听点了点头，假作不知。杨忠说道："银凤，我姐夫这里有个姑娘，你不单认识，我那姐姐倒是常见，每日与我那伯兄母做饭做菜。如今我跟你提一件事情，你可不要推托。只因为我姐丈所生一女，今年十七岁，长得如何，咱们先不用说，现在他们打算将此女许配你身旁为妻。你要不答应，他们二老羞臊难当，一定会在西里间上吊。"

丁银凤说道："舅父啊，那是我的一位姐姐，我焉肯做那灭人伦之事。"杨忠道："此言错矣。这不是你强行，是他二老因无人照管；再说你又无有妻室，正好是一举两得，这有何不可呢？银凤，你要是不点头啊，你可丧尽天良。你再一走，他家三口，一定是全行死去。"丁银凤一闻此言，臊得面红过耳。杨忠一看，又不好一死的钉问。这才大声说道："姐姐请过来。"杨氏来到西屋，又将王会也叫了过来。杨忠道："银凤，快给二老叩头，答应了此事吧。"银凤忙说道："二位老人家，我可不敢做此事。因为我受了您的大恩，实在不敢应允此事。"王会道："此事出于我们的本心，与你没有什么关系。你要不应，那你就远走去吧，我三人是悬梁自尽。"说着伸手取出三根缠绳来。杨忠说："银凤，真忍他们三口人一齐断送了吗？"丁银凤一看，不由双眼落泪，连忙跪倒，口中说："老人家，您千万不可如此，我应允了就是。"当时与二老叩完了头。王老者说："快与你舅父磕头。"银凤答应，又与杨忠行完礼。原来那老太太在平日服侍他病的时候，暗中早把他生辰八字问明白啦。便跟她女儿的八字求人一合，还是上等婚。四水相合，并无妨克，因此这才一死的给他。今日他既然答应了，不由大喜。便来择选黄道吉日，给他二人圆了房。丁银凤不由心中难过，遂说："哎，我只好就拿他二老当作自己父母看待吧。"从此他们四口人，还真过得很好。不在话下。

这一天，有掌灯时候，外边来了老夫妻二人，前来住店。银凤一看那老头儿，用手巾蒙着脸，像是被人打伤的样子。那老太太也是满面红肿，满身泥土，口称："店家，您赶紧开门救命吧！"银凤连忙上前将他们让进来。到了里间，王会出来看了看，说道："我看着您面熟哇。"那老妇人说："王会哥哥，你还认识妹妹吗？"王会一听，心中暗想：她能叫出我的名字来，大半不是外人，可是自己一时想不起来啦。遂说："这位姐姐，我可实在想不起来啦。"那妇人说："真是贵人多忘事，你可记得生养玉蓉的时候吗？那不是我接的生吗？"屋里杨氏一听，连忙出来，说道："那么那位可是李德山，李大哥吗？"那老头儿道："正是我呀。"杨氏问道："你夫妻为什么落到这步天地？"李德山道："不用提了，你那侄媳妇被恶贼给抢了去啦。他们一死的要杀我，多亏你嫂嫂跪地苦苦的哀求，才保住生命。如今将我左耳削去，我用手巾这里包着啦。"旁边丁银凤一闻此言，不由大怒，忙问道："这一位大娘，但不知被哪里贼人所抢？"老太太说："从此往西北，有个荒草山，那上头住了许多匪人，是被他们抢了去啦。"杨氏道："那么你们上了哪里啦，怎被贼人抢去？"李德山说："唉！您是不知。只因你嫂嫂带着儿妇住娘家，一去三日未归。我放心不下，这才套车去接她们。原来她们在那里会上了亲，所以耽误着，没回来。不想今晚我们吃完饭一同回来，可巧就遇见山寇了。本来那荒草山不打抢过客，拦道劫人，因此我们放心大胆的从那里经过。当时倒是有五六个贼兵在山口站着，我们赶车过来，他们就往山里去啦。不想来到了南山口，忽然过来十几个人，各执明亮刀枪，拦住去路。内中有一个头目之人，横眉立目，要抢我那儿妇。我夫妻不答应，他将我二人弄得如此模样。后来还是被他们把人抢走了，还削了我一只耳朵。"

丁银凤大怒，问道："荒草山离此地多远？"王会说："离此地约有五里多地。"李德山道："我认得那小子，他叫小丧门张燕。"

书中暗表：荒草山上原有三家寨主，这全是二寨主与三寨主私自在外做的事，大寨主不知道。大寨主便是闹海白猿焦豹，乃是扬州焦家林人氏。他路过荒草山，那二寨主金毛吼王德与寨主张燕，二人下山来劫路，被焦豹把他们战败。这才请他上山，充当大寨主。他们两个人，乃是吃浑钱的，绿林人名册子上，没有他们两号人。自从焦豹来到山寨之上，从新改了规矩。王德让他为大寨主。焦豹对他们说："你们武艺浅薄，不准私自下山断道劫人。要打算去做事，可以先禀报我知道。要不叫我知道私自去做买卖，那时我可全要了你们的命。"二人答应。可巧这一天焦豹下山访友去了，天晚了还没回来。有那喽兵坏的主儿，进来禀报说："西山口来了一辆轿车，上面端坐一个少妇，长得容艳貌美，足下窄窄的金莲。赶车的是一个老者。趁着大寨主不在山上，何不下山将她抢上山来，做一名压寨夫人呢？"王德一听大喜，急忙与张燕二人，带着喽兵下山。来到南山口，便将他们拦着了。李德山一看，忙说道："哟！这不是看青的王德吗？"王德说："呸！我的名字，也是你叫的吗？你休要胡言乱语，趁早将此女留下，万事皆休。不然我要你的狗命！"德山一见，忙跪倒尘埃，哀告道："王寨主啊，请你放了我们合家三口吧。"王德大怒，上前一腿，竟将李德山踢倒，叫人给捆上了，举刀要杀。老太太跪倒说道："大王爷呀，您千万的留下他的命吧。"张燕说："胡说！来人，先把那少妇掠上山去。"说着手起一刀，先将套车的驴头砍落，那死驴腔子就栽倒啦。众喽兵上前，便将少妇拉下来，向山上而去。王德道："本当将你这老儿剁成肉馅，看在你的老婆身上，暂且饶你一命。不准你们在外说是我们抢的，如果说出，我全要了你们的命。此时可不能白白的放你。"说着揪住左耳，"哧"的一刀，耳朵就掉啦。那张燕是左右开弓的打了那老太太一顿，他们才走啦。

李德山夫妻二人无法，这才来到王家店，向王会夫妻述说此事经过。丁银凤一听，在家的时候，听说过有这一个焦豹，谅他也没有多大的能为，自己有意要管。那王会看出来了，遂说："银凤啊，可不准你管。如果要管也可以，必须明日白天先去涟水县报案，你帮助他们去剿灭才成。"丁银凤连连答应。少时天有二更，银凤说："四位老人家在此说话吧。我要到西间睡觉去啦。"王会一听，心中放心，自然是许他去睡。他到了西间，将荷叶门带好。王会还不放心，将门扣好，软帘放下。那银凤到了屋中，将大枕头放在被褥里头，用小头枕垫好。又拿过大氅来，盖在被上。然后换好夜行衣，背上刀，取出匕首刀来，划开窗户，推开便出来了。飞身出去，直奔西北方而去。

如今且说王德他们将少妇抢到了山上，放到后寨，他要立逼成亲。正在此时，外面有人说："大寨主回来了。"王德一吩咐：将大躺箱内的东西搬出，将少妇便藏在箱子里了。他要出来，忽听院子里有人说道："好个贼人！你也敢抢少妇！"王德一听，先将灯吹灭，然后提刀正要出去。背后张燕说声："且慢！待小弟前去杀他。"王德说："你要小心了。"张燕纵身形跳到院中，扎刀一站。丁银凤抬头一看，见出来这人年岁也就在三十里外，穿金挂翠。忙问道："对面什么人？"张燕说："我姓张名燕，外号小丧门的便是。你是何人？也敢三更半夜来到荒草山，真乃大胆！"丁银凤道："清平世界，朗朗乾坤，你们胆敢在此地插草为标，占山为寇？"张燕说："你是做什么的？"丁银凤说："我乃是开店为生，住在上三亩园。只因有住店的二老言说她儿妇被你等劫来。想你等这个行为，令人有气。离我眼前十里开外去做去，二太爷不管。"张燕说："我看那车辆上女子长得好，你家三寨主才抢来受用。你这不是三个鼻子眼儿，多出一口气吗？"丁银凤说："小辈，你们胆子可真不小！待我将你绳捆二臂，送到涟水县，前去圆案。"张燕说："你满口胡言乱道。别走，你看刀吧！"说着举刀搂头就砍。银凤见是淫贼，一步不让，因为他败坏好人家儿女。见贼人刀到，忙往旁一闪，抽刀换式。二人当时打在了一处。两个人也就有六七个照面。丁银凤这回托刀一扎他，是个虚式。张燕往旁一闪，托刀往他中脐一扎。银凤一看，忙用刀往下一挂他的刀，刀背对刀背，"呛啷"一声响。他跟身一进步，左腿就入在他的裆里。双手抱刀施展凤凰单展翅，往外一推他刀，张燕连忙往后猱身。银凤兜住他脚后跟，贼人纵出去有五尺远，摔倒在地上。银凤口中含刀，上前按住，摘绒绳，便将他绑了。站起身，刀交右手，大声说道："我看哪个敢与他松绑。"此时王德也出来了，大声说道："好一个大胆的丁银凤！你敢来到荒草山撒野，将我三弟绑了。休走，看刀！"说着话，提锯齿刀上前来战。此时丁银凤很是为难，你说前去对敌吧，又恐怕他们兵卒过来与他解绑绳，自己无法。这才上前来战。有两个兵卒站在张燕旁边。张燕说："兵卒们，你还不与我解开，等待何时？"有个兵卒刚过去猫腰要解，丁银凤回来又来不及，一想：也罢！待我治死一个。想到这里，伸手蹬镖一甩腕子，"哧"的一声，直奔兵卒的脖子打来。兵卒一闪，那镖就打在右耳底下，"噗哧"一声，兵卒连话都没嚷出来，当时死尸就倒在地上了。丁银凤镖打贼兵，回头问道："对面贼人，你姓什名谁？你家二太爷刀下不死无名小辈！"王德说："你家二寨主姓王名德，外号人称金毛吼。休走，看刀吧！"丁银凤一见，连忙闪身形，躲开了此刀。王德使了一个转环刀，就是两下。丁银凤又都躲过去了。银凤忙说："且慢动手，我看你不像酒色之徒，为何与他做主哇？你家二太爷先让你三招，你要再过来动手，可要小心你的人头。"王德说："小辈休要夸海口，上前来动手，你家二寨主刀下不死无名之辈。"丁银凤一听大怒，上前进招，两个人便杀在了一处。王德看来人武艺超群，自己这才使出绝命三刀。他是举刀直砍银凤，叫他无处闪躲。丁银凤一见，急忙使了个铁板桥的招数，然后左胳膊一拐他，施展八卦滚轮刀右手使刀向王德攻了进来。王德往上一纵身，稍微慢了一点，那刀尖就在右脚上划上啦。贼人脚带重伤，立足不住，"呛嘟噗哧"，人晕倒在地，刀就出了手啦。银凤一见，急忙纵起身形，托刀就扎。此时那小丧门张燕从后面一声不言语，托刀就刺。丁银凤一闻耳后带着风来到，连忙向前一纵。"噗哧"一声，一刀刺在王德的腿上。银凤回头说道："小辈，你休要做那金风未动蝉先觉，暗算无常死不知的行为。"小丧门张燕说道："逢强者智取，遇弱者活捉。"丁银凤说："小辈报上你的名来，二大太爷手下不死无名小卒。"张燕说："我姓张名燕，小丧门的便是。"说完托刀就扎。丁银凤一看，哈哈大笑道："那王德的刀法都不足为奇，小辈你这刀法更稀松啦。"便用刀背一磕他的刀。张燕忙一坐腕子，刀躲开啦，二人杀在一处。张燕的刀法也不弱。丁银凤心中想：若不与他一个便宜，量他也上不了当。想到此处，步法一乱，用刀一扎他，回身败走。张燕往前一跟他，知道他要打暗器。谁知银凤有手绝艺，是败中取胜的功夫。那丁银凤猛然回头，看见贼人跟得很近，连忙回身往后纵，一刀直向他头顶平着削来。张燕一看，连忙往下一坐腰，"噗哧"一声，竟将他发卷削去。银凤跟着一掌，将贼人打倒。接着上前将他的腿抄了起来，右手一刀，就将他腿扎伤啦，然后将张燕捆好。兵卒一看两个寨主被获遭擒啦，大家忙扔军刃，跪倒一片，苦苦的哀求，说道："这位大太爷，您千万手下留情，饶了我们吧。我们大家是迫不得已。本心并不愿意在这里啊。"丁银凤道："那妇人你们给放到哪里了？快说！"兵卒们说："现在放在那大躺箱中啦。"银凤说："快去放出来！"当时有那年老的去到屋中，就将那少妇放出，解开绑绳。丁银凤一看，她脸上有一处划伤，尚带血痕。便取出金创散来，命人给她上好。进到屋中，翻出许多金银，打成一个小包袱。叫一个兵卒套好了车辆，将二贼扔到车上。令少妇上车坐好。他便对兵卒们道："你们大家可以分点东西物件，下山散伙去吧。"兵卒叩谢，大家一哄而散。

银凤便令车一直赶到上三亩园，到了店门外，上前一打门。屋中王会正跟李德山说话呢，不时到西屋看看。他知道姑老爷在床上睡觉，自己心中放心。忽听见外面有人打门，不知何故。急忙出来，开门一看，正是丁银凤。银凤便叫："将大门开了，把车赶进店中。"那少妇先下车，上前与王会施礼，说道："老伯父啊，多亏了这位大爷，救了小妇人一命。"王会说："来吧，快进来。"就将少妇让进来。银凤道："小婿已将荒草山的二寇拿获。少时天亮，我便将他们送涟水县。这是真赃实犯。"王会说："你不是在屋中睡觉吗？什么时候走的呢？"丁银凤道："老人家不知，我听见此事，心中就有气。进屋后，我又从窗户出去了。我既然在这一方住，岂容毛贼草寇在这一带骚扰呢。"王会不由心中暗暗佩服。爷两个进到屋中，那李德山与他儿妇相见，抱头痛哭。

丁银凤到了西里间，换好了衣服，外面天已大亮。出来查看，小兵早已走去。他便叫王会赶着车，一同上涟水县城而来。将一进东门，就听路上的来往行人说道："嘿！你们看上面捆的那两个人，那一天他抢了我的毛驴。"又有一个说："不错，他也劫过我的银钱。"又有人说："他也抢过我的东西。"大家纷纷言讲。丁银凤将车来到十字街前，车后跟来不少的人。丁银凤道："你们大家有那吃他亏的，可以跟了去，打质对。"众人说："好！"当时赶车过了十字街，到了道北衙门，丁银凤下了车。早有一人上前说道："门上哪一位该差，现有一位侠客爷，扫灭荒草山，解交二寇来了。"里边官人出来一名叫王海的，上前来问。丁银凤还没说啦，早有旁边众人全替他说了。那王海便叫人取出刑具来，当时就手铐脚镣的给二人带上了。王海这才往里回禀。县太爷一听，忙整理官服，迎了出来。丁银凤一看，县太爷面目忠正，是个清官。王会上前行礼，说道："县太爷，我王会拜见。"那县官忙往旁一闪。这位太爷倒痛快，问道："老者何事？"王会道："县太爷，现捉住荒草山二寇，望太爷重办，要是一放了他们，那时他二人怀恨，不定又出什么麻烦。"知县道："正是，但不知是哪位达官替本县清理地面，拿住了贼人。"王会回头叫道："银凤，快上前来见县太爷。"丁银凤连忙过去施礼。知县问道："这位达官贵姓高名？府上哪里？"银凤当时说了出来。知县说："你贵门户？我有一个朋友，您可知道？"丁银凤说道："我是左十二门第八门。有名的便知，无名的不晓。但不知县太爷您打听哪一家？"县太爷说："此人住家阴县东门外丁家寨，姓丁名银龙，在镖行人称神偷小毛遂。"银凤道："不瞒您说，那是我近当族的哥哥。"书中暗表：当年小火龙孔容来到县衙采花，被丁银龙追走，因此留下名姓。今天听见银凤一说，所以想起来一问。又说道："达官，你说你姓丁，我有点不信。"丁银凤道："县太爷如不信，我有个证明。"说着伸手拉出刀来，说道："请您观看刀把上，便知分晓。"知县接过来一看，果然有两行小字，刻的是：丁银龙、丁银凤弟兄执掌丁家寨，左十二门第八门，二人为门长。知县又抬头看他的面貌，这才知道不假。忙将他让进去，到了书房，令他落座。银凤说："有太爷在此，焉有草民我的坐位。"知县说："不要客气。"丁银凤将刀接过，归入鞘内，这才落了座。那知县一问他为什么来到此地，银凤便将自己的来历，详详细细的说了一遍。知县不由点头赞美。银凤道："县太爷，请你重办那二寇，免得他们出去再滋生事端。还有一节，请您派人去搜一搜二寇的身上，有没有薰香盒子等物件，如要有，那可是莲花党。"知县点头，当时派人到班房一搜，果然二寇身上全都有。遂将二寇押下南牢。丁银凤告辞，随同王会回到店中。那李德山夫妻是千恩万谢，带着他儿妇，回家去了。

银凤便将带来的金银物件卖了，从新修盖店房。大店一新，上面横着一块匾，上写"丁家老店"，墙上写"五路镖店，安寓客商"。雇了几个伙计，便安心做买卖，在此落户了。他是安心散奉王会夫妻。后来王氏连生了五个男孩，银凤给他们从小就折腰踢腿，将自己兄长所传的武艺，完全教给他们五个人了。后来王会夫妻死去，由丁银凤执掌店务。这一天闲暇无事，夫妻对坐。银凤这才将自己离家的实情，说了出来。王氏道："容等有人，向他们打听打听，你兄嫂可曾在不在。"丁银凤道："我已向人打听，咱们兄嫂仍然健在。"

　　书不可重叙，五个小孩长大成人，银凤是每天忧虑兄嫂。这一年青爪熊左林，保着七辆镖车路过此地，到了上三亩园的北村头。他急忙下了马。看见道东道西铺户不少。抱拳跟人打听："此宝地唤作何名？"有人说："这叫上三亩园。"左林说："是啦！"心中暗想，何不前去看看呢？这才打听好了，来到丁家店门口，大声问道："店家，你们这里可有上房？"伙计出来三四个，说道："达官，您请进去吧。里边有上房。"他们这才将七辆镖车赶进店内。令他们将车摆好，卸下马来，涮饮喂遛。伙计将达官请到北上房，问道："达官，您这是从哪里起镖，往何处去呢？"左林道："我从青州府东门外路北三元镖店起镖，西川尤家屯落镖。"伙计又问："您贵姓啊？"左林说："我姓左名林，外号人称青爪熊。"伙计说："原籍是哪里呢？"左林说："我本是青州阴县，北门外左家寨人氏。"伙计说："是啦。"原来他听见老掌柜的说过，他住阴县东门外。如今一听他也住在阴县，这才来到里院屏风，用手一叩门。里面丁银凤问道："外边谁叫门呢？"伙计说："是我。"丁银凤出来一看，原来是曹伙计。遂问道："曹三，你有事吗？"曹三说："现今咱们店中住一位达官，他住阴县东北门外左家寨。此人姓左名林，外号人称青爪熊。您何不前去向他打听打听大掌柜。"银凤说："好吧，你头前带路。"当下来到外面。伙计上前打帘子，说道："达官爷，我们掌柜的来了。"左林说："请进来吧。"银凤急抢行几步，跪倒行礼，说："兄长在上，小弟拜见。"左林一见，不由叹了口气，说道："二弟呀，你好狠心。只因为与你嫂嫂呕了一口气，你就抛家在外，二十多年音信不通。"银凤站起身形，连忙问道："大哥，我那兄长可曾健在？"左林说："还在还在。你这里属哪县所管？"银凤说："属涟水县管。"左林说："你兄长在南门外占山为王，你可知晓？"银凤说："不知。"左林说："如今他把山寨让啦，自己退归家下。"银凤说："我那嫂嫂可好？"左林说："已于年前故去了。"银凤听了，放声痛哭。说道："我对不起我那嫂嫂。"止泪问道："但不知留下多少男女孩儿？"左林说："只有一个八岁女孩，名叫丁小霞。如今他带领小霞去到李家寨李文生那里去啦。李文生也有一女，名叫李秀英。她二人拜了干姐妹。有秀英的娘亲，为她们梳洗打扮。"银凤道："左大哥，您到西川回来之后，务必要从此经过。咱们好一同回去，看望我兄长。"左林说："是吧。"丁银凤忙将五个孩儿叫了出来，拜见左林。后来左林在此住了三四天，告辞走时给店饭钱，银凤不收，他便给了伙计，做为零用，竟往西去。丁银凤看他走后，来到后宅，不由心中思想故土原籍，竟自卧病不起，后来医治无效，一命而亡。

这一天左林从西川回来，到了店前一看，这里大办白事。不由一怔，忙到里头一间，原来丁银凤死了。要过药方子一看，乃是一种思想的病，忧愁死的。左林等他们办完白事，从此走了。银凤的长子丁世凯，外号金面熊，说道："大伯父，你请我伯父到我们这里来住吧。"左林说："不用，你们不知道，你那大伯父脾气古怪，住不了一起。你们可要将你天伦的刀好好保存起来，将来相见之时以刀为证。你大伯父也能认你们。"五个人答应。

左林走后，事隔多年，仍不见回音。在他们西边二友庄，住着二人，一个叫金棍董相，一个叫单鞭刘贵。二人过庄拜望，弟兄见面很投缘。后来又与中三亩园白面判官徐五会到一处，弟兄四个人爱好一样，结为生死弟兄。徐立大爷，二爷丁世凯，三爷董相，四爷刘贵。年多日久啦，他们这三处三亩园联合到一处了。他们哥四个，每日教给庄人打拳踢腿，练得成了乡团啦，互相保护。后来涟水县下来通知，说上谕下来，八主贤王府失去了闹龙宝铠。官门钞上写着：回汉两教，僧道两门，或是会练武之人，若将宝铠得住，贼、铠一入都，是大功一件。他们就全知道了。

这一天晚上，左林、丁银龙前来住店。杜林取笑丁世安，这才引出伯侄相逢。丁银龙来到店中，吩咐赶紧摆酒，事情紧要。世平一见，知道不是外人，这才出来命人将绷腿绳、绊索锁等，全行撤下。丁世凯便命厨房早行预备酒席。酒菜做好，一齐摆好，大家入座吃酒。酒饭已毕，献上茶来。银龙便将世凯弟兄五人，与杜林相见礼毕。丁银龙道："杜林呀，你必须上何家口去一趟。先令姜文龙、姜文虎看守孔良、孔玉；叫老家人何忠看守大门。"嘱咐好了他，杜林这才出店。丁世吉、丁世尘弟兄送到店门外，二人说："兄弟，你多受累啦。"杜林说："这倒没有什么的，咱们回头见啦。"说完告辞，离了上三亩园，直奔何家口而来。施展夜行术的工夫，少时来到何家口。进到店中，与大家相见。他一看石禄没回，忙问道："我石大哥呢？"刘荣说："没回来，你就不用管了。"杜林便将上三亩园之事，叙说了一遍。众人一听大喜。此时天已三更，大家收拾利落，出了店，向前走来。杜林道："今夜可不是跟我叔叔大爷们夸海口，也不是比脚力，咱们快走一回吧。"说完，他一猫腰向前飞奔。那刘荣与他走到一处，可没使出绝艺。要使绝艺，杜林也不成。他二人走一刻钟，便须等一等众人，三四次便来到上三亩园。一齐到了店门外，上前叫门。丁世庆上前开了店门。众人往里，到了北上房。丁银龙便对大家一一致引，该长辈该平辈，全见礼毕。大家是一阵大笑。

丁世凯问道："列位叔父、伯父、哥哥兄弟们，但不知是哪一位原办宝铠？"李翠、云龙二人说："是我二人。"丁世凯为尽交友之道，要保他们徐家满门，这才跪下求道："我那大拜兄徐立，为人最孝，奉母命，金盆洗手，请过转牌。下三门全到了，就剩李玄清、钻云燕于良、一文钱谢亮，下二门的门长全没来，尽在西川地面独立莲花党，贩卖薰香、蒙汗药。不论他是哪路的人，只要身带薰香，就得归下三门的门长所管。那转牌没到普莲那里去，他以为小看了他，所以他记恨前仇。我那大拜兄徐立，闷在家中坐，祸从天上来。"鲁清道："世凯你先来，事款则圆。你帮助我们，只要将贼拿住，得回宝铠，从我这里说，可以设法请王爷赦免徐立满门。"世凯说："谢过了叔父。"说完，站了起来，又说道："事在紧急，我这就得走。"鲁清说声："且慢！那西川路的贼人，向来疑心太大。你去了之后，倘若被他看破，那时可有危险。再说，那三个人也不是好惹的，倘若出了意外，那可就麻烦了。再者说，你到了那里，你可怎么说呢？"丁世凯说道："我就说买了点地，叫我徐大哥前来替我铺纸写字。"鲁清连连摆手，说道："此计不成。别人不用说，那普莲猜疑心最大。倘若被他看破，你二人与他家中人全有性命危险。你等一等，我且问问你，他家中都有什么人？"世凯说："那里有我的义母、贤嫂，还有一个丫环、一个婆子、一名老家人。"鲁清："好，你到了那里，就说你的店中来了一位医生。家传的医药，能治诸般劳症。暗中问宝铠在他家否，如果贼、铠全在，你快回来，就说徐母病体沉重，回来我们大家好一同前去。"丁世凯听了连连点头，转身形将要走。杜林摆手说道："不成不成，鲁大叔，这不是当着我爹爹，我在背后还给您磕了头啦，拜您为师。如今一看您这计策，还是不成，必须看我的。"鲁清说："那么您说出一条计策，我听一听。"杜林道："您拿普莲当三岁的玩童看待可不成。他从西川来到山东地面，执掌打虎滩。错非他有好算计，能成不能成，你们这样去，他怎不犯疑心呢？这件事要是据我想，必须在您的身上，暗带短小的军刃，然后您拿好了一蒲包茶叶、一匣子点心，要是到了那里，必须如此如此的说法，使他不疑。再到后宅佯装与老太太上寿，到后面问明白宝铠曾否在他家。如果在他家中，您还是到前边相候。他们如果看出，与您动手，必须如此如此的对他说，自可免去他的猜疑。三贼要是逃啦，您午前回来。如果贼逃了，但铠还在那里，就设法绊住他们，天到定更，我们大家一齐到中三亩园去。咱们伸手拿普莲，他绝逃不了去，想逃走是比登天还难。"丁世凯一听，这才围上十三节亮银鞭、一个点心包、一个茶叶包，由家中起身赶奔中三亩园徐立的门首来。此时也就在早饭之时。

来到徐家门外，将周身的尘土掸了掸，这才上前叫门。里面有人问道："外面是丁大爷吗？"丁世凯说："不错，是我。"老头儿一听是主人拜弟，一边开门一边在里面说："闷在家中坐，祸从天上来。"丁世凯说："我正为此事而来。"徐忠一听甚喜，忙来开大门。那西屋普莲听见外面有人叫门，便一长腰钻了出来，到了门口说："老哥哥且慢开门，但不知外面是何人叫门？"徐忠道："是我家主人的拜弟，姓丁名世凯，外号金面熊的便是。"普莲说："他家住哪里，做何生理呢？"徐忠说："他家住在三亩园，开店为生。来这里望看我家主母来啦。"普莲说："那么你与他开门吧。"老家人答应，去开门去不提。且说普莲回到西屋，说道："二位贤弟，丁世凯此来，定是为我普莲而来。"黄云峰说："岂有此理！您怎么知道呢？"普莲说："不然，想你我弟兄自从来到徐仁兄家，大门就没开过。他要出外撒尿，咱们就得看着他；不撒尿都得陪着他，他要是到别的地方去，我全用眼看着他回来。就恐有了意外。"段峰说："仁兄，您太多心了。据我想，咱们到这里是高枕无忧。"普莲说："二位贤弟，你们少时看，徐立他出来，将那丁某人让了进来。要竟与我见礼，不理你二人，那准是为我来的。咱们再想办法。"按下他三人在背后商量不提。且说徐忠开了大门，将丁世凯让进来。世凯问道："老哥哥，方才在门洞那讲话之人，那是谁呀？"徐忠说："是金花太岁普莲普寨主。"世凯低声问道："宝铠在咱家吗？"徐忠说："在咱家呢。云峰、段峰也没走，全在咱们家呢。"世凯说："你到里面回禀我那兄长一声。"家人答应，接过两个点心蒲包，进到里面。来到院中，说道："少主人，您的二弟来啦。"徐立急忙出来，接过两个包来，送到屋中，二次出去迎接世凯。丁世凯一见，紧行几步，跪倒叩头，说声："兄长在上，小弟丁世凯参见。"徐立往旁一闪，说："二弟请起，随我来，到西屋我与你引见一位朋友。"当下二人到了西屋，与普莲礼见。徐立说："二弟，此位是屯龙口打虎滩的大寨主金花太岁普莲。"又说："普寨主，此位是我一个拜弟，他叫丁世凯。"那丁世凯上前施礼，普莲伸手扶起说道："朋友快起来，但不知你来此何事？"世凯说："我来此看望我义母。因为现下我店中来了一个医生，专治痨病。我义母年老病多，我打算给荐了来，给她老人家看看病。"普莲说："朋友，你不用跟我说。我猜透了你的肺肝，你不是上这里来看你的义母来了吗？那就到后面去你的吧！你跟他有交情，咱们二人无细谈的必要，去你的吧！"丁世凯一听，这太不像了。遂说："姓普的，你与南蛮子赵庭打赌，盗来金书帖笔闹龙宝铠。你不敢明斗人家，如今你的事败，来在这里。"普莲说："世凯，你怎么知道我的事呢？"丁世凯说："只因你弃山寨一走，那刘荣他们到各处查找。找到我那店中，是我一盘问他们，才知此事。如今我来是举荐大夫，谁知你们在此呢？这不是屈死我吗？再说，我又不是掐指会算，阴阳有准。"普莲说："得啦，姓丁的，你就别胡说啦。到后面瞧你的义母去吧。咱们无的可说。"徐立道："得啦，二位不用说啦，这是一种误会。"回头嘱咐老家人道："老哥哥快到外边看守大门，再有人找，就说我没在家，千万别放进来。"说着他二人往里而去。暂且不提。

且说普莲看他们已走，忙说道："二位贤弟，你们看如何？果然不出我所料吧。"云峰、段峰说道："那又如何呢？"普莲道："你二人是尽其交友之道呢？还是另行别计呢？"二峰说："绝对尽其交友之道，死生共之。"普莲说："此言差矣！你二人跟我在一处，倘若被获遭擒，那时人、赃一入都，我原是盗铠之人，死而无怨。你二人随我一死，未免有些冤。再者说，咱们三个人一死，西川你二哥他知道吗？那时有何人能够为你我报仇？你们二人看事不祥，即行逃出重围，到后面斩杀徐立的满门，然后拿宝铠一走，回到西川，报告我二弟普铎，凡是与我交好的朋友，全告诉他们，大家来给我报仇。你们两个人预备好了，少时听我的，莫若先下手杀他们，然后再说。我还得见景生情，看出了破绽，说杀，咱们就来他个措手不及。"

按下他们做准备不提，如今且说徐立、丁世凯二人来到上房，徐立说:"夫人,兄弟来了。"说着打帘栊,说:"兄弟你请吧。"丁世凯说:"哥哥,您太谦啦,咱们弟兄情同手足,何必如此客气呢。"说着话二人一齐进到屋中。那张氏迎了出来,说道:"二弟来了。"世凯说:"是。"说着上前行礼。张氏道:"还得二弟救我全家满门。"世凯道:"嫂嫂莫要心惊,兄弟正为此事而来。"说话之间,一同来到西里间。到了老太太的病榻之前,双腿跪倒,说声:"义母在上,儿丁世凯拜见。"老太太忙命徐立将他扶了起来,说道:"我儿世凯呀,你可要搭救我的全家性命才好。"丁世凯看老太太面带惊慌之色,遂说道:"义母您不必担惊害怕,小儿此来正为此事。那宝铠可曾在咱们家中?"老太太说:"在咱们家中,现在此箱子内存放。"丁世凯说:"好,您快将钥匙交给我嫂嫂,好拿出我兄长的夜行衣来。这是白天,可以多做出点吃食来,大家全在西里间隐藏。晚间我将办差官全引了来,好拿他们。义母您就放心吧。"老太太一听,这才将钥匙拿出,交给张氏,张氏忙接了过来,到东里间打开箱子,取出夜行衣与短把刀一口,交与徐立。

徐立一拉刀,没拉出来。原来当年金盆洗手的时候,刀跟鞘沾过水,刀能用布擦,鞘没法子擦,所以长锈了。他二人各揪一头,才将刀拉了出来。世凯要来桂花头油,倒在了鞘里,将刀装上,来回一摇,自可将锈磨掉。徐立穿好夜行衣,绑上左右手腕的袖箭筒儿,一按簧,"嘎吧哗啦"一声,袖箭不出来啦。徐立不由长叹一声,说道:"十四年的工夫,已然失了用处。今天要动手,哥哥我要涉险了。"丁世凯道:"兄长请放宽心,兄弟我有护身的军刃,不怕他们。"二人将后宅安排好了,徐立暗带短把刀,然后罩上大衣。两个人这才来到外院西房。这时只听普莲说道:"徐仁兄、丁贤弟,你二人在里面可将主意商量好了?怎么样下手拿我们三个人呀?"徐立道:"普寨主,此言差矣!我们单有我们的事,普莲贤弟千万不要多心。"普莲说:"事实在此,还容我多心吗?那么老太太的病体怎样?"徐立说:"病体沉重。"世凯说："大哥，您先陪着他弟兄讲话。待我回到店中，将那医生请来，好与老太太看病。还得请他们三位作陪。"普莲一闻此言，哈哈大笑，一咬牙，说声："二位贤弟预备了。"那二峰推簧亮刀，便要动手。不知后事如何，且看下回分解。

第十三回

巧设计诓哄三寇　三亩园普莲遭擒

话说徐立见三人亮军刃，连忙说："何必着急，有话可以讲在当面。"丁世凯说："哥哥，看来是我一时莽撞。不知普寨主在您家中，要知道我真不来。如今果然发生误会了。"徐立说："那倒不要紧，我且问你，这位大夫能多等个三两天再请，成不成呢？"世凯说："那倒没有什么不成的。不过是那个先生是昨天晚上才来，今早就有人请。我想老太太病得很重，为什么不先给老太太来看呢？所以我才来到此处。先跟您说一声，谁知有此差事。"徐立道："二弟来到我家，普寨主不知你是干什么来着，当然猜疑你。而今之计，最好你先留在我家中盘桓三两天，大概那先生不致走吧。"丁世凯道："这倒可以。"说着话他跪在地上，面冲西北，头撞地，口中说道："上天有眼，吉人自有天相，多保佑我那义母。等些日，容待那大夫来到，病体全除。我今原本前来为与你老人家请先生诊治，谁知遇了此事。没别的可说，只可稍等时日吧。"说完，站了起来，说道："哥哥，我就为保护老娘，为的是让她老人家多活几年，是咱们弟兄的造化。普寨主，你可把话听明白了，我可不是畏刀避箭，怕死贪生。你要跟我们动手，我不敢跟你动手，那你可想差了。不过我想，交一个朋友不容易，要得罪一个朋友，很容易。那么我今天不回去，夜间二更天，与你们三位摆下一桌饯行饭，给您拿上川资，从此回西川。天明我再到店中请那先生，前来与我义母看病。这样办，普寨主您看怎样？"当下普莲一闻此言，信以为真，这才点头答应。世凯说："大哥，他们三位既然允许，您为什么还不预备饭呀。"徐立点头。忙命人告诉厨房，便备上酒饭来，五个人团团围住饮酒。世凯与他们布菜，说道："普仁兄，您三位多多原谅。我是不知你们三位在此，要是知道，我也先不必来，或是派人将先生送了来也可呀。这个没别的可说，您得冲我徐仁兄才好。"普莲哈哈大笑，说声："丁贤弟，你就不用多心了，我决不再猜疑你啦。"大家一同吃喝完毕，在屋中闲谈。

忽然又听见外边有人打门，普莲他的耳音全在门外啦，连忙说："二位贤弟先别说啦，你们听外边有人叫门。"说着他起身，来到院中。这四个人也跟了出来。普莲到了门洞，左手按刀把，右手一摆手，是不叫他们答言。老家人徐忠上前问道："外边何人叫门？"就听外边有人说道："我是尹家堡的，我姓尹，名叫尹兆林，百随翁的便是。"徐忠说："我家员外未在家中，出外办事去了。您有什么事，可以留下话。容等我家员外回来，我好告禀于他。"又听外面那老头儿说："有事，徐忠啊，我是来问打刀的尺寸。我们不知道多大尺寸，告诉了我，我好回去告诉明白打铁的，好叫他们按着尺寸去打。"徐忠道："这一层我倒知道，您在外稍候，待我去到门房取出字条来，交给您带回去吧。"说话之间，回到屋中，取出一个纸条来。他刚要往外递，普莲说道："且慢。"立时走了过来，从家人手中拿过一看，见上面写的是：刀苗二尺八寸五长，宽二寸七，刀把一尺八寸五，为斩马刀。打二百口。攒竹松七尺一寸长，白蜡杆花枪七尺七长，也是二百条。他一看并无别的，便又递给徐忠。徐忠这才从门缝递出去啦，说："尹员外，您就照着字柬行事去吧。"尹员外接了纸条回转尹家堡去了。

丁世凯道："徐兄长，这军刃全在尺寸之内吧。"徐立道："这军刃是一寸长一分强，一寸少一分小，一鲁降十会，一巧破千斤。你看咱们五个人吧，全都是能为出众，武艺超群。由咱们正东有座孔家庄，那里二位名为伸手必赢孔芳、抬腿必胜孔玉。他弟兄手使七寸梅花枪，能为出众，武艺超群，出人头地。"大家在此闲谈，天已过午。丁世凯道："普仁兄，我听人言，你们西川莲花党之人，归为下三门。李玄清、谢亮、于良，他们没有护庇你等之心。普寨主，你们三位想一想，是不是谁要惹事，由谁自己去搘。要按理，说他们三位门长应当出头露面，解去此围，才是做门长的道理。就以您说吧，为与赵庭呕气，盗来宝铠，回到山东。他们三位就应当前来，在山东当面说明，解了此结才对。怎么能缩手缩脚，由普兄自行了结呢？"普莲道："贤弟此言差矣！想当年那江南蛮子赵庭爬碑献艺，在碑上辱骂莲花党。那三家门长都不敢答言，惧怕赵庭。我一怒才盗来宝铠。"丁世凯一听，心说："你不用如此夸耀，人家前来拿你，看你如何？"徐立深恐他们说僵了，便用言语岔开。五个人在外面西房直谈到天色昏黑。徐立起身说道："丁贤弟，你先在此陪着普寨主说话，待我到后边看看老娘的病体如何，少时我就出来。"他四个一齐说："您请吧。"

徐立当时回到了后宅，先来见老母，说道："娘啊，今夜您在这屋中，千万别点灯。要点也行，必须放到桌子底下，前面窗户上可别有灯光。因为今晚来拿三寇，恐怕滋了事。倘若有一个来到后面，那咱们家里可就有危险了。"老太太说："是啦，你去你的吧。少时吃完饭，我们全在这屋里，死也死在一处。"徐立回身又嘱咐好了他妻子，然后来到外面书房，说道："老哥哥，您给我摆饭呀。"徐忠说："你们五位一齐用饭可不行，那火顶不下来。"徐立说："我此时觉得饿得慌。"徐忠说："不要紧，我可以先给您摆点蒸食吧。"徐立说："可以吧。"当时徐忠将蒸食端了上来，五个人一齐用。那丁世凯尽看着普莲，就见他面上变颜变色，透着惊慌，心神不定。那普莲说道："丁大哥，我们今天这一顿饭，也就算是最后的一顿离别饭吧。"徐立笑道："普寨主说哪里话来，咱们日后往来之时日很多很多，何必单在一时呢。"普莲说："不然，我所想的，绝对不错。再者，据我猜想，这位丁贤弟是前来探听于我，准是为我来的。你二人可要记住了我所说的那两句话，倘有不测，就照那样办。"段峰、云峰点头道："大哥不必忧虑了。"普莲说："是你不知，我总觉外面有人似的。再说，我心内不安，发似人揪，心慌意乱，坐卧不安。今晚恐怕凶多吉少。"又对徐忠道："老哥哥，今天我身上未带分文，不得赏与厨师傅，就请您先告诉他一声罢，叫他预备一桌酒席。我们哥三个吃完了，好赶路。"徐忠说："普大王，我们那厨子在那里用扇子煽火啦，少时就可以得啦。"普莲一听无法再催，只好等候。徐立道："世凯呀，你到后面看看，叫你嫂嫂将宝铠要出来，再拿出五封银子，交给他们哥三个，叫他们好作盘费。"普莲说："不用，徐大哥，我们走到路上，遇见那片水大，可以随便借他点。路费不缺，这一层您倒不必虑了。就请将宝铠给拿了出来得啦。"徐立说："好。"可是那丁世凯尽答应，却不动身。普莲一看，心中就猜了八九，遂说："丁世凯你跟徐立是过命的交情，为什么你答应不动身呢？"说着话用手一按刀把，眼珠一动，忙"噗"的一声，将灯吹了。云峰忙问道："大哥为什么吹灯啊？"普莲说："人全都来啦，你们还不知道，房上瓦响哪。"此时徐立二人见他一吹灯，便长腰纵出屋来。往四外一看，房上人全满啦。屋中普莲说："二位贤弟，你们看如何？在那丁世凯一来的时候，我就知道他不是好意。叫你们动手，你们不肯。而今如何？"黄云峰说："那没法子，只可杀他们吧。"三个人一边收拾，普莲说："贤弟，我在此地被获遭擒，宝铠一入都，那何家口可就空啦。你们勾来我的二弟，到他们那里，务必杀他全家。然后给他挑亮子。"二人说："是啦。"普莲拿好刀，伸手揪着帘子往外一蹿，房上瓦就打了下来；然后他站到院中，扎刀一站，四外人就下了房。

书中暗表：群雄在上三亩园店中等候。天已过午，鲁清说："咱们别闲着，可以在院中过一过家伙。"大家说："好吧。"说完，各人拿兵刃，在院中走动半天。然后大家一齐拿好了自己的夜行衣包，出了店门，来到中三亩园西村外路北柳林。众人到了里面，各将衣包放下，耗到天黑。鲁清伸手探兜囊，取出白蜡捻儿粘在树上。大家一齐更换夜行衣。换好了之后，将灯熄灭带好。鲁清说："诸位，今夜咱们可别叫三寇逃走。"大家说："对，今夜就得拿住三寇才好。"杜林说："我得带着三将。"鲁清说："你带哪三将呢？"杜林说："我带水中蛇谢斌、独角蛟谢亮、水豹子石俊章。随我杜林明着看守徐家满门，暗中为的是保护宝铠。"鲁清说："就是吧。"大家这才一齐出了柳林。丁世安在前引路，鲁清、杜林等跟随在后。进了西村口，鲁清当时派飞抓将云彪、赛昆仑小黄龙二人把守西村口。又派林贵、林茂二人去把守东村口。然后大家一齐来到徐家门前。鲁清说："你看守这个大门。"李文生点头。杜林说："我可不管你们啦。"鲁清说："你去吧。"杜林等四个人飞身上墙，往里而来。他们到了中院的东房上，双手扶脊，长身往西屋观看。就见西屋点着灯，人影乱晃。杜林说："你们三位听我吩咐，谢斌、谢亮在东房上不用动；石俊章您到北房上后坡等他，全拿着两块瓦，看着前坡。只要有人上来，不用管他是谁，就拿瓦打他。"三个人点头应允，各人埋伏好了。杜林这才拿出问路石来，向地上一摔，并无人声犬吠。他才下了房，到了屏风门里面南夹道，往地上一伏身，埋伏好了，伸手取出飞崩子十六块。

按下他们四个人不表。且说鲁清众人也跟着上了房，全在南房上。此时三寇已然跳在当院。鲁清说："大家可要小心了。何斌你可要拿普莲。"何斌说："是。"丁银龙说声："且慢！我与他有三江四海仇，今天非我拿他不可！"丁世安说道："伯父，现在有我们弟兄在场，您就不用下去啦，待我拿他去。"说完跳下房去，摆刀上前在当场一站。普莲问道："什么人？"丁世安说："你家三爷，姓丁双名世安，翠面熊的便是。"普莲往上一跟步，左手一棍，右手刀就扎。南房上丁银龙就嚷道："世安，你可是一着不用让他。此贼太可恨。"丁世安用刀往下一垂，翻腕子二次向他砍去，当时两个人杀在了一处。那边黄云峰抱刀过来说："小辈丁世凯，你往哪里走！"说着上前举刀就剁。世凯往旁一闪身，由腰中拉出十三节亮银鞭，还手一抽他，二人也打在了一处。那边黄段峰与徐立也杀在一处。徐立一时不便，刀拉不出鞘来。头一个抹丘刀躲过，他往下一矮身，段峰立刀再砍，段峰的意思是打算砍他，那徐立用刀一砍他的刀，段峰用刀趁势也一磕他的刀，将刀滑出，跟着一刀，徐立再躲不及，就在后脊背划了一个血印子。东房上抱刀手宋锦就跳下来迎着段峰杀在一处。丁世吉蹿下来，拉徐立到了东房底下。南房上鲁清手中挽着刀，提着两块瓦看阵，说道："大家围吧。"众人一听，"忽啦"一声，当时将三寇围在当场。徐立一看三个贼人杀法甚是骁勇。正在此时，忽听门外有人说道："判官，你来开门来呀。"鲁清一听，忙问道："门外是谁叫门呀？"李文生说："玉篮来啦。"鲁清忙到了前坡，往下问道："石爷来了吗？"下边答应道："正是我呀。"书中暗表：石禄自从店中走后，来到外边问伙计道："老杜子带着小棒槌一根，他们是从哪边来的？"伙计说："从东边来的。"石禄说："好，那我往东去啦。"说完他竟自往东去了。伙计回报。刘荣问鲁清道："石禄走，你怎么不拦他呀？倘若走丢了，那可怎么好哇？"鲁清说："不要紧，走丢了他。"

　　按下他们不表，且说石禄出了何家口东村头。一直往正东，来到东头，石禄一看，见一条河挡住去路。只好下水吧。他也没脱衣服，就下去啦。到了东岸，上来一看，靴子里头水全满啦，说道："喝！鸭子渴啦。"一边倒着，一边往前走去。抬头一看，天色西沉。石禄说："了不得喽，白灯笼要灭啦。来人，我打听打听道吧，不知判官在哪里住啊。"眼前有一股大道，斜着向西南，他却往东走来。此时天已昏黑，正东来了一人。书中暗表：原来是个樵夫，扛着一条扁担，手中拿着斧子。石禄说："站住吧小子。"打柴的一看，以为他是劫道的，遂说："大太爷，我是打柴的，刚卖完回来。家中还有一位老娘，等着我吃饭啦，并且还在病着。"石禄说："你家中老娘病着啦？"打柴的说："对啦。"说着跪下。那石禄说："我不跟你要钱，你拿钱回去给你的娘买吃食去吧。我为的是跟你打听道儿。"打柴的站了起来问道："大太爷，您打听哪里呀？"石禄说："我跟大何二何，上滩子打峰子。后来那莲峰子挠鸭子啦，连铠儿也没啦，不知上哪里去啦？今天老杜子带着小棒槌来啦，他们说峰子太岁上三花一个滚判官他们家去啦。这个判官，他上哪里去啦？"那打柴的说："您打听的是三亩园吧？"石禄说："对啦。"那打柴的一想：我要告诉他远，他一定叫我带他去，莫若告诉他不远吧。遂说："大太爷，要不是我家中老娘病着，我送您去。您一直往北，不远就是。"石禄说："小子，你先在我旁边站着，等一等。东边再来人，我问他，他要说也往那边去，你们就可全绷。要说往别处去，小子，你看。"说着拿出那把铲来，说道："我全要你们的命。"打柴的一看：好家伙！铲子头赛过小簸箕，拍上就得死。他们二人在此处等着，工夫不大，又从东来了一个老头儿。石禄说："老排子，站住！"那老者忙站住啦，问道："您是要钱呀，还是打听道儿呢？"石禄说："我跟你打听道儿。"老者说："但不知打听哪里？"石禄说："我们在店里，大家上了窝子，去拿峰子太岁。天黑啦，太岁拿着老王爷的铠挠了鸭子啦，也不知上哪啦。白灯笼还亮着的时候，来了老杜子小棒槌，小棒槌说的，上三个环一个滚判他们家去啦。这个地方在哪里呀？"那打柴的站在他背后，伸手往北直指。老头儿不知怎么回事，后来明白啦，一定是叫我告诉他往北去，遂说："你往北吧，就到啦。"石禄一听，先前那个人说是往北，他也说往北，这一定没错儿，那就往北吧。说道："那么你们两个人去吧。"老头儿与打柴的二人往西而去不提。

这里石禄一直往正北，走到天黑，还没找到。一边走一边自言自语说："我错啦，为什么不叫他们带我来呀？这真岂有此理。"说话之间，来到一片松林，进到里面，坐在地上倚着树睡着了。直到第二天，天光大亮，把他饿醒啦。正在此时，听见远处有小鼓声，正是卖馍的。不由心中大喜，站起身来，出树林便大声喊叫，一边叫着，一边伸手去摸兜子，可一文钱都没有。少时那个卖馒头的过来。石禄一看此人，身高六尺开外，一身蓝布衣裤，白袜青鞋，腰中系着一件围裙，挑着一对圆笼，过来放下。石禄过去一看，那圆笼里满全是馒头火烧。他问道："怎么卖呀？"那人道："三个钱两个。"石禄说："吃饱了多少钱呀？"那人道："好办，反正你吃多少算多少钱。"石禄说："好啦。"当时猫下腰去，伸手拿了两个，往嘴里就咬。那人说："你可慢着，别因为吃得急，再堵死一口子。"石禄也不理他，吃了个饱。吃完他问道："我吃了多少钱？"那人说："倒不多，　共才九百六十钱。"石禄说："好，那么你随我到家中去取吧。"那人说："多远呀？"石禄说："不远，少时就到。"那人说："可以。"当时盖好圆笼，便随着他一直往北而去。石禄走得特慢，那人急啦，说道："这个样走还成吗？眼前就是村子，还不快走。"石禄说："我不敢快走，怕你小子追不上。"那人说："没关系，你快走我也追得上。"石禄说："好，我快走。"说话之间，他一猫腰往北跑了下来，那人如何追得上。一边追一边喊："好小子，别走哇，你敢情是骗子手哇。"石禄一走直到天色黄昏。南北一条大道，路西有一片松林。石禄进了林子，席地而坐，石禄的肚子又咕喽喽直叫唤。石禄说："老肚哇，白灯笼着着，有卖馍的。白灯笼灭了，就没有卖馍的啦。老肚你再叫唤，我可要打你啦。"肚子仍然还是响，他急啦，抡圆了打三拳，打得肚子很疼。他说："得啦，我不打你啦。"遂倚在树上，一时心血来潮，竟自睡着了。

忽然南边来了十三辆镖车。人家一喊镖号，把他惊醒。心说："好呀，来了卖吃食的啦，待我买点儿吃吧。"说完站起来，出了林子，一分双铲，大声说道："卖什么的呀？"伙计说："我们这是喊镖荡子啦。"石禄说："哦，我会晾凉了再吃。"伙计说："黑汉闪开！让镖车过去。"石禄说："不成，你必须放下。我吃完了你们再走。"伙计说："朋友，你是合字吗？"石禄说："我是石字。"伙计说："你乍入芦苇？"石禄说："这里没有芦苇，有树林。我就知道饿，别废话小子。"这伙计一听，正要往回来报，第二匹马来到，问道："哥哥怎么样了？"这个伙计说："你快回去禀报达官爷，就说前边有个浑字，把驮子给横啦。"那伙计一听，来到前边问道："合字，你把你们瓢把子的万儿道上来。"石禄说："我们瓢把子没万儿，尽是葫芦头。"伙计说："你满口乱道。"石禄说："你才满口里放炮呢。"那伙计一听，忙拨马往回跑，嘴唇哨子一响。正南的镖车，当时就打了盘啦，十辆镖站到了一处。那三辆车上满装好了他们的东西。北时押镖二老下了马，甩大氅，勒绒绳，收拾利落，捧军刃，来到当场。书中暗表：这二爷乃是十老中的二老。上前一位，手捧护手双钩，来到当场。石禄一看过来一个有须子的，心中烦啦，说："对面来的老排子。"老者说："你叫什么？"石禄说："我姓走，叫走二大。大门大村，树林子没门，你进不去？"那老者说："你满口胡言乱道，趁早闪开！如若不然，你可知道我的双钩厉害？"石禄说："你非得把我钩趴下，我才躲开哪。"老者一听，气往上撞，往前进招。石禄说："我就不要这个啦，我再要这个，你就上那边去啦。"说完将军刃扔到林中，见钩到，双手抓住，往怀中就带。老者用力往后一掰，石禄往上一入步，使了一个裹合腿。老者往上一纵，稍微慢一点，被他脚给挂上。石禄往上一踢儿，那老者就来了个高掉儿。那边又来了一个老头儿，问道："兄弟怎么样？"这个老头儿说："四弟，你要小心了，这个小子扎手。他可是横练。"此人说："是啦。"当时往前来战。石禄一看，又来了一个老头儿，手使一口锯齿刀。心说：你用锯拉我，我也不怕。见他刀向心口砍来，忙用脚尖一找地，往身边一转儿，真叫快。当时来到老者身后，由左脚勾住那老者的左脚，单掌打在背上，当时把老头儿打出一条线去，那老者就地十八翻爬起，说声："三哥，快传弩箭匣。"那六十名兵丁上前就把石禄围啦。石禄一看，说："喝！小子！不给馒头饭，先给面条吃呀。小子，那咱们就先尝尝吧。"说完，他用手将鼻子跟耳朵眼堵好，往地上一蹲。二老叫人放弩箭。弩箭手立刻开匣放箭。石禄说："你们看，这个面条没完啦，小子！"此时大家箭放完了，正要向袋中取箭。石禄是真急啦，往起一站身，双手一分，弩箭满掉。往前一扑身，伸手捉住一个兵丁，两手一叫功夫，"吧喳"一声，当时打得万朵桃花开，死于非命。那些人一看，呼啦后退，接着又立刻围上前来，抽兵刃要群殴。石禄也不示弱，拿兵刃相迎。忽听一声大喊："且慢动手！不是外人，前边可是玉篮吗？"石禄一听，有人叫出自己的小名来，　定不是外人。这才不敢动手。少时来了　匹马，上骑一人，自己不认得。

原来此人乃是飞天豹神枪焦雄。焦雄自从店内回镖店，要拜客，很怕遇见石禄，知道他是浑小子，什么全不懂。他临行之时告诉镖行说："老三、老四要是回来，千万别让走，等我再说。因为他们不知外面的规矩，倘若有了舛错，自己弟兄们全不用混啦。"说完，他就拜客去啦。他走后，多背长须尤昆凤、双翅飞熊穆德方二人回来。一看店中有镖车十辆，遂问道："柳金平、柳玉平，你们快去把木匠找来，把匾取下来。"二人说："您为什么下匾呀？"尤昆凤说："咱们这镖行不做啦。"二人问："为什么不做了呢？"昆凤道："咱们店中，几时摆过镖车呀？这个买卖还怎么做呢？"当时旁边有个伙计姓李名四，外号叫拴对儿李四。那李四说道："三爷、四爷，据焦雄所说，要没有他，这个镖行立不住。"他二人一听，当时就火啦，说："怎么着没有他不成，冲他这一句话，镖咱们走啦。"忙命人开饭，收拾一切。这才叫马子江与李四等一齐人。在十辆镖车以外，他们自己拉东西的车三辆。下海擒龙马子燕、柳金平、柳玉平等，与一百三十名家将大家由店中起身，往下行走。那镖行十老，蒋兆雄一看，也不好管，他们全是兄弟，只可由他们去吧。他们走后两天，焦雄才拜客回来。一看镖车走啦，急忙进到屋中，说道："兄长，您没有执掌镖行之权，我们九个人，您谁也镇吓不住。"蒋兆雄低头不语。焦雄忙沐浴身体，然后参拜武圣人。烧香已毕，又来见兆雄，说道："兄长，我不是说过吗，如今刘荣把玉篮请出来，在山东一带，捉拿普莲。他是混天地黑，任什么不懂。一个人走单了，遇见他，他有横练在身，任什么不怕。倘若吃了亏，那时岂不摔了十老之牌。"蒋兆雄说："那可怎么办呢？"焦雄说："那只有我追下他们。兄长在店中照看一切。"说完，他便命人备马，挂好了大枪，离了店往下来了，连夜往下赶。

这天来到济南地界。面前树林那边有哨子响，少时反哨子又响，焦雄就知道不好啦。他急忙催马往前跑来，就听见石禄喊道："小子！你们一个也跑不了。这全包圆啦。咱们是一巴掌一个。"焦雄连忙答言，说："玉篮，且慢动手。不是外人，全是自己人。"石禄一听，有人叫他小名，当时就不敢追他们了。尤昆凤、穆德方弟兄一看，悔不听兄长之言，如今真吃了苦子啦。小时焦雄来到，翻身下马，叫道："玉篮呀，怎么剩你一个人啦？"石禄说："对啦，你是谁呀？"焦雄说："你这孩子怎么忘啦，我是你二伯父。"石禄一听，想起来了，遂说道："你是我二伯，常上我去。你养活的娇，对不对？"焦雄说："对对！"石禄说："你跟咱爸爸有交情。"焦雄说："你不用说啦，你为什么一个人在此地呀？"石禄说："只因太岁跑了后，我们回了店。来了老杜子，带着小棒槌，说太岁在三环一个滚判官家里。我一个人出来找判官，来到这里肚子饿啦，他们来啦，骑着马卖馍。他们竟给我竹铁吃，我急啦，刚打死一个，你就来啦。"焦雄一听，心里不明白：什么叫三环一个滚判官家里？遂问道："那么你是饿啦？"石禄说："对啦。"焦雄说："三弟、四弟，快取来干粮牛肉干。"当下有人从车上拿了下来。焦雄便命人掌灯笼，往起捡弩箭，又叫人过去查看，是谁受了伤。灯光点上一看，那人头已碎，认不出来。又叫人翻他的衣襟，看出记名的白布条来。当即撕下白布条来，又把尸身埋好，立了个暗号。带白布条带，为的是将来给他家里好来镖局取钱。这便是他们厚诚的地方。

书说当时，石禄问道："二伯父，他们叫什么呀？"焦雄说："这是你二伯父尤昆凤，那是你四伯父穆德方。"石禄道："哟，一个姓尤，一个姓穆，对不对？"焦雄说："对啦。"石禄说："给他们叫到一块儿就得啦，我管他们叫木头油儿。"焦雄一听：好吗，两个人叫木头油儿。只可如此吧。遂命人将灯光熄灭，收拾好了，便一齐来到了上三亩园丁家老店。看见店门已关，焦雄纳了闷，便问道："你们喊镖荡子没有？"穆德方说："喊啦。"焦雄说："喊啦，他们怎么不出来接镖车呀？要不然也许关了门喽。"说着上前叫门，里边曹三答言，将门开了。焦雄一问，曹三说："您是不知道，他们诸位来了。那何家口的老少英雄，随我家五位全上中三亩园徐立家中，去捉拿普莲去啦。"石禄一听，过来一把将他揪住，说道："小子，你带我找判官去！"焦雄说："对啦，曹三，你带去，到了那里你就回来。"曹三答应，当时将他们带到了门首。石禄一看，说："喝！花脑袋在这里啦。"李文生说："对啦，玉篮你来啦。"石禄说："对啦。我来了。"当时上前叫门。房上鲁清听见是他的声音，忙过来一问。石禄说："大清啊，你接着东西。"说着，先把皮褥子扔了下来，然后上了房。问道："哪个是太岁呀？"鲁清用刀一说："那个就是，你看明白啦？"石禄说："看明白啦。嘿！小子们，给我拿梯子呀，我好下去。"他一边说着，顺着瓦垄往下走。一个不留神，瓦坏了几块，把他摔了下去，头西脚东掉在地上，来回打滚儿。石禄说："不得了！我的胯骨掉了。"他来回翻滚，往北翻身，左腿蜷着，往南翻身，是右腿蜷着。普莲一看，石禄摔在地上，扭腰岔气全是偶尔的事。如今他这一岔气，正是我们逃走的机会，又是我报仇的时候了。想到此处，遂说："二位贤弟，你们可要见机作事，千万记住了我的话。"二人点头答应。普莲说完话，他一边动着手，就往东北退来。猛然跳出圈外，撒腿就奔石禄来啦。来到切近，说声："你归阴吧。"举刀就奔他心口砍来。石禄用了个蛇行纵，两手掌一按地，往北一翻身，躲过此刀。一伸右脚，便将普莲的左脚勾住，左脚一蹬使了个剪子腿，"克喳"，普莲的左腿就折了。当时刀就出了手啦，倒在地上，当时疼死过去啦。石禄长腰就纵过去，大声喊道："鲁清呀，太岁趴下了。"鲁清说："赶快把他胳膊腿撅折了。"石禄说："先别忙，等他缓过来再说。"正说着，普莲缓了过来，说："石禄哇，你快将你家大太爷一掌打死吧。"石禄说："好吧。"说完扬掌就要往下打。那旁云龙说："石爷且慢动手，王爷要盗宝之寇，可要得紧。留着活口，千万别要他的命。"石禄这才不动手。鲁清跳下房来，说："石禄哇，先把他四肢废了吧。"那普莲说："云峰、段峰，你二人还不扯乎。千万记住，给你二哥送信，路过沿关渡口，见了我的朋友就说此事，好叫他们给我报仇。"二贼说声记住了，飞身上了屏风的楼，要上后院斩杀徐立的满门。两足刚落到院内，就听见头上带着风，就打来了。云峰没敢抬头，急忙往旁一闪。不想后面的段峰没躲开，打在胸口之上，倒在地上，当时喷出一口鲜血来。云峰一揪他，两个人便飞身上了西房，逃走去了。按下不表。

且说石禄走过去，先将普莲的胳膊腿一齐撅折了，众人将他捆上。鲁清说："哪位姓徐？"徐立当时向前，答道："不才我就是。"丁世凯给介绍道："鲁叔父，这个便是我大拜兄徐立。"鲁清说："好吧。宝铠在哪里？"徐立说："在后院我娘的箱子里。"这时，普莲又缓过劲来，破口大骂。鲁清说："先把口给他堵上。"李翠便用他的包头巾将他嘴给堵上。大家看守普莲。此时天尚未亮，鲁清说："徐立呀，你去到后面，快将宝铠取出来。"徐立说："是。"当时来到屏风门，用手一推，里面插关扦着。徐立忙纵上门楼，落在院中。忽见从黑影之中跳出一人，横刀问道："什么人！快站住！"徐立忙问："你是何人？"

那人通了名姓说："我是杜林，你是做什么的？"徐立说："我是本宅之人，姓徐名立，到后边来取宝铠来啦。"杜林说："好，你看北房上。"徐立抬头一看，那北房上站着好几个人。杜林说："谁叫你来拿的，你叫谁来取吧。这是尽其交友之道，一半保护宝铠，一半是保护你的家眷。"徐立一听，心中感念，连忙到了屏风门，拉开插关，来到外面，见了丁世凯，说道："大弟，我谢谢你，你多分神了。里院还派好保护我全家的。"世凯说："大哥，那不是我主意，那是杜小爷的高见。我来您家一切的说话行事，全是那位杜小爷教给的。"徐立一听，不由钦佩杜林，实在是高材。

　　少时天亮，大家将夜行衣换好。鲁清让徐立去到上房，请出宝铠。徐立答言，便来到里院，见了徐母，要出钥匙，开箱子取出宝铠，拿到外面，来到了西房。鲁清一看，这包袱是杏黄色的。大家上前，鲁清将包袱打开一看，原来是锁子连环甲，蓝汪汪地放光。鲁清说："此铠可是真的？石爷，你拿刀试试吧。"石禄说："好。"遂伸手拿过何凯的刀，向宝铠一砍，"当"的一声，一片火光。石禄举刀二次还要剁，鲁清说："慢着吧！不用再试了。"石禄说："王爷的铠可真结实。"鲁清便叫包好，让石禄背着。才又和徐立说："徐立呀，如今贼、铠一齐被获，你是认打认罚吧？现在看在你拜弟的面上，这才给你个道儿，由你挑。"徐立忙跪倒说道："鲁爷，我认打怎讲？认罚怎说？"鲁清说："你认打，那你可知道，贼咬一口，入骨三分。"徐立说："那么我认罚呢？"鲁清说："你认罚，预备二套车一辆、大簸箩一个、枕头一个、棉被褥各一床、小米一斗、瓦罐一个。"徐立连忙说："我情愿认罚。"当时站起，出去将东西办齐。大家这才一齐动手，将普莲抬到簸箩之中，用棉被与他铺盖好了。又要过撑子来，将普莲的嘴撑开，用小夹子将舌头夹住。命谢斌、谢春二人，各执军刃，在车的前边，一边一个。车后边是水豹子石俊章跟何斌，也是各拿军刃保护着。鲁清又命何玉、何凯、丁银龙、李文生四位，在上垂首保护车辆。下垂首是李翠、云龙、宋锦、赵庭。车辆后边是林贵、林茂、小黄龙云彪、鲁清。大家分派已定，从此起身。鲁清说："世凯你先回去，把我们爷三个的马匹送到何家口去。"又叫："徐立，你在家侍候老娘，千万不要远去啦。忠臣孝子，人人可敬。"徐立说："是。"徐母少时出来向大家致谢，众人还礼，便由此动身。

按下徐立、丁世凯不提，且说众位英雄保护着贼、铠，行在一片树林子前边，忽然听见树林子里一棒锣响。鲁清忙命："大家站住，预备好了，咱们大家千万别着急。他们既然有兵，就得有头儿，等他出来再说。"说完大家向前一看，就见那些兵卒全是月白布的裤褂，花布手巾勒头，青纱包扎腰，洒鞋蓝袜子，花布的裹腿，每人手中抱着一口砍刀，当时就把道路给横啦。又由林中出来二人，头一个身高九尺，胸前厚，膀背宽，穿青挂皂，面如黑锅底，手中拿着一条泥金浑铁棍。那第二个，身高八尺，五短的身材。往脸上看，面如姜黄，额头端正，粗眉阔目，大耳相衬，光头未戴帽，高挽牛心发髻，身穿蓝布袄，青布底衣。来到路中，一声高喊："不怕王法不怕天，也要金银也要钱。东西物件全留下，闪出道路放回还。牙崩半个说不字，一棍一个染黄泉！"石禄一拍手，车就站住啦。回头说："荣儿，认得他们不认得？"刘荣说："不认得。你过去可要活的，千万别弄死啦，也别叫他们流水。"书中暗表：原来刘荣认识他二人。此二人是眼空四海，目中无人。所以叫石禄过去管教管教他二人，也就完啦。石禄拉出双铲，猫腰来到当场，分军刃问道："小辈，你们是莲花吗？"那使棍的说："来者你是石禄吗？"石禄说："不错呀小子！你怎么认识我呀？"那人说："你那车上是差事吗？"石禄说："不错，是差事。"那使棍的说："石禄，你快将人车一齐留不，放你过去。如若不然，你可知道金棍的厉害？"石禄说："那太岁是我擒住的，你为什么要哇？报通你的名姓。"那人说："姓董名相，人称金棍将。再问就是你家三太爷。"说着举棍就打，石禄忙往旁一闪。他又横棍一扫；石禄用双铲向他就劈。董相横棍一架,"咯愣"一响,石禄的右铲就将棍给咬住啦。左手铲往外一扫,说声:"撒手!"董相双手拉棍,抹头要跑。石禄抬腿就将他踢倒了,举双铲过去要捆他。那个使鞭的上前就是一下子。石禄听见后面带着风声到了,忙低头上前一步,一转身抬胳膊夹住他的鞭,飞起一腿,问那人踢来。那人往起一纵身,石禄收腿一站,容他双脚及地,翻身一百灵腿,竟将那人踢倒。石禄过去要抄他腿,后面的棍到,石禄忙往旁一闪,伸手抓住了他的胳膊,往左右一分,棍也撒啦。石禄正要再打他们,刘荣就走过来啦。那二人一见,连忙跪倒行礼,说:"刘大哥一向可好?小弟董相、刘贵,给哥哥行礼。"刘荣说:"你们二人要反是怎么着?竟敢前来截差事。"刘贵说:"您不知道,只因我二人在夜间正在用功夫,有我给大哥的两个家人前去报告,说石禄在我徐大哥家中拿普莲。那贼逃啦,他把徐立的胳膊撅折,要顶替普莲。因此我们前来截道。"刘荣说:"好浑的人啦,你们来看看。"便让二人过来一看车上,原来是普莲。刘荣说:"你们看见两个家人没有?"二人说:"没看见,我们出来,他们已然走啦。"刘荣说:"可惜你二人没把两个家人拿住。你若是拿住,一定高官得做。那二人非是别人,乃是漏网的二寇。一个叫黄云峰,一个叫黄段峰。你们真是昏天黑地,也不打听明白了,就来截差事。胆子真是不小哇!这个罪跟普莲差不多。"二人连连说:"是。"

原来云峰、段峰二贼逃出徐家寨的时候,路过刘家寨。云峰说:"咱们何不鼓动两个浑小子。"段峰说:"好。"当时二人来到刘贵的门前,啪啪一打门。里面仆人问:"外边什么人?"云峰说:"我们是中三亩园徐宅家人。"仆人问:"有什么事吗?"云峰说:"只因石禄来到我们宅中来拿普莲,三人逃走。他拿我家主人回头交差,把我主人捆在车辆之上啦。请二位员外,快去给搭救我家主人去吧。"说完,他两个人从此回了西川,调兵报仇。后文书再表。如今且说,这个仆人听见了此话,急忙到了后院,见了单鞭刘贵、金棍董相,一说此话,他二人一闻此言，心中大怒，连忙传命鸣锣聚集庄兵，当时挑出二百名来，各人拿好军刃，这才一齐来到中三亩园西边树林，暗中来等石禄，为的是好救他拜兄徐立。天到巳时，他们来到，不想吃了石禄一个大亏。

鲁清上前解围，问道："你二人在家做什么啦？"刘贵说："我二人已然退归林下啦，现在家治土务农。"鲁清说："莫若你二人趁此机会，快回去把家中安置齐备，跟随我等保护差事，还可将功赎罪。如何？"二人连连点头答应。鲁清道："八王爷要此差事太急，不容工夫。我们必须赶快的往京都赶去。咱们就那么办吧。"说完，弟兄分手。那刘贵、董相两个人，回到家中，安置已毕，各带军刃，骑马追到何家口，与大家会到一处。来到吉祥店门前，叫开店门。开了门，命人将大竹簸箩搭进店里，放到东屋。命人将小米熬成粥，放到罐里。又命车夫惊醒一点，得工夫给要犯灌一点粥，他拉撒全不用管，车夫答应。他们大家才来到上房，又命李翠、云龙去到涟水县呈递公事，叫他们上济南府走公事，要来黄亭子一个，官兵五百人。并说："你随他们一齐入都，交铠交差事。我们大家就在此听喜信了。"李翠、云龙一听此言，不由大惊，便设法请他众人同去。不知如何劝法，且看下回分解。

第十四回

护贼铠众英雄入都　献奇能贤王府试艺

话说李翠、云龙二人，一听大家不管往京中送，不由着急。连忙说道："此事我二人可不成，务请您诸位一同随了去才好。就凭五百官兵，连我二人，出去过不了济南地界，就得损兵折将，丢宝，失差事。没有别的说的，您诸位得送人送到家，救人救到底。再者说，那八主贤王最好练武的，诸位到了王府，一定受优待。不用说有做官的希望，就说王爷各有赏赐吧，拿到家中，也可以夸耀亲友呢。还有一节，诸位到都京，见了我师哥李明，借诸位脸面上，转求王爷，放出我二人的满门家眷。"鲁清说："你们去，我可不去。李翠、云龙，你二人可把话听明白了，并不是我不愿意去，因为我与他素日不投缘。"李翠道："鲁大哥，您可千万别那样想。我在动身之时，我师哥还嘱咐过我，叫我见着您求您多加关照呢。如此看来，哪还有怀恨之意呢？"鲁清说："好。那咱们诸位，都是谁去？"他这么一问，这个也说去，那个也说去。其中就有一个人，一声不言语。杜林一看，就是何玉一声不言语。遂问道："你怎么不去呢？"何玉说："杜林你有所不知，皆因中三亩园拿普莲，逃走了二寇。你准知道二寇在哪里窝藏吗？倘若他看见咱们大家贼、铠入了都啦，何家口无有能人啦，那时他们到了何家口，不用说治死我一个人，要再连累上一个人，那时我就栽不起。"杜林一听，遂说："那么您就不用去啦。"众人都要去。何斌看他爹爹不去，便说道："爹爹，孩儿打算趁此次众位全入都的机会，我到京都，头一样，可以看看景致；第二样呢，我可以到兴顺镖行，面见我那十位老伯，前去问好。"何玉伸手拉了何斌的手腕，说道："儿呀，众人全都入都交差。我意见你不应当前去，只因逃走二寇，倘若他们去而复返，那时我一人，人单力孤，怎能抵挡？我出世以来与莲花门就为仇作对。再说自从你出世，那莲花门的人，在咱们爷两个刀下，跑了活命的，没有几人。"鲁清说："大哥呀，我说一句备而不用的话吧，倘若哥哥您有个一差二错的话，那时兄弟我聘请山东省的水旱两路英雄，一定给您报仇，将二寇与普铎的人头人心取出，祭奠于您。"何玉说："好吧。"说着，叫过何斌、谢斌、谢春等小弟兄五个人来，嘱咐道："你们入都交宝铠。你李叔父要带着你们到银安殿，参见王驾千岁，你们可要多多的小心才好。叫抬头再抬头，千万别犯了规矩，那里是有尺寸的地方。再说鲁贤弟，你们也要多嘱咐那石禄。他又傻又怔，在那里，要有个忌讳，岂不是个麻烦。"鲁清："那是一定。当然王爷可不能换他。王爷要不换他，他管王爷叫小子，那时你们大家可留神。王爷一听，就许把你们大家押了起来。"鲁清又说："何大哥，一来看那石锦龙，在江湖绿林所作所为，二来看他们石家的阴功德行，再者就是我们大家当时的运气啦。该有做官的德行呢，我们大家就可以在王府一切平安，不出什么舛错。"鲁清说完了，回头要让李明往上回禀。鲁清说："你尽管放心，我是见景生情，瞧事做事。"何玉说："鲁兄弟，你们大家人都交宝铠，我一人在家，真透着孤单。大家都入都交铠，何斌你可千万的想着，到京都先到镖局子，见了你那十位老伯。尤其见了王爷，王爷怎样留大家，你们也别多住，快回来为要。二寇赶奔西川，约来普铎群贼，他将群贼带入何家口，我一人怎能抵住。尤其你们在京住得日久，我一人在家，倘若我要死在群贼之手，恐怕你娘亲与你妹妹也会死在群贼之手。"鲁清说："何大哥，您尽管放心，别错过机会。家中无舛错，作为罢论。如有舛错，兄弟神前结拜，我鲁清尽交友之道。遍请山东全省五蹈保镖，水旱达官，杀奔西川银花沟，擒来云峰、段峰二寇，割头剜心给兄长祭奠。咱们大家到了京都，不用说做官，就是从王府得来点赏赐，咱们大家脸上也有光呀。"李翠与云龙这才忙问："都是谁去？将大家名姓记下来。"何凯、丁银龙、李文生、林贵、林茂、黄龙、云彪、董相、宋锦、赵庭、杜锦、杜林、石禄、刘荣、徐立、丁世凯、鲁清，大家通通写齐。然后众人辞别何玉出店，围着差车乘跨坐骑。大家人等从何家口起身，赶奔京都。一路饥餐渴饮，夜住晓行，非止一日。一路无书。

这一天来到都京东门外。李翠说："大家下马吧。"李翠、云龙在头前引路，进了东门，往南一拐，奔麒麟大街。众人来到十字街，车马通盘站住。李翠说："鲁爷，您赶快把宝铠拿下来。"鲁清来到近前说："石爷，把宝铠拿下来。"交与李翠，李翠说："你们大家在此等候，我进王府。王爷要看盗宝之贼，再将普莲解至王府；王爷要是不看呢，将差事解往大理司。"李翠一抱拳，大家在此等候。当下李翠捧宝铠来到十字街路西八宝巷，一过王府东夹道，到王府以前，让听差人往里回禀，并说已将盗宝之贼拿回京都，宝铠请入王府。当差之人往里回禀，来到内回事处，回禀李明，李明转身形往外走。李翠来到面前，双膝跪倒，口尊："大仁兄，我二人连贼带宝铠一齐找回。您给往里回禀千岁。"李明将宝铠接过来，回身往里便走。李明回禀王爷，王爷披挂整齐，衣帽齐楚，升坐银安殿。四十八名太监，站立两旁。李明来到虎头桌案以前，双膝跪倒，将宝铠放在桌案之上。李明说："李翠、云龙领了王爷谕，寻找盗宝之寇，连贼带宝铠一齐找回。"王爷闻听，转到面前，便撩衣跪倒，三拜九叩，拜见祖父宝铠。国礼已毕，将宝铠交与李明。王爷说："李明，你将宝铠包裹打开，看是不是祖父宝铠？"李明打开包袱检查一遍，说："目睹眼见，确是祖父宝铠。"王爷叫李明将宝铠请入万佛殿。李明送宝铠回来，便在桌案前旁边一站。王爷谕下："唤李翠、云龙上殿，本爵追问他人情形，本爵要问他二人从哪里将盗宝之寇捉来。"李明遵王谕，往外来到了内回事处。李明见了李翠，说："王爷的谕下，命你二人上殿。到了银安殿前，可要实话实说。"二人将头巾百宝囊军刃放下，大氅纽扣通盘扣上，随李明往里。李明带李翠来到了银安殿品级石前，李明靴尖一点地，李翠双膝跪倒，口尊："王家千岁，现有奴才李翠，领爷的谕，寻找贼、铠。将祖父的宝铠请回，盗宝之贼业已捉来。十字街候等您的谕下，您可以看看盗宝之寇。"王爷说："李翠，你在哪里将盗宝之寇拿住？"李翠回禀："在山东济南府涟水县。该管地面，有一座山寨，叫屯龙口打虎滩。山上有转动轮弦，武勇绝伦。处处有消息，各处有埋伏，此山寨坚固特甚，严密出奇。众人将山寨攻开，将贼人拿获，宝铠请来。"王爷说："是你二人攻山灭寇，将宝铠请来的吗？"李翠回禀说："我二人艺业浅薄，难以攻开。皆因有五路达官，行侠作义的宾朋，老少朋友协力相帮，助力我二人，看在王爷千岁面上，将山寨扫灭，处治土豪恶霸，清理地面。"王爷说："他们都来了吗？"李翠说："他们保护宝铠，护庇此贼，恐怕一路之上，逢山有寇，遇岭藏贼，再把宝铠盗去，随行大家保护，送入京都。云龙随大家，在十字街前等候您老人家谕下分派。"王爷说："李翠领本爵之谕，将盗宝之贼送入大理司，按着国家法律治办；将老少达官，通盘带来。本爵不能亏负他人。"李翠说："遵谕。"这才来到外面，够奔十字街。见了大家一说，便一同将普莲送到大理司，点明交与那里班头。当下有那里的当差之人，将竹簸箩搭了下来，抬到班房，收在狱中。

且说李翠将这里事情办完，便将老少群雄带到王府。令当差之人将马匹接了过去，涮饮喂遛。李翠便叫人到内回禀。差人说："是啦。"立刻到了里面一回禀，李明说声"有请"，连忙转身形往外。此时外边众人也往里边瞧，看李明身高八尺开外，胸间厚膀背宽，面如姜黄，宝剑眉斜插入鬓，两眸子灼灼放光，准头端正，四字海口，大耳相衬，头戴一顶卧龙冠，身穿一件绿缎色立蟒，腰横玉带，绛紫色官衣，粉底官靴。石禄对银龙道："老伯，这个是谁？"银龙道："这个是李明，是你李叔父。"石禄说："他是李明啊。"说完他就站住了。李翠、云龙赶紧上前给介绍道："列位呀，这位便是管家大人。"老少群雄一闻此言，忙上前大礼参见，口中说道："管家大人在上，草民等拜见。"李明连忙用手相搀，说道："列位请起，这全是多年不见的老朋友，快随咱家来。"说着话，众人一同往里走，此时石禄叫道："李明啊。"那李明一闻此言，回头一看，心中不高兴。府中除去王爷外，无论是谁也得称我为管家大人，今天何人大胆，敢叫我的名字？好大的口气呀！连忙问道："什么人叫我的名字？"丁银龙道："贤弟不要怪罪他，此子乃是圣手飞行石锦龙之次子，名唤石禄，乳名王篮。天生浑拙猛憨，说话总是这样。"李明一闻此言，哈哈大笑，说道："原来是我石二侄儿，那可不是外人。来吧，随我来呀！"当时大家一齐来到外回事处，认识的见礼，不认识的有人给引见。李明说："丁大哥，您可要嘱咐好玉篮，防备他冲撞了王驾千岁，那时连我李明全担待不起。"银龙说："是啦。"李明这才进到里面，面禀王爷，说道："奴才已将那老少达官领到外回事处，敬候您的谕下。"王爷说："好！你快去将他们全带了进来，待我看一看他们。"李明说声："遵谕。"这才来到外边将众人带到银安殿，参见王爷。走在半道上，银龙问道："李贤弟，少时见王爷，有什么规矩礼貌，请先告诉我们。因为我们全是粗鲁之人，不知道王礼。"李明说："是啦。你们大家不是已将军刃、百宝囊早解下去了吗？还得将帽子摘下，再把大氅的纽扣满全扣好。您多嘱咐石禄，千万叫他可别说错了话，那时连我也担待不了。"银龙说："好啦，待我告诉他。"这才说："石禄哇，少时咱们就见老王爷。"石禄说："是老王八。"他这一句话吓得家人一怔。杜林道："石二哥，你要这样说话，那老王爷当时就派去兵将，围上石家镇，进去找老太太。"石禄道:"找老太太做什么呀?"杜林说:"问哪个是石禄的老娘,拿来好一同问罪。"石禄一听就急啦,说道:"小棒槌,我先把你摔死吧!你别出主意啦。"银龙说:"石禄,我教给你一句话,见了王爷就说:'王爷在上,草民叩头。'能记住不能?"石禄照样念了一遍,说道:"我记住了。"李明说道:"还得杜大哥在前头吧,按着年岁咱们排一排。"当时前头是杜锦、丁银龙、何凯、刘荣、李文生,他们年岁长在前;其次是谢斌、谢亮、石俊章、何斌、杜林、鲁清、云彪、小黄龙、杜贵、杜茂、董相、刘贵;末后是石禄。大家排好了,这才随着李明往里面走来。

到了银安殿级台前,李明令众人叩见。众人跪下,丁银龙说道:"老王爷在上,草民丁银龙等与王爷叩头。"王爷一闻此言,抬头一看,见他们众人跪了一片,真是老少俊丑、高矮胖瘦全有。遂说:"你等大家抬起头来。"丁银龙道:"请示王驾千岁,我等大家有貌陋之人,或有言语不周之处,那时若是冲撞了王爷,草民等担待不起。"王爷说:"不要紧,你等尽管回话。有什么不是,本爵是一概不怪罪你们。"丁银龙一闻此言,连忙叩头谢恩。大家一齐正起面来。王爷又问李翠、云龙道:"你二人以及各达官,将盗宝之寇拿住,得回宝铠,是不是他们大家相助于你?"李翠、云龙二人响头碰地,说道:"不错,正是他们众人相助于我,才将宝铠请回,把贼拿来。"王爷说:"那么你先将他们花名呈了上来,本爵一观。"李翠说:"是,不过内中有未来的,请王爷原谅。"王爷说:"不要紧,少时本爵按着名册子叫,来的主儿答言,没来的呢,当然就不便言语了。"李明这才传王爷的谕旨,说:"众位达官,王爷宽待大家。"众人谢恩,呈上花名册。王爷头一个叫:"何玉。"丁银龙道:"回禀王爷,那何玉因为攻取山寨受了伤,因此不能前来。"王爷说:"李明领我之谕,赏何玉二百两纹银。"众人一听,连忙替他谢赏。王爷往下又叫:"何凯、丁银龙"。二人答应。又叫到徐立那里,丁银龙说:"回禀王爷,那徐立因为攻打山寨,身受了几处刀伤，他家又有老母，卧病在家，因此他也没来。恳请王爷开恩。"王爷说："好，也赏他二百两银子。"王爷又接着往下叫，一直叫到了石禄，下面没人答言。王爷忙问："此人来了没有？"丁银龙忙说道："回禀王爷，那石禄是个浑人，浑拙猛怔，恐怕言语不周，冒犯王爷的虎驾。"王爷说："那么他来了没有呢？"李明在旁回道："来了，现在外面。"王爷说："好，叫他进来。本爵倒要看一看他。"李明说声"遵谕"，当时出来一看，原来石禄正在外面的门前头站着，尽看王爷的宅子，他在那里指手画脚的说啦。他说："少时王爷见喜，将这片房子赏给我，我把他弄了回去，叫咱老娘也住一住王府。这够多好哇。"李明见他这样，又是气又是乐，听他如此，心中未免又笑啦。当下石禄问道："李明啊，干什么来啦小子？"李明说："你叫我李明，我还不乐意。如今倒好，你又接上一个小子啦。当初你父搭救过我满门，如今我只可看在你父的面上，一切不能跟你一般见识。而今老王爷宣你上殿。你到了那里，看见我靴子尖一点地，可千万跪下磕头。"石禄答应。李明说："你随我来吧。"

当时将他领到银安殿前，李明靴子尖一点地，石禄一见，连忙跪下就磕头，口中说："王爷在上，王爷的石禄给您磕头。"老王爷一见，心中暗喜。看此猛英雄，如同半截黑塔相仿，不由暗暗想道：看他这个相貌，我们爷两个还真有缘。他如果有造化，或有什么缺，我一定保他。王爷说："下面跪的是石禄？"石禄说："正是王爷的石禄。"王爷说："是谁将我的宝铠请回？"石禄说："老王爷，石禄拿回来的宝铠。"王爷说："那么是谁把盗宝之寇拿住的？"石禄说："也是我把他拿住，我把他的胳膊腿全给撅折了。"说完，他猛然站了起来。王爷不知怎么回事，就听他说："老王爷您给个座吧。"王爷说："好，李明啊，你快去给他搬个座来。容等武职官班中，有缺出，一定保举他当官。"当时石禄就在下垂首坐着。坐得好好的，忽然他又跪下了，说："王爷的石禄给王爷叩头。"王爷说："你为何又给本爵叩头啊？"石禄说:"不是给老王爷谢座之恩吗?"说完他又坐在椅子上了,便问道:"王爷,那个莲那里的窗户上有拉子,大清他们全怕,石禄不怕。后来我给他们全拆啦,谁知那里有个坑儿,那里面全是埋伏。"王爷一听,不知说的什么意思,遂问道:"他说的话,你可曾听明白了?"李明说:"我不知晓。"王爷忙往下问:"哪一位叫大清?"当时鲁清上前回禀,说:"草民名叫鲁清,是他管我叫大清。"王爷说:"啊,那么你知道他说知的意思吗?"鲁清说:"能知道他说的话。"王爷说:"那么他刚才说的是什么呀?"鲁清道:"他说的是普莲山上的走线轮弦。若不是有石禄,我们还不易拿他呢。那石禄是整身童男。"王爷说:"你们大家免礼平身,排班站立两旁。"丁银龙说:"我等谢恩啦。"那石禄在高座上,笑道:"得啦,大小我有个坐位,省得站着。你们大家全站着,王府旁边的人,也都站着。我跟王爷坐着。"

王爷说:"李明,这些老少达官,都有技艺吗?"李明忙回道:"他们大家全会点乡间的粗拳。"王爷说:"既然如此,那么叫他等在我面前跟左右人等,抢拳比武,待我观看。"李明说:"老少的达官,腰腿灵活,身体灵便。本府的健将,他们的腰腿迟慢,手脚不快。要跟他们抢拳比武,恐有一差二错,大家担待不起。"王爷说:"本爵不怪罪于他。"李明这才说:"各位侠义,现下有王爷的谕下。一个对一个与本府的健将抢拳比武,好与他老人家解闷。"丁银龙一闻此言,来到切近双膝跪倒:"请示王驾千岁,我们大家一对一个在银安殿前抢拳比武,与你老人家分忧解闷。"王爷说:"李明,你告诉他们,可以马上练来。"何斌一闻此言,忙上前跪倒,向上磕头道:"草民不敢与健将大人比武。因为当场不让步,举手不留情,倘若出了一招!"王爷说:"不要紧,全有我啦,这叫试拳比武。"旁边杜林急了说:"何斌大哥,您在山东都是成了名的人,别管在哪里,您总也算是练武之人。自古道:学会文武艺,卖与帝王家;帝王家不用,货卖于识家;识家再不用,这才在外面杀贼人,灭恶霸,除暴安良。敬的是清官,搭救的是义夫烈妇、孝子忠良，偷富济贫，不留名胜，这是行侠作义。千万别艺高人胆大。为人不可以貌相。何仁兄，不劳兄长嘱咐。您且看我杜林的吧。"

杜林来到当场，王爷说："你们两下比试，只可点到而已，谁也不可伤人性命。"少时王府的健将出来一人，杜林抬头一看，见来的这人身高九尺，胸前厚，膀背宽，汉壮魁梧，面色发青，扫帚眉，大环眼，鼻直口方，大耳垂轮，头戴一顶卧龙冠，身穿一件绿缎色立蟒，腰横玉带，青中衣，粉底官靴。这位健将说话太语辣了，他说："就像你这么一个小毛孩子，也敢在王爷台前说出比武来？"杜林道："您且不用夸言，咱们看看谁成谁不成。"健将说："我倒要看看你有多大本领。就是你们这一群小孩子，还有多大的能为吗？"杜林道："咳，那可不一定。健将人人，你能不能报您的姓名？"健将说："我姓曹名横，外号人称神拳太保。"说着话右拳打来。杜林忙往下一坐腰，来个铁板桥，往旁一闪身，说道："大人且慢，你打了我三拳，我可没还招。我有话说，这头一招，我是看在王驾千岁面上；这第二招，我是看在李翠、云龙面上；这第三招，是看你也在武圣人门前磕过头。再动手你可要小心啦！"健将哪听那一套，往前一上步双掌打了过来。杜林闪身躲开。曹横使了一个撮脚，奔杜林裆中踢来。杜林冷笑道："大人您这一手，我就叫您输招。"那曹横道："量你一个小孩子，又有几何勇战。"杜林一听，心中暗想：这个地方可是卖艺的地方，自己不可让步。想到此处，遂施展出来小巧之能，躲过此招，二人又打在了一处。杜林得着空子，就拧一把，或是捏一把、打一掌的，倒好像老叟戏玩童一样。杜林笑道："健将大人，以您这身量体格说吧，压也得把我压死。不过是打不着我，也是空长那么大个，无有用处。"曹横说："谁不叫你长大个呢？"杜林道："长那么大个做什么呀？也是多费几尺布，空大没用处。"曹横一听，心中大怒，抢拳打得更急啦。杜林道："大人，我看你脖子上那个包儿，长得不是地方，我给你打回吧。"这一回见他双拳使了个泰山压顶，扫了下来，急忙往里一攒，头顶在小肚子之上，双手一推他两个磕膝，往后一仰儿。这下子曹横可乐大发了，双脚朝天，面朝下躺在地上，鼻子嘴全磕破啦。杜林连忙上前跪倒，口尊："王驾千岁，您要多多的体谅草民，一时失手，请您开恩。"老王爷哈哈大笑，连说："好好，你在疆场上动手，理当如此。孤家不怪罪就是。"

王爷又说："哪个再来比试？"当时何斌上前说道："王爷在上，草民叫何斌。要在您驾前与键将大人走几招，不过是恐怕子民有那失手之处，打了健将大人，那时担待不起。"王爷说："不要紧，你尽管练武来，我不怪罪就是。"何斌谢恩，下得殿来。又由那下首，走来一个健将。看此人身高七尺开外，细条身材，面白如玉，眉分八彩，目如朗星，头戴一顶卧龙冠，身穿一件绿缎色立蟒，腰横玉带，蓝纺丝的中衣，粉底官靴。何斌问道："大人您贵姓高名？"那人说："我姓钱名和，大家赠一美名，叫花拳太保。何义士您可多多的留神，我递招可慢，求你多让几拳，我就感念非浅了。我是那健将首领李翠、云龙二位的亲传。"说完之后，将袍子脱下，收拾利落。那旁何斌心中暗想：人家已然对我说了客气话，那就不用对人家使黑手了，待我看他递的招如何。钱和上前进招，说了声："何义士请。"双拳往下打来，何斌往下一坐腰；钱和又使了一个劈手掌，何斌急忙往后一退。他又施了凤凰单展翅，反手撩阴掌，何斌往前一进步，这个掌就打空啦。然后往里一裹腕子，一个撮掌奔他右肋打来。钱和一见，用右手一挂他。何斌抽回来，双掌猛然打来。钱和使了个野马分鬃，往外一分。何斌撤回双掌，就势使了一个串心掌，打了进来。钱和急忙往左边一转身，右手往上一撩，这名叫"大金丝"。何斌这掌往上借劲使劲一走，一领他的眼神，左手进来，奔钱和的右边气眼一撮。钱和回身闪开，两个人就在大殿之前，打了个难解难分，不分上下。王爷看得眼花缭乱。石禄在旁说道："这个小何，还不如小棒槌呢，打上没完啦。"

说着，双手往胸前一拍，"吧"的一声。当时王爷用眼一看他，可没言语。此时何斌与钱和二人，在当场打了个平手。钱和使了个跨虎登山不用忙，绕步斜身逼刚强，上打葵花式，下踢抱马桩。喜鹊登枝沿边走，金鸡独立站中央。霸王举出千斤势，童子拜佛一炷香。何斌不慌不忙，一一闪过。寻个破绽，使一个撮脚，可没奔裆去，左脚尖往里一点地，那钱和躲避不及，左腿洼子被他勾住，往上一撩儿，来了个斜身倒手按地，臊得钱和面红过耳。

王爷看着何斌，心中喜爱。那何斌来到桌案前，正往前边走，那石禄就站起来啦，说："小何，你多麻烦呀，你竟敢欺负老王爷的健将。"说着往前一欺身，右掌奔他面门。何斌一见，心中暗想：我石大哥可是个浑小子。他掌法一到，我得格外留神。当时往下一矮腰。石禄看见他躲过了左掌，那右掌就跟上来啦。何斌一看，又往上一矮身。石禄往上一入步，说："小子，你别起来啦！"当时就把他按倒在银安殿上。王爷一见，忙说道："本爵说石禄，你要轻手。"石禄一听，这才转身跪在桌案之前："老王爷的石禄在。王爷呀，小何比我艺业浅薄，可是比您的左右健将大人胜强多了。王爷的石禄能为可大多啦，我要跟您的健将比试比试玩。老王爷的石禄，要与王爷解解闷。"王爷说："石禄，你可有技艺在身？"石禄说："老王爷的石禄技艺大啦。"王爷说："石禄，你与健将抢拳比武，与本爵解解闷。"石禄说："您给几个健将？"王爷说："你要几个呀？"石禄伸双掌，反复四次，说道："我要这么这么些个。"老王爷不明白他这里数儿，说道："石禄下殿去等着，待本爵赏你健将。"石禄一闻此言，纵身就出了殿。当时有何凯、李文生、丁银龙、刘荣、鲁清等，大家全都跪下啦，异口同音的说道："请王驾千岁不要叫石禄与健将大人比武。您别看我等与他们比武，有真真假假虚虚实实，他可不成。那石禄要跟他们比武，他掌中有千斤之力，倘若有个失手，那健将就有性命之忧。"丁银龙说："他的武艺，是我大弟的亲传。"王爷说："你的大弟是何人？"丁银龙说："乃是石锦龙的亲传。"王爷一听，心中喜悦。平常听李翠、云龙说过，知道他是侠客义士之子，能为武艺决错不了。遂说道："老少义士，一齐请起讲话。"众人谢过王驾千岁，一齐站起。王爷说："鲁清，你可知道石禄的言语？"鲁清说："草民略知一二。"王爷说："他跟本爵要几名健将？"鲁清说："他跟您虎驾面前，讨四名健将。"王爷说："好，本爵就赏他四名健将。"鲁清说："左右的健将大人，与他比武千万得多留神。"说完到了下边，说："石禄，你在银安殿上与健将比武，可手下留情。就仿照黄松林初会五龙一个样，千万别把他们打睡了，千万别把他们打冒了水。"石禄说："就照着哄五个泥鳅玩似的。"鲁清说："对啦！"石禄说："那么把他们打倒了，出气行不行呀？"鲁清："可别出大发了。"石禄说："那么叫他们压撅成不成呢？"鲁清说："那倒成。"石禄又问道："老王爷给几个健将？"鲁清说："老王爷给你四个。"石禄说："就赏四个呀，我要那些才给四个。"鲁清说："你不会先把这四个弄倒了，再跟王爷要吗？"石禄说："对。"说着话，甩了大衣，用鹿筋绳一勒腰。鲁清来到王爷面前说道："王爷，请您赏他健将吧。"王爷问道："鲁清，他有那个技艺吗？"鲁清说："回禀王爷，四个健将不准将您喜爱的石禄打倒哩。"王爷这才说："左右健将听真，你们下去与他比试，务必胜了，我要赏官加封。"左右的健将当时谢王爷。

两面出来四个人，将冠摘下，脱了袍，收拾紧衬利落。有一个人说道："咱们今天可以搭蜘蛛网。"这句话是跟李翠、云龙学的。在他们众人没来的时候，都以为各人的能为大，今天一见全都倒吸一口凉气。如今有四个胆大的人出来，到了当院，是四面，每面一个。石禄跳入当场，喝了一声："小子，你们快动手呀！"前面之人飞身上前抬脚向石禄膝盖踢去。石禄大手一伸，一把拉住了他的脚踝，往怀中一带，前边这个健将就来了个翻身倒，摔倒在地。后面这个劈掌打来，石禄反臂揪住他的手腕，往前一拉，后头这个也趴下啦。石禄说："小子你别起来，压摞摞吧。"当时拉过去，压在前头那个人的身上。左边这个往上一拥，双掌打来，石禄往左一转，左手伸开，使了个切掌，奔他耳门子。那健将听见带风到啦，急忙一闪身。石禄使了个外百灵腿，就将他抽倒在地。东边那个拳到，石禄使了一个顺手牵羊，也趴下啦。老王爷看着他这四手功夫，全是单摆浮搁着，真叫快。那石禄单腿打千，说道："回禀老王爷，您这些个健将，全不给他们饭吃吧。怎么没有劲呀？王爷您还再赏四个吧。"王爷说："左右的健将听真，你们每面下去四个人，要将石禄缚住二臂，我重重的有赏。"当时一面下去四个人，全都收拾利落。八个健将当时将石禄围上啦。石禄说："老王爷，您不是愿意看他们压摞摞吗，少时我全叫他们压到一处。"说着话，两下里就交起手来啦。他是见招使招，见势用势。石禄战四名健将，一招就还一招，这一来，他们八个人就如同不倒翁一个样，这个倒啦。那个起来；那个将起来，这个又倒啦。老王爷站了起来，手扶虎头桌案，往下观瞧。看了半天，心中暗想：当年彭化龙在我这里献艺，本爵赐他四名健将，那彭化龙都没把他们弄趴下。如今石禄把八个人打了个落花流水。此时石禄见王爷看他，他就不动手了，遂大声说道："老王爷，您再赏八个人吧。"王爷一听，把脸往下一沉，说："好一个胆大的石禄！你敢小瞧我的健将。现在东花厅有外国进贡来的一匹宝马，性情最烈，无人能备。今命你去备来。将马备上，就将那马赠与你。如备不上，我必要重办你。"李明这么一听，吓得颜色更变，浑身立抖。鲁清在旁一看，见李明变颜变色的，知道要糟。那李明无法，只可说声"遵谕"。当时带着石禄要走。王爷说："你们老少侠义听真，少时石禄前去备马，那马的性情过劣，你们大家可以给他出个主意，命他将马备上才好。"众人异口同音说："谨遵主谕。"

大家这才离了银安殿，由李明带道，直向东跨院大花园子而来。众人到了东花园一看，那里有东房三间、南房五间、北房三间，全有廊子。北房窗户门满是铁的,门前立了一根大铁棍,横锁在那里。鲁清问道:"此马夜里拴着吗?"李明说:"谁敢拴它呀。自从那马来到府中,什么样的好马贩子,全都备不上此马。不用说别人啦每月由王府拿月钱的就有十几个人,他们全都不敢上前。有叫马踢坏了的,也有被马挤坏了的。他们很多人,全都备不了。"鲁清他们一听,这才来到北房西间窗下,往里一看,就见那里窗户锁着啦。他们一推没推动,连忙摘下钥匙,开了锁。然后往里一推,才看见屋中,原来是五间一通连,地上马粪约有二尺深厚啦。屋中地上站着一匹高大的黑马,头至尾有一丈二,蹄至脊八尺,蹄高七寸,小蹄腕,螳螂脖,龟屁股蛋,锥子把的耳朵,脑门子上有一撮门鬃。此马是鬃尾乱乍,周身黑毛缎子相仿。李明听人言,它是北口进来的宝马良驹,名叫踏雪一丈黑,又名卷毛狮子黑豸马。鲁清一看此马来历不小,一定是匹宝马龙驹,但烈性太大。遂对石禄说道:"石爷,这匹马比你那匹粉淀银鬃好得多。"石禄连忙上前瞧着。

有人传话,说是老王爷有谕,要亲身来瞧石禄备马。当下有人从东屋搭出一张金交椅来,安置好了。众人一齐来到银安殿,来请王爷,至东花厅观看。王爷这才转过桌案,随他们到了东花厅,落了座。四十八名健将分班站立。老少达官站在健将身后。李明叫当差之人将门开了,挪开立闩铁棍。李明说:"石禄你可多要小心了,王爷亲自观看。此马烈性太大。"石禄说:"是啦。"说着来到门前,用力一推,没推动。他便搂住了钉锦儿,双膀一较力的工夫,往里一推,这才将门推开。他便来到屋中,说:"老黑呀,王爷叫我拴你来啦。"那马见他进来。人有人言,兽有兽语,是哒哒嘶叫,瞪着马目往对过来看。它心中所思,知道进来一个大个儿,逢是要拴自己。那马焉得能够啊。那石禄伸手一领它门鬃,那马抬起前蹄,向石禄踢来。石禄忙往旁一闪,抢右拳遂打马左肋一下子。那马又是一叫,好似说:好黑大个,你敢打我!站起来刨石禄。石禄抢拳来砸这马,马一蹿就躲过去了。当时石禄在屋中，就跟马交起手来。此时老王爷在院中，听见屋中"噗咚噗咚"的山响，自己心中喜爱石禄，因此怕他被马碰了，有些不便。这才传话，听李明告诉石禄，说我有话，命他休息去吧。能备得上，就备。若是备不了，可也别备啦。外面官马圈中，有许多宝马啦，任他自己去挑选。李明答言，来告诉石禄。石禄说："好吧。我今天非备这匹马不可。"王爷说："好哇！既然他要一死的备，叫他备罢。若备不好，我可要重办于他。"石禄一听，说："大老黑，你可曾听见，快叫我擒住罢，少时王爷要怪罪啦。"那马累得浑身是汗。石禄也是浑身见了汗啦。那马累乏了，撒了一泡尿。石禄一看，心中暗想：得啦，小子！你这可泄劲啦。待我骑上。说着，飞身纵起，便骑在马的身上，说："你敢撞我，我可要咬你小子。"正说着，那马真又撞来了，一下子把耳朵撞到石禄口中，被他咬下二寸多长来。那马疼得咮咮嘶叫。石禄说："小子！你不用叫唤！"遂施展鹰爪力重手法，才降住了此马。他一想：这个马耳朵缺少一块，少时王爷要问这个耳朵呢，一定怪罪我。想到此处，连忙猫腰拾起来，放到口中嚼了，咽入肚中。

石禄将马牵出，右手挡住马的耳朵，开了门。牵出来说道："王爷的石禄把马已然备了出来。"王爷说："好！你将手挪开。"石禄无法，将手挪开了。王爷一看，忙问李明道："他们进此马，缺耳朵吗？"李明举目一看，说道："王爷不是人家进来缺了耳朵，那是被石禄给咬掉了一块。您看他嘴角上还有血呢？"王爷见了，问道："石禄，你为什么把马耳朵咬下去呀？"石禄道："王爷的石禄在。"老王爷说："你将那个耳朵快去找来，趁着它血热，还能黏的上。"石禄说："找不着啦。"王爷说："哪里去了？"石禄说："被王爷的石禄吃了。"王爷一听，不但不怪，反倒哈哈大笑，说道："你可称小野龙。"石禄一闻此言，急忙将缰绳搭在马脖子上，往前紧行几步，跪倒磕头，说："谢谢王爷赠马贺号。"王爷说："李明，你到后面快把乌牛皮鞍金嚼环拿来。"李明遵谕，少时带人将两物件取来，交与石禄。王爷说："石禄哇。"石禄说："王爷的石禄在。"王爷说："你将鞍具嚼环，满备齐了，在花厅一左一右，巡行一周，我看好看不好看。"石禄答言："是。"便将马的嚼环鞍具通同备齐。王爷一看此马鞍具鲜明，真是人高马大，令人看着好看。石禄拍马脖子，说道："老黑，王爷把你赏与我啦，叫你跟我一块玩。多添料少添草，好好的给你预备吃食。明天我骑回家中，老娘看看，有多好哇。"王爷说："石禄，你先骑上，本爵看一看。"石禄说："是。王爷您看这个叫咬，那个耳丫子放到这里。"说着飞身上马，双足牢扎宝马铁镫内。坐在马身上，一拉挚手，马脑袋就扬起来了，与判官头一齐。王爷一瞧这个样式，还是真好看。石禄说："老黑，你可慢慢地走，千万别在这里跑。一跑可就碰倒了众位，要把老王爷撞倒，回头可打咱们。"那马也真灵，真在花园中绕了三个圈儿，一点没撒欢儿。王爷说："众位老少达官，这匹马乃是北国进来的。入本府已有八年了，那久指着马吃的主儿们都备不上此马。每月在本爵府内拿钱的主儿，也有个十位八位的，他们也全不行。"正说之间，石禄下了马，跪在王爷面前，说道："老王爷，您看好不好。"王爷说："好！石禄哇，你使的是什么军刃？"石禄道："老王爷的石禄，是使一对短把追风铲。"王爷说："李明把他军刃取来我看。"李明答应，到了外面回事处，把他那个皮褡子取了来，递与石禄。石禄伸手接了过来。王爷一看明露铲把，好像两根铁棍，鸭蛋粗细。遂说："你将军刃摆在马身上，本爵看一看。"石禄忙将皮褡子搭在马的身上。王爷再看，褡子真白，马真黑，另有一番景况。王爷说道："今日天色已晚，你们下去吃饭去吧。明天早饭后，我要在银安殿前试艺。"大家一齐谢了王爷，退了出来。石禄说："李明，你可以叫来些个人，叫他们把那马屋中的马粪收拾好了，好叫马住。"李明忙命人去叫了五六个当差之人。石禄问道："来了几个人？"当差之人说："我们五个人。"石禄一听，伸手取出一把银子来，交与李明说道："把这些银子全赏给他们吧。"李明接过来，约有二十多两，便全给了他们五个人。那五个人谢了谢石禄。

当时大家一同到了外边回事处。李明说道："列位老哥哥兄弟们，我今天很替石禄提心吊胆，恐怕他有个言语不周，老王爷怪罪下来，不是耍的。谁知他们石氏门中阴德不小，他也有造化。所以说了什么话，王爷也不怪罪。诸位先在此等候。王爷不是说，叫诸位吃饭吗。待我进去求一求去，求下筵也别喜欢；求不下来，诸位可也别恼。"说着话他便走到后面。见王爷二次升银安殿，李明赶紧上前跪倒，问道："天色已晚，王爷为何又二次升坐银安殿呢？"老王爷说："你快去将他们一齐叫了来，待我重赏他们。"李明忙磕头说道："奴才先替他们谢谢王爷。"王爷说："我看他们老少侠义全是清理地面之人，真令我心喜。"李明说："是王爷的思典。"说完，站起身来到外面，见了众人说道："列位老哥哥兄弟们，你们大家借着石禄傻小子的造化，王爷二次传见你们，另有重赏。"丁银龙说："李贤弟，想那石锦龙、石锦凤、石锦彪，连那老四石锦彩，弟兄四人，一动一静，没有伤损阴功德行之处，才积得石禄身上见喜。"鲁清说："诸位，少时咱们还是照方才见王爷一个样。"众人一听，忙将头巾摘啦，兵刃暗器全都放下，又将大氅纽扣扣好，连忙收拾齐啦。丁银龙说："石禄你在头里吧。"石禄说："我不在头里。回头叫我老娘知道，又打我。"杜锦说："杜林呀，你别瞧他呆呆傻傻，他很知道尊卑长上。"杜林说："列位伯父、叔父、哥哥，我石大哥，他一来是家门的德行，二来是家规好，三来他时运来啦。不信咱们大家要是说了句错话，王爷能把咱们发啦。我二哥石禄，他说什么话，王爷听着全是喜欢。方才我在花厅前边，他备马的时候，你们诸位不留神，我早就留神看王爷的脸面。王爷看他连心眼都是乐的，有时回头一看我，又一点头。不用说王爷，我就猜透了。"鲁清说："别废话，咱们随着管家大人见王爷便了。"

李明这才带领众人来到银安殿。李明靴尖点地，众人跪倒行礼。

王爷说："你等众人抬起头来。"丁银龙说："谢王爷。"大家一正面，那石禄跪在众人之中，说道："王爷的石禄，给老王爷磕头。"磕完了头，他站了起来，又给作了一揖，说道："请王爷您赏座吧。"王爷一看，心中大为喜悦，说："李明，快去给他看座。"李明当时取出一张椅子，放在下垂首。石禄二次跪倒磕头，又谢了老王爷赏座之恩。王爷说道："如今本爵略有赏赐，王爷的石禄在外。上自老侠丁银龙，下至义士杜林，是每人三个尺头，两封纹银。每六位一桌筵席，外加海味。攻取山寨，拿盗宝之寇，是哪一位义士将石禄请出来的？"刘荣答言说："王驾千岁，是草民刘荣我把他请了出来。皆因众人攻取山寨不开，那里又有走线轮弦，石禄练有横练功夫，因此草民将他请了出来，攻下山寨，拿贼得宝。"王爷问道："他家中都有什么人？"刘荣道："他家中有他爹娘、三位叔父，还有他一位兄长。"王爷说："他爹爹、他叔父唤作何名？"刘荣说："他爹名唤石锦龙，他叔父是石锦凤、石锦彩，亲弟兄三人，还有一位族叔石锦华，他兄长石芳。"王爷说："他老娘是石门什么氏？"刘荣说："是石门马氏。"王爷说："刘荣，本爵单赏给石禄一人一桌酒席，纹银五百两。赏他青红赤白黑黄蓝紫绿粉十样尺头。我要打算留石禄在本府当差。"刘荣一闻此言，连忙响头磕地。王爷又说道："你将东西物件，带回他的家中，说明此意。就提本爵留他在府中当差，为的是保护本爵。"刘荣说："王驾千岁，您得赏我全脸，命我将他带回家中，叫他母子见面，然后我必将他带回。"王爷说："好吧，你们暂且到外面吃酒去吧。明日早朝后，叫他在银安殿前试艺。"刘荣叩头谢恩。他便退了出来，向丁银龙说过此事。银龙道："王爷明天早晨叫石禄在银安殿试艺，可是那时王爷要是留他呢，那时咱们还能抗谕吗？不过到了那个时候，咱们也可以大家跪地哀求。谁叫贤弟你在马氏面前夸下海口啦，怎么样也得把他带回去才好。"刘荣说："是呀。那就求诸位帮助我吧。"说完大家用酒用饭，安息睡觉。一夜无书。

第二日天明，圣天子上朝。当时殿台官出言，说："文武爱卿，有本早奏，无事散朝。"老王爷急忙跪爬半步，说道："臣赵坤有本启奏。"殿台官忙命奏上来。老王爷说："只因有贼夜入王府，盗走祖上宝铠。有民子石禄，得贼、铠入都交纳。请圣上重赏石禄。他武艺超群，为圣上清理地面。"圣天子说："皇叔可以代朕赏赐，外州府县若有缺，即行补他。"王爷叩头谢恩。此时卷帘散朝。王爷出朝回归王府，来到银安殿前，王爷下了小轿。李明在旁侍候着，看王爷喜形于色。少时王爷升坐银安殿，四十八名健将站立两旁。王爷说道："李明呀，本爵我不能亏负石禄。圣上已然有旨意，那石禄是外州府县有缺即补。"李明一听，心中大喜，忙替石禄先行谢恩。王爷当时命他传谕，命石禄大众人等一同入内。李明答言，来到外面，对大家一说。鲁清说："列位，还按照上次一样，务必整齐才好。"当时大家穿戴起来。丁银龙说："石禄，你先将褡子备好。王爷叫拿军刃，再拿进去。不叫拿的时候，可别拿。"石禄说："是。列位叔父伯父，我若有不到之处，请您多加指教。"鲁清一听，心中纳闷：他怎么能说出这样的话来啦。从此看来，他还是不傻。遂问道："石禄，这几句话，是谁教给你的？"石禄道："没人教给我。"众人一听，纷纷议论，知道他时运来啦，将来决可改换门庭，一定可以做个一官半职的。李明遂将大家带到银安殿，大众跪倒行礼。丁银龙说："王驾千岁在上，子民丁银龙等，与王爷叩头。"老王爷说道："老少侠义，免礼平身。"众人谢恩站起。石禄说道："老王爷在上，王爷的石禄，与王爷叩头。"王爷说："石禄呀，免礼平身。你在殿前试艺双铲，与本爵解闷。"石禄答应。当时传谕，有该差之人，出去将白皮褡子拿了进来。石禄说："王爷的石禄，必须将大氅脱去，才能试艺。"王爷说："好吧，你就将大衣宽了吧。"石禄闻言，便将大氅脱下摆好，早有该差之人接过去。石禄收拾齐备，从差人手中接过双铲，这才施展绝艺。欲知后事如何，且看下回分解。

第十五回

姜文龙奉命接姐　何家口恶贼行凶

　　话说石禄伸手接过双铲，来在当场舞动起来。有诗为证：双铲一对上下分，挨帮挤靠去赢人。流星赶月朝前走，四面翻飞护自身。他施展起来。老王爷一看，只见他使得嗡嗡风响。石禄是家传的武艺，奥妙无穷。当年石锦龙少年时候，掌中一对双铲，压倒天下英雄。那时左云鹏贺号，人称"圣手飞行"。这才传给石禄，他自己换棱角式的兵刃，上下各有一个尖，外有护手，头前尖上有个倒须钩，为的是能挂着五节鞭，暗藏半套点穴。此事不提。且说石禄练完了双铲，站在殿前，气不涌出，面不更色。王爷说："石禄，你放下铲，打一趟拳，与本爵解闷。"石禄说："遵谕。"当时将双铲收好，打了一趟罗汉拳，八八六十四手。往那里一站，是站如松，蹲如弓，走如风。石禄双手一伸，当时施展出来小巧之能。拳如流星腿如钻，腰如蛇行眼如电，往前一蹿一丈五六，往后一退有八九尺，往左闪身有六七尺，往右一蹿也有八九尺，往上一跳有一丈二三，往下脸皮能擦地皮走。老王爷双眼全看花啦。当时一干老少英雄，以及站殿健将，全都看怔啦。石禄收住了拳脚式，来到虎头桌案以前，说道："老王爷的石禄，我已将拳脚练完了。"王爷说："好！"遂叫道："刘义士。"刘荣赶紧答言说："子民在。"王爷说："你将石禄带回他家，令他母子相逢见面。与马氏说明，本爵今天上朝，将你大家请回宝铠之事奏明。圣上旨下，外州府县有缺即补。每人五十两纹银，作为路费。"众人闻言，一齐谢恩。王爷又说："你们众人出去沐浴去吧，叫人包下一个堂子。你等大家在本府多盘桓几日，再走不迟。"大家道谢。

当时下来，到了外面。李明便出去，找了一家干净堂子，贴了官座。众人吃喝完了一散逛，倒也逍遥自在。何斌说："列位伯父、叔父、哥哥、弟弟，咱们何不趁着闲，前往兴顺镖行看看去呢？"众人说："好。"当时一齐来到兴顺镖行。那马家弟弟正在门前站立。登山伏虎马子登，下海擒龙马子燕，镖行水面的两个伙计。旱面的还有两个伙计，是柳金平、柳银平。马子登忙命马子燕："赶快进去报告十位达官，就说镖行众位老少英雄驾到。"子燕答应，到了里面向十位达官一说。当时蒋兆雄等，一齐迎了出来。到了门外见了众人，说道："列位哥哥兄弟，我蒋兆雄正要到王府看望大家。"将众人让到里边。认识的见礼，不认识的主儿，自有人引见施礼。其中鲁清、杜林二人偷看十老脸面，变颜变色，气色不正。爷儿俩坐在旁边，杜林说："鲁叔父。我看十位老伯脸色更改。不知内中有什么细情？"鲁清说："咱们暂且听一听再作道理。"少时那蒋兆雄向丁银龙道："丁大哥，我听镖行回来的伙计说，您大家在中三亩园拿普莲，三寇与铠一齐入都。"银龙道："逃走二寇，只有一贼入都。"蒋兆雄说："那就遥遥相对啦。昨夜内镖店满都没睡觉。"银龙说："为什么呀？"蒋兆雄说："昨夜查完了账，我们正在睡觉。"说到此处，不由咳了一声，眼泪在眼圈中。又继续说道："我那把弟何玉来啦，浑身是血。他向我说：'大哥呀，你必须替我报仇，杀奔西川。因为中三亩园拿普莲，逃走二寇。谁知他等去而复返，我人单势孤，所以遭不测。请兄长务必替我报仇才好。那二弟与您侄男，随同入都，家中无人。'说到这里，他回身就走。我上前一把没拉住，连茶盘子全都碰在地上啦。当时将我惊醒，我们全都醒啦。"说到此处，向何凯与何斌道："二弟，人家解送贼寇，你们爷两个干什么也来？即或作个一官半职的，也不如在外保镖好哇。为人只要一做官，就容易有大凶大险。你可知树大招风，官大有险。"孙立章道："哥哥不过有这么一想，他们以为，由王府得出一点东西来，就是一种脸面。"蒋兆雄说："老五哪里知道，得出东西来好呢，可还是家中没有大凶大险好呢？再者说，不会将花名写好，交给李翠、云龙拿回王府？那王爷不会亏负大家，由王爷赏下镖行的旗子来，那时咱们有多大的脸面呢？而今依我之见，你们大家千万别在此处玩耍啦，趁早回去吧。我弟兄十人随后就到。不是别的，我听他说的那话，我是放心不下。"杜林道："蒋老伯，我那何大伯说了句什么话？"蒋兆雄说："他说今生今世，已无话可说啦。这一句真是不祥之兆。你们就赶快回何家口吧，我等随后也到何家口。我们年岁已高，说一句话是少一句啦。你们也赶紧走吧，我越瞧你们，我心中越不痛快。"大家一听，心中也是挂心，当时众人出了镖店，回奔王府。

　　到了外回事处，天色已晚。掌上灯光，摆上酒席。何斌为大家斟酒，到了自己的酒杯，刚一倒上，那酒在杯中竟滴溜溜乱转。何斌忙向大家一摆手，众人不知何事。鲁清挨着他坐，忙问他何事。何斌用手一指酒杯，鲁清看明，一看自己杯中，是昂然不动。自己忙取出银针一试，并没有毒，不免纳闷。此时石禄在那边，忽然站了起来，说道："大何，你别走呀！快来喝一杯。"鲁清说："石禄，你看见他了吗？"石禄说："看见啦。他冲我一指脖子，那里有苦水儿。然后回头就走啦，并没进来。"大家一听全都怔啦。何凯、何斌、石俊章等爷几个不由得一惊。何凯说："何斌，你把酒杯拿过来我看。"何斌当时送到他面前。何凯用手挡着灯光，细看杯中，那酒花真是团团地转。那边石禄嚷道："峰子你，拿冰钻打了大何，小子你往哪里跑？"鲁清道："你看见了吗？"石禄说："看见啦。分明他脖子上有血口。"何凯听见，酒杯落地，摔得粉碎。杜林道："啊！这可是不祥之兆。"何斌一听此言，"噗咚"一声，就死过去啦。大家忙上前撅叫，人声喧哗。里面的李明可就听见了，连忙出来，到了外回事处，说道："你们众人千万的别吵啦。不是别的，王爷这次赏赐大家，完全是一种体恤。那石禄是上人见喜，所以优待你们，可也要慎重才好，别这个样吵嚷啊。倘若王爷怪罪下来，那时何人担待呢？"丁银龙道："管家大人不知，他是有这么一件事。"说着，便将经过详细说了一遍。李明一听也怔啦，遂说："那么叫石禄走，必须明晨他见王爷时，必须如此如此说才好。"众人一听很对。当时众人也不吃啦，酒席撤下。李明回转内回事处，他们这里张罗明日动身。鲁清道："明天你见了王爷，必须要这样说。要不然王爷不叫走。"石禄说："不叫谁走哇？"鲁清道："我们全走，不叫你走。"石禄说："我还找峰子去呢。他拿冰钻把大何咬啦！大何是我养活的。他跟我爹常在一起。"鲁清说："是啊，你得给他报仇。千万记下啦，必须这样说。我们就可以一同走啦。"当下计议好了，大家安歇。一夜无书。

次日天明，王爷下早朝回头。轿子落平，王爷下了大轿。李明便将大家告假之事，对王爷细说一遍。王爷点头，轿子搭到一旁。王爷升了银安殿，当时传谕，命他众人一齐上殿。李明说声"遵谕"，这才到外回事处，说道："鲁清，王爷谕下，命你们大家上殿回话。"鲁清说："列位，还是照样的收拾吧。"众人答应，这才通盘收拾齐啦。鲁清道："石禄，你可记住了那些话，好回禀王爷。"石禄说："是啦，我记住了。"鲁清又说道："丁大哥，少时还是您一个人回话。刘大哥，王爷若不叫石禄走，您可以这么这么一说，王爷自然便许可啦。"刘荣点头。众人这才一齐来到银安殿，跪倒行礼。王爷命大家抬起头来，说道："适才本爵上殿，听了李明所提，你们大家与本爵告假，所为哪般？"丁银龙回答道："王爷有所不知。皆因拜弟何玉出头聘请山东各达官捉拿普莲。不想当场逃走了黄云峰、黄段峰，我等众人押寇入都，那何家口能人特少，恐怕二寇勾结同党前去报仇。昨夜晚饭，又有摔杯之兆，这实在是凶多吉少。子民放心不下，因此向王爷驾前告假，回去看望。"王爷说："你们大家免礼平身。"大家站起。王爷心中暗想：那何玉一来为宝铠，二来为救李翠、云龙，才出头协力相助。如今贼、铠入都，难免漏网之贼前去报仇。这时石禄双膝跪倒，口中说："王爷在上，老王爷的石禄给王爷叩头。昨夜晚间在外边睡觉，我老娘叫我来啦。我回家问一问我老娘，我在府内当差，我老娘要叫我来，我在您驾前当差。我老娘要不叫我来，等我娘一死，我必定上王府来当差。王爷的石禄给您叩头啦。"王爷说："刘达官。"刘荣上前跪倒说道："请示王驾千岁，有何谕下？"王爷说："本爵的石禄，他回家看望他娘亲。你可以替我告知马氏，就说本爵提拔石禄，外州府县有缺即补。"刘荣点头遵谕，叩头致谢说："王爷，您赏我们大家全脸。"王爷当时又赏给每人纹银二百两。王爷说道："刘达官，你对马氏说好，石禄在王府等候实缺。倘若金阙宝殿前有缺，那时哪里去找石禄？"刘荣说："王驾千岁，到那时如有缺时，请您谕下，派人到济南府涟县东门外何家口中街祥平店，与我大家付一信。我必与您找来石禄。"王爷道："若是府中有事，要找你们众人，可上哪里去找？"刘荣说："王爷也可以叫人到祥平店，一说便能通知我们。"王爷说："那店里东家与掌柜系何人呢？"刘荣道："那是草民的盟兄何凯所开。"王爷说："那就是啦。"又问石禄道："石禄，你愿意在本府当差不愿意呢？"石禄道："王爷的石禄愿意在王府。我想见一见老娘，说是这马是老王爷给的，那银子也是王爷给的。老王爷爱石禄，我给你叩头。回家见我老娘，我告诉此事。叫我来我就来。不叫我来时，只好容我老娘死后，我再来与老王爷说话。"王爷一听，心中暗想：石禄虽然呆呆傻傻，此人是大孝格天，令人可喜。当时赏了他与刘荣盘费五百两。王爷说："李明，本爵赏他们大家平安酒席一桌，令他们平安到家。"大家一听，连忙跪倒行礼，致谢王爷。石禄也跪倒行礼，叩谢王爷赠马贺号赏银子。

然后大家人等随着李明，一齐往外走，来到外回事处。李明打发人到了十字街"双寨永"酒楼，要来上等酒席四桌。石禄自己点一桌，大家吃那三桌。杜林说道："大伯父，瞧起来不在人长得怎样。您说我与我鲁大叔父，论口才、论心功，哪一样不比他强呢？不过他的造化大，那王爷只是喜欢他。"这边李明对刘荣说道："刘大哥，你要到了石家镇见了我那兄嫂，给带去口信，问他老夫妇好，就说我在府中很忙，不得分身前去拜见。我那兄长对我实有救命之恩。"刘荣点头答应。李明又说："列位哥哥兄弟，以后无论哪一位有事，尽管前来找我。我在王爷驾前说一不二，自有相当的帮助。何二哥到家中，如无有事，那是大家之福，倘有何事，赶快给我来信，我自能帮助一切。"众人说："是。那是一定拜求大人的。"鲁清说："管家大人，我们还有　件要紧的事，拜求于您。"李明问什么事。鲁清说."我们大家要请您代为禀报王爷。如今贼、铠已入都，那李翠、云龙他二人的家眷仍在南牢，务必请放出来才好。"李明说："你们大家在此等候，待我再往里回禀，就说石禄求见。"又向石禄说道："石大哥，少时上殿，你给李翠、云龙他二人去求情，请王爷将他二人的家眷，放出南牢。"石禄说："杜林呀，我跟老王爷去说，老王爷就得赏咱们全脸？"杜林道："那是当然。你要到上面，必须这么这么去说，自然能成。"石禄点头答应。李明这才往里回话去了。鲁清道："李翠、云龙，这王府的饭可不是你们二人吃的，这是仗着石禄的面子。容等出了南牢，那时你可以回禀，就说你老娘惊吓失魂，卧床不起，赶快回蒲江县原籍，千万别在王府当差啦。"李翠二人一听，说道："鲁大哥，想当年我二人入府当差，也算是一侥幸。"鲁清说："不然，那也是你们的运气。不过有一节，你等弟兄艺业浅薄，打出来这么一拿普莲，外头名声很大。倘若以后贼人再来王府，有意外的行为时，那时恐怕你二人全家性命难保。"李翠、云龙连忙说："是。我二人自然辞退。"他们这里说闲话。那李明来说道："王爷有谕，令石禄银安殿相见。"石禄说

"遵谕"，便随他来到了里面。到了银安殿，石禄跪倒行礼，说："老王爷在上，王爷的石禄给老王爷叩头。"王爷说："石禄，你见本爵，什么事呢？"石禄说："贼人、宝铠入都，您得开恩。您将李翠、云龙他二人的家眷，给放了出来呀，别在里头收存。"王爷说："石禄，不用你惦念此事。你们大家就走吧，你们走后，本爵一定将他二人的家眷放了出来。"石禄道："老王爷，那李翠的老娘，就如同我的老娘。放出来之后，老王爷的石禄，那时回家看完老娘，我就回来。老王爷要是不放，我就不回来啦。"说完磕头。王爷一看，心中甚喜，知道他心中实诚，做事认真，遂说道："石禄啊，你起来吧。本爵已然赏你全脸，放出他二人的家眷。"石禄说："那么老王爷给他那块谕呀，要不给，王爷的石禄跪死也不起来。"王爷道："你先起来落座讲话。"石禄说："您把那块谕给李明，我就起来。"王爷一看，他为朋友就能这样努力，其情可诚。当时下谕，命李明传谕南牢，将李翠、云龙的家眷放出，无他等人之罪。石禄说："王爷，我得随李明前去，看一看我那大娘。"王爷说："好。李明你就带他去，前往探牢。"李明遵谕，这才带着石禄离了王府，来到了三法司。叫石禄在外回事处相候。他持谕来见牢头。当时便开了南牢，将婆媳三人放了出来。问道："大娘。他们可曾给您气受？"李母说："并未给我气受。待我如同李翠待我一样，这也是管家大人托付之意。"李明当时便雇来一辆车，将他们送回三元店。李明回到王府，来到外回事处，对大家说明。鲁清道："李翠、云龙，你二人跟着石禄与管家大人，见了王爷必须如此如此的一提才好。"二人点头。

众人来到银安殿，当时跪倒行礼。李明说："回禀王爷，奴才领了王爷的谕，去到南牢，放出李翠、云龙的家眷。"那李翠道："王爷在上，奴才李翠、云龙叩谢您天高地厚之恩，放出我的家眷。可是奴才的老娘，惊吓失魂，卧床不起，惦念山东青州府蒲江县故土原籍。请示王驾千岁，您开天高地厚之恩，放我送回我老娘，或好或歹，那时再回府当差。"石禄在旁说道："李翠、云龙，你二人盘费若是缺少，可以说明。"李翠说："回禀王爷，奴才盘费是分文无有。"王爷说："好，本爵赏你纹银五百两，作为盘费，送你娘亲回籍。在家好好伺候你娘。容等日后将你娘送终，那时再来本府当差。"又叫道："石禄。"石禄说："王爷的石禄在。"王爷说："本爵再赐你纹银五百两。"石禄说："王爷您别给啦，王爷的石禄还有钱啦。您再给，那银子太多啦。"王爷一听，他为人宽洪量大，日后倘若镇守哪个海关海口，一定是公正无私。此人是侠肝义胆，遂说道："石禄哇，你要回家望看你老娘，可要急速回来。朝中有旨，你是有缺即补。"石禄说："老王爷的石禄遵谕。"王爷说："李明，本爵赏他白银五百两。"石禄说："王爷的石禄，谢过了王爷。给了钱，又给钱。您的钱多啦，全没地方花去，都给工爷的石禄啦。我到家说去，老工爷爱我，我老娘也爱我。"王爷说："是啦。你就家去吧。"那李明在一旁看着，知道王爷是恋恋不舍石禄。自己心中暗想：我入府当差一十四载，王爷都没对我如此。不想石禄与王爷有缘，再说也是他的福分造化，那可是别人都比不了。想到此处，这才将他三人带了出来。见了刘荣，便将王爷所说的话，对他一提。刘荣点头。鲁清说："李翠、云龙，我罚徐立那一套大车，送给你啦。你省得雇车啦。"当时命差人出去传话，把那辆大车套好，赶到三元店。李翠二人当时谢了鲁清。又说道："诸位哥哥兄弟替我二人舍死忘生，捉拿普莲。如今贼、铠已入都，我家眷也出了险地，我们感激列位的恩德。我弟兄行礼致谢了。"说着施礼。鲁清道："你二人不用客气啦。不过归途上进了山东地面，你们多要留神。夜间可以分出前后夜来，小心在意，千万记在心中。"李翠、云龙二人谨遵台命，领车就走。暂且不提，日后正北大连口二次出世再表。

如今且说丁银龙等众人，早有人将他们的马匹备好。鲁清说："管家大人，草民等跟您告辞了。回头在王爷驾前，多给美言几句。"李明道："不用列位嘱咐，请登程吧。"大家出来。石禄一看各人全有马，唯独自己的马没有，忙问道："李明啊，怎么大家的马全在这里，怎么我那匹老黑没有哇？"当时有当差的说道："管家大人，别人的马全能备，唯独王爷的那匹黑马，谁也不能接近于它，它是连踢带咬。只好请石爷自己去备吧。"李明说："石禄啊，那匹大老黑必须你亲身去备，别人不敢动。那匹马是老王爷给你啦，谁备它咬谁，就是你备它不咬你。"石禄说："就是我备它不咬。小何呀，我把那匹马给你啦。泥鳅要，你可别给他，叫他找我来。"何斌说："二哥，我谢谢您啦。"遂说："鲁大叔，我把我那匹青马给您啦，那匹马全比您的马快。"鲁清说："何斌，这匹马你不要啦？"何斌说："我不要啦，归您啦。"杜林说："何大哥，您的马给我鲁大叔啦？他老人家那匹马没人要，您要骑这马，我给您起外号。"鲁清说："起什么外号啊？"杜林说："原本是大肚子蝈蝈虎，这马又名叫瓜达青。"说话之间，众人各接马匹。石禄手提皮褡子，来到铁屋。那黑马见了石禄是咴咴乱叫，踢跳咆哮。人有人言，兽有兽语。它是说主人你来啦。石禄一见，说："老黑，你跟我说话呢？咱们要走啦。我跟老王爷那里告了假啦，咱们走啦。"说着，他进去解了下来，往外拉着走。那马往后打坐坡不走。石禄说："你不爱走，要在此住着呀？"说话间，伸手揪住门鬃，往出就拉，口中说："老黑你跟着我走吧。这屋子给你留着，过些日子咱们还来呢。"那马还是不走。石禄的艺业惊人，这才将马拉了出来。到了王府门外，东边有上马石，他才骑上了。众人一齐拉着马，拴扎好了东西物件。那李明带着十二名健将送大家，直到了东门以外关厢东口啦，还往下送。当时鲁清等众人站住相拦，说道："送君千里，总须一别。管家大人请回吧。咱们是他年相见，后会有期。"李明说："是，何二哥，您到家中，无事便罢。若有事时，千万给我来信。"何凯说："就是吧。"说完话，大众告别。

那李明带人回归王府不提。且说他们众人，往下赶路。一路之上饥餐渴饮，夜住晓行。这天走到半路之上，石禄这匹马脚急，遂说道："大清啊，我可不能跟你们一块走。老黑脚急，咱们小何他家见吧。"鲁清说："那可不行。"石禄说："怎么不行？"鲁清说："你不认识道。"石禄说："我这个老黑认得。"鲁清说："你别瞎说啦。它入府八年，怎么能认道呢？"石禄说："不行！不要撒鸭子了，咱们还是小何家中见吧。"杜林说："石大哥，咱们一块走，你不认得道。"石禄说："趴着吧，小棒槌。不是一直往东吗？走吧，咱们往东呀。"说着，喝了一声，那马似飞似的，就一直往东跑了下去。杜林与鲁清有个小诙谐，说道："刘大叔，我石大哥可开下去啦。我鲁大叔连拦都不敢拦，石禄可不是他请出来的。在山东地面，莲花党可全认得他。我看他若是有个一差二错，您可怎么见我那石大娘？您请他之时夸下海口。如今他独自一人跑了下去，我看您怎么办？我鲁大叔这是给您一手儿。"刘荣忙往前一看，那马已然跑得很远，遂说："鲁清，咱们哥儿俩后会有期。你这是号我刘荣的脉。"鲁清说："兄长，您不是叫闪电腿吗，何不追下去呢？"刘荣道："我虽然腿快，他这是宝马，我追不上啊。他走，你怎么不拦着点呢？这要是有个一差二错，我怎么对马氏？"鲁清道："刘大哥，您不用着急。人怕久挨金怕炼。石禄他那一对双铲，世人难敌。"刘荣道："虽然那么说，可是我心中究竟还是放心不下。咱们大家何家口见吧。"说完，他就追下石禄去了。

如今且说丁银龙等众人往下赶路，饥餐渴饮，晓行夜住，非止一日。这天来到何家口切近。眼前有片松林，从林中出来了十几个人，正是镖店中的伙计。他们见了众人，双眼落泪，说道："二位达官爷回来了，少达官爷也回来了。我告诉您一件事，您可别着急。"此时众人俱都翻身下马。何斌上前一把抓住伙计，急忙问道："你快说家中有什么事啦？"伙计说："少达官，您可千万别着急。我家老达官，受了一镖三刀而死。"何斌一闻此言，翻身跌倒，气绝而亡。那何凯是木雕泥塑一般，躺在那里。此时那九名伙计抹头就跑。杜林一见，甩了大衣搭在马的鞍子上，飞身追了下去。来到切近，从后一腿，将这个伙计踢倒，按住就给捆上啦，说："你起来，我有话问你。"那个伙计爬起来，说道："杜小爷，你怎么捆上我呀？"杜林道："不捆你，你就跑啦。小子，你随我上林子里来。"他把他带到林中来问，那林外众人喊叫何斌，大家再解劝何凯。鲁清道："二哥，您也不用着急。想当初咱们在店中夸下海口，如今果然事情出来啦。那没别的可说，我自然得设法报仇。我要是袖手旁观，是对得起活的呀，还是对得起死的呢？再者说，也对不起那神前一股香啊。"何凯道："事已至此，全凭贤弟拔刀相助。"这个时候，何斌已然缓醒过来，跪在鲁清面前说道："鲁叔父，您千万帮助我报仇，令孩儿我成了名。"鲁清说："是啦。何斌你起来吧。"说着他也追入林中去问那个伙计："家中出了什么事？你要从实说来。"那伙计细说了一遍。鲁清道："就死了我拜兄一人吗？"伙计说："对啦，就死我家大员外爷一人。"鲁清又问道："我那嫂嫂怎么样？"伙计说："那倒没事。自从您诸位走后，来了河南姜家屯的姜氏二弟兄。一位是神枪将姜文龙，一位是银枪将姜文虎，他俩奉母命套车来接他姐姐何门姜氏。"

他们为什么来呢？有个原故。原来他二人在河南家中，给他老娘办寿日。文龙有一女，年方七岁，名叫姜玉花，让家中婆子带她出去玩耍。婆子没留神，把玉花给丢啦。这个婆子是个义仆，自己怕对不住主人，便在影壁旁一棵枣树上吊死啦。那姜门封氏老太太惦念玉花，终日茶饭懒用。家中管家看见婆子上吊，急忙禀报了主母。老太太说："把她卸下来，给她一口棺材埋了去吧。"仆人将那婆子埋葬不表。那姜氏弟兄在外寻找此女，各处找遍，踪影不见。后文书二龙山竹子岛，那里有个杨玉花，就是此女。姜文龙转过年来又给老太太办寿日。老太太心中难过，这才命他弟兄套车赶奔何家口："到那里将你姐姐，以及你那外甥男外甥女接来，与老身解闷。"弟兄二人奉命，到后面先嘱咐妻子。姜文龙说："我二人奉了老娘之命，去到何家口，接咱们的姐姐，连何斌、何玉兰一同接来，好与娘亲解闷。你在家好好侍奉老娘。"那徐氏点头应允。姜文虎也照样嘱咐他妻邹氏一遍。弟兄二人这才套车辆备马上路，离了姜家屯。

来到黄河南岸，乘船过河到了北岸。先把锚扔上岸，搭上跳板，车辆马匹人等离舟登岸。二人飞身上马，一直来到何家口。一进西头村路北吉祥老店，两个人下了马，上前叫门。里边有人问："是谁呀？"姜文龙说："是我。"何忠一听是他弟兄，连忙开了门，上前行礼，说："我当是何人，原来是二位舅爷来啦。"文龙忙将何忠搀起，说道："老哥哥，快请起吧。"何忠说："二位舅爷往里请吧。"文龙说："老哥哥给回禀一声。我那姐姐礼路太多，爱挑礼。"何忠说："是啦。"当时到了里面，回道："主母，外面二位舅爷来啦。"何门姜氏一听，连忙迎了出来。他弟兄二人上前跪倒行礼，说："姐姐在上，我弟兄二人给姐姐叩头。"何姜氏说道："二位兄弟请起吧。老娘亲可好？"文龙说："好。"说话之间，姐弟三个人向里院行走。何忠忙去掀帘子。文龙道："娘亲旧病复发。"姜氏道："难道说是我那二位妹妹气着了娘亲不成？"文龙道："并未气着老娘。只因您那侄女玉花丢啦。老娘亲想她过甚，因此卧病不起。"姜氏道："怎么丢的呢？谁给带出去的？"文龙道："是家中婆子带出去游逛，中途丢失。那婆子自觉无脸来见，便在墙角树上吊死了。"姜氏唉了一声，又问道："那么你二人来还有什么事吗？反正不能为此事套车辆来给我送信吧。"文龙道："是。我二人奉了老娘之命，特来接姐姐与甥男甥女来啦，好与老太太分忧解闷。"姜氏道："现下家中缺少人，我要一走，家中就无人料理了。"文龙道："我那何二嫂夫人呢？"姜氏道："早已故去了。"姜氏又叫何忠："你去把达官爷叫了来。"何忠来到外面，够奔祥发店，就将何玉找了来。

主仆二人回到吉祥店。何玉问道："有什么事叫我呢？"何忠道："这不是河南姜家屯二位舅爷来啦。我家主母叫我请您，有事相商。"

何玉说："是啦。"急忙进到店中，高声说道："二位贤弟来啦。"屋中文龙、文虎一闻此言，连忙迎了出来，上前跪倒行礼。何玉忙用手扶起，说道："我那岳母，他老人家可好？"文龙说："好。"何玉又说："我那两位妹妹可好？"文龙说："承问承问，全都问您好。"当时他三人来到屋中。姜文龙便将丢姑娘之事，以及老太太想病了的话说了一遍。便问何玉道："姐丈，我那外甥何斌，跟那徒弟们上哪里去了？"何玉道："他们入都交宝铠去啦。"文龙道："哪路的贼人盗去宝铠？"何玉道："乃是西川银花沟的，在咱们屯龙口打虎滩为首。"姜文龙道："将山寨攻开，就拿住了吗？"何玉道："聘请咱们山东地面各路宾朋，虽将山寨攻开，可没拿住他，他逃啦。得了一件宝铠是假的，多亏来了兖州的一位朋友。"文龙说："是哪位呢？"何玉道："便是那杜锦。他儿子泄机中三亩园，这才大家到那里将他擒获，得了宝铠和贼人普莲，但逃走了云峰、段峰。您弟兄不来，我还要把你姐姐送走啦。"文龙一闻此言，看他双眼发直，一定心中有事。原来何玉与姜氏夫妻感情最好。姜氏便说道："员外爷，我走之后，谁人与你料理家务啊，咱们那妹妹是故去了，婆子丫环怎么能成呢？"何玉说："就皆因逃走了黄家二寇，我怕他们去而复回。那西川路的淫贼，是来者不善，善者不来。莫若你带着姑娘、婆子丫环们走吧。同着二位兄弟回到姜家屯，见了我那岳母老大人，多多问好。"姜氏道："我们一走，真叫人放心不下。一来咱们孩儿何斌未在家，三个徒弟也没在家，二弟何凯也进京啦，家中无人庇护于你。逃走二寇，你们当时没对我说呀。"何玉说："当着许多人，我要一说，那倒显见得我是畏刀避箭怕死贪生。夫人，你就跟二位兄弟走吧，你若是不走，倘若群贼来啦，我一个人战住他们。真要有个一时防不到，他们到了后面，我家就得吃大亏。莫若你们先回姜家屯住着去。有人叫你们再回来，没有人找，千万先别回来。"又对姜家弟兄说道："文龙、文虎。你弟兄二人可将此话记住了。"回头看见自己女儿泪眼花花。姜氏道："大家交铠未走之时，惊走二寇，他们爷几个可曾说了吗？"何玉道："我已然说明。何斌与三个徒弟以及咱们二弟，他们一闻此事，当时辞了不去。是我将他们给轰走了。一来是为宝铠，二来是为见了王爷，好得出点赏赐来，也是咱们山东人的脸面。因此我没叫他们在家。"姜氏一闻此言，只是双眼落泪。何玉道："你不必啼哭啦。你我夫妻一场，我说个不祥之话，我若是有个不好，那西川路的贼人到啦，你要替我累碎三毛七孔心。我有个百年之后，你替我与何斌说一房儿妇。咱们女儿玉兰，也给她找个根本人家。我在地府阴曹，也甘心瞑目。"何门姜氏一听此言。说道："那我回到家中，也是放心不下。你一个人太孤哇。"何玉说："你就不用管啦。那西川路的贼人，不来便罢，一来就少不了。我是顾与贼人交战，还是顾你们呢？莫若你们走了为佳。再者，你们不在家，我一个人跟他们打，我要有个打不过的时候，咱们这方左右的铺户很多，无论藏到哪家全可以。你们要是不走，那我可就着了大急啦。你们还是赶紧归着齐了走吧。我要是不派人去叫你们，可千万别回来。"姜氏这才收拾齐毕，命人又备了一辆花车，便随同姜氏弟兄与玉兰姑娘，够奔河南姜家屯。

　　如今且说何玉。自打姜氏母女走后，他一个人忧愁烦闷。走了有四五天，老家人何忠暗中向店里伙计说道："咱们主人也不知是怎么啦，见人很不爱说话。平素不是这个人呀。这可怎么啦？"伙计说："是呀。不知道是怎么啦？凡人不理。"何忠道："知道的主儿不用说。那不知道，一看我们主仆，真好像是弟兄一般，说话又亲近又客气。"店中的先生听见此话，见了何玉，便说道："大掌柜的，您这些日子不爱说话，不爱理人，透着烦闷，不用说是想我嫂嫂啦？"何玉说："你别废话啦。"此时何忠在一旁说道："主人，您不用烦闷。再等几天，我那少主人也就从京都回来啦。"先生姓王，明叫王善，在旁说道："大掌柜的，您可以到外边走一趟。是咱们何姓的店就去，把店里的账取了来，我给您查一查总账，看看有底漏的没有。"何玉答应了。他自己便出了店门，拐弯往西，出了西村头，进后街西村头，来到路南。头一个店便是"祥合店"，这个店的南房与祥平店的北房对着。这一句是个垫笔，后来到中套宝刀对铲时有用。当下何玉进了店。大家一齐说道："东家来啦。"何玉道："何普，你把总账给拿来我看一看。"那何普打开柜，取了出来，说道："东家，您要总账吗？"何玉说："对啦。"说着话，伸手接了过来。出了祥合店往东，一家不少，大小店的总账，也全给拿了来。出了东村口，再进前街东村口，回到吉祥店的门前。看见路南杂货店的门前站着一个人，身高八尺开外，身穿一身青，用袖子遮着脸。何玉心想："我瞧他干吗呀。"他便叫开了门，来到屋中，令王善一查账，并没有底漏之事。王善道："我为的是叫您出去散逛一下子。我也知道没有错儿。"遂对何忠道："老哥哥，您去辛苦一次。是哪家的账，还给哪家。"何忠答应，抱着账出去不提。

　　如今单表门前站着的那个穿青衣裳的人，他乃是西川路的淫贼、银花太岁普铎，杂货铺门里还有两个人，便是那云峰、段峰。他二人自从中三亩园漏网，来到刘家寨鼓惑是非，由刘家寨回了西川。走到火龙观，进去见了为首的飞火燕子夏德桂，上前施礼。夏德桂道："二位贤弟，哪一阵香风，把您刮到我这庙中？"云峰说："哥哥有所不知，那屯龙口打虎滩完啦。只因老儿何玉聘请山东各地的宾朋，攻破了山寨。后在中三亩园捉了普莲，我弟兄逃走。如今他们拿我们，如同钻冰取火、轧沙求油一般。其中还有一个莲花党的大仇人。"夏德桂问道："是谁呀？"云峰道："就是那石锦龙的次子石禄。"他一说年岁、面貌、穿衣打扮以及兵刃坐骑，夏德桂用笔记下。云峰道："我们在中三亩园的时候，普大哥曾说过，倘若不幸被获遭擒，那时叫我弟兄二人赶奔西川，是他交往的朋友，全给送信。道兄，我们得赶紧走。那何家口的人全入京都，趁此时那里无人，赶回西川，到那银花沟去找我二哥普铎，好杀何玉个措手不及。"夏德桂道："待我与你二人拿点盘川来。"云峰说："不用。我们在路上，若是有宽阔的水儿，捞他一网，不是就有了盘费了吗？"说完，他二人辞别老道，出庙赶道，直奔银花沟，非止一日。

　　这天来到了西川银花沟。他二人刚一进东山口，对面来了两个兵卒。就听那兵说道："原来是黄家二位寨主。我二人给您叩头。"云峰上前相搀，说声："免礼吧。你们二人往哪里去呀？我来问你一件事，殷志文、殷志武他们弟兄回来没有？"兵卒说："回来啦。"云峰又问道："高氏四猛回来了没有？"兵卒说："也回来啦。"云峰说："我二哥可在山上？"兵卒说："正在山上，正盼想你二人回山。他听人传言，屯龙口打虎滩被剿。说你们二人与普大王逃走不知去向。山中金银物件，已然抄产入官啦。"云峰道："你们不用说啦，去买你们的东西去吧。若有人问我二人回来没有，你们就说没回来。"两个兵卒说："是。"他二人走了。云峰二人这才往里来，到了山寨大门，那守门兵卒问道："黄寨主，你们二人回山啦。我那普大王呢？"云峰道："你们先与我通报我二哥，就说我二人回山。"兵卒答应，转身往里去。到了大厅，单腿打千，说声："报！"普铎说："报上来。"兵卒说："现有黄家二位回山，在寨门外等候。"普铎忙道："可曾有大寨主？"兵卒说："没有。"普铎说："待我出迎。"当时他便迎到寨门外。黄家二人上前行礼。普铎问道："二位贤弟，你们回山来，我那兄长呢？"云峰说："二哥，快跟我弟兄下山，够奔何家口，刀斩何玉的满门家眷。"普铎问道："为什么要刀斩何玉满门呢？"云峰道："此处不是讲话之所，咱们到里面再说。"当下三个人一同到了大厅。那高氏四猛及巧手将殷志文、花手将殷志武，六人异口同音问道："黄家二位弟兄，听说屯龙口打虎滩踏为粉碎。但不知你弟兄二人，随普大王逃往何处去啦？"云峰说："我弟兄三人弃舍山寨。黑夜之间，我普大哥带我二人，赶奔中三亩园徐立家中存身，躲灾避祸。普大王心想，躲个三五天，再行回西川。不想我弟兄头一天到，第二天、第三天，老贼何玉，就带着群贼追到了徐立家中。内中有一人姓石名禄，外号穿山熊，金钟罩护体，周身横练，掌中一对短把追风铲，将普大王拿获。在未被获之时，我普大哥问我二人，是尽其交友之道，还是尽其神前那一股香。我二人说，愿意尽神前那一股香。"普铎说："你二人错啦。"云峰说："错者何来呢？我普大哥说：你二人错啦，我不幸要是在中三亩园被获遭擒，你二人必须别拿我为重，你们赶快逃走，够奔西川银花沟，将我二弟领到何家口。我被擒之后，他们准将我与宝铠一齐入都。你二人随普铎，到山东何家口，岂不可以杀老贼个措手不及。那不就与我报了仇了吗。你二人告要尽其神前一股香，随我被擒，那时西川你二哥不知咱们三个人死于何地，他做梦也难测到，那岂不是白白的废了命吗？我一听有理，便允了。普大哥令我记在心中。所以第一天夜内，我弟兄二人一看，他们人太多，便弃舍兄长，才来到银花沟与二哥报信。"普铎一闻此言，"哎呀"了一声，翻身栽倒。大家上前撅叫。少时他缓醒过来，说道："各位贤弟，替我照料山寨。待我与黄家二位贤弟，遵我兄长的遗言，够奔何家口，找老贼报仇。"当时三个人将使用的军刃物件拿齐，多带银两，外面有人把马备好，三个人出寨上马，辞别高家弟兄等，便向山东而来。且说殷志文、殷志武与高家四猛回到大厅。殷志文奔内宅。书中暗表：那殷志文与普门马氏有染。他到了内宅，够奔上房，一边走，一边说道："嫂嫂。"屋中马氏闻道："外边什么人？"志文说："小弟殷志文。"马氏说："志文啊，你到这里来可要小心点。咱们二人之情，你二哥可略知一二。倘若被他撞上，你可小心你的项上人头。"志文说："嫂嫂，你我之事，左不是婆子丫环走露了消息，你还会告诉我二哥吗？"马氏一听也对，当时将婆子丫环全部退去。殷志文进了屋中，说道："嫂嫂，我跟您商量一件事。"马氏说："有话你赶紧说，说完了好快走。"志文说："嫂嫂不用担惊。我二哥已然与黄家二峰，上何家口报仇去啦。"马氏说："但不知他三人为何人报仇去了？"志文说："与我大哥普莲报仇。"马氏道:"那是畜生啊,千刀万剐,死有余辜。你二哥干吗为他报仇呢?"志文道:"嫂嫂,我大哥与我二哥,乃是一母所生。你为什么辱骂普莲呢?"马氏说:"志文,你有所不知。那普莲乃是贪淫好色之人。你二哥下山请你二人走后,那普莲来到内宅,调戏于我,我将他骂出门外。没想到天色已晚,他夜入内宅,用薰香将我薰过,被他所污。这个薰香不是好东西,败坏好人的名誉,一闻上时,是人事不知。你二哥请你二人半个月有余,那普莲他是日不空夜。后来你们回山,我对你二哥一说。你二哥才心生一计,在厅前与畜类面前告假。你二哥遂夜换紧身衣,趴在内宅后房坡。普莲二更来到内宅,使薰香,听屋中没了动静,他拨门来到里面,掌上灯光。那普莲宽衣解带。你二哥来到前坡,跳在院中,辱骂普莲,将他骂得闭口无言。那时你大哥捏嘴唇响了哨。云峰、段峰、花峰三人赶到,解去此危。那普莲无面目再见众人,这才带他三人够奔山东。他才到了屯龙口打虎滩,命兵丁向内回禀丁银龙。银龙当时将他让到山寨,人家才把山让给他。"殷志文道:"嫂嫂,如今他们三个人上山东,多少日子才能回来呢?不过据我想,他们此去,报了仇也是麻烦,人家不会善罢甘休。若是报不了,他们也就命丧山东。莫若咱们带着姑娘,三个人远走,倒有安乐之处。"马氏说:"那倒不必。容等我那夫主回来,我听一听那边的情形,再作道理。"殷志文道:"姑娘已然十二岁啦。要等姑娘长大成人,也脱不开大家之手。"马氏道:"志文,我与你有夫妻之情,那普铎已略有耳闻,你可要小心了他。"说着话,马氏够奔东里间,将婆儿以及自己女儿普红花,一齐叫到西屋,向红花道:"姑娘呀,你父亲上山东前去报仇。容他回来,听他有什么言语。你可知道此事吗?"红花说:"娘呀,我不知。"马氏又问婆儿道:"你可知道内中情形?"婆子道:"我已经知道了。"但不知后事如何,且看下回分解。

第十六回

三手将惊走银花太岁　厉蓝旺结交分水麒麟

话说普锋之妻马氏说道："好吧。我夫主上山东报仇，回来时，我问他情形怎么样，人家来报仇，那时我能躲开、躲不开那也就无法，一定死于他人之手。你可以先将她带走，奔河南聚龙庄南门内路东铁瓦观的观主。此人姓马双名万梁，人送外号叫神手真人，能摆走线轮弦，他是我的胞兄。我一出阁之时，他给我两张阵图，一张是摆阵的，一张是破阵的。"志文道："嫂嫂哇，那马万梁是您的亲哥哥吗？"马氏说："不错。"志文道："他与巧手将王万昌是师兄弟。我弟兄二人与王万昌很有来往。我莫若将姑娘送到铁瓦观，您看如何？"马氏说："那可不行。于氏婆子，我可将此女交与你啦。"殷志文道："嫂嫂，莫若我将于氏跟普红花，一齐送到那里成不成呢？"原来殷志文又看上婆子了，见头紧脚紧，长得又有几分姿色，这小子又动了邪念。马氏说："志文呀，我这个婆儿，与我这姑娘，你就不必惦记着啦。"说到此处，忙叫于氏将姑娘带到东里间去啦。

这里马氏与殷志文讲话，志文道："嫂嫂，您将阵图拿来，待我观看。"马氏当时开了箱子，取出一个蓝包袱打开。里头有个匣子，长有五寸，宽有四寸，厚有一寸，中盖上有字，上写着：摆阵之时，先看阵图，摆阵不破阵，存阵不摆阵，摆阵若破阵，此人不得善终，此乃阴阳八卦蛇阵图。将匣子盖打开，马氏说道："志文你看，这上边是破阵的，那下面才是摆阵的啦。"殷志文忙将阵图打开一看，见当中有一个阴阳鱼，四外有字，写的是乾坎艮震，巽离坤兑；里面写着是休生伤杜，景死惊开。此阵有虚眼，有实眼，实眼在头里，虚眼在后头。志文还要往下瞧。马氏说："你不用看啦。"当将阵图又放到匣子内包好了，说道："志文呀，容等他们报仇回来。人家要来报仇呢，我躲得开，那就无的可说。倘若是躲不开，全家死后，你务必与我报仇。那时我阴魂在九泉之下，也就甘心瞑目，死而不屈。现下屋中无人，你可以对天赌咒，你若是对我女儿有安心不良之念，要起个重誓，我才放心。"殷志文听了，当时跪倒在地，说道："嫂嫂啊，我要有一点不良之念，叫我不得善终。天厌之，地厌之。"马氏说："好吧，志文呀，你到前边去吧。"殷志文这才出后宅，到了前边与志武等暗中巡查山寨。这里马氏便将于氏与红花叫到西里间：马氏将此包袱交与红花，说："女儿，你可放到你的身旁吧。"书中暗表：这于氏婆子与殷志武有染。

后话不提。如今且说普铎、段峰、云峰。他们三个人奔山东而来，饥餐渴饮，晓行夜宿，报仇的心盛。这天离着何家口切近啦。云峰说："二哥，咱俩要进何家口的西村口，可有认得的！在没盗铠的时候，我二人常上何家口来。咱们到了那里，先往前街。"普铎说："好吧。"三个人这才够奔前街，进村口，来到中间路北一座店，字号是祥魁客店，进店问道："店家，可有干净屋子没有？"从里边出来一个伙计，问道："三位客官，你住店吗？随我来。这里有三间西房，新收拾的。"三人来到屋中，伙计给打脸水，净面烹茶。这个伙计爱说话说道："你们三位从哪里来呀？"普铎说："打西川地面来。"伙计说："您来这里有什么事吗？"普铎说："我为认一个盟友，望看一个贵友。"伙计说："您望看哪一家呢？"普铎说："贵村是何家口吗？"伙计说："不错，是何家口。"普铎说："此人在何家口很有名望。我要打听，你知道吗？"伙计说："只要是在这三条大街住的，没有我不知道的。您说罢。"普铎说："这里有一位逆水豹子何凯吗？"伙计说："那是我家二东家，哪有不认识的。"普铎说："我烦劳你一趟，将他请了来。那不是外人，是我盟兄。"伙计说："您可来得不巧，我家二当家的没在家。"普铎说："他上哪里去了？"伙计说："入都交宝铠去啦。"普铎乃明知故问，因为知道何凯没在家，他才打听他啦。伙计说："没有几天，就可以回来啦。"普铎说："我三人先在此住着，是等候他。二爷没在家，那么谁在家呢？"伙计说："我们大员外在家呢。"普铎："你家大员外官印怎么称呼？"伙计说："名唤何玉，人称分水豹子。"普铎说："我且问你，什么人盗去宝铠？"伙计说："客官，我说话可嘴冷，您得多多的原谅。盗宝之人也是西川人。"普铎说："我怎么不知。"伙计说："他是银花沟的金花太岁普莲，来到了屯龙口打虎滩。那看守宝铠的与我们店主有交情。后来我家庄主请来各路宾朋，攻开山寨，但三寇逃走了。后来追到中三亩园，才将盗宝之寇拿住。如今入都交铠。您在此等着吧，三五天也就该回来了。"普铎说："何玉他们住在哪里？"伙计说："中街路北有座吉祥店，我家大员外就在那里住着。"普铎说："你把那上等酒席给预备一桌。我们三个人，去请我大哥，好一同用酒用饭。"伙计答应前去叫厨房预备。少时酒菜全来啦。摆齐了之后，普铎说："你给照看一点。我三个人去请我们大哥去。"伙计说："您请吧。"

当时三个人出了店，往西出村口，往北进中街，进中街来到中间，看见何玉正从祥顺店出来。云峰低声说："二哥，您看那人便是何玉。"说着，他二人紧行几步，就到杂货铺屋中去避。那普铎用袖子挡住面孔，偷看何玉，看他高九尺开外，胸前厚膀背宽，精神足满，头戴蓝布头巾，净白抹子眉，一对环眼努于眶外，鼻直口方，大耳相衬，海下一部花白胡须，年长约有六十开外，看他样子已然驼了腰啦。一身蓝布衣服，身背包袱，闪披一件英雄氅，花布裹腿，走在吉祥店门口，往南一拐弯，叫开店门进去啦。三人看得明白，遂照旧回了店口。那伙计说道："您三位回来啦？"普铎说："我们回来啦。"伙计说："您见着我家大员外了吗？"普铎说："没见着。"伙计说："也许是有事出去了，他的事情太多。这三条大街，不论有什么事，全都请我家员外爷。"三人来到屋中说道："伙计，你把灯给我们点上。叫你你再来，不叫你就不用来了。"伙计答应，送来灯，他就去侍候旁的客人去啦。这里三个人低言小语。普铎说："少时到他家，我一人敌住何玉，你二人与我打下手，杀他满门家眷。"云峰说："且慢。少时咱们喝完毕，人交二鼓，咱们到了那里先给他挑个亮子，然后再给他个措手不及。小子再有能为，也不成。"普铎笑道："好吧。咱们到了那里，临时再商量。"当时他们等到天交二鼓。三个人换好夜行衣、上房软底袜，绒绳十字绊，背后勒刀，明露刀把，将白昼衣服包在小包袱之内，青纱包扎腰，收拾紧衬利落，不绷不吊。低头看了看，零碎东西不短，将灯熄灭。三个人出了屋中，反身将门倒带，扣好钉锦。各人长腰上房，蹿房越脊，向中街而来。站在房上看见那吉祥店门大开，来往人不少，他们没敢下去，不知道那里有什么事。

书中暗表：那何玉自从将各店的总账拿来之后，一查没有底漏之事。何玉道："就拿我弟兄来说，自生人以来，没有多少得罪人之处。连我儿何斌，都不知怎么叫得罪人。今天可以叫人到各镖店，找来各处的伙计，每家两个人，将木头枪刀也带了来，在此练习。"先生说："对啦，您可以传授我点真正武术，我们多学点，您也可以多活动活动。您累得浑身是汗，也能多吃点。"何玉一听也对。此时外边已将各店的伙计找来，祥顺店的伙计已将刀把子拿了来。何玉便命人把院中灯光点齐，把院内照得如同白昼。何玉将大衣脱了，收拾利落，一齐来在院中。何玉说："你们大家爱怎么使兵器，就怎么使吧。"众人答应，各人猫腰拿起各人的合手军刃。有一个拿起一把大刀。何玉道："这大刀有四个字，是扇砍劈剁，大刀为百般兵刃之帅。"又有一个人拿起一根棍来。何玉道："棍乃百般兵器之王。凡是长家伙，全是从棍上所拆。齐眉者为棍，是短军刃之宗。"那边又有一个人拿一条杖来。何玉："杖乃百般军刃之威，也有四个字，支扑床盖。"又有一个伙计拿起一条大戟来。何玉道："戟乃百般军刃之耳，也有四个字，是勾排锁挂。"有一个人拿起一把竹剑，何玉道："此乃百刃之师，它也有四个字，击刺割丝。"大家各人全拿了军刃，站在四外。何玉伸手拿了一口砍刀，太轻不合手，放下拿起一口朴刀，仍然是不成，遂说："你们大家在此等候，等取我的军刃去。"说完便来到柜房，打开立柜，取出金背砍山刀来。来到外面，众人一看这口刀，是明晃晃照眼增光。伙计说："达官爷，咱俩不练啦。"何玉说："怎么？"伙计说："我们全使的是木头的，您使真的，那如何能成。您的刀砍到，我们躲之不及，那时轻者带伤，重者废命。"何玉说："不要紧。可是我这口刀，疆场不让步，举手不留情。不过有一样，我有眼力，不能叫你们受伤。不信，你们把大衣服穿上，我要刀划了你们衣裳，赏银五两，见血给十两。"伙计何四说："如果有谁不小心成了刀下之鬼，那时有恤银一百两。只要有我姓何的在，你们苦主每月来取十两银子。你这个人多大岁数出的世，算到一百年为期。"有个伙计说："四哥，您今年高寿？"何四说："我今年四十有四啦。"这个说："您家中有多少口人？"何四说："有你的嫂嫂，还有三个姑娘一个小子。"这个说："大的是姑娘还是小子？"何四说："是姑娘。那小子今年才四岁。"这个说："莫若您跪在那里叫咱大员外爷给您个脖子平。叫我嫂嫂每月领十两恤银，还有一百两恤金。"何四说："你别废话啦。好死不如赖活，谁也不愿意死呀。"说话之间，他双手抱着一条大枪说："达官看枪。"何玉说："你拿枪扎我，你就别言语啦。我跟敌人动手，他能告诉我吗？"说完还了一刀。那何四转身就面向北啦。他往北一看，那后罩棚照有红光，连忙说道："达官爷，您后宅不是没有人吗？"何玉说：

"是呀。"何四说："您快去看看去吧，那后边可有火光的亮子。"何玉一听，急忙向后观看，果然有红光。他赶紧往后边夹道而来。到了夹道一看，那三寇正在那里站着。

书中暗表：三寇来到南房，看见他们正在院中要比式。三个人便绕房来到吉祥店后宅，往下一看是黑洞洞的，下边无人。普铎连忙纵身跳下房来。到了北上房廊子底下，伸手取出银针，扎个小孔，往屋中观看，见屋内灯光明亮，一个人也没有。他一招手，将二人唤了下来，遂说："这个老贼料事料得远，老小子会把家眷移开啦。来吧，后宅咱们先给他个亮子，好不好呢？"云峰说："好！"说话之间，三个人各亮火折子，当时就把窗户给点着啦。东西配房连到一块，火光冲天：他三人见火起来啦，急忙各亮军刀，到夹道来等何玉。

此时何玉提了砍刀来到夹道，见了三寇，忙问："对面什么人？"普铎一见摆刀上前，说道："老贼何玉，你也有今日，休走看刀。"说着，上前举刀往下就剁。何玉闪身往后一蹿，就来到了院中。云峰、段峰也追了过来。三个人当时就将何玉给围住。伙计忙放下木刀，来到柜房，取下铜锣，在店门外鸣锣聚众。四面人等前来救火，大家一到，可就将店门给插上啦。此时三寇围住何玉。那普铎过来，迎面就是一刀。何玉往左边一闪，黄云峰托刀扎，何玉一转身，黄段峰拦头刀就砍进来啦，直奔脖子。何玉忙一坐腰，稍一慢点，就在发卷座上刀就砍上啦，当时血就流下来啦。普铎一见，急忙横刀拦腰斩。何玉急忙闪身蹿出。四个人一齐杀在一处。何玉虽然能为好，也是一人难敌四手，好汉架不住人多。自己心中暗想：我儿何斌同兄弟何凯入都，兄弟徒弟全没在家，如今被围，我一人如何抵挡得了他们三人，想我弟兄在外做事，没有不光明的地方，不想我何玉会落到这步天地。我只有祝告佛祖的灵验，千万给我落个全尸，就是我死后也是感念的：四个人打得正在紧急之时，何玉头上受了一刀，自己不由使了个诈语："你们诸位才回来呀！"三寇一听，急忙一回头，往外一看。

何玉用手一分，说："列位老哥们，快闪开一条生路。如今有西川的恶淫贼，前来找我拼命。"说着用手一分众人，众人往后一退。那后边的众人救火的心盛，往前直拥。何玉趁机长腰往外一蹿，从人群中纵出店门外。

到了杂货铺的门外，来到门前说道："老王呀，快给我开门，西川的贼人前来找我命。"这个老王乃是山西人，平日何玉尽跟他玩笑，平素老王怕虫子等项。如今他又一叫门，老王以为他又与自己开玩笑啦，没给他开门，在里边说道："你别胡捣乱啦，假装作是真的一般。"当真没给他开门。何玉实在不成了，便坐在门外，面向北。三寇出了吉祥店，普铎在前，云峰第二，段峰第三。黄云峰一见何玉双手挂着刀，坐在店门口，忙掏出毒药镖来，用左手刀把一推普铎，说："二哥你闪开了。"然后叫道："老儿何玉，你看上面刀到啦。"说着抖手一镖。何玉忙向上一抬头，镖中哽嗓。普铎上前砍了他左肩一刀。二个人上前要砍他，不想南房上，砖、瓦、镖、袖箭、铁蒺藜、飞篁石等暗器，一齐打了下来。三寇连忙顺着房沿下来，向西逃去。

房上跳下二人，有一人说道："三弟，你快追下贼人，别叫他们跑啦。"此人过来一看何玉，人已然死啦，不由哭道："哥哥呀，小弟一步来迟，哥哥命丧了。"哭着哭着，就背过气去了。当下救火的众人全都过来，扶着他撅叫。见此人穿蓝挂翠，年约三十里外。旁边何四问道："列位，谁认识此人？"有人说道："这位二太爷非常慷慨，仗义疏财，每次到了咱们这些店，永远是每人五两银子，跟老当家是神前结拜。"何四问道："那么你知道人家姓名吗，难道说，人家给银钱，你们就不问姓名吗？"那人说："当时我可就记不清了。"何四问："谁要知道他是哪座山上的，我也能想起来他的名姓。"有一伙计道："我倒知道，他是豹雄山上的二山寨主。"何四想了想，忽然想起，说道："此人姓朱名杰，人称银面太岁。"说完上前将何玉的尸首，拉在一边。大家撅叫于他，叫了半天，朱杰才"哼哼"出声，睁眼坐起，又放声大哭。何四道："二爷，您就不用哭了，我家庄主反正也是死了，哭几时也不能活。您这一来，就是我们大家的主心骨儿。这些事还得您办呢。"这正说着，王老西已将杂货门开啦，出来说道："二爷来啦。好吗！俺老西是王八日的。"说着自己打了几个嘴巴，回头叫起伙计说："你们大家收拾行李回家吧。先给我家带个信，就说我给何庄主祭了灵啦。"王胜说完了，来到了何玉的尸前跪倒，放声痛哭，口中说道："何庄主啊，你说，是你的错处，还是俺老西错呢？从打你祖父与我祖父，就有了交情，到了你父与我父，又有交情，直到如今。你我二人又是好友，真是三世的朋友啦。我王胜生来胆子小，你父子时常来叫开门，给我屋里扔田鸡、长虫的，吓得我老西怪声喊，你们一乐儿。今夜想不到你遇了真事，又来叫门。是俺老西一时大意，才叫你被贼人所害。朱二员外，您把俺老三绳缚二臂吧。俺老西要给他开门，他死不了。"朱杰一抱拳说："老哥哥，快把门关上，别叫他们走。平素您与我哥哥有个诙谐，焉能拿您祭灵呢？冤有头，债有主，自有祭灵之人。"说着话，上前先将镖起下来，带在自己镖囊之中，遂问道："伙计们，我那二哥，与侄辈他们，全上哪里去了？我那贤嫂可在后宅？"何四道："二爷您要问，那姜氏夫人是命不当绝。大家入都交宝铠，走了五六天，那河南姜家屯的二位舅爷就来啦，将夫人及姑娘婆子丫环，全行接了走。姜氏夫人不走，我家庄主将夫人催走。我家庄主在世之时，料事料的远。在中三亩园拿普莲，逃走了云峰、段峰，二寇逃回西川银花沟，勾来了银花太岁普铎，这是那三寇所为。"朱杰问道："我且问你，逃走云峰、段峰，他们大家知道不知道。"何四说："知道。"朱杰道："那小孩何斌，就放心大胆地去了？我二哥何凯，他也太疏神大意。"何四说："二爷，您休要怪罪他叔侄，这内中全有原故。人反正已然死了，您只好设法给我们庄主报仇也就是了。"朱杰道："他们就这样走了？"何四道："他们众人，就如轰走一个样，叫他们到杭州兴顺镖行。再者为的是在王爷面前，好得出点赏赐来，为的是争光。"朱杰说："伙计们，你们先将我弟兄的暗器收起来。那店有客人吗？"何四说："祥平店没有客人。"朱杰说："好，那么你们将那西房腾下来，将北里间搭好一个床，把我兄停放在那里。"何四等答应，赶紧去收拾。当时就将何玉的尸身，抬了进去。朱杰看明，忙叫人取来新棉花，围成一个团儿，将何玉血口堵上，自己泪下如雨，又叫："伙计们，你们到西村口外看一看去，他们回来没有？"伙计们答应，出去看去不提。

且说三手将电龙。山东青州府东门外有个金家口，西村口有个大车口，正北往西，地名叫厉家寨。那里为首的哥俩，专保东路镖头：大爷叫混水鲲鱼厉蓝旺，二爷叫展眼鳌鱼厉蓝兴。鲲鱼与鳌鱼，在水里外号，算他二人为尊啦。头至扶桑尾至昆仑，鳌鱼展眼地动三千转，喷墨如雨，鳌鱼在上垂首，鲲鱼在下垂首。两个鱼每个背上全出一个独鳍，鳌鱼分水往南歪着，鲲鱼分水往北歪着；四面有一块蒲团，上坐地母，坐北向南，蓝脸红发，赤金的耳环，身穿土黄色的袍。按《纲鉴》所载，鲲鱼展眼地动三千里，喷墨如雨，普天之下三山六水一分田，市井之人，全在他身上驮着呢。如今他弟兄二人是以此鱼为绰号，那厉家弟兄的水性，也就可想而知了。厉蓝旺之妻张氏，中年故去了。厉蓝兴之妻刘氏，所生一子，乳名叫金雄，现才三岁。这一天蓝旺说："兄弟，你在家中看守家业。我那弟妹与咱们厉氏门中，留下后代根苗，愚兄我心中喜悦已极。你夫妻二人在家中看着此子，容他到五岁的时候，与他折腰踢腿，传授他武艺，到了七八岁，再给他请一位先生，传他文学。愚兄我必须要在外云游，访一位对劲投缘的宾朋才好。"厉蓝兴说："兄长，您已然年到了花甲啦，飘泊在外，做什么呀？是您弟妹对您有个不字？还是兄弟我不听您的话啦？还是仆妇人等气着了您哪？"厉蓝旺道："全不是。我因为在家中烦闷，打算出外散逛散逛。"蓝厉兴说："兄长，您不必。要有什么事情，您可以在家照料，我能出去，银钱还有多的呢？"蓝旺道："贤弟呀，你我一每所生，咱们是手足，还有什么说的呢，不过那银钱挣得必须要够才成。要是没完没结累碎三毛七孔心，临危是连一文钱也拿不了去。二弟，你还要上哪里去挣钱去？"蓝兴说："寨中不敢说是首户的财主，要讲在青州府往东，可就是第一的财主。咱们二人在家，敢说是茶来张手，饭来张口，享不尽的荣华富贵。您可还出去云游干么去呀？"厉蓝旺道："二弟，你不用阻拦于我哪。我要打算出外云游，访一位投缘对劲的好友，好扬名四海。"蓝兴一听，这才不敢相拦，遂说："既然如此。哥哥您在外头，到了那里，就要往家中寄信。兄弟我好知道哥哥您扎足之地，我也放心。"

厉蓝旺点头应允，这才收拾水衣水靠，夜行衣包，百宝囊、金背刀，应用物件，通盘拿齐。刘氏来到旁边，跪倒说道："兄长，您上哪里去？年讨花甲啦，您外出云游，我夫妻二人放心不下。"厉蓝旺长叹一声，说道："妹妹，赶快请起。你夫妻二人在家中照料此子，将来长大成人，算你功劳一件。"刘氏道："兄长，您要飘泊在外，小妹我在您兄弟跟前受累。"厉蓝旺闻听此言，双目落泪，说道："二弟呀，咱们家门有德。我那弟妹来到咱们家中，知三从晓四德，尊敬长上。我走后，兄弟你的脾气，务必要更改才好。你夫妻二人好好将此子抚养长大成人，在咱们厉氏门中顶门立户。你脾气要是不改，金雄有个差错，到你我弟兄这一辈上，要缺嗣断后呢。"遂说："弟妹快请起吧。你夫妻二人，受愚兄一拜。"说着跪了下去。厉蓝兴、刘氏连忙也跪下，将兄长挽起，说道："兄长，您跪者何来？"厉蓝旺道："是我拜托你二人，务必抚养此子长大成人，好不断厉氏香烟。"厉蓝兴止住泪水。弟兄一拉手，蓝旺道："二弟，如有来往的镖船，插咱们旗子一走。不论他多么重要的，你尽答应他去走，决无有危险。"蓝兴点头，这才与兄长预备行囊褡套，搭在马身上。厉蓝旺转身形往外。刘氏夫妻送出门外，恋恋不舍。蓝旺道："妹妹请回吧，看守金雄要紧。"厉蓝兴说道："兄长，您走后务必要住家中来信才好。"厉蓝旺点头。直送到西村头，厉蓝旺说："兄弟你回去吧，我要赶路啦。"蓝兴点头，自行回去。蓝旺拉着马，回头看二弟，心中也是难过，一狠心便飞身上马，打马离了厉家寨，往下赶路。饥餐渴饮，晓行夜住。在沿关渡口听人说，这个店口没有名誉，又有人说："要讲店口好，那可比不过电家庄那电家店。在这庄子的中间，南北一道大墙。在大墙的当中，有两扇大栅栏门，天交五鼓开，夜交二鼓关。门以外东面是二里半长街。交界以西有位老庄主，此人姓电名华，是老有少心，此人无所不为；在交界墙以东，有位少庄主，此人姓电名真，字维环，人送外号分水玉麒麟，掌中金背朱缨刀一口，是口宝刀，生来侠肝义胆。路北是宅院，路南是店口，那店名叫德升店。要是有人夜中住在那店中，电少主必定夜内过去查问一遍，沿路上有被劫的没有，或是受了什么人气没有，他全都问一问，若有那受气的主儿，能叫你过得去，顺过你的气来。有被劫的主儿，真能把你的东西物件找了回来。不过他人脾气太烈，沾火就着。"厉蓝旺在屋中偷瞧，喊来店小，要酒要菜。吃喝完毕，安歇睡觉。

第二日天明，就听柜房有人说话，说："店主人您来啦。"电真说："来啦！"说着话便来到各屋问了一番，问完走啦。厉蓝旺便将伙计叫了过来。伙计问道："这位达官，您要什么呀？"厉蓝旺道："你先坐下。我问你一件事情。"伙计说："您说吧，有什么事情。"蓝旺说："你姓什么呀？"伙计说："我姓刘，名叫刘义。"蓝旺说："是啦。我问问你，方才来的这位店东，他是怎么个人呀？"刘义说："我们店东，姓电名唤电真。他是一位行侠作义的，此人慷慨大道，仗义疏财，挥金似土。"蓝旺又问道："此人家中都有什么人？"刘义说："家中有妻子，还有一个男孩。"蓝旺又问："他还有什么人？"刘义说："这交界以东，就没有人啦，其余不过是当家什户。交界墙以西，有我们老庄主，此人姓电名华，外号人称玉美人的便是。这电华虽然年岁已大，他仍然老有少心，而好贪女色，他是到处采花，可不落案。这一道大墙，立了没有几年。我家少庄主，有一次跟下老庄主去。因为李家庄一位少妇，人家知三从晓四德，贤慧已极。那玉美人带庄兵，每人一面铜锣，进村口就打。您想这少妇长女，焉能不出来看热闹？我家少庄主在暗地跟随，将李家少妇搭救啦，冲散老庄主的姻缘。他们叔侄爷儿俩，在西村口动了手。当时少庄主卸下老庄主的左臂，若不是东庙的志云和尚赶到解去此危，那时我家少庄主就把老庄主命给废了。大家出头一说合，才保住了残喘，这才砌这个交界墙。界墙以西归电老庄主所管，界墙东边就是归我们少庄主所辖。在二更以后五更以前，墙西之人若到了墙东来，被我家庄主碰见，追问前情，是绳缚二臂，送到县中去法办。东边之人若到了西边，我家少主人说过，过了二更就不准去，要过去被人拿获，他不管。"厉蓝旺将此事打听明白，遂说道："刘义呀，你家主母是哪里人氏？"刘义说："我们这电家庄东边，有片沙滩，寸草不生。往南有个王家庄，沙滩以东刘家庄，北边是赵家庄。这几个大村庄，全是五里地的长街。我家主母乃是王家庄的。"厉蓝旺问道："你是如何来到店中的？"刘义说："还真问着啦。我的天伦是位卖货郎，我自小就随着去做买卖。后来我父死去，我们家中就剩下我孤儿寡母了。我家少主人就把我留在店中，供给我家中吃喝。"厉蓝旺道："刘义呀，你家主母的娘家还有何人呢？"刘义说："她家还有三个兄弟，名叫王麒、王麟、王禄。当年我家主母在娘家之时，母女不合，这才有我家老庄主在世之时，派媒人给说了过来的。老庄主故去之后，我家少庄主按家宅的规矩，不听内人之言，管得我少主母是服帖在地。我家少庄主在外做什么事，也不家里去说，到了内宅是一字不提。妇人要问，他就能给妇人一个没脸。"蓝旺一听，点了点头，要酒要菜。吃喝已毕，取出一锭银子，说："刘义，这个给你拿去买双鞋穿去吧。"刘义说："达官爷，您做什么给我银子呀？"蓝旺道："是你不知。我在此处，要多住几日，访一位至近的好友。你就拿去吧。"刘义当时谢了，拿银子走啦。

从此厉蓝旺便在暗中一调查，电真果然是位光明正大之人，这才进步要与他结交。电真花钱买什么东西，全是他在暗中给钱。有时他去洗澡，便在暗中先给了钱。电真要去城内听戏去，必在暗中先给了戏价。这一天电真在德元居酒楼喝酒。他一来的时候，就在柜上留下话，说："少时若有人前来会我的饭账，千万替我将那位达官请到柜房，代问贵姓高名，为什么付我的账。问明白了，上楼来告诉我知道。"说着掏出一锭银子，交与那个伙计。伙计连声说："庄主爷您请吧，做什么还赏给我银子呀？"电真说："难道你还嫌少吗？"伙计说："不嫌少，不嫌少。"当时谢过了。电真上楼，要了一桌酒席，自斟自饮。少时那柜房来了一人，问道："堂官，电庄主可在楼上吃酒？"柜上人说："不错。"那人问多少钱一桌，伙计说："十三两六，是一桌上八席。"那人一听，伸手取出一锭银子，约有二十两，说道："电庄主的酒饭钱之外，全是你们大家的小费啦。"伙计忙说道："我家庄主有话，您先请进来。"说话之间，将厉蓝旺让到了柜房之中。见东房山挂着字画，桌上放着水牌算盘等。让他坐下之后，伙计问道："达官爷，您家住哪里？贵姓高名？你为何故，凡是我们电庄主花钱之处，您是满付。"厉蓝旺说："我住家在山东青州府东门外金家口厉家寨。我姓厉，双名蓝旺，在山东地面有个外号，人称混水鲩鱼。我听电庄主名姓特别，故此我来拜访，我要与他交友。伙计，我借你一步，前去楼上，向他说明。没别的，我听你的话。"伙计说："达官爷，如今这个酒饭账钱您可让不出去啦。这个买卖是我家电庄主的。您先少候，待我与您回禀一声。"说话之间他上了楼，见了电真，将方才之事完全说出。电真一听，这才跟随伙计下楼，来到柜房，有人挑高帘。电真一见，抢行几步，双膝跪倒，口中说："恩兄在上。小弟电真花仁兄之钱特多，总未见面。今日一见，受弟一拜。"厉蓝旺赶紧站起用手相搀，说："兄弟快快请起，咱们楼上一叙。"说话之间，弟兄二人来到楼堂之上，命伙计将残席撤下，另换新席。厉蓝旺笑道："贤弟不可如此，你我不是酒肉的宾朋，何必如此呢？"电真说："兄长未看见摆酒，就算残席。"蓝旺笑道："不要客气了。"说话之间，二人入座，一同用酒。

　　酒饭已毕，撤去残席，献上茶来，两个人落座吃茶。电真说："兄长呀，您所为何故呢？到处在暗中代我付钱。兄弟我花您太多啦。"厉蓝旺说："贤弟呀，皆因你名望大，慷慨好义，挥金如土。在路途之上，听过往人言，心中有些不信，因此才来到店中，一住二十多天。我在暗中一调查，果然你真有君子之风，名实相符。"电真说："兄长您多有抬爱。"厉蓝旺道："贤弟，你我弟兄投缘，咱们是一见如故。如今我有意与阁下交友，但不知肯赏我全脸否？"电真心中想：他们弟兄在山东，水路镖头成了名，真是威名远震，如今既来与我交友，可算自己面上的光荣。连忙说道："兄长既有此意，那我是求之不得了。但不知您的贵甲子？"厉蓝旺道："我还小啦，今年五十有六。贤弟你呢？"电真道："小弟虚度三十八岁。"厉蓝旺说："贤弟，你我去到沐浴堂，前去净身。今天日子好，咱们便冲北磕头，结为金兰之好。"说着话，二人站起身形，往外要走。伙计说道："电员外，现在柜上有老达官存有二十两银子，我未敢收账。"电真道："哥哥，您怎么又要付账呢？快取来交还吧。"厉蓝旺笑道："小事一段，何足挂齿。既然是贤弟的买卖，这我就不付钱了。他们大家也很不容易，那银子全赏给他们大家分啦，作为小费吧。"伙计一听，连连称谢。电真叫过伙计，告诉他去到沐浴堂里去下话，就说少时同人来沐浴，千万别收外人钱，记在电庄主账上。那伙计答应，前去送信。谁知那里的人说："今天一早就来了一位厉老达官，放下一锭白银，说明不定今天明天，同着电员外前来沐浴。有空先候钱啦。"伙计一听，连忙回来禀报员外。电真说："真是岂有此理，又叫仁兄花钱啦。"遂叫："伙计，快去备办香案一切物件，少时我们回来就用。"伙计答应，下楼去了。他二人也下楼，前去沐浴堂。

沐浴完毕，回到酒楼，香案早已备齐。两个人焚香，冲北磕头已毕，电真再与兄长叩头。厉蓝旺搀起他来，又伸手取出十两银子，赏给伙计，电真说："这个买卖是咱们自己的，不必赏他钱了。咱们弟兄二人，上东村头，赶奔家庙前去拜祖先堂。"蓝旺点头，当下两人便一齐出了酒楼，来到了东村口路北的庙门前。电真上前打门。里面有人问道："外面是谁叫门？"电真说："是我。"里边老和尚智云说道："电员外吗？"电真道："正是。"说话之间，哗啦一声，门分左右。智云定睛观看，见电真同着一位老达官站在门前，不知何故？电真道："智云师父呀。现在我与此人结为金兰之好，特来叩拜祖先。以后你可称他为大员外爷，叫我为二员外好啦。"智云连连点头。二人当时进了家庙，老和尚关了庙门。这庙是北殿五间，东西配殿各三间，全是出廊子的大房。智云到了北大殿中，打扫齐毕，点好素烛，又将应用物件一齐备好。电真弟兄这才进去参拜祖先。拜完之后，出离了家庙，回到电真家中，到门外上前叫门。仆人将门开了。电真说道："仆人，从今之后，尊这位为大员外，叫我为二员外。这是我一位拜兄。"仆人说："是。"当下两个人走了进来，到了书房落座。仆人献过茶水。电真说："仆人，你快去到后面，将你主母唤来，带同你家少爷，前来拜见我兄长。"仆人答应，转身到了里屏门，叫出女仆来，告诉她去向主母去说，员外爷有话，请主母带着少爷出来，到书房来见员外的恩兄。女仆到里面一说，电门王氏便带着电龙，母子随仆人出来，到了书房。厉蓝旺一见，连忙站起身形。电真说道："你快过去拜见恩兄。"王氏一听忙上前拜倒，说："尊兄在上，小妹给您叩头。"厉蓝旺往旁一闪，便忙说道："贤妹请起。"电龙上前叩头，说道："伯父在上，小侄男与您叩头。"蓝旺也说道："侄男快快请起。你今年多大年岁啦？"电龙道："小侄九岁了。"蓝旺说："好！"遂伸手取出一锭黄金，说道："孩儿呀，你拿去买块糖吃吧。"电龙一见，连忙向后倒退，说道："伯父呀，我家有钱，请您收起。侄儿我有钱花的。"厉蓝旺知道他家家规很好，遂说道："贤弟呀，你就叫电龙收下吧，难道说，我还能收回去吗？快叫他收下吧。"电真说："电龙啊，你就拿去吧。"电龙一闻此言，伸手接过，二次跪倒致谢，拿着金子，同王氏回归内宅。厉蓝旺问道："贤弟呀，此子你可与他折腰腿？"电真道："我也曾与他折腰腿。"厉蓝旺道："我意欲在白天传文，夜晚传武。"电真说："兄长，小弟我也是打算将我的能为，倾囊而赠，为的是将来好叫他按照我的脚步而走。"厉蓝旺说："甚好，贤弟本当如此。"从此电龙就学艺了。

书要简短，二人交往一年有余。这大墙以东，就改为二友庄。庄东口立一石碑，上写除暴安良二友庄。这天厉蓝旺说道："二弟呀，我要打算在咱们东村外那片沙滩上，办几天谢秋戏，一祭龙王，二祭土地，三祭青苗神。"电真一听，笑道："兄长此意甚好。那您就分派大家，着手办吧。"弟兄全同意了，这才派家人把各村的村正找了来。大家一齐到家庙商议此事。大家一闻此言，一齐点头应允。厉蓝旺道："既然列位赞成此举，那你们大家就分头向各村住户，去凑钱去。我弟兄二人拿出三千两银子，置买冥器以及锡箔等应用的东西。咱们指着地吃饭，到时候就得答谢龙王、土地。从此咱们是一劳永逸了，年年要办一回。"大家齐声说："好！咱们就那么办啦。"当下商量妥了。发起人为厉蓝旺、电维环，各村正加上名字，作为赞成人。这谢秋戏一切筹备齐啦。到了唱戏这一天，来的人实在不少。仰仗着他弟兄派人竭力保护，戏唱完了，并没有出什么事故。

转过年来，电龙十一岁啦。厉蓝旺道："二弟呀，今年再办谢秋戏，可不能照头一年那么办啦，必须改一改。"电真说："兄长，您打算怎么改呢？"厉蓝旺道："我打算在那戏台看台当中，用木杆截上。男女人等分开看，各带坐位，男女不准混杂。"电真说："也好，那么咱们先把各村正全找来吧。"当时便派家人去找村正，告知此事。大家全都赞成。此事算是定规妥啦，各自散去。正月月底，厉蓝旺忽然得了重病。电真一见，心中甚是着急，连忙派人请来名医，与他诊治。无奈他是越治越厉害。这天电真说道："哥哥，我有一个事来跟您商议。我这门外来往人太多，兄长不得调养。不如挪到后宅，有您弟妹，也好侍候于您。"厉蓝旺说道："二弟此言差矣。"电真说："我怎么差啦？"蓝旺道："咱们弟兄，虽然相交二年有余，如同亲手足一样。倘若我有个不好，那时难免外边有人说长道短，莫如我挪到东村头家庙住。可以把得意的家人派去几个，给我煎汤熬药。不过我不放心家中，你须每天到庙里去三次。"电真连连答应，立时带领家人到了家庙，将西房北里间，特别安置一番。叫去人将三间西屋糊得四白落地，北里间安放一个顺山大床，就将厉蓝旺搬到庙中去养病。电真每天必去三次，弟兄相见。这一天电真又到庙中，问道："兄长此时觉着病体如何？"厉蓝旺说道："贤弟呀，你一来，我心中很是痛快；你一不来，我就不放心。"电真说："既然如此，小弟我每天准到就是啦。"从此他是每日三回，一直到了七月，那地里的庄稼很是丰收。各村正又来见电真，问道："大员外爷可曾好了？今年的戏还办不办呢？"电真道："现下已见好一点。戏咱们还是照样的办。你们大家出去，到各村去筹钱。我包葫芦头，到时候听你们一笔。"众人连连说好，便分头去凑钱。

到了七月十五这天，电真来到家庙，见了兄长，一说此事。厉蓝旺点头说好。电真是白昼衣服，胁下配刀，未拿夜行衣包。他问道："兄长啊，不知您病体如何？要是好了，可以前去看一看去。今年咱们请的是京班大戏。"厉蓝旺道："贤弟啊，我这个病体沉重，是寸步难挨，不能前去。"电真说："兄长想吃什么，您尽管说出来。那戏台前头三山五岳赶档子、做买卖的很多，可以叫仆人去买。"厉蓝旺道："我倒不想什么吃。兄弟呀，你倒可以到戏场去走一走。倘若要有毛贼草寇知道我染病在床，你一个人护不过全庄来。他们若是在四个庄子里得出便宜去，那时咱们这除暴安良二友庄的七个字，是被水冲了。"电真点头应允："是，是。"他便出了家庙，来到戏场。有人刚要叫他，电真忙一摆手，自己便在戏场里边绕了一个弯，又来到了外边，直到戏棚后头。到了戏棚的西北角，瞧见一个僧人，不由心中一动。欲知后事如何，且看下回分解。

第十七回

警淫贼刀削左耳　报私恨计害维环

话说电真看那僧人，身高九尺开外，壮汉魁梧，膀大腰圆；往脸上一看，面如蟹盖一般，粗眉阔目，鼻直口方，大耳相衬，光头未戴帽，青青的头皮，未受过戒；身着瓦灰色僧袍，一巴掌宽青护领，敞着怀，青纺绿的中友，高腰白袜子，黄僧鞋，白沿口。倒背着手，手中拿着一个木环，站在那里，两眼发直，不知道他看什么。电真连忙顺着他的眼光一看，在妇女群中，看见一位少妇：电真一见，猜出他准是一个采花的凶僧，心中一动，暗说："幸亏我那恩兄叫我来戏场走走，如若不然，这真许是出了什么意外，还是我那兄长料事料得远，如若不然，还不定又出什么事呢。我跟我那兄长在一处，还多长许多的见识呢。"自己想到此处，顺他眼线看去，见那人群中的少妇长得实在不错，身穿花红叶绿的衣裤，满头珠翠。有一条凳儿，正坐在那里看戏。下垂首坐着一个女仆，是陪着看戏的。电真在远处瞧着，天到正晌午，戏散了场，那仆妇便取出手巾中的蒸食来，她们二人一起吃这天津有名的蒸食。电真在一旁看着那个僧人。工夫不见甚大，又开戏啦。少时四出戏唱完。天到大平西，最后一出戏也唱完啦。那个少妇带着仆妇，主仆一同回了南村头周家庄，僧人在后边跟着。他们主仆进了村子，来到北村头，那北边就有一家住户，路西朝东。他二人到了门前，上前叫门，就听里边有人问道："嫂嫂你回来啦？"少妇说："妹妹，你看今天的戏，还真不错。"

不言她们二人说话。且说这个僧人跟了过来，到了门口外，往四下里一看，并没有过路行人。这才暗中取出粉漏子来，给留了个暗记号。那电真在背后早看着他呢。僧人又巡视了一遍才行走去。电真急忙上前查看，原来是一个粉莲花，旁边一个小蜜蜂儿。自己看他走远啦，便来到一家酒馆，找了个雅座。正在用酒用饭之际，忽听外边有人叫道："大师父，您来啦。"和尚说："可有雅座？"伙计说："不错，后头我们还有雅座。"说着，便将僧人带到雅座。僧人当时会过酒饭钱五十两，伙计给道了谢。电真一见，连忙自行会过了钱，先出来到了南边一片大树林，席地而坐，自己养精神，耗到天黑，为的是好捉僧人。少时那个和尚喝完了酒，也出了酒楼，来到林中，坐在地上养精神，预备黑夜前去采花。

且说那个姑娘开了门，将她嫂子迎了进去。这个时候西屋里的老太太醒啦，问道："姑娘，你嫂子回来了没有？"姑娘在东屋，连忙答应说："娘亲，回来了。"说着话，姑嫂一齐到了西里间。老太太问道："哟，你看戏回来啦？"少妇说："回来啦。"老太太说："你可看见大员外爷？"少妇说："没看见大员外爷，我倒看见二员外爷啦。可惜今年您身体不爽，要是好着，您带着我们姐妹俩去看戏去，有多好啊！今年这个戏乃是京班大戏。"老太太说："哎呀，哪有那么大的福呢？快不用提了。你们姑嫂去用晚饭去吧。"二人答应，这才一同去到东屋，张罗做晚饭吃。

且说那村外林中的凶僧，耗到夜晚二更以后，便从身上取出白蜡捻来，粘在树上，晃火折子点着。这才收拾紧衬利落，背好戒刀，出树林子，往村里而来。那一边电真也早收拾好啦。便跟了出来。那僧人到了那家门口，先回头往四外一看，见没有人跟着，便将暗记擦掉。这才回身，纵身形上了墙，二次用力，又上了东房。往院中一看，北房三间，西里间也有灯光。看见东里间掌着灯光，听屋中有人说话，是燕语莺声。原来是那少妇正卸残装，解下罗裙。女仆掌好手灯，带同姑嫂出来，下台阶拐弯往西。凶僧看明是姑嫂二人，长得都很美貌。他连忙跳下房去，来到屋门口，正要进屋，忽然背后带风声，来了一物。他急忙回头带闪身，那如何能躲得过去呢？只听一声，就打在右肩头。他也看见东房上后坡站着一人，向他点手。凶僧长身奔到房下，二次拧腰蹿上了东房。就听那人说道："凶僧你随我来，我有事相求。"凶僧说："你头前带路。"电真说："好！我头前带路。"两个人一前一后，出了这家，一直到了村外树林。电真抽刀在手，影在身后，凶僧已到。电真用手一指说道："凶僧，你乃出家的僧人。跳出三界外，不在五行中，扫地不伤蝼蚁命，放走飞蛾纱罩灯。你不跪念佛经三卷，你到处采花，败坏佛门。你可曾知晓，头上有天！你是哪处的僧人？快与我讲来。"僧人说："你是何人？"电真说："我祖居电家庄，蒙大家的抬爱，故为二友庄。你家二大爷，姓电名真，字维环，人称分水玉麒麟的便是。凶僧你唤作何名？"僧人说："我出家在黄沙滩万佛寺。你家少方丈姓普名月，白莲花的便是。你家师父，自出生以来，就爱采花。电真你不要管我的闲事。"电真说："凶僧休要发狂。你家二太爷专管此事。"普月一闻此言，往后一闪身，伸手亮出戒刀，说道："小辈，你既然要管，来，来，休走，且尝我一刀。"说着上前举刀就砍。电真见刀到，微一闪身，用竹影刀往上一迎，呛啷一声，就将戒刀削为两段。普月一看，就剩了少半截刀把啦，知道不好，遂问道："电真，你使的莫不成还是个青钢吗？"说黑话是如此，说真了就是宝刀。电真说道："然也。我不敢说是宝刀，可是你家太爷的刀，杀人不沾血。今天我是要你的狗命。"普月抡刀把再砍，早被电真又给削去半截。普月一看不好，抹头往西就跑。电真哈哈大笑，说道："你还能跑得了吗？"说完，飞身一纵，早到贼人背后，用脚一勾，便将他腿搭住。普月往前一绊，便趴伏在地。

　　电真上前将他捆好，提到林中。普月苦苦的哀求，说："大太爷，您快将我放了吧。我得了活命，绝对念您的好处。我是无名的小卒。"电真说："你不必哀求于我。到了松林之中，就是你身逢绝地了。"说话之间，到了林中，将他放下。电真问道："你都在哪里采花来着？现在到哪里采花来啦！"普月说："我刚由庙中来，并未到何处去采花，就是这一处。"电真说："那么你出家哪个庙里？"普月说："我出家在山东兖州府西门外，金家堡正北黄沙滩万佛寺。"电真又问："你师父是谁？"普月说："我师父可大大有名，他上智下深，别号人称赛朱平。"电真说："你是认打，还是认罚？"普月说："认打怎么说，认罚怎样讲？"电真说："你要认打啊，我把你提到当官问罪。"普月说："我要认罚呢？"电真说："那我就将你左耳摘去。到要见美色起淫心的时候，千万想一想，你的耳朵为什么掉的。"普月说："我认罚吧。"电真说："好吧。一提他左耳，刀一走，左耳已被削下；又将他包头巾揪下，裹了耳朵，带在兜囊之中；又将他绒绳解下。普月站了起来。电真道："你以后还采花不采呢？"普月说："小僧再也不敢采花啦。"电真说道："既然如此，你必须起个誓才好。"普月连忙跪下，对天赌咒，说道："苍天在上。小僧普月，从今改过，永不采花。我要再采花，叫我尸首两分，开膛破肚，被人摘心。"起身站起。电真说："便宜你，逃命去吧。"普月说："大太爷你贵姓高名呢？"电真说："你问此作甚？"普月说："将来我好知道是哪一位给我改的恶。"电真哈哈一笑，说道："谅你也没有多大胆子。告诉你，我祖居二友庄，姓电名真字维环，外号人称分水玉麒麟的便是。"普月说："好吧，我记下了。"说完，此贼出林子逃走。电真便向回走来。

　　如今且说庙中养病的厉蓝旺，见电真去巡戏棚，半天没回来。直到了掌灯以后，仍然不见。自己心中不放心，便命仆人："去到家中向你家主母去问，就说我叫二员外前来有话说。"仆人答应，去了半天，回来禀报，说："我家二员外爷，午间出去就没回。"厉蓝旺说："那么他上哪里去了？你们快将我扶起来。"仆人答应，将他扶着坐了起来，面向外，等候二员外。此时那电真在庙外来回的走，没敢进庙。他怕三更半夜的，自己大哥刚吃过药，不好养神，便围着庙来回走。直到天光大亮，这才上前叫门。里面仆人问道："谁呀？"电真说："我回来啦。"仆人一听是二员外，急忙将门开啦。电真走进来问道："大员外爷可曾起床？"仆人说："一夜未曾合眼。因昨晚你没回来，他放心不下，命我到家中去请您，我家主母说，您一夜未归。大员外爷不放心，坐在床上等着您呢。"电真一闻此言，眼泪在眼圈中乱转，心说：为我可着了大急。连忙进到里面，来到病榻之前双膝拜倒，口呼："兄长在上，小弟电真给哥哥叩头。"说了两句，蓝旺一声不言语。电真说："兄长一言不发，莫不是三焦火盛，兄长耳朵背了不成？"厉蓝旺道："我并非耳背。你昨天晚上，为什么两次未到？你上哪里去了？"电真站起身形，忙将昨日之事，一一对他说明。厉蓝旺道："二弟，你可曾问过他的名姓？是何人的门徒？"电真说了一遍。厉蓝旺说道："二弟你错了。应当手起刀落，将他杀死，埋在林中，外人不知。如今你放他一走，恐怕他向他师父去说，那时二弟你可不能保太平了。那人得了赛朱平的外号，说明此人一定阴险。我在江湖保镖时，听说有这么一个智深，对待人等，非常有贼智。他能逢强智取，遇弱活擒，他下手太黑。以后你先不用上家庙来啦，小心你的家中，你一疏神，弄不好后宅要出错。"电真说道："兄长啊，料也无妨。小弟若是知道，他们敢如此待我，那时我手提宝刀，杀进万佛寺，大小僧人斩杀净尽。"厉蓝旺道："贤弟，此话不是这样说法。从今以后，你不用来庙中啦，在家多要小心就是了，免出其他祸患。"电真点头应允，这才回到自己家中。又过了几天，并没有什么事情。

　　这一天电真到庙中去，想看看兄长的病体如何，便出了庄来到家庙门，上前打门。仆人开门一看，说道："原来是二员外来啦。"电真说："我大哥的病体如何？"家人说："大员外爷的病仍然不见大好。"
电真说："好吧。那你去给我回一声去，就说我来啦。"说着两个人往
里走。那仆人先进去问道："大员外爷，我们二员外来看您来啦。"说
话之间，电真也进到屋中，上前见过礼。蓝旺问道："二弟呀，你不
在家中，来此何事？"电真说："弟在家中放心不下，特来望看兄长。"
厉蓝旺说："二弟，你在庄中得罪了恶淫贼，你应当在家守候。倘若
他们到了家中做出事来，以我弟兄的名姓要紧，那得把我急死。你快
回去，暂时不必前来。如有什么事，我派人到家中去找你。"电真说：
"是，是。"弟兄又谈了几句闲话，电真告辞出庙。回到自己门首，一
叫门。仆人电海出来开门说："二员外爷，您回来啦。方才有人给您
送来一张柬帖。"电真说："是哪里来的？"电海说："是从黄沙滩万佛
寺。"电真一听，心中一动，忙问柬帖在哪里。电海说："已交与我家
主母。"电真急忙来到书房，正见王氏向书架上去放。电真说道："你
收什么呢？"王氏说："现有你的朋友给你来了一个柬帖。"说着递了
过来。电真接过一看，上面写的是："电二爷维环，见字知悉。小僧
住黄沙滩万佛寺，上智下深，别号人称赛朱平。今特斗胆约请阁下前
来庙中一叙。倘若提刀避箭，怕死贪生，不敢前来，那时请在家中候
等。我将佛事办完，率领小徒，一齐到门致谢。别言不叙，小僧智深
合十。"电真看完，不由大怒，眉毛梢就撅起来啦，遂说道："夫人，
从今以后，家庙恩兄若是打听我的时候，就说我在后面练功夫，受了
凉，染病不起，等我病体痊愈，再到庙中。你到后面将电龙带了来。"
王氏答应，去到后面，便将电龙叫了出来。此时电龙已年长十一，知
道一切。母子到了书房，电真说："龙儿。"电龙说："爹爹。"电真说：
"我儿已然十一岁了。我教给你几句话，你可能记住？"电龙说："爹
爹，我记得住。"电真道："我上金家堡，去望看宾朋。倘若我走了之
后，你伯父派人将你带到庙中，问你之时，你千万不要说出真情实
话。就说我在宅后练习武功，出了一身透汗，受了山风卧床不起，不

准说我出外瞧看朋友。你母子倘若与我走了风声，夫人，你可别说我给你个没脸。龙儿，你可小心你的狗腿。"王氏连说："是，是。"电真说："你母子后边去吧。"王氏一听，连忙带电龙回到后面。王氏说道："我儿呀，方才那束帖乃是黄沙滩万佛寺僧人智深送来的。他一见生了气，恐怕这内中有别情。他性如烈火，我不敢劝说于他，只有庙中你那伯父，他倒是可以解劝你爹，他弟兄脾胃相投。你可切记，这必有事。"电龙说："娘呀，那么我爹为什么说上金家堡呢？"王氏说："他恐怕你知道详情。据我想，这一定是有僧人约他前去。你我母子知道此事也就是了，千万别给他走漏风声。"电龙答应。按下他们母子不表。

且说电真在外面书房，收拾齐毕，多带散碎金银，拿好了刀，往外走去。仆人电海问道："二员外爷，您上哪里去？"电真说："我去看望朋友，三五日便可回来。"电真由此动身，赶奔万佛寺。一路之上，晓行夜宿。第三天，才到了黄沙滩。他一看这一片沙滩，还真不小，一大片松林。他围着沙滩绕了一个弯，又围着松林绕了一个圈，然后来到庙门。一叫山门，里头有人说道："什么人？"电真说："僧人快开门。你家二员外到。"说话之间庙门一开。电真一看，原来是个头陀僧人，身穿瓦灰色僧袍，青布护领。此人尚未落发，下身是白袜青鞋，见了电真，双膝跪倒，口尊："庄主在上。奴才电文魁给你叩头。"电真说："僧人，你快起来。但不知你怎么认识于找？"僧人说："庄主爷，您是忘了我啦。"电真说："我怎忘了你啦。"僧人说："您可记得，有一年您派我给王奇去看青。"电真说："不错，有此事。"电文魁说："只因我妻故去，留下两个孩子，送到我岳母家中。我才来到此庙，打算出家修行。"电真说道："哟，那就是啦。但不知你们庙主可曾在庙？"文魁说："我家方丈现在庙里。"电真说："你去回禀你家方丈，叫你家方丈一步一磕头到庙堂，叫我二太爷三声，作为罢论。如若不然，我是手提宝刀，庙里庙外，杀一个鸡犬不留。"文魁说："奴才往里回禀就是。"文魁转身形往里走，转吐了影壁去，从里面出来一个小僧人。文魁说："少师父，现在山门外来了一位壮士，姓电名真，前来拜访老师父。"小和尚一听，说道："待我回禀老师父去。"转身往里，赶奔禅堂，挑帘栊来到屋里，小和尚便对他师父智深把此话一说。智深说道："他既来了，很好。你等不必担惊，师父我自有办法。少时你们在廊子底下一站，我二人见面，你们高挑帘子，随我到屋里。我们二人谈话时，你就垂手侍立。"小和尚连连点头。

　　赛朱平智深由里面出来，到了山门，一看门外这人身高七尺开外，穿蓝挂翠，面如敷粉。智深双手一合，说："电二员外，我这里稽首了。不知哪阵香风，把二庄主吹到敝处小僧庙堂。"电真说："你我有缘千里来相会，对面无缘不相逢。"电真一瞧这僧人，身高八尺开外，胸前厚，膀背宽，精神足满，往面上　看，面皮微白，粗眉阔目，准头端正，四字海口，大耳相衬，青色头皮，脑门顶上有九个疤痢，是受过戒的，身穿古铜色僧袍，黑缎子护领，没系领带，敞着怀，青中衣，高腰白袜子，脚下青靴白口。僧人和颜悦色地说道："电庄主请到里坐。"电真说："和尚，你不必对我施展这宗情形。你乃人面兽心，拿这种言谈话语，对待别人行啦。今天你还问我是哪阵香风把我吹来的，乃是你亲身笔体用帖把我叫来的，反倒明知故问起来。"智深说："二庄主，您休发雷霆之怒，暂息虎狼之威。二爷您的刀快，可不必借人杀我；小僧刀快不能借人杀您。也许是您得罪了毛贼草寇；也许是我伤了鼠辈毛贼，他把您我二人拴起对来，您找到庙堂与小僧变脸。小僧我一火高，与您打在一处，二虎相争，必有一伤。您要把小僧我杀死，您给我的小人报了仇；小僧我的刀法出人，把您伤了一差二错，给写柬帖之人报了仇啦。此地非是讲话之所，咱们里面禅堂去说。"说着一伸手，把电真的手腕拉住，往里就走。电真觉着和尚用力直捏自己手腕，知道他是试验自己的力量，遂把腕子用力一绷。智深心中也明白他的来历不小。过了前院头层殿，来到西北角一座跨院内，有座屏门，二人进了屏门。电真一看这院是北房五间，东西各有耳房四间，房子都很高大整齐。

当下二人来到北屋禅堂。有人高挑帘栊，二人进了屋中，智深让电真上座，自己在下首相陪。手下人等赶紧过来擦抹桌案，倒过两杯茶来。僧人说："电庄主，方才在外面咱们二位说话，您怎么面带怒容，所为何来呢？"电真说："僧人我且问你，你有个徒弟叫白莲花普月的吗？"僧人说："电庄主，休要提起那丧了良心的普月。我这徒弟有欺师灭祖之意，幸亏我的刀法没传于他，不然他不定要惹出什么事来呢？有时我这庙里开庙之时，男香客倒不要紧，有时少妇长女的前来烧香求子，他是尽瞧着人家的芙蓉粉面，窄小金莲。您想那是出家僧人的规矩吗？普月他不听小僧的规劝，是我将他饱打一顿，逐出门外。自他走后也没上我这来过一趟。师徒的恩情，从此一笔勾消。就是逢年过节，他应当来到庙堂，参拜佛祖。我的生诞之日，他都不来。这样的门人弟子，岂不是忘恩负义吗？"电真说："他虽从没上你这来，他可上我那边去啦。"僧人说："您跟普月有来往吗？"电真说："我与他从不相识。"僧人说："他上您那边去做什么去了？"电真说："他上周家庄采花，不料被我知道，是我替你管教管教你的徒弟。"僧人一听这话，当时把脸往下一沉。电真见僧人沉下脸来，当时站身形说道："僧人，你要怎么？"智深忙赔笑道："庄主休要动怒。我一闻此言，心中有气。普月他败坏我的佛门，这样畜生，不守清规，真真气死我也。他若来时，我非得处置于他。"电真说："我管教你的徒弟，你可过意？"智深说："您替我管教徒弟，我是领情。但不知您是怎样管教他呢？"电真说："他到周家庄去采花，我把他拿着，我问他哪儿出家？他说在黄沙滩万佛寺出的家。我问他的师父是谁，他说他师父是赛朱平智深。是我将他左耳割下一个，好警戒他下回，见美色起淫心的时候，让他用左手摸摸耳朵，左耳朵为什么割去的？"智深说："别说您把他的左耳给割去，就是把他人头斩去，这样徒儿不守清规，您要把人头拿来，我智深连一个怨字都没有。"电真说："僧人，这话不是这么讲法。我电真不割你徒弟的左耳，那束帖也不能来；我电真割了你徒弟左耳，你才把我叫来。"僧人说："电员外，千万不要误会，这里面恐有毛贼草寇趁机而入。您说我给您下束帖，您可以把帖拿来我看。"电真伸手从内衣把束帖拿来，往桌上一放，说："僧人你来看。"僧人一看此帖，说道："这束帖是我写的吗？这样的笔体，难道还是我自己写的不成？"智深命人取文房四宝。僧人拿过一张纸来，又把笔拿来。只见他笔尖一转，如柳栽花，又照着那帖写了一份。僧人写完，将笔放下说："您看这帖儿，是小僧的笔体。"电真拿起这两张帖一看，果然笔体不同。智深说："电员外，这一来就把我的心明了，咱们可不能给毛贼草寇使唤着。"电真说："我来问你，你说是毛贼草寇写的此帖。你徒弟不上周家庄去采花时，怎么也没人给我下帖？"僧人说："庄主，您不要多心。咱们二人可说是往日无怨，近日无仇，何能出此下策。"二人说话之间，天色已晚。智深说："二爷，您不用走啦，赏小僧一个全脸，在这庙堂多逗留几日。等到小僧把庙堂佛事办完，我还要随您够奔庄上，给我的嫂嫂叩头去。小僧我又可借阁下的名姓，给我佛寺挣一挣名义。"电真说："师父此言正合我意，如此我就要打扰了。"电真说完，心中暗暗想道："此时天色已晚，我若住在此处，必须夜换紧衣，在庙前庙后，方近左右，巡视一遭，如有人提起普月一个字，那时我是杀他个干干净净。

　　智深这时吩咐仆人，把灯光点起，预备酒饭。当时手下人等赶奔厨房，仆人来到厨房要酒要菜。工夫不大，酒来菜来。仆人擦拭桌案，通盘摆齐。智深一见说："我把你们这些无用的奴才。我二人吃酒，怎么就拿一个酒杯？"仆人说："师父您别着急，您别动怒。我给您拿去。"手下人等一进厨房，一去未归。智深说："电二爷，您看这些奴才多么可恶，也不知都干什么，取趟酒杯就这么半天。"僧人站起身形往外就走。电真一看屋中无人，伸手从兜囊内取出银针，把所有酒菜都用针试过，看看俱无二色。酒菜要有毒药，银针一探，针上就是黑的。僧人出去明着是取酒杯，暗着就是给电真腾工夫，让他细看酒菜。少时智深转回禅堂，见了电真说道："二员外，酒菜凉了吧。"电真说："还不凉呢。"智深提壶与电真斟酒。电真说："师父歇手吧，你我自斟自饮。"二人吃酒的工夫，谈了些闲散话。酒过三巡，菜过五味，残席撤下。仆人把桌案擦净，二次献上茶水。二人喝了几杯茶，外面梆锣齐鸣，将然起更。智深说："二爷，你我投缘对劲，可说是知性同居。我和尚和您会在一处，多长了好大的见识。您如不嫌弃，多在我庙居留几日。我把佛事办完，小僧还要高攀，求您将小僧带到贵府高庭，小僧与我那嫂嫂叩头请安。今日天色已晚，您一路疲劳，请您到配殿安歇，明日天明咱们再谈话吧。"智深忙命来人说："拿我那闪缎的被褥，将二爷同到东配殿去。问电庄主是爱住哪屋，单间或是里间都可以。"仆人点头答应。电真随着仆人往外走，僧人往外送。这时有人将灯光掌上，将电真送到东配殿。来到殿前，电真一看，此殿是北房五间，一明两暗，东西耳房是单间。电真说："师父请回。我就住在西里间。"仆人把西里间屋门开放。电真来到里面，仆人把被褥放下。电真一看，沿墙有一张大床，床后有扇后窗户，东房山放着一个条案，西房山一个茶几，左右两个几凳。仆人把灯放在茶几上说："二员外，我到外面再给您拿个尿憋子去。"不多时仆人拿了回来，放在床下，对电真说："我明天再侍候二爷了。"电真说："你去睡觉吧。"电真等仆人走后，把双门紧闭，抬头一看后窗户，后窗户是活的。电真把灯光放在前槽上，这才和衣而卧，可是没敢睡着。

耗到外面天交二更，一看蜡烛还没熄灭，电真一翻身形，站了起来，把白昼穿的衣服脱下，换上三串铜扣夜行衣靠。寸排乌木纽，兜档滚裤，上房穿的薄底鞋袜，勒打半截裹腿。把白昼的衣服收在包袱里面，拦腰打上腰围，黄绒绳勒十字绊，背插单刀，明露刀把，青绢布包头。收拾完毕，抬胳膊踢腿，都很利落。低头一看，零碎物件不短什么，这才二指一挡口，把灯吹灭。登床一看，后窗户关得很严，伸手从兜囊中把匕首取出，把窗户的插销打开，把匕首又放回兜囊内，伸手把窗户拉开，用挺钩支好。电真攒身往外，取出问路石，往地下一扔，没有犬吠人声，这才攒出身子，双手把住窗台，把挺钩放下，往下一跳，脚踏实地，哈腰把问路石拾起，放在百宝囊中。电真拧身上房，蹿房越脊，滚脊爬坡。到每一个房坡上，都是夜叉探海式，偷听下边房里有没有讲究普月的事情。如果有人一提起普月事情，电真就会下房去，把庙前庙后，杀个干干净净，鸡犬不留。电真围着庙绕了一个弯，还真没人提普月二字。电维环回到东配殿自己卧房，把夜行衣脱下，换好了白昼的衣服，把夜行衣打在包袱里面。此时天有三更时分，电真和衣而卧。次日天明，就有庙里僧人叫道："二爷起来了吗？"电真听见说道："起来了。什么事？"僧人说："我家智深，少时请您过去用早茶点心。"电真说："是啦，回头这就过去。"书要简短。电真一扎足在庙里住了五六天。智深见电真，总是恭恭敬敬，电真爱听什么，僧人就说什么。可是电真天天夜内，总在庙内绕一个弯儿，无论那日，只要听见有人提起普月二字立刻翻脸。按下电真在庙堂住着不表，返回来再说电真的家庙里他的拜兄厉蓝旺。厉蓝旺自从得病以后，日见沉重，遂命仆人到内去请电维环。过了四天，也没见电真前来。厉蓝旺又催仆人找。仆人来到电真门口，上前打门。里面电海问道："外面什么人叫门？"仆人说："我是家庙来的。"电海问道："有事吗？"仆人说："管家的，您给往里回一声，就说大员外请二员外到庙中一叙。"管家往里面回禀说："主母，家庙里的大员外，有请我家主人往庙中叙谈。"电门王氏一听，站起身形，款动金莲往外行走，来到大门道内，仆人把门拉开。门外的仆人见了王氏，赶紧上前行礼。王氏说："仆人，你有什么事吗？"仆人说："主母，家庙住的大员外，命我来请我家二员外到庙中一叙。"王氏说："仆人，你回到庙堂，回禀我那恩兄，就说二员外爷在后院练功夫来着，出了一身的汗，被风一吹，现在卧床不起，不能去到家庙。望兄长多多原谅。等到病体痊愈，即刻前去。你就回去如此禀报吧。"仆人答应一声，转身去了。王氏把街门紧闭，回到宅内。仆人回到家庙，上前叫开了门，见着厉蓝旺，把电主母的话学说了一遍。厉蓝旺点了点头。候了三天，又叫仆人去请电真。仆人来到电宅门前，上前叫门。里面家人问道："外面是谁？"仆人回答说："我是家庙的，领了大员外之命，有请二爷前去谈话。"管家说："你在此少候，待我往里给你回禀一声。"管家来到里面，屏风外一站，口称："主母，大员外有请二员外到家庙一叙。"王氏转身形往外，来到门前，叫管家把门拉开，王氏说："你暂且先回家庙去吧，你将我说的话，对大员外去说。就说我夫主病体沉重，等到痊愈，再到家庙去与我那拜兄一叙。现在已请医家调治，吃了一剂草药，寸步难行，说话难以出口。"仆人一听，辞别王氏。王氏回到内宅，仆人把双门紧闭。仆人回到家庙，上前叫门，见了大员外，又将二主母的话学说了一回。厉蓝旺点了点头。又等了四天，仍无音信，厉蓝旺遂叫过仆人说："你去到庄内，将我那贤侄电龙叫来。"仆人答应去了。少时到了庄内，将电龙带来庙堂。电龙在家之时，王氏曾嘱咐他说："电龙，你伯父的脸面颜色你可看得出来？你爹爹嘱咐你的言语，你要谨记在心。我那兄长着急生气，追问前情，你可说出实话。"电龙答应，这才往外行走。仆人将电龙带到家庙，上前推门，说："你在此站着吧，我给你往里回禀。"仆人来到西房北里间，叫道："大员外，公子电龙来了。"厉蓝旺说："你把我扶起来。"仆人把员外扶在床上坐着。厉蓝旺说："你把软帘挂上，叫龙儿进来。"电龙来到里面，撩软帘往里走，双膝跪倒，口称："伯父在上，侄儿电龙给您叩头。您的病体可好了吗？"厉蓝旺说："电龙，你起来。"电龙谢过伯父，往旁边一站。厉蓝旺说："我来问你，你今年多大年岁？"电龙说："我今年十一岁了。"厉蓝旺说："孩儿呀，你今年十一岁。我跟你父亲交友，伯父我是孤身一人，与你天伦结拜，实指望你将来长大成人，我有个百年不遇的，你好把我给葬埋。娃娃你丧尽天良。"厉蓝旺说着话，眼泪落下有如断线珍珠一般："你这孩儿实是丧尽天良。胆大的畜生，难道我连你一句实话也讨不出来吗？"电龙说："伯父问什么，我都说。"厉蓝旺见他一说此话，面色更改，遂说："住口！我这里有位贵友，那天夜换上紧衣，探听家宅，前后左右，没有染病之人。你怎么说你父亲有病？你还蒙哄我吗？院内要有染病之人，我就不叫你来啦。我那二弟确实有病，我何必叫你来呢？"厉蓝旺说着，放声大哭，问："你爹爹到哪儿去了？你要说出真情实话。"电龙说："我爹爹的去向，我不敢说。我娘亲要是给我爹爹走露了风声，我父亲回来，与我娘亲是大大的没脸；我要是给他老人家走露风声，回来砸折了我的两腿。"厉蓝旺说："你天伦回头有什么大错，皆有伯父我担负。你说了真情实话，有什么事全有我哪。"电龙虽十一岁就能学舌，于是双膝拜倒说道："您要问我爹爹的真情。在七月二十日，我父亲上您这儿来的那天，黄沙滩万佛寺来封束帖。我父回到家去，一看束帖，嘱咐我们母子说：要是您这儿打发仆人到庄内找我时节，叫我娘亲这么这么一说。我父亲就是那天走了，至今一去未回。"厉蓝旺听到此处，"呀"的一声晕倒在地。众人急忙摇胳膊摇腿，拍胸捶叫，抚摸前心，捶打后背。仆人又叫电龙说："你快叫你伯父，就说你天伦回来了。"电龙说："伯父您快苏醒，我父亲回来了。"电龙是接二连三的紧叫，厉蓝旺才缓过这口气来，吐出一口痰，放声痛哭，说："我二弟此去，一到万佛寺，恐怕九死无有一生。"仆人说："员外您就不用着急啦，您要有个一差二错，这便如何是好。现在没有一定主事的人，您将养您的病体要紧，病体痊愈，设个妙计，遍请名人，与我家的员外前去报仇。我们当奴才的，就感恩非浅了。"厉蓝旺说："仆人你回奔庄内，通知我那贤妹知道。就说我在庙中烦闷，留下此子电龙庙中一住。"仆人点头。仆人来到外面，上前叫门。里面家人电海将门拉开。外面仆人说："你将我主母请出来，我在面前

有事回禀。"仆人到里面，见了王氏说："主母，家庙仆人有请。"夫
人转身形出来，到门道以内说："仆人，你请我出来有何话讲？"仆人
说："我家大员外病体沉重，实在烦闷。我家二员外又染患风寒，不能
前去谈心。大员外要留公子电龙在家庙住几天，与大员外消愁解闷。
主母您可能赏脸？"王氏说："仆人，你回禀我那尊兄，叫电龙在那儿
住着吧。我夫主病体痊愈，即刻就到家庙，与我那兄长一叙。"仆人
走后不提。王氏款动金莲往里走，来到上房，跟仆人婆子丫环说道：
"你家二员外出门在外，一去未归，一共有八九天光景啦。我也是放
心不下，好不叫我纳闷，皆因他的脾气古怪，性如烈火，他要与外人
斗气，怕受人之累。我那拜兄又在家庙养病。我也不能到那儿踏入病
房。"婆子说道："主母，那大员外脾气出奇，与妇女无缘，不爱跟少
妇长女一言一句的说话。与二员外结拜已三四年，他老人家就到过内
宅一次，那还是因您夫妻二人斗气，那老英雄才入内解劝。从那天以
后，就没来过二次。忠心耿直，舍命全交，不问可知，我婆子也能忖
知一二。那大员外要留公子电龙，是他老人家恐怕在本庄里住，母子
都在家中，二员外不在家，恐怕有个一差二错。公子要有舛错，岂不
是断去了我家员外的后代香烟，这是老侠客心中之情。要将少爷留在
家庙，庄内不出差错便罢，若出舛错，你我是女流之辈，不足为奇，
大员外爷也得给咱们报仇雪恨。"王氏道："我那尊兄，他的病体怎么
会这样的迟延呀？若不是病中，怎么能出此事呢？我那夫主他去到万
佛寺，不知是凶是险。倘若他要有一差二错，我母子无人照管。"女
仆说："主母您不必着急，等候二员外来，您也就放了心啦。"电家庄
之事，暂且不提。返回来再说电真电维环，在万佛寺一住半个月，天
天夜晚，在庙中各处搜找普月的音信。电真这一天对智深说道："智
深呀，如今我来到你们庙中，已然半月有余。我不知我那兄长病体如
何？我必须回去看望一回才好。再说，我庄中无有能人，我是放心不
下。今天我就得起身。"智深和尚道："二爷您今天别走哇，请再盘桓

几日再说，好不好呢？"电真说："我今天必须走。"智深说："二庄主，您要一意的走，那我就不敢相拦了。不过我要跟您商量一点事，可能应允？"电真说："有什么事相商，请当面讲来。"智深说："二庄主，我因为您要走，打算备下一桌酒席，给你饯行。不知意下如何？"电真说："这倒可以。"原来智深听他说要走，不敢再拦。他心中想："此时我要再拦，那他真许反想，我师徒不是他的对手。那时倒闹一个反美不美，岂乃不是打草惊蛇吗？莫若答应他，从中设法谋害他。想到此处，便叫手下人快告诉庙房，赶快预备一桌酒席，要与电庄主饯行。手下人答应。工夫不大，便预备好了，将酒席摆在了西房，先将门帘摘了下来。智深说："电二爷，你我今天要分别啦。请到西配房经堂，那里有七十二卷金刚经，到那里吃完了酒您就走，一路平安。您到经堂参观 二。"说话之间，僧人在前引路，电真在后相随。电真早将自己物件带齐啦，出了禅堂，够奔西配房。电真举目一看，一进月亮门，往南一拐，青水脊门楼高大，屏风门大开，迎面一座大影壁，东西配房，一边五间，北房七间，正居中是明三暗六间。他们到了里边一看，那七十二卷金刚经全在后山墙上挂着。那北房以及东西配房，真是画栋雕梁，很是华丽。

两个人进到屋中参观经卷，电真是越看越爱看，不由心中想道：这佛祖留下的真经，真是令人喜爱。那僧人在旁说道："庄主呀，您别看啦。工夫大了，酒菜已凉。"说着便将电真让到上座，智深在下位相陪。坐好之后，僧人说："二庄主啊，待小僧与您亲自把盏。你我以后要多亲多近，小僧我还要请您关照一二呢。"说着与他斟满一杯。电真端起杯来，定睛一看，酒无二色，一饮而尽。僧人手捧酒壶，说道："二爷您吃菜吧。"说着又上满了二酒杯。电真再端起第二杯酒来，一看仍然一色，再饮而干。智深又让菜，说："二爷您吃菜吧，您看哪一样可吃，您就吃哪样。"电真连说："好！好！"僧人再满第三杯酒，然后将酒壶放下，拿起筷子布菜。电真说："贤弟轻手，待我自己取菜吧！"说着话，将酒杯端起，一时疏了神，早将一杯酒饮下，吃了菜，将筷子一放，双手一扶桌案，说："凶僧，你这酒里有药吗？"这蒙汗药酒就怕着急，一着急，它的力量越大。智深一闻此言，哈哈大笑，说道："电真啊，你既然知道有药，你为什么喝呀？"电真抬腿将桌子踢翻，碟盘全摔在地上。自己急忙推簧亮刀，举目一看，天旋地转，眼前发黑，身不由己，便翻身栽倒在地。僧人说："来人，与我绑了。"东西配房出来八九个人，便将他绑了，捆好之后，又将腿给别上啦。智深说："快到后面取绿豆汤一灌，撬开牙给他灌了下去。"手下人答应，取来便与他灌了下去。少时电真呕吐完毕，自知是被获遭擒。智深说道："你们众人千万不可走漏了风声。倘若是有人走了消息，被我知道，我是定斩不留情。快去到后面将定魂桩搬了来。"手下人答应，少时取来，便栽在影壁后面。僧人说："快将他捆到桩子之上。"说完，他一伸手将那口宝刀摘下，挂在自己腰间。此时已将电真绑好，早将头巾大氅脱掉，叫他面向北，双腿用麻辫子绕好，将别顶簪子取下，插在脖梗子上，再将头发撮成绳子一样，拴在环子之上，又将二臂往后一圈，便捆在定魂桩上。拿起英雄木，放在他后腰。手下人说："已将电庄主侍候齐毕。"智深说道："好！你们侍候了。"这才要设法害死电维环。不知后事如何，以后电龙出世报仇，种种热闹节目，且看后文。

第十八回

义仆文魁葬尸报信　凶僧普月探庄杀人

话说凶僧智深，酒里投蒙汗药，将电真捆在定魂桩上。电真醒来，大骂凶僧："大胆贼人，快将你家二太爷放开。如若不然，我那大哥厉蓝旺定来取你等首级，踏平万佛寺。"智深哈哈大笑，说："来人哪，把这小子的左耳朵切下来，先给我徒弟普月报一刀之仇。"手下之人用匕首割下电真左耳，用盘子端着，递给智深。凶僧智深说："电真，我要叫你看看，你的耳朵是怎么变成我酒宴上的佳肴的！"遂吩咐厨子姜三和电文魁："快，给我油炸耳朵丝！"又叫手下人摆酒侍候。二人到了厨房，文魁说："这人耳朵可没法吃，换换吧。"姜三接过盘子，看了看电真的耳朵说："这只耳朵，没有一点肉，除非油，便是脆骨。"说着伸手开了肉柜门，取出一个羊耳朵来，用刀削好，与电真的耳朵大小相同，说道："大弟你看怎样？"文魁连说："好好！不怨人称你是高手，真有两下子。"说话之间，那姜三忙用刀在墩子上切好，成了耳朵丝。又将油锅坐了，用铁丝笊篱盛着耳朵，往油锅里一放，"哗啦"一声炸焦了一层。又往油锅里一倒，来了个火彩，吓了文魁一个冷战。姜三说道："兄弟你为什么打冷战啊？"文魁说："好吗，火苗子足有三尺多高，那还了得！"姜三说："不算什么，是手彩。你再看这个。"说着往碟内一倒那个耳朵丝，遂说："你看，我要用筷子一往下扒，那就算我学艺不高。"往下一倒，果然掉在碟里。又用些酱油、葱、姜、佐料等，将菜做好。又用酒壶筛好了酒，说道："大弟你在此等候，待我送到前面去，管保得他一封银子。"说着便拿到前边，说："老当家的，您瞧我给您做的这个菜。"智深说："姜三你到东院，去拿纹银一封。"姜三说："我谢谢您啦。"说完向东院而去。这里凶僧斟好二杯酒，说道："电真，我徒弟采花，碍不着你呀。"电真闭口无言。凶僧吃酒已毕，在禅堂吃晚斋。少时天色已晚，他在禅堂之内坐着，吩咐外面掌上灯光。此时普月从外面进来，手中拿着一物，他是嘘嘘带喘。原来普月看见电真一被擒，他就出离了庙，直向电家庄跑来。相离切近，自己穿好夜行衣，他真大胆，不顾一切，直接蹿进院去。来到北房，手提刀便往屋内走来，听见西里间有人说话。真是燕语莺声的说道："婆儿，你家二庄主一去未归，而今我怎么心慌意乱的。莫不成有什么事吗？"普月一闻此言，跃身进屋中，到了西里间，用刀一挑帘。王氏抬头一看，忙问道："凶僧你穿夜行衣，夜入家宅，莫不成你找不自在吗？"僧人说："那电真是你什么人？"王氏说："那是我夫主。"旁边女仆一见，刚要喊叫，早被普月一刀杀死。王氏说："僧人呀，你若是与我家二庄主有仇，你斩他的家眷，我不恼你。你若说出别的言语，休说我辱骂于你。"此时小丫环早吓得爬在床底下去啦。普月一听此言，知道别的事不成，只得伸手也将王氏杀死，手提人头，出了屋子飞身上东房，直奔家庙。

到了庙中一看，此处防守甚严，人多不好下去。他便来到后窗户往里偷听。就听厉蓝旺问道："电龙，你可想你娘亲？"电龙说："伯父，我有七八天没回家，很是想她。明天侄儿我到家看一看去。"蓝旺道："龙儿呀，你暂时不能回家，皆因你父前去万佛寺，一去未归。那凶僧诡计多端，再说那僧人倘若派人前来，杀你满门家眷，那时拿你人头一到庙中，急也将你父急死。"说着伸手拉了电龙的手，说道：

"电龙啊，你父母不死，还则罢了，倘若是有个舛错，那时我必要传你武功，聘请山东各地水旱两路的英雄，与他们夫妻报仇雪恨，以尽我弟兄结拜之情。等明天我派人将你送到家中，你母子见上一面，再行回来。你还是住在庙中，我好放心。"恶贼普月在房上一听，这里人防范太紧，没敢下手，便提着人头赶回佛寺。来到庙墙外，飞身上了墙，回到禅堂，见了智深说道："师父在上，徒儿普月领你老人家之言，杀电真满门家眷。"智深忙问道："普月，你可将厉蓝旺治死。"普月瞒哄师父，说道："徒儿已将电真之子一刀劈死，免咱们后患。又将厉老儿杀死，叫他尸首两分。手下的仆人杀死六七名，电真的家庙横尸一片，徒儿普月又将他妻杀死。您看妇人的人头到。"智深说："普月你到了前边，如此如此的叫电真去看。"普月点头，将人头背在后面，来到电真的面前说道："快来人呀，快将他的英雄木撤下。"又将头发摘了下来。普月道："电真，你真是一个好朋友。不过是大丈夫，难免得妻不贤，子不孝。你与那混水鲲鱼厉蓝旺，竟与我们莲花为仇作对。今夜我到你家，向你妻百般的求情，谁知那妇人性烈如火，不允从你家师父，是我一怒，一刀杀死。你子电龙，也被我一刀劈死。仆妇丫环，斩杀未留一个，家庙中那老匹夫厉蓝旺也死于我的刀下。电真呀，我来问你，我到处采花，碍着你什么？你胆敢冲散我的姻缘。你来看，我与你妻是先情后斩，人头在此。"电真一闻此言，注目一看他手，果然提着自己之妻王氏人头，不由"哎呀"一声，一口鲜血喷了出来，当时闭气身亡，喷了僧人一身一脸的血。普月一见，便回到禅堂，回禀了智深。智深随他到了外面，看了看说道："按咱们绿林的规矩，死后不结冤。这个呀，可不能那么比，因为他竟跟咱们为仇作对。如今咱们是把他死尸放到院中，将妇人的人头也放到他的身上。传刀斧手，将他乱刃分尸，死后不给他留全尸首。"众人答言，当时将电真摘了下来，放到当院，又将妇人的人头扔到他的身上，传来了刀斧手，各人手持军刀，将死尸围啦。

正要下手之际，电文魁从外面跑了进来，跪倒说道："师父在上，您已然给少师父报了削耳之仇，请留他个全尸吧。小徒念他与我有恩，只因我天伦故去之时，他赏的我家棺材，又给请来高僧高道给超度亡魂，如今我眼看着他不忍乱刃分尸。再者说，您是武圣人的门徒弟子，稍念一念全是同门人，可以赏他个尸首不碎吧！他又是我一个长辈，我二人是同姓不同宗。"僧人智深一听，遂说："好吧，我冲着你，免去乱刃分尸。刀斧手退去。"一声令下，那些恶奴纷纷退去。又说道："文魁呀，你将他们尸身人头拉到庙外掩埋了吧，以尽你们叔侄之情。"电文魁连忙磕头："谢您赏我全脸。"这才由大家帮忙，他自己提了王氏人头，暗中落泪，便一齐拉到庙后。此时四外梆锣齐响，已交四鼓。文魁说道："列位呀，那死去的电真与我有恩，天已到这个时候，你们诸位忙了一夜啦，请回去歇息去吧，待我一人埋吧。"众人点头，一齐走了。文魁看他们走后，不由落泪，心中暗想：我这样办，倘若被邪恶贼普月看见，连我也一齐被杀。但只要我有三寸气在，一定出去上各处报信，凡是与我家二员外相识的人全给报信，非给报仇不可。想到此处，这才取出来锹镐，在西角门旁边，挨着墙根刨了一个坑，就将电真的死尸埋葬好了，又用一个花盆将妇人的人头扣上，也埋在电真的下垂首。埋完了，说道："庄主，你夫妻的亡魂有灵，别叫我害怕。我有三寸气在，一定给你们夫妻报仇。"说完他进到庙中，前去睡觉。

　　如今且说电真的家中，那床下的小丫环，看见凶僧将主母的人头提走了，她才慢慢爬了出来，喊嚷着说："你们大家来吧，我家主母死啦！"此时才有管家电海来到后面，一看屋中婆子被杀，主母王氏被杀，并且失去人头。小丫环名叫翠云，当时便问道："翠云呀，这是哪个把主母杀死？"翠云说："因为那僧人拿刀杀婆子，我一害怕，就钻到床底下去。"电海说："既然如此，那么你先在此看守，待我前去报信。"说完他便出来，到了家庙门外一打门，里面有人问："外面什么人黑夜打门？"电海说："我是管家电海。"仆人一听，忙将庙门开了。电海急忙到了西旁北里间，来见厉蓝旺，双眼落泪，跪下叫道："大庄主呀！"蓝旺说："快扶起来。"当时有仆人将他扶着坐了起来，问道："电海呀，你黑夜之间来到家庙啼哭，是为什么呀？"电海说："大员外爷，您可千万别着急。您要有个一差二错的，我家二员外爷，可不好办。"说着一看少爷电龙倒在一旁，呼呼的睡着啦。遂说道："大员外爷呀，我家二主母与婆子方才被人杀死，我主母的人头失去。"厉蓝旺一闻此言，"哎呀"了一声，气顶咽喉，立时背过气去。手下仆人等急忙上前唤叫。有人就把电龙叫起来啦，说："你快上前，叫你的伯父。"电龙不知道是怎么回事，只得上前叫道："伯父您苏醒。"叫了半天，厉蓝旺才缓了过来说道："电海呀，你快去王家庄，禀报王门黄氏，我那贤妹的娘亲，将他们胆大的婆子带上几名。王麒、王麟、干禄，把他们三个人带到我这里。电海呀，你拿钱到药店，买一斤潮脑，找那有胆子婆子将那潮脑揉满到尸腔子里去，盛殓好了，专等我那二弟回来再说。"电海答应，转身形向外走去。

此时天光已亮，又对电龙说道："龙儿呀。你要玩耍可以在庙中，千万不可到远处去啦。你愿意伯父我的病好不愿意呢？"电龙说："伯父啊，侄男我听您的话，愿意您老人家早些痊愈，好给我娘亲报仇。"厉蓝旺一闻此言，便将电龙抱到怀中，放声大哭，说道："孩儿呀，我为什么不在家中养病呢？我早知你父是艺高人狂，招得贼人怀恨，必有意外。人说话必须和蔼，有多大的仇，几句好话也能免去。唯独你父永远不会说软话，是我放心不下，恐怕他有意外，因此我才天天叫到家庙来。如今你看如何，果然有此事啦。"便问仆人道："你们哪个家人认得青州府？"有一个人答言道："员外爷，奴才我认识青州府。"厉蓝旺问道："你姓什么呀？"那个仆人说："我姓王，我叫王喜。"蓝旺说："你到二友居酒楼，拿盘费一百两，骑快马到青州府东门外，打听金家口。到了那金家口，你再打听厉家寨。街当中路北有厉家酒店。你将我二弟叫了来，你就如此如此的一说就行啦。"王喜点头答应，转身往外备马奔二友居取路费，前往青州不提。

且说电海到了王家庄街东，天已大亮，上前叫王家之门。里面有人问："什么人叫门？"电海说："此处是王宅吗？那王麒、王麟、王禄是在这里吗？"里边人说："不错，是在这里，你是哪里的呀？"电海说："里边说话的人，怎么不是我那哥哥王福啊？"里边那人说："我叫王寿，我是他兄弟。他回家养病去啦，叫我在此替他几天。"电海说："你往里回禀老太太，就说我是电家庄的，名叫电海，前来求见他老人家有要事面禀。"王寿来到里面，先到大爷屋里，说道："大爷，您赶紧起来吧。现有大姑奶奶的管家，前来有要事相商。"王麒一听，连忙爬了起来，穿好了衣服，转身形往外，口中叫道："电海呀，有什么事呢？"电海一见，忙上前行礼说道："大舅爷，我先给您行礼。您可千万别着急。"说着便把家中之事细说一遍，急得王麒搓手擦掌，电海说："您急忙回禀老太太。我已然禀报了我们大员外爷。您叫胆大的婆子多去几个人，前往我们二员外家，帮助盛殓。我们大员外爷有话。请您随二爷、三爷哥三个一同到家庙，有要事相商。"王麒点头应允。电海说："我先回家置买应用物件。"说完从此告辞走啦。先到棺材铺，看好了一口寿材，叫人给送到庄。另外又给婆子也买一口，一齐送到宅中，然后派人伺候着，他便出来到了杂货铺，说道："李掌柜的，现下我们主母故去，家中大办白事，宅中人来拿东西，你尽管给他们，可得立好清单，完了事咱们再算账。"李掌柜说："好吧，管家你有话，拿什么我全给。"电海安派好了，便来到家庙说道："大员外爷，您不用着急啦，各样事我全办好啦。不过还得请示您一件事，我主母那棺材下削不下削。"厉蓝旺道："我叫你预备的潮脑，你可办好？照我说的法子去用。棺材先不用下削，容等将人头找回来再说。那仆妇由你去办，通知他们家中人，多给银两，与他二百两。这些事由你去办，叫他家人每月来咱们庄中领银十两，当下便立他们一张字，由四十五岁算起吧，直到一百岁为止，准共他们要五十六年的恤金。"电海答应道："奴才全都照办。只是我那主母的人头，恐怕找不回来啦。"厉蓝旺道："等我那徒弟到了自有办法，你就快点回去吧。"电海答应出来，正要往回走，忽然看有两套大车进了村口，前头车上坐的是老太太王门黄氏，带着王麒之妻王门张氏、王麟之妻王门金氏、王禄之妻王门李氏。后面车上全是婆子丫环。电海一见急忙迎上前去。老太太问道："电海呀，我那姑老爷不知死活，我那死的丫头，对我有过错，多亏电真家教好，才将她调理好了，要冲她对待我的那份恶怨，我连来都不来。她过门十七载，老身我连接她都不想接。我那姑爷维环，将她送到家宅。那维环有艺业在身，在家半个月，他夜换锦衣，暗入王家庄，看她对待老身如何。虽然说他是姑爷，可是孝顺我如同亲娘一样对待，才将我那女儿调理好了。维环生人以来，就办一件错事，不该斩去他叔父的右臂。也是那电华不行人事啊！"说话之间，车已进了村庄，来到门口，一齐下车。

大家一同来到了里面。看见死去的女儿有尸无头，老太太痛哭一场，口中说道："女儿呀，你死不能结冤，这也是你的报应循环。不知我那姑爷是上哪里去了？"回头问道："电海，我那外孙子电龙呢？"电海说："我那大员外爷，早就把公子叫到家庙，不放回来，就怕家中有一差二错。因为我主人得罪了毛贼草寇，怕夜间有个防不到，要出意外。"老太太说："那么你家大员外怎么分派的呢？"电海说："我家大员外爷说，请您不用着急，叫您派那胆大的婆子拿那一大包潮脑，给揉在尸腔子里，暂行盛殓。容等大员外爷的兄弟到来，找回人头，再办丧事。"老太太点头，便吩咐大家照此办理。

如今且说那王麒弟兄三人侍候老太太他们走后，他弟兄三人收拾齐毕，骑马到了家庙，来见厉蓝旺。到了庙中，仆人将马接过。他们来到西房北里间，跪倒行礼，大哭失声说："兄长在上，小弟等与您叩头，就请您设法与我那姐丈、姐姐报仇雪恨，我弟兄是感恩非浅。且不知您的病体如何？"厉蓝旺说："三位兄弟请起吧，我的病体见好。王麒呀，我那二弟维环，他一到佛寺是九死连一生都没有。他不听愚兄的良言，若听我的话，焉有今日。再说，他去半个月有余，生死莫卜，是凶是吉并无音信，倘得一信，我自能与他报仇雪恨。我打算派你弟兄三人，在电家庄西村头路南有二十五顷果木园子，你们要照料一二。兖州府北门内路西茂盛当，你们要执掌一二。西门里路北二合永杂粮店，房产买卖全是我那二弟维环的，南门外路东德顺店那房产也是他的，你们弟兄也要与他照料。东门外路北二顺镖局，那里房产，满是电家的。十字街道东路南一座澡堂子，字号乃是洪兴，铺掌是阎顺贵，那房产都是你姐夫的。澡堂东隔壁两座大店，那房产也是我二弟的。周家庄北村头，有四顷半地，是我二弟的。赵家庄东村头有十二顷地，也是他的。我厉蓝旺的病体好与不好，但有我的三寸气在，把你们弟兄三人叫来，交代已毕，省得我死后，白送人家。那时岂不白便宜了他人。容我病体康复，我那二弟维环倘有凶险不测，那时我必然要聘请天下的宾朋与他报仇雪恨。你们在庙里庙外，各持长枪短刀，黑间白日，护庇这个庙，为的是保我与你外甥电龙的性命，防备那白莲花普月与他师父的毒谋，前来行刺。据我想来，他们师徒一定设法将我二弟害啦，那僧普月才敢来到庄内。我要没有这场病，我二弟决没有被擒这情。我们借他点胆子，他们也不敢来。王麒呀，你赶紧与电龙预备孝衣，事已至此，我将嘴唇说破、舌头说焦，也算枉费前心。留我阳寿几载，我自有法子与他们夫妻报仇。"王麒说："只凭老哥哥办理吧。"当下他们这里办理一切白事。

且说万佛寺凶僧智深。这一天他心中不大放心，便问道："普月，你可将那蓝旺老儿制死吗？"普月说："连那小儿电龙一并被我斩杀。"智深道："普月呀，你可别蒙哄于我。我倒不怕，给你想得到，将来留他二人活口，老儿交友至诚，他要教会电龙武艺，传好了刀法，那时他知道他父是被你我师徒所杀，那时他腰带钢刀，来找你我。可不是我长他人的威风，灭你我的锐气，咱师徒在一处都不准是他人的对手。要是走单了，照面一招不过，就得尸首两分。"那普月听他师父一说，心中害怕，于是天天夜换紧衣，小心防备。

这天夜内，他偷着来到电家庄东村头家庙。来到了一看，那院中灯光明亮，庙外有许多庄兵，各拿长枪短刀，往来巡行。直到天光大亮，他也没敢进去。普月便出了西村头，来到树林中换下夜行衣，还是僧人的打扮。离电家庄有三里多地，那里有个崔家营，西村口路北有座关帝庙，那里住着普月的叔父，名叫智善，他便找了来，打算在这里住几天。来到一叫门，里面有人问道："外面什么人叫门？"普月说："师弟开门吧，我是普月，来看我叔父来啦。"小徒弟闻言，连忙将山门开啦。普月进来，两个人一同到了里面，见了智善，上前行礼说道："叔父在上，孩儿普月与你老人家叩头。"智善说："普月呀，你行完礼赶快给我走，千万别在这里。你要在我这里多待一会儿，我都怕叫你给穿唆坏了。你要遵守佛规，我看在我兄长的面上，我能将你逐出门外吗？你小子投奔别的庙也可以，怎么单单的入了黄沙滩万佛寺，真不是一家人，不进一家门。可是我与智深一无仇，二无恨，既然身入佛门净地，就应抛去五行戒杀盗淫妄酒，不能再贪荣华富贵，一心守青灯，侍候佛祖。跳出三界外，不在五行中。谁知那个智深，一心好淫贪杯，失去佛规。普月呀，人人全是父母所生，天理良心，全是一样，僧道俗通是一理，谁人没有姐妹。难道说，你家就没有姐妹吗？你们看见人家少妇长女长得美貌，你们淫心便动。倘若咱们家中，有个年轻美貌妇女，有个不法的狂徒他看见了，若是五官挪位，行动轻佻，那时你当如何？近来有位侠客爷住在我这，听他言讲，莲花党专门采花，破坏良家妇女。我听说离此地正东三里多地，有个二友庄，那里原叫电家庄，员外是电真，东村口有他的家庙，在庙中住着位厉蓝旺，人家庙中，名誉就很好，方近左右一带，谁人不说他们好哇。你们师徒在那一方，有什么名气，大概你自己也知道，像你们这师徒，现在虽然有气活着，我恐怕将来临终之时，不得好死。你看你如今左耳哪里去了？"普月一听，心想：他必是与电真有来往。只得假意说道："我长了一个耳线，未能医好，耳自烂掉了。"智善一闻此言，哈哈大笑，说道："普月呀，你这全是扯谎，想哄我。你趁早去吧，别在我这里。"普月说："您是有所不知。孩儿与师父拌嘴，因气出了庙，请您收留我几日吧。"智善说："普月呀，你要在这里住着也不难，必须先到后面沐浴身体，对天赌咒，然后再在这里住着。住十天也罢，任一个月半个月也罢，那时就任凭你个人之便。"普月一听此言，不由心中暗想：我若说出我心中之事，那时我叔父叫过几个师弟，把我绳缚二背，送到电家庄。那老匹夫厉蓝旺看见我，真有喝我血的狠劲。莫若还得撒谎，蒙了过去。想到这里，遂说道："叔父，侄男情愿遵叔父之言。"智善说"好"，遂叫道："至仲啊。"那小僧人说："侍候师父。"智善说："你将他带到后面，前去沐浴身体。至缘呀，你去设摆香案，好叫他对天赌咒。"徒弟分头去了。少时回来，至缘面色更改。智善说："普月呀，你师弟已将香案摆好，你要上香起誓。"普月不由暗想：你也就是我的叔父就是了，要不然今夜亮军刃，就将你的僧头摘走，如今是出于无法，不得不从，我为的是想离他们电家庄相近，每夜前去探望，有了闲空，得了手时，我必要将那老儿以及那电龙一刀斩杀，方出我心头之恨，待我先起下牙痛咒，瞒过我叔父再说。想到此处，便拜倒于地，口中说："佛祖在上，弟子普月，从今之后，改过自新。我倘若再做那伤天害理之事，叫我不得善终，叫我尸首两半，二目被抠，心肝失去，人头不在。"智善一听，遂说："阿弥陀佛。普月呀，你这个咒赌得倒好，只恐怕你口不应心。真要是如此改啦，将来一定能得全尸。得啦，你去西间睡去吧。至仲、至缘你们将香案收拾下去吧！"

晚饭后，他们三个在一屋中睡觉。半夜之中，普月打把式，抢胳膊踢腿，吵得两个小和尚不能睡觉。过了三五天，还是这样，两个人便来告知老和尚。智善说："徒儿，你们就把那间屋子让他一个人住吧，不用再跟他一处住去啦。至仲呀，我来问你，那天你同他去沐浴，回来之时，为什么脸上变色呀？"至仲说："我师哥一脱僧衣，他内衣有戒刀一口，因此害怕。"智善说："你可看明白了，他是有刀哇。"至仲说："师父，徒儿不敢在您老人家面前说谎言，实有戒刀一口。"智善说："我查出来，今天非把他逐出庙外不可。因为日后倘左右有施主前来烧香还愿，一眼望见普月，男女施主不就不恭敬咱们了吗？那时可就耽误了咱们大事。他再做出别的事情，事后有人传到二友庄去，被那二人知道我窝藏他人，此庙一定被剿。莫若早行将他逐走为是。"这天早斋已毕，普月到各殿上香完毕，来到禅堂。智善问道："普月，你可有戒刀一口？"普月说："不错，孩儿有防身利刃一口。"智善说："你无事拿刀做何使用呢？"普月说："叔父有所不知，只因那年您将我逐出门外，我到了万佛寺。我与我师父所学刀法三十二手，我挎这口戒刀专为防身所用。"智善说道："普月呀，僧道皆为一理，倒是许挎戒刀，道人也许配慈剑，可是全不准错用。你如今要将此刀错用，你可小心在香案之前对天赌的咒。你用完了晚斋，归庙去吧。你如若不走，违背叔父我的规矩，我叫你四名师弟将你绳缚二背，送到电家庄。"普月说："叔父请息怒，侄儿我一定不能错用。再说我在您这庙中借住，就不能犯您庙规。请您放心。"智善说："你要遵我的佛规，白天要在佛堂打坐，夜晚你到西掖间睡觉。倘若违背我的佛规，那你就趁早走吧。"普月一闻此言，是连连的点头。当时他忍气吞声，在庙中很守佛规。那普月真就白天在禅房打坐，夜间在西掖间躺在床榻之上，看那桌上的一盏油灯，呆呆发怔。直耗到天有定更之后，知道四个师弟睡着了，他便翻身坐起，伸手取出解药来，抹在自己鼻孔之上，又取出鸡鸣五鼓返魂香，便将那四个人薰过去了，急忙换好夜行衣，背插戒刀，转身形往外把门插关拉开，来到外面。双扇门倒带，到了东界墙，飞身上去，这才离了此庙，够奔电家庄。

一直到家庙墙外一看，还是那样的防范，往来人不断，各拿着刀枪棍棒，足有六七十人。院中灯烛辉煌，照如白昼一般。再细看东房上，有十根绊腿绳，西房上也有十根绊腿绳。普月在北房后坡一趴，心中暗想：老儿防备太严，这是夜间还如此哪，这要是在白天，那还不一定多严呢。忙往下细细查看，就见那东面地上全有绊腿绳，房廊之上摆着兵器，自己一见，可就不敢下去啦，怔了半天，看了看没有破绽，自己这才回关王庙。到了屋中，换好白昼衣服，将夜行衣脱下，昏昏睡去。他从此是天天夜里将他四个人薰了过去，他夜夜探电真家庙，竟打算治死厉蓝旺。一连七天，他也没有办法。第八天这天夜时，他可没回关王庙，直接回了万佛寺，在外边一叫门，早有人问道："外面何人叫门？"普月说："里边是文魁吗？快开门吧。"文魁当时将门开开，普月进来，文魁问道："少当家的，这几日上哪里去了？老当家的正想念您啦，快瞧瞧去吧。"普月说："我到兖州府望看朋友，多盘桓了几日，所以回来迟了。"说着话便来到禅堂，见了智深，上前跪倒行礼。智深问道："普月，你这几日上哪里去了？"普月说："师父，徒儿我这些日子去到电家庄，已将那电真的至亲至友，是男子全被我斩杀了。"智深一闻此言，连忙说道："好好好，正趁为师之意！你在庙中，我还正要派去呢。"普月说："是啊，您不派我，弟子也得去。"

按下普月暂且不提。如今再说电文魁心中暗想，刚才我给普月开门时，看见他面现惊慌之色，也不知现在电家庙的厉员外吉凶祸福。从这天起，每日愁锁双眉，一入庙堂，终日一语不发。手下里跟文魁在一块的僧人，见他心有所思，便问道："电师弟，你这两天怎么一语不发。茶饭懒进，所为哪般？"文魁说："师哥，我的事情难办。"他师哥普明说道："你有什么难办的事，对我说明，我可以替你想个办法。"文魁说："我那日早晨在前面打扫佛殿，正在扫那山外的台阶，由电家庄来了两个同乡，给我带来个口信，说我那老娘现在卧床不起，病体深重，让我辞去庙堂，回家去侍候老娘。是我听了此信，心中着急。"普明说："这何必着急呢？"文魁说："皆因我那二庄主，跟你我师父为仇，叫我不好前去告辞。再说，你我都知道电真是被咱们师父谋死，倘我走后，庙内出了差错，那时师父必要多猜多疑，准说是我走漏的风声。"普明说："文魁，你我的师兄普月，离了庙堂七八天，今天才回来。你可知他做什么了？"文魁说："我问少师父，他说是上山东兖州府望看朋友去了。"普明说："他冤你不能冤我，皆因你是电家庄的人。普月赶回电家庄，无论男男女女，刀刀斩尽、刃刃杀绝，除后患，从此我等在佛寺，便可高枕无忧矣。文魁你先在此等候，我普明去到佛堂，把话跟我师父一回禀，我师父定能把你这话放在心头，叫你回去侍候你老娘去。"文魁说："师兄，你可别往里回禀。倘若老僧一怒，死在万佛寺内，做了刀下之鬼，我母子焉能见面。"普明说："你也不必落泪了。我自有言语对答他。"说完转身形往外，赶奔禅堂，面见老僧，把电文魁家中情形对智深说了一遍。智深听明白了。普明又说道："现在那文魁，因为忧愁他老娘，终日斋饭懒进。"智深说："普明啊，电文魁他既有此事，为何不早说呢？"普明说："皆因他那电二庄主死在咱们庙里，他不敢向师父说明，恐怕您老人家多心。您要能发恻隐之心，叫他回家，把他老娘侍候好了，然后再回转庙堂。电文魁他不敢禀告师父知晓，不知您能准他几天假不能？"赛朱平智深一闻此言，哈哈一阵冷笑说道："好吧，为师的赏他银二百两，就让他回家侍奉他老娘。他老娘的病体是好是坏，叫他老娘到佛寺来一趟。那恶贼电真，那老匹夫厉蓝旺，都死在我师徒之手，那样有能为的人，我都给处置了，何况电文魁一个粗鲁之人，何必将他挂在舌唇。你就给他送四封银子去吧。"普明说："我就替他谢过您老人家啦。"普明拿着四封银子来见电文魁说："师弟，我把你家中之事，已经对师父说明。我也不是叫你知情，我在师父面前，多给美言了几句。师父赠你纹银二百两，叫你回家侍候你老娘去，你老娘的病体好与不好，你可要回庙堂一次。"文魁说："小弟谢过你替我说话之情，我给您留下一封银子。"普明说："不用，你拿回孝敬你老娘去吧。我没钱时，跟我师父去要。"文魁说："我到禅堂给我师父叩头去。"普明说："你就不用去啦，我师父叫你这就走哪。"

电文魁收拾收拾，来到庙门，普明往外相送。电文魁说："师兄请回吧。"普明把庙门关好。电文魁出了佛寺，顺着大道一直往东，路南有一片松林，来到树林以内，把身子往树后一隐，回头观看，并没有他人暗中跟随，自己这才放心，一出松林，一路赶到电真家庙。到了家庙门前，面见老乡说："大员外现在病体如何？"仆人说："咱们大员外病体未得痊愈。"电文魁上前叫门，里面仆人问道："外面何人叫门？"文魁说："我文魁前来给大员外请安，您给往里回禀声。"仆人将家庙门开开，电文魁走进庙，仆人把双门闭紧。电文魁往西里间而来，见了厉蓝旺放声大哭。厉蓝旺一见，不知是怎么回事，说："有话慢慢说，不用啼哭。"电文魁说道："大员外呀，您务必给我家主人报仇雪恨。"于是将电真命丧庙堂情形细说一遍。厉蓝旺听了说道："文魁，我来问你，你说二员外命丧庙堂，只是空口无凭，可有什么对证？"电文魁说："庄主，现有电员外的左耳一个。"厉蓝旺说："拿来我看。"电文魁忙一伸手，从囊中取出来一个油纸包儿，递给厉蓝旺。厉蓝旺接过纸包，打开一看，心中一阵难过，一见如万把钢刀扎于肺腑，不由双眼落泪，遂问文魁道："你家二庄主可得着全尸？"电文魁说："电庄主临死就失去左耳一个，口喷鲜血而亡。凶僧要将尸首剁成肉酱，奴才文魁因为受过二庄主的恩惠，不忍见二庄主乱刃分尸，是我跪到凶僧面前苦苦哀求，这才将我家庄主尸首留下。"厉蓝旺说："你起来吧，你可将他夫妻尸首人头保存起来？"文魁说："庙里人等帮助于我，将尸首人头搭在后门外，我用花言巧语把众人支开，我才敢落泪。我将二庄主的尸身，就埋在庙后了，二主母的人头，我也给用了一个花盆埋在一处。从那天起，我是总想到电家庄，给您老人家送上一信。只因凶僧诡计多端，又恐事机不秘反为不美，是我这次心生一计，用言语诓着凶僧，凶僧并赠我纹银二百两，命我回家。我是不分昼夜，赶到庙堂。就请您想法给二员外报仇吧。"厉蓝旺说："从今往后，不准你称呼我为大员外，咱们兄弟相称如何？"文魁说："奴才我可不敢当。员外您是何等之人。您与我家二主人是神前结拜，我文魁乃是二员外的一个奴才，怎能跟大员外您呼兄唤弟呢？"厉蓝旺说："你有泄机之恩。你要不将左耳带回，我不知我那拜弟身亡，我弟妇的人头何在，不知他们尸首人头掩埋何处。这不是泄机的恩公吗？"说着命人把电龙叫来。电文魁一看电龙身穿重孝，遂说道："大少爷，您的命运真苦啊，你父母都被凶僧害死。"厉蓝旺说："龙儿，快过去给你义父叩头。"遂对文魁说："你就收他做个螟蛉义子了吧。从此你我是呼兄唤弟，将此子电龙抚养长大，我厉蓝旺给他折腰折腿。只要地府阴曹留我阳寿，我必要将我平生的能耐，传授电龙，给电家门接续后代香烟。"蓝旺说完，天色已晚，吃过晚饭，一夜无话。

次日天明，红日东升。外面有仆人进来说道："回禀大员外，外面现有您家中胞弟二达官、展眼鳌鱼厉蓝兴前来求见，说是您派电家庄的仆人，去到青州府东门外厉家寨请了来的呀。"厉蓝旺说："对啦，他既然来了，那么叫他进来吧。"仆人点头出去，到了外面说道："二员外爷，我家大员外有请。"说完上前伸手接过马匹。蓝兴问道："管家，我兄长他的床在哪屋呀？"仆人说："您随我来。"说着把马拉到院中拴好，便领他到了西房，说道："您请进去吧，此房就是。"厉蓝兴一听，忙走了进去，果然见兄长躺在那里，便三步两步的走了过去，跪倒行礼说道："兄长在上，小弟有礼。"厉蓝旺说："兄弟请起来吧。"又叫仆人将自己扶起。此时蓝兴一见兄长面带愁容，连忙上前将棉被一掀，见他兄长骨瘦如柴，不由得自己双眼落泪，来到床前一站。自己心中所思：我兄长虽然病到这个样子，可是阳寿未满，尚不致于死，遂说道："兄长啊，您这个病已有半年有余啦。您要是在家中，有我与您弟妹终日在身旁侍候着，早就痊愈啦，不致于如此的日久。那可称是享不尽的荣华富贵，真是茶来张手，饭来张口，在家中替小弟我执掌家业，呼弟唤兄有多好呢。您年过半百啦，性情特傲，小弟我不敢违背。您想出外访一知心投机的贤友，这是您错啦，多么投缘对劲也不成啊，他是异姓之人，怎能比你我一母所生亲近呢？再说，你我弟兄总算脚登肩头，同胞的手足，别人何能上呢？我看兄长面带愁容，怎么不养病呢？兄长您要忧愁此人，是有恩还是有仇呢？如有恩，小弟我必登门拜访；若是有仇呢，小弟我掌中这一口刀，一定去找那仇人，将他的人头带来在兄长的病榻前，叫您一看，好解烦闷。兄长啊，那么您还思想什么事呢？请您对我说来。无论什么事情，对我说明。"厉蓝旺道："二弟呀，我打发仆人到家中，把你叫到家庙，我有话说，此庙乃是电家庄电真电维环的。我离家后来到此处，即与他交友。他是错投了胎啦，敢说与我对劲，实比兄弟你胜强万分，他们夫妻二人侍候我的病，实比他人强。要讲在外交友，那是何人也比不了他。"厉蓝兴道："兄长啊，您就不用提啦，干脆您有什么话，您就说吧。兄弟我必然照着您的话去办，决无更改。"蓝旺说："好，仆人去将电龙叫来。"早有仆人去到南间，便将电龙带到北间。蓝旺道："文魁快与你二哥叩头。他是我胞弟厉蓝兴，人称展眼鳌鱼。"电文魁一听此言，连忙上前拜倒说："二哥在上，小弟电文魁有礼。"厉蓝兴忙用手相搀。不知说些什么，且待下回分解。

中国古典小说丛书

[清]佚名 著

大八义

▼下册

江西美术出版社
全国百佳出版单位

目　录

第十九回

厉蓝兴安排防贼党　石锦龙双鞭战淫徒

厉蓝兴连忙说："贤弟快快请起。"回头看见电龙，身穿重孝。蓝旺说："龙儿呀，快见过你二叔父。"电龙答言，忙着跪倒叩头。蓝兴说："快起来。"蓝旺道："二弟呀，只因我那兄弟与弟妇二人死得好苦！我要是好着，早亲身找你，不叫仆人去叫。兄长我已半百，每日思想忧愁，想我这个病一定不久于人世，那时你把我的尸骨运回家中安葬。此子电龙，今年十一岁，你将他带回家中，传授他武术，你千万要倾囊而赠，一手别留，要留下一手，那可对不起电真他夫妇。容他学艺成啦，你与他画好了图影，叫他认清，再命他离门在外，寻找仇人，报仇雪恨。"厉蓝兴道："兄长啊，您不用如此的费事啦。小弟我的武艺浅薄，我有好友，他们武艺能为在我之上，我能约请他们，可以替他人报仇雪恨。"蓝旺便将此事，连同与电真结交的经过情形完全说出。

蓝兴一闻此言，不由咬牙怂恨说："兄长，我今天来到房里，一看仆人以及这里的情景，就知道我那位故去的电兄长对待兄长的情形，真比小弟强胜百倍。兄弟我不是三岁的玩童，您只管养您的病体，千万不要急，我此时唇舌说焦，也是枉然。您心中尽其交友之道，尽想他夫妻，岂不忧愁而死？小弟我一时意狠心毒，把电龙杀了，拿他人心一祭灵，然后把您尸首运回家中。"厉蓝旺道："你此言从何而起？"蓝兴说："他就是我的仇人，假若没有他父亲，兄长你焉能有这一场病呢？"厉蓝旺道："你此言差矣，天灾病孽，那全是偶然的，并非是谁叫谁得的。皆因电真脾气烈，我在家庙养病，我怕他在庄中受人指使，出了意外，因此每天叫他来庙中三次，免得招出事来，他竟一次旷功都没有。二弟你想，人交友不可藏私才好。十五那天早晨，他来到家庙探病，他说要到戏场巡视，此事正合我意，因为当时是我主动办的谢秋戏。恐怕有毛贼草寇扰乱之事，谁知他一去未归，竟丧在黄沙滩万佛寺中。那凶僧智深与他徒儿白莲花普月，暗中设计将电真害死庙中。因此我派人找你，打算与他报仇。"蓝兴说："兄长您可能执笔？"蓝旺道："能掌笔。"蓝兴说："那就好了，我说一事，您得写明，那时我好约会各友，出头施刀相助，可以替他报仇。"蓝旺说："你说什么。"蓝兴道："您要将电真夫妻之事抛于肚外，也不用思想这些，那时再投下好药，您的病一定好得快。容病体一好，做什么事不成啊？您要还是尽想那些事，那时小弟我一跺脚，回到家中，我是不管此事，那时可休怨我意狠心毒。"蓝旺说道："兄弟你既然说到这里，很好，我决不想他二人了，任凭你办吧。"厉蓝兴说："好！那些仆人，你们此处离着哪州府县近呢？"仆人说："离兖州府近。"厉蓝兴说："你去到那里，访着挂千顷牌的有名医家，请来十位，在此庙中医治你们大员外的病。兄长您写下四份请帖，头一个请飞天怪蟒徐国桢，第二个恨地无环蒋国瑞，第三个圣手托天李廷然，第四个圣手飞行石锦龙。今日小弟我拿请帖一走，您请放宽心，我今天先对十名先生说开你的运命，他们用药的力量，必将你的病源感化。再说，就是电真他夫妻有灵，暗中保佑，容等我将他四个人请了来。那凶僧赛朱平智深的刀法不十分出奇，不过他使的是金风未动蝉无觉，暗算无常死不知。那白莲花普月更不足为奇。石锦龙掌中一对短把鞭，能打凶僧一片，何况还有我那三位老哥哥呢？"厉蓝旺一听，心中满意，遂说道："二弟呀，你拿我的请帖前去，可是不见本人，千万别给他们。"皆因江湖绿林所说，要讲交友之道，谁也漫不过去厉蓝旺、厉蓝兴、徐国桢、蒋国瑞、李廷然、石锦龙，对待宾朋这个意思，更不用说对于结盟的朋友。走在中途路上，半杯茶没有，要有什么事，都能拔刀相助。

他弟兄在庙中商量报仇之事。蓝兴说："兄长，我拿您这个柬帖，必须先到镖店，他们如果不在店中，还得各处去追寻，务必让他见着帖子，亲来面见兄长。今天小弟一走，可是须到明年春三月，接帖之人才能来啦。无论僧道俗，我是通盘报信，见着普月，要活的，给他绳缚二臂，送来电家庄，请哥您发落。兄长啊，我为什么必须明年才回来呢？因为我看你的阳寿未满，这些日子留着叫您好好养神，将来能恢复健康，也许亲身去拿普月、智深。再说，到了那杀剐师徒之时，也恐你伤感过甚，有些危险。"蓝旺点头。正在此时，外面家人进来回禀，说道："二员外爷，现已将十名医生请到。"弟兄二人说："将他们一齐请进来吧。"家人答应，出去不大工夫便将十人请到里面。厉蓝兴看他们年皆五六十岁，倒全是有经验的老手。连忙叫家人请到东屋好谈一谈。家人答应，便将十人请到东屋。蓝兴跟了过来与大家相见，说道："今天我将众位请来，这内中有事，就为谈一谈怎么治病人。"内中有一位年老拄拐的问道："这位爷，您贵姓高名，哪里人氏？仙乡何处？"厉蓝兴道："在下姓厉，名唤蓝兴，与西屋病人是亲弟兄。我祖居山东青州府东门外金家口厉家寨。我二人是保东路水路的达官，大家赠我二人美名，我兄长混水鲲鱼厉蓝旺，我乃展眼鳌鱼厉蓝兴。"那十名医家一闻此言，耳朵里有这么二位侠义之名，速忙站起抱拳说道："久仰二位达官的美名。"蓝兴说："列位请坐，这位老先生您贵姓？"那老医生说："我姓王啊，名叫王声甫，我家住兖州府西门外临福巷口内路南。"蓝兴又问道："那一位呢？"那人说："我姓于，名叫于景春，我家住兖州府西门外，路北如意巷口内路东。"
蓝兴又依次问明那八人，自己笑道："我问十位，我有用意，能与我兄
长调治病症就与他调治，如果不成呢，可以当时告辞，我不强求。你
们诸位，请在这东屋住，一切饮食全由我来担负，一来可以就近早晚
调治他病，二来我有一好友故去，他留下一个少爷年方十一岁，我请
年老诸位为的是替我照管此事，无事之时各位可以文学传与他。我与
您诸位，开白银每月每位五十两，将来我兄长病体痊愈，我必要另
有重谢。你们哪一位先到西屋，看他一番？"众人便请王声甫出头
先去。当时王老先生与蓝兴来到西屋北里间，他们一进西屋，一挑
帘，病房气味扑入鼻孔。王声甫道："我与您弟兄道喜。"厉蓝兴道：
"喜从何来？"王声甫道："我从此与大员外治病，到了明春，我能
保他病体痊愈，自行下地，手使什么兵刃，都能去活动去练。"蓝
兴说："您能有这样的把握吗？"王声甫道："那个当然，我要不是
闻见这气味，还不至于敢说此话呢。请您将病人的枕布取下，待我
一看，便能知是何病。"蓝兴过去取来交与医生。王声甫接过细细
的看了看，便背着他弟兄，写好了病源跟那药剂，便走出病房，回
了东房。

　　一位一位的全都挨次到了西屋，少时十位全看完。厉蓝兴说："列
位可将药方全写好了？"众人说："写好了。"当时一齐送到面前。蓝
兴一看，将药方子拿到西屋，向他兄长说道："兄长啊，您好好的调
养病体，明天兄弟我就要出外去请他等。您在家庙，可千万别想我那
死去的二哥夫妇，倘若我走后，您尽想念他二人，我将宾朋约到，那
时你已下世去了，我落得孤身一人。那时回到家来，您那弟妹要是问
我几句，那时我以何言答对。我与您请来十位医生，他们全是对答
如流，足可与您调解病症，又可以传给电龙文学，此可称一举两得。"
蓝旺道："二弟呀，你只要能够与电真夫妻报仇，我就一意的调养病
体。报仇那天，我还打算亲身杀奔黄沙滩万佛寺，捉拿凶僧，拿回来

祭灵，把他师徒用席卷上，成为撮灯大蜡，在灵前一点，那时我就为他二人报了仇。"蓝兴说："是，这些日子兄长若是有烦闷之时，可以把他们十位约了过来，闲谈也可以解烦。"蓝旺说："你倒不用管了，到时候我自有办法。不过今天趁你没走，可以把电龙带到东屋，见过那十位医生。"蓝兴答应，便将电龙带到东屋，与他们相见。然后回到西屋，告诉家人说道："你们快去将王家庄他们三人约来，我有话说。"家人答应，便将王麒弟兄三人请了来。到了家庙，家人往里回禀："王家弟兄已然来到。"蓝旺说："请他们进来吧。"家人出去请进屋中。蓝旺与他们指引相见。礼毕，王麒说道："兄长将我三人叫来，有何事呢？"蓝兴说："你一人来到此处，我有要事相商。"王麒说："有什么重要之事呢？二达官，我们先将三人的力量说出，您可以量力收用。我们三个全是务农的人，不能执刀上阵，别的事尚可勉强。"蓝兴问道："办那个谢秋戏，究是何人出头承办的呢？"蓝旺道："就是我与电真你二哥，我们二人出头承办，另外有四大村正、四大村副。"蓝兴说："可以将他们全请来，我有话问他们。"家人前去，少时便将那八个人一齐找了来。蓝兴问道："你们诸位全是村正副。我如今有件事，每村出一百名壮汉，全穿一样的服色，月白布衣裤，登山道鞋，青布袜子，花布裹腿，青纱包扎腰，绒绳十字绊，花布手巾罩头。二百人使刀。这家庙中安设一百名，夜里五十名，白天五十名，抱刀逡巡；那白棚中也用一百名，分为前后夜。另外那些人，有五十人各拿绷腿绳，在东西村口守护，白天二十五根，夜晚二十五根。王麒贤弟呀，你在白棚以里以外，你要负责查看。要有那不法之人，立时拿住来见我兄长发落。若是庄内之人，可以送到兖州府，请府台大人去办。要是江湖绿林人呢，可以将他绳缚二臂，留在家庙，不要断了他的饮食，容等我回来，另有发落。你们管绷腿绳的大家听真，你们大家在东西村口把守，若见那面生之人，无论男女，无论僧道俗人等，倘有那夜间飞跑，白天眼岔之人，将他用绳子绊倒，绳缚二臂，解来庙中。那时咱们另有办法，交与我兄长，叫我兄长追问他的情形。若是绿林人，绑绳千万别解，给他预备稀粥，早晚给他灌下，等我回来，自有办法。文魁呀，我走后第一是我兄长，第二是此子电龙，第三是十名医家，若有差错，你可小心在我的砍刀下做鬼。"文魁点头答应。那厉蓝兴拿了四份请帖，辞别兄长，备好应用物件，这才命仆人备好马匹，遂说："兄长，我要走啦。"蓝旺说："早些回来。"厉蓝兴说："是。"出来又嘱咐电文魁道："你在夜间，更须特别注意。"文魁说："是。"

厉蓝兴离开电家庄，赶奔金家堡。这里是南北的村子，东西的住户铺户，在北头路西，有一家连升店。来到店门外，叫道："店家。"从里面出来一位老者，身高八尺开外，面如重枣，浓眉毛，大眼睛，鼻直口方，大耳相衬，海下一部花白胡须，光头未戴帽，上头蓝布贴身靠袄，青布护领，下身也是蓝布裤子，登山道鞋，白袜子，蓝布裹腿，腰中围着一块蓝布围裙。厉蓝兴问道："店家，可有单间房屋？"老者说："有。"遂伸手将马接了过去，叫出一个小伙计，把马拉了进去。此时天已平西，便进了店，来到北房西头的一间屋，伙计回手将竹帘放下。厉蓝兴说："店家给我预备脸水。"此时那老头儿也跟了进来，笑问道："达官您贵府是哪里人氏？"蓝兴道："你问我这话为何？"老者说："我看你面熟，一时想不起来。"厉蓝兴说："你我在哪里相见过呢？"老者说："倒退十年以前，您上我们这金家堡来过一次。"厉蓝兴说："不错。我看阁下也有点面熟。那么您贵姓啊？"老者说："我姓连名玉，号叫茂通。达官您呢？"蓝兴说："在下姓厉，双名蓝兴，混号人称展眼鳌鱼。连掌柜的，我跟您打听一个人。"茂通说："您打听谁？"蓝兴说："此人姓连名登，号叫茂真，左臂花刀的便是。"茂通说："您跟他有来往吗？"厉蓝兴说："我与他神前结拜。那年他保云南贵州的镖，镖局在金水县的东门以外，永兴镖店。"茂通说："是啦，他不是外人，乃是我的胞弟。"厉蓝兴说："你我真是大水冲了龙王庙，一家人不认识一家子人啦。"茂通说："哟，原来全是自家人。既然二达官来到，请来柜房一叙。达官您来到我金家堡打店，面带愁容，所为何故？"厉蓝兴便将报仇之情，细说一遍。茂通说："二达官，您要将众人约到，来到我的店中，我弟兄可以拔刃相助。不过，我知道那两个凶僧，未在庙中。"蓝兴说："他们在与不在，你怎么知道？"茂通说："我有一儿名叫连发，外号小诸葛的便是，他一天一趟万佛寺。僧人防范太紧，恐怕有厉大达官手下之人夜入庙堂，将他师徒斩首。我儿连发不得手，要是得手，早将他师徒二人的人头斩下。皆因他治死一位好友电真电维环，电真与令兄交友，我茂通不知，我若知晓，早就将凶僧处治啦。您在此等候，等我去把你侄男找来，与你们爷两个指引相见。"说完他转身往外。

工夫不大，带进一个人来，说道："上前与你二叔见礼。"蓝兴用手相搀，说声："孩呀，免礼吧。"他看此人是道装的打扮，身高不满七尺，细腰窄背，双肩抱拢，骨瘦如柴，面皮微黄，细眉毛，小圆眼睛。蒜头鼻子薄片嘴，小元宝耳朵，那个小瘦脑袋真要见棱见角，头戴一顶混元一字巾，杏木道冠别顶，横别一根簪子，宝蓝色的道服，青缎的护领，上绣着福留云。下边是蓝纺绸的底衣，两只登云履。蓝兴遂问道："连发，我来问你，你使的是什么军刃呀？"连发说："我使一口避血尖刀，判官笔一支。"蓝兴说："与何人学艺？"连发说："我师父来到我家传艺，传完艺他走啦。"蓝兴说："此人贵姓高名？"连发说："饶州府东门外皮家坡的人氏，姓皮双名元豹，别号人称神鬼莫测。"蓝兴说："连发，你天天到正北去吗？"连发说："不错，我天天准去。"蓝兴说："你天天准去，你怎么不跟他们动手呢？"连发说："叔有所不知，那凶僧他们有子母鸳鸯拍花药。"蓝兴说："那他也不能拿拍花药拍你呀。"连发说："您是不知，他打的那个拍花药是令人难躲。"蓝兴说："怎么令人难躲呢？"连发说："他把拍花药灌到锤里啦，那锤名叫走线迷魂锤，锤上有环，环上有绒绳。他与人要动上手，他抢上风头，用锤一打您，您一躲，锤打到身上，那香烟就能出来。若是打不到身上，他一拉那绒绳，香烟也就出来。只要一闻见香气扑鼻，被拍的人一打怔的时候，他的刀就砍到啦。凶僧乃莲花党之人，我所怕者就是他的拍花药。我小孩要与侠客爷报仇，我死不足为奇。他若没有拍花药，我早就将他处治啦。"厉蓝兴说："那么凶僧现时在庙中没有？"连发说："庙堂您不用去，他不在庙中，他师徒少说也得躲个一年半载的。那白莲花普月，叔父您见过吗？"厉蓝兴说："倒是见过几次。"连发说："那普月见您骑着马匹，有一仆人相随，从兖州府家门往这里来，因此他师徒就远远脱逃啦。二叔父您多咱将列位约到了，先来我这里，听我的信息。"厉蓝兴点头。天色已晚，便住在此处，一夜无话。

次日天明，蓝兴说："兄长，您叫人给我备马啊。"茂通说："二弟呀，你吃完饭再走不迟。"蓝兴说："不用，我是有事在身，心中急躁，赶路要紧。"茂通说："那么电家庄我那大弟，你可安排好了吗？能够保护住他吗？"蓝兴说："可以的啦，人已派好，料也无忧。"茂通说："你的路费可有？"蓝兴说："有。"茂通这才命人把马匹备好。他父子送至店门外，厉蓝兴说道："小弟回来之时，一定与我兄长前来看望于您。"茂通点头。他告辞一走，离了金家堡不提。

如今且说连茂通父子送走人家，他们回到店中。茂通说道："连发呀，从今天起你必须每夜到电家庄庙，你在那房后坡一趴，暗中去保护你那大叔父。等你二叔回来之时，再行回来不晚。"连发答应，从此夜暗地保护不提。

且说展眼鳌鱼厉蓝兴，一路之上，直奔青州府而来，非止一日，这一天来到了青州府。他是穿城而过，直奔东门，出东门过了海河桥梁，便下了马，拉马来到三元镖店。来到门前一看，不由心中大喜，看见七辆镖车，业已套好。那头辆车上，插着一杆旗子，白缎子做地，青火沿，上边用青缎子刻出来的字，是青州府东门外路北三元镖店。蓝兴遂上前叫道："伙计们。"那伙计人等出来一看，连忙说道："原来是二达官，您从哪里来？快进来吧。"蓝兴道："张振，我来问你，我那三位恩兄，可曾在店中？"张振说："二达官，您来得正好。他弟兄正在店中，你要慢来一步，他们就走啦。"厉蓝兴问道："这镖往哪里呀？"张振说："上云贵去。"厉蓝兴说："好！张振呀，你快与我回禀一声，就说我前来请他们。"张振点头，转身进到里面回道："三位达官您看，人真怕念，一念他真来啦。"徐国桢道："可是我那二弟厉蓝兴来了吗？"张振说："您不信，出去看看呀。"弟兄三人一听，喜出望外，连忙一齐来到店门外，弟兄三人一看，果然是厉蓝兴。李廷然哈哈大笑说道："二弟，你从哪里来？"蓝兴上前与三人见礼，说道："此处不是讲话之所，你我弟兄店中一叙。"说着四个人一齐来到店中，大家落座吃茶。徐国桢道："二弟你这是从哪里来呢？"厉蓝兴说："我从兖州府东门外电家庄东村头电家庙来。"说着话，上前二次跪倒行礼，说："三位兄长，受小弟一拜。"徐国桢道："二弟你拜者何来？"蓝兴道："此处有请帖，请兄长观看。"说着伸手探兜囊，取出四张请帖，双手递上三张，说道："三位兄长，我这里有三份请帖给您，哥三个每位一份。如今我来到镖店，可巧三位兄长全在店中，此乃我兄长亲笔写给你的。"徐国祯伸手接过，一看上面写道："徐仁兄大人台笔，远自别来，其为念念。弟因近来染病在床，不能分身前往迎请三兄，特派二弟蓝兴代为致意。见帖后请三位仁兄各带随身使用物件，以及军刃暗器夜行衣，一齐来到电家庄东村外家庙相见，弟有要事相求。专此致意，小弟厉蓝旺拜启。"徐国桢与他兄李廷然等弟兄看完，心中暗想：这内中必有与仇人作战之意，遂问道："二弟呀，我那大弟难道说有仇人吗？"厉蓝兴将电真与他兄长交友之事，以及被害之情，前前后后完全说明。徐国桢道："那电真电维环，很够交友之道，侠义二字，他能当之无愧。我听他的名誉很好，我在暗中曾访过此人。"正说着，外边张振问道："达官，您的镖车还走不走啦？"国桢说："你们大家乘跨坐骑，赶快直奔扬州城内十字街正东路北万胜总镖局，交到那里，按路单所为就是。"张振应声"是"。厉蓝兴说："徐仁兄，此处现有一份请帖，交给他们带去可成？"徐国桢说："可以。"遂问道："张振，你可认识石锦龙？"张振说："我认识，我花他老人家的银钱可多啦。"国桢道："现有发票路单一齐交与你。你见了石锦龙，就说我徐国桢请他，叫他急速备好军刃物件，以及水衣水靠，骑马到兖州府北门外电家庄东村外家庙。我在那里等他。"蓝兴道："这样一说，他能来吗？"徐国桢说："那如同我同胞兄弟一个样，就差一娘所生。"说着话，伸手取出白银四锭，说道："张振，给你拿去，一路之上想吃什么，就买什么吃吧。到了那里他在店中那更好，如果未在店中，你便骑马出去，找一找他，务必见面才好。"张振答应，转身而出。徐国桢说："二位弟，你们快快收拾，咱们好起身。"当下李廷然等收拾已毕，弟兄四人从此地起身，仆人将马匹带过，哥四个接过马来，飞身上去，这才一同够奔电家庄而来。饥餐渴饮，夜住晓行，非止一日。

这天走在中途路上，看眼前来了一匹坐骑。马上这人是个庄兵的打扮，二目发直。厉蓝兴便问道："这一骑马的，你赶奔何处？有么要紧的事呢，你骑马这样慌，要撞了人呢？你从哪里来呀？"那个庄兵说道："我这是从电家庄来呀。"说着翻身下了马。他们哥四个一见，也就纷纷下马。蓝兴道："你从电家庄来，我怎么不认识你呀？你在什么地方住啊？"那庄兵说道："您不认识我，我可知道您。"厉蓝兴说："你姓什么呀？"庄兵说："我姓周，名叫周连，我正上青州府镖店找您去呢。"蓝兴说："有事吗？"周连说："有事。"蓝兴说："有么事呀？你请道其详。"周连说："二达官，您千万别着急，我家大员外跟电龙全无事，就是内中有一名医家，被凶僧斩杀。多亏有一位赛诸葛连发，在房上暗中保护，给了凶僧一瓦，打下房来，被我等大家用绊腿绳将他拿获，现在捆绑在庙中。我家大员外爷问他，他说从竹莲寺来，他上智下元，人称生铁佛。那凶僧说，杀剐存留任凭你们所为。当时我们大家拿刀往他身上砍，他也不怕。"厉蓝兴说："哪一位医家被杀。"周连说："是咱们本庄里的一位医生，名叫周凤林。"蓝兴说："三位兄长，咱们先头前走去，叫他慢慢的走吧。"徐国桢说："好吧。"大家急忙各将马的肚带紧了紧，飞身上马，策马如飞似的就直奔电家庄跑了下来。那周连也上马在后面紧行。

　　非止一日，这天来到了电家庄，大家一齐下了马：厉蓝兴一进东村头，看见地下有绷腿绳，就在地上放着。徐国桢说："二弟，你看这个绳子就这里预备着，有人经过，看见就不能上当了，他们可太粗心啦。"说着话四个人来到庙门外，上前叫门，里面有人将门开了。蓝兴忙问道："我兄长病体如何？"仆人说："现已见好。"蓝兴说："很好很好！"说着，弟兄四人一齐往里走来。到了西房，蓝兴伸手拂帘栊，叫三位"请进"，说道："哥哥啊，三位兄长到。"屋里蓝旺闻听，忙说道："仆人，现下有三位兄长到，快把我扶起来。"见了三人，抱拳道："三位仁兄，快来请坐，恕小弟不能下地远迎。"三人见他病体削瘦，面带愁容，不由说道："大弟，你怎么落到这步天地？你派二弟前去找我们，现在我弟兄已到。你有什么仇人，可与我等说出，我们舍去老命不要，一定可以与你报前仇。"厉蓝旺说："三位仁兄，快请落座。咱们好谈话。"蒋国瑞说："你我弟兄分别，足有四载未见。愚兄我上家中，向二弟打听你几次，据他说，你出门在外访友。你上哪里去了，他也莫名其妙。"蓝旺一听，便将结交电真之事讲了一遍。蓝兴问："家里又出什么事了？"厉蓝旺道："五天之前，医家周凤林与我熬药，从东屋往西屋来送。天也就刚黑，正走到院中，不想从北房上下来一个凶僧，手起刀落，竟将周凤林杀死。大众一齐上前拿他，凶僧上西房逃走，不想被房上之人，用瓦将他打下房来，才被众人拿获。我命仆人们问那位侠义贵姓高名，房上有人答言，他说姓连名发，赛诸葛的便是，他说完并未下房来，竟自走了。二弟你可认识此人？"

蓝兴答："我认识此人，但不知凶僧现在哪里？"蓝旺说："我已将他放到南里间。那凶僧是刀枪不入。"蓝兴说："他只要是他们一党的，我自有我的办法。"遂说："来呀，将凶僧提了来。"当时手下人等去到南屋，将他抬了来。看他身高约有八尺，虎背熊腰，面似黑锅底，花搅的眉毛，一对三角眼，大鼻头翻鼻孔，四字方海口，大耳相衬，穿夜行衣靠。厉蓝兴问道："僧人，你为什么来到此庙行刺？"僧人说："你来问我，你可是展眼鳌鱼厉蓝兴吗？"蓝兴说："不错，正是你家二太爷。"僧人说："我来问你，你在山东金家口，你可曾捉着一个打闷棍的，给送了青州府，有此事没有？"厉蓝兴低头一想，道："不错，有此事，此人姓李，名叫李唐。"僧人说："我找你未见，那时你保镖已走，后来我上厉家寨，要杀你满门家眷，是我不认识究竟是哪一家。我若知晓，一定将他们杀死。"蓝兴说："你与李唐有何来往？"僧人说："那李唐乃是我的天伦，我俗家姓李名义，人送外号生铁罗汉。皆因我在家中刀伤人命，有老乡给我一条生路，叫我削发为僧。"蓝兴说："你师父是哪一家呢？"僧人说："我师父大大有名，家生扬州府南门外，那山叫蛇盘山，山上有一古庙，少林寺。那当家的上法下缘，人称紫面昆仑，散二十四门头一门的。后来因为我不守庙规被赶下山来，我上黄沙滩万佛寺，找我的师兄。他有一个分庙，竹莲寺，我就在那里住。"蓝兴说："你的法号何称？"僧人说："我上智下元，人称生铁佛的便是。我师兄他们师徒，不敢在万佛寺，全到白莲寺避躲灾祸。因此我才来到此庙，打算将老儿斩去，以报当年之仇。我在北房上，看见那老翁端着药锅，是我一时怒气，下房将他杀死。我上西房逃走，不想被小辈打我一瓦摔下房来，才被获遭擒。杀剐存留，任凭尔等，替他人一死是别无可言。"厉蓝兴一闻此言，不由生了气，伸手取出避血刀来，说道："恶僧人，你一定是金钟罩护身呀。我与你有三江四海之仇，岂能放你呢？我先将你的金钟罩破了再说吧。"蒋国瑞说："二弟呀，你将他左目取出，便可破了他的金钟罩。"厉蓝旺道：

"二弟且慢。"蓝兴说："兄长还能放他吗？"蓝旺说："放他可不成，容等将那智深师徒拿住，一齐倒点人油蜡，那时好与我那死去的维环二弟夫妇报仇雪恨。"李廷然道："二位仁兄，二位贤弟，我有一计可以破他，你先将刀收起。这金钟罩，实在好破。"说着伸手取出一根银针来，一提他左耳，银针刺鼻孔，当时鲜血就流下来了。智元口念："阿弥陀佛，完了完了。"李廷然命人仍将他放到南里间，派人看守。他们哥儿四位，便在庙中一住，与他养病。蓝兴说："那医生的苦主呢？"蓝旺说："已然将尸首领回，赠送五百两白银，每月还另外有银子给他。"四个人一听，暗暗点头。蓝兴说："兄长你养病要紧，千万将电真夫妻之仇抛于度外，容等石大弟锦龙来到，咱们再找仇人去。"蓝旺说："好吧，兄弟你每日与电龙传习武艺。"蓝兴点头。从此便传艺不表。

到了年底，好容易厉蓝旺病体痊愈，离了病榻，医家便在饭菜之中，也与他下面药，保养病人。转过年到了二月底，身体恢复到了原状，也能打拳踢腿啦。这一天，他带领三位兄长、一个胞弟，围着村庄绕了一个弯。平素他累碎三毛七孔心，与电龙练习武艺，早晚如此的用功。到了三月啦，外面有人来报，说石锦龙到。书中暗表：原来石锦龙是新由扬州镖店来，接着信之后，便一直来到家庙，面见五位兄长。厉蓝旺问道："大弟你从哪里来呀？"锦龙说："我从扬州来。"蓝旺说："我那石兄弟可好？他们全做什么啦？"石锦龙说："二弟锦凤，在家中镖局子呢；三弟锦彩，在万胜镖局；那四弟锦华，在石家镇明开店为业，暗中执掌庄规。"徐国桢说："大弟，我来问你，两个孩子可好？"石锦龙说："兄弟，我将镖局之事，交与三弟执掌。小弟回家将二子武艺传好，我回到镖局见了请帖，因此才来。厉仁兄莫不成你老人家有仇人吗？"蓝旺一听，便将电真夫妻被害，以及自己与他结交的经过情形说了一遍。当时便将电龙叫过来，与他引见。说道："龙儿，过来见见你石大叔父。"电龙闻言，连忙过来跪倒行礼，说道：

"叔父大人在上，小侄男电龙与您老人家叩头，请您与我那四位伯父替我报仇。容等孩儿长大成人，我一定特别答报。"石锦龙说："电龙啊，你伯父以后要被人欺压呢？"电龙说："我一定与我伯父出力，打败仇人，方能出气。"锦龙说："好！你就好好的与我那兄长学艺吧。将来学成之后，到我家去，我有几手绝艺传授于你。"电龙一闻此言，连忙道谢。厉蓝兴说："兄长啊，您先在此等候，待小弟我到趟金家堡。"蓝旺说："你要去，可得赶紧回来，我听你的信。你是白天去还是夜晚去呢？"蓝兴说："我还是白天去好。"蓝旺道："你还是夜晚去为好，白天去恐怕走漏风声。"厉蓝兴说："那么我今天晚上就走。"众人说好。当下吃了晚饭，大家耗到初鼓。蓝兴说："众位兄长，我走啦。"说完，他就来到外面，哥五个送到门外。

分别之后，那蓝兴拐弯从庄后头绕道直奔金家堡，如飞而去。来到路旁一片松林里面，伸手探兜囊，取出白蜡捻粘在树上，用火折子点好，这才脱了大衣，收拾紧衬利落，将刀插于背后，大衣包在抄包之内，十字绊丝鸾带结好。低头一看，地上并无东西物件，这才吹灭蜡捻，长腰出树林。按道如飞直到金家堡的北村头，在那里绕了一个弯，细一看四外无人，急忙飞身上了西边房。此房正是店里的柜房。厉蓝兴低头往下观看，听见屋中有人说话，听口音是茂通与他子连发他们父子讲话。就听茂通说："连发呀，你上万佛寺去了吗？"连发说："我去啦，因为现在我已然将我二叔等到啦，我方才回来。"茂通说："那么凶僧他们回来了没有？"连发说："他们师徒全都回来啦。是我到了庙中，找着他们的卧室，那凶僧未在禅堂睡觉，他们师徒全在西屋经堂里睡。这两天我二叔若是带人来到，那凶僧是难以脱逃。"厉蓝兴在房上手一按瓦沿，不由嘎吧一响。屋内连发忙将灯光吹灭。蓝兴说："兄长不用担惊，小弟蓝兴来到。"说着话飞身下来。那屋中的父子，就将灯点好啦。茂通问道："外面既是我二弟，何不请进来呢？"厉蓝兴道："小弟有罪，夜入店来，身穿紧衣，真有点对不过兄长。"茂通说："二弟小声些，免得惊动了其他客人。"说话之间，出屋子将他迎到屋内，问道："二弟呀，你有事吗？"蓝兴说："有事。"茂通说："那么你怎么不白天来呢？"蓝兴说："我白天来怕走漏风声。"连发说："对对，二叔言之有理。"蓝兴问道："连发你可曾到了那黄沙滩万佛寺？他们师徒回来了吗？"连发说："回来了，叔父您可将众人请到了吗？"蓝兴说："不错，我已将他四弟兄约到。"连发说："我那大叔父他老人家病体可痊愈了吗？"厉蓝兴说："不错，他已然痊愈啦。"连发说："他能够与凶僧动手吗？"蓝兴说："倒可以与凶僧杀个三五回合。"连发说："今天您回去吗？"蓝兴说："回去。"连发说："好吧，那么您六位就在明天一黑天，就在我们这里见。"蓝兴说："那么我向你们父子告辞，咱们明天再见。你们千万在店中等我，我们一定准来。"说完，他告辞出了屋中，飞身上房。

由此处离开店，自己便于夜间一直到了黄沙滩万佛寺，在外边绕了个弯，细细的调查一下子，恐怕凶僧暗中准备，有什么防备。到了庙后一看，东西有大道，在庙的北边有河岔子，他便顺着河沿一直向东，相隔不到十里地，这河就往北拐过去啦。一听四外鸡鸣乱唱，眼前有一大片松林，来到林中，脱了夜行衣，换好了大衣，将刀挎在胁下，走出树林回了电家庄家庙。此时天光已然大亮，来到了家庙，上前叫门。里面有人问："是哪位？"厉蓝兴说："我回来啦。"仆人将门开了。蓝兴见了大家，说道："兄长啊，您的刀法可曾纯熟，精神恢复了吗？"蓝旺道："我如今跟平常一个样了。但不知你到那万佛寺打探得如何？"厉蓝兴说道："小弟赶奔金家堡，正赶上他父子在柜房谈话，我到了里面，向他父子打听。那连发说，智深与普月现已回来，正在庙中。"厉蓝旺说："二弟，咱们明天收拾齐毕，到黄沙滩万佛寺，将他师徒拿住，将我那电真二弟的尸身，跟我那弟媳的人头，一齐找回，也好将他夫妻合葬。家庙中拿的生铁佛，一齐绑到定魂桩上，开膛摘心，祭祀亡人。"蓝兴道："茂通父子也叫明晚前去。可是依小弟之意，莫若咱们今晚就走，免得他师徒脱逃。"蓝旺道："那倒不必，你叫手下预备仆人十二名及筐子、门板、铁锹、镐。叫他们头前先走，在那里相见。"遂问好有一个叫赵升的认识道路，这才每人给他们十两银子，叫他们在金家堡方圆附近，打好了店，我们众人明夜准到。赵升答应，他们领银子前去。

如今且说家庙中电文魁上前说道："大庄主爷呀，您若到了那庙中拿获了凶僧，再出西门外，下台阶往东，刨下几尺去，便能找着我那二员外的尸身。在尸身旁边，有一个花盆，就是我那主母的人头。"蓝旺命人写好一个纸条，说："文魁呀，你在庙中带领仆人，好好的看守此庙，多加注意在电龙身上。那电龙是你义子，这孩子就是电氏门中一棵根苗。"文魁连连答应，当下他们大家便在庙中，各人收拾好了，过了过汗。厉蓝旺抽出砍刀来，在院中施展开了，一片刀光，练完之后，真是面不更色，气不涌出。他练完了，就是厉蓝兴练。第三个便是石锦龙，一对对把鞭，在当中一练，借灯光一照，好像两条白蛇相仿，上下翻飞，大家一看连连夸赞。第四个是徐国桢，从兵架子上取下一对跨虎铜，在院中施展开了，也是有些出入之处。练完了，蒋国瑞手使日月双轮，左手轮是劈套拍装，右手轮是支挂撕拿，上下翻飞，身形来回乱转，练到精奥之处，不亚如一对蝴蝶闹花篮一般。收住了轮式，说了声："让过了列位兄弟哥呵，在您台前献丑了。"旁边李廷然走过，一摆水磨竹节钢鞭，撮装砸。练完了，天已交三鼓，他弟兄六个人吃了点夜宵，便一同在西屋睡觉。第二日天明，大家起来洗脸漱口，吃完早饭，众人又行睡下，嘱咐好了仆人说："若是有人找我们，就说我兄弟出外访友去了。"仆人答应。他们又到西屋睡觉，一直睡到天黑，众人起床，忙命人再摆晚饭。众人吃完，收拾齐备各人的军刃暗器，以及水衣水靠，大家由此动身。

天将初鼓，众人在路上行走。前边走的是恨地无环蒋国瑞、圣手托天李廷然，在后面走的是混水鲲鱼厉蓝旺、展眼鳖鱼厉蓝兴、圣手飞行石锦龙。蓝兴说："咱们哥六个，一来不准谦让，二来不许候等，咱们哥六个打一回哈哈。"说着话往下一塌腰，往前就走，说声"随我来"，如飞而去。这哥五个一瞧，也就各自施展功夫，往前而去，真好比六只飞燕一样。天到三鼓，来到黄沙滩，到了一片松林，在里面休息了一会儿，出来在庙的左右巡视一个圈儿。二次回到林中，各人收拾紧衬利落，这才一齐出了树林。蓝旺说道："你们哥三个，从东面往后打，到了后面往西兜。我们哥三个在西面往东兜。谁要是见了凶僧，谁就不用动了。你们入庙，在东配殿，无论大小房屋，详细的去找。我们弟兄在西配殿，也是那样的去找。"六个人看好了远近，一齐上庙墙，蹿房越脊，往里面而来。此时西边的厉蓝旺取出问路石，往下一扔，一无人声，二无犬吠。三个人这才下了墙，再上西配殿。越脊爬坡，来到前坡，听见里面有人说话。他们往北面殿中细看，殿中灯光明亮，八仙桌左边是凶僧智深，那下垂首是白莲花普月相陪。

书中暗表：那赛朱平智深，他们得着信息，知道外面风声不好，这才来到竹莲寺，面见生铁佛智元。当时智元问他师徒来此何事？智深说："师弟你若问呀，只因普月在周家庄采花，不想竟与电真为了仇。后来设计害死他。"前前后后之事，向他说了一遍。智元说："师兄呀，想当初您在庙中勾引莲花党的人，在庙里发卖薰香，已然大犯僧道之规。普月我来问你，身为佛门弟子，就不应当贪花近柳，你到处败坏好人家的妇女。你又敢到电家庄，把电真之妻杀死，电真死在庙中，一不做二不休，打墙也是动土，动土也是打墙，就应当连那老匹夫厉蓝旺一同斩首。"普月说："师叔，我已将他们也杀死了，那家庙中是尸横一片。"智元说："恐怕未必吧。既然全都杀去，为什么又来到我这里呢？"智深说："贤弟，我也正因为他所说不实，心中犯疑，这才来到兄弟庙中。"智元说："哟，你说的恐怕不实。你们看那房上是何人？"智深师徒往房上一看，吓得惊慌失色，不知如何是好，真是面目更色，胆战心惊。智元说："你师徒在此等候，三五日我就回来。"说完了，那生铁佛便将戒刀以及行衣包通盘带齐，离了竹莲寺，告诉小僧人说道："若有人前来烧香，你说我外出有事。我此去电家庄，前去斩杀那病根上的老儿厉蓝旺，与那小畜生电龙。"说完他竟自走了。不知后事如何，且看下回分解。

第二十回

白莲花三探电家庄　鞭对剑力擒赛朱平

　　话说智元走后，小僧人法明关好了山门，回到里面说道："师伯，我师父这一走，恐怕凶多吉少，明说上金家堡，其实他是暗上电家庄。当年我师父知道电真竹影刀出奇，不敢与他对敌，如今他已故去，后来又跟来往的商客打听，才知道他们那里的详情。原来厉蓝旺还病倒家庙，那电真之子电龙，认电文魁为义父，同在庙中。怎么我师兄还要刀斩了他们，这未免的不对吧？你们师徒怎么还能来到竹莲寺呢？"普月一听，师叔智元要去刺杀他人，心说：你不去还则罢了，只要一去，就得被获遭擒，那家庙倘若有落空之时，你也得不了上风。果然那智元僧从竹莲寺走后，到了家庙，即行被获遭擒。智深带着普月在庙中，等了有十数天，不见回来。智深问道："普月，你看你师叔走了十好几天，一去未归，不知是何原故，令我放心不下。"旁边法明说道："师伯，您倒不用担惊，我师父有金钟罩护身，不怕他们。"智深一听，遂说："是了，你们听外边是谁叫门，出去看一看去。"法明一听，连忙出去了。智深把他支了出去，这才说道："普月啊，你师叔向来不说实话，他说上家庙去，未必准去。要是背着咱们师徒到了庙中，乘着咱们没在庙，他若将财物全给移到别处去，那时你我师徒尽顾在此躲灾避难，后来落个人财两空。莫若咱们还是得工夫回到庙中，将东西物件查好，存放一处，你我再行躲避，也不为晚。"普月连连点头。当晚他师徒将随身应用的东西拿齐，告诉好了法明，叫他看守庙堂。

他们师徒便由此动身回到万佛寺。天光已亮，忙将白昼僧袍罩齐，上前叫门。里边有没落发的僧人问道："外边何人叫门？"智深说："我师徒化月米回来。"里头即将门打开，放进二人。智深问道："普惠，可有人来到庙堂？"普惠说："没有人来。"他们师徒关好庙门，一齐到了禅堂，便查点一切财物，完全不短。他便叫人预备早斋。智深说："你去将你那师弟们全叫来见我，我有话说。"普月答应出去，就将他们叫到了禅堂，问道："师父，您有什么事呢？请您说，小徒们好遵遁。"智深说："我告诉你们，从此往后，若是有人问你们我在庙没在庙，你们大家就说，我师父出去化月米，一去未归，千万别说我在庙中，你要切记在心。"众人点头。智深当时赏给每人一锭白金，又嘱咐道："哪天若是有人前来找我报仇，你们必须相助于我，务必将仇人拿获才好，那时我还有重赏。你们先回去吧，预备好了绊腿绳，听见我哨子一响，赶紧出来。"众人说是。他们回到了下房，内中就有一个人说道："列位师兄弟，幸亏有一样，咱们大家全没落发，还可以还俗。此事倒是咱们的不是了，在未入庙的时候，就应当先访一访师父的名誉，看他的行为如何，再来才对。如今咱们既到了庙中，将来难免跟着受罪。众人治死电二爷之后，师父也很害怕，因为人家有位能为高大的人，难免不来报仇，倘若到了那个时候，他的哨子一响，叫咱们出去，可得看情形，能管再管，不好管的时候，大家先逃活命要紧。"

不言众人安排此事。且说智深师徒，这天用完晚斋，在禅堂闲坐。智深说："普月呀，我近些日总觉心神不安，谁要一说话，我都能一惊，不知是何原故？"普月说："师父，您尽管放心，高枕无忧。"

他们正在屋中讲话，忽然一抬头，看见南房后坡有人向这里探头观看，连忙将灯吹灭。普月说："师父，您为什么将灯光吹灭呀？"智深说："你我的仇人来到，你顺着我的手瞧。"说着一指南房之上。晋月一看，果然有两个人影。智深忙甩去大衣，收拾利落，伸手亮出戒刀，跳到院中，用手往南一指，大声说道："房上何人？早行下来，现下有你家师父赛朱平智深在此。"说着扎刀一站，忙向四外房上看了看。在经堂前坡站定一人，东房上一人，北殿房上也站着一人，南房之上是二人，那后坡上还背过气了一个，便是那厉蓝旺。

书中暗表：那六侠在半道上赛腿，半道上蓝兴说道："咱们一直到家中去吧，我想不用找他们，那一来咱们也有说的。要去找他们，再来庙中。倘若他们在庙中预备了莲花党之人，加了防备，那时连发父子有个舛错，我对不起他父子。咱们哥六个既来之则安之，还是咱们进庙，下手拿他们吧。"哥五个一听也对，因此他们才一齐来到庙中，各按方位站好，说明不准惊动他们。谁知上房之后，大家便看明白了，他师徒正在禅堂说话。后来智深吹了灯，跳在院中，一道字号，东房上徐国桢问道："你可是凶僧普月的师父智深吗？"智深说："正是你家师父。"徐国桢一闻此言，飞身跳在院中，伸手取下跨虎双铜。智深说："来者何人？"徐国桢说："某家姓徐名国桢，人称飞天怪蟒，东路的镖头大爷便是。我劝你早行跪下受缚，免得动手，你还可以多活几日。要不然叫你不得全尸。"智深哈哈大笑，说道："老贼，你休要说大话。你家师父不听那一套，有何能为，尽管使来。"徐国桢说："好！"说着往前上步，左手往上一挑，右手军刀便伸到了他胁下。智深用戒刀一搪他的铜，那右手的铜就进来了，他急忙一转，用刀背再往上一磕，跟着往南一转身，僧人就面向西啦，双腿一卧云，翻身一刀，就使一个卧云反臂撩阴刀。徐国桢一见，知道此刀的厉害，赶紧往后一仰身，使了一个铁板桥，稍慢一点，百宝囊被刀尖划上，哧的一声。那智深大声说道："你等不过平常之辈，仰仗人多，前来欺压我师徒人单势孤。你们怎么配称侠义二字？"这一句话不要紧，怒恼了南房上圣手飞行石锦龙，忙问道："大哥闪开，待我下去一战。您可曾受了伤？"徐国桢说："是我闪得快，并未受伤，只将我百宝囊划破。贤弟下来，可千万别放他师徒逃走。"石锦龙说："老哥哥，请你上房来，待我拿他吧。哪一位再下去，那我可抖手一走啦。"说完，他跳下房来，来到院中说道："智深，你外号人称赛朱平，江湖上也有你这小辈，不仰仗全身武艺胜人，竟敢用毒计谋害好人。你可晓得三国时代的朱平，就不得善终。今天你这凶僧，也是难逃公道。"智深说："对面的小辈，你叫何名？你师父的刀下，不死无名之鬼，通报你的真名实姓。"石锦龙说："僧人，你家大太爷家住夏江府秀水县南门外石家镇，姓石，双字锦龙，号叫振甫，人称圣手飞行，大六门第四门的。"智深一听，心中暗想：我撞金钟一下，不打铙钹三十。连忙上前举刀就砍，石锦龙此时是要打算看一看他的刀法如何，往旁一闪，躲过此刀。僧人又立刀往前砍来。三刀已过，石锦龙道："僧人，我让你三刀土。头一刀我与你没有多大仇恨，我尽其交友之道，被我那拜兄所约，他年岁太大，恐怕不是你的对手，才将石某约来。第二刀不还招，皆因你是佛门的弟子，不过你不应当纵容你的门人弟子在外采花落案。第三刀不还招，是因为你是武圣人门徒，人不亲线亲，艺不亲刀把还亲呢。今天你要知时务，趁早束手被擒，要不然，你可知道石某的对把鞭的厉害！"智深说："石锦龙，你是满口胡言乱道，你可知道你家师父，一口戒刀手内拿，扇砍劈剁在两肩，顺风带叶往里走，黑虎掏心在胸前，进步撩阴劈头砍，转步连环上下翻。"石锦龙一看，果然刀法不错，实在有出人之处，不由大声说道："智深你别不知自爱，你家大太爷让着你啦。休走，看鞭取你。"说着舞动双鞭往前进招。智深举刀一砍，石锦龙往旁一闪，左手五节鞭往上兜，说声："小子你撒手。"智深一看，急忙抽刀要走。石锦龙的鞭就缠在刀把之上，往外一撕。一进右手鞭，卟的一声，智深的手腕子就砸上了，立时站在那里。石锦龙说道："大哥要活的，还是要死的？"南房上徐国桢说道："大弟，千万留他活命，别给治死。"

此时普月同时也出来了，站在院中，手中拿着一口宝刀，心中暗想：这可是二口宝刀怕他等何来？回头看见他师父与石锦龙动手，他便向房上一看，那蒋国瑞就跳下来了。看那口刀，正是朱缨宝刀，厉蓝旺一见，大声说道："二哥，千万别叫此贼跑了，就是从他身上起的事。"蒋国瑞道："对面可是凶贼白莲花普月？"普月笑道："正是你家少师父。"蒋国瑞说："好你个恶淫贼。今天我看你往哪里逃走？"普月问道："老匹夫你叫何名？你家少师父刀下不死无名之辈。"蒋国瑞说："我家住在河南卫辉东门外蒋家寨。姓蒋名国瑞，别号人称恨地无环。"普月说："老匹夫，你是无名之辈。"说着，提手一晃，上前就是一刀。蒋国瑞往旁一闪，拿右手轮将要挂他刀背。普月往里一裹刀来削他腕子。蒋国瑞一矮身，右手轮嘎吧一声，就将刀给拿住了，跟着就是一脚。普月撤身，蒋国瑞连忙用左手轮向他头上套来。普月一见不好，急忙使了一个铁板桥的功夫，往后一仰。蒋国瑞近身立轮，向他胸前滑来，哧的一声，便把他前胸划了一个血槽，不由"哎呀"了一声。那普月翻身使了一手十八翻，滚出墙下半躺半卧，正在那里仰着脸看哪。蒋国瑞哈哈大笑道："淫贼，你家老太爷知你诡诈，焉能受你之苦。"普月一听，急忙用镖向上打来。蒋国瑞略往东一闪身，镖已打空，越过墙头，飘身下来。普月便向正北逃去，走了约有半里来地，眼前有道河岔子，哧的一声，那恶贼就入了水啦。蒋国瑞一见，忙向四外一看，一跺脚，一个会水的也没来，自己不识水性，心说：若有一人会水，此贼可得，如今眼看着被他逃走。那普月在水中露出半身，说道："老匹夫，你我水中一战。"蒋国瑞道："便宜你那条狗命去吧。"普月哈哈一笑，说道："既然如此，那你家少师爷可就走啦，再见咱们正北啦。"说完浮水而逃。蒋国瑞无法，这才回庙。

此时那房上人一齐下来。厉蓝旺道："大弟，快将恶僧绳缚二臂吧。"石锦龙便一腿把智深踢倒，解下丝绳，将他捆了。智深明白过来，已然被获，遂大声说道："石锦龙呀，你们要如何便如何了，要叫我身上肉一动，我是骂你们大家上三代。"厉蓝兴一听，连忙上前一揪他耳朵，摘他头巾，便将他的嘴给堵上啦。这个时候蒋国瑞来到。厉蓝旺忙问道："您可将恶僧拿获了吧？"蒋国瑞道："淫贼下水被他逃走。"蓝旺一跺脚。厉蓝兴道："便宜了他吧，叫他多活几日。待我追奔正北，将淫贼找回，好与我那二弟报仇。"徐国桢道："大弟呀，你先不用追贼去啦，咱们先将电真的尸身连那妇人的人头起回，带回安葬。将电龙带到镖行，传授好了他的武艺，再寻找恶僧报仇，也不为晚。"说话之间，蓝兴一吹哨子，他们庙中之人，一齐掌灯出来观看。见智深被捉，他们知道不好，连忙一齐跪倒说道："众位侠客爷，我们全是安善良民，被迫来的，请爷高抬贵手，饶恕我们吧。"厉蓝旺道："你等可全是好人，我来问你们，他师徒在庙中害死多少人啦？"众人说："在庙里害人，我等不知。"蓝旺道："他们庙中有妇人没有？可要说实话，要不然将你等大家一齐绳缚二臂，送到兖州府的大堂，严刑追问，那时你们也得招承。"旁边有一人说道："您贵姓？"厉蓝旺通了名姓，问道："您姓什么呀？""我姓张，达官，我提起一事，您还是我的恩公。有一年我上青州府办货去，中途病倒店中，后来有位达官周济我二两银子，才将病养好，那位达官没留姓名，后来我向店中先生一打听，才知道是您。我叫张坡，住在这个庙正东张家寨。"蓝旺道："你在此庙做什么呀？"张坡说："我娶妻何氏，她在庙的正南何家沿住。僧人上那化月米。恩公，他们欺庄人太甚。恩公呀，您得给小人出口恶气。我家有父母，我妻住娘家一去未归，我到他娘家一看，我那岳父说道：您妻上了万佛寺，与僧人洗补僧袍已有半个月未回。我那妻氏烈性太大，我出门在外办货之时，她虐待我的父母，后来我回来，我的父母告诉我，我是打过她几次。我这是前来探听下落来啦。"厉蓝旺道："那么你找着她没有哇？"张坡说："我是全找啦。

就是一个地方，我没敢去。听他们说，谁要是去，被方丈看见是定杀不留。"厉蓝旺道："如今僧人已然被擒，他有什么地方，你可以说吗。我弟兄前去搜找，与你无干。"张坡说："好！"便在头前引路，直奔东北，来到东北角下。厉蓝旺命镖行三老看守凶僧，那石锦龙与厉蓝兴哥儿俩在后跟随。

到了东北角上这个院子，张坡上前打门。里面有人问道："外边何人打门？"张坡说："是我。"里边便将门开了。张坡一见，里面是北房三间，东西配房，屋中明灯蜡烛。张坡问道："你叫何名？"僧人说："我叫普明。"张坡看他身高约有六尺开外，细条身材，面自如玉，穿着一件瓦灰僧袍，散着腰，青布护领，青僧鞋白口，高腰袜子。厉蓝旺道："普明，你师父哪？"普明说："我师父与我师哥上经堂教经去啦。"蓝旺道："前边的哨子响，你听见没有？"普明说："我听见啦。"厉蓝旺道："你听见啦，怎么不出去？"普明说："别说是你们哨子响，就是庙房塌了，我也不能动身。我师父说过，我若离了此地，叫我师父知道，将我双腿砸折。"厉蓝兴道："普明，你这院中定窝藏少妇长女。"普明说："您找，要有女子，我情愿领罪。和尚庙哪里有女子的道理。"蓝兴说："好！先别叫小子跑了，咱们进去搜找。"当下哥儿俩便进到屋中，各处一找，并未见有何破绽。蓝兴与石锦龙哥儿俩到了北上房，一看后面有一张大条案，前边有张八仙桌，两边有椅子。到西里间一看，有一张大床，东北角有个立柜围子，立柜宽大，前面冲南。又到东里间一看，也有一个立柜，一张茶几，左右有小凳。石锦龙道："二哥，不用上别处找，这个立柜就是破绽了。"说着上前一撩布帘，原来立柜没有腿，当中有一个穿钉。锦龙用脚一跺地，下面咚咚地响，原来下面是空的。自己急忙取出如意铁丝，折成钥匙将锁开了，打开柜门，那柜里有一盏把儿灯。石锦龙说："二哥，您看这股地道，是不是在这里啦。"厉蓝兴说："大弟呀，咱们先把僧人二臂给他捆上，叫他先下去。恐怕内中有走线轮弦。"石锦龙一听，这才将普明绳缚二臂，令他头前引路，向他说道："凶僧，你不是说这个庙里没有夹带藏掖吗，如今这个地道是做什么的？我要找出少妇长女，我一定要你的狗命。你师父全都被获啦，你还不说实话，你若说出真情实话，你家大太爷饶你不死，若有半句虚言，我是手起刀落，追去你的性命。"

那普明一闻此言，吓得颜色更变，连忙跪倒说道："二位达官贵姓高名？"石锦龙通了姓名。普明说："您要真把我师父拿住了，所为何故呢？"石锦龙就将经过一说。普明道："我从打七岁进庙里来，直到而今，我今年二十三岁，入庙十六年啦。我跟他学的刀法。"石锦龙说："你们庙里害了多少人啦？"普明说："一共不过才害死七条人命，有治土务农的，有为商的，用药酒将他们灌得人事不知刨深坑埋啦。我师父在庙中发卖五路薰香，勾结莲花党之人，在此做那伤天害理之事。今天您把他拿住了，也是他的报应循环。"锦龙问道："你家还有何人？"普明道："不瞒您说，我的父母全被他给害啦。我家住正北那河岔子上边，我姓尹，我们母子过河，来到此处，打算二次重修，给我祖母求神方。不想他们从佛爷桌子上拿了香炉叫我娘看是什么颜色。我娘便失了知觉。后来他将我娘带到后面，向我娘求其好事，我娘不允，僧人一怒，将我娘一刀杀死。那随来的婆儿，倒有几分姿色，他舍身救主，才保住我一条小命。请您见了那婆儿，千万留下她的性命，我是听我那奶娘说了出来，才知道的。"锦龙道："如此一说，你那乳娘在下面啦。"普明说："对啦，正在地道之中，您看这不是这北房二间吗，下面也是五间，另外还有东房四间，西南四间，全藏着少妇长女啦。"石锦龙说："你师父被获遭擒，可是他将你对付着养大成人，难道说，你就一点不答报他吗？"普明说："达官爷，我并不是被他养大成人。若不是我那奶娘，早死十几年啦。他与我有杀母之仇，我恨不能亲手杀了他，好与我那亲娘报仇。我听奶娘说，我外祖母家，有舅父英名不小，他姓张，名叫张锦川，人称双刀镇边北。

我娘死的时候，我舅父不知，倘若知道，那也就早把这个庙给灭啦。"石锦龙说："不错，有这么一个人。你的乳名叫什么呀？"普明说："我小名叫全哥。"锦龙说："好，你带我下去，解救她去。"说到此处，那厉蓝兴将门紧闭。他在屋中守候，又告诉石锦龙多多留神。石锦龙道："料也无妨，待我下去。"说完他就下去了。

普明在前，到了下面一看，下面屋中有布帘。那普明说道："你们大家还不快出来与侠客爷磕头，人家来救你们来了。"石锦龙说："普明，你将她们的绑绳解开。"普明答应，便将那妇人跟那姑娘绑绳解开啦。锦龙一看，那少妇是金针刺目。姑娘是自毁花容，少妇瞎了一双眼睛，姑娘满脸血道子。普明说："你二人快与侠客爷磕头吧。"她姑嫂二人一闻此言，连忙双膝跪倒，说："侠客爷，您搭救我们二人出龙潭虎穴，我们二人感激非浅。"锦龙说："妇人，你家住在何处？"那妇人说："我家住在电家庄。"锦龙说："你家住电家庄，姓什么呢？家中还有何人？"少妇说："我姓电。我丈夫名叫电山。我还有个兄弟，名叫电海，在电二员外宅中当仆人。"石锦龙道："你丈夫作何生理？"妇人说："他为人赶车。"锦龙说："这个姑娘，你可认识？"妇人说："我认识，她是我妹妹，名叫电翠蓉。"石锦龙说："你二人为什么来到这里呢？"妇人说："我住娘家来啦，是她跟我回来，在半道上看见一个疯和尚，拿着一根绒绳，一头拴着黄布口袋就扔到我们身上。我闻见一股清香扑鼻，心里就糊涂啦，再看两旁是水，后边有一个老虎追我们。前边有个疯和尚，我只可追他。后来明白过来，已然到了此地。侠客爷不瞒您说，那凶僧向我求那云雨之情。"石锦龙说："什么人刺瞎你的左目？"妇人说："我自行扎瞎，因为我问他们哪里长得好，他说我的两只眼睛好，因此我金针刺目。我妹妹是自毁花容。要依着那僧人，就把我们姑嫂杀了，后来有一个缺耳朵的僧人，他说暂时留我们性命。容等着一个好看的，再把我们处治。"锦龙问道："此处还有何人？"普明说："还有那个奶娘。"说着进去便把奶娘叫了出来。锦龙一看，她面敷红粉，花枝招展，满头珠翠，可是面带愁容。众人见那妇人出来了，遂说："侠客爷，您可别留下她性命，她尽给僧人出主意。"石锦龙问道："她与僧人出什么主意？"电翠蓉道："老达官，这个刁妇，她叫那没耳朵的和尚暴打我一顿。"锦龙说："普明，里面真没有什么吗？"说着自己到里面看了一遍，果然什么也没有啦，他们这才一齐出了地道，来到上面。

此时天光已然快亮了。石锦龙在东跨院吹响哨子，将弟兄唤来。那厉蓝旺说道："三位兄长，您在此看守凶僧，待我去到东北角上看看去，不知有么事故？"徐国桢三人说："你去吧。"蓝旺这才飞身上了东墙，来至北一个院内，大声问道："二弟，可是你哨子响啦？"锦龙说："不错，正是我的哨子响，这里有一个妇人，留她不留？还有庙中一个僧人，留他不留呢？"厉蓝旺一听此话，来到切近，问道："普明，你与何人学的武艺？"普明说："跟我师父所学。"厉蓝旺道："恐怕你难得活命。出去再找一处也不能做好，你莫若早托生去吧。"说到此处，手起刀落，"咔"的一声，就将普明杀死啦。蓝兴看他兄长不肯再杀那刁妇，遂说道："兄长啊，这样的刁妇俐口能言，要她也不做好事。也归阴去吧。"说完"噗咔"一刀也将她杀死。蓝旺问道："谁叫姜三？"旁边有一人答言说道："达官爷，小人我叫姜三。"蓝旺说："你为庙中做饭。僧人吃斋，可是你一人所做？"姜三说："不错，是我所做。"蓝旺说："那么我二弟电真住在这里，全是你侍候吗？"姜三说："达官爷，他老人家每日两餐酒菜，全是我做。每一餐饭，赏我纹银十两，二员外真是慷慨大道，仗义疏财。"蓝旺道："那么酒菜之中下药，可是你一人所为？"姜三说："实在不知。那是他一人所为，因为他有一把转心壶，能藏药酒。我若知道他有害二员外之心，我能舍出死命，也得保护二员外。我若帮助害人，那我成什么人啦！"厉蓝旺说："好！那么你快出去，雇一辆花车来，还要两辆敞车，快来应用。"姜三答应，便出去了。少时来了，先叫电氏姑嫂上了花车。

蓝旺便带入围着庙绕了一个圈儿，这才叫齐了电家庄的人，一齐到了后角门，往东命人往下刨。少时刨了出来，用大车将电真尸骨盛好，又从花盆下面拿出人头，一齐收好。将庙中财产，归三老拿走。蓝旺点齐了他们这四十二个人，说道："你们这些人，一同随我到电家庄看看去，每人每天我给二两银子，叫你们看一看凶僧的收缘结果。我看莲花党的恶淫贼，哪一个敢来找我弟兄？"说完，他们弟兄又在各处搜查一遍，不见有人，这才叫手下人等，将家具也一齐抄上了大车。诸事已毕，厉蓝旺说："三位兄长，您众位先将我二弟尸骨以及东西，送回电家庄。待我将她姑嫂，送回金家庄。"徐国桢等答应，说："你去吧。"蓝旺说："锦龙大弟可得在此等我，我去金家堡，少时即回。"说完，看他们走后，这才告别了石锦龙。他送着花车，来到金家堡，找着了连家镖店，面见连茂通。茂通说道："大弟，你来到此地，人全预备齐了吗？"厉蓝旺说："仁兄，我那侄男他可在家？"茂通道："他没在家。"他弟兄正在柜房讲话，来了石锦龙与连发。

　　书中暗表：原来锦龙在庙中正等着哪，后面火起，少时连发来到前面，双膝跪倒，说道："义父老大人在上，孩儿连发给你老人家叩头。"石锦龙连忙问道："连发，你来此何事？"连发说："老人家虽然说你年迈，走道赛腿，是孩儿我在您背后，我没敢答言。"锦龙用手相搀，心中暗暗佩服，真是能人背后有能人。连发说道："义父哇，这座庙不能给他们留着，将来是个祸，因此我给点啦。"石锦龙说："是呀，那咱们爷儿两个快走吧。"说完他二人出庙。那庙也就俗火借天光，立时烧了个片瓦无存。他们来到金家堡连记老店，到了柜房与厉蓝旺相见。蓝旺问道："大弟，你怎么回来啦？"锦龙说："兄长，那庙不可留，已然被连发给引着了。再留那庙，难免还招那凶僧恶道，为民之害。莫若将庙烧了，也可以给这一方人除去了祸害，免得那少妇长女为他人所害。"

　　茂通忙命人预备酒宴，少时送了上来，大家分宾主落座，同桌饮酒。酒过三巡，菜过五味，茂通问道："如今电二员外之仇已报，那你怎么还是面带愁容，是何道理呢？"蓝旺说："兄长，我交友不到。"茂通说："这交友二字可深多啦。你已然把仇报啦，还有什么愁的呢？"蓝旺说："只因那恶淫贼普月，未能将他拿获，又将朱缨刀拐走。恐怕以后我在电家庄住着，有个大意之时，可就有大凶大险。"石锦龙道："大哥，我也不是说句狂话，咱们弟兄久在一处，借他一点胆子，他也不敢前来。"连发也说道："叔父您休要如此的小心，那普月一定决不敢再回来。我听说你的刀法好，我打算借着电龙的机会，跟你学些刀法，将来我再会个几手儿，岂不是您的膀臂吗？"蓝旺说："可以，哪么连仁兄，他随我去，您可放心吗？"茂通说："大弟说哪里话来。您带走，我焉有不放心之理，请你尽管带去。"旁边石锦龙说道："如此甚好。那我作个保人，连发拜在厉大哥门下，作个徒弟吧。"茂通笑道："这样办更好了。连发还不上前见过你师父。"连发当时上前叩头，行过师徒之礼。厉蓝旺道："兖州府你可认识？"连发说："如走平道。您说有什么事。"蓝旺说："找那绘画的画匠十名，叫他们带着应用的东西物件。你买三匹白布，再买那五色的颜色，一齐拿到电家庄东村头家庙。"连发说："师父，您有何用呢？"蓝旺说："你去买去吧，我另有用意。"连发连连答应。厉、石二人这才告辞，回了电家庄。那连发前去兖州府，找好了画匠十名，他又买了布疋以及五色颜色，一齐往电家庄而来。

如今且说厉蓝旺、石锦龙，回到庙中见了大家，忙问运回的尸首放在何处？徐国桢说："现在庄院停放。"蓝旺说："好！"遂叫电龙、电海："你们全随我来。"当时爷三个，便到庄院看了一遍。电海问道："大员外呀，如今我主人的尸骨、我主母的人头，您全给找回来了，可该怎么办呢？"蓝旺说："你去买一口棺材来，将棉被放到里面，然后把衣服与他搭在了身上，也就是啦。"电海出去照办，少时运了来，便照法办好。又命胆大的仆妇将妇人的人头，对好腔子上，也一齐盛殓好了，停放到一处，遂说："电文魁呀，少时我那徒弟连发要是带来画匠，你与他们去说，叫照我们爷九个的面容给画了出来，放一尺六寸大小。穿着打扮，全要逼真，不准有一点之错。"说完，便拉着电龙，一同来到家庙。正要关门，那东村外有人喊道："师父，您先别关门，徒弟我将画匠邀来了，您等一等吧。"厉蓝旺一见，心中大喜，遂命大家一同进庙。叫他们在东庙房，告诉他们大家，必须将那白棚以及我等众人的喜容，完全画在白布之上。画匠答应。蓝旺又叫电文魁去找来棚匠。搭好了白棚，上首停好电真的灵柩，下垂首便是电门王氏的灵柩，叫人买一百斤蜡油、两张芦席。在棺材的对过，栽上两根桩子。四张月牙桌，命木匠用锯拉出小月牙来。命人将赛朱平智深及生铁佛智元，绑在定魂桩上，捆好了不斩。请来的各家亲友也到齐，那高僧高道上座念经，追悼亡人。这里便命人找出六斤棉花来。上首绑着智深，下首智元。厉蓝旺道："电文魁，你可以命人将白布缝到一处。"另外命人栽好两根大棚杆子，上头削成一尖，然后将四张月牙桌子，夹在那里，备好了一对大蜡扦。又派人去豹熊山，请来一个兵卒头目，姓李名云，人称快刀手。蓝旺嘱咐道："李头目，你将二凶僧开了膛，摘下心，取下人头，上了供，然后将二凶僧及五十斤蜡油，用棉花沾油，拿席将他们二人裹好，一齐绑到两根杉木之上。"又命画匠画好了二僧人的生前相貌。然后到了晚间，命人一点人油蜡，大家无不称快。

厉蓝旺将丧事办完，众家亲友散去，将那电真夫妇，一同安了葬。此时庙中就有他们弟兄，蓝旺便叫画匠将九个人的喜容画上。画匠点头应允，便从厉蓝旺与电真交友起，直到与他报完仇止，共是六十四张，一幕一幕的又请人注写明白：怎么立二友庄，怎么唱谢秋戏，以及普月怎么采花，电真如何干涉，后来怎么为仇等等，全注写清楚。这才叫人裱好了，满装在一个大柜里，封锁起来，便将画工散去。厉蓝旺又对九名医生说道："你们大家愿意在我这里，还是回去呢？"九个医生一齐答言："愿在此处教少庄主书。"蓝旺说："好吧！"当时将医生满行留下。那厉蓝兴一见说："兄长，此处事已完了，小弟我也该回去啦。"蓝旺说："好！那你就回去吧。我可不能随你走，因为就抛下此子，无人照料，我必须将他教养成人。他那舅父全是治土务农之人。"蓝兴说："将此子带回金家堡、厉家寨不成吗？"厉蓝旺道："若将此子放在咱们家中，将养成人，要有旁人说出话来，岂不落个不好的名吗？"蓝兴说："兄长，如此说来，您是不回家啦。"蓝旺说："对啦，我不回家。"蓝兴说："既然您不回去，可以带电龙、电文魁回一次家，住些日子。您看一看您那侄儿厉金雄。"蓝旺说："二弟你先回去吧，我在此庙，非将他功夫练好，再叫他绘好了像，将朱缨刀须追回，我才能回家去呢。或是此子长大成人，他可以执掌电家庄之事啦，我才能回家去呢！"厉蓝兴说："文魁，我兄长不跟我回家，你可以跟我走回去啊。"文魁说："二哥您自己请吧，我在此还得侍候兄长呢。"蓝兴见他们全不肯走，自己这才从此起身，回了厉家寨，后文书再表。

如今且说厉蓝旺，每天与电龙教习武艺。逢节过年，带领电龙到电真夫妇的坟上，烧钱化纸。展眼之际，过了四年，电龙已然十七岁啦。蓝旺给他按照朱缨刀的尺寸份量，打好了一口刀，教他练习。另外给他打好了半槽镖、铁蒺藜半槽，当将两样暗器传好。又教他左右胳膊的袖箭与盘肘弩、紧背低头花竹弩、飞蝗石等暗器，全教会了他，一口折铁砍刀，能为出众，武艺高强，就是水性未得传。一连八年，电龙已然二十有一啦。从打电真死后，那谢秋戏还是年年不停。这一年月底，天气是个假阴天，他们爷儿俩闲暇无事。家庙西房廊子底下有张茶几，上首坐着厉蓝旺，下首是电文魁相陪，电龙在一旁侍立。厉蓝旺问道："龙儿，你今年多大岁数啦？"电龙说："伯父，孩儿我今年已然二十有一啦。"厉蓝旺道："电龙，我将你武艺传好，你可知所为哪般呢？"电龙单腿打千跪在地上说："伯父，您教我为的是往正道去走，杀赃官灭恶霸整理四大村庄。"厉蓝旺说："孩呀住口，此言差矣，只因我有一个仇深似海之人，论我刀法可以敌住此恶贼，只是我的刀法虽好，气力不佳。想当年我与你父交友，后来全为教养你成人，为的是好教你背插单刀，前去找我那仇人报我弟兄之仇。"电龙说："伯父，您只要指出您那仇人来，刀山油锅，孩儿我是万死不辞。"厉蓝旺说："您将你浑身上暗器练好了，刀也练一练，我看见成啦，我才放你一走。如果不行之时，我不能告诉你。叫你出去吃苦，我对不住我那拜弟电维环。"电龙说："二位老人家在此等候，待我去一去就来。"说完他回到西房北里间，先将暗器收拾齐啦，然后将暗器挡子拿到外面来，哪一样应当打在么地方，那全有一定的地方。他将四面摆好了，这才先给他伯父跪倒磕头，再给他义父行了礼。这才来到当场，抽刀出来开了式，使得刀山一样，到么地方应当打那样暗器，往左边一闪。发右边的袖箭，挂右一上步，打出左边的袖箭，盘肘弩。反臂撩阴刀一挂，镖又发出来。二次转身打来飞蝗石。敌人要使铁板桥，何以站住看他，左手刀变，一扬手三双铁蒺藜就打出来了，也按迎门三不过的招儿打。全打完了，刀也练完，这才收住刀势，把挽手摘了下来，往地上砖缝一甩，刀就插在那里，刀苗子左右一摆。那厉蓝旺一见，双眼落泪。当时吓得电龙体不战自抖，浑身不由得热汗直流，慌忙上前跪倒说："伯父大人，孩儿有何不到之处，请您说明，孩儿我好照改。"厉蓝旺说："龙儿呀，并非你练习不好，乃是我有心事。我费尽心血，好容易将你养大成人，总算没白费。贤弟你可知道吧？"文魁说："正是，小弟知道。"遂说："电龙啊，你快去将那军刃暗器全收齐了，然后叫仆人把祖先堂的门开了。"

厉蓝旺带他们到屋中参拜了祖先，然后又命人将那桌子等物，全都拿出来。又叫人先将棒子封皮挑了，锁头开开，把那六十四张布画取出，按照次序全都挂好了，这才叫电龙过去看。电龙心说："还没到年呢，干吗叫我看画呀。"想着来到切近，看了半天，说道："伯父，这上面还有您的官印呢，这是为什么呀？"厉蓝旺说："电龙，咱们如今在祖先堂，有什么你就念什么，没有什么关系。"电龙说声"是"，又看了一遍，说道："伯父这里还有那电真刀削一个和尚的朵，那些事都是何故呢？"厉蓝旺伸手拉了他的手腕说道："儿呀，谅你不知，待我告诉与你说着，用手指道："这个人是谁？"电龙说："分水玉麒麟电真电维环。"厉蓝旺说："此人便是你生身之父，那王氏是你生身之母。"电能说："但不知丢一个耳朵的和尚是谁？"厉蓝旺说：他便是我的仇人白莲花普月，他有如此一段的事情。"电龙一闻此言，当时浊痰上来，立时绝气身倒。赶紧命人撅叫，电龙缓了过来。他是大哭了一场，对画咬牙仇恨，说道："容日后我见了此贼，若不开膛摘心，怎出我心中恶气。此后若遇见莲花党，我是见头杀头，见尾杀尾。"厉蓝旺说："好好！我儿果有此志，那才对啦。将来你若可了心，准拿和尚人心回来祭你父母。然后再将他夫妻入了正穴，免得他夫妻白日黑夜被三光照射，尸骨受罪。你来看那上面写的你那二叔厉蓝兴，他与你请的能人，事后有事，你可得尽生死的力量，也得去管。那石锦龙外号人称圣手飞行，他有晚生下辈，若有用你之时，你也得血心答报。"电龙说"是"，又一指问道："此人是谁？"蓝旺说："飞天怪蟒徐国桢。那个便是你二伯父蒋国瑞，凶僧被他伤了一处，淫贼竟从水路逃命。你将此画完全瞧明，伯父我可要与你义父先回我金家堡、厉家寨去啦。你若没有凶僧的人心人头，也得有朱缨刀，你才能回来起你父母灵枢。将来如果凶僧死在外人之手，刀落到旁人之手，你可以回到我家中，我可以对他人说明，能叫此刀认祖归宗，还到你手。不过是仇人死在他人之手，可惜我与你义父十数年的工夫，白白费了，没有成功。你若是将凶僧亲手杀死，那你就成了大名啦。"说完，命人将画全行收好，放在一处。二次又与祖先焚香磕头，然后找出那个凶僧的单像，交与电龙。便将那六十四张布画，完全用火烧了。厉蓝旺道："孩儿呀你来看，我先送你几东西：头一样抓墙锁，第二样问路石，第三样银针一根，第四样匕首刀，第五样火折，第六样白蜡捻，第七样绒绳挂千斤锤，第八样药水盒，第九样磷磺烟硝，第十样铜铃一个。"说着，将百宝囊完全送给了电龙。"我教好了你，可是教你好执掌家业，这里有四本大账，你去照管。你大舅与你执掌那里铺户、住房。你二舅三舅，他们掌管什么地方的菜木园地亩。"说完，带他到各处全点明白了，又对他说道："电龙啊，我如今可带你义父回到厉家寨，前去享福去了。你无事不准来我家，你要去也行，必须有那朱缨刀。我要传你刀，就有一转圜刀，尚未传于你。倘若事后你没报仇，来到我家中，我是要你之命，拿你就当凶僧。"电龙说："伯父哇，我从前不知我那仇人是谁，因此不能去找。如今您既然指我一条明路，我一定去找凶僧，将他开膛摘心，祭奠我的爹娘。"厉蓝旺说："从今以后，你我就要分别了。"说着，便将自己应用之物拿齐，就要动身。电龙说："伯父，您先别走，待我将三位舅父请来。"说着便派仆人前往兖州府，将王家弟兄请来。仆人答应，使骑马到了兖州府的东门、南门、西门，将王麒等弟兄三人一齐请了来。

三个人到了电家庄，听说老哥哥要走，不由双眼落泪，说道："老哥哥，您为么要走呢？那电龙年岁太轻，还不能在外面去闯荡，您必须还得领导他。"电龙说道："伯父呀，那凶僧逃去已过十年上下。倘若他在外又做那伤天害理之事，被官方拿获，他死在官家之手，孩儿我未能亲手杀他报仇，那么这当如何呢？"厉蓝旺说："那也是不可免的事。可是有一样，你也得在外设法得到此刀，双手捧着，到了我的面前，叫我看一看，我是见物如同见着我那拜弟一样。那时我还得设法令那朱缨刀认祖归宗，物归原主，你也可以扬名四海。"电龙说："是是，孩儿谨遵伯父之命。"又对王氏弟兄说道："三位舅父，您老哥三个，可以留下我伯父吧。如果不愿意在家庙，我可以把他老人家请到家中，因为我父母双亡，无人管理，请他老人家再管我几年吧。"那王氏弟兄一听，连忙跪倒，说道："恩兄啊，您还得多疼他几年才好。"厉蓝旺道:"贤弟们请起,千万不要如此。我虽然说是归家,不过是那样说一说,其实我不一定什么时候还来啦,白天夜里,就许来到这里绕一个弯儿。这几个村中倘若有不法之人,那时我一定将他斩杀不可。"王麒说道:"兄长您回家之后,莫等我去请您,您就来一趟才好。"蓝旺说:"我既然说走,我就有妙计。"遂叫过电龙说:"金家口北村头有座店,你前去找人。"电龙说:"那里店东贵姓?"厉蓝旺道:"那店东姓连小双名茂通,你见着就称叫伯父。你那里有个兄长,名叫连发,外号小诸葛的便是,将连发找来,就提我在此地候等于他。"电龙说"是",当时出来直到了金家口,找着连家店,见了连茂通,行完礼,便将伯父之意说明。茂通道:"我那拜弟真乃仁义之人,做事总是光明磊落。"电龙说:"伯父啊,我伯父派我来请我那哥哥。"茂通说:"你在此等候,待我将你哥哥找来。"说着他出了店,来到南村口武术场叫道:"我儿连发快来,你兄弟电龙来啦。你和他几载未见,他已长大成人。"连发答应。当时他父子一齐要回店内,连发向那人说道:"拜弟,你也可随我回店,看看我那兄弟去。"那人答应。原来此人姓李名刚,掌中一杆浑铁棍,人称黑太岁,是连茂通的第四个徒弟。不知后事如何,且看下回分解。

第二十一回

报前仇倒点人油蜡　结后怨电龙访强徒

　　话说黑太岁李刚，听连发一说，爷三个一同回到店中。大家相见，便命他二人与电龙结为生死弟兄，连发大爷，李刚第二，电龙最小，为三爷。茂通问道："贤弟，他传授你什么样的军刃暗器，可以令你出去报仇。"电龙答言道："伯父呀，我已学得一口砍刀，诸般暗器全已学齐。我伯父为给我父母报仇，可称累碎三毛七孔心。"茂通说："待我试试看看。"遂将电龙的刀法和暗器二样试过，只是火候稍差一点。连茂通说："好！电龙呀，以后在外面遇见人，要问你的时候，你就说姓电名龙，人称三手将的便是。"电龙一听，连连说好，急忙过去谢过连伯父，上前跪倒致谢。当下连发、李刚、电龙小弟兄三人，回了电家庄，禀见厉蓝旺。连发说："叔父大人，我三弟电龙到我那里，有我父亲给举着，命我与李刚、电龙我们结为金兰之好。"蓝旺一听，说道："很好！很好！"连发说："叔父哇，我父亲又与电龙贺一号，称三手将。再者我父亲请您与我文魁叔父，全上金家堡，住些日子再走。"厉蓝旺说："好！"遂叫道："二弟呀，你快去预备行囊褥套。"文魁答应，便去预备齐了。外边有人将马匹备好，当晚爷儿五个，一齐出了庙门。电龙说："有人来找，你就说我外出拜客去了。"

仆人答应，关好庙门。

他们爷五个上马，够奔金家堡。到了金家堡的北村头，一齐下了马，进了村子，来到连家店。连发命人接过马去，笑对厉蓝旺道："叔父，待我将我父请出来，与您相见。"说着手下人擦抹桌案，献上茶来。连发到后直见茂通，说道："爹爹，我遵您谕，已将我厉叔父弟兄二人请到店中。"茂通说："好吧。"父子二人一齐到了外面柜房，厉蓝旺与文魁上前行礼，茂通用手相搀说："二位贤弟免礼。"众人一齐落座。连发说："厉叔父，您猜不着我将您老哥儿俩请到我们这里，是怎么回事。"蓝旺道："我真不知，究竟是怎么回事呢？"连发说："我在白棚，因为看里面的情由，他们大家没有护庄之情。您要一走，那谢秋戏就算完啦，没有人肯再出力。"厉蓝旺道："依你之见呢。"连发说："要依孩儿之见，我有办法。你可别看我岁数小，我有护庄之意，不过我们这金家堡，离着您那里太远。依我之见，您与我二叔，请到此处，让我二叔文魁在此看守店口。您与我爹爹，咱们老爷儿五个，背上军刃，夜间巡查金家庄等，绕一个弯儿，有人碰见，就说您住在金家庄。那时咱们再将几个庄子里有头有脸的主儿，约出几个来，在一处会谈。您将青苗会的徽章，全托付我父，那时您再夜间出去绕弯儿。过个半载，您与我二叔再走，我们也好说是你外出有事。他们大家哪里知道您回厉家寨呢？以后您再常来常往，那就没有什么啦。"厉蓝旺说："好吧，就依你的办。可是我有几句话，要嘱咐你们弟兄三个人。以后在外交友，千万可不准乱交那淫贼，你们也不许身带薰香，镖喂毒药。我若在外访着了你们违我命，那时我可不饶。"连发说："厉叔父，我倒也能跟他们莲花党之人结交，不过为的是探究那白莲花普月。得着了他们下落，那时我们弟兄三人，将他惩治以后，拿刀到您面前，叫您可了心愿。"蓝旺说："此理很是。"连发说："您回家纳福去了，刀法是防身之用，别的用处没有了。如今我打算借着您在这住着的机会，您冲我父亲的面子，传给孩儿我刀法，成不成呢？"

厉蓝旺一闻此言，哈哈大笑说道："好好。"当下便行传艺，又传给李刚暗器。

过了些日子，他们爷儿五个命人备马，各将军刃物件通盘带齐，上马直奔电家庄。走在中途路上，遇见一辆大车，那车上有女眷。那赶车的跳下车说道："主母，您看对面有马匹，正是大员外爷。"那王门金氏连忙下了马，说道："大员外爷在上，我金氏与您行礼啦。"厉蓝旺等连忙下了马，说道："妹妹少礼。您这是上哪里去呀？"金氏说："我们这是回金家堡，我的娘家。"电龙上前行礼。金氏说："免礼吧。"连发问："三弟，这是何人？"电龙说："此乃二舅母。"他二人一听也上前行礼，连发说："待我将你送回金家堡吧。"金氏说："那倒不必。"茂通说："大家上车吧，两处相离不远，不至于有错。赶车的路上倘有其他情形，你就说是上连家店的，自然无有错。"赶车的答应，他们上车向前去了。这爷儿五个又上马，便在王家庄一带绕了绕，这才回到电家庄家庙。书不可重叙，直将谢秋戏事，完全交与连茂通。天色已晚，命外边备马。爷儿五个出庙上马，便围着四大村庄兜了一个弯儿。赶奔金家堡后，为使跟他们哥三个增长能为，把棍法传授给他们，又教给黑太岁李刚三块莲子。每个重一斤十二两。又教给小诸葛连发刀法，每天在店中是二五更练刀法。过了些日子，均已传熟。厉蓝旺便带着电文魁弟兄二人辞别了他们，上马出了电家庄。

这一天来到严家宅，相离兖州府北门外不足二十里，东西的村子，南北为住房。当时他们二人到了东村头，厉蓝旺翻身下马，说道："二弟呀，咱们弟兄在此打店吧。"文魁不知他有什么用意，连忙也下马。蓝旺说："咱们是住大店，还是住小店？"文魁说："任凭老哥哥。"说着来到路北一家店门首，字号是二义老店，上前叫道："店家。"当时从里面出来一个老者，年有六旬开外，面如古月，胡须皆白，身高八尺，一身毛蓝布裤褂，白袜青鞋，腰结一个围裙，二眸子放光滴溜溜乱转，假做出来是猫腰年老的样子，虽能蒙外人，但蒙不了本行人。出来问道："客官住店吗？您请进来吧。"说着伸手接过马匹，便将他弟兄领到北房西头一个单间，西头夹道那里是座马棚。厉蓝旺一看，这所房子。全是土房土墙。当时老者将门开了，将他们让进屋中，外头把马匹拴好，把行囊褥套放到屋中，转身要走。厉蓝旺说道："店家慢走。"文魁去把屋门关好，向店家说道："兄长啊，您怎么会落到这里啦？我派我二弟在各处找遍了你啦，全找不着，而今想不到在此处相遇。您早已退归林下，原来在此开店啦。"这老者说："这位客官千万不要认错了人，有同名同姓的，也有长得一样的，千万别认错了人。"厉蓝旺道："兄长您身穿这样，只可能遮掩外人眼目，如何能蒙我呢？我在外多年，要认错了人，那就不用在外头跑啦。再说别的全不认，老哥哥您这两只眼睛我认的真，阁下姓韩，名叫韩尽忠，对不对？"那老者说："不错，我叫韩尽忠。"厉蓝旺道："您就不用蒙我啦，您做事的时候我亲眼看见，那你还蒙我吗？此人乃是我拜弟电文魁，全是自己人。要有外人，我也不说，兄长您受小弟一拜吧。"韩尽忠道："客官您贵姓？"厉蓝旺道："我住家青州府东门外厉家寨，姓厉名叫蓝旺，混水鲲鱼的便是。"韩尽忠道："不错，我耳闻山东有您这么一位成了名的达官。"蓝旺说："兄长，你我弟兄，屈指一算，足有四十年开外。贪官知府邵氏门中外家，满门被仁兄丧门剑所斩，男女一个未留，引火焚化。兄长您就远走脱逃啦，直到而今已有四十年了。兄长，我记错了吗？"韩尽忠忙道："厉蓝旺啊，我从来严家宅买这块地开店，将你嫂嫂与你侄儿接来在此隐居，已然四十多年，无人来认。不想你还会认识于我。"蓝旺说："是啦，兄长还是侠客义士行为，夜换紧衣，时常外出寻找贼人吗？"尽忠道："不错，不瞒大弟说，我还不叫你承情，我每夜都上一次电家庄，常来常往。电真在世之时，我看见有条黑影直奔电家庄，后来我把人追丢了。电维环死在万佛寺，我为什么不出头呢？这内中有原因，只因他生前对待他的族叔有不对之处，他那是报应循环。贤弟啊，论交友之情，你是第一了。"厉蓝旺说:"兄长您夸奖了。"尽忠当时命人摆酒饭,款待他弟兄二人。从此他二人就在此处住下了,每天晚上都上电家庄绕个弯。

这一天晚上,碰见茂通父子以及李刚。他们爷儿三个刚到东村头,看见两条黑影如飞而至。连发忙叫:"二弟快随我来。"追到东村头,他连忙取出一个带胆的莲子,向人打去。厉蓝旺说:"兄长慢走,这里有了人啦。"他二人一齐站住。那连发一眼看见是厉蓝旺,急忙跑过去行礼,问道:"叔父,您不是回了家了吗,为什么又在这里呢?"厉蓝旺道:"我在中途遇见一位好友。来,我与你们见一见。此人姓韩名叫尽忠,人称丧门剑客的便是。"连发一见,忙上前跪倒行礼,说道:"伯父老大人在上,侄男有礼。"尽忠说:"快请起。"厉蓝旺说:"连发,你韩伯父乃是世外的高人。"连发说:"是是。"当时出去把他父亲及李刚叫了进来,由厉蓝旺与他们指引。大家相见礼毕,蓝旺跪倒说道:"韩仁兄啊,小弟有一事相求,请您答应才好。"韩尽忠急忙用手相搀,说道:"老弟你有话请说,何必行此大礼,有什么话快说来。"厉蓝旺说:"大哥有所不知,小弟我如今要带着文魁回家。这几个村庄之事,请您多多受累,在明中保护这村子,多注意他们小哥三个,尤其是电龙,可不准他们有不法的行为。小弟我回到家中,暂为休养。求兄长替我多受累啦。"韩尽忠说:"如此甚好,这点小事,我还能成。就请你放心吧。"蓝旺说:"谢谢兄长。"忙起身大家一齐回到店中。连茂通便命家人预备好了酒席,大家一同落座,吃喝完毕。第二日天明,蓝旺辞别大家,离了此地,穿青州府的城门,赶奔厉家寨。

这一天来到厉家寨,早有家人看见,上前行礼,一面回去禀报二员外厉蓝兴。蓝兴开门,带着金雄迎接出来。蓝兴先拜见兄长,然后命金雄拜见伯父。

金雄上前跪倒叩头,说道:"大伯父在上,孩儿金雄与你叩头。"蓝旺说:"我儿快快起来。"蓝兴说:"再见过你的叔父。"小孩上前又与文魁叩头。电文魁用手相搀，说道："孩儿呀，快快请起。"大家一齐往里而来。

他弟兄回来不提，如今再说电龙。自从大伯父走后，他便在外边托人访问白莲花普月的行踪。跟许多人打听，均不知此贼的下落。电龙在家中，每夜围着庄子巡视，防备贼匪。这一天外边有人打门，管家忙问："外边何人叫门？"就听外面问道："你可是管家吗？我三弟在家没有？"电海说："正在家中，您有事吗？"说着将门开了，一看原来是务农的赵会。赵会说："你们员外跟我打听那普月，人称白莲花，他原来是一个陀头和尚，我看他奔西北豹雄山去啦，已然进了山口。我看见可没跟他说话。您赶紧告诉去吧，叫他快去找他，好与我义父义母报仇雪恨。"电海说："好好。"连忙到了里面禀报电龙。电龙当时出来问道："赵大哥，您来到我家为什么不进来呢？我伯父义父走后，只有我一个人，我这里又没有少妇长女的，您进来又有什么呢？"赵金说："老三，你快收拾利落，赶紧去，留神那凶僧逃跑啦。我家中老娘病体沉重，没有工夫陪伴贤弟。你就快去吧。"电龙说："既然如此，那倒叫兄长分心啦，也不请您进来坐了，我收拾好了就去。"赵会走后，电龙到了里面，将自己一切应用的物件收拾齐备，带好散碎银两嘱咐电海说："有人要问我，就说我上豹雄山去啦。"电海说："是。"电龙从此起身，直向西北角上而去。及至到了山下，就听山上锣声，闯出二百喽兵来。兵卒全是青衣靠袄，青布底衣，蓝色布扎腰，每人全拿着青檀大棍，分两旁站立。当中出来两匹马，一匹黑马、一匹粉靛白龙驹，黑马上一人，穿青挂翠，怀抱朴刀一口，马后有一个人举着一面旗子，是青布旗子，白火沿，可是卷着啦。一看马上之人，年约五十开外。那白马上之人，穿蓝挂翠，面如银盆，精神满足，二目有神，胁下配一口雁翎单刀，马后也有一个马童，怀中抱着一杆大旗，翠蓝缎色作底，青火沿，斜尖的旗面，当中斗大一个朱字，挨着旗杆有一行小字，写着豹雄山正北，祖居朱家庄，在山上结拜，排行在二，姓朱名杰，外号人称银面太岁。

书中暗表：他们山上，一不劫官，二不抢民，可是要遇见那练武之人从山下经过，他们可不轻放。派出兵卒四处巡逻，要是正门正户之人，须跟他们结拜；要不是正人君子，是莲花党之人，他们是定然除治。今天有人回禀，故他们下山将路横啦。当时朱杰跳下马来亮刀来，到当场，扎刀问道："对面这位练武的师傅，来到此地，是访山还是经过呢？"电龙说："寨主爷，因为我看见大山是青山叠翠，绿水长流。"朱杰说："那么阁下来逛山景来啦。"电龙说："我是从此经过。"朱杰说："那么阁下佩带利刃，从此经过有何事呢？"电龙说："难道说身带兵刃还有什么不许的事吗？"朱杰说："对啦，我这豹雄山前，不准有练武的人从此经过。我们必须比试几回合。"电龙说："且慢，你我远日无怨，近日无仇。刀枪无眼，倘若伤了哪里，后悔已迟。"朱杰说："有能为占了上风，无能为认母投胎，那可说不定谁成谁不成啦。"电龙一看对面之人倒是一脸的正气，可是听他说的话，不由大怒，忙脱下大衣围在身上。当时收拾紧衬利落，提刀上前。那马上之人，吩咐兵卒与他们列开战场。兵卒闻言，当时列成阵式。朱杰问道："对面朋友贵姓？"电龙说："在下家住电家庄，姓电名龙，人称三手将的便是。"说着上前就是一刀。朱杰往旁一闪，举刀相迎。两个人便交起手来，一个是高人传授，那个也是明人指教。电龙一见他刀法不弱，心中很是爱惜，朱杰更爱他的刀法。二人打了也就有十数个回合，电龙脚下登了一块小石头，一滑可就倒下，当时来了一个滚，不由说道："我命休矣。"自己抱刀一合眼，尽等一死。半天刀没下来，不由翻身站起，便问道："这位山主，您为什么看我倒了还不上前砍我？是何道理？"朱杰说："因为你我并非仇杀，不过比一比而已。又不是被我踢倒，你是登上活石头滑倒的，焉肯下手伤你呢？"说着上前又是一刀。电龙说："谢谢您的美德。"用刀一迎，盘肘弩打出，可不打朱杰。那朱杰登出镖来，也不打他，专往弩前的后尾子上打。大家一看，这哪里有胜败呢？当时那边大山主出头说合，说道："这一位英雄，如不嫌弃我弟兄二人，情愿结为生死之交，不知意下如何？"电龙笑道："正合弟意，请问这位大寨主贵姓高名？"此人说："在下姓鲍，名叫鲍成，匪号人称踏山兽的便是。请上山一叙。"电龙说声"好"。那鲍成便叫兵卒过来，把各人的暗器全给捡了起来。三个人一齐到了山上那大厅之上，两旁有小明柱，左边明柱上写着：侠义占山岗替天行道；下联是：英雄住四野除暴安良。上面横批有四个字，是：处正无私。

他三人到厅中落座，手下人献上茶水。鲍成站起身形说道："这位电爷实在有缘。自古道千里有缘来相会，无缘对面不相逢。待我与您倒茶。"说着过去倒茶。电龙连忙说道："这位大山主千万不要如此，真叫我不安了，咱们大家落座讲话吧。"鲍成说："是，但不知贤弟要往何处而去？"电龙说："我从舍下电家庄而来，要上京都访友，路过此宝山。我看此山景特好，所以我贪看山景，才与您弟兄相遇。鲍大王，朱大王，我不知您二位率领兵卒下山，所为哪般？"鲍成说："我们早有立愿，派人在山口哨望，若有那练武之人打山下经过，必须报我弟兄二人知道，我们下山与他会见。如果是正人君子，放他过去，若是淫贼草寇，一定除治。请问电爷，您贵门户？"电龙说："我伯父是无极门，在二十四门是第六门，我天伦是太极门，我父是第七门。但不知二位大王贵门户呢？"鲍成说："我艺师是少林门。"电龙问："是左少林还是右少林？"鲍成说："我是正少林，在散二十四门第二门。"电龙说："鲍大王哪门呢？"鲍成说："是中少林，门长乃是紫面昆仑。贤弟，你我门户遥遥相对，咱们彼此不是外人，如今我要与阁下求一件事，不知能否允许？"电龙忙问："有何事故？请当面讲来。"朱杰道："兄长，我看电达官人品武艺无一不好，既有缘相见，兄长何不说出一句话来，咱们弟兄冲北磕头，结为金兰之好，好不好呢？但不知电庄主意下如何？"鲍成说："此言正合我意，电庄主怎样呢？"

电龙急忙站起说道："小弟到此是求之不得。"鲍成说："好吧。"当时命人预备香案，弟兄三人冲北磕头，结为金兰之好。电龙最小，他为三爷。从此弟兄三人，重整山寨三年整，外边名誉就出啦，改为豹雄岭三义山。每天弟兄在一处练功夫。

　　这一天早晨，用完早功，电龙趴在桌上将一打盹，好像有人打他一拳，仿佛有人说："好畜生电龙，你在豹雄山结交二人，养尊处优，我夫妻之仇你也不报，我那尊兄你也不见。你丧尽天良，莫非你惧怕那凶僧不成？"电龙经此一吓，当时惊醒，两眼发直。此时朱杰从外面进来，说道："老三，你为何不换夜行衣呢，两眼发直，所为何故？"那电龙眼泪在眼圈内说道："二哥，我跟您打听一个人。"朱杰说："是谁呢？"电龙说："有一僧人，乃在黄沙滩正北万佛寺出家。"朱杰一闻此言，脸往下一沉，忙问道："但不知你问的那个僧人叫何名字？"电龙说："此凶僧上普下月，外号莲花的便是。"朱杰一闻此言，心中不悦，说道："电龙，你原来跟那采花贼为友，趁早下山去吧，从此以后你我划地绝交。见着他人，千万不准说与我二人结拜。"电龙说："二哥，你先别发怒，小弟有下情奉告。只要相处对劲，我才有实情相告。"朱杰冷笑道："你还有真情实话吗？"电龙连忙跪下，便将普月害他父母之事，详详细细的说了一遍。那朱杰一闻此言，气得怒气填胸，当时翻身栽倒，背过气啦。电龙忙过去撅叫。鲍成从后面走来，问道："这是为何呀？快快撅叫。"说着两个人把他叫醒过来。朱杰说道："大哥呀，原来老三有杀父母的冤仇尚且未报。"说着就把那普月之事，细说了一遍。鲍成说："啊，你怎么不早说呀？要早说，那不是早报了仇啦。"电龙说："那么此贼哪里去了？二位仁兄可知他的下落？"朱杰说："不知。"鲍成说："三弟你可以随他下山，前奔何家口，找我那老哥哥何玉。他那里四路达官特多，可以跟他们打听，那凶僧普月在哪里落脚，可以找上前去。二弟，你随三弟前往，愚兄我一人执掌山寨。"朱杰说："好！那么鸣锣聚将，待我嘱咐他等。"当下传来众小头目，朱杰向他们说道："如今我要与三寨主下山访友，大寨主坐守山寨。从此以后，若再有练武之人从山下经过，千万别拦他啦。因为就剩我兄长一人，他又有羊角疯的根儿，难免气冲了，再犯疯病。好好看守山寨就是。"大家答应散去。朱杰说："大哥您替想一想，我二人上哪里最好。据三弟所说，那白莲花普月，一定未在山东地面。"鲍成说："那最好你们先上京都，到镖行去见十老，那里也许能访着凶僧的下落。"朱杰说："是，那我二人走啦。"当时命人外面备马，他二人收拾好了，与大哥行礼，拜别下山。到了山口以外，二人说："兄长您请回吧。"鲍成说："你二人一路之上，千万别管闲事，就去先报仇要紧。"二人答应："谨遵大哥之命。"飞身上马。

鲍成带兵回山不提。且说银面太岁朱杰、三手将电龙，弟兄二人从打山寨起身，晓行夜宿，饥餐渴饮。这一天来到临安城南门外关厢南口。二人甩镫离鞍下了马，拉马匹来到兴顺镖行。朱杰说："辛苦诸位。"伙计说："您找谁呀？"朱杰说："我们来见镖行十老。"伙计们一听，连忙往里回禀。那旁边有一个人说道："你先回来，就这个样的去回禀，你还不知道蒋老达官的脾气。"这个伙计便问道："达官爷您贵姓？"朱杰说："我二人是豹雄山的，我姓朱名杰，外号人称银面太岁。"这个伙计往里回禀，说："外面有豹雄山的二位前来拜访。"当时蒋兆雄、焦雄二人迎了出来。朱杰便命电龙拉着马，他上前跪倒行礼，说道："二位仁兄在上，小弟这厢有礼。"蒋兆雄忙问："贤弟从哪里来呀？快快请起。"朱杰起来。此时有伙计过来，接过马匹，涮饮喂遛，便将二人让进屋中。蒋兆雄道："二弟此来有事么？"朱杰说："有件大事相求。"遂说："三弟你过来，待我与你指引。"电龙忙上前行礼，口中说道："二哥呀，十位老人家全与我伯父神前结拜。我可不敢胡论，只可分着论吧。"十老伸手将他搀起，问道："你们有什么事呢？"朱杰便将电真被普月师徒所害之事，细说了一遍。蒋兆雄说："原来如此。那么还得叫电龙自己动手报仇才对，报仇没有请助拳的。

再说还可以成全他的英名。"焦雄说："三弟你不用忙，可以在我这里住些日子。我指你二人一条明路，就可以访着那贼人下落。"朱杰说："哪里呀？"焦雄说："你们上济南府涟水县东门外何家口，面见何玉。你与他可曾认识？"朱杰说："我与他神前结拜，亲如手足。"焦雄说："很好，你们二人到了那里，自能访着。他那里是水旱的码头，往来之人很多，容易访着。"朱杰说："谢谢仁兄的美意。"当下他二人就在店中住了两天。第三天，有人备马，朱杰说："兄长，兄弟我们若将淫贼访着，不是他人对手之时，一定派人来请兄长。"焦雄说："好吧，我弟兄静等你的信息吧。"说完他二人拜别，出门上马，往山东济南何家口而来。在路上两个人商量，不好半夜去到何家口，也不好去见，莫若先在那里住一天，第二天再说。二人商量好了，连夜住下。

这一天来到一个大镇。到了一个包子棚前，下了马，将马缰挂在绳上，两个人进去，有伙计过来招待，找一张桌坐下。朱杰说："你给我们来四两酒，配四样菜来吧。"伙计说："是啦。"朱杰说："我跟你打听一件事，此地属哪里所管？叫作何名？"伙计道："此地叫张家镇，属济南所管，在城北。"朱杰说："有一个人你可认得？"伙计说："您打听谁？"朱杰说："双枪将朱立。"伙计说："这位庄主未在家。"朱杰说："他几时在家，你可以向他提，我叫银面太岁朱杰，前来登庄拜访。"伙计说："是啦。"二人吃喝完毕，给了钱，出来解下马来，两个人这才连夜往下赶路。这天夜间，忽然看见前面远处起了一把火，照得天红。电龙说："二哥，您看前边可有亮子。"朱杰往前一看，说道："此火不远，大半在何家口的村里村外。"电龙说："那么你我弟兄，何不将马的肚带紧一紧，快去查看一下子。"朱杰说："很好。"说完二人下了马，紧好肚带，二次上马，便策马向前跑去。到了切近一看，果然是何家口村内，村外有庄兵巡逻。他们连忙奔了前街，朱杰二人到了西村口下马，各将大衣脱下，收拾紧衬利落，将两匹马连紧到一处。二人进村，飞身上房，直奔中街，看见火中那边有许多老乡民，正在那里救火。忽见一年老之人跑了出来，因为是在夜间，一时看不出是谁来。少时又追出三个人。便到南房之下，听见有一人喊叫："何玉你抬起头，看刀！"朱杰一听，急忙揭瓦往下打，说道："三弟快打暗器。"原来下面老哥哥何玉被贼所迫。二人这才惊走三寇，这便是电龙他二人来的倒笔。

　　如今已将何玉的尸身停好了，命人去迎何凯，先问道："从京都往这里来，一共有几条大道？"何四说："三条大道，七股小道。"朱杰说："你去把每个店中叫来两个人。"何四说："您叫他们何事呢？"朱杰说："我自有用处。叫他们每股道上派两三个人，迎接他们，送宝铠的人透了脸，赶快报我知道。"何四答应，出去找人不提。这里朱杰说道："三弟呀，你先在西间看守，是人不准到屋里去。因为老哥哥在世之时，维持最好，恐怕有人前来吊祭，哀痛过了，晕倒那里，岂不是个危险吗？"电龙说："是，是。"朱杰说："你们哪一个认识河南姜家屯？"有一个伙计上前答应说："我认识。"朱杰一看他，眼泪扑漱漱往下直流，遂问道："你姓什么呀？"伙计说："我姓阎，叫得禄，是外庄之人。大庄主生时，待我恩重如山。"朱杰说："你是哪里人氏呢？"得禄说："我是兖州府西门外阎家村的人氏。我家中有老母，与我那妻室，全是大庄主爷给钱接了来的，住在中街他老人家的房。"朱杰说："好吧，你骑马去到那里，可千万别提家中之事。叫姜家弟兄前来，说有人金盆洗手，找不着钥匙。"阎得禄答应，这才由店中起身，前去姜家，请姜家弟兄。一路之上饥餐渴饮，晓行夜宿。这一天来到黄河北岸，翻身下马，叫过船来。那船家问道："您上哪里去？"阎得禄说："我从山东来，前往姜家屯。"船家说："您上船吧。"得禄拉马上船，当时渡了过去，阎得禄取出船钱。船家说："您上姜家屯，看望二位员外去，还是有事呢？"得禄说："奉命前去请他弟兄二人。"船家说："您不用给船价啦。那二位员外是常来常往。"得禄说："你收下吧。"那船家说："您可别跟他提此事，免得给我们拆和气。"得禄说："是啦，我决不提，我还要给你美言几句啦。可是上姜家屯，走哪股道呢？"船家说："您就靠着怀里走，自然走到姜家屯。"得禄说："好吧。"当时他拉马向前走去。少时来到了村中，看见有人，忙一抱拳说道："这位仁兄请了，贵地可是姜家屯？"那人说："不错，此地正是姜家屯。"阎得禄说："请问姜文龙、姜文虎在哪里住？"那人闻言，把脸一沉，说道："这两个人的名字，也是你叫的吗？"阎得禄说："这位仁兄休要见怪。我从何家口来，那里有人派我叫如此去找。"此人说："哟，你从何家口来，那就是啦。你往东路北的广亮大门便是。"得禄说："谢谢您。"说着话往东走去。来到一个大门，上前来叫。里边有人问道："外边何人叫门？"得禄说："此处可是姜宅？"里头说："正是，你找谁呢？"得禄说："有位双枪将姜文龙，他老人家可在此处住？"里面问："你是从哪里来的？"得禄说："我从何家口来。"老家人一听此言，不敢慢怠，连忙进到里面回道："大爷，现在外边有何家口的一位前来见您。"姜文龙一听，连忙迎了出来，家人开了门。阎得禄说："大舅爷在上，奴才与您叩头。"文龙说："得禄你起来吧。"说着伸手取出一锭银子说："你拿去买点心吃吧。"得禄说："谢谢大舅爷。"文龙说："你有事吗？"得禄说："我家大员外爷因为有人金盆洗手，找不着钥匙，所以打发我来。"文龙说："那么他们入都之人，回来了没有？"得禄说："已然回来啦。"文龙说："你先等一下，待我讲去回禀。"遂进里屋对他娘亲把事情说了一遍。他姐姐何姜氏道："娘啊，我如今且回何家口。这里要有紧要之事，您再派我兄弟去接我，没事千万别去找我。女儿那天夜内得一梦，梦见您姑爷浑身血迹，向我说道：'我以后不管家里之事。你就好好的照管他们吧。'女儿想此事太不吉祥，因此没敢对老娘说。"那老太太说："是啦，姑娘你快回去吧，看一看他们。我的病不要紧的。"何姜氏说："要不然把玉兰放到您身旁，给您解闷吧。"老太太说："不用，你把她带走吧。倘若有个差错，我对不起我那姑爷。"何姜氏说："那么女儿拜别了。"说着，令丫环收拾一切，他去东房嘱咐好了两个弟妇，每人给了一锭白金。老太太说："文龙、文虎，你二人去送她母女们去。那里有事，就在那里多忙些日子，先不用回来了。"文龙弟兄二人点头答应。当时外面预备好了驮轿，她母女上了驮轿，文龙弟兄上马保护着往黄河岸而来。阎得禄这才上马随在背后，大家一齐起身。

到了黄河岸，文龙等下了马，她母女下了驮轿，叫过船来，一齐上了船。渡到北岸，众人以及车马一齐上岸。姜氏说："文龙，给那水手一锭白金。"水手过来说："大姑奶奶您千万别给，我奉送您一趟，下回再来一回，您也就没工夫来啦。"文龙伸手取出一锭金子来说道："你拿走吧，这是我姐姐赏你的。"水手说："我谢谢大姑奶奶。"姜氏说："你不用谢。"说着向众水手说："你们大家可要记住了，以后再有何家口的人来，一提是何家口的，就不用跟他要钱，先把他渡了过去，给才许收呢。你们别看他二位是旱岸的达官，人家跟水路的达官有联合。"大家点头答应。那姜氏等众人由北岸动身。一路之上无事，饥餐渴饮，夜住晓行。大家一直来到何家口。他们一进西村头，姜氏就看见吉祥店的这片火场了。那姜文虎弟兄翻身下马，那姜氏一见，不由心中暗想："好一片家产，如今化为飞灰，但不知我那夫主是凶是险。驮轿往前走着，姜文龙在前，从远处看见吉祥店门前站着老家人何忠，穿白戴孝。当时迎了过来，说道："大舅爷您可千万别着急，我那主母也别着急。现下他们入都交铠的主儿，可全回来了。"那姜氏看他如此的情形，早知道何玉是死了，在驮轿里就背过气去啦。有人进去禀报何凯何二爷，那何凯、何斌众人，一齐往出相迎。姜文龙上前说道："二哥您快去看一看去吧，我姐姐死在驮轿里啦。"何凯一闻此言，忙命婆子丫环等上前将驮轿搭了下来。何斌忙过去撅叫，叫了半天，姜氏才缓了过来，睁眼问道："二弟，你哥哥的死尸怎么样了？"何凯说："嫂嫂哇，我那兄长受那贼人一镖三刀之苦，死于非命。多亏朱三爷、电三弟赶到，才保住全尸。"朱杰上前行礼，又与电龙相见，这才一同进店。来到西房北里间，何凯说："嫂嫂，您就不用看我兄长尸身啦，您要看见，回头又背过气去啦。"姜氏说："二弟呀，我必须看一看你兄长的死尸才好，我夫妻一场，为何不见一见呢？"何凯说："也好。"何斌、何凯等大家全是哭哭啼啼。杜林一见说道："列位叔父伯父，我杜林要说一句话。"鲁清说："你说吧，有什么话呢？"杜林说："四位师哥，三位是我师哥，一位是我何大哥，你们哥仁呢，我何叔父乃是你们授艺的恩师，如今事已至此，你们可以先将泪痕止住，想法子与他老人家报仇。把眼泪留着，等到把仇人拿住，祭灵的时候，再哭也不为晚。这是我劝你们哥三个。我再劝我何大哥。我们两个人，可称是父一辈子一辈的。"说着将镖递与何斌，何斌细看镖上有字，乃是黄云峰三个小字，看完了忙命人挖坑深深的掩埋。当面杜林道："大哥，您可以问问我何二叔。我大叔父生前都与谁结拜。据我想，那三人此来，并非善意，他是来者不善，善者不来。何大哥别看您比我年长，可没我想得周到。"何斌遂问道："二叔，我爹爹在世之时，可与谁人交好呢？"何凯说："与镖行三老最有交情。"杜林问："还有谁？"何凯说："单鞭将马德元。"杜林又问："还有谁？"何凯说："青爪熊左林、踏爪熊宝珍。"杜林说："这几位以外，还有谁呢？"何凯说："与花刀将莫方、花面鬼佟豹。"杜林说："还有谁呢？"何凯说："有左臂花刀连登连茂通。"杜林说："这里叔父伯父，哪一位能掌笔？"电龙说："我能提笔。"杜林说："好！那么您开几份请帖来，言词全是一样，就说有人金盆洗手，或是假说有镇海鳌鱼王殿元王老达官，带来一年壮魁梧之人，大家不认识此人，他人周身上下零碎太多。接到请帖之人来何家口，必须将军刃暗器以及夜行衣靠全行带来，说我何玉亲身有请。大家捧我何玉一场，请电三叔就照着这片话一写，再叫我保二叔派店里伙计，挨门去送。何大哥你等他们被请之人全到，那时再将此镖打死我何大叔之事一一说出。大家一齐入西川，找着了三寇，用他三人的人心祭灵，到了那个时候再哭，也不为晚。何大哥呀，以后谁来你给谁磕头。"

送走帖子之后，这天外边有人回话，说有镖行三老、飞天怪蟒徐国桢、恨地无环蒋国瑞、圣手托天李廷然三位到。当时大家出迎，将三老接进店来。见礼已毕，外边第二拨人又到，乃是左臂花刀连登连茂通，带着三个徒弟黑面虎王横、白面虎李太、粉面哪吒吴月明。众人将他们爷四个全接到里面，应用物件全搬到里面。徐国桢见何凯腰中结着一根孝带，那何斌身穿重孝，不知何故，忙问道："何二弟，我来问你，但不知你们叔侄为何人穿孝？"何凯说："大哥呀，以及列位老哥哥，请你诸位听着，先不用着急。我兄长受西川三寇一镖三刀，身归那世去了。"徐国桢等三人一闻此言，是气顶咽喉，哥三个全都背过气去了，众人忙上前撅叫。三老缓醒过来，问："但不知死在何人之手？"何斌说："死在黄云峰之手。"徐国桢一闻此言，伸手拉着何斌问道："孩儿呀，你们大家入都交宝铠，是求功名啊，还是求富贵呢？你想咱们是什么人。再说，绿林人与官人不能同炉。还有一节，咱们要真当了差，那时有绿林人作了案，你是伸手办案呢？还是放他呢？这不是为难之事吗？你要说求富贵，此时你们何家口的家产与厉家寨相差不远，你为什么舍下了你父母，入京交铠呢？如今被人暗害，你怎么对你那天伦。"何斌说："伯父，孩儿头一件要逛一逛京都，第二件为的是访一访镖行十老。再说要从王府得出点赏赐来，不是咱们大家的脸面吗？当初孩儿也虑到这一层，后来我打算不去，谁知我叔父伯父们一死的叫我去，孩儿我才去的。"徐国桢道："得啦，什么话也不用说啦。事已到这步天地，那只好你给你伯父叔父磕头。这报仇之事，就完全扣在他身上吧。"遂说道："鲁清鲁贤弟。"鲁清说："是。"徐国桢道："而今山东各地，若有那与你不合之人，我能前去与他解合，不叫他与你犯心。"鲁清说："三位老前辈。"徐国桢说："且慢，你兄长与我三弟李廷然神前结拜，你又与何玉神前结拜，咱们如今也要弟兄相称才好。"鲁清说："一切的事，我自有办法。您想我兄长自在熊鲁彪飘门在外，可不知与您神前结拜。"李廷然对徐国桢道："兄长这个错可在兄弟我身上啦。"蒋国瑞说："三弟你在外交友，也要明白一二才是。这要是与莲花党为友呢，那不是把咱们哥三个名望全抛弃了吗？"李廷然说："二位仁兄，当年我与他结拜叩头，也曾到鲁家访他一次。那时他们家人说他出门访友，未在家中，谁知他一去未归，杳无音信。我将此事存在心中，未得说出。鲁清你我还是弟兄相称为是，从此你就想法子给我何大弟报仇就是了。"徐国桢说："何斌，你可认识二峰。"何斌说："认识。"徐国桢说："好！不过那二贼要是死在别人之手，你一世英名可被水而冲。"

正在说话之际，外面有人来报说："单鞭将马德元、巡山吼马俊父子求见。众人出迎，来到门外，一看马德元身高九尺，细条条的身材，一身月白布衣，蓝丝带扎腰，黄绒绳十字绊，鱼鳞洒鞋，蓝袜子，花布裹腿，月白布大氅，面如蟹盖，粗眉阔目，鼻直口方，大耳相衬，海下一部花白胡须白的多黑的少，手中拉着一匹紫马。书中暗表：他腰中围着一条算盘鞭子，专打金钟罩。光头未戴帽，高挽牛心发髻。众人再看马俊，身高八尺，胸间厚，膀背宽，形状魁梧，头戴青缎色软扎巾，杏黄绸子条，勒出双对软翅子，紫绒球突突乱跳，扫帚眉，大环眼，鼻直口方，大耳相衬，身穿一件青缎色靠袄，蓝护领，核桃粗细绒绳，十字落甲绊，一巴掌蓝丝鸾带扎腰，双结蝴蝶扣，青底衣，青布裹腿，薄底靴子，手中拉着一匹黑马，马上带着一条水磨钢鞭，马德元生来性暴。那何凯看见，急忙上前行礼，口中说道："仁兄在上，小弟拜见。"马得元说："二弟请起，我来问你，现下有谁金盆洗手？"何凯说："兄长，此地非讲话之所。兄长您请到里面，小弟我有大事相求。"说话之间，大家一齐进到店中。大家相见礼毕，马得元说："何斌，你为谁穿重孝？"何斌说："您可别着急，孩儿我与我父穿的孝。"马得元父子一闻此言，"哎呀"了一声，气顶咽喉，翻身栽倒，背过气去啦。众人连忙上前撅叫，少时缓醒过来。不知如何，且看下回分解。

第二十二回

使巧计马得元入川　莫家村穿山熊闹店

　　话说马得元缓过气来问道："他得的是什么病症死的？"何斌便将经过之事，细细说了一遍。马得元说："好何斌，也就是你们何家一个人也就是啦，要不然我能亮鞭把你打死。马俊你去给大家叩头，拜求他们列位，设法为你叔父报仇。"马俊说"是"，上前与众人行礼。马得元又问道："何斌呀，你的娘亲可好？未曾受险吗？"何斌说："未曾受险，因为我们送宝铠走后，我二位舅父将我娘亲接了走啦，家中只剩了我父亲一个人，故此才有此事。"马得元说："咱们赶紧商量报仇之事吧。那么是谁金盆洗手呢？王殿元带来谁呢？"何凯说："马大哥，并无此事。那是我们假借写的，因为不好明写一镖三刀之事，恐怕有个不合适，这是鲁弟的高才。"马得元说："鲁贤弟呀，你尽是这窟窿灌馅的事情，要不明说好不好呢。"鲁清鼻子里一哼，说道："老哥哥，我要那么写，不是众位老哥哥全死在了那家中了吗？"马得元说："鲁清，你用心功可以对报仇之事加点心，给报了仇才算好呢。"鲁清说："老哥哥，您等着看吧。我鲁清处处想得周到，要有一件想不到之时，那您将会友熊勾消，那时叫我三代以下的少辈，那不算您厉害，算我交友不到，学艺不精。管保能设法搜到人。"马得元一听，连忙说："好贤弟，那我替我那侄男，先行拜谢你。"说着话跪倒行礼。鲁清说："老哥哥快快请起。你我联盟的把兄弟，我要尽那神前一股香的义气，绝对去作。"

众人正在说话之际，外边有人来报，说有京都南门外兴顺镖行十位达官到，带着水旱四个伙计，水路是登山伏虎马子登、下海擒龙马子燕，旱面的是捉虎童子柳金平、擒虎童子柳玉平。大家一闻此言，连忙出来相迎，一见面互相行礼。蒋兆雄："列位兄弟哥哥，咱们店中一叙。"当下有店里伙计上前接过马匹，涮饮喂遛，大家这才来到了里面。蒋兆雄说："何二弟，你为什么结这根白孝带？"何凯说："哥哥您就不用问啦。"蒋兆雄听了说道："是啦，你们大家不用说，我知道了，我那何大弟他故去了。因为有一天，他们九位贤弟为我办生日，晚间正在镖行吃酒，我那二弟焦雄，在灯光下冷眼看见那何大弟来到镖行，面似垂水，咽喉上有一支镖，浑身血光，一声不言语，向我们大家抱一抱拳，转身出去了。当时我二人未曾言语，因为吃的全是喜酒。后来吃完了酒席，到了后夜，那镖店中可就乱啦。郑和说：我可看见何大弟来啦，拜托咱们大家给他报仇。"鲁清一看众人全都走了心经，不由心中所思：我何仁兄在世之时，真是舍命全交，所以才有感动。徐国桢道："列位，这些位中就数我年岁大。虽然我的年岁大，可没你想得周到。你说我们大家见不见何玉的尸身呢？"鲁清说："徐大哥，您可以不必见啦。既然上这里来的主儿，全跟他有过命之交，既然看见了请帖，那就不用见啦。我们当初在中三亩园拿普莲的时候，逃走了云峰、段峰，所以二寇逃回西川银花沟，才勾来普铎。如今我们大家必须杀奔银花沟，将二寇拿来，用他们人心祭灵，那才算尽了交友之道。"徐国桢说："鲁贤弟，那就在你啦。我见着有那与你不合的主儿，必然能设法与你二人化解就是了。"

大家在一处商议报仇之事。外面又有人来报，说："通禀列位，今有金水县的人到。"众人闻言，一齐转身往外走。徐国桢说："何二弟，既然是金水县的人到，必是左臂花刀连登连茂通。"大家来到外面一看，果然是他，带着三个徒弟，黑面虎王横、白面虎李太、粉面哪吒吴月明。王、李二人，每人一口砍刀，吴月明是一对双刀。当时有店中伙计接过马匹，涮饮喂遛不提。当时大家一齐来到了里边，伙计将大门紧闭。众人到屋中，见礼毕，连登看见何斌身穿重孝，不由问道："何斌你与何人穿的孝服？"何斌忙将他天伦被淫贼一镖三刀所杀之事，详详细细的述说了一遍。大家看连茂通脸上变颜色。马德元道："连贤弟你来到何家口有什么事呢？"连登说："我为镖行之事。就为保水路一只镖，特来约何大弟。谁知出了此事。"徐国桢说："您不是就为请何大弟一个人吗？走的是名姓，可以用一个镖旗就成。"遂说："二弟，你去取来一个镖旗。"何凯答应出去，到了柜房取来，交与徐国桢。徐国桢接讨来打开一看，原来白缎子作底，青火沿，斜尖的一面小旗子，当中斗大一个何字，旗杆边上有一行小字，是何家口三个字。说道："连贤弟，你将此旗挂在桅杆之上。山东清江一带，四大冷海，东西海岸，山东半边天一带，走到哪里管保高枕无忧。是占水岛的水寇，穿行山路，以及毛贼草寇，他们全不敢动分毫。那里大弟在世之时，全维持到啦。要说保镖场中，不是尽讲究打。"连登说："大哥，不过我们这三只大船，非常重要。"马德元说："连贤弟你放心吧，绝对没有错儿，你就拿了去吧。"连登说："月明，你拿着镖旗，回到镖行将旗子插好。"吴月明说："师父，皆因我不会水，倘若在中途路上有点差错，那便如何是好？"连登说："月明莫不成你畏刀避箭？"何凯说："连仁兄且慢，待我委派何家口一人，随同前往就是。"说话之间出去，找来了甩手龙何润，叫他过来。何凯说："何润，你拿着镖旗跟随着吴月明前去，协同他保着此镖。你将那水靠，随身的军刃物件拿齐，你到清江，先将旗子撤下，放到舱中。有人问的时候，你就说是何家口的，他要盘问，你再拿出旗子来。"何润说声"是"。连登说："月明啊，你拿旗子随他去吧，镖也得走，仇也得报，我必须尽其交友之道，随他们大家杀奔银花沟。"吴月明说："是。"当时辞别大家，他们二人就走了，下文书再表。

众人正在里面相谈，外边有人来报刘爷回来啦大家出来迎接，看见刘荣拉着石禄那匹马将马交与店中伙计，他们众人一齐来到店中。鲁清细问刘荣，马怎么到了您手？他上哪里去了，刘荣细说一遍。大家闻言，不由一怔。书中暗表：原来石禄他们大家自从出了京都，他骑的这匹马，乃是北国进贡来的贡马良驹。此马性如烈火，在花园中八年未放出来，如今一出京都，认上大道，它脚程太急，总比别人的马快得多。走着走着，石禄一回头，已然把众人落下很远。且说石禄骑马跑下，直到天黑，他一看四外村庄店铺无有，只有东西大道。天实在黑啦，连地上车辙全看不真啦。石禄拉着马奔了西岔。来到街当中，路西有座大店，便上前打门。里面有人问道："谁呀？"石禄说："是我，你们这里是店吗？"就听里边有人说道："不错，是店。可是我们不卖外客啦。"石禄说："我是家客。你要不开门，我可堵门放火啦。"伙计无法，只可将店门开了。伙计说道："您把马交给我吧。"石禄说："你可不能动，我这马不叫生人拉。"石禄把那马拉到南房廊下拴好，将皮褡子拿了下来，伙计上了门。

石禄来到了屋中，放下物件，那迎门一张八仙桌，左右有椅子。伙计端进一盏灯来，问道："我给你沏一壶茶来呀？"石禄说："不用。"伙计说："我与您预备酒饭呀？"石禄说："好吧，只要是吃的就成。"伙计答应出去。此时天已定更，那伙计将酒饭菜通盘端了上来，伙计说："大太爷，您吃完了不用给我们钱，您就走吧。"石禄说："我不吃啦。今天我还是不走啦，住在你们这里。"伙计说："大太爷，我说的可是好话，别回头您住在这里，有个差错，我们东家可担不起。"正在说着，忽听窗下有人叹口气，后面有人说话："说我长处不揭，短处也不揭。我在外偷富济贫，怎么出这个逆事呢。我儿与徒弟全没在家，叫我一人难敌四手，好汉架不住人多，我莫方只有祷告上苍，就求上天睁眼。自从我一记事，就没办过伤天害理之事，短刀药酒的事我也没办过。"石禄一听，遂说道："我来问你，这后边是谁呀，唉声叹气的。"伙计说："您不用打听啦，我说您管不了。您就不用问啦。"石禄一听，回手取出双铲来说："小子你看见了没有，我有这一对还管不了吗？你不说，我可给你一下干。"伙计一见，心中暗想：这一位也许能管此事。石禄说："你不用害怕，慢慢的说。"伙计说："您要问，是有如此这般、这般如此的一段事情。"原来离此地正西，有个兑城县，知县叫张春祥。那县太爷倒是清如水明如镜，两袖清风，爱民如子，上为国下为民。城里关外送他一个美名，叫作赛仲禹。那南门外离城二里地，有个吕阁寨，那里有一为首的恶霸，名叫吕登清，外号人称铜头太岁，他家中结交江洋大盗、不法之人。有贼人与他出主意，叫他欺男霸女，无所不为。石禄说："他们不会找老爷吗？"伙计说："知县不敢管他。他是京朝大官蔡京的干儿子，因此无人敢惹他。他手底下有两名家人，一叫吕福，一个吕禄。前七八天在我们门前，过了一片马匹，吹打乐器，敲打锣鼓，我家小姐出外观看。原来那人群之中，就有那吕登清。一时被他看见，回去愣下定礼，给也得给，不给也得给。他们定今晚来娶人，因此我们发愁。"石禄一听，气得怪叫如雷，大声说："小子他们要反吧，我非打死他们不可。"

　　不言石禄生气，且说那恶贼吕登清，他在家中闲坐，旁边一班侍候家人。他一时高兴，说道："福儿禄儿，你别看我的武艺浅薄，可是我们拜兄弟四个，每人武艺全都不错，都在我义父那里看家护院。二爷神拳李增、三爷潭腿江文、四爷小霸王恽尤成，那恽尤成乃是我义父第四房的内侄。福儿你给我想一个法子，叫我也打点乐事。就在兑城县一带，岂不是任咱们爷们反吗？福儿，我后面这些夫人，二十多个全都俗了。你们给我想一想哪里还有少妇，哪里还有长女，你给我找一找去。"吕禄说："兑城县东门外，有个莫家村，那里有很多的少妇长女。因为这一带的有少妇长女的主儿，全搬到莫家村去住。"吕登清说："我要去，那少妇长女就能出来吗？"吕福说："员外爷，奴才我可不是催您的火。那个地方您不用去，您要上那里去，有许多的不便。我跟您有一句笑谈，大唐朝有辈古人，双锁山上为首的女子刘金定，骑匹桃红马，怀抱绣鸾刀，点叫高俊保，说他放着大道你不走，手拿竹竿捅马蜂。那莫家村住着一位达官，他交结的朋友比您交的强。两下里冰火不同炉，人家交的全是一班保镖达官，替天行道，除暴安良。我说一句话，你可别恼，您所交的这些人，全是占山住岛、拦路打抢、断道截人的主儿，全是目无王法，将死置之度外。像您这个性质，宁在花下死，做鬼也风流。"吕登清一闻此言，便哈哈大笑，遂说："福儿，我到了莫家村，那些少妇长女能够出来吗？"吕福说："我要给您出个主意，她就能出来，您可就别怕花钱。"吕登清说："你自管说。没有关系，花多少钱咱爷儿们有。"吕福说："您先给我一百两银子，我去置买笙管笛箫、铙钹四件。令手下人等，操练齐毕。他们众人多时成啦，那时咱们主仆串领他们，骑快马十三匹，前去莫家村。我弟兄二人在您左右相陪，用黄绒绳拴在我的丝鸾带上，用手揪着。咱们先进西街，一吹音乐，一敲打锣鼓，那时两边的妇女自然就出来了。那时您见哪个少妇对您眼光，或是哪名长女与您有缘，那时您一拉绒绳，我认好啦。我可以带打手前去下定礼，给也得给，不给也得给。可有一件，要弄出漏子来，可是您一个人去搪。"吕登清说："小子，你放心去办吧，我到处抢少妇长女，可有谁敢拦呢？再说我义父在京为太师，谁人不知，哪个人不晓？给你银子，你就去办吧。"说着命人取出两封银子，交于吕福，前去置买东西物件。那吕福拿银子走啦。后来将乐器满行买齐，他命人拿到后面，传给众人，教给他们学会。

过了十几天，大家全将音乐锣鼓学齐。吕登清说："他们大家已将音乐排齐，咱们应当怎么办呢？"吕福说："待我调派一下子。"当时他找好五匹白马，是在前头的；又找五匹黑马，是在后头的。吕福骑黄马，吕禄的花马，吕登清的紫马。吕登清更了更服色，周身上下一身新。头戴一顶粉绫色逍遥巾，顶门一朵黄绒球，两旁双搭珠穗，鹦哥绿的绸子条，勒帽口，荷花色的贴身靠袄，绿缎色的护领，上绣万福留云，弯带扎腰，酱紫色的中衣；薄底青缎靴子，外置荷花色一件通氅，上绣五花五朵，飘带未结，绿绸子里儿。大家一齐来到外面，全行上了马。吕福也飞身上了马，说道："员外，您把带子拴好吧。前后的人听明，无论进哪一个村，我的左胳膊一指，你们是一齐吹打，我要右胳膊一拐，是全行止住。若有不听者，你们可小心我的庄规。"大家一听，说："是。"众人这才策马来到莫家村的北村头。众人一见这个村子，四周有围子，大家一齐进了北村头，往南行走。有两股道路，前头人就问："管家，咱们走哪股道？"吕福说："咱们走西街，奔西那股道走。"前头人答应，当时往西南而来。吕登清忙一抬左臂，大家吹打起来。当时那路东路西的铺户住户的少妇长女，便一齐出来，观看热闹。吕福说："员外，您要是看见了哪家的妇女好看，千万拉带子，我自有道理。"吕登清点点头。此时他们已然来到了街的中心，路东有家大酒楼，名为"五合居"。吕福说："员外您看，这个酒楼，有多阔大。他实有女贞陈绍，要算这一带的第一呢。"按说这个女贞陈绍，出在江苏。北方有这路东西叫"蝎虎子"，四爪为蝎虎子，它在房檐底下趴着；要有那五个爪的，名叫"闺贞"。好比江苏是在北方吧，妇人占了房，请收生婆来，一接生是个女娃子，这个收生婆必须带着这种东西。在三天洗三的这一天，无论男女，必须给小孩子全身给洗到了。此时收生婆带着的闺贞，放在那三寸五长的一个木头匣中。洗完之后，取过匣来，一捏那闺贞的肚子，用剪子将它裆中那一个爪尖剪去，用那朱砂往女孩眉间一涂，那鲜红便揉在她的眉间了。到满月的那一天，有那至近的亲友们，必须送来许多陈绍酒，也有五斤的，也有十斤的，放到院中。便将姑娘抱了出来，令大家观看那个血红记儿。此时已集到一处，成了一个朱红痣儿，即此女子守身之痣。大家看了便一齐给道喜。本家备下大坛子酒，连同贺喜酒一齐收拾好了，在后边花园子里刨坑埋好。容等此女长大成人，她大门不出，二门不迈。在闺阁之中，随她娘亲，或是她的奶母。床上一把剪子，扎拉锁扣，拆大改小；下床一把铲子，煎炒烹炸熬煮炖。女子长大，有媒婆来提亲。干脆说，女孩有了婆家啦。过礼之时，就好比北方人给大家送喜饼一样，他们便叫家人到后花园，将当年之酒刨了出来，再一查喜单，谁家给了多少酒。给送十斤的还十斤，送二十斤的还二十斤，送五十的还五十，大家再来庆贺喜棚，姑娘到了棚中，众人一看，那守节痣还在，乃是处女。她一与男子同床，便化为乌有，因此这酒名为女贞陈绍。

书不可重叙，吕福说完，吕登清说："福儿呀，你放心，无论那一天，我要请客的时候，一定在这里就是。"说着再往南走。吕福左臂一扬，他们又吹打起来了。来到街中间，路西有一条小死胡同儿，里头有两个门儿，在第二个门的台阶上，站着一个女子，年纪也就在二十里外，长得眉清目秀，容貌出众。穿得花枝招展，上身穿鹦哥绿的靠袄，葱心绿的底衣，腰结水红汗巾，披着紫纱斗篷。吕登清看明白啦，一拉那个带子，吕福忙回头一看。那个姑娘便回身走进门去，双门紧闭。吕清说："福儿，停下锣鼓，咱们回家吧。"说话之间，大家出了南村口，一直往西南，回了吕阁寨，大家下马。吕福先把那带子解了下来，主仆三人往里走来。仆人也将那乐器拿到屋中，安放一旁不提。

如今且说他们主仆三个人进到屋中。吕登清说："福儿，方才你可曾看见此女吗？"吕福说："看见啦。"也是吕登清的恶贯满盈，他才无心中说了一句话。他说："福儿呀，我要将此女婆到家中，我看此女底额端正，真正是一品夫人之像。你去到他们庄上打听打听，无论许了谁家，守节痣未动，正式的处女，你务必前去与我提亲。"吕福说："员外，你要说别村还可以，若说他们村中，更不用提抢亲，就是明媒正娶，他家也不给呀。"吕登清说："你先不用说，拿五两银子去打听去。"吕福拿了银子，来到莫家村的南村头，他先来到酒楼，到了楼上，早有那五合居的掌柜的笑着迎了过来，吕福说："掌柜的你贵姓？"掌柜说道："我姓王，名叫王铁山。"吕福说："王掌柜呀，我有一事问你。"说着话儿，两个人一同到雅座。吕福说："在你们这南边有家镖店。镖店北边有个小死胡同，那个顶头门住着的是谁呢？"王铁山说："那个顶头门，乃是莫老达官在那儿住。"吕福说："在他院中出来的那个姑娘是谁呢？你可知道？"铁山说："我知道。那个就是他女儿莫彩娥，今年十九岁。"吕福说："姑娘可有了人家吗？"铁山说："那个我可莫名其妙。人家的姑娘我不知道。"吕福说："能打听不能呢？"两个人正在说话，外边有人进来喊道："王掌柜的哪里去啦？"铁山说道："管家您在此少候，我去就来。"说着挑帘子出去，说道："呵！原来是少达官呀。"那人说："掌柜的，你不是说你这个买卖，是西川亮翅虎尤斌尤老达官的血本吗？现在我们有一支镖，要往西川去，可以给你带了去。"王铁山笑道："那敢情好啦，等我去取去。"说着下楼去了。

这时吕福在屋中，往外偷看。见外边这人，身高八尺开外，胸前厚，膀背宽，面如紫玉，凶眉环眼，大鼻子翻孔，火盆口，唇不包齿，七颠八倒，四个虎牙往外一支，大耳相衬，压耳毫毛倒竖像抓笔一般，头戴紫缎色六棱壮帽，蓝缎色绫条勒帽口，鬓边斜搭茨菇叶，顶门一朵绒球有核桃大小，突突乱跳，身穿紫缎色绑身靠袄，蓝缎色护领，青绒绳十字绊，青丝鸾带扎腰，双叠蝴蝶扣，青纺绸底衣，窄腰儿跟快靴，闪披一件紫色英雄氅，上面绣着万字，飘带未结，大红绸子里。又听楼梯一响，那王铁山二次又上来了，手提着一个布袋，笑向那人道："少达官，劳累您啦。这是一千两银子，给尤老达官带了去吧，交到就是。上西川不忙吗？"那人说："忙得很。这乃是急镖一支。"铁山说："您只要到了镖店，他就知晓我这个事情。"那人说：

"此人在镖店做什么呀？"铁山说："他在西路跑腿。"那人说："王掌柜的，我邓万雄说话差一点。只要在镖行跑腿的，没有我不认识的。你提哪一位，有名的你再说，无名的那就不用说啦。"铁山说："此人姓果名豹，别号人称飞毛腿。"邓万雄说："哟，原来是果豹啊！你们二人怎么认识的？"铁山说："我二人是同盟的把友。您要见着了他，赶紧叫他来。因为现在我的腿脚不大利落，上楼下楼全不方便。叫他来帮助我，好做买卖。"邓万雄说："是啦。"铁山说："那么这镖车多少日子走呢？"万雄说："也就在这两天吧。你还有什么事吗？"铁山说："没有啦，您请吧。我可不说什么啦。"万雄说："咱们至近之交，没的可说。"说着，接过银子下楼而去。王铁山送了出去，邓万雄回镖店不提。

如今且说王铁山回到雅座，说道："吕管家可曾看见此人？"吕福说："我看见啦。"铁山说："此人乃是莫老达官的大徒弟，人称双鞭将，手使一对水磨钢鞭。"吕福说："他那两个徒弟呢？"铁山说："二徒弟铜叉李凯，三徒弟银叉李继昌，他有一个义子，名叫小灵官燕清，自己有一子，外号小花刀莫陵。"吕福一闻此言，转身下楼，来到柜房，说道："王掌柜的，你在靠窗户近的地方，能够看见镖行的情形。你给我留下一张桌子。"说着取出十两银子递与了王铁山。那王掌柜的伸手接过来，他说了声明天见，径自下楼去了。吕福走在中途路上，不由心中暗思：我家主人贪淫好色，乃是酒色的淫徒，全倚仗着蔡京，那些官员看着蔡京的面子不敢干涉，如今要抢莫方之女，那大概是他恶贯满盈，天爷不容啦。待我回到庄去，对他说明，就说此女没有婆家。闯出杀身大祸，与我无干。"

吕福一边走着一边想，少时来到了吕阁寨，上前叫门。有人开门，他便走了进去，问道："禄儿，员外可在书房？"吕禄说："他茶饭懒用，一闭眼就看见那美女在旁边一站。兄长您到莫家村，打听的事怎么样了？"吕福便把蒙哄吕登清之言，先向他兄弟言说一遍。吕禄说："兄长，员外在哪处一招亲，全是您出主意。据我所想，咱们家中也有姐妹，人家要娶咱们的行不行呀？"吕福说："你我的姐妹出去买东西，谁敢瞧一眼？"吕禄说："您将此事想错啦。如今咱们是仗着他的名气，他又仗着蔡京，才结交江洋大盗。吕登清早晚有个报应循环。那时咱们回到家中，全都不敢惹。据我看，将来您都得不了善终。吕登清他可做了恶啦，这个恶报，可全做在您的身上啦。"吕福说："二弟，虽然说我给他出的主意，可我是为诓他的银钱。"吕禄说："人为财死，鸟为食亡；大财要命，小财要挣，君子爱财，取之有道。我上次上柳家庄行人情去，在棚口听见人说，你的恶名太大，不在吕登清之下。"吕福说："你不用管我的事，我也不干涉你的事。你要惹出事来，你去搪去，别来找我。我的事也不能叫你干涉。"吕禄一听，知道他是良言逆耳，于是连忙进了门房，将此事揭过。

他到了里面，见了吕登清说道："员外呀，我已给您打听明白啦。"吕登清说："那女子是谁家的呀？"吕福说："是花刀将莫方之女。姑娘的名字叫莫彩娥，今年才十九岁，尚未有婆家。"吕登清说："那咱们应当怎么办呀？你得给我出个主意。"吕福说："主意我倒有。您必须一天给我五两银子，我好上五合楼去吃酒，暗中好给您打听莫方还接镖不接。打听明白，他只要一接镖，他徒弟儿子全走。那时您给预备下花红彩礼，我就去给您提亲。那时他给也得给，不给也得给。咱们放他三天限，三天不给，咱们带领人等，前去莫家村，务必把姑娘弄了来，给他个措手不及。"吕登清一听言之有理，当时答应了他。每天给他五两银子，叫他前去五合楼吃酒。

这天他来到五合楼，问道："王掌柜的，他们的镖车走了没有？"王铁山说："没走哪，大半今天就走。"吕福说："我要瞧一瞧。"正在此时，下面铜锣响，少时信号响，就是爆竹。吕福忙从窗户往下观看，原来是七辆镖车，头朝北停放，全是单套的大车，上垂首三匹马，下垂首两匹马。头一辆车上，在外手插一斜尖旗子，青缎子做底，白火沿，当中一个莫字，在旗杆旁，有一串小字，上写军城府首县兑城县莫家寨花刀将莫方。有这个镖旗，走在中途路上，高枕无忧。在镖车将要动身的时候，放一挂鞭，全响完，老少的达官，鼓掌大笑。所为什么呢？原来各行有各行的规矩。要是一齐响完啦，是一路之上，平安无忧。在那一挂鞭上，有三朵红纸花，头中尾三个。一点的时候，要有截音，是镖车一走的时候有错；中间有截音，那就是快到地方有错儿；要是响到末尾不响啦，哪就有达官不利之情。镖车调开一走，吕福便下楼堂，回去禀报吕登清，说道："员外啊，现在镖车已然走啦。"登清说："好！那我给你们预备花红彩礼。"吕福说："刚走您就给下彩礼去啊，倘若人家忘了什么，回来了碰见，那如何是好呢？明天后天再去不迟。"登清说："你可不知我这个急呢。"展眼到了第二天。吕福说："员外，今天您给预备吧。"吕登清说："福儿，可都预备什么呢？"吕福说："这个姑娘是莫方之女，你可别拿她当治土务农的主，彩礼浅薄了可不成。"吕登清说："依你之见呢？"吕福说："你给预备满头的珠翠，春秋四季的衣服，二十对宋宝，二十对白金。"吕福当时打点水红的包袱一个，把物件包好，拿着往外就走。吕禄说："兄长您干什么去？"吕福说："我到莫家村去提亲。"吕禄说："好吗，你这个脑袋不要啦！您把这个东西拿出来，我得瞧一瞧。因为那莫方可不是好惹的。"吕福说："不要紧，镖车已然全走啦。家中就剩她一个人，量她也没有多大的崩儿。"说着将包袱打开。吕禄将满头珠翠及好衣服，全给留下啦，又将黄金全留下，白银也留下十五锭。吕福一看，大包袱变成小的啦。二人一齐往外，吕禄说："人为财死，鸟为食亡。您拿小的前去，是飞蛾投火，我拿这个大的，是归奔家宅。"说完他扬长去了。吕福拿包袱来到莫家村南村头西街。到了小巷顶头门，看看是不错啦，上前打门。里面有人问道："外边谁呀？"吕福说："这家姓莫吗？"仆人说："不错，是姓莫。"说着将门开了，二人相见。吕福说："前几天有许多马匹从此经过，敲打锣鼓，你可知晓？"莫管家说："我知道。"吕福说："你可知道所为哪般？"管家说："过来的时候，我知道。所为什么事，我可不知道。"吕福说："在马的当中，是我们主仆三个人。我家员外吕登清，那是在花街，看见你们有一位姑娘，长得美貌，所以令我前来提亲。你去告诉你家达官，若知进退，用花红彩轿，将姑娘送到吕阁寨，与我家员外大拜花堂。三天若不送去，可小心我主仆前来硬下花红。"说完扔下包袱，竟自去了。

不提吕福，且说莫家仆人拾起包袱，关了门，往里而来。来到里面，见了莫方，说道："员外，门外来了一个叫吕福的，他如此如此说了。"就把方才吕福所说之话，说了一遍。又将包袱拿起，叫他看了。莫方一闻此言，伸手将包袱接过，来到里边屋中。他妻李氏一瞧，忙问道："你拿这个包袱干什么呀？"莫方说："你说过，生下儿子来，由我调理他，生下女孩儿，由你来管。如今这个女儿，她是宅内之人，还是宅外之人呢？"李氏说："是宅内之人呀。"莫方说："既是宅内之人，她不受你的调理，那她到了人家，难免就做事不按家规，那岂不受人家公婆的辱骂吗？可是骂你，骂不着我。"李氏忙问："我调理姑娘有一差二错没有？"莫方说："还要出什么错啦，非得等她把咱们一家子全治死才成啦。这是我在家，此女还出去偷瞧热闹。她兄长莫陵向我说，我还不信，看起来他兄长不是说瞎话，彩娥呀，你是一个姑娘，应当大门不出，二门不迈才对，你这一来，就要把我名姓败尽。"说到此处，不由把脸往下一沉，说道："好一个胆大的妇人，你敢不理我的家规，真要把我气死。我宁叫你们在我刀下做鬼，我也不能叫你们把我牌匾败尽。你这是给我家惹下的杀身大祸。妇人你若问这个包袱，是从吕阁寨来。那里有淫贼吕登清，那小子看见你我的女儿长得貌美，便派仆人硬下花红，三天之内送去无事，若不送去，第三天夜内，派人前来抢亲。"说完，扔下包袱，将要出去。李氏说："你先回来，我还有话问你。"莫方说："你还有什么话？快说！"那旁边的莫彩娥说道："爹爹，您先不用着急。孩儿我从此绝对的服从我娘的教训，听我哥哥的话啦，以后再也不敢出去看热闹去啦。"莫方看她吓得颜色变更，遂说道："丫头啊，你太无知。我父子在家还可，若是不在家，倘若被那下三门的淫贼看见，那贼人夜晚前来施用薰香，你有个舛错，那时叫我是死是活？因为现在他们全都不在家，我一个人抵不过他等。那时倘若他们真来，别说我亮刀先将你母女斩杀。"李氏一闻此言，吓得胆破魂飞。彩娥说："爹爹呀，从此以后，女儿绝对不出去看热闹去啦，还不成吗？"莫方冷笑道："如今祸出来啦，你又不出去啦，早可干什么去呢？只可凭着你母女的运气吧。若在此三天之内，能有我至近的宾朋来到咱们家，能够解去此事，也就是了。"

不言他们这里。且说吕福扔下彩礼走后，回到吕阁寨，吕福到了书房，说："员外，您大喜啦。"吕登清说："我喜从何来？"吕福说："我到那里一提亲，莫方说，给。"登清说："他说给。要不给呢，又当如何？"吕福说："三天之内，他若不给，咱们大家前去，抢他个措手不及。员外，这两天咱们必须预备预备才好，大喜的日子，连个彩棚还不搭吗？头层院子搭客棚，二层院子搭彩棚，三层院子搭喜棚。这里诸事已毕，咱们还得预备花红彩轿。莫方说给，可是到期他要不送来呢？必须在第三天夜内，前去抢亲。这后面喜房还得用刘、杨二婆，到时好递喜果。"吕登清说："这可没地方找去。"吕福说："那还不容易。您把后面抢来的少妇预备两个就行啦。"吕登清一想也对，当时找好两名少妇，一个叫活不了，一个叫准死。命她们在后面喜房侍候着。吕福又要纹银五百两，去到县中雇喜轿一顶。"您再派我二弟吕禄，给您撒请帖，约请各路亲友，前来给您庆贺喜棚。"登清说："好！那么禄儿呀，你就去吧。"当时开了一个名单，叫他前去聘请众人不表。

再说吕福拿了银子，来到兑城县南门内万兴轿子铺。当时有一头儿名叫有缘的，出来问道："吕管家，您有什么事？"吕福说："有缘儿，我给你们应下了一个喜事。男家是我们员外爷，前去上莫家村去娶。"有缘一听，就打了一个冷战，就冲他们去的这个地方，十成八九成轿子搭不回来，那时柜上不亏钱才怪。有缘说："管家，您是不知道哇。别人还犹可，唯独吕登清那里，是轿子一出去，回来的时候很少。赶巧了抬轿子的人还得受伤。您说合得着吗？再者说，我们柜上有一份轿子跟执事，出外未归，现下只剩旧轿子一顶，恐怕吕员外不要。"吕福一听，暗想：反正是夜间用，管它破不破呢。连忙说："待我看看如何？"他是真对付。有缘无法，只得带他到了院内东房，同他进去观看。吕福到了里面一看，那些个执事全在架子上摆着啦，遂问道："这事倒是成啦。那么轿子在哪里？"不知有缘说些什么，且看下回分解。

第二十三回

扮新妇大闹吕阁寨　躲飞灾合家逃外乡

　　话说恶豪奴吕福一问，那有缘说："全搭走啦，到人家去亮去啦。我们柜上有一面亮的围子，您想能用不能用？每年亮一次，这是头年新制的。"吕福说："你同我看一看去。"当下二人到了北屋。他看那顶轿子，非常宽大，十成新的。吕福说："足成。那么你给算算，一共合多少钱。"有缘说："好吧，咱们到账房算吧。"二人来到账房。有缘拿过算盘，心中一动，暗说：上次你来跟我们东家借十两银子，没借给你。不用说，你这是要坑害我们一下子。没别的可说，我先给你来个半包。轿子丢啦，我们不伤本；回来啦，那算我们赚着啦。想到此处，略微算一算，遂说："一共五百两吧。"吕福说："不管你怎么算吧，我一共给三百五十两成不成呢？"有缘儿说："不行不行。那么您上别处去讲吧，照这个数儿要讲得好，我奉送您白使。"吕福说："得啦。你别另要五百，我也不给你们三百五，干脆我给你们四百两吧。"有缘说："您再给添一点儿吧，四百两我开发不出去。"吕福说："这么办得啦，我再给您添三十。"有缘说："您给四百五十不成吗？那不那二十归您啦。"吕福说："好吧，轿围子我得看一看呀。"有缘说："反正对得起您就是。"说着从柜里取出一个包袱来，打开一看，满金黄啦。吕福心说：这不知是哪一年做的，要不然不能放得这个样子。吕福当时给他们取出四百三十两，交给他收好，遂叫过一个小伙计来，名叫飞来凤的。叫他同着吕管家，去到南门外桥头上，把他们全叫了来。飞来凤答应。

两个人到了南门外，他站在桥上，一喊："张头、赵头、刘头、李头。"当时有许多人过去将他围住。有人问道："嘿！飞来凤，是白事，还是喜事呀？"飞来凤说："是喜事。"那人又问："是哪里的本家呀？"飞来凤说："男家是吕阁寨。"那人又问："上哪里去娶呀？"飞来凤说："女家是莫家村，莫老达官之女。"那人说："我的妈，那可慢着吧。莫老达官之女，哪能给他呀？我先问问你，是白天娶，还是夜间娶呢？"飞来凤说："白天。"这正说着，从南边来了一人，此人姓邢名叫邢宽，大家给他送一外号，叫行不开。刘头说道："得，行不开来啦。叫他给出个主意，去是不去。"邢宽忙问什么事。李头一说。邢宽一听，忙说："你们脖子后头要是离了缝，就可以去。"飞来凤说："邢大哥，你不去可别在这里破坏。"邢宽一听不好再说。这四个人算是答应去啦。六个人一同回到铺中。齐好了人，一同抬着轿子，来到吕阁寨。吕禄见了吕登清，备说一遍。他们这里完全预备好啦，尽等莫家送人。耗到三天众家亲友全到。这里庆贺彩棚，大家热闹一天，也不见送人来。到了晚半天，吕登清等急啦，忙问道："福儿，怎么莫方没送来呀？你得想办法才好。"吕福说："您借知县的福份，穿上官衣，骑着马。咱们带着打手前去，后边跟着轿子，再预备乐器在轿子头里，叫他们在前拿着火把，咱们前去娶去。"吕登清一听，也只可如此。他便收拾利落，外边齐好了人，大家一齐向莫家村而来。

如今再说莫家村中的莫方，到了第三天晚上，便向他妻李氏说道："今天已到第三天，想那吕登清一定前来抢亲。我能护庇你们母女，那还犹可，如果不行之时，我是抱刀自杀，后事我就不管啦。"说到此处，不由得长叹一声，说道："天爷呀，想我莫方一生没做过什么缺德之事，为什么单叫我遇见了呢？"莫方这么一长叹，屋中正赶上石禄吃饭，忙叫道："二哥，这是谁长叹啦？"伙计说："达官爷，您吃完饭您走就得啦，不用打听我们的事。"石禄说："我生来一世，专爱打抱不平。你说吧小子，有什么事？"伙计便将此事一说。石禄说："好小子，原来是莫老有一女孩，铜头要抢，对不对？"伙计说："不错，是他要抢。"石禄说："那小子头是铜的吗？"伙计说："不是呀，他也是肉的，不过是外号叫铜头太岁。"石禄说："他架得住我一个嘴巴吗？"伙计一撇嘴。石禄说着将碟盘往里一推，抢右手一叫功夫，往下一打，"噗哧"一声，立时将桌子一角劈了下来。伙计一见，连忙跪下，说道："大太爷，您要能管，可真是我们全村之福。因为莫老达官乃是全村的福星。我先替他谢谢您啦。"当下带同石禄，出了店，进巷口，到了顶头的那门。伙计说："您先在此少等，待我上前叫门。"石禄此时是短衣襟小打扮，手提双铲，站在一边。伙计上前打门，说："达官，您不必着急啦。这里有一位大太爷，要管咱们家中闲事。"莫方一闻此言，连忙将门开了，问道："是哪一位呢？"伙计说："就是此人。"那石禄一看，心中就有点不乐意，暗想："他又是达官，不用说，又是跟咱爸爸有交情。"莫方说："黑汉。"石禄说："做什么呀？"莫方说："你家住哪里？姓什名谁？"石禄说："我姓走，名叫走二大，家住大府大县大村，我家树林子没门。"莫方一听这说的全是假名假姓，石禄说："莫子，你叫什么呀？"莫方说："我姓莫名方，别号人称花刀将。"石禄说："谁叫你花刀将啊？"莫方说："各路达官全知道。"石禄说："我就不知道。"莫方道："你不知道就不知道吧，休来打扰。"说完叭的一声，把门给关上啦。石禄一见急啦，上前一抬腿，"噗哧"一声，当时把门插关给砸折啦。莫方一看，心中大为不悦。拔出金背砍山刀来。石禄一见，说："老莫呀，你要不叫管，我叫你死在双铲下。我在此等铜头。"莫方一见他那对军刃，好生眼熟，忽然想起一友，忙问道："黑汉，我来问你，你家住哪里？说出真名实姓来，我听一听。”石禄一步迈到院中，听见西屋有妇女啼哭，遂嚷道："好！那我就告诉于你。我家住夏江秀水县石家镇，我姓石名禄，外号人称穿山熊，大六门第四门的。"莫方一闻此言，忙跪倒说道："待我谢天谢地。原来是玉篮来啦。想我与石锦龙乃是八拜之交，真是人不该死，五行有救，做梦也想不到你来啦。玉篮呀，你这是从哪儿来的呢？"石禄说："我从京都来。"莫方一听，心中暗想：世上人同模样的也有，同名同姓的也有，遂说道："石禄，你二叔叫什么？"石禄说："我二叔石锦凤，三叔石锦彩。"莫方说："玉篮你随我来。"石禄将一对铲放在皮褡子内。莫方也把砍刀装入鞘内。石禄跟着莫方来到东房廊子底下，那里摆着一桌酒席。石禄在廊子底下吃饭不提。且说莫方来到东房底下，大声叫道："伙计你们来两个人。"莫方见这王英，俐齿能言，遂对伙计说："王英，你到南门外大道等着去。如果见了吕登清大众来时，你要这么这么行事。"王英答应。遂又向李忠说道："你在南门外大道上，听见有锣鼓响亮，赶紧回来报告我莫方知道。我就感谢你二人的大恩了。"李忠、王英二人点头答应，转身形走出去了。莫方见他二人走了之后，一看石禄，已然吃得酒过三巡，菜过五味。莫方说："玉篮，回头吕登清来取你妹妹时，你会学你妹妹哭吗？"石禄一咧嘴，"啊啊啊"地一哭。莫方说："这不成，要细声细气的哭。"石禄说："我会了。"说着又"呜呜"的哭起来了。莫方说："得啦，姑娘别哭啦。"石禄答应，然后说："老莫，我渴啦。"莫方说："你渴啦。我给你烧点水去。"石禄说："我可不喝热的。"莫方说："东边有水缸。"石禄喝了一瓢凉水。莫方将石禄带在南房，然后在院中等候。西里间莫彩娥把灯光吹灭不表。返回来再说王英、李忠。王英一个人来到西边一看，果然锣鼓响亮，灯球火把。王英一看离着不近，远远看见一匹马，王英便跪在车辙道上，说："大姑老爷，您休发雷霆之怒，暂息虎豹之威。我家达官将小姐许配您，是求之不得，盼想您庄内媒婆不来，要是早来早就做下亲了。自从吕管家前来下定礼，我家达官喜乐非常，并且请了一位合婚的老先生，真乃是千里姻缘一线牵，也是月下老儿造定，前世姻缘配就的。合婚的说，就是犯一点隔阂。我来问您，您的青春多少？"吕登清说："我三十有三岁。"王英说："合婚的人真有未卜先知一般。我家大小姐，方十九岁。您夫妻二人占两个单。说您采花为媒，是十七日，吕管家下彩礼是二十三，今天二十五，共合五个单。免去五光，日月星为三光，灯火为二光。我家小姐要叫五光有一光照着，花烛之夜，第二日，你夫妻二目双瞎。你二人冲撞五光神位。"登清说："禄儿，叫他们免去灯光火把。"李忠往回走来，他回到吕阁寨，来至庄院，客棚彩棚完全止灭不提。吕福说："员外，咱们别把牛角泡灯弄灭。"伸手探刀囊取出一张红白帖，用灯罩着。王英说："姑老爷，你带来鼓乐。你夫妻要不犯隔膜，我家员外就用花红彩轿给您送去啦。您吩咐手下赶紧吹打鼓乐，我莫家村鸣锣响鼓，好知我家小姐出阁。"这才吩咐手下敲打锣鼓。

南村头李忠听见锣鼓齐响，赶奔莫家门首说："莫老达官，您赶紧预备。吕登清硬下花红。"莫方说："好吧。你上店里等着去吧，这里没有你什么事。"李忠走去。莫方到了南房，向石禄说道："你可多加小心，一个也别叫他们跑啦。"石禄说："您不用嘱咐，我全知道。"正说着，有人来报，说："有寨主前来搭娶亲之新人来啦。"莫方连忙往外走来，见了他先上前见礼，说道："姑老爷，因为合婚的先生说，你夫妻二人犯点隔膜，就应了他批的八字。他说，一不准见日月星三光，二不准见灯火，丑时头上轿，亮寅时下轿，那时才能保你夫妻二人高枕无忧。"吕登清一闻此言，急忙上前行礼，说道："老人家，小婿与您叩头。"莫方赶紧用手相搀，说："姑老爷快快请起。我的女儿给了您，平地登云，茶来张手，饭来张口，使奴唤婢，享不尽荣华富贵。你夫妻若不是犯这个外祟，我给你置办一点家具。姑老爷呀，我女儿过门后，您千万到我家来一次，因为我有紧要拜托之事。"吕登清说："好吧。过些日子我一定前来，听您的教诲。而今我先入内拜见我的岳母。"莫方说："可以不必了。因为你岳母刻下染病在床。您赶快把轿子搭过来。"吕登清说："是，是。"连忙令人将轿子抬过来。莫方说："姑老爷，咱们是一不忌，百不忌啦。"当时就将轿子搭了进来。这时轿子头儿问道："老达官爷，小姐在哪儿上轿哇？"莫方说："南屋里。"头儿一听，便命人将彩轿搭到南房屋门口，请新人上轿。

　　莫方便将吕登清叫到一旁，嘱咐他说道："姑老爷，宋时制的大礼，您可知晓？"登清说："小婿一概不知，还得请您老人家指教一二。"莫方说："好！这大礼之中，有抱轿的规矩。因为我偌大的家产，不能叫她给我踩了去。我必须亲身抱上轿。"说着话他进了南房，忙叫轿子合到门口。吕登清听见屋内莫方说道："姑娘，你如今算是人家的人了。从小你在家中，我每月给你十两银子，为的是买些花朵脂粉之用。如今这些银子，我一概不用，随着轿子搭过去吧。"说着就听见咚咚地响，好像是放银子似的。原来他与石禄在屋中，正预备上轿。先故意的假做出来放银子，为的是解他们之疑。因为石禄身体分量太重。那石禄爬上轿子又退了下来，低声说道："这小屋子里太小哇，我转不开身。"莫方说："你必须往里倒才成哪。"石禄点头，当时上轿坐好。莫方说："你们往外搭吧。"当时四个轿夫往起一搭，没抬动。石禄用的是沉气功，要不是新轿子，底下能坐塌了。外面一看搭不起来，又叫过四个人来，这才搭起。搭到前院，安好轿杆扶手。全安放齐毕，又将顶子安好。八个人搭起，莫方来到前头来看，令他们搭手，遂说："姑老爷请上马。你们夫妻二人，团圆去吧。"吕登清这才欢欢喜喜的上马。吕福头前引路，吹打着乐器，他们一同回吕阁寨去啦。那吕登清心满意足，眼看着那千娇百媚的姑娘上了轿啦，这要搭了回去，有多美呀。他哪里知道，把阎王爷给抬了来啦。

　　且说莫方看见轿子已走，将双门紧闭，自己回到屋中，双膝跪倒，叩拜家堂佛，说道："佛祖的保佑，千万别叫我家遭横祸。弟子莫方，我就感念您的好处啦。"说完话他到了东屋，当时换好夜行衣，背上砍刀，追了下来。看轿子正在道上走，黑洞洞的只有一个牛角灯引路。这也是吕登清恶贯满盈，他才来到莫家村来抢亲。话说莫方在道的南边走，见有片树林，便蹿了进去。到林子里一看有五条黑影，忙问是谁？当时有人说："师父，弟子邓万雄等在此。"莫方说："好！原来是你们弟兄回来了，你们怎么知道的呢？"邓万雄说："师父您先不用管。但不知轿子里可曾是我师妹？"莫方说："不是，这也是咱们家门有德。原来你师叔石锦龙的次子玉篮来啦。我才打发他上了轿子。你们来了，我就不去啦。你等五个人随着进到他家，看情形帮助于他。"说完，莫方自回莫家村去了。

这里双鞭将邓万雄、钢叉李凯、银叉李继昌、小灵官燕清、小花刀莫陵，他们五人自从保镖车穿过县城，往西而行，顺大路赶奔西川。一日无事。第二天晚间打店，吃晚饭，一夜无书。到第三天他们才从店中动身，五个人在车的左右，往前行走。邓万雄说："四位贤弟，据我恩师所说，在镖行之中就数你的叔父闪电腿刘荣的脚力最快。除他之外，贤弟你们看，就是此人。"说着话用手往西一指道："他叫飞毛腿果豹。"哥四个一听，忙向西观看，果然来了一人。见此人身不高，上身短，下身长，细长的两条仙鹤腿，一身瓦灰色的衣服，青纱包扎腰，紧衬利落，外罩一件瓦灰色通氅，青布包头，鱼鳞洒鞋，蓝色袜子，花布裹腿。人到了切近，五个人连忙下马。那果豹说道："邓贤弟不必下马啦。你们这是上哪里去呀？"燕清答说："我们这是要上那西川尤家屯去一趟。那么您这是上哪里去呀？从哪里来呢？"果豹说："我刚从尤家屯来。为的是到五合楼，望看我拜兄。"万雄说："你赶快走吧。王铁山还叫我给你带话啦，他上楼下楼腿脚不利落，您快去吧。"果豹一闻此言，说："好吧，那咱们再见啦。"说完他飞身上马，一直来到莫家村。到了五合酒铺，面见王铁山。铁山说："兄弟你来啦，还得赶紧回尤家屯。"果豹说："这是为何呢？"王铁山说："莫老达官家中出了事，今有吕登清他要硬下花红。这事不能迟缓，快叫他弟兄回来。"果豹一听，连忙辞别王铁山，离了酒楼，飞身上马，便往下追去。头一天没追上，第二天晚上才追上。看见镖车在前边走，这才高声喊叫，说道："贤弟你们别走，万雄别走！"邓万雄一闻此言，连忙命车站住。他们已然出来四天啦。果豹来到近前，说道："五位贤弟，你们快些回家。镖旗不是在车上插着吗？"邓万雄说："老哥哥，我们家中有什么事呀？"果豹说："你们可别着急。"遂把吕登清硬下花红，要抢亲的事说了一遍。邓万雄哥五个一听，不由大怒，这才各人收拾齐毕，各人一口刀。莫陵说："这可是他自行找死，敢在太岁头上动土！他抢莫家村的妇女，我们还不容他哪，何况他敢到我家，要强娶我的胞妹。这小子真乃大胆！果大哥您将镖送到尤家屯，千万把空车一齐带回才好。"果豹答应，督催车辆往西而去。这哥五个直往回走，斜道奔了吕阁寨。这天到了正东路南，不足四里地，有片树林。五个人到了林中，各人全换好了紧衣。正在此时，正西锣鼓喧天，灯球火把，一片火光，少时轿子从林前经过。莫陵长身就要出去。邓万雄一伸脚把他绊倒。莫陵说："兄长，您为何把我绊倒？"万雄说："此时他是空轿。你一出去把他截住，他要问你几句，你有何话说？你准知道是抢你妹妹吗？那时他看见咱们弟兄一到，他不去啦。如今必须等他回来之时有了凭据，那时再拦住轿子。"正在说话之时，有一人跑过，正是禄儿。又待了一会儿，远处锣鼓声响。轿子回来啦，可看不见灯光火把，只有一个小小的灯亮。万雄说："不是他们掌着明灯，一定还有变化。咱们出去看看去。"五个人刚要往外走，忽然从外面跳进一人。万雄忙问是谁？莫方说："是我。"五个人上前见莫老人家。莫陵说："爹爹，吕登清他真到咱们家中强娶我妹妹吗？"莫方说："正是。你等不知，人要是不该死，五行有救。你们走后，他派吕福前来下定礼。我正在为难，可巧你叔父石锦龙的次子到啦。"莫陵说："莫非石禄吗？"莫方说："正是玉篮。如今是他坐在轿中，要大闹吕阁寨。你们来到，我就不去啦，你弟兄到了那里，暗中看他的胆量如何，保护他。"五人点头答应。莫方自回莫家村不提。

且说万雄弟兄五人，出了松林，在背后暗中跟了下来，一直够奔吕阁寨。前边的吕登清到了门口，一齐下马，他一看棚中黑洞洞的，也是没有亮儿。吕福说："诸位，咱们先把灯全点着了。"此时那些亲友们，全都迎了出来，与他贺喜。吕登清说："福儿，你将彩轿搭到后边喜房去吧。"吕福这才带着他们，穿宅过院，来到后宅屏风门内，放平了轿子，撤去轿杆，摘下轿顶，将轿子合了门口。吕福说："刘、杨二婆，快来侍候主母下轿。"里边答应。吕福将轿夫带到外面，用手将屏门倒带，来到上面与登清道喜。此时那里院喜房的刘妈，上前来解轿门的绊儿。谁知全是死扣儿，遂说道："杨姐，您看他们可真不知道什么，那有结死扣的呢？"杨妈说："您怎么啦，他们这是抢人家的，哪有工夫去讲这些吉祥事呀。忙着慌着，这是暴劲。"杨妈忙到了东屋，先把红蜡点着了，右手拿着一面古铜镜子。刘妈掀轿帘。石禄看见灯到啦，跟着跳了出来，看这两个婆子怪肉横生，心说：这两个也不是安善的良民。那两个妇人早吓得倒在地上。石禄上前一脚，先踢死了刘妈。那杨妈一见，往外就滚，又被石禄上前"吧"的一掌，将头打碎，也死于非命。

这时屋院内，就是这两个妇人，并无外人。当下石禄将两个死尸，搬到东里间屋内，推到床底下了。他出来将屋内隔扇倒带。他又到西里间来看，也是一张床铺，上面放着被褥，也有一个小炕桌，上面有香油灯。石禄上前一拨，人家全往外拨，他偏往里拨，"哧啦"一声，灯灭了。当时屋子里就黑啦。他坐在床上，头冲北，脚冲南，将鹿筋绳解啦，脱了上身衣，敞着怀，便躺下了。头一着枕就睡着了。

不言他这里。且说吕登清在喜棚中陪着大家吃酒。有人说："员外，您这位贤夫人，但不知是哪一家？"登清说："是莫家村的。"原来此人姓李双名铜山，专以放账为生，大家与他起了一个外号，叫活阎王李三。一听是莫家村的姑娘，吓得就是一哆嗦。李三说："他儿子以及徒弟们在家没有？"吕登清说："全上西川送镖去啦。"李三说："好！那么您就快去入洞房去吧。"吕登清一听，这才站起身来，往外走去。吕福说："李爷，您陪着众亲友在外边饮酒，待我陪我家员外入洞房。"大家一听，连忙说："大管家，您将员外送到后面，赶紧回来。"那吕福答应手提牛角灯一盏，往后面去了。

主仆欢欢喜喜的走。吕福说："您赶紧去吧。"吕登清进屏门把门关好。屋子院子全是黑的，轿子还堵着门口呢。便走过去把轿子往旁一推，这才上前叫门。叫了两三声，无人答言，忙用手推，门分左右，他便进了屋中，摘下帽子，脱下大衣，细一听西屋有人呼声如雷，不由心生纳闷，心说：这是谁在我屋中睡觉啦，待我看看去吧。说话之间，来到西里间一看，长寿灯已被吹灭，便过去到床上伸手一摸，就把石禄给摸醒啦。石禄不由一怔，心说：这是谁摸我啦？也许铜头来了。他可没说。吕登清不知，还用手来摸。一摸头，头大如斗。正要往下再摸，石禄大声说："小子，你别摸啦，再摸我可要咬你啦。"这一嗓子吓了吕登清一跳，转身往外就跑。那外屋的门还没开呢，他就往外跑，一下子就撞回来啦。急劲儿一抬腿，就将门给踹啦。来到院中，捏嘴唇哨声一响，外边就乱啦。活阎罗李铜山说："大管家呀，后面哨子可响啦，快去看看去吧。"吕福一听，连忙跑到后面，一听还响哪，便问道："大员外，有事吗？"吕登清说："不错，有事。快去叫人。"吕福答应，回身来到外边。拿过一面锣来。一棒锣声，那铜山、铜海弟兄二人，各持军刃，一齐往后面来啦。石禄他忙下地，穿好了衣服，结好十字绊，皮条扎好了。外面吕登清说道："你们快进来吧。"李铜山说："员外，您倒是把门开了哇。"吕登清一听，这才上前开了门。李家弟兄二人进来问道："员外呀，洞房有事吗？"吕登清说："有事。那洞房之中，有一黑汉，说话瓮声瓮气的。"说着话，便向屋中问道："你是什么人？快出来答话。"石禄说："是我。"说着，他上了八仙桌子，一踢腿，"咔哧"一声，窗户粉碎，他就从窗户跳出来啦。按这套书名为善恶图，石禄一出世的时候，就表说过。善恶两种人遇见石禄，就能分别出来。善人遇见他才能逢凶化吉，遇难呈祥；那做恶之人遇见他，人亡财尽。

且说石禄跳在院中。那吕登清一看，出来的这个人非常魁梧，忙叫道："李家二弟兄，快上前将此黑贼拿获，送到当官，问他搅闹我的洞房之罪吧。"李铜山一闻此言，提刀上前，说道："丑汉，你唤作何名？为何黑夜之间来到这里？"石禄一看他们来了不少人，各执军刀，遂说："哪一个叫铜头呀？"吕登清答言："我叫铜头太岁吕登清。"石禄说："方才我在屋中睡觉，是你摸我吗？"吕登清说："正是某家。李家弟兄上啊，千万别叫他脱逃。"李铜山说："员外您尽管放心。有我弟兄，料想无妨。"说话之间，上前问道："你从哪里来呀？敢在此闹洞房。"石禄说："不是我来的，是你们用那间小屋子，把我搭了来的。"李铜山说："小子别废话。"说着上前抢刀便砍。石禄往旁一闪，刀就砍空啦，伸手抓住刀背，反手一个嘴巴，"吧"的一声，就打了一个脑浆迸裂，死尸翻身栽倒。石禄把刀夺到手中，遂说："我倒有口刀啦。"那李铜海一看他哥哥死啦，忙前来迎战，托刀扎，石禄往旁一闪，用刀一压他刀往里一推刀，直向他脖下削来。李铜海忙一低头，刀可是过去啦。石禄一伸手早将他的刀抓住。说时慢那时可快，他左手揪住了刀，往回一拉，右手的刀，往前一递，当即连肩带背，就给砍死了。

吕登清一看，这个走二大实在凶猛，连忙叫道："福儿快上前围这个黑汉，千万别叫他走啦。"石禄一听他要走，连忙扔下刀飞身跳到屏风门口，就把门堵住了，大声说道："铜头啊，走吗？"那吕登清一见，便夺过吕福手中的刀，说道："你还敢把你家太岁爷怎样吗？"石禄一见，上前伸手抓住了吕福，说道："小子，我不用拿刀砍你，拿人就可以把你撞倒啦。"说着话，石禄手提吕福向吕登清撞来。此时吕登清正拿着一口朴刀，见人撞来，连忙往后躲，没躲开，竟撞在身上，二人全行倒啦。吕福爬起来要跑，石禄赶奔上前，伸手抓住了他的腿，说道："小子，你要跑？"那手早将他丝鸾带揪住，一回身就把他举起来啦。吕登清一见，忙爬起举刀来砍石禄。石禄便用吕福来迎刀。吕福一看，忙说："慢砍，员外是我。"可那已来不及，"噗哧"一声，便砍掉一双胳膊来，疼得吕福一咧嘴。石禄说："小子，你还乐啦。"吕登清说："走二大，你趁早撇开我那奴才。"说完他往旁边一闪，说道："你们大家先把他围上，治死他有我哪。"众人一听，各摆兵刃上前来战。石禄见刀枪齐来，全用吕福来迎。这也是他的报应循环，竟死于乱刃之下。那石禄用死人来打众人，少时那死尸全碎啦。他用死人砸活人，这活人有许多被砸死了。那吕登清一看不好，就往门口走。石禄一见，暗说：不好，铜头要跑。遂说道："铜头啊，你别走。"说着，他把死尸扔下，踊身越过墙去，返身进屏门来迎，正遇吕登清要出屏风门。石禄一探左手，将他脖颈抓住啦，往怀中一带，右手就奔了他的脑袋。吕登清忙用双手迎住他手，说道："黑汉，你敢把你太岁爷怎么样？"石禄说："你是铜头吗？"吕登清说："正是你家员外爷。"石磙说："我瞧你这个脑袋，不是铜的呀。是肉头吧。"说着话把他就举起来啦。吕禄说："那一个黑汉，你敢把我家员外举起来？他可动不得，那可真成了太岁头上动了土啦。"石禄一听，笑道："我偏动他，看他能用手把我埋了不能。小子你今天吃的是什么？"吕登清一听，以为说出来，他就放下呢，遂说："吃的是饺子。"石禄说："小子你吃蒜了吗？"登清说："没吃。"石禄说道："小子你来个天砸蒜吧。"左手往下一拎，右手往上一送，头朝下，脚朝上，只听"吧叽"一声响，万朵桃花开，血流了一地。

东房上有人说话，正是双鞭将邓万雄。那万雄心中想：他既说出走二大，我就叫他走大哥。遂说道："走大哥，您还不跑哇？"石禄说："我不跑，我还找那些小铜头、铁头、锡拉头，这些头全是铜头养活的。"此时院里的人，全是缺胳膊短腿的，就是说，院子里的人，一个好人没有。他不会说话，所以说出这么一句话来。说完之后，进了院子，找方才说话之人。也是吕禄平素不做损事，没说过坏话，所以他命不当绝。他恐怕被走二大拿着，要了命；便趴伏在死尸一块，用血往身上脸上一抹，假作已死。邓万雄说："走大哥呀，你还不快走。"石禄一想，心说：这个是铜头一块的，要不然他怎么不认识我呢，也别叫他跑了。想到此处，悄悄上了东房，大声说："小子你也是铜头养活的。"邓万雄说："不是。"说着话，叫了他四个弟兄，五个人下了房，直奔莫家村跑去。石禄如何肯放，他也在后追了下来。邓万雄五个人走在中途路上，说道："大半石大哥是个傻子。你听他说话的声音呀。"石禄在后面一听，这才慢了脚步，要不然早追上啦。原来石禄见了恶人，假作憨傻。真傻，怎还能学会武艺呢？当下邓万雄带着四个师弟，向莫家村走去。到了村内，没容叫门，一直越墙而过。那莫方正在院中，忙问："什么人？"邓万雄说："师爷，是我弟兄。我石哥莫不成是个傻子吗？"莫方说："不错，他倒是有点缺心眼。你们快到屋中去吧。"邓万雄这才进到南屋。李氏说道："你们五个人为什么这个样子啊？"邓万雄说："师娘，您是不知道，要不是我弟兄腿快，叫我石大哥追上，我们弟兄全都大小带点伤。"李氏说："那么吕阁寨的事情怎么样？"邓万雄说："我们奉了我师父之命，到了吕阁寨，在暗中观看。那石禄胆量真大。到了那里，正赶上他打死一片人，将吕登清天砸蒜，花红脑髓迸出，脑袋全入了腔子里啦。那小子算是遭了报啦。此后热闹节目，石禄追群雄，误走火龙观，火烧石禄，大松林劫二老要裤子，鲁清用计打佟豹，尽在后文书中再表。

第二十四回

穿山熊大闹兑城县　莫父子避祸走他乡

话说双鞭将邓万雄，从吕阁寨回头。莫方之妻李氏问他们吕阁寨之事怎样了？万雄备说了一遍。他们娘几个屋中讲话不提。如今且说石禄，他来到村口，进了小巷，长腰上墙，跳到院中，说道："老莫子，铜头养活的铁头，上咱们家里来啦。"莫方说："玉篮呀，他们不是外人，是咱们家里的人。"石禄说："家里的人，怎么知道我的名姓？他叫我走大哥。"莫方说："你这里来，我给你们哥几个见一见。"说着话把他带进屋中，在灯下一看石禄这一身的血迹，遂说道："来呀。"一齐来到西里间。到了西屋内，说道："石禄哇，这是你大娘。"石禄双膝跪倒，说："娘啊，我玉篮给您磕头啦。"李氏急忙说声："快起吧。我家多亏你来啦，要不然我们家是横祸临身。彩娥呀，上前见过你石二哥。"彩娥上前万福。石禄说："老莫子，咱们外头说话吧。这个大妞子，我可不跟她说话。"莫方说："好。咱们外头来见吧。"当时到了外屋，这哥五个上前见过石禄，莫方说："这是你大弟邓万雄，这是你二弟李凯，这是你三弟李继昌，这是你四弟燕清，这是你五弟莫陵。"引见已毕，他们爷几个正在屋说话。石禄手指一挡口，将灯吹灭。莫方说："石禄，你为甚把灯吹灭？"石禄说："外头有人啦。"莫方一闻此言，急忙来到院中，往房上一看，见南房站着兑城县的班头。

书中暗表：吕阁寨被打得尸横一片，吕禄在死尸群中趴着。他见石禄他们全走啦，这才从死尸堆中爬出，壮着胆子往四外一看，没有人啦，急忙出来，便一直的向兑城县的南门而来。吕禄到了南门一叫城，早有人问道："外面何人？"吕禄说："我是吕家寨二管家。现下我们宅中是有明夥之事，失了金银无数，尸横一片。"守城的头目一听，赶紧拉闩锁，城门开放，头目一看吕禄一身血迹。吕禄进了城，到了县署。命人往里回禀县太爷，就说吕阁寨出了明夥之事，抢去银两无数，尸横一片。县太爷闻听此言，急忙派官兵四十人，命班头刘春、张和，出东门到莫家村去拿走二大。

众人出了城，不一时来到了莫家村的北村头，刘春、张和说："这莫家村的达官行侠仗义，咱们只把走二大拿到堂前去圆案。"刘春分派这四十人说："你们十人在东村头守着，你们十人在东北村头守着，你们这十人把西村头守着。"刘春分派众人已毕，带着下余的十人进了村子。来到莫方的房外，抓墙头上了房。看见南房屋里灯光明亮，当时来到南屋房上站着，听着下面有什么动静。不料脚下一滑，登下一块瓦来，吧吱一声，屋里就把灯光止灭。只见南屋中蹿出一人，正是莫老达官。莫方往房上一看，原来是县里的两个头儿，遂说道："原来是刘、张二位。快请下来，你们二位一来，事情就好办啦。吕登清在你们县太爷该管地面内扰闹，欺男霸女，抢夺少妇，霸占长女，行出种种不法之事。如今他要抢我莫方的女儿，我焉能容让？"此时石禄在屋中说道："老莫呀，你跟谁说话哪？你先把灯光点上。"石禄来到外面，两个班头一看石禄，身高在丈二开外，一身上下净是血迹。石禄说："你们两个人上屋里来说吧，连老莫子也进来。"三人当时来到屋内，石禄把南房的台阶石起下一块来，搬到屋中，往地上一立，两个班头一看这块石头，厚有一尺二，宽有一尺六，长有二尺六七，青色石块，这走二大往石头旁边一站。张和说道："我们领县太爷的堂谕，到此办案。"刘春说："此人姓什么？"莫方说："此人姓走，叫走二大。你们二位就把这走二大带走，叫县太爷治他的罪。"石禄说："你们带着铁链吗？"刘春说："带着呢。"石禄说："你拿铁链子把和儿给锁上。"刘春一打怔，石禄说："我叫你锁上你就得锁上他。"说着他一伸手，照着石头就是一掌。就听吧的一声响，石头粉碎。刘春、张和二人一看，吓得他二人胆战心惊。石禄说："春子你快把他锁上。"刘春无法，当时把张和给锁上啦。石禄说："将把儿给我。"让刘春把铁链的把儿递与石禄。石禄又问张和说："和子，你有铁链子没有？"张和说："有。"石禄说："你去把春子给我锁上。"张和没法子，过去把刘春也锁上了。石禄把链把儿要过来。石禄对他俩道："你二人来办案来啦，不想叫案给办啦。老莫子，你看见过耍猴的吗？趴下吧小子！"说着往怀中一带，两个就趴下啦。石禄把锁链一举说："起来吧小子！"把两个班头的脖子全磨破啦，直流鲜血，拉得这二人的脖子，就如同上吊一般。刘春、张和二人跪下说道："走二爷呀，我们家里都有生身的老母，指着我们。走二爷千万在半道上别拿我们耍狗熊。"莫方说："走老二呀，这俩班头可是好的，在县做官清。"石禄说："老县做官清，那铜头怎么不管呢？"莫方说："那铜头是蔡京的干儿子，知县不用说惹蔡京啦，连知府都惹不了。因为他官职太小，所以不敢惹吕登清。"石禄说："老县不敢惹他，我可敢惹他呀。"莫方说："走老二，你跟着刘头、张头一路之上，不要戏耍他二人。"石禄说："是。"莫方说："走老二，你到了县里实话实说。"石禄说："老县问我，我实话实说。他要不信我的话呢，他要打我，我可就打他呀。"莫方说："许老县打你可不许你打老县。你要一打老县，岂不是对抗官长，目无王法吗？"莫方又说："二位头儿，你们把他带到县署回话，等他这场官司完了，我必花重礼谢你们二人。这是知县官清，要不然也用不了你二人。如今那走二大把吕登清摔死啦，我给他个换虎出洞。"刘春、张和一听，连忙说道："莫老达官，这个走老二是您的至友吗？"莫方这才把他二人叫到西里间，说道："二位头儿，这兑城县的知县是位清官，一不贪赃，二不枉法。吕登清披着蔡京的虎皮，横行霸道，叫走老二把他摔死啦，就是给这一县城除了一个祸害。张太爷往上回文之时，不知走老二的住居之地，因为走老二好打路见不平，到我家时正赶上他抢亲，他才打了个不平。那吕登清不是他的对手，吕登清跑回家宅。走老二追到他家中，这才将他打死。他手下人等上前助战，这才尸横一片。你要面见县太爷，必须拿我一封书信去，叫太爷照信办事。我莫方小展才学，献献我的笔体，要叫太爷团纱高枕无忧。"说着取出一封书信，交给刘春。莫方又说："容等官司完啦，我将上等家业谢劳你们，咱们是瞒上不瞒下，你们回禀县太爷，照我原书所为就是。皆因县太爷在兑城清如水明如镜，所以我们才敢如此。"

刘春、张和随着石禄来到外面，直向县城而来。来到县衙听审不表。且说邓万雄与他师父讲话，叫道："师父，据我万雄想，我二哥石禄呆呆傻傻，恐怕到了县署听审，虽然说是位清官，怎奈他上得堂去回话不明，那时咱们全有罪名。人家县太爷执掌国家的王法，倘若他说话不明，那时他写好公事通禀，出了什么差事，事到临头，那可如何是好呢？"莫方说："依你之见呢？"万雄说："依我之见，您赶紧跟他们去找安乐家庭，咱们大家给他个三十六着，走为上策。"莫方说："言之有理。"说完便来到西里间，说："你们母女快将家中使用物件收拾齐备，咱们好另上别处。"

如今且说石禄，那张和、刘春在前头走，石禄拉着链子头，那些伙计一看，大声说道："刘头、张头，你们不是出来办案吗？"石禄说："什么叫办案呀？案办吗！"刘春说："你们弟兄可躲他远远的！他力大无穷，一掌能把石头给拍碎啦，你们赶紧着去叫城门，进城叫太爷击鼓升堂。"当下有两个兵卒一闻此言，飞身往前跑去，来到了城门洞，守城兵当时放他二人进了城。来到县衙，回禀明白了知县。此时县太爷闻报，忙重整官服，立时升坐大堂。知县张纯习忙问："差事现在哪里？"二兵卒说："他们在后面走着，随后就到。"刘、张同着走二大来到城门，一叫门，有守城的曹儿，名叫赵祥，开了城门，出来一看，不由一怔，忙问二位头儿："你们不是出去办案去啦？怎么叫案给办啦？"大家一齐进了城。石禄说："给我留着门，回头我不要走啦？"张和说："兄长赶快叫兵卒到衙门，看一看县太爷升堂了没有？"刘春当派了兵卒前去探望，这个兵卒飞跑县署，往里走到大堂，一看已然升了堂。当时他单腿打千。说声："报。刘春、张和领谕出城已将案办到。"张纯习忙问道："差事叫什么名字？"兵卒说："他姓走，名叫走二大。"知县说："好，叫他们来到，即行上堂。"兵卒说："是。"当下石禄与大家来到衙门口外，忽听里面一喊堂威。刘春、张和卜前单腿打千，说："回禀太爷，我二人领您的谕下，前去莫家村办案，不想我二人叫案给办啦。您看我们两个人戴上链啦。"知县忙往下一看，见他二人项戴铁链，不知何故，又看见在堂口上站着一个黑大个，忙说道："你二人这是为何？快着把铁链挑啦。我每人赏你们五两银子，下面歇息去吧。"二人连忙上前谢赏退出去不提。

如今再说知县张纯习，见黑大个浑身血迹，身高有一丈二，鹿筋绳勒扎腰间，紧衬利落，薄底靴子。看他头如巴斗，紫微微一张脸面，粗眉阔目，大鼻子，火盆口，大耳朝怀，唇不包齿。光头未戴帽，高挽牛心发髻，竹簪别顶，很是威风。那石禄一看县太爷，倒也长得忠正，站起来平顶身高七尺，长得五官端正，面皮微红，重眉阔目，鼻直口方，大耳相衬。头戴团城乌纱，身穿团龙袍儿。自己心说：听老莫子说过，他是个好官，我不可错看了他人。连忙上前跪倒，说声："县太爷在上，走二大有礼。"张纯习说："下跪的可是走二大吗？"石禄说："是走二大。"县太爷说："你满口里胡言乱道，这百家姓里，没有姓走的，你怎么叫走二大呢？分明是一派谎言。快说了真名实姓，本部必然给你往轻里所择。"石禄说："我就姓走，名叫走二大。"张知县心中所思，观其面知其心，此人一定是个好人，他将吕登清治死啦，倒是给我除了一个眼中钉，肉中刺。遂说："走二大，在吕阁寨抢金银，杀死多人，可是你一人所为？"石禄说："我上老莫子家里去，碰见铜头抢老莫子的女儿，我没叫他女儿去，我坐着他那小屋，那个小屋里头，这个黑就别提啦，悠悠忽忽的到了他们家，后又有人拿灯照，我出去啦。这两个人这样糟就别提啦，我每人给她一个嘴巴，她们全花红脑子就出来啦。"旁边张和说道："回禀县太爷，走二大击石如粉，是我亲眼得见。"知县一听，不用说，那两个婆子一定是死在他的掌下，问道："那两个人花红脑子全出来之后，又怎样啦？""我把两个收起来，就到西屋去睡觉去啦。刚睡着，铜头就来啦。他一摸我，就醒啦，我问他你搭莫子的女儿，我代她来啦。你有什么事？他叫我黑贼。铜头说：'我爱老莫子的妞儿。'我问他你爱我不爱呀？你家要有妞子，被人家抢走，你愿意不愿意呀？他说：'我爱抢谁家的女子，就抢谁家的，连本处的知县全不能管。'我说知县不敢管，我敢管！铜头拿刀砍我，被我给举了起来，他比谁都糟，当时我往下一砸，他那铜头就进腔子里去啦。他们大家才拿我，被我一个嘴巴一个，全打睡啦。我说老爷哪，你怎么不敢管他呀？"知县说："不用我说，再比我大一点的也不敢管他，那吕员外生前所结交的朋友，全不是安善良民。那么吕阁寨杀人放火抢走金银，可是你一人所为？"石禄说："没有，我一点都没抢。"

张纯习心中暗想：这也是吕登清的报应临头。本当秉公判断，又大碍于有他管家吕禄在此。虽然他是个好人，可是他哥哥死在走二大的手下，他也得连点心，有他在旁，不敢袒护他人。那吕禄要是回到京都，一回禀蔡京，我的乌纱没有了倒不要紧，就恐怕我的家眷有险。便问道："走二大，你家住在什么地方？"石禄说："我家住大府大县大村，树林子没门。"张纯习说："你是满口里胡言乱道，不动大刑，你是不招哇？来呀，先打他四十。"掌刑的人，有一个坐在石禄的脊背上，又有一个骑着他双腿，就把他裤子给退下来，露股，将裤腰往腿下掖。石禄说："小子，你们慢往下掖，那里有个包儿。"石禄在莫家村的时候，吃了一桌酒席，喝了一肚子凉水。肚子里开锅一个样，来了个出溜屁，薰得掌刑的来个倒仰。两旁掌刑的抡圆板子这么一打他，走二大一想：你们真打我呀？一叫工夫，将三经叫上来，全叫在腿根之上。石禄趴在那里呼声震耳。板子全啦，掌刑的等上前回禀太爷说："您不用打啦，他有功夫在身。刑具损坏，他不在乎，反倒睡着啦。"此时忠良一想，心说：这你就不对啦。忙叫人再加四十板。石禄想：待我装死，大半他们也就不打我啦。想到此处，忙叫足气功，咯喽一声，闭气而亡。掌刑的急忙回禀太爷："走二大受刑不过，立毙杖下。"张知县说："拿纸蘸他，用凉水喷他。"那官人照此法子一喷他，石禄暗想：喷我是干吗呀？我一装死搭出去得啦。差人忙回禀说："大人，此人喷不过来，吸呼三气全没有啦。"

张知县说："走二大这场事，是为我的纱帽而来。"赵子华说："请示大人，不要耽惊。待我慢慢的设法救他便了。"说着便命那胆大之人，将石禄搭在西跨院，派胆大的人在西屋里守候着他。刘春当时伸手取出一封书信，连忙献与县太爷。张纯习接了过来，暗中观看，上写许多字句。忙命童儿到外面看一看，有外人没有。小童答应连忙出去查看。少时回来说道："回禀大人，外面并无有外人。"大人说："好吧。"这才拆开书信，定睛观看，见上面写着："贵县休要耽惊，草民莫方早与贵县思索此情，皆因吕登清是蔡京的义子，恐怕吕某人一死，那蔡京向贵县追问凶手。草民怕贵县有险，请您照信办理。"再看下面，写的是回禀蔡京，那走二大乃是保镖的达官，在莫家村店里住。因为吕登清上店里去抢他家之女，未抬走姑娘，竟将那走二大给搭了回去，这才大闹洞房，摔伤人命。小县带领众人抄拿走二大。那时走二大听见官军一到，他竟吓得远逃不知去向。敝县又去搜拿莫方，将走二大抄来，升堂拷问，他不招口供，动刑再问，不想竟立毙杖下。这也算是与吕员外报仇雪恨了。张知县看完，说道："刘春，咱们衙门中有胆子最大的人没有？"刘春说："有。"知县说："谁呀？"刘春说："有醉鬼王三，大胆李四。"知县说："好。我赏他们酒席一桌，外带四个伙计，前去看守走二大。他要还阳之时，快来禀报我知。"刘春答应，这才转身出来。

到了班房一看，那吕禄还在班房坐着啦。刘春说："二管家，怎么没回庄去。"吕禄道："这个走二大有功夫在身，决打不死他，这一定是假装死。"刘春与他在班房坐着，便说道："李四、王三，大人有谕，叫你二人看守走二大，大人赏一桌酒席。"李四、王三点头答应。当时带着四个伙计，有人将走二大搭到西房廊沿底下，六个人将坐位放好，围着八仙桌一坐，少时厨子给送过酒席来，六个人一同吃酒闲谈。王三说："四弟，你可先别说此大话，今晚你敢给走二大一个丸子吃不敢？"李四笑道："别说丸子，就是什么他也吃不着哇，我先给他一个吃也无妨。"说话之间，天时已黑，早已掌上灯来。李四左手端着一盏把儿灯，右手挟了一个大丸子，来到走二大身旁。此时石禄一听要吃丸子，他便把嘴一撇，尽等给丸子吃啦。那李四说道："走二大呀，我看你倒是一条英雄好汉，我们大人为官清正，可是惹不了吕登清，因此地面不清。如今你路见不平，这才摔死他人，算是给地面除了一害。可是当堂若是没有他们二管家吕禄在堂上听审，决不至于如此。他若听出有一句偏袒的话，那时吕禄回到京都，向蔡京一报告，我家大人的纱帽，就算完啦。七品堂哪能搞得过太师呀？"

此时石禄躺在地上听，心中暗想：这个吕禄，我不认识呀。他怎么一死的跟我没完呢？我必须想个法子，也给他一个嘴巴，叫他家去，省得他去报告蔡京去。想到此处，那李四便将一个丸子送到石禄口中，然后仍又坐下去吃酒。王三一看，就道："老四，你看看走二大把丸子吃了没有？"李四此时已带酒意，不由说道："三哥，您这是说哪里话来啦，他是已经立毙杖下啦，还能吃丸子吗？"王三说："那么你去看看他把丸子吃了没有？"李四端灯过去一看，那丸子真没啦，吓得他心惊胆战。便用灯在他前后左右一照，是踪迹没有。原来那个丸子，早被石禄给吃了，心中还想再来一个。这个好大胆李四说道："哥哥你瞧，这个丸子真叫他给吃啦？我说走二大呀，您有功夫在身，千万别拿我们开玩笑！现下吕禄在外班房，正与我们刘头说话啦。这个后院是我们哥儿俩带四个伙计，看守着您。没有多大关系，您可以起来，咱们谈一谈。"石禄一听也不言语。李四过去一摸石禄心口，是突突的直跳，遂回头说道："三哥呀，他没死。他必定会什么混元气，装死。我说走二大呀，你若是行侠作义之人，可以一走。再治死吕禄，那时他家没有活口供，我家老爷倒好办了啦。你是怎么办吧？"石禄一闻此言，连忙坐起，这吓了大家一跳。石禄说："班儿呀，我也想制死他人，可是不认识他呀。"李四说："那不要紧，回头我一叫他管家，您就可以上前给他一个嘴巴，立时打死他人。"石禄说："班头，我从此走行不行啊？"李四说："行可是行，您必须先告诉了大人一句话。"石禄说："我必须先告诉老县一句话呀。"李四说："对啦，您要不说一声儿，我们几个人担架不住。"说完，李四来到班房说道："刘头呀，那个走二大真是装死，方才县太爷派我们几个人，在西房看着他，赏我们一桌酒席，全被吃了。他要走，我们拦不了他。"吕禄一听，心说："别放走了他呀！"他向外走来。正好石禄从县太爷大堂前过，说了声："走二大可走啦，老县。"说完往外走去。正好吕禄出来，说道："班上人快来！把他给我拦住。"刘头说："那可不成，别说你是吕二管家，大管家来也不成，我们太爷没话，我们不管。"石禄上前一把将他扭住，说道："四儿呀，他是管家不是？"李四说："您问到我这里，不敢不告诉您，他正是吕二管家。"石禄一闻此言，往前一拉他，吧的一声，给他一个大嘴巴，当即打得万朵桃花崩现，死尸栽倒在地，死于非命。

走二大转身形就走，赶奔东门。来到城门洞内，伸手揪着锁头，一用力，咔吧一声，锁就毁啦。将城门大开，他出去了，如飞似的直回莫家村。

中途遇见李忠，由北头进了村子，李忠忙问道："大太爷怎么样啦？"石禄说："事情完啦，老莫子在家吗？"李忠说："正在家中。"石禄说："好吧，我快找老莫子，趁早走吧。"说完，他奔了莫家住宅，跳进院中。此时天光虽然已亮，可是屋中还不十分能看出面目来。石禄进到屋中，莫方一看他浑身血迹，面现惊慌之色，忙问道："玉篮呀，你去了半夜，怎么样了呢？"石禄说："老莫子你们还不快走哪，是我到了县中，那老县竟打我。把我打急啦，我一掌把老县给打倒啦，也不会动。后来他们班上的人又来打我，也被我完全打倒，没有一个站着的啦。"邓万雄一听，说："师父，您看怎么样？想必是他敢对官长，咆哮公堂。一定打死了不少人。咱们大家还得赶快逃走为是。"莫方说："咱们上哪里去呢？"石禄说："你们拿过刷子来我用。"说着用手一比划的样子，邓万雄说："是啦，一定是毛笔。"说着便将文房四宝取了过来，石禄说："对啦，是它。"伸手接过来，将笔帽取下，用笔头在那砚台中间一抹，就成了刷子啦。说着取过信纸来画一个花样，遂说："你们拿这个找马子去，一定能成。"莫方说："马子是你什么人呀？"石禄说："是我舅舅呀。"莫方心说：哟，我与马得元神前结拜，与石锦龙过命相交，还是上马走为是。当时告诉好了店中伙计，说："以后无论哪里官人来问我，你们就说我们走啦，别的不知。给他个一问三不知，神仙怪不得。"嘱咐好了大家，忙命家中人收拾齐备，套好轿车，拿好细软物件，叫彩娥母女上了车。莫方给伙计每人十两纹银，他们这才一齐出了店。与石禄一件新大褂，叫他罩在外面。又洗了手脸，也随着出店。莫方问道："玉篮呀，你上哪里去呢？"石禄说："我上口子，找大何去。咱们走吧。"众人这才上了马，出村子直向东南而来。

正走之间，对面尘土飞扬。莫方往前一看，不由大惊，原来正是一拨子官兵。原来，那县官正在看书，忽然听见有人说："老县，走二大可走啦。"张纯习一听，不由一怔。少时刘春、张和进来禀报，说："走二大死而复生，又打死了吕禄，竟自逃跑。"知县忙命他二人赶奔守备衙门，请守备魏尽忠，带官兵前去莫家村，将莫方抄来，堂前回话。刘春、张和当时与守备点齐兵卒五百，各拿长枪短刀，挠钩套锁，前往莫家村。魏尽忠骑一匹战马，手持白杆大枪，督同大家。刘春、张和头前引路，出东门。当下他们从北村头路过，一直往东，北头留下二百五十人，这一半官兵，随着往回抄来。魏尽忠在马上说："刘春、张和，我看这车辙之上没有行动，咱们可以散着走。"迎了上去，果然看见远处莫方全家往这里走来。魏尽忠说："果然没出我所料。前面的莫方，快把走二大交出来，咱们算是两罢甘休，如若不然，我叫众人将你等困住，一个也逃不出去，全把你们拿获。"莫方一听，心中大惊。自己不敢对敌官兵。石禄一听，忙说："老莫子快躲开，你们可是听我的，叫你们奔前走。"当时他一催黑马，赶奔上前。魏尽忠一见，问道："刘春，他是何人？"刘春说："魏大老爷，您可多多的留神，他可就是走二大。"魏尽忠伸手摘枪，拿在手中，往前，来到当场，问道："对面来的是走二大吗？"石禄说："你既然知道我走二大，还问我做什么？你们前来拦阻老莫子是怎么回事？你要真来挡老莫子，我立刻叫你家去。"说着一分双铲，一催马，便并了马。石禄右手铲往他胸前一扫。魏尽忠一见，大吃一惊，连忙横枪要架，身子随往后一仰，使了一个铁板桥，右手铲虽躲过去，左手铲已到，他再想躲，那可就来不及啦，一铲正中脖项之上，耳轮中只听噗哧一声，人头落地。尸身栽下马来，空马落荒而走。

张和一见他一死，县太爷的纱帽可以高枕无忧。趁这个机会，不可不来一下子。这才大声说："列位快把他们围啦，休要放走一人。"众官兵一闻此言，只可各执刀枪，围了上来。石禄说："大小班儿听真，你等是闪我者生，挡我者死。"说完下了马，一抡双铲向官兵砍来。这二百五十个兵卒，被他打得尸横一片，血水成河。当下莫方等，便催车辆马匹，冲了过去。石禄横铲在此断后。张和一见，忙叫官兵去到北村，叫刘头带兵前来。官兵飞跑去报告，来到北村头，大声喊道："刘头，您快看看去吧，那走二大杀法骁勇，万战无敌！魏尽忠魏大老爷全死于走二大的军刀下啦。"刘春一闻此言，连忙率领二百五十名官兵，迎了过去。到了切近一看，那走二大还没走啦。当时就要想围。石禄一见，飞身上马，说道："大小班儿听真，我要走啦。这里的事，你们办吧。"一打马，竟自扬长而去。

如今且说刘春、张和，看官兵死伤三十多名，轻伤者无数，刘春便带四个官兵进到莫家村的南村头，来到店中，叫道："店家。"便向李忠问道："你家达官呢？"二人齐说道："我家达官上了青州府啦。"刘春说："你们这里跟吕家是怎么回事呀？"李忠说："都是因为我家小姐，他硬下花红，前来抢亲。那时我们店中正赶上一位达官专好打路见不平，所以没搭走了我家姑娘，倒把走二大给搭走啦。所以到了他家，才出了事。"刘春说："我看他一定不是真名实姓。"李忠说："对啦，我听说那走二大，不姓走，他本姓石名禄，外号穿山熊。"刘春说："王英、李忠，你二人别说我有私心，我跟县太爷全是一个心。要讲吕登清，他们反到何处去啦？这一来倒除了害啦。以后无论何人，要是前来打听你们莫老达官与走二大，可千万的别说真情实话。咱们全是一样的人，说什么也不要紧，就别向他人说，免得露了马脚。以后再有人来问，你二人千万也照这样说法，别改口，免得我们县太爷纱帽不稳。"王英点头称是。少时李忠与两个官兵回来，刘春便带着这两个兵，一齐到北村头，会同那两个兵，五个人一齐回到县衙。

刘春见过知县，说道："回禀县太爷，下役奉谕前去抄拿莫方家眷，与守备魏尽忠，点官兵五百，赶奔莫家村。中途路上遇见莫方率领车马人等，出村逃走，当时有魏大老爷与他办理，不料走二大未走，他二人当时交起手来，没有三合，魏大老爷便命丧走二大手下。那些官兵一围，又死了十数名，带伤的无数。走二大吓退官兵，放走莫方满门家眷，他也飞身上马，远遁逃脱了。下役命张和在当场照料一切，我先回来禀您知道。请您早做准备。"张纯习一闻此言，说道："刘春呀，我想这个走二大一定是假名假姓。"刘春说："下役到莫家村店中，向李忠、王英打听，据李忠说他姓石名禄，外号穿山熊。"张纯习说："是啦，那你下去快预备，咱们好上莫家村南口外验尸去。"刘春答应，出来齐人。少时知县出来，便一同向莫家村而来。到了南村口外，见张和带些兵丁正在那里看守。一查验，死者十七名，受伤者三十二名。便赏死者每人一口棺材。有苦主的，另有恤金。受伤官兵每人十两纹银，半个月官假。没有苦主的掩埋死尸。张纯习这才带领众人回到衙署，从新带稳婆，又到了吕阁寨，前来验看男女死尸。刘春先进内宅，到了院中一看，是横尸遍地。一找吕登清的尸首，好容易才找着。原来人脑袋剩下半个。再看别的尸首，有腰断两截的，有立劈两半的，有摔死的，此时因为死者太多，无法认啦，只可按照各人衣服来分。他又到屋中，各处查看，西间没有死尸。这才来到东里间，查出床下有两婆子，遂出来到前院，回禀县太爷。当时张知县带领仵作人等来到后院，先验看刘、杨二婆。稳婆上前观看，少时验完，回禀县太爷说："这个妇人被一掌打碎头颅，这个是反嘴巴打偏了脸，也是死于非命。"验完尸，再一查点东西，原来已全被抢啦。先行领来棺木，令人收拾死尸。派十名官兵在此看守宅院。刘春当即分派好了。县太爷一看全派好，这才回衙。后来张和又回来细报一次，这才备公事，行文上司。知府姓韩名德祺，一见公事到啦，连忙命当差之人走马报临安城，直到蔡府下书。下书之人名叫张隆，知府赏路费二十两。当即骑马拿好公事书信，赶奔京都。一路之上饥餐渴饮，晓行夜宿。这天来到京都，拉马进东门，直奔珍珠巷，到西口内路北蔡府上前打门。里面有人问道："外边谁呀？"张隆说："我乃知府派来的下役张隆，前来下书。"仆人蔡会开了门，问明白了，到里面一回蔡京。蔡京忙叫把下书人带了进来。蔡会出来，将张隆叫到里面。张隆见了蔡京，跪倒行礼说："下役张隆，奉了我家府台大人之命，前来见蔡太师。有书信公文，请观看。"蔡京说："好。你站起讲话。"张隆说："谢过太师爷。"站了起来，取出书信及公文，双手呈与太师。太师接了过来，不由吃了一惊。欲知端的，且看下回分解。

第二十五回

石禄误走火龙观　老道火烧穿山熊

　　且说蔡太师接书信一看，上面写的是："禀报太师爷得知，您放奴才韩德祺来府上任，为照料您那义子吕登清。现据兑城县知县报告，吕登清去莫家村抢亲，有一走二大好打路见不平，这才摔伤人命。那走二大原名石禄，别号穿山熊。如今不知他与莫方的去向。知县张纯习忧愁，恐爷怪罪。为此呈报。"蔡京一见，说道："蔡会呀，你去将护院的神拳李增、潭腿江文二人叫来。"蔡会答应，出去传知二人。当时江文、李增两人来到书房，一看太师爷面带怒容，连忙上前拜倒，口称："太师爷在上，呼唤我二人，有何事故？"太师说："我那义子吕登清，乃是你二人的拜兄。如今他被那奸王八贤王赵毓淼重用的石禄摔死了。"江文、李增一闻此言，气顶咽喉，一跺脚说道："太师爷呀，我二人必须走一趟。"太师爷说："你二人走一趟，我这宅院何人看守呢？"江文说："您可以派人去到天官府把老教师请来，请他老人家代理。当下太师爷即派蔡会去请。江文说："蔡会呀，你去到那里，见了我师父，你就说太师爷有请。"

　　蔡会答应，便出去了。他穿街过巷，直到天官府与那吏部天官马雕的府第相离不远。赖荣华见了蔡会。两个人便一同来到太师府。赖荣华见了太师，上前行礼完毕，忙道："太师爷呼唤有何事吗？"太师道："我跟你打听一个人，有一个姓石名禄的，你知道吗？"赖荣华说："不错，有一个叫石禄的。"蔡京说："这个石禄是干什么的呢？"荣华说："我听说此人横练三本经，善避刀枪，在前一个月，各戏馆子贴官座，那就是八主贤王与石禄他们定的，因为他们给八贤王找过宝铠。那石禄蒙上人见喜，天生的有运气。"蔡京说："老教师爷，我有一个义子名唤吕登清，跟您两个门人是神前结拜，不料被那石禄给整死。我打算派遣江、李二位追赶石禄，好与我儿报仇。我再想一条妙计，把奸王参倒。"江文、李增二人说："是。"荣华说："你二人离府追石禄，你们可知道他是回家呀，还是回何家口呢？你二人可多要十分注意才是，咱们师徒可是艺业浅薄，见了他可万万留神。他一对短把追风铲，实有万夫不当之勇。自古道，逢强智取，遇弱活捉。在上半个月有黄云峰、黄段峰及银花太岁普铎，夜入天官府要借路费，是我与他相见，我每人送他们一百白金。据黄云峰说，他们三个是从西川路而来，要上何家口前去报仇，因为他有一个兄弟，名叫狠毒虫黄花峰。他刚要走，我便对他们说道：西川人不是好惹的，可是山东人也不是好斗的。后来云峰又说：他们到何家口，一镖三刀制死何玉。不知从南房上下来的二人，是哪路的达官。而今他们一齐离京，回了山东。"赖荣华说："为人交友，必须交那会友熊鲁清。别看他阴毒狠坏，那可是地道君子一个，山东半边天。只要是山东人，在外边吃了亏啦，他一定给你设法。再说，在兖州府西门外杜家河口，为首的达官老龙神杜锦。他有一儿，名叫混海龙杜林。这两个人在山东省是威名远震。是咱们绿林人，全拿二人赌咒。他们送宝铠之时，我看见有他二人在内。江文、李增，你二人打听好了石禄他们山东的事情，完结回来，可千万别动手。"二人答应，当时收拾齐毕，蔡京给预备了盘费。二人说："师父，我二人走后，师父您老人家可以多来几次，因为府中无人值夜，银钱事小，恐怕师爷的心爱之物被盗。"荣华说："是吧，你二人走你们的，不用操心啦。"蔡京说："快命人与二位义士备马。"李增说："不用，我二人脚力最快，不用马匹。"告辞往外就走。赖荣华说："为师我听你二人的准信。"那蔡京送到屏门，蔡会、赖荣华将二人送出大门以外。江文、李增拜别老师，穿街过巷，够奔山东。

且说石禄放莫方他们一走，看他们已然走远啦，这才说："班儿的，这里的事我可不管啦，我大府大县大村子去啦。"说完打马往前飞跑，直跑到天黑，马已然没力啦，石禄忙将马勒住，往四外一看，村庄镇店没有，就有这座孤庙。当下将马拴在松树之上，上前打门，就听见里边有人问道："无量佛。是哪家施主在外边山嚷怪叫的啦？"石禄说："我叫唤哪，快开门。"那小老道忙将门开放。他不进此庙还则罢了，一进庙中，是凶多吉少。

且说石禄一看是小老道，遂说："眼看着白灯笼就灭啦，我打算在你们这里住一夜，明早就走。多给你们点钱。"那小老道一听，暗中从袖中取出一个柬来，细看石禄，暗中点头，遂说道："施主您稍微等一等，我去与您回禀一声。"石禄说："小子，你就去说去罢，留我也不走啦，不留我也住下啦。"说着话将马解了下来，拉马进了庙门。小老道见他师父施礼。老道问什么事？小老道说："方才外边有人叫门，原来来了一个黑汉，您忘了前七八天，我黄大叔他们来了，不是与您留下一个柬帖吗？我看这个好像石禄。不过不是那匹马，我听说他得的中江五龙的粉淀云鬃驹，今天这匹马乃是一匹黑的，在八骏马中第七匹。您看这不是咱们还有这个图吗？"老道抬头一看，笑道："徒儿，你可知它叫什么名字？"小老道说："您没对我说过呀。"老道说："此马名为卷毛狮子乌獬豸，踏雪乌，一丈青。此马烈性太大，可是一匹宝马良驹。徒儿，你去将他引了进来，要是石禄，将他毒死，好与那普莲报去前仇。我那死去的贤弟黄花峰，被他力劈两半，全给他们报了仇。此人若不是石禄，那时算是他情屈命不屈，他是命该如此。"书中暗表：这个老道弟兄三人，他是长兄，姓夏双名得贵，外号人称飞火燕子。此庙名火龙观。后文书有一双马土地庙，那里有他二兄弟夏得林，外号寻花羽士，改庙名为双龙观。再有个禹神观，观主夏得峰，人称小桃花。此是后话。

如今且说夏得贵，他弟兄全是九首真人李玄清掌门下的三个徒弟，他三人在外发卖五路薰香，结交江洋大盗，没有一个贪生怕死之人，全是一群亡命徒。与石禄这些人，正冰炭不同炉。如今他听石禄到了，遂说："徒儿，你去把他引了进来，晚上与他备下酒饭，要什么，就给他什么吃，那食物之中，多下八步断肠散，要他一死。他是石禄，算是与我至友报了仇；要不是石禄呢，那就算得了他这匹宝马良驹。我也不叫你白受累，将来送你五十亩香火地，令你出庙还俗，自行度日。"小老道一听大喜，连忙来到了外头说道："师弟你随来，师父许给我的我不能一个人独吞，算咱们两个人的。"两个小老道，一个叫清松，二个叫清鹿。当下两个人一齐到了外面，小老道把石禄带到一个院里，将马拴好。石禄将皮褡子拿下，问道："小杂毛呀，这个门不要开，别有人拉走这个大老黑！"清鹿说："施主您放心，我们这观中不用说是大骡大马，就说一草一木，也丢不了哇。"石禄说："丢了我跟你要。"他们说话的工夫，那清松早将山门关好，将屋中打扫干净，这才同他到了西殿屋中。石禄将皮褡子放在桌上说道："小杂毛，你快去打酒端菜来馍馍，铡草喂马，吃完了好睡觉。明早好走。"清松说：是啦。您稍等一等，少时全到。"石禄看他走了，自己心中暗想：听我叔父刘荣言道：树林有庙，四着无靠。不是凶僧，必是恶道。今天我睡着了，他要咬我，我也把他拉，或是掌铲把他们送到家去。

不言石禄暗中准备，且说清松来到院里，东房三间是厨房，西房三间是斋堂。他到了厨房，进北里间。小老道说："五叔，您赶紧预备酒席一桌，菜里多下八步断肠散。"里面的厨师父姓赵，名叫赵贵，做饭最快无比，因此大家送他一个美号，叫快手军师。今晚一听，忙问道："清松，是你师父说叫下药，还是你说叫下药呢？"清松说："我师父叫下药。"赵贵一听当时刀勺齐响，预备好了毒药的酒席。清松说："师弟，回头我一个在那里侍候他得啦，两个人倒叫他生疑了。我听黄云峰说，石禄掌中一对短把追风铲，能为出众，武艺高强。别说你我二人，就是连师父也不是他的对手。"

说完，清松端着油盘，清鹿给拿着蒸食，两个人来到外头。就听石禄正在西间大声喊道："小杂毛，快点儿呀。"清松说："施主别喊，酒菜全到啦。"说着话，清鹿给他打帘子，清松便端了进来，与他摆好。

书说当下，那石禄是外拙内秀之人。在一进山门之时，看见小老道看看自己，又从衲内取出一个柬帖，然后才进庙来，不由心中一动，心说：这小子，八成没安好心吧？酒菜不可用，一用到肚中，大半我就家去啦，我呀全不用。想到此处，他到西殿等着小老道。后来忽然看见那古铜镜子里反照到外面，两个小老道来啦，进门把酒菜摆好，然后走了出去。石禄细往菜中一看，心说："好小子，你们全都搁好啦。正想着，又见那古铜镜子里有影儿，就见外面有两小道童儿，正在外面指手画脚的比划啦。石禄心中一动，连声喊道："小杂毛，快来吧。这菜太咸，没法子吃。怎么舌头上不得力呀？"清松一听，连忙走了进来，说道："施主，我给您换一换去吧。"说着话一伸手，就要端菜。早被石禄一伸手将他发卷揪住，右手拿起一块肉来，说道："小子你吃一块吧。"清松知道内中有毒药，他哪肯吃呢？连忙说："施主，我不吃，今天我吃素。"石禄说："你吃一回吧，小子。"说话晃用手一捏他脖子，嘴一张，他就把肉给喂下去啦。清松往前一晃，两眼一翻，立时七孔冒血而亡。石禄说："小子，你家去啦。"说着伸手提了起来，把他送到北间门后。心说：我还得把那一个也叫了来。这才叫道："小杂毛快来呀，我这里有菜没有酒。"后边夏得贵说："清鹿，你快去看看去，前边那个小辈又叫上啦。"清鹿点头，飞跑到了外面，一进西殿，看见石禄正在那里两手按着肚子，用靴尖在地上划啦。清鹿忙问："施主，喊什么啦？"石禄说："刚吃了菜，那菜在肚子里直咬我。你们酒壶里没有酒哇。"小老道说："也许我五叔忘了酒啦，待我与您再取一壶去。"说着伸手要拿壶，石禄一把抓住了他的腕子，说："小子，你要弄酒了，我可打你。你师兄吃菜，你喝酒吧。"小老道心说：不用说，我师兄早已死啦。我也是难讨公道。说着话他往外就走，早被石禄一把揪住啦，右手拿起酒壶来，左手一用力，便将他按倒在地，说道："小子他吃菜，你喝酒。"小老道说："我可不喝，我不会喝。"说着，石禄用酒壶嘴儿，硬往嘴里灌，把门牙都给弄活动啦。一壶酒满给灌下去啦。石禄这才站起来，看见小老道倒在地上，两只手直抓胸口，来回翻滚，少时七孔冒血，双足一蹬，竟自身死了。石禄把死尸又拉到北里间，放到床底下，说道："小杂毛，你们两个人，在此作伴吧。等一会儿我还叫老杂毛啦。"

此时天色已然黑啦，他来到外间，脱了大氅，摘下头巾，全放到皮褡子里，大声喊道："老杂毛。"就听后面半天空中，好像打个霹雷似的，有人说了一声："无量佛，好一个大胆的石禄。"石禄一听，这个老杂毛他怎么认识我呀？那老道来到外院，说道："石禄你出来！"石禄一分短把追风铲，用铲一挑竹帘，往南一闪身，转身纵出西殿。来到院中一看，那个道人平顶身高九尺，壮实魁梧。短衣襟小打扮，手捧一把青锋剑，此剑为纯钢打造，又宽又长。上身穿蓝缎色贴身小道服，青缎护领，绒绳十字绊，丝鸾带扎腰，紧身利落。青纱底衣，高腰白袜子，足下大竹履。往脸上看，面似生羊肝，扫帚眉斜插入鬓。黄眼珠子挂血丝，努于眶外。头戴混元一字巾，杨木道冠扣顶，横别如意金簪。老道手持宝剑，说："对面小辈，你可是石禄？"石禄说："杂毛，你既知道，何必多问？你手中拿着那个小刀干什么？"夏得贵说："我来问你。"石禄说："你问我什么呀？"老道说："你不吃酒，喊我何干呢？有你家祖师爷两个门徒伺候于你，叫我何事？"石禄说："那两个小老道，原来是你徒弟。"老道说："对啦，正是我的门人弟子。"石禄说："你别以为我不知道，那桌酒席，全便宜了他们两个人啦，他们吃了，我才吃啦。那酒也是他们喝完了，我才喝啦。头一个叫他吃肉，他不吃，被我捏住他嘴塞下一块肉去，一会儿工夫，一咧嘴，一蹬腿，七个窟窿冒水，他就家去啦。第二个更好啦，他把酒全喝了，他也家去啦。"当时飞火燕子夏得贵一闻此言，心中大怒，说了声："好石禄，你竟敢将我两个门人治死！休走看剑。"说完，举剑当头就劈。石禄一见，忙用左手铲一迎。老道抽剑回身就走。石禄从后便扎，夏得贵用剑回身一找他脉门，石禄撤铲再进招。

二人过招，也就有三四个回合，那老道用剑尖一指石禄，石禄以为他打袖箭啦，并不闪躲，原来道人所打，乃是个竹弩，嗖的一声，就带着火打在石禄胸前。石禄连忙一摆头，打算把箭甩下去，谁知分毫也不动。老道一见，便将火鸡、火鸟、火球等物一齐打了出来。当时石禄一见，连忙左右躲闪，休想甩下一个，这回成了火判啦。老道一声喊叫："好一个小畜生石禄，我看你小子还往哪里跑？今天叫你脱不开被火烧死！叫你在火龙观丧命！横练也难逃火攻活埋！一来给我两个徒儿报仇雪恨，二来给绿林除一大患。"此时烧得石禄连声大喊，说道："老杂毛，你是火神爷的孙子呀？为什么尽是火呢？"夏得贵手提宝剑，往来看着他。

正在此时，忽听见北大殿房上有人说道："石禄哇，你还不逃走？"石禄说："我往哪边走呀？"老道夏得贵闻言，往北房上一看，并没有人。他一回头，又听见有人说："你快往南，下水去吧。"石禄说："把我烧迷糊啦，哪边是南呀？"此时后房坡上老义士爷，看着痛心，连忙说道："你听见哪边有响动，你往哪边跑吧。"说完，掀下两块瓦来，向山门一扔，吧吱一声响，石禄才明白过来，急忙转身，向山门便跑，来到界墙下，飞身纵了上去，下墙一直往南。老道不顾房上之人，他为给徒弟报仇心切，便追了下去，就见前边一片火光。那石禄跑到河边，跃身一跳，噗呼吃啦一声，就入了水啦。老道通河岸，叫水手划船撒下网去，好捞石禄。那打鱼小船闻言，便冲了过来，一连三网，全然不见。气得老道哇呀呀怪叫，跺脚捶胸。北边跑来厨子赵贵说道："道兄，您把石禄烧得这个样子，量他也跑不了，可纵将船湾到此处，等明日天明，再令人下水捞他尸身，也不为晚。"

老道急忙长腰来到小院，再看那匹马，是踪影不见。连忙退了出来，看见偷马之人还没上马啦，正下坡跟马在那里磨烦啦。就听那人说道："马呀，马呀，你怎么不走哇？你家主人险些叫人给烧死，要不是我刘荣赶到，你的主人被老道给烧死啦，那时我有什么脸面，去夏江秀水县石家镇去见我那贤嫂？"老道一听，原来是闪电腿刘荣。

书中暗表：刘荣他们出京都，在半道上因为跟鲁清呕了口气，追下石禄来。当时他往前走来，到了白石桥一看，东桥翅那里有一个茶摊，道北有座龙王庙。有一个老道在那里坐着。刘荣连忙走过去，一抱拳说道："道爷，我跟您打听一件事，您可曾看见有一个身高丈二的人，面皮微紫，骑一匹大黑马，马上有一个白皮褡子，从此经过吗？"老道说："不错，是往济南去的。"刘荣一看，天色将黑，便伸手取一把铜钱来，放在桌上，自己拿过一碗茶来喝完，顺着大道往下追了来。

走了不远，忽然听见前边松林中有人喊道："老杂毛啊。"刘荣一闻此言，心中大喜，原来是石禄喊哪，急忙跑到林中一看，见路北有一座庙，上前细看，原来是火龙观。他低头一想，心说：哎呀，这是飞火燕子夏得贵的庙啊！他怎么到这里啦？想到此处，便来到西角门缝往里顺门一看，那匹黑马正在里边拴着。他忙回头到了林中，将白昼衣服脱下，打开抄包，取出夜行衣以及一切用的，满全换齐。这才看四下无人，顺着东墙飞身蹿上墙去。来到后殿，正看见夏得贵提着宝剑，往前跑去。他连忙也跟了出来，到前殿一看，见石禄烧成火判啦，这才扔瓦指路，叫石禄逃走。老道追了下去。刘荣忙到西小院，将黑马解开，拉到了角门外。那马一下坡，它不叫生人骑，正跟刘荣在那里捣乱。夏得贵追出，一看是他，遂说："好一个胆大的刘荣，你敢前来偷走此马？"刘荣一见急啦，说道："马呀，马呀，我可就这么一招啦。"说完翻身上马，两腿一用力，这匹马如飞往东而去，直奔何家口，走到天光大亮，这才到了何家口。忙把马勒住，翻身下马。一看这匹黑马，浑身不见汗，果然是一匹宝马良驹。马往那里一站，是昂然不动。他常上镖店，有许多骑马的，听人说过，马要打响鼻，此处必有屈死鬼魂。他用掌一推马，那马二次打响鼻，那是人有人言，兽有兽语。此马喜出望外，那才是小马乍行嫌路窄。

刘荣看见吉祥店被烧成一片焦土，不由一阵发怔。正在此时，忽听前边有人说道："拉黑马的可是刘大叔吗？"刘荣抬头一看，不认得此人，遂说："不错，我是刘荣。"就见那位公子跑了过来，双膝跪倒行礼："小侄男杜兴有礼。"刘荣连忙用手相搀，正想要开口问他，就听东边有人说道："前边可是闪电腿刘荣刘贤弟吗？"刘荣忙往对面一看，有人手拉着两匹马，马上驮着褡套，此人正是过江龙杜凤。急忙上前参见，说声："二哥在上，小弟刘荣给您叩头。"杜凤将他扶起，这才给他们叔侄致引。刘荣问道："贤侄你叫什么名字呀？"杜兴说："我叫杜兴，大家送我一个外号，小花麟的便是。"

书中暗表：只因杜锦、杜林父子离了杜家口日子多啦，不见音信。杜凤、杜兴爷儿俩放心不下，这天夜晚睡觉，梦见何玉从外进来不言语啦，心中一着急，就醒啦。原来是大梦一场。第二天他们收拾好了军刀暗器和一切行囊，这才从此起身。

那杜凤父子，一路之上饥餐渴饮，晓行夜宿。这夜来到何家口东边，听见何家口内已然金鸡乱唱，天快亮啦。杜凤说："杜兴啊，前边就是何家口啦，咱们进去吧。"杜兴说："好。"父子二人下马进了土围子。杜兴眼尖，早看见刘荣正拉着黑马发怔。这时高声一喊，他们这才会了面。

　　前文书已然表过，他们正说话之间，祥平店店门一开，老家人何忠出来了。一见刘荣，忙过去行礼。回身又见杜凤，连忙说道："二员外爷，哪阵香风把您父子给吹来啦。"杜凤说："先不用说别的话，我来问你，你为何人穿孝服？"何忠说："我家员外有话，你到里面便知分晓。"当下他们一齐进到店内，与众人见礼毕。鲁清说："杜二哥，您是见着请帖来的吗？"杜凤说："我没见请帖，那天我夜间偶得一梦，梦见何大哥上我家去，哽嗓钉着一只镖，冲我一抱拳，令我与他报仇，因此我爷儿俩才一同前来。"何凯这才上前将一镖三刀之事，细说了一遍。杜凤说："二哥，我且问您，山东何家口功名富贵成名，在中三亩园拿着普莲，逃走了二峰，您就不思索思索吗？不会令他们小哥们都交铠，您在店看守。八主贤王爱惜练武的，叫他们小弟兄们在那里去练武，可以得个一官半职。你我偌大的年纪，可还争什么功名啊？您要在家中呢，大概我兄长不致于受人一镖吧？我那嫂嫂呢？"何凯说："我等人都走后，过三五天，有她娘家兄弟姜文龙、姜文虎来到这里，将她母女接了去。咱们大家商量报仇这事。"

　　众人正谈话，外边有人来报，说又来了宾朋。众人出迎，到外边一看，原来是镖行十老。大家上前见礼。十老之外，还有那水旱四个伙计，便将十四匹马，一齐拉到祥发店去，众人一齐进到店里。蒋兆雄看见何斌穿着孝，便说道："何斌呀，你为何人穿的孝呢？"何斌说"我与我爹爹穿的孝服。"蒋兆雄说："二弟，但不知我那大弟是得的什么病死的？"鲁清上前说道："蒋兄长，您要问我何大哥怎么死的？有这么一件事，您别说我何二哥啦，连我鲁清都没想到此处。您先不用说别的，咱们大家设法先将山东众弟兄请齐，一齐杀奔西川银花沟。凡是银花沟的群贼，咱们刀刀斩尽，刃刃诛绝！将云峰、段峰、普铎三个人的人头、人心，拿回来祭灵。"他们正商量此事，鲁清说："列位哥哥兄弟，等我问一问我刘大哥。"遂说："刘大哥，您拉的这匹马，不是石禄的吗？那么他上哪里去啦？"刘荣一闻此言，便将火龙观火烧石禄以及抛瓦指路救他之事，说了一遍。外边有人来报，说："兑城县莫家村一干众人到。"大家出迎，来到店门外，那莫方师爷六个下马，与众人一同来到里面，认识的见礼，不认识的有人引见。莫方向四方观看。何凯说："莫大哥，您找谁呀？"莫方说："石禄没回来吗？"鲁清答说："他没回来哪。"莫方说："何斌呀，你穿的是谁的孝哇？"何斌说："是我爹爹。"便将何家口之事，详细说出。莫方一闻此言，心中大怒。鲁清说："莫大哥，您不用着急，您来到此处，就问石禄回来没有？莫不成您见着他啦？"莫方便将吕登清抢亲之事，细细的说了一遍。遂说道："二弟呀，我要看一看我二哥的尸首。"何凯说："不成，是年长的全不许看。因为您与我兄长交情太厚，不许看是怕您见了尸身，心中难过啦，那样太伤身体。"这时鲁清说："谢斌、谢春、石俊章你们三人尽其师徒之情，何斌杀奔西川银花沟，誓劈云峰、段峰，子报父仇。万雄、李凯、燕清、莫陵、杜林、杜兴，你等拔刀相助。候等着石禄来了，咱们好一齐动身。"不知众人等着石禄与否，且看下回分解。

第二十六回

刘荣一言指迷途　石禄树林劫裤子

如今且说石禄，他从火龙观逃出，一边跑，那火是一边烧，不由心中生气。遂说："好你个嘎吧噗的老杂毛，你这个火真厉害呀！所以跟上我啦！我下水去，瞧你怎么样？"说着跑向河岸，噗呼一声跳下水去，那火自然是灭啦。石禄来到水中，将火熄灭，便顺水从河底而去。他学的乃是江猪浮，自己在水底底下直走了一夜。直走到水中亮啦，他知道天也亮啦。急忙提气上来，换了一口气。石禄浮水来到正西，那片松林是在南岸，到了切近，他上了岸。低头一看自己，倒是不大好看，连忙到了林中一蹲，用双铲一挡，心中暗想，只可等着有人经此过去，他得脱下裤子来，给我穿上。

太阳平西，从西边来了一匹马。马上一位花白胡须达官，这匹马是干黄颜色，身高丈二，螳螂脖，龟屁股蛋，高七寸大蹄，锥子把的耳朵，鞍具鲜明。马上这位老达官跳下马来，身高有九尺，身体魁梧。紫微微的一张脸，宝剑眉斜插入鬓，通官鼻子，四字海口，连鬓落腮白胡子，白的多，黑的少。头戴青缎色软扎巾，身穿青缎色大衣。薄底靴子，斜披一件青缎大氅，上绣万福留云。飘带未结，鸭蛋青的里儿，胁下配定金背砍山刀。黑鲨鱼皮鞘，真金饰件，真金蛤蟆口，金吞口，蓝缎子挽手。那老者把马勒住定睛一看，见面前这人身高丈二，虎背熊腰，真是一条好汉子。可惜上下无有一根线。掌中一对军刃太眼熟一时却想不起来，遂问道："黑汉，这是干什么呀？"石禄说："我是要裤子的。"老者一听，心中暗想，我保镖一辈子啦，有要银钱的，有劫东西物件的，真没听说过劫裤子的。想到此处，说道："黑汉，你先等一等，少时我收捡收捡，能给你裤子就给你，不能给你裤子，也得给你马。"石禄说："好吧。"说着老者下马，收拾紧衬利落。那石禄又回到松林，等人家给裤子。

谁知那老达官收捡齐备，伸手拉出金背砍山刀来，说道："黑汉，我倒是打算给你，可惜我这个伙伴不愿意。"说着用二指一指砍山刀。石禄说："好哇，你要打算跳跳哇，那是白给。"达官问道："你叫什么名字？"石禄说："我姓走，名叫走二大。家住大府大县大村，树林子没门。你拿拉子呀，我不用啦。"说着将双铲扔到林中，老者以为他是个粗鲁人，原想用刀划他一下子，也就把他吓跑啦。想到此处，上前搂头就砍，石禄往旁一闪，伸手抓住了刀背，往怀中一拉，翻身跺子脚就蹬上啦。那老达官一时闪不开，退出五六步去，摔倒在地，嘘嘘直喘。石禄上前说道："老头儿，我没使多大劲，再用力你就死啦。"老达官爬起，细看他那兵器，一时想不起名字来。正在此时，西边又有马蹄声响。老者说："你听西边有人来啦。"石禄说："好哇，来了个年轻的，我劫他的裤子，那就不要你的啦。"说着话石禄往西一看的工夫，那老者心中暗想，我今晚算栽啦，也罢，待我使毒招吧。想到此处，拾起刀来，双手抡刀直奔石禄脑后砍来。石禄听见后面金刀劈风，他忙使了一个倒踢紫金冠，将刀踢飞，回身双拳就打。老者往后一闪，石禄使了一个裹合腿，竟将老者抽倒在地。石禄上前将老者按住，口中说："你趴下吧，小子。这回非扒你裤子不可。"正在此时，西边那人到，往林中一看，不由心中大怒，原来有一黑汉正按着他兄弟啦。

书中暗表：来人乃踏爪熊窦珍，被按的人乃是青爪熊左林。只因二人送镖回头，左林新买一匹马，他一时高兴，押马下来，弟兄才走单啦。今晚在此被人踢倒，窦珍赶到，大声说："手下留人！"石禄一闻此言，早跳出八九尺去，用目观瞧。窦珍问二弟："这是怎么啦？"左林细说一遍。窦珍说："咱们弟兄保镖一辈子啦，还真没听说要裤子的。"石禄一看，这个老头儿身高九尺开外，胸前厚，膀背宽，面如古月，鼻直口阔，大耳相衬，头戴一字甜瓜巾，顶门一个茨菇叶，突突乱颤，身穿青缎色绑身靠袄，蓝缎护领，绒绳十字绊，蓝丝鸾带扎腰，双叠蝴蝶扣，青纺绸底衣，鱼鳞洒鞋，蓝袜子，青缎色的通氅，用蓝绸子堆出来的蝴蝶花，飘带未结，露出水红里儿，胁下佩刀，大红缎子挽手，黑鲨鱼皮鞘。青铜饰件，真金吞口。此时窦珍细看他的兵器，忽然省悟道："哎呀，二弟呀，他这一对乃是短把追风荷叶铲。"左林道："对啦，不错，是这个军器，这是石锦龙所使。"窦珍笑道："是了，我也想起来啦，刘荣已将石禄请了出来啦，大半他们入都回头，他准是石禄。"遂问道："黑汉，你姓什名谁？说出真名实姓，家住哪里，要哪条我给哪条。"今天他看见他二人，不由心中暗想，不用说，这两个老头儿，也跟咱爸爸有交情。石禄说："我家住在夏江秀水县南门外石家镇，姓石名禄，人称穿山熊，大六门第四门的。"窦珍一听，看他这对军刃，与他年岁相貌，准是石锦龙之子玉篮。遂说："二弟，我听说他们大家一同入都交铠，他怎么一个人走单了？这要是遇见莲花党之人，出了个鬼计，他遇了险，那刘贤弟他怎么对得住石锦龙啯？二弟呀，我看此人真是石禄，就凭他这身横练，有个三五个，还真不是他的对手。"这才大声叫道："你大半是玉篮石禄吧？"石禄一听，说道："对啦，这你合适了吧？"窦珍说："我合什么适啦？"石禄说："你一知道我是玉篮，那你就跟咱爸爸有交情。"窦珍说："你说说家中还有什么人？"石禄说："有咱爸爸石锦龙，还有二叔石锦凤，三叔石锦彩。"窦珍一听，又问道："还有一个石锦华，你可认得？"石禄说："我知道，那是我四叔。"窦珍说："你二叔、三叔，你见过吗？"石禄说："我见过。"窦珍说："二弟，要提锦龙办事那可称第一，他亲弟兄三人，全在镖行做事，扬名四海。叫叔伯兄弟锦华在家执掌一切。老四刀法厉害，借着三个兄长的名姓，也在外保了些次镖，名气也不小。"又问道："石禄啊，你有舅舅没有？"石禄说："有，我舅舅是马子。"窦珍说："怎么叫马子呢？莫不成他姓马吗？"石禄说："对啦，听咱们老娘说过，马子是圆的。他手使一条鞭。"左林说："是啦，一定是那单鞭将马得元，掌中一把算盘子鞭，专打金钟罩。"石禄说："对，快把裤子给我吧。"窦珍说："玉篮呀，行路的人，谁带着富余的裤子呢？你回家见了我妹妹一说，我是窦珍，她就知道了。"说话之间，先将大氅脱下来说："你先把它穿上。"石禄说："这个不是裤子呀。"他说着拿起底襟来，双腿伸在两只袖子里，当裤子穿，笑道："嘿，拿一根绒绳来，我好结上。"窦珍当时又解下一根绒绳来，结好了，一摸后边还露着屁股。遂说道："我还露着屁股呢。"左林说："你再穿上我这件大氅。"说着便将大氅递了过来。石禄穿好了，说道："你们两个人到底是谁呀？"窦珍说："我姓窦名珍，人称踏爪熊的便是。"左林说："我姓左名林，人称青爪熊的便是。"这便是看父敬子，只因锦龙他弟兄在江湖上交往太好，无一不佳，真诚对待谁，他是忠信待人，不分厚薄，永远是一个样儿。那石锦龙做事，也是屈己从人，所以才维持下许多位宾朋。

书说现在，当时他爷儿三个，上大道直向何家口而来。三个人晓行夜宿，这一天到了何家口。

左林到镇里一看，有座火场，窦珍一发怔，三个人都呆着，莫不成吉祥店被火焚化了吗？此时那祥平店店门就开啦，姜文龙来到外面，东西瞧瞧，看见正西站着左林、窦珍，连忙走了近来，说道："二位仁兄在上，小弟文龙与二位兄长行礼。"左林忙说："大弟请起，不要行礼，我来问你，这吉祥店怎么失了火啦？"姜文龙说："二位兄长，您请到祥平店里面一叙，此地不是说话之所，您千万别着急，到了里面便知分晓。"当下他们四个人进了祥平店。关好了店门，来到里面，得的大家见礼，不认得有人给引见。刘荣一看石禄也回来了，心中大喜，知道他没有差错，一来对得住石家，二来对得住这马。遂问道："玉篮，那天你从庙中逃下水去，怎么到如今才回来呀？"石禄说："我在树林子劫裤子穿来着，碰见豆嘴啦，这才一同回来。"鲁清说："刘大哥，您快去与他买一身去吧。"刘荣点头，便将石禄带出去。先去洗完澡，然后来到铺中，买好衣裤等件，一齐回来。刘荣便将大氅及绒绳，还了他二人。窦珍说："他把我大氅当裤子穿，我还要它做什么？"鲁清说："石禄是个童子体，横练在身，他没跟女子接近过，您穿上还给他压岁数。"窦珍一听，这才穿好。正说着，何斌从外面进来，身穿重孝。遂问道："何斌，你为什么穿新衣服啊？"何斌说："好吗，我别这样穿啦，要照这个样的穿，那我们家就全完啦。"鲁清说："列位先压言，二位仁兄先别着急，您就别抱怨我二哥啦，事已至此，那咱们就想正经主意吧。"左林说："何斌呀，你就上前给你鲁大叔跪倒磕头，叫他替大家设法，累碎三毛七孔心，我等弟兄，听他的调遣，好入西川，为你爹报仇雪恨。可是我等要看一看我大弟尸首哇。"鲁清说："您不用瞒，不但是您一位，是来的主儿，我全没叫看。"窦珍说："怎么不叫瞧呢？"鲁清说："因为他生时维持太好，谁跟他全有过命的交情，谁一见了也得背过气去。那时叫了过来，容易受伤，倘若有一时不便，就出了事。"石禄说："大清啊，大何哪里去啦？"鲁清说："咱们大家带着普莲一进京，那二峰子奔了西川啦，把莲的兄弟给叫了来啦，峰子拿冰钻把大何给咬啦，铎才拿拉子给拉啦。"石禄一闻此言，气得擦拳磨掌，忿恨不已。说道："清儿呀，我得看看大何，他不理我，我上西川找他们去。"鲁清说："你不用看，大何叫他们给咬睡啦。铎说啦，不叫大何理你，他要一理你，铎还拿冰钻咬他。"鲁清又叫姜文龙贤弟，可将北里间窗户打开。文龙答应，当时将上边窗户支开，下边这扇也摘了下来，大家这才来到西房。

朱杰、电龙他二人紧行几步，赶奔西房。石禄一挥手，说："他们叫什么玩艺呀？"鲁清说："这位是朱杰，那位是电龙。"石禄说："朱子、电子，大何跟我好，我叫大何去。"说着话他先到了北里间，上前将蒙头纸拉了下来，看见哽嗓间有一个血窟窿，他连叫了三声："大何呀！大何呀！"鲁清说道："石爷你别叫啦，大何不理你，他一理你，西川银花沟的普铎，就拿拉子咬大何。你看这个，他是叫峰子给咬的。"石禄抱着何玉的死尸放声大哭。杜林说："鲁叔父，您把我石大哥安置一个地方，我们大家好撅叫。"那些位年老之人，当下将石禄劝住。外边众人撅叫老少的达官，通盘安置齐毕。杜林说："列位叔伯，咱们大家想法给我何大伯报仇也就是啦。"大家俱都点头。

鲁清一碰面，就知道石禄是个实在人，对待谁全是真心实意，并没有虚情假意。石禄说："等一会儿吧！我想何，何跟我好，有什么好吃的，何都给我吃。"鲁清说："大何给你吃，二何还给你吃哪？"石禄说："大何我没看着，叫铎给咬啦，这个二何我得看着点吧。"鲁清一看，他是不走了，遂说："何二哥，您在上房叫他吧，不叫他不走。"何凯这才叫："玉篮！"石禄说："是啦！"这才出西屋。大家一同来到上房，何凯说："玉篮呀，你想我哥哥不想？"石禄说："你哥哥我不想，我想大何。"说着话一转身，一把揪住鲁清，说道："大清呀，你带我找铎去！我看见铎把他抱住，你们大家必须同拿拉子跟冰钻咬铎，非把他咬睡不止啊。"何斌说道："鲁叔父，这如今我石大哥已然回来啦，接请帖的已来啦，没接请帖的也到啦，您得出主意。往上说，我叔父伯父，全跟我爹爹神前结拜。我兄弟哥哥捧我何斌一场，够奔西川银花沟，杀普铎报仇雪恨，咱们众人满全来到此处啦。可是哪一天起身呢？"鲁清说："你们大家有千条妙策，我有一定之规。那莫家村的小哥五个，你们是小哥七个，你们大家在一处，可以商量商量怎样的办法，你们大家商量好了再说。咱们有志不在年高，无志空活百岁。谁的主意高，使谁的主意。"说完，他转身往外："你们大家在一处商议，待我出去散逛散逛，我心内乱成团了。"

鲁清一个人出来，先到村东头看了看，又走到西村头、火场上看了一遍。忽然抬头一看，东村外跑进一匹马来，马上一人。鲁清心说：原来是我的仇口来啦。他虽然是我的仇口，因为我不是他的对手，可是他与我兄长神前结拜，凡是不得实惠的主儿，多好说浪言大话。鲁清不由鼻子眼里一哼咻，说道："佟大哥，你跟我有仇，难道说你还跟我何大哥有不合吗？"花面鬼佟豹一闻此言，连忙拨转马头，来到切近，翻身下马，笑道："鲁贤弟，你在此做甚？"鲁清说："不怨人说，不跟你们边北的人交，就因你们有一种不好的毛病，永远是事在人情在，人不在立时就不理。"佟豹说："你这些个闲话，朝谁说啦？你这个话从邪说起呀？"鲁清说："佟大哥，那么您看见这里有片火场，您怎么骑马就过去啦？这不是新印吗？你怎不问一问呢？"佟豹说："鲁清，你是不知，人要是一结拜，就应当人不在义还在，皆因你在此站着，所以我没下马。"鲁清说："你别借台阶啦，你跟我姓鲁的素有挟仇，可是与姓何的，当然没有哇。因为我那何大哥招不出来这个，佟大哥您与我何大哥神前结拜，真是灭不了神灵！我何大哥的魂灵，缠着马的四条腿。"

书中暗表：佟豹是从家中起身，是赶奔兖州府送镖，将镖行之事，交好了杜家五狮子，他才起身。那镖相关的是水路，送到兖州府北门外同纪绸缎庄，完全是反货。花面鬼一路之上无事到了此地，才遇见鲁清，二人正在此相谈。佟豹说话："鲁清，你怎么说我何大哥阴魂缠绕我呀？"鲁清说："何大死啦。"佟豹说："得什么病死的？"鲁清说："我们大家进都交宝铠，你知道不知道？"佟豹说："我也不知道。"鲁清说："我们入都走后，正北十三川，执掌川口的人，是贵地人。他带着一个书童，此人住在吉祥店里，那时就是何大哥一人在家，那人夜间要吃茶，何大哥便叫伙计给烧茶。那人说我们不洁净，叫他书童去烧水，我说佟大哥，您说巧不巧？失了火啦，所以落了个火场。您看这个边北之人还真没走，我何大哥叫他赔。此人手使一对短把追风铲，跟石锦龙使的一样。那人说：此地有个为首的，姓何名玉外号人称分水豹子。何大哥说：不才就是我。那人说：好，我正要找你过一过家伙。当时两个动了手，那人打出一个卧看巧云锁喉镖，就把咱们何大哥打啦。咱们何大哥在世之时为人极好，大家老乡就用绊腿绳将此人捉住，绳缚二臂。后来我们交铠回头，全叫他给揍啦。人家还说，无论哪一位，若说出我是哪一川、哪一寨的，道出我的名姓，那时我立刻凭你们倒缚二臂，与何玉祭灵。"佟豹说："鲁清，此人在这里没有？"鲁清说："在这里啦。"佟豹说："他若在这里，你去把他叫出来。我与他分上下论高低，我将此人捉住，好与我何大哥祭灵。"鲁清说："大哥呀，我可是无名之辈呀，跟他比可到不了一处，您可在我面前夸过海口，谁也不是您的对手。"佟豹说："那是当然，除去我大哥石锦龙、左道长等几个人外，我这话说大啦。其余的，无论何人，也不是我的对手。"鲁清说："是呀，您在此等候，待我把他叫出来。"

　　说完了，他回到祥平店，到了里面，见了众人问道："你们大家参酌好了没有？我今天有个仇人，可跟我何大哥神前结拜，非阴他一下子不可。阴完了，我还让他拔刀相助。"徐国桢说："鲁二弟，你又阴谁一下子？咱们可正在用人之际。"鲁清说："不要紧，徐大哥您尽管放心，这个主儿与我何大哥过命。"徐国桢说："要是过命，那就不必阴他。"鲁清说："您不知道，他太拗，非得阴他不可。"徐国桢说："刘贤弟，你出去看看去是谁？"刘荣转身形往外走，来到影壁头里一看，原来是花面鬼佟豹，心说：原来是他呀？这人可实在是拗，这回非让他碰个硬钉子不可。此时众人往外。石禄在前头，将一拐影壁，就瞧见了。石禄嚷道："这个花大脑袋可好？"鲁清说："你认得此人？"佟豹心中所思，我真没见过此人？鲁清说："我也不知道他的名姓。我跟他的书童打听出来的，此人叫赛石禄。"

石禄一看他咬着牙，拧着眉毛，瞪着眼，遂说道："花大脑袋，你还要跳一跳吗？"佟豹说："不错呀，我倒是要跳一跳。小辈你叫甚名？快报上名来。"石禄说："小子，你别问我的名姓啦，你赶紧家去吧。"说到此处，上前提手一晃，拳奔面门。佟豹往旁一闪身，右手一刁石禄的腕子，石禄往后一撤，右手往外一劈，就把他的腕子往怀中一带，口中说道："花大脑袋，您这个样的能为，还敢横啦？"说着往怀中一拉，右腿往前伸，使了一手顺手牵羊，佟豹再想躲他这个腿，可就晚啦，他的腿被石禄给挑起多高来，摔在就地。佟豹连忙爬起，奔马而来，要打算拿他的熟铜棍。佟豹把熟铜棍合到手内，来到近前是搂头就打。石禄一看他熟铜棍扬起来啦，连忙用右手一推他的棍尾，左手一推腕子，左手早将棍接着啦，口中说道："你拿过来吧小子。你拿棍打我！"将棍夺了过来，扔在就地，上手一扒他肩头，说声："你趴下吧小子。"佟豹立脚不住，就趴下啦。石禄一偏腿就骑在他身上啦，说："小子，我非把你脑袋拧下来不可。"说着话，他双手抱着他的头，那佟豹忙用双手抱住他的胳膊。大家一见，遂一齐说道："玉篮，这可使不得！"鲁清急忙来到近前，说道："石爷慢着，这个花大脑袋，跟铎长得一样，你赶紧起来。"当时石禄就撒了手，站起身形，那佟豹也爬了起来。鲁清一看他脸上成了紫茄子啦。他面上有那花斑，做事又急又暴，故别人与他起个外号叫花面鬼。鲁清说："佟大哥，您在我面前说过，没有人能踢您一个手按地，我说今天您这是怎啦？"问得他无话可说。徐国桢说："这是石锦龙的次子，乳名玉篮，名叫石禄，外号穿山熊便是。"马得元说："玉篮上前给你佟大叔父磕头。"石禄说："大清跟我好。他叫毁谁我毁谁，叫我给谁叩头，我给谁叩头。"马得元说："鲁爷你让他给佟爷赔礼。"鲁清说："佟大哥，你从此还记恨石禄吗？既然跟石锦龙有交情，与马得元不错，大概你也不能免。凡是你我神前结拜的弟兄，一来腰腿灵便，二来拳脚纯熟，再者说，佟大哥呀，天下武术是一家。为人千万别太狂，休要艺高人胆大，今天我鲁清劝您，从今往后您改过吧，有您好大的便宜。老是瞧不起这个，看不起那个，四山五岳练武术的，比你我能为高强的主儿有的是。您问一问列位老哥哥，我跟他们大家说的是什么言语？您要不看在我兄长面上，我早就死在您的棍下啦。不过您打的全是那些无名之辈，遇见一个有名的人，那您得甘拜下风。大家劝您全是为好，因为您处正无私，也有好的地方，为人都要思前想后，要是瞧您对待我那个意思，今天多少也得叫您挂一点伤。我念其您与我兄长神前结拜，就差一个娘来养。有能为的主儿，以武力来降人。欺压于人，要像我们这样能为的主儿，难道说，就应当死在你们手里吗？我也不是得理不让人，你们是一勇之夫，终无大用，我鲁清是逢强智取，遇弱活捉。"马得元说："佟贤弟，此地不是讲话之所，你我店中一叙。"

当下众人一齐回到店中。有人接过马去，涮饮喂遛，马俊忙上前将棍接了过去。众人进屋中，一看何斌穿白挂孝，佟豹要追问，鲁清说："何斌暂且别多言，现下我鲁清瞧他这个形景，他要记恨前仇。"遂说："列位老哥哥，必须看在我哥哥面上，给我佟大哥赔一赔礼。您与我兄长神前结拜，您就如同我亲哥哥一个样，您平素暴躁我几句，我并不怀恨。您与各位老哥哥俱有来往，我鲁清在众位之中，您打听打听，是谁的小菜碟儿？而今您栽在石禄手里不算栽，您先受我一拜。"说着上前跪倒行礼，佟豹忙用手搀，说道："二弟请起。"鲁清说："求您看在我哥哥的面上，宽恕于我，我还有事拜托于您。"佟豹说："有什么事你说。"鲁清说："我兄长与您神前结拜，您到我家与我娘亲拜寿，我兄长送您一走至今未回。您可知晓此人生在何处？在与不在？"佟豹说："我也不知。"鲁清说："何斌你快上前与你佟叔父磕头，此时咱们用人之处甚多，求他也得拔刀相助。"何斌说："是。"忙上前跪倒。佟豹说："何斌你与何人穿孝？"何斌便将他们大家入都交铠,逃走二峰,勾来普铎,治死何玉之事说了一遍。当时怒恼了佟豹,他说道:"何斌,你快商量哪天起身,好杀奔西川。以后不准他们莲花党有一个贼人再到山东扰乱。你我众人还没齐吗?还缺少哪路的宾朋?"何斌说:"现下见请帖的也来啦,不见请帖的也到啦。"鲁清问道:"你们小哥几个可把主意拿定了?"马俊、石俊章等说道:"鲁叔父,我们已然商量好啦,还是杀奔西川去。"

鲁清一看,就是杜林一声不言,连忙问他道:"杜林啊,你还有什么心意吗?"杜林说:"我说出主意来,你们大家想,要是我的主意不高,那我听你们的,可别落在我的话把底下。"鲁清说:"杜林,你说一说我听听。"杜林说:"这个火龙观,是在咱们山东省,还是在西川呢?离着哪里近呢?"刘荣说:"离着咱们何家口近。"杜林说:"离这里有多远?"刘荣说:"不到两站地。"杜林说:"既然不远,那咱们先扫灭火龙观,一来给我石大哥报了仇,二来先把众贼聚会之处平啦,三来可以保何家口高枕无忧。"鲁清说:"杜林,到了西川,不知道三寇窝藏在何处,咱们到西川空山一座,岂不是大家白去了一回?"鲁清又说:"火龙观的群贼,他们知道咱们上西川啦,那时他们来到何家口,烧杀砸抢,人家把仇报啦,远走他逃。咱们从西川回来,再拿群贼,那就难啦。杜林,你既然提出火龙观来,我指你一条道,你敢走吗?"杜林说:"鲁大叔,你划出一道,我当河走,吐一口沫就是水。既然指到我这里,我若不去,那我是畏刀避剑怕死贪生,枉为男子。鲁叔父,有什么主意,您说吧。"鲁清说:"刘大哥,那火龙观是哪路的贼寇?"刘荣说:"是边北的贼寇。左右手能打火箭,两只胳膊能打盘肘火弩,凡是打出来的暗器,俱都挂火,这种暗器厉害无比。列位,我鲁清要委派哪位,哪位有推托不去的没有?"大家一齐说:"没有。"鲁清说:"好。谢春呀,你拿钱去到对过,买一身蓝布衣服,白布袜青鞋,可着杜林的身量,要蓝串绸的。"谢春答应,拿银钱到了外面,少时买了回来,交与鲁清。鲁清接过衣服,叫杜林到了西里间，说道："杜林呀，你二叔与你兄弟不来，我是束手无策。你先把你那身衣服脱下来，把这件衣服换好。你要到火龙观，要这般如此，如此这般，一定可以成功。"

杜林连忙点头答应，将衣服换好，走出明间。杜锦说："鲁贤弟，我们父子可没小瞧你，你别拿我儿送礼。"鲁清说："杜大哥您尽管放心，若要有个一差二错，兄嫂有归西之时，我鲁清代替于他。这话还让我说什么？我二哥不来，杜兴不来，我也没有这条计。谢斌、谢春、石俊章，你们哥三个到外边去找一匹老驴来，只要能走就行。"谢斌说："要找一匹驴能成，双盛永杂粮店，他有一匹套磨使的，要用可以换来。"鲁清说："好吧，你们去把它换来吧。"

谢斌出去拉了一匹好驴，去到双盛永杂粮店，问道："掌柜的在铺子里吗？"伙计说："在哪，你老有什么事？"谢斌说："这里有匹驴，你们把那匹驴换出来，我们借用一下子。"掌柜的说："你们借那匹废驴干什么呀？"谢斌说："有用处，这匹就归你们啦。"掌柜的知道他们必有要紧之用，这才将那匹拉出来，两下交换了。谢斌便拉回来，说道："鲁叔父，您看怎么样？"鲁清说："可以。"当时教给杜林几句话，叫他捎上一个口袋，装上点银子，又拿点铜钱，前去如此如此，便可成功。正说着话，谢斌又从外边买来一身月白衣裤，交给鲁清。鲁清接过来，说道："朱二爷呢？"朱杰说："什么事？"鲁清说："你把这身衣服换上，军刀暗器全带好，随同他前往。再让电贤弟当劫道的，只要老道一出来，这条计就算使上啦。"又叫道："徐国桢、蒋国瑞、李廷然、左林、窦珍、丁云龙、姜文龙、姜文虎、何凯、杜锦，这十个人别去，看守祥平店。何斌别去，你在店中守灵。其余大家，是一拥而去火龙观，拿老道不费吹灰之力。朱杰、电龙与杜林吃完饭，将一切应用的物件拿齐啦，大家一齐从这里起身，全不带马匹。"鲁清又说："刘大哥，火龙观的东边有个村子没有？"刘荣说："有。"鲁清说："离着越近越好。"众人往下。一日两，两日三，这天天到平西，来到一个村子。他们将一到东村头，由西边出来一位老者。鲁清上前说道："贵宝庄叫作何名？"老头儿说："叫作赵家坡。"鲁清说："村中可有店口？"老者说："有店口，路南路北全有店口。"鲁清与老者道谢，大家这才进了村子。欲知后事如何，且看下回分解。

第二十七回

鲁清打店赵家坡　杜林设计盗火弩

话说鲁清等众人，向老者打听好了道路店门，这才进了村子。来到中间，路北有一座招商店，上有横匾，是义聚店。鲁清喊道："店家。"当时从里面出来一个伙计，说道："您几位住店吗？"鲁清说："不错，正想住店，可有上房？"伙计说："有。"说着他一看众人，全有军刃，也有拿着的，也有身上佩带的，有穿长衣的，也有穿短衣的，老少丑俊不等。他心中一动，连忙改嘴道："客官，我们这时没有闲房。"鲁清说："你千万别拿我们当匪人，我们全是五路保镖达官。我们大家不是行侠，就是作义，专好打个路见不平。"伙计说："众位大太爷，您这是从哪里来呀？"鲁清说："我们大家是从何家口来。"刘荣说："你姓什么呀？"伙计说："我姓赵。"刘荣说："赵伙计，你们要是有闲房，就可以说一声，我姓刘名荣，外号人称闪电腿。"伙计说："那么您诸位往里请吧。"当下众人来到里面。佟豹说："伙计，你们写出一个纸条去，此店不卖外客。"伙计答应，将众人让到北上房，出来将驴拉到槽上去喂，与众人打来脸水茶水。鲁清等众人净面吃茶。鲁清问道："伙计，从你们这里往西，还有村子没有啦？"伙计说："有，您诸位是上哪里呀？"鲁清说："我们全上火龙观去。"伙计一听，连忙跪下啦。鲁清说："你起来，有什么话直说。"伙计说："这个老道时常到这村子来。我们老东家有个孙子，让他给领了走啦。施舍也得施舍，不施舍也得施舍，并且还时常上我们村中来化粮米，化金银。"鲁清："火龙观离这里有多远？"伙计说："不足三里地。"鲁清说道："这个老道是好老道，还是恶老道呢？"伙计说："列位达官，小人我可不敢说这个老道，他发卖五路薰香，在这方近左右，河南河北的住户人家，吃他亏的可太多啦。"鲁清说："伙计，你既然说了出来，我告诉你吧，我们众人是上那里去报仇去。你快给预备饭吧。"众人吃完之后，朱杰、电龙便将那匹驴拉了出来，爷三个出了店。

来到西村口，电龙说："你们爷儿俩先走着，待我前去。"说着向前飞跑，来到了火龙观，先绕了一个弯儿，看好地势，原来这庙四面是松林。他便来到了东面松林之内，耗到初鼓，忙将白日衣服脱下，换好夜行衣靠，在松林内一站，就见朱杰拉着这头驴，杜林在上面骑着，直奔那座浮桥而来。将到松林里头，电龙抖丹田一声喊道："行路的站住！此庙是我开，庙前松林是我栽，行路之人从此过，留下金银买路财。牙崩半个说不字，追去小命不管埋。"拉驴的二爷撒手下驴，抹头就跑。电龙上前一抡刀，噗的一声，驴头就砍下去啦。死驴一倒，将杜林压倒在地上。他改了声喊嚷："可了不得了啦，这里有了劫道的啦！把我赶驴的也宰啦！和尚老道、姑子，快来救人吧！"连三并四的足喊一气，电龙便隐到别处去了。

正在此时，那边林中有人口念"无量佛"。原来夏得贵正在佛堂喝茶，他听见庙外有人喊声站住，又一念口词，他就不喝茶啦，连忙甩了大衣，摘下青霜剑来，出来到了东界墙，一纵身上了墙头，这才口念："无量佛，胆大的狂徒，竟敢来到你家祖师爷的庙前断道劫人，与你家祖师爷来栽赃。"说完他下了界墙，来到松林之处，还听小孩不住地喊嚷，他才来到切近，说道："小孩，你不必担惊害怕。现有你家祖师爷前来搭救性命！"老道到了切近一看，原来驴脑袋没啦，老道说："这是我得罪了毛贼草寇，上这里来给我栽赃来了。小孩，我跟你有缘呀。你这是从哪里来？上哪里去呢？就是你一个人吗？"杜林说："我有一个赶驴的跑啦。"老道说："劫道的这个人，你看见怎么个长像啦。"杜林说："一个鼻子，两只大眼睛，嘴横着啦。"老道说："劫道的往哪里去啦？"杜林说："往那边走啦。"老道一看，是往北去啦，赶紧来到浮桥，把东边的水手叫上一名来，来背小孩，把他背到庙门口等候。老道围着庙绕了一个弯，找那个劫道的，不见有人。这才从东界墙进了庙，先把山门拉开，说道："你把小孩背到后面鹤轩，回头你再把他褡套给拿来。"当下这个水手把他背到后边鹤轩东里间，放在床榻之上。杜林翻脸一瞧，这个水手满脸匪气，心里就明白了七八成。书中暗表：这些水手全是老道的帮凶，专门给老道勾人。勾了一个落宿的，无论客人有银子没有，老道总给十两银子。日久天长，这个庙里可就人害多啦。老道可是江湖绿林人，夜晚你飞身上墙，来到鹤轩廊子底下一答话，你要借一百，一分钱都不能给你。要提买东西啦，少一分钱全不成。因为这是讲的买卖来啦，并不是讲变情的地方。他说这个，不是我上我师父那里去拿药，也是如此呀。那位说：怎么提此事呢？这不过是个垫笔。

话说当时，那水手把褡套取了回来，把山门紧闭，来到后边鹤轩，将褡套交与老道，口中说道："观主爷，这是小孩的褡套。"老道夏得贵，自从清松、清鹿一死，自己心中闷得慌。在这方近左右都找遍啦，并没有小孩，要把老道闷死。今天他一见杜林，就很投缘。如今坐在鹤轩，他一看更好啦，他越看越好，遂说："小孩，你姓什么？"老道问他好几句，他也不言语，却假作出惊慌的样子来。夏得贵说："小孩，你不必担惊，全有我啦。家住在哪里？姓什名谁，上哪里去？说明白了，我可以送你回去。"杜林说："我住家在这北边杜家村，我姓杜，我叫小杜梨。我上我姥姥家去，他们住在河南边赵家沟。"老道说："小杜梨，你今年十几？"杜林说："我今年十三啦。"老道说："你家中都有什么人呀？"杜林说："我家中有我叔父，有我爹爹，有我发娘，有我婶。我有两个姐姐，一个妹妹。"老道说："你饿不饿呢？你要饿可说话。"

这个老道正在屋中与小杜林说话，听外面天交二鼓，已过二更啦，老道说："小杜梨，你明天回去，向你父母去商量，将你施舍庙中。"杜林说："老道，那可不成。"老道说："你别说尽在我这呀。"他们正在屋中说话，听外边有人说道："道兄啊，你不是说您的徒弟死了吗？"老道说："外边是哪位贵友？"外边答言说："兄长，您连我的语声全听不出啦？"老道一听，外边那人又说："兄长，我姓丁名春芳，千里独行的便是。"外边一报名姓，杜林一听，好吧，这个贼比老道还厉害，他是山东东昌府章邱东门外聚泉山，绿林三猴那里的。大寨主叫通臂猿猴邵永清，二寨主叫铁臂猿猴邵永海，三寨主叫多臂猿猴邵永志。这个丁春芳乃是末尾的寨主，可又是山贼中的福星。他有一个拜弟在聚泉山的北边，小地名儿叫姚家洼，他外号名粉面童子。这小子十分厉害，那时俊章交五路保镖的达官。可是在绿林中，大家全知道他。聚泉山相离不远，一来不劫人，二来不交官长，与他们起名为绿林三红。结交五路保镖达官，与章邱县知县平起平坐。可这哥几个跟莲花党的人也结交。他们到一处，便做了些伤天害理之事。五路薰香使完了，邵永清便问道："姚贤弟，这薰香使完啦，可上哪里去买呢？"姚俊章说："兄长，那倒不费吹灰之力。只要有金银，到哪里都有。在咱们山东省，就有一个地方，官厅不知，除去莲花门的人知道，外人不知。您可以派我那兄弟丁春芳，到一趟火龙观，就可以买来。"邵永清说："春芳，你可曾认识那个庙？"丁春芳说："我认识，不但认识火龙观的观主，我还与他神前结拜，我与巧手将白起来到山寨，因为见您这山上情形，没敢说出莲花门之事。不过我们两个人记在心中啦。"邵水清说："你怎么不说出来呢？丁春芳说："皆因您所交的多一半是行侠作义的人，又是官府人家，所以我没敢说。这些人与莲花党的人，是冰炭不同炉，那时我才将我姚仁兄引到山中。"永清说："那没别的可说，今天你多受风霜之苦，辛苦一趟吧。"春芳说："那倒没有什么的。兄长啊，您可以备下银钱，多买点来，以备应用。那鸡鸣五鼓返魂香二十块，断魂香十块，子母阴阳拍花药五包，解药五包，四两一包，多拿黄金，多拿白银。"姚俊章说："丁贤弟，你可知道道兄的脾气？"丁春芳说："我略知一二。"姚俊章说："你赶快去，赶快回来。一路之上，逢州府县、村庄镇店，多要注意留神，仔细注目。少妇长女，芙蓉粉面，美色出众，窄窄的金莲，门庭认好，打下莲花板的暗记，把薰香拍花药通同买来，回到山中，咱们哥五个下山。你们弟兄五人，一同前往云雨之情。"丁春芳点头应允。

闲言少叙，当时俊章说："春芳，你就去吧，将各项买回，你可小心，别把杂人带到山口来。将应用的百宝囊、军刀物件、夜行衣包等，通盘带好。"

下了山，他四个人送出山口。春芳一路之上，不敢稍停。这天来到火龙观，天色已晚，二更已过，站在东界墙以外，四下观瞧，并无一人。长腰跨界墙，飘腿就下来啦，到了鹤轩廊子底下一站，在东里间窗户下一立，听屋中有人说话。丁春芳心想，这个小孩我听着声音耳熟，好像兖州西门外杜家河口的小畜生杜林。要是杜林呀，可是小畜生的报应循环。这才答言说道："道兄，您不是说您徒弟死了吗？这是跟何人说话？"老道说："这也不知是哪路宾朋，与我夏得贵栽赃。我与他何仇何恨，在我庙外东界墙断道劫人。这不是给我惹祸招灾吗？"丁春芳说："道兄，我可没进您那屋啦，里面说话的这个小孩，太已耳熟，好像混海龙杜林。道兄，我可告诉您，黄家弟兄已随普铎到山东何家口找何玉报仇，现下已然完了事，回了西川银花沟啦。他们入都交铠之人，可是全回何家口啦，那个何斌，不是好惹的。会友熊鲁清，跟他们久在一处。他出主意，聘请山东水陆的老少达官，要杀奔西川银花沟，眼下在何家口请人哪。那石禄起誓，我可没进去看去。我在外听这个说话的语声，可是小辈杜林的语声。"老道说道："贤弟，你这是胡说起来啦，那小辈杜林，也不是我说，我借给他一点胆子，他也不敢呀！不用说，他们若是来到我庙中，我是火化其尸。这个小孩奶音还没退啦，你可别诬赖好人。"

杜林在屋中一听，连忙说道："道爷，这外边说话的是谁呀？"老道说："是我拜弟丁春芳。"杜林说："您让他进来瞧一瞧，人一个样的长像，一样的骨格，一样面目的人很多，便把他叫进来，千万别瞧错了，瞧差了。道爷，让他进来，我瞧一瞧，别是扎驴肚子砍驴头的那个来了吧？"老道这么一听，也有理，遂说："丁春芳，你进来瞧一瞧。"春芳当时挑帘子往里来到里屋。杜林说："师父，那个人可也这么高，砍我驴的与他差不多。"丁春芳说："杜林小辈，天堂有路你不走，地狱无门自来寻啊？"丁春芳一看正是杜林，遂说道："道兄呀，这个小孩正是杜林。"牡林说："师父，我说咱们爷儿俩无缘，您一死儿的说有缘。"老道说："徒儿，你自管放心。他把唇齿说破，舌尖说焦，也是前功枉费。他说你是杜林，你就是杜林吗？"杜林说："我就埋怨阎王爷，怎么给我这么一个面貌，怎么会跟他的仇人长得一般无二呢，算是我的命该如此，我们家中无德，三门守我这么一个人。您还叫我给您当徒弟啦，我看他大半是砍驴脑袋的。"

说话之间，他用眼一看，老道用手直摸剑把，冲丁春芳直咬牙拧眉毛。又听老道说："丁贤弟，你要是素日跟我没仇，我收这个小孩，你不能在这里直给破坏。你瞧他是杜林，何为凭据呢？"丁春芳说："您把他大衣服脱下来，他里面围着夜行衣包，短把刀啦。"老道说："春芳，他里面要没有夜行衣呢？"丁春芳说："他要是没有夜行衣包，您亮宝剑将我斩杀，那是我二眸子该挖。"杜林心中暗想，我鲁大叔是高人，身上江湖的物件，一样没有，满放在何家口。我身旁要带一样，遇见此人，我命休矣。我今天要不把你小子的人头要了下去，我不叫混海龙杜林。老道说："小杜梨，你把大衣脱下来，叫他瞧一瞧。"

杜林说："我穿着他还瞧不见吗，必得我脱下来，他才能看见吗？"老道说："他说你这个大衣里面藏着夜行衣包。"杜林说："这个夜行衣包我可没有，我还不知道穿这个犯物，我要知道我决不穿。我们学伴穿着就没事，怎么唯独是我就有事呢？您叫他把夜行衣包拿来，我得看一看。"老道说："丁贤弟，你把夜行衣包拿来，叫他瞧一瞧。"丁春芳便将抄包打开，杜林一看那夜行衣深瓦灰色的。杜林说："师父，这个就叫夜行衣呀？"老道说："对啦，这个就是夜行衣。"杜林说："我娘给我做衣服，什么色的全有，就是没有这个颜色的。"

丁春芳将夜行衣包好，此时杜林就将大衣脱了下来，说道："师父，您叫他瞧一瞧，夜行衣在那里哪？"老道接过来，交与丁春芳。丁春芳伸手接过来一看，原来是单衣服。遂说道："道兄，您叫他把裤子脱下来，他里面也许裹着。"老道说："你就把裤子脱下来吧。"杜林将衣裤鞋袜，满全脱下来，赤身裸体，上下无根线。丁春芳伸手取过来一找，并无夜行衣。丁春芳说："杜林，你就是把皮剥啦，我能认识你的骨头，绝对错不了。"杜林说："师父，我叫您把我送家走，您不送。如今他来啦，他说我是什么杜不杜的、林不林的。"丁春芳说："道兄，这不是他把衣服脱下来了吗？您把小辈用绳缚二臂拴在明柱之上，拷打贼匪用的水盆鞭子拿来，这么一打他，若打出来真情实话，您再亮宝剑将他尸头两分。要不是他，那算我二眸子该挖，诬赖好人。我死在九泉之下，情屈命不屈，是我没长眼珠子。"杜林说："师父，这要是真拿鞭一抽打我，那我疼痛难忍，不是杜林，我也得说是杜林。姓丁的，你跟那个姓杜的有多大仇恨呀？打得我屈打成招，我一说我是杜林来，我得死在这里。我真不认得那杜林呀！如果我两个人见过一面，还不用提有交情有认识，替他死了也不冤呀！师父啊，今天反正我脱不了这一顿打。"

书中暗表：杜林来到火龙观盗弩，他是变嗓音，不用本人的声儿，他是绕舌说话，所以老道信。

书说现在。杜林说:"师父呀,总算是我们家门不幸,才遇见此事。那杜林若是来啦,那我可就白挨一顿打。这个姓丁的伤了德啦。"老道说:"小杜梨,你满打是杜林,你全能说不是,我老道实在看你骨格相貌有缘。这个姓丁的是我的朋友哇,他还能大得过我师父去?就是我师父李玄清来,打破头心全不成。为师我打你十鞭子已过,你咬住牙关吧。只要十下子打完,那我亮宝剑斩杀丁春芳,为我投缘的徒弟报仇雪恨。"老道便将杜林捆好二臂,然后又用绳子拴了。捆在明柱之上,又叫水手取来打徒弟的那个水盆鞭子过来。此时杜林一看,那水盆中的鞭子,足有核桃粗细,鞭梢比把儿细不了多少。遂说道:"师父呀,我要挨这一顿打呀,我不承认是桂林,我得活活的被您打死。"

此时夏得贵脱了大衣,猫腰拿起皮鞭子说:"小杜梨,你就咬住了牙关吧。"丁春芳说:"道兄,您慢着,您打可不成,那得我打。拿绳您还舍不得啦。"老道一听有气,说:"好吧,你打。"杜林说:"师父您可别叫他打,他打我不到十下,我死过去,他就跑啦,我白挨这一顿打。"

那杜林一看老道的情形,实在跟自己不错,不由心想,好个丁春芳,我要不把你人头弄在这里,我不叫杜林。丁春芳说:"道兄,小弟我说的这个话,是金石的良言,不入您的逆耳。他要不是杜林,能有这一片话吗?道兄,您把我的绒绳解下来,这边拴上我的腿,那一边拴在床腿上,十鞭子已过,您亮宝剑斩杀我的人头,不算您欺生,算我看错啦,死者不冤。"杜林说:"师父您可别上他的当,他那绒绳可全糟啦,一揪就折。他跑啦,我白挨这一顿打。"丁春芳说:"道兄,您把丝绦解下来,跟我的绒绳缠到一处,那还不结实吗?"夏得贵一听也对,这才将白丝绦解了下来,跟他的绒绳拧到一处,有核桃粗,便将丁春芳的腿拴在床腿上。杜林道:"师父,您可别受他鬼计多端。"丁春芳说:"道兄,您看着,不过十下,要打不出他的实话来,您尽管亮军刀杀我。"说完他伸手拿起皮鞭子，一看杜林是贴骨的干腱子。杜林心里说：小辈，我若不把你人头要下来，我不叫杜林。自己一咬牙，横了心啦。丁春芳说："杜林，你是飞蛾投火，你可想起前次之仇，你打我那一瓦，打我一瓦还不可恨，当时你冲散我的姻缘，真真可恼。"说完，他扬鞭子便打，刷的一声，那大腿的肉，就给打掉了一块，鲜血长流。杜林嗷的一声，头就耷拉了下来啦。老道一看，说："丁贤弟，你好狠啦。你倒是看准了是他不是呀？他要是杜林呀，这里把他一捆上，他就辱骂我啦。"老道拿着刀，站在旁看着。丁春芳二鞭子又打下来。杜林心说：小子你打吧，我是豁出去啦。

　　丁春芳三鞭子刚要往下再打，忽听外边有人说话，说："老道喂，你别打人家，你家杜小太爷我在这里啦。你看明白再打人家，我在这里瞧了半天啦。那个小孩别着急，待我给你报那两鞭之仇。小子你出来，我在背后跟下你来啦，专为拿你。"丁春芳刚要转身逃跑，老道一长腰，将他踢倒，用脚蹬住。丁春芳说："道兄且慢。"老道哪听那一套？伸手抓住发髻，举刀一落，噗哧一声，尸首两分，将刀扎在死尸之上。回到屋中，摘下青锋剑，合到手内，将剑抽出，来到外面，飞身上了西房。在房上蹿房越脊，来到前面，围着庙兜了一个弯儿。四外一找没有人，他便到了浮桥这里，叫上两名水手来，回庙中先开了山门，放进二人，将丁春芳的死尸抬出，连人头一齐扔到河内。二人答应，照计而为，将死尸拉走。

　　老道将山门紧闭，回到屋中，将剑挂好，出来一看杜林，只见低头不语。用手一摸，他的胸口突突的乱跳。用手推起他的头来，那只手便抚他的心口，说道："徒儿苏醒。"杜林把这口气缓了过来，不由哭道："师父哇，这个人跑了吧？"老道说："徒儿呀，他鬼魂跑啦，你看这里的血迹，他已被斩杀了。"说话之间，将他摘下来，抱到床上，将绑绳给他解开。取来了金枪铁器散，红白的药面，给他敷好了，叫他穿好了衣服。杜林说："师父，他虽然死啦，您已然给我报了仇啦，可是扎驴肚子那个人一来，咱们爷两个，全活不了。"老道说："徒儿，你不要害怕，谁来也不成，连那么大的石禄，全教我给烧了个少屁股没毛。我有火竹弩。"杜林说："什么叫火不火努不努的，是什么样啊？"老道说："待我取来你看看。"

说着话他到了西屋，拿出那火竹弩。原来这竹弩就在一个瓦灰色的兜子里装着啦。老道拿到杜林面前，取出叫他观看，原来是一个竹筒，有八寸多长，核桃粗细。杜林说："师父，您拿过来我看一看。"老道说："徒儿你看，这便是袖箭盘肘弩。"杜林伸手接过来一看，原来竹筒上一头三道铜丝，当中有一道铜丝，足有四寸长，在下面那一头，有一个好像按钉似的。老道："小杜梨，这个是左胳膊上的，中指按崩簧，二指定心，指哪打哪里。右边也是一样。要打的时候，左胳膊一盘，用右手中指从纵纹上一顶，那盘肘弩就打出去啦。"老道连忙将盘肘弩一盘，说道："徒儿你看，二指当心，中指磕崩簧。"说话之间，他用手指一顶，嗑吧一声，呼的一片火光，出筒外去了。当时打在软帘之上，老道上前弄灭了。

杜林一看，那桌案之上，还有一个青布套，有鸭嘴粗细，一尺二长，有用青绒绳编出来的一个排子，不到五尺长。老道说："这个是紧背低头花竹火弩。"杜林说："这个怎么使呀？"老道说："你看。"说着，把弩背在身上，又向杜林说道："你看，肩头当心。"用手一揪绒排子，一低头，嗑吧一声，又是一片火光。杜林说："徒儿瞧明白了，您就收起来吧。"说完，那夏得贵便将暗器全收拾好啦。杜林说："师父，我现下肚中很饿，您可有剩下的馒头，拿来徒儿一用。"老道说："我没有剩的，如今我肚里也有点空啦，咱们叫厨房给做点酒席，师徒共用。今天又是好日子，足可以畅饮一番。"

说话之间，老道便去到南厨房，吩咐一遍。少时酒菜一齐来到，通盘摆齐。杜林一看，放着一个酒杯，一个茶壶，看那样子，壶中也就盛四两多酒，旁边有一个酒杯。老道说："小杜梨，你会喝酒不会喝？"杜林说："我会喝。我在家之时，尽偷我叔父酒喝，我娘亲一闻我口中有酒味，就打我。您让我喝酒，我听说酒是串皮脾的。"老道说："不错，酒是串脾的，我这个药是好药，什么全不怕。"杜林说："那我也敢喝，明天您上我家去，我娘闻见我口中有酒味，谁说全不成，我娘也得打我。师父啊，今天咱们爷儿俩是大喜的日子，我必须敬您四杯酒。"老道说："人家全敬酒三杯，你怎么敬我四杯呢？"杜林说："今天咱们爷儿俩，您两杯，我两杯，咱们是四季皆全。我有四句酒令。"老道说："什么酒令？"杜林说："您先把酒满上，我好说。"老道当时把酒满上之后，杜林说："您先吃点菜。"老道这才吃口菜。杜林说："杯杯净，盏盏净，咱们爷儿俩才有缘哪。"老道说："好吧。那头一句酒令怎么说呀？"杜林说："酒是仙传迷魂汤，量小多饮发言狂，太白舍杯吃酒醉，海底捞月一命亡。"二杯酒又满上啦，杜林叫他又吃点菜，将酒喝下。杜林再说第二句酒令："色如市井一枝花，君子一见骨肉麻。纣王贪淫失天下，杨广好色观琼花。"又满上第三杯，杜林说："财乃传国一寸金，寸金难买寸光阴。石崇有钱不算富，范丹有子传后人。"老道听他念完，一仰脖，一饮而干。再满上第四杯，老道吃口菜，杜林念第四句是："气是人间一缕烟，耳听言传气冲天。范离好气家财败，三气周瑜染黄泉。"老道低头不语。四杯也饮干啦。

杜林一看，老道是过了量啦。酒走三肠，酒入愁肠，酒入喜肠。如今老道他是酒走烦肠。

这个夏得贵，烦到两句酒令上啦。末一句有海底捞月一命亡，三气周瑜染黄泉。老道当时就把火竹弩的口袋，压在胳膊之下，趴在桌子上，就睡着了。杜林生来胆子最大，人虽小，心劲可大。他恐怕老道装睡，他过去用手推老道的肩头，说道："师父，您要困，快上床去睡。"问了两三声，老道一声没言事。他又一听，老道的出入气匀啦，知道他睡沉啦，这才用手推开他的腕子，将口袋抽了出来，把火竹弩撤了出来，不要口袋。这才起身到外面，站在廊子底下往四处一瞧，房上全有人。鲁清在西房上前坡趴着，看见他出来了，连忙问道："杜林，你可将火竹弩得到手内？"杜林说："已得到手中。"

书中暗表：那鲁清自从派他三人走后，大家便一同到了火龙观。临来的时候，鲁清说："石爷，咱们今晚上砸火龙观去。"石禄说："我不去，那老道他有嘎吧呼，贴身上就着火了，我是不去的。火一来啦，就粘我身上。要没有那个火呀，我早就把他给弄碎啦。"鲁清说："我打发小棒槌和小白脸跟小龙头，他们三个人去啦，把他的火暗器全拿来，你还不敢去吗？"石禄说："只要杂毛没有火啦，我就能把杂毛拿住。"鲁清说："你要见着了老道，非把他劈了不可。"大家这才将应用的物件拿齐，来到火龙观。鲁清派马得元、巡山吼马志、马俊、双鞭将邓万雄、钢叉李凯、铜叉李继昌，把守东界墙。花面鬼佟豹、小灵官燕清、小花刀莫陵、莫方、闪电腿刘荣，把守北面的界墙。林贵、林茂、飞抓将云彪、金棍董相四位，把守西界墙。登山伏虎马子登、下海擒龙马子燕、柳金平、柳玉平、单鞭刘贵，把守南界墙。三道山门，未曾飞身上墙的时候，必须要先用抓问一问，有什么埋伏没有。其余大众，任凭尊便。前、后、中三层大殿，随便隐住身体。听鲁清的呼哨子响，大家好会战恶道。众人点头。

石禄、鲁清、杜兴三个人到了河坡。鲁清说道："石爷，你先在此等候，咱们的人拿到了火竹弩，你再进庙。他拿着你可不用进去。你看好不好？"石禄说："就是吧，你们去你们的，我在这儿等着。"当时鲁清带着杜兴爷儿俩入庙堂，这才使计策，好搭救杜林。不知后事如何，且看下回分解。

第二十八回

混海龙赚死丁春芳　众英雄大破火龙观

话说鲁清、杜兴换好夜行衣，将白昼衣服打在小包袱之内，结在腰间，背后背好刀，这才用飞抓搭在房上。往上一问，并无消息埋伏。二人来到了上面。鲁清在前，顺房往北，来到后殿，听见北房屋中有人说话，急忙来到西房后坡。就中脊往北偷看，见屋中掌着灯光，正赶上丁春芳在打杜林。鲁清说："杜兴，你会学你哥哥说话吗？"杜兴说："我会。"鲁清说："你要会学你哥哥说话，那可就省了事啦。我叫你说你再说，不叫你说，千万别说。"此时里面丁春芳抽杜林一鞭子。杜兴说："叔父，我嚷吧！"鲁清说："你别嚷，二鞭子下来，你也别嚷。"后来看见他第三鞭子将扬起来，鲁清说："杜兴你嚷吧，咱们爷两个好走。"杜兴这时才说："老道喂，你别打人家，一个样的长像可有的是，里面那个挨打的小孩，不论是谁家的，我承情啦，一定设法子与你报这两鞭子之仇。我姓杜名林，混海龙的便是。"说完了这些话，爷儿两便下房跃出界墙，来到界墙之外，急忙上树。老道治死了丁春芳，没找着人，便叫过两个水手，将死尸搭了出去，扔在河内，顺水漂去。

他二人二次入庙，正赶上杜林拿着火竹弩出来。鲁清看了，就跳下房来。到了廊子底下，说："杜林。你可曾将他暗器得下来？"杜林说："将他的火器，满全得到手内。"鲁清说："行啦。"杜林这才大声喊道："师父，扎驴肚子的来啦。"说完这句话，二人飞身上房。当时老道正睡得困眼蒙眬，忽然听见外边有人喊嚷，便急忙起来，回头一看，徒弟小杜林不在身旁，遂叫道："徒儿为何喊嚷？"杜林在西房前坡答言，说："兔儿爷，我在这里啦。"夏得贵一听，他在房上答话啦，连忙站起身形，一看兜子里火竹弩没啦，他便上前先摘下宝剑来，推簧亮出，来到明间，伸手掀开帘子，斜身往西，来到廊子底下。看见房上三面全有人，不由说道："房上有多少人？"杜林说："房上有三个，好你个胆大的恶道！你说跟我有缘，我偏说没缘。你家小太爷，夜入你们庙堂，为给我朋友报火竹弩烧石禄之恨！我将死抛于度外，尽交朋友的义气，这才来到庙中，盗取你的火竹弩。"老道一听，不由唉了一声，说道："丁春芳，你死在阴曹，是我辜负了你的金石良言。我罪大矣！难怪你说他胆子太大，我夏某上了他的当了，将你斩首。你的阴魂慢走，我必要与你报仇，非将杜林杀了不可！"说完跳在院中，捧剑一站。那东房上下来一人，老道在江湖上也是一个成了名的贼寇，当时问道："对面来者何人？"那人说："恶道，你要问我，我乃莫家村学艺，双鞭将邓万雄是也。"老道捧剑分心就刺。邓万雄摆手中鞭动手，他用左鞭一压，右手鞭搂头就打。老道抽身一走，一转身剑走磨盘式，横剑奔腿扫来。邓万雄忙用单鞭挂了上来。老道一见，急忙抽剑再走中路。万雄再躲，老道使了一个海底捞月，分心又刺。邓万雄往下一压，老道身了跟剑一块走，他一长胳膊，身子一闪。邓万雄一见剑进来啦，往后一仰身，老道一长腰，邓万雄躲开了上三路，那左腿上被剑就扎上啦。此时北房前坡跳下一人，说："大师哥闪开了，待小弟会战于他。"老道捧剑问道："对面来者什么人？"此人说："在下姓燕名清，小灵官便是。"老道说："无名的小辈。"举剑往下就劈。此时老道的酒气可就下去啦。燕清刀背挂剑，老道往下一垂腕子，用了个控剑式，他可就没挂上。燕清的刀一过，老道用剑往上一撩，他抽刀便走。一转身，此时老道使了一个外百灵腿，剑腿一齐到。燕清来了个大爬虎，心口着地，往前一扑，腿往起一扬，好像寒鸭浮水似的。底下腿躲过啦，来了个就地十八翻，到了一旁。那西房又跳下一人，高声喊叫："恶道休要逞强！"老道一闻此言，忙跳出圈外，问道："来者何人？"此人说："恶道，我乃东昌府西门外单鞭马得元也。"老道说："对面可是单鞭马得元吗？"马得元说："不错，正是你家马老太爷。"老道说："休走看剑。"说着捧剑就刺，马得元往后一撤步，举鞭就砸，老道看鞭到，往旁一闪身，不由心中想：他这条鞭，软中有硬，专打金钟罩，乃是少林门的军刀。我听说过，倒没会过，不过听边北的朋友说，十分厉害，必当小心才是。此时马得元横鞭一扫他耳门，他一矮身，马得元往下一压，讲鞭向他中脐而来。老道剑往里裹，马爷一见，忙往后一倒腰，绷鞭往外一兜。老道一看，人家实在有功夫，心中很是佩服。自己往上一提气，起在空中，一连躲了他十八招，没把老道裹着。马得元绝手鞭到，老道施展绝招，叫作猛虎跃山头，他随鞭就进来啦。往里一进，马得元一转身，因为年岁已大，腰腿不见灵便，被老道用剑尖扎了一下子，于是赶紧长腰纵了出去，老道与大家动手，带伤者一片。原来他技艺出众，武术超群。

当时他与大家动手不提。且说杜林站在西房上前坡，说道："鲁叔父，我石大哥来了没有？"鲁清说："来啦。"杜林站在房脊上往四面一看，不见石禄。鲁清说："他在庙前头河岸那里哪。"杜林说："树林外的是他吗？"鲁清说："对。"杜林蹿房越脊，来到庙外，对石禄说："你快去，把我养活的，全叫杂毛给咬啦。"石禄说："他有嘎吧呼，厉害。"杜林说："我已经把那个盗来了，您看是不是？"说着用手一按子母钉，嘎吧的一声，那火弩便打在树上了。石禄说："对，倒是这个，不知你全拿来没有？"杜林说："我全拿来啦。"石禄说："那我去。"说完，二人一齐来到庙墙外。石禄飞身上了墙，一直来到西殿前坡。石禄将双铲手中一分，大声喊嚷说："你大家闪开吧，他的嘎吧呼叫小棒槌给拿了走啦。我可不怕杂毛啦。"说完跳了下来，一分双铲说道："杂毛，你看你弄的那嘎吧呼，把我那处的毛，也给烧啦。"夏得贵一想，这个小辈石禄，会没把他淹死？也没把他烧死？心中很是纳闷。那石禄上前用单铲一劈他，老道用剑一锁的手腕子，当时两个人便打在了一处。那口剑如同白蛇一般，石禄的铲是上下翻飞。二人各施所能，真是棋逢对手，将遇良材。老道一见，心畔暗想：他的铲若是落到我的身上，一定砸得我骨断筋伤。

　　书中交代，是邪不能侵正。老道占一邪，那石禄是一正。老道打了半天，累得浑身是汗，遍体生津，就因为他战败了十几人了，虽然说能为出众，也架不住车轮战。如今又上来硬手，那如何能成？此时石禄把双铲扔啦，老道一看，以为是刃出了手啦。当嘟一声，双铲落地，这个时候，石禄脚步可透乱啦。他脚一乱，老道一看，心中暗想，你虽有金钟罩护住身体，我这一剑，也把你头顶劈为两半。想到此处，双手举剑，盖头便砍。石禄见剑到，往下一低头，使了一个饿虎扑食。书说的可慢，当时可快，真是打闪纫针。当时给来了个扬头，老道再躲，来不及啦，被石禄撞一个大翻膛，摔倒在地，连撞带摔，老道就死过去啦。石禄一看他倒啦，大声说道："大清，这个杂毛睡了吧？"鲁清说："没有，你把他给撞背过气去啦。"石禄上前，把他右腕子揪起，往怀中一带，一猫腰，用自己右脚踩住老道的右腿，左手便将老道左腿抄了起来，口中说道："好杂毛，你两半吧，小子！"说完一用力，噗哧一声，竟将夏得贵力劈两半。

　　此时天光已亮。鲁清众人便在庙中将夜行衣脱下，换好白日衣服，里外搜找，直找到厨房北里间，在床底下搜出厨子来。一看他身高在八尺开外，一身蓝布衣服，面如重枣。鲁清问道："你姓什么呀？"厨子说："我姓姜，我叫姜三。列位侠客爷，您饶了我的命吧。"

鲁清说："上次石禄来到此处，下八步断肠散，可是你一人所为？"姜三说："列位侠客爷，您贵姓啊？"鲁清说："我姓鲁名清，外号人称会友熊。"姜三说："您可把事弄明白了。他叫我下药之时，我若违背于他，我的性命就得丧在他的剑下。"鲁清说："好，待我搜搜搜搜。"姜三头前引路，在前头大殿一找，一个人也没有。姜三说："这可怪道，这里面不是有一个水手吗？"杜林说："那么这屋中还得有人。"姜三说："我一到庙内之时，就听见这庙中有妇女声音，端菜端饭，全是他两个小徒弟，来来往往的，我倒没看见有什么人。"大众来到北房西间，这里有一个立柜。杜林上前将立柜的门打开，看见里头有一个小包袱，上写火竹弩三个字。打开包袱一看，里头是个木头匣子。他将匣盖揭开，原来里头是三十六把，每把十二根。在那一面放着一个长匣子，上写紧背低头火弩。杜林一见，心中大喜，连忙将两个匣子包在一处。这是一句垫笔书，后文书八卦蛇阵时好用，那时他已学会。闲言少叙，且说杜林，他又打开柜堂一看，那里面还有两个包袱。取出来一看，内中俱是道服。再看柜内，好像有一个银锭似的。他用手一抠，往起一提，柜底就掉下去啦。杜林连忙往下一看，下边是倒下台阶，遂叫道："鲁叔父，这真有地窖子。"鲁清问道："姜三，这里你来过没有？"姜三说："我没来过。"鲁清说："杜林，你随石俊章、谢斌、谢春，到外面将那几名水手捉住。"杜林答应。

当时他们几个人，一齐出了庙，到了河岸，便将浮桥东边三个、西边两个，五个水手，一齐捉住。杜林一看，河内是六只小船。怎么会是五名水手？他看见一个水手面上有诈，年岁有四十多岁。便问他道："这个水手，你姓什么呀？"水手说："我姓赵。"杜林说："你叫什么名字？"水手说："我没念过书，只可叫赵四。兄弟哥哥们与我起个外号，叫小嘎鱼。"杜林说："你是在西边这三只船上啊？"赵四说："不错。"杜林说："你们两个人，怎么会有三只船呢？"赵四说："昨天夜里，观主把我们那个伙计叫了去啦。"杜林一听点了点头，这才叫他们弟兄三个将五名水手绑了，杜林说："我在庙里捉住一个水手，他姓李，叫李伦。"赵四说："不对，我跟那人有一天二地三江四海仇。要是他告诉您，那可不对，他是桥西边的水手，是老道的一个红人。他不姓李。"杜林说："他姓什么呀？"赵四说："您听错啦，他姓纪，叫纪伦，有个外号叫赛苏秦。"杜林说："我烦劳你一趟，上你们赵家坡，去给我取一点东西成不成？"赵四说："取什么？"杜林说："你把你的人头取来。"赵四就一个冷战。杜林说："我在这里不治死你，咱们有地方，到时候再说。"说完把他腿给别上说："三哥您扛着。"石俊章说："谁有功夫扛他呀？提着不成吗？"当下他们一齐来到浮桥，杜林说："把他放下去吧。"石俊章一抖手，噗咚一声，扔在河内。这也是他的报应循环，淹死为止。

杜林又将那四个水手，同着石俊章等弟兄四人，回到庙中。面见鲁清，便将在外面之事一说。

鲁清看杜林出去，便与宋锦、赵庭等，令姜三带路，一齐下了地道。来到了里面，姜三说："列位侠客爷，您休要高声，虽然这里我没来过，可是话言话语，我也听说过。那观主在世之时，嘱咐过这个水手，要是下地道之时，叫门单有暗令子，用手指头弹门两下，那里面女子就把门开啦。"鲁清说："好吧，列位闪开，叫他前去叫门。"众人答应。纪伦说："这位大太爷，我要把门叫开，诸位进去搜找完毕，千万留下我残喘性命。"鲁清说："那是自然。"纪伦上前用手指弹门，里面果然有人问道："外边什么人？"纪伦说："现有道长的至友来到。"里面当时就把锁头开啦，少时门分左右。鲁清等往里一看，就见里边照如白昼一般，大家一齐往里走去。鲁清说："何斌，你快将纪伦绑了，用手把他口给塞住，放到一旁。"鲁清等众人以及婆子、丫环，还有一位姑娘全在里面。那个姑娘倒捆着二臂，在椅子上坐着，披头散发。在床上坐着一位妇人，墙上挂着一口柳叶刀，刀上系着一块手帕，当时拿在手中。鲁清问道："你们是干什么的？"那姑娘来到近前，与何斌跪下了，口中说道："这位何义士，您得救我。"何斌说："姑娘快请起，你家在哪里？姓什名谁？你怎么认识我？"姑娘说："您呀，时常骑着马跟随镖车，从我们村子里过，我看见过您。您并且在我们门前饮过马。"鲁清说："这位姑娘你先起来，你来到这里有多少日子？"姑娘说："我是前天到的庙中。"鲁清说："你跟谁来的？到这里干什么来呀？"姑娘说："我住家在赵家坡正东，地名叫小丁家庄。我和我这位婶娘来的。"鲁清说："你的婶娘就是此人？"姑娘说："正是这个妇人。"鲁清说："你知道，这个妇人姓什么呀？"姑娘说："她姓张，我听我爹娘说，她叫张锦娘，她有一个外号，叫赛花蝶。皆因我娘亲腰上长一个疙疸，我娘出外治疙疸去啦，我这个婶娘，她带我去找我娘，一出东村头，她从衣兜内拿出一块绢子来，往我脸上一抖后，我闻见一股清香扑鼻，当时我就不知道啦。"鲁清说："姑娘你姓什么呀？"姑娘说："我姓丁，我的奶名叫玉容。"

书中的垫笔书，这个赛花蝶张锦娘，与夏得贵同床有染。她在外面专给他勾引少妇，为盗婴儿紫合车，好制取各种毒药。锦娘如今这么一想：大家人等各有军刃，自己的柳叶刀、迷魂帕被人家得了去啦。如今这可怎么办呢？人家嘱咐过我说，讲的是军器不能离手，暗器不能离身，如今两样全在人手，那就不敢言语了。想到此处，她跳下床来，上前提手一晃，右手入兜囊，取出一支判官笔，中间铁顶针套在中指之上，左手伸过来要夺鲁清的刀，把判官笔一摆，便奔他哽嗓扎来，当时二人打在一处。鲁清的武艺比上人家，大差天地，虽然说张锦娘是个女贼，可是她的武艺超群。当下他们过招，也就有十几个回合。鲁清用刀往里一扎，锦娘往旁一闪身，左手一磕鲁清的腕子，那右手的判官笔，便奔他右肋刺来。鲁清一见笔到，忙一转身，张锦娘的右腿飞起，一下踹在鲁清的后胯上，鲁清往前出去四五步，忙用刀一扎地，算是没爬下。此时何斌就过来啦。张锦娘心中暗想，我一个女流之辈，虽然有艺业在身，那也架不住他们人多，跟我来车轮战呀。我治死一个，算是给我夫主报了仇啦。我要治死两个呢，那我就算够了本啦。两个人当时打在了一处。

书要简短。鲁清一看张锦娘面色未改，一点喘声没有，遂说道："何斌呀，这咱们大家可讲不起啦，杜兴你到外面把你石大哥叫了来，可以将女贼治住。"杜兴提着柳叶刀，顺着地道就出来啦。来到上面一看，大声叫道："石大哥。"石禄说："小棒槌叫我干吗呀？"杜兴说："我鲁叔父叫我叫你来啦，地道里有个女贼，我们大家全不是她的对手。你去看看。"石禄到了屋中，东西里间一找没人，二次出来问道："怎么屋中没人呀？"杜兴说："您到西间，有个立柜，打开盖就看见地道门啦，贼在那地道里头啦。"石禄说："我说呢。"说完，他回到西间，打开盖，顺着台下了地道。到里面一看，说道："你们大家跟她动手啦？我来啦。"鲁清说："你打发她家去吧。"张锦娘说："胆大狂徒！你叫何名？你家奶奶笔下，不死无名之辈。"石禄说："你若问，我姓石名禄，外号穿山熊便是。"张锦娘一听他叫石禄，心想：哎呀，原来他就是石锦龙之子，娃娃石禄他与下三门的人为仇作对，他是见头打头，见尾打尾，我要把小辈石禄治死，那江湖绿林好友，可以推我为尊啦。

张锦娘每次与人打，没落过下风。跟谁动手，也是先下手。今天见石禄一到，她也是照样。左手一晃，右手判官笔就到啦。她的心意是听见说石禄是个横练，扎剁砍拿全不怕。他全身善避刀枪，自己用笔找他的七窍，金钟罩就是七孔避不住，所以尽找他的七窍。跟石禄一动手，今天这个亏就吃上啦，一伸手，笔奔石禄的鼻孔，张锦娘虽然能为高大，是跟别人比倒成，要跟有能为的人一比，三两照面，就得分个上下。石禄看她左手来啦，没理她。右手到啦，他一撒身。用右手一搭，便将她的右腕给刁住啦，往外一翻腕子，又用左手一盖她的左胳膊，往外一滑腰。锦娘以为他这掌就可以过去啦，那石禄看她往下一坐腰，一掌立即往下打来，耳轮中只听吧的一声，红光迸溅，骨髓皆出，当即将她的人头，给砸入腔子里去啦，死尸倒于地上。那婆子丫环一见，连忙跪下说："列位侠客爷，您饶了我们一条命吧。"鲁清说："这位姑娘，快快请起。老道把你们拐来的，还是自己来的呢？婆儿你住在哪里呢？"婆儿说："我住家在苏家坡，赵门杨氏，东村头路北，我们编席为生。皆因我丈夫病体沉重，死去的张锦娘从我们门前经过，便将我带到庙堂，与我丈夫求包炉药。到了佛殿，叫我烧完了香时，她拿了一包药打开我看了看，说是用灯心灰作引子。我一看那个药，是粉颜色，他冲我一吹，这就糊涂啦。容我一明白，我就来到这里。"鲁清一边问她，一边看她脸上的颜色，是吓得战战兢兢。又问道："这个姑娘住在哪里呢？"姑娘说："我家住在赵家坡东村口内，我一迷糊就来到此处啦。张锦娘让我……"说到此处，臊得面红过耳，不肯再说。鲁清说："你快将这个姑娘送到赵家庄。老道的财物，你可知道放在哪里？"杨氏说："在东掖间后房檐有个床榻，这床腿带轱辘，往旁一推，就可露出金银的箱子来。"鲁清一闻此言，忙与众人来到东掖间，看见床下西边有两只箱子，上头封皮，便叫何斌把那封皮给挑啦，看看里头有什么物件？何斌上前将封皮挑下去，开了锁，打开箱子一看，里边全是锦皮光亮的物品，细轻物件。值钱的珍珠与玛瑙，大家全给拿尽。那锦绣缎子、绸子等项，捡那好的叫杨氏拿去。众人把两位女眷送出地道，另外叫三手将电龙、银面太岁朱杰，在她二人的身后，暗睹送到赵家庄内，向她们家中人说明此情。鲁清又向杨氏问道："你家可有大车，借我一用。"杨氏说："有。我家虽然没有，我可以给您借去，答报您救我们之情。"当下电、朱二人将她们送走。鲁清又派宋锦、赵庭，令他二人去到庙外，围着庙的周围以及河南河北，全查视一遍。宋、赵二人答言，照令而行。

此时已经过午，越庭说："我的兄长，这座火龙观，四周不靠。你我二人回到庙内，禀报鲁清，这座庙留不得，要是留下，僧道入庙，将来一定也学坏啦，难免引入江湖之人，为旅客之害。"二人对鲁清一说，大家全说有理，便把纪伦放到廊子底下。鲁清往东南一看，谢斌、谢春、石俊章、杜林四个人也回来了。便将擒住水手之情，学说了一遍。鲁清便叫他们把绑绳给打开。那水手们跪在地上苦苦哀求，说："列位侠客爷，您千万饶了我们吧。问我们什么，我们说什么。"鲁清说："我来问你，你们都姓什么？"有一个答道："我姓张，我叫大张。"鲁清说："大张，我来问你，这些个小船，是你的，还是老道置办的呢？"

　　大张道："这是老道花银钱置备的，雇了我们六个人，每人一个月工银五两轮流着从河岸上南北这两股大道上走，由火龙观到赵家坡，不足四里地，早晨走一个来回。若有过往行人，无论男女，将他引进庙堂。无论客人有钱没有，老道给我们银五两。可是我们往进带人，是只见人进去，不见人出来。不用说老道一定有图财害命之情。众位侠客爷，您再想想，不是就为五两银子，断送了一条人命。那死去的冤魂，就许缠绕于我。因此后来我们决不往里引啦。"说话之间，水手们看见老道被人力劈两半，那纪伦被捆在廊子底下，四名水手异口同音说道："众位侠客爷，这个纪伦，可留不得，您把他送到当官治罪，或是您把他处置了。这小子俐齿能言。他到外边四乡八镇，给老道探听音信。他有一个外号，叫赛苏秦。在那里铺户、住户，要是有美貌的妇女被他看见，他回来禀报恶道，恶道便在夜间前去采花。有那不从的主儿，即被老道斩杀。我们打鱼虾，时常打上男女人头来。"鲁清说："这六只小船，归你们四人所有，专在河中打捞鱼虾为业。"四个人点头答应。

　　正在此时，朱杰、电龙弟兄二人送人借车辆回来。电龙上前说道："鲁爷，我们送到她们家中，由杨氏给借车一辆。那玉容姑娘倒给借来两辆来。"鲁清、杜林爷儿俩出去一看，那两个赶车的长得忠厚朴实，并非奸诈之辈。有两个年长的，一个年轻的。便问那个年轻的道："你是哪里人呀？"那人说："姓丁，名叫丁祥。多亏您诸位侠客爷，将我的老乡丁玉容救回到家，我这里谢谢您啦。"当时跪倒行礼。鲁清令他起来。这才忙回到庙中，到地道东里间，把床榻往西一挪，露出箱子来，急忙取了金银。各处全行搜找遍啦，里面各处查看明白，便将一切金银与贵重物品，全搭了出来，拴扎车辆。又叫过厨子与四名水手，每人赏银十两。庙中的东西，任凭你们取，外河里每名水手一只船，其余两只归姜三所有。又嘱咐他们五个人："以后你们再给凶僧恶道当下手，被我等查见，是定杀不留！"五个人异口同音道："列位达官，这个赛苏秦纪伦，您可千万别留他活命。这个小子要是留了活口，他上正北九天玄妙观，那里九手真人李玄清，是老道授业的恩师，那纪伦他上玄妙观，是常来常往。我们五个人的家眷，住在哪一村，他是尽知。他一个要是逃了活命，那我们五个人连家眷全不用活啦。"杜林说："鲁叔父，可以把这人塞口之物取出，追问他经过情形。"鲁清一听有理，这才上前把他口中之物取出，问道："你倒是姓李呀，还是姓纪呢？"水手纪伦说："我真是姓李，您别听他们的。"杜林说："那么你上玄妙观去过几次？"纪伦说："杜小爷，我来到庙堂，就是去过一趟。"杜林说："你干什么去啦？"纪伦说："要我去取五路薰香。"杜林说："你去到玄妙观拿来五路薰香，难道说，这里不会制造吗？"纪伦说："这里不会制造。"杜林说："他把薰香拿了回来，那老道才能在外做那伤天害理之事。鲁叔父，要不然这样办，咱们走后，把他倒挂在檐间。我们走后，他把人喊了来呢，那算是他命不该绝。如果喊不了来呢，那就算是他的报应循环，不与我们弟兄相干。"纪伦心中想，只要有我的三寸气在，足可以有人将我救下。那时我到九天玄妙观前去报信。杜林众人将应用物件收拾齐备，看天色已晚，便将纪伦挂在明柁之上，大家出庙。

杜林二次进来，把庙门关好，飞身上墙，来到庙外，那姜三与四个水手领走船只。这里众人赶着车辆，直到赵家坡，来到店中，令他们清算账目，付完了钱，将各人的马匹拉到店外，众人接过马匹。杜林说："鲁大叔，咱们男子做事，非狠不毒，不能做事，可是分在哪里做事，您众位先走着，我与鲁大叔回火龙观，这个庙留不得！因为他孤立一座庙，再有江湖人入在庙里，那时也不是好地方。"大家说："好吧。"他们众人往前边走去，这爷儿俩往回走来。

且说庙中纪伦在明桄上挂着，不由自己心中暗想：我纪伦要从此逃了性命，决定改过前非，回我正北纪家寨，先去与我观主送信。想到此处，他又大声喊嚷，说道："外面有人来，进庙快救我。"

书中暗表：纪伦做下了伤天害理之事，恶处与老道相同。他引诱少妇长女，损处特大，理应遭报，所以今夜才如此。且说杜林、鲁清，从打赵家庄，行走如飞，来到了庙的东界墙外，听见里边纪伦喊嚷。他们爷儿两个绕庙兜了弯儿，然后换好了夜行衣，飞身上了墙，跳在院中，往各处看了一遍，杜林说："鲁大叔，您到后面把他后殿给点啦，我在外边给点。"说完，爷儿俩分开。鲁清来到后殿，到了鹤轩，细看没有什么，晃火折子先把窗户给点啦。当时烈炎飞腾，金蛇乱窜，火光冲天。此时杜林在前殿，也是如此的把殿给点着后，往后面来找鲁清。爷两个会见之后，跳出庙墙。此时中殿上吊着的纪伦，是心中乱成一片，吓得他嗓音都变啦。大殿火已起，少时烧得片瓦无存。

鲁清二人在林中观看，见正西来条黑影，到了跟前，没说什么，口中作出吃的一声，向东跑去。鲁清忙问什么人？前边又吃的一声，两人连忙追了下去，少时前边那条黑影踪迹不见。鲁清说："杜林，你看此人是蔑视咱们俩，要凭咱们的脚程，会追不上？这个人的脚程，真叫比咱们快呀！"正说着，由后边打来一块大土块，掉在他们眼前。二人忙注目一看，那条黑影又飞了过来，砸了他们一下子，飞了过去，直向何家口而去。他们爷儿俩忙向前追去，直追到西村口，前边那人又不见了。二人到了林中，换好衣服，这才进村子，来到祥平店，上前叫门。里边问什么人？鲁清说："我回来啦。"里边有人开了店门，他们进去。来到里间，问道："列位老哥，咱们这里来了人没有？"徐国桢说："没有。"

书中暗表：徐国桢自从鲁清带领众人走后，他便派出镖行十老为前夜，他们几位为后夜，大家注意看守此店，一来为保护他们母女，二来保护何大弟的尸首。倘若他们走后，店里出了什么事情，那时咱们大家的名姓，可就栽啦。鲁清、杜林爷儿俩利口能言。事后叫他们拿咱们当话把，那可犯不上。书中一句垫笔书。镖行十老，镖行五老，以及三老、二老，他们都是著了名的达官啦，徐国桢、蒋国瑞平日说浪言大话。且说闪电腿刘荣每天夜内，必须先到何家口一次。火龙观平了之后，大家往回走着，他这才说道："马大哥，这里事情已完，我跟你们不能一同走，我必须先回店去。"说完一猫腰，就往东走下去啦。刘荣一边走着，听不见有马蹄车声，知道相离远啦。他便岔道往北，返回火龙观。一边走着，他心中想：鲁清、杜林，你们爷两个事事都想绝啦！你们是艺高人胆大，真正江湖侠客剑客你们没有会过。一边想着，便走到了火龙观。看见前后殿已然完全着啦，往东送去一目，看见他们爷儿俩站在树林子那里还看啦，因此又戏耍他们。一连三次，然后自己便回到了何家口。鲁清、杜林也回到何家口。鲁清问徐国桢、蒋国瑞、李廷然："三位兄长，我们大家扫灭火龙观，这里来了人没有？"三老一齐答言："这里有我们弟兄，哪还有人来，除非他肋生双翅？"鲁清说道："三位仁兄，我与杜林火烧庙宇之时，我们在庙边树林中，从我们跟前过去一条黑影，他怕我们看不见，口中还吃的一声，我们问他是谁？他吃了一声，顺着大道，往这里而来。后来竟把这条黑影追丢啦。我们爷儿俩追得没有了人啦，还能跑吗？后来从后边扔过一块土坯，掉在我们眼前，那人又从我们身旁，擦着衣服就过去啦。"徐国桢说："鲁二弟，江湖人实在无法访查，比咱们高的傲的可有的是。咱们弟兄们场中谁也比不过我那大弟石锦龙，他跟谁也没狂过傲过。与多大的能人动手，前五招不开门，自称艺业浅薄。他自立大六门第四门，一门有三种军刃，槊鞭铲，盖世无双，现下谁人不知，哪个不晓呢？"说完这些，他们又谈了半天闲话。

天光已然大亮。鲁清说："咱们候等大家吧。"书要简短，一连三天，他们众人才回去。这里马得元上前叫门，何忠等人一齐迎入店内。鲁清问道："咱们列位里谁带了伤啦？可千万早一点上药调治。咱们不久就要够奔西川，好与我那死去的兄长报仇！务必杀了那银花太岁普铎与那二峰，将三寇的人心人头，拿回何家口，好与我那何大哥祭灵。"大家连连说是。有那着伤的主儿，赶紧调治。过了些日子。全行治好了之后，鲁清问大家伤好了没有，众人说："都已好啦。"这才在一处商量此情。外边有人回禀，说："有山东清江四大冷海、西海岸上家台二位达官求见。"大家听了，连忙往外，到了外边一瞧，倒有许多不认得。这里徐国桢问道："你们二位是谁？恕我徐国桢眼拙。"就听那个紫脸的说道："这位老前辈您贵姓？"徐国桢自通了姓名。二人一闻此言，连忙拜倒，说道："老伯父在上，现在我们于成凤、华成龙参见。"徐国桢说："您二人快请起，您二人我怎么不认识呢？"于成凤说："那是您不认识，要提起我师父，您准得认识。"说话之间，刘荣也走出店外，说道："谁来啦？怎么不让他们进来呢？省得在店外说话。"及至见了这二人，他说："你们两个人，还不上前与他等行礼？此处不是讲话之所，回到店内有什么话再说吧。"众人当时到了里面。欲知后事如何，且看下回分解。

第二十九回

群雄打店黄林庄　霍坤访婿立擂台

　　且说大家人等进了祥平店后，刘荣说："你二人因何到了此处呢？"于成凤说："我奉了我师父之命，前来何家口。听镖船上人等所言，水面达官被西川莲花党之人所害，因此我师父才派我二人前来，为助何少达官报前仇。"刘荣当时与大家致引完毕。徐国桢问道："刘贤弟，他师父是哪一家呢？"刘荣说："那位老朋友复姓上官，字子泉，外号人称万丈白涛圣手擒龙，掌中一对万字莲花铎。"徐国桢说："我听着此人太耳熟啦。"刘荣说："这位老朋友所教徒弟五人。"徐国桢说："但不知他是哪一门呢？"刘荣说："他是左少林门，此人文武全才。上官子泉的徒弟，都是成字的。头一个门人弟子，叫海狗子杜成明。第二个就是此人，高跳龙门于成凤。第三个叫海马朝云华成龙。第四个是他的儿子，乃是上官成安，别号人称闹海金鳌。第五个姓胡，双名成祥，外号威镇八江沉底牛的便是。那第六个姓蒋，双名成林，绰号人称劈水海鬼。由上官成安这里说，他们哥四个，俱是每人使一对万字莲花铎。因为他们弟兄都很精明，内中胡、蒋二人身体粗壮，这上官老侠是量其材，做其用，看这个徒弟的品行与他的脾气，该当多大的身份，传他多少招，不管他是师兄师哥，不是一律所传。胡、蒋二位，老侠传的是每人一口象鼻子飞镰刀，此刀体沉十七斤半。"刘荣说："他们通了姓名，人家便可知道是上官老侠的门人弟子。"经他一说，这才明白。当下他们又等了几天，见没有人来，鲁清说："诸位，咱们要是上西川报仇，已将火龙观扫灭，我才顺心。谢斌、谢亮、俊章你弟兄三人，拿三面铜锣，前、后、中三道大街去聚人，往中街和店以东站立。"又叫人把高桌搬到店门以外。鲁清众人来到店外，往东一看，不亚如人山人海一般。鲁清说："谢斌把铜锣给我一面。"说话接过一面来，一敲打锣边，众人不敢说话，静听他说。鲁清自通了姓名，然后说道："列位老乡，我与你们大庄主是神前结拜，如今我有一事相烦你们，父老有驳回没有？"此时众人是异口同音，一个驳回的也没有。鲁清叫道："何斌，你到前边来看一看，三十岁以外的挑出六百名来。两个人一根绷腿绳，六百人是三百根。前街一百根。分出东西来。后街中街全是一个样，是每一条街一百条，东村头五十根，西村头也是五十根。你们六百人将话听明，我等大家上西川走后，你们大家要保守东西的村口，把绷腿绳预备齐毕，白天东村头二十五根，夜内二十五根，东西村口全是一个样。要是有来往人等，叫他绕庄而行。他要不听，非穿村过不可，那时用绷腿绳将他绊倒，把他擒获，将他腿别上，每日给他三碗稀粥，别把他饿死。容等我们回来，再行发落。若是有那与你们老达官的沾亲至友来到此处，你们可以对他说明我们大家之事，叫他上西川银花沟，追我们大家去，好助你们少庄主一膀之力。"

说完何斌上前过数目，一共是六百余名，这个说三十二，那个说二十八，他挑出来的人，全站在祥平店以西路南站立。四十里外的也挑三百人，每人坡刀一口，前街一百，中街一百，后街一百，东西轮流。前后中三道大街分出前后班，各占前后夜。五十里外的又挑出一百人，每人花枪一条，保护祥平店。白天五十人，夜间五十人。姜文龙、姜文虎二人在祥平店主事。鲁清又说："我们大家走后，无论男女，他到庄内找人，头一样先搜搜他身上，看有军刃没有？没有军刃的，将他绳缚二臂，叫他到庄内找人。咱们姐丈全是至亲或是至友，全要如此的办。皆因你二人艺业浅薄，何家口地方太大，恐你二人护庇不过来。我们走后，何家口要有一差二错，你私自做主，往本庄内放人，可小心你河南姜家屯。其余人等，通盘散去。"鲁清说完，下了高桌，遂吩咐来人备马匹，今天就得起身。大众人等，将东西物件通盘拿好，一路的盘费何凯都拿好了。杜林说："鲁叔父，咱们未曾动身，您必须在西村口站着，点一点才好，去多少人，回来多少人。咱们大家站在一块儿，是个团体。"鲁清这才叫何斌、谢春、谢斌收拾行囊褥套，多拿金银。众人来到外面，各人拉过个人马匹，搭好褥套，拉着马出了西村头，全从鲁清面前经过。登山伏虎马子登、下海擒龙马子燕、柳金雄、柳玉雄、飞天夜叉蒋兆雄、飞天豹子神枪焦雄、多背长须尤昆凤、双翻飞熊莫得方、金头虎孙立章、银头虎吴纪章、病二郎李贵，大众人等，陆续地往外走。众人从此走后，留下之人，便将何家口把守住啦。

众人到了庄外，飞身上马。暂且不言何家口，且说大家饥餐渴饮，晓行夜宿，顺着大道一直往西川而行。走在中途路上，一条小路上，有那些个男男女女，背包拖笼，往西行走，挑篮担担，扶老携幼，此时天已过午，鲁清说："丁大哥，您下马前去打听打听，他们大家上哪里去？是逃难呢，还是看热闹呢？"丁银龙答应，翻身下马，拉马走上前，找一位年长的老者，冲人家一拱揖，说道："你们诸位是看热闹，还是赶庙会呢？"老者说："达官，我们一来看热闹，二来是赶集子。您顺我手指，正西有座黄林庄，那庄里五里地一条长街，南村头有一个擂台，立擂台的是西川人，立一百天的擂，老没开擂。丁银龙说："这个台立好了没有呢？"老者说："早就立好啦。听那一方的人说，他们为的是等着山东一带的英雄前来，人家才开擂呢。"丁银龙一听，当时气往上撞，遂一抱拳说道："谢谢老者。"回来便将此话对鲁清一说。鲁清说："咱们大家若是骑马匹进庄村，恐怕村民害怕。"说完他一抬头，看见西北角上有一大片松林，遂说："咱们先奔松林吧。"大家一听很对，这才一齐够奔松林而来。到了林中，各人翻身下马。鲁清说："丁大哥，您去打听店去。"丁银龙要把马拉到林中，鲁清说："您拉马去，倒好打店，找一宽阔地方才好。"丁银龙这才拉马上了北村头，一看东西的铺住户不秒，人烟稠密。他往南一边走，一边看。到了街的当中，路西有一座大店，那店里出来进去的人，还真不少。他来到店门前，细一看房子以及店里的情形，也有往出拉牲口的，也有往里拉马匹的，白墙上写着斗大的黑字，北面写着：三义客店，茶水安寓客商，包办成桌酒席，临时小卖。丁银龙看明，遂问道："店家。"少时从里面出来一个伙计，年约四十内外，身高八尺开外，面如姜黄，粗眉大目，准头端正，四字海口，大耳相衬，光头未戴帽，竹簪别顶，一身蓝布衣服，白袜青鞋，腰中结一条油裙。银龙问道："你们这里有闲房没有？"伙计一撇嘴。

书中暗表：原来此人姓张，行六，村中人给他起个外号叫抛鞋张六。他说："达官，您要打店，您请上别处找，我们这里没房。"丁银龙一听，不由大怒，说："我们这行人，到哪里住店也没亏负过伙计，今天无论谁说也得住店。"说完拉马出了店，别的伙计看见银龙气得浑身立抖，遂说："张六，你这不是给柜上找麻烦吗？人家走后，叫来伙计或是朋友们，来到咱们这里胡一找事，那时岂不是个糟？"张六道："你们大家先不用管，我惹的事我搪，与你们大家无关。"众人说："好，那么瞧你的啦。"按下他们不表。

且说丁银龙来到松林之内，便将店中之事，对大家一说。杜林说："鲁叔父呀，如今咱们就有点沾西川地边啦，照这么样的打店不成，人善人欺，马善人骑，我说出一个人来，叫他前去打店。"鲁清说道："叫谁去呀？"杜林说："叫我石大哥去打店去。"遂大声道："石大哥，咱们可要北房，还上哪一家打去。"石禄说："好吧，我去打店去。"当时解了那匹黑马来，往外走去，问道："大丁子，是哪个店呀？"丁银龙说："你进村头路西里，这一座大店，就是那一家。"石禄便来到街当中，看见许多人全往北瞧，他看见路西果然有一家大店。心里说：一定就是这里啦。便拉马就往里走。人家说："你找谁呀？"石禄说："我住店的。"伙计说："我们这里没有闲房啊。"石禄说："我要正房。"伙计说："全有人住着啦。"石禄说："不管是谁住也得给我腾出来，要不然我可提拐子往外扔。这北房他们住多少日子啦？"伙计说："前半个月就在这里住着。"石禄说："他已经住了半了月啦。我是才来的，走累啦，叫他先给我挪开吧。要不然我可是进去愣往外扔。"张六来到北上房，向客人说道："客人，您这五位，可也是保镖护院的，您看外边这位大太爷，他一死的要住这个北房。"那五个人一听，内中有个黄脸的说道："伙计，我们住了半个月啦，还有后来的催先来的吗？"张六道："您看外边这位可不讲理，您要不给腾出来，人家一定不答应！他长得可凶猛。"此时石禄在院中大声问道："二格呀，你说了没有？"说话之间，一直来到北房屋中，冲着黄脸的身上，吧吧的打了几下。五个人一见，忙一闪身形，就蹿出屋，来到院中，一直够奔柜房。石禄一看屋中没有什么，他又来到西里间，看见后床沿上有五个大褡，他过去一伸手，摸出一包银子来，不由大喜，又一摸别的褡里面也有，当下将五包银子放到明间桌上，遂叫道："二格呀，把这个褡套给他们拿出去，他们要问银子，你就说不知道。"石禄到了外边，将皮褡子拿了进来，便将银子全放到里面，又拿了出来，放在马的身上啦。石禄拉马匹往外走，说道："二格，你告诉他们，我先出去一会儿，回头我再来。"看见那屋子里有人，张六不敢相拦，他便来到柜房，说道："五位客人，从您来的那一天，我就说过，叫您有什么银子存到柜上，短少一个草茨，全能还您。如今您有银钱，可被那人拿走啦。"五个人一听，不由一怔。

书中暗表：这五个人，乃是西川傅家寨的，大爷叫小蜜蜂傅虎，二爷叫金头蜈蚣傅豹，三爷叫小花蝶傅荣，四爷叫追风鬼姚庆，第五个便是黑面鬼姚明。这五个人也是莲花党的淫寇。当时傅亮说："张六，你不用管，我们有能耐找他要钱。"傅虎说："我们哥五个的马，你多给照管点，有时给喂一喂，千万别往外拉。那褡套在你们店中寄存几日，你看清我们哥五个了吗，无论是谁回来拉马取东西，你全叫拿了走。该多少饭钱，我们如数给银子。四位贤弟，有句俗话，逢强者智取，遇弱者活捉。走哇！咱们上别家打店去。"按下不言，且说石禄，他来到北村头，高声喊叫："你们大家全来吧，店里有了房啦。"鲁清说："诸位，咱们全把军刃亮了出来，再拉马匹进村口。"大家一听，便将军刃全都亮了出来，一齐向村中走去。返回说店中的先生，向他们说："列位呀，你们可早行脱出此店，回家去吧。这里不一定出什么事呢。"大伙儿一听，不知是怎么回事，有那胆大的主儿，想要看看是什么回事，那胆子小的主儿，就搬到别家去住了。店门外的人全往北跑，当时张六便来门口，往北一看，自己吓了一跳，就见从北边来了许多达官，高矮胖瘦，黑白丑俊，年长的须发皆白，年小的就是小孩，前边走的是那个黑大个。丁银龙说："鲁清啊，石禄倒没找错店，正是那家。"说着话，大家一齐来到店门外。张六一看，吓得颜色变更。石禄说："来呀，就是这个店。"众人便拉马进店。鲁清大声道："哪一个是铺掌柜？"先生出来说："我们这里有个伙计，叫张六，他掌事，有什么事可以跟他去说。我是先生，光管账目之事。"鲁清说："张六啊，你不必担惊，少要害怕，我们大家一不强买，二不强卖，住店给店钱，吃饭给饭钱，你们做买卖可要公买公卖，不可蒙混欺人。"当下他站在院子当中，说道："众位客人听真，我们不会欺压人。我等住一宵，明早就行，你们休要害怕。"张六此时也只可叫过几个人来，将众人的马匹接了过去。鲁清说："哪房给我们预备下啦。"张六说："北房吧。"大家这才扑奔北房。石禄便把马拉到了马棚，拴好了，又回到上屋。鲁清说："店家，你们把店门关了。"伙计答应，便与众人打脸水，沏茶。

　　此时天已平西。鲁清说："张六啊，我跟你打听一件事。"张六说："什么事？"鲁清说："这儿南头有一个擂台吗？"张六说："不错，有座擂台。"鲁清说："这座擂台摆了多少日子啦？"张六说："已经摆了好些日子啦。"鲁清说："这些日子怎么不开台打擂呢？"张六说："没有好日限。"鲁清说："立擂的是哪里人呢？"张六说："立擂的是西川人，此人不露名姓。他对外说，无名氏也。"何斌一闻此言，立时心中大怒，两眼就圆啦。那众人一闻此言，也都挂了火。鲁清说："刘大哥，您下过转牌，那西川里正门户的人，有没有啊？"张六说："我是一天一趟，因为我没见过，我知道哪天开台打擂呢。现在眼看立擂就两个月啦。"鲁清说："那里头刀枪棍棒是真的还是假的呢？"张六说："您要提那军刃，可全是真的，纯钢打造的。长枪与砍刀最多，都磨得风霜快。"鲁清问："黄林庄有多大？"张六说："也就是五里地的长街。"鲁清说："张六啊，你们在店中，连先生带伙计，共有多少人？"张六说："前前后后，一共是二十四口人，连打更的也在其内。"鲁清说："你留下十六个人给我们支应着。你能言，可以带着他们出去，咱们店中之事，可别露出去。你到外头给我们打听打听那台官的真实姓名，住在哪家店中？共有多少人？站台的台官一共有多少？全是多大的年岁？在什么日子一定开台打擂？打听齐后回来报知于我。"张六答应："是。"转身往外就走。鲁清说声："且慢，我这里有五十两银子，你们拿去，每人二两。"张六便带着人出外探听不提。

　　这里店中之人，便与众人预备吃喝。鲁清说："何斌呀，咱们大家是今天来的，他要明天开台打擂，那一定是西川银花太岁普铎与那二峰鼓动是非，要在此地劫杀咱们，以命相抵。我也想不到他们敢在此地立擂台，那时咱们就可以在此地，抄灭他们莲花党。他要不是呢？你说我们还能在此地等着吗？"杜林说："鲁大叔，他要是后天开擂，咱们暂且先耽搁几日；店里伙计要是打听不出来，那时我与我兄弟杜兴，我二人夜换紧衣，入他的店。"鲁清说道："听他的消息，倒要看一看他是哪路的贼人，有什么用意。"正说着话，外边进来伙计八名，探事回头，见了鲁清说道："鲁达官，您诸位俱都是山东省人吗？"鲁清说："我们多一半是山东省的人。"张六说："好，我与您诸位道喜啦，我跟这立台的主儿，他所住的店里打听出来的，那店里的伙计，他是我的一个哥们，那还能假吗？他们住在黄林庄东庄内路北四合店，立擂台的姓吴，名叫吴振山，带着满门家眷，镇台官无数，俱都是三十内外的，单等山东省人到此，才能开台打擂呢！您诸位今天来的，他们明天就开台打擂。"何斌听到此处，知道一定是银花沟的余党啦。遂说道："鲁大叔，如此看来，也许是普铎他们的亲友，被他所鼓惑，前来在这里截杀咱们，也未可知。明天吃完早饭，咱们大家带着十名店中伙计，前去打听，他们如果全不认识，那一定是从西川带来的。"鲁清说："诸位，大家不必多言，你我众人明天要上擂台打擂去啦！我可有个准备，是咱们上西川报仇之人，寸铁别带，这么着，咱们去看。"何斌说："不带军器，那怎么刀劈二峰哟？"鲁清说："何斌呀，你可不知，我与你父神前结拜，你不过是个孩子，没有多大的见识，不用说别的，他们要把山东一个无名之辈治死都不成！更不用说还把我们何大哥治死啦！你我大家是为扫灭莲花党之人。"石禄一听，说道："清儿，南边有擂台呀？"鲁清说："不错，有擂台。"石禄说："那我得去！台上有一个算一个，我上去他们全得下来！我提着他的腿，给他扔了下来，吓得他们不敢上去啦！那时台上的东西，全是我的啦。"鲁清说："咱们大家上自镖行三老，下至杜林、杜兴，寸铁别带，准其到那里观看。"何斌一闻此言，说道："鲁大叔，这要是西川路的二峰呢？那时我怎能与我天伦报仇哇？"鲁清说："何斌，寸铁不带，我有心意，你呀紧贴着刘荣。哪门的贼人，他全认识。尤其咱们这些人中，镖行三老、二老全别去，在这里看着大家的马匹，丁银龙看守店门，刘荣要回来叫门拿军刃，您再给。以后谁爱什么，谁拿什么，准其他们随便。除此之外，无论何人，要偷着拿了出去，在外惹了事，那可是他一人去搪，与大家无关。"众人一闻此言，全都点头认可。鲁清又说："刘大哥，您总叫何斌在您身背后站着，只因那云峰以及普铎，若有一个人上了台，那时你可赶紧回来取军刃；要是没有这三个人，千万别动家伙才好。"何斌暗想，不拿军刃来到擂台前头，先拿云峰、段峰，我手中没有军刃，在台上看见了他们，也难逃公道。鲁清说道："刘大哥呀，您只要看见有西川漏网之贼，那时您就快回来取军刃要紧。"又说道："徐国桢、蒋国瑞、李廷然，你们老哥三个在店中，看守马匹东西物件。左林、窦珍，你们二位看守大家的军刃、百宝囊等，满放在北房西里间，你们二位看着军刃。除去刘荣能拿外，其余谁要可也别给，凭他怎么要也不能给。"二人点头答应。鲁清分派已毕，一夜无书。

次日天明，大家把中饭吃完。何斌早将小衣服换好，外边是披麻带孝。店门一开，大家一齐往外行走，来到店门以外。街上人等往南行走，男女老少太多啦。石禄等众人，抢步上了沙梁。到了上头一看，下面有座擂台，是坐西朝东，明着是五间，当中间是明三暗九。蒋兆雄说："列位，这个擂台可不是报仇的，你们看见那个棚没有？那是明五暗十，前头五间后头五间，勾连搭有十间，坐东向西，有十间客棚是坐北向南，一共是五间，暗中也是十间。他们要是报仇的擂台，头里看棚客棚全都没有，那才是真正的擂台呢。这个擂台犯一个隔阂。"鲁清说："犯什么呀？"蒋兆雄说："西边有台算是白虎台。俗语说得好，白虎西边坐，不是福来就是祸。鲁贤弟，你看这立台的主儿，很有些个讲究。这幅对联写的也真高明，也口气太大一点，上联是用水红缎子作底，写的是：'凭刀枪轻世界拳打南山山崩岭裂。'下联是：'以棍棒镇乾坤脚踢北海海滚波翻。'横批写的是：'真在假亡。'他们看完了，各人心中又有点犹疑：你说他们是报仇的擂台吧，可又不能有这些看棚；你说不是吧，看他这对联与横批，说得又太狂一点。他要是报仇的擂台呢？那台上的军刀可又锁在一处，绊得很结实。这真是叫人不敢论定。蒋兆雄说："列位你们看，他们的武圣人的大门还没闭啦。"鲁清道："大哥，我跟您打听打听，这个封门是什么呢？"蒋兆雄说："白腊杆子一对，就是大门。左边这个是外手，右边那杆子在里边。这就是封着门呢。"鲁清听了，蒋兆雄又道："你再看，不但封着大门，而且还上着锁啦。"鲁清说："在哪里啦？"蒋兆雄说："你看那十字架的中间，那不是搭着红绿的条儿？"鲁清一想，遂说道："老哥哥，这个是什么讲呢？"蒋兆雄说："这个单有用意，五色绸子条是为五路达官，你以为武圣人姓武呢？不对，那位武圣人姓孙，名讳是缩字，按问名姓，生人为官印怎么称呼，死人就为官讳啦。"闲言少叙，且说当下。

　　鲁清一问这绸子条又是怎么回事？蒋兆雄这才给他细批细讲，说人家这个擂台，还有女的呢，他们是带着家眷。鲁清说："瞧哪里可分出来呀？"蒋兆雄说："您看那台帘，上红下绿，这就是男红女绿，那是带家眷的意思，再往军刀架子上看，棍棒刀枪，戟钺叉镋。长家伙后头，有十八样小军刃，带钩的、带尖的、带刺的、带圈的、带环的，这在上垂首。那下垂首是鞭镗锤抓拐剑钩镰斧，这是九样短军刃。后边也是十八样小军刃，带簧的、带胆的、带绳练的、带绸子条儿。前头有在数的十八般兵刃，后头这三十六样，全是出门以外，有能人练武的研究出来的。武圣时常下凡，好有一比，那么就好像说，有这么一个人，他学会了武艺，出外惹出事来啦。那官府之中，不找本人，他先找他师父。徒弟有欺师之情，那就不好办啦。因此人家留下两三招，不肯全传了出去。所以说，文的越研究越宽，这个武术，可是越传越窄。因此武圣人时常下凡，来度化那有缘之人。而今人家台上的军刀，满全用筷子粗的锁链缠绕，恐怕擦拳输了，一怒再抄起军刀来，那就容易出人命。"鲁清他们再看上垂首，那个软帘，是蓝缎色走水，南绣的海水江牙，每个水浪之内，出一个独角蛟龙。那个蛟探出头来，往后瞧着。那下垂首的绿缎色软帘，红缎子走水，帘上绣着一道大山，山上往下跑来一斑斓猛虎，搅虎尾，三足踏山梁，举着一双斑斓虎爪。横着有一条紫缎色围屏，上面绣着一个大熊。旁边有棵大盘松，熊爪抓住松树，松树上边有一只大鹰，左爪蜷着，张开了翅膀，低头往下瞧。再往松树左右看，是两行小字，是上下的对联，上首写的是："蛟龙出水无人挡。"下联是："猛虎离山谁敢拦。"盘松上边写着四个小字："英雄斗志"。鲁清说："列位，咱们下山岗，可以围着擂台来个弯儿，看一看后边有院子没有。"众人一听很对，这才一齐下了山岗，来到后边。看见用竹竿扎好了围子，里面是栽好了的桩子，上拴晃绳，一直兜到南头。坐北向南一个篱笆门，那门内有窝棚两个。

　　天到正午，开台打擂，今天好日子。大家看人家虽是西川人，而今老天爷全都助力他，有个好天。在宋朝的时候，不少人都可以，您就别说是西川人，您一说是西川人哪，您跟他共什么事，人家也不赞成。因为西川没有正门正户的人，有也不多。那西川人太野，全都不大正道。鲁清大家听众人说，台官快到啦。忽然听见东南角上一阵大乱，看热闹的主儿一见，往两旁一闪，众人往那边一看，原来进来一大群人。前头是一排四个人，全都是一个样，见此人身高九尺开外，胸前厚，膀背宽，精神饱满。粗脖，挺大脑袋，面如重枣，粗眉阔目，鼻直口宽，大耳相衬。头戴紫缎色壮士巾，窄绫条截帽口，鬓边斜插茨菇叶，顶头一朵红绒珠，颤颤巍巍。紫缎色靠袄，蓝色护领。黄绒绳十字绊，双垂灯穗，一巴掌宽蓝丝鸾带扎腰，大纺绸底衣，蓝袜子花布裹腿，外罩紫缎色通氅，上绣万福留云，飘带未结，胁下佩一口坡刀。黑鲨鱼皮鞘，青铜饰件，黄铜吞口，蓝绸子的挽手。前边这四个人的穿着、打扮、骨格、相貌、年岁，全是一个样，不差一点。第二拨四个人，全是面白如玉，穿蓝挂翠，胁下全配轧把折铁钢刀。第三拨人，全是面皮微黑，穿青挂皂，每人也是胁下配带坡刀一口。一来是分人的脸谱，二来是众人的穿着打扮，分出青黄赤白黑，橙黄紫绿蓝，个个全是耀武扬威。来到栅栏切近，早有人给开了门，放他们进来，又将那栅门紧闭。此时鲁清他们一看，上场门帘一起，杂样上来二十个人。下垂首那个门也上来了二十个人，来到台上。左边的人在兵刃架子后头，靠近左房山俱都站立一行，背北向南。下垂首那些个人，也在南边一站。又从后边上来两个人，从箱子里取出一个色袱来。打开之后，大家一看，原来是一条围桌，鹅黄缎子作底，四面绣出万字不到头，里头有双龙斗宝，下边绣着海水江牙，海牙里面又绣了云龙九献。又从那箱子里拿出一杆旗子来，是个斜尖杏黄的旗子，红火沿。青缎子出来的字，上写："不准莲花党之人上台打擂，回汉两教，僧道两门，只要是莲花党之人，全不可以上台打擂。"当时将此旗子挂在当场。众人等一阵喧哗，大声说道："台主到啦。"

鲁清众人往东一看，见四匹马，马上端坐一人，悠然自得。马届头有两辆花轱辘车，头一匹是紫马，头到尾一丈，蹄至背八尺，蹄七寸，大蹄腕，螳螂脖，龟屁股蛋，锥子把的耳朵，鞍具鲜明。马上有一位老达官，此人身高九尺开外，胸前厚，膀背宽。面如重枣，脸上皱纹堆垒，宝剑眉斜插天苍，大环眼努于眶外，狮子鼻，翻鼻孔，一把白鼻须出于孔外，火盆口，唇不包齿，四个虎牙龇出唇外。连鬓落腮的花白胡须，白的多，黑的少，头戴紫缎色鸭尾巾，鹅黄飘带，紫缎贴身靠袄，青绸护领。大红缎子登山鞋，青袜子，打着半截花布裹腿，青抄包扎腰，紧衬利落。身穿一件青缎色大氅，掐金边，走金线，裙边是万字不到头，在后边绣着狮子滚绣球。飘带未结，杏黄绸子里。在左胁下配定一口金背砍山刀，量体沉，刀的尺码放大。瞧那第二匹，乃是白马。马身上长出来一身梅花，马上骑一位如花玉的女子，眉似初月，唇似樱桃，鼻如悬胆，牙排碎玉，双耳垂金环。粉红绢帕罩头，前后撮打拱手。身穿鹦哥绿靠袄，淡青绒绳十字绊，有大拇指粗细，蓝灯笼穗飘洒，翠蓝汗巾扎腰，紧衬利落。葱心绿的底衣，窄小金莲，红缎色斗篷。面色忠正，印堂一颗守节砂。年长约在二十上下。那第三匹也是白马，也是鞍具鲜明，青手绢罩头，青缎斗篷。穿缎色的上身，蓝绸子底衣，半大缠足，是一位慈眉善目的老太太。再看第四匹，乃是黑马。大家见此马龙性不小，马上一人正是少台主。面如乌金纸，大抹子眉，豹环眼，黑眼珠太大，光华灼灼，真是大耳相衬，压耳毫毛不亚如倒竖抓笔一般。头戴一顶甜瓜色青绸头巾，身着青缎色靠袄，一巴掌宽的护领，核桃粗细的蓝丝鸾带扎腰。双摺蝶扣，外绣大梅花。胁下佩一口短把鬼头刀，雄壮魁梧。四匹马已过，看见头一辆花车上，有两个姑娘，第二辆车上，是两个婆子。车辆马匹，一齐进到里边。众人下了马，顺着擂台往上走。上场门上是父子爷儿俩，下场门上是母女娘儿俩。后边随着两个婆子，两个姑娘。鲁清大家在土坡上往这里正瞧，看见那两个姑娘，面色忠正，印堂全有守节砂，两个人一样的打扮。那个身量高的姑娘脸似桃花实放蕊，柳叶双眉杏核眼，鼻如悬胆，樱桃小口，牙排碎玉，双耳坠金环，水红手绢蒙头。撮打拱手，大红色的靠袄，紫绒绳十字绊。鹦哥绿的汗巾扎腰，葱心绿的底衣，腿上结着宽带。足下窄小金莲，蓝缎的斗篷。这两个女子，一个样的穿戴，站在那骑马的姑娘左右。那两个婆子，年岁全在四十上下的样子，慈眉善目，耳挂排环，天蓝色上身，青色底衣，半大缠足，在那老太太左右一站。鲁清当下往左右一看，就是蒋兆雄、杜林、何斌、焦雄、刘荣六个人在一块，其余的人分在各处，不知道他们上哪里去啦。

此时台上的老英雄说道："儿呀，你赶紧把武圣人大门的锁头开开。"当下小金刀霍全，先脱了他身上的大衣，然后整好衣冠，赶奔上前，单腿打千，将红绿的绸子条全解了下来，双膝就跪下啦，双手举起，先向东再向南、向北、向西，四面全举到了。然后站了起来，金鸡独立式一站，脚尖一使劲转了一个弯，少台官说道："让过诸位师父。"说完便将绸子条搭在箱子上。蒋兆雄、鲁清等大家在下面往上观看，鲁清问道："那是表示五路保镖的达官。"正说着，台上老达官又说道："霍全，快将武圣人大门开开。"那少台官答应，上前单腿打千，把白蜡杆子抽回，立在门柱的后头。那位少达官将压尾巾摘下，来到台口，向三面一抱拳，大声说道："回汉两教，僧道两门，男女老少人等，有那打过一拳的，踢过一脚的，练武的老师，如果要来比武，请先到南棚挂号。赌五两赢五两，赌十两赢十两，若无有银钱，那在三场后，再上来比试。哪位愿意上来比武，就请前挂号吧。"正说之间，从下面蹿上来一人，细条条的身材，往面上一看，画皮微白，细眉毛圆眼睛，准头端正，四字海口，双耳招风。头戴翠蓝色壮士巾，窄绫条勒帽口，顶门撮打茨菇叶，宝蓝色贴身靠袄，青缎色护领。黄绒绳十字绊，青抄包扎腰，紧衬利落。青底衣宽大，薄底靴子，罩腰兜根，外穿一件靛蓝色通氅，上绣串莲。到了台上，双手抱拳，说道："达官。"台官说："武师父，您可在号棚挂了号啦？我台上可没见过您贵府的名单，您贵姓？"来人说："我家住山东青江四大冷海东海岸盘龙岛，散座的寨主，姓侯名英，外号人称赶浪无丝。"台官说："阁下压台银可有？"侯英说："我等着登程赶路回山岛，因此一路之上未敢耽搁，恐怕违山令，冲撞老大王的山规，我有性命之虞，皆因我囊内缺钞，正赶上台官在此立擂，比武得彩，看起来还是学文习武，只落得我当卖衣服。我今上得台来，还请您多多原谅才好。"台官说："侯壮士，您要是没有压台银，还请您候等三场后，再来比试。"侯英说："台官，皆因我走得太急，没带银钱。"说着话便将大衣脱下，摘了头巾，收拾利落。台官见这侯英面有怒容，不由心中暗想，我要与他比武，看他的武艺一定不弱。遂说："霍全，上前与这位师父接一接拳。可要多留神。"侯英往台上一站，大声说道："这位台官贵姓大名？"霍全说："我姓吴，我叫吴正。"侯英一闻此言，上前提手一拳打来，黑虎掏心。霍全往旁边一闪身，这拳就打空啦，当下两个人打在一处，打了就有十数个照面，霍全使了一个太岁压山掌，劈头打来。这侯英往下一矬身，用左胳膊肘一拐他肋，霍全忙一闪身，两个人就错过去了。侯英反臂一掌，霍全听身后面带风声打来，连忙向前紧行几步。那侯英乘势用脚一勾他脚脖子。当时霍全闹了个大爬虎儿，倒在台上。侯英鼓掌大笑，说道："老台官，可以给我纹银一封吗？"老台官说："且慢，你把我儿踢倒了，你又没有压台银。"侯英说："依你之见。"老台官说："你要是把我赢了，我奉赠纹银十封。"侯英说："那你要不给呢？"台官说："我立得起擂，我就有这个银子。男子一言，快马一鞭。君子一言，如白染皂。我说了不算，如同粉头一样。"侯英说："如此甚好，你我二人较量一番。"他心中暗想，我要把他再胜了，那些银子就许我拿啦。此时老台官摘头巾，甩大氅，绢帕蒙头，前后撮打拱手，勒绒绳，紧丝带，一切收拾利落，就要与侯英抢拳比武。到了下文书，何斌比武招亲，四十六友诈西川，银花沟刀劈二峰等等热闹节目，尽在后文再叙。

第三十回

霍小霞擂台打淫寇　何公子比武巧联姻

话说霍坤见侯英要与自己比武，连忙收拾紧衬利落，遂说道："朋友，你要是清江四大冷海的，我跟你打听一位朋友，你大半知道。"侯英说："但不知是哪一家呢？"老台官说："盘龙岛为首的。此人姓毕，双名振远，字士熊，人送外号巡海苍龙。"侯英一想，我要说是我们老寨主哇，那时要输了，连我们老寨主全跟着丢人。遂说："我不认识。"原来侯英的武艺，要跟外人动手，他是个高的；要讲究跟高一点的主儿动手，那他可就不成啦。当下侯英往上一抢步，迎面一掌，台官一闪身，侯英往里一上步，往外又是一挂，老英雄一坐腰，侯英太岁压顶的一拳，往下砸来，老台官往后一倒步。三招已空，连忙往前进身，使个错掌，奔台官哽喉打来。老台官往下一坐腰，侯英可黑，左脚的撮脚就进来啦，他是上下一齐来。台官一见他手脚全到啦，忙往南一掉腰，右手一分他的错掌，左手往上一撩，早将他脚后跟抄上，右手回来一盖他脚面。侯英心想：我输啦。他只剩一只脚在台上站着。老台官问道："你认输不认？"侯英说："我认输啦。"老台官一笑，说道："侯英啊，我跟你打听那位毕振远，你可曾认识？"侯英说："我认识。"老台官说："我看在盟友的面上，饶你去吧。"说着，左手往上一兜，右手一掌打他前胸，将他打下擂台，臊得侯英面红过耳。下边看热闹的主儿，来了个倒好儿。侯英说："这位台官，你贵姓大名？"台官说："侯英你回到清江四大冷海东海岸，你见了那毕振远，你就说明。看明白我的脸面，告诉于他，我叫金刀的便是。你与他一说，那毕某人自能分晓。"侯英说："台官，你既如此，那咱们是后会有期。我回山另投名师学艺三年，再来报今日之仇。"说完扬长而去，后文书再表。

　　大家见他一走，又是一阵大笑。那台官见他走了之后，这才向大家说道："众位，哪一位要是有压台银，请上台来打擂。"一言未了，从下面蹿上一人。台官往后倒退，连忙抱拳说道："这位武师父，可上号棚挂号。"此人说："不用挂号，你我先行比试。"台官见此人身高七尺开外，细条的身材，面似姜黄，宝剑眉斜插入鬓，二眸子灼灼放光，鼻高口阔。头戴一顶甜瓜帽，歪扣着。周身上下一身青，一件大氅腰中围。台官问道："您贵姓啊？"那人说："我在台下听您与那侯英所说，口音说是西川老乡。人不该死，五行有救。我上山东看望朋友，从此经过，一时盘费缺少。正赶上台官在此设擂，抢拳比武，胜者可以得彩。"台官说："就是周济你一封银子，也没有关系。可是阁下必须留下真名实姓方好，千万不要说假话。"说话之间，看他眼神，是尽往自己女儿身上看，准知道此人不正，遂说："阁下若不赌金钱，我情愿奉陪几拳。"那人说声："且慢。适才我看见第二匹马上所骑的女子，我打算与她比试几合，不知可以否？我与别人还不动手，非得跟她才对手啦。"台官说："朋友，她是一个女娃子。阁下的艺业出奇，你必须多有原谅才好，容让她几招，我感恩非浅。"说完又看了此人一眼，见他也就四十上下的年岁，不由心中暗想：西川路上，莲花党之人很多，又一想自己的女儿武艺，与他人可以占上风。遂叫道："姑娘，上前与这位武师父接一接招。"姑娘闻言，当时将斗篷就脱啦。旁边丫环说："小姐休要动怒，待小环我抵挡他。"姑娘说："金屏，你看此人上得台来，并非是前来比武，他是前来找便宜来啦。你要上前，恐怕不是他的对手。待我对付他去吧。"说着将斗篷交与金屏，便来到台前。来人一看此女，精神百倍，真长得如花似玉，美如天仙，足下窄窄的金莲。

书中一句垫笔，此人正是西川路傅家寨的。这人乃是傅虎，外号人称小蜜蜂的便是。傅虎一见此女长得实在好看，早就动了心。往脚底下一看，一对窄小的金莲，大红缎子的鞋，满帮绣着兰芝花，薄底软鞋，鞋尖上有五彩绒球，有如核桃大小，绒球内暗藏倒鬐钩。君子上台打擂，接招还招。像傅虎这样的淫寇，是嘻皮笑脸。傅虎往前一进步，右手劈面掌，往下就劈。姑娘一看这掌不是动手架式，赶紧往下一蹲身。傅虎是安心要摸姑娘的脸，姑娘哪能让摸，一抬右手，往上一挂。二人过招，也就走了十几个照面。老达官说道："姑娘得便，让他下台去吧。"这回傅虎使了一个泰山压项式，双拳往下就打。姑娘施展野马分鬃势，双手往上一分，跟着一长腰，又使了一个登步，向前踢去。傅虎一眼看见姑娘的脚啦，他乃是个淫寇，不由一迷神，姑娘的脚已踢到，连忙一低头。虽然说姑娘这一脚没蹬在他的前胸，可在他印堂稍微沾上一点，那绒球内暗藏着有倒须钩，当时划了一道血槽，鲜血直流。姑娘双脚落在台上，跟着一转身，反臂撩阴掌，照他后背打来。傅虎一听后面带着风声来啦，连忙往下一坐身，算是将这掌躲过。左掌虽躲过，那姑娘的右掌已到，又飞起一脚，当时蹬在他后胯上啦。姑娘一使劲，傅虎站立不稳，当时掉下台去。

看热闹的人等，异口同音喊了声好。就听台下有人说话："兄长您被那丫头打了下来，你我脸面无光，待小弟我上去，与您转转脸面。老三赶快与兄长敷上点药。"说完话，嗖的一声，上来一人。姑娘看此人身高八尺开外，胸前厚，膀背宽，额头端正，脸色微白，扫帚眉，三角眼，鼻直口方，大耳相衬；蓝绢帕蒙头，撮打像鼻子疙疸，翠蓝色靠袄，青缎护领，黄绒绳十字绊，青抄包扎腰。青底衣，青袜子，搬尖洒鞋，花帽裹腿，此人正是金头蜈蚣傅豹。傅豹说道："胆大的丫头，你的能为出众，武艺超群。你别以为你家二太爷不认识你们爷儿们，你们也是在西川中居住，我也是西川路的人物。不在西川立擂台，来到山东省的交界摆擂，所为哪般？"老台官说："你认识我姓什名谁吗？"傅豹说："你家住在西川双龙山后，银花沟的东边山，小小的地名霍家寨。你姓霍名坤，金刀赛判官的便是。你保西川路的镖，二路镖头。"老达官说："不错，我正是霍坤。"傅豹说："我认识你，你可不认识我。我住家在西川傅家寨，你家二太爷姓傅名豹，外号人称金头蜈蚣。我跟你讨几招，看你有几何的勇战？"霍坤说："姑娘你可小心一二，一招别让。"他们在上边通报名姓，那鲁清众人离着远一点，尽看见他们嘴动，全没听见说的是什么。那傅豹上前抢步，左手往上一晃，右手穿丰掌已到。姑娘忙用左手往下盖，右手往上撩，这手叫错掌。傅豹躲得快，真不亚如打闪纫针。二人动手也就有四五个照面，傅豹叫姑娘的在东北台边。淫贼心狠，使了一招分身踩子脚，双腿往起一抬，往前直踢，就奔姑娘的中脐而来。这下要踢上，男女都得下台去。霍小霞一见，连忙往后一反身，双手抓住台板的边，双腿起来啦。傅豹双腿踢来，姑娘是仰面朝天，头冲东，傅豹头朝西。小霞看他腿是空啦，便在他腰结骨上一抬右脚，点上傅豹，当时就滚下台去啦，将看热闹的砸倒一片。姑娘一翻身，站起来说道："爹爹，女儿看，这小子是下三门之人。咱们西川路是好样的水土，但练武术的人，正人君子稀少。"说完站在一旁。

且说傅豹摔在台下，臊得脸全紫啦。那傅荣说："二哥，待我上去，我要智取此人。二位贤弟，二位兄长，你们在台下等候，我到上面与她比试，将她打下台。"当下傅荣计议好了，他这才一长腰，纵上台去。到了上面说道："台官。"霍坤一看，认识此人。老台主问道："来者是傅老三吗？"傅荣说："不错，正是傅某。"姑娘一看他，身高七尺开外，细腰窄背，双肩抱拢，往脸上一看，面如敷粉，宝剑眉斜插入鬓，二眸子灼灼放光，鼻直口方，大耳相衬；头戴荷花色倭瓜巾，身穿荷花色靠袄，酱紫色护领，大拇指粗细绒绳。十字绊，青氅鸾带扎腰，紧衬利落，青底衣，登山道鞋，青袜子，青布裹腿，身披一件英雄氅，五彩绒线绣的云罗伞盖，花罐鱼肠，飘带未结，大红绸子里。傅荣说道："方才是哪位姑娘与我兄长挥拳比武？而今我特来与我兄长转脸。你们可有西川老乡的义气，你我全是西川路的人，你要不仁，那就招出我的不义来啦。"老台官说："对面的傅荣，她乃是一个女娃子哇。"傅荣说："她无知是武术不是？"霍坤说："不错，是武术。"傅荣说："既然是武术，我要照常将她打下擂台。"霍坤说："你仍然要与她动手，可以让她稍歇一会儿。因为一人难敌四手，多大本领也不成。"遂对霍全说："我儿过来，上前与傅老三接一接招。"

霍全答应，来到台前。霍坤说："儿呀，你多要留神。"霍全说声"晓得"，遂说："傅荣，我在西川路与我爹爹保镖，我耳轮中早就知道有你们这个傅家寨。你们全是莲花党之人，身带薰香，镖喂毒药。今天你来到台上，要与你兄长丢脸。咱们二人是走上啦。"傅荣一想，必须先下手为强。想到此处，往前一进步，提手一晃，撮手就来点。霍全往旁一闪。傅荣变招，分二指奔他二目，名叫二龙戏珠。霍全用右手往外一挂。傅荣一见，借劲使劲，往回一圈手，抖手就是一镖。霍全看着快打上啦，再躲已来不及啦，急急一闪，那镖打在肩头之上。便宜那镖，没有毒药。今天霍全自己觉得不大露脸，这才跳下台去。

那鲁清众人原是上西川报仇，半路之上遇了此事，此地人多，大家一挤，就谁也找不着谁啦。刘荣等人全在台的前面。何斌说："刘大叔，您看那个台官，可直往咱们这个地方瞧。我看他面带气容。"刘荣说："何斌，你可不准在那儿胡想。我看此人面熟，也不知在哪个地方见过一次，一时我可想不起他是哪路的宾朋。他要是普铎请来的人，还能把傅家二寇踢下台去吗？他既然是把傅家弟兄踢下台去，那绝对不是截杀咱们大家。"他们正然说话，就听台官大声说道："列位莫要喧哗。在台前站的闪电腿刘荣儿你的前头站着的那个穿白带孝之人，可以上台打擂。"刘荣与何斌爷，俩听个明白。刘荣不由心中暗想：我怎么一时想他不起呢？可是你要点名捉将，往上叫人，未免也不对。想到此处，遂说道："何斌呀，你且站在我的身后。他如果再叫你，准你上台打擂。"何斌道："我站在您身后，他们要再找我，那可别说我上去了。"刘荣说："是啦。"

他叔侄在此说话，那台上的霍坤早已看见那穿白之人，实在是个英雄样子，看他们二人一直说话，相离着很远，听不见说些个什么。看见那个穿白的转到刘荣身后去啦，不知是怎么回事。那何斌到了刘荣的身后，早将麻辫子解了下来，脱下孝衣来，又将孝帽子的绳紧了紧，浑身收拾紧衬利落，尽等上台打擂。那霍坤在台上看见了，高声说道："列位诸亲贵友，莫要喧哗。那个穿白挂孝的男子，你耳背吗？为什么我点名叫你，你会听不见？莫非你畏刀避剑，怕死贪生？你要是真没听见，你为什么躲到刘荣身背后？难道说，真以为我没看见吗？"刘荣说："你先等一等吧。那莲花党之人，没有一个跟我过话的。"何斌年轻火壮，他哪听这套，当时就火啦，连忙往起纵身，踩着看热闹的人，踩这个肩头，跨那个头顶，他蹬着人来到台前，双足一使劲，纵上了擂台，底下可蹬趴下了两个。

霍坤看此人面带怒容，连忙脱去大衣，紧丝鸾带，这就要上前动手。此时台下头的人纷纷议论。大家说："打擂没有点名往上叫的。这可是新闻。既然是往上叫，这一定是与他有仇。"台下傅豹扭项回头一瞧，那何斌的大脚已到，两只脚踏在脸上，眼睛也是泥，嘴里也是土，鼻子也破啦。再想用手来搬，人家早已上了台啦。何斌说道："好胆大的老匹夫，接招吧！"说着话，过去劈面就是一掌。霍坤急忙往旁一闪，说道："来的这位壮士贵姓高名？"一连问了三声，何斌是闭口无言，自己还是一招紧一招，手脚挂着风。霍坤一想：这哪是打擂来了，这简直是玩命来啦。心说：这人武艺还真不错，待我多留神吧。两个人动着手，乃是当场不让步，出手不留情。当下何斌出招全往南转，因为南边站着六个女子，他是不看女的。此时霍坤一见，知道他是一个好的啦，暗想：少时刘荣一定可以前来给解围，那时我一定可以问出他的名姓来，必将我的女儿许配他身边为妻。当时二人走开行门，让开步眼，真是棋逢对手，将遇良材。霍坤不由暗中想道：由此看来，如果工夫大了，我还真不是他的对手呢。霍坤想到此处，动着动着手，他让了半步。那何斌可就跟上了步，来了个撩阴腿，一脚将他踢倒，跟着往起一纵身，起在空中，使了个千金坠，双手一包肩，往下就砸，口中说声："老匹夫归阴去吧！"这下如果踢上，那霍坤可就完啦。

在此一发千钧之际，那南面的小霞姑娘一见，心中暗想：您干什么让半步，这一来准得甘拜下风。正在想着，那霍坤果然被人踢倒。她急忙飞身上台，大声说道："那个男子，休要下毒手。你看暗器！"何斌一闻此言，双手往上一伸，往前一探身，就蹿了出去。霍坤鲤鱼打挺，早就起来啦，说道："姑娘，你可要与我报这一腿之仇。我叫他上来，为的是挥拳比武，为着彩。谁知他眼睛里竟怀歹意，要施展千金坠，要把我砸死。"姑娘一正面，说道："好胆大的狂徒，你看掌吧！"何斌冷笑道："你一个女子，又有几何勇战？"他见姑娘一团的正气，自己可不敢说什么话。那霍小霞见何斌动手也是正人君子，当时一掌向他打来。何斌往旁一闪身，劈面掌迎头打去。这二人虽然说是在擂台上动手，男女两个人俱是报仇的心盛，两个人各不相让。小霞心中暗想：此人全是为报仇而来，处处都往致命地方打，一掌不让，为什么我父还让他半步呢？那好，待我看看你到底有多大本事！何斌原先同霍坤动了半天手啦，姑娘也战了一半天傅虎、傅豹，不过此时已经喘过气来啦。二人在一处，真是一个受过高人的传授，一个受过名人指教。他父女在西川路上不论走在哪里，若遇见有人劫道，看见他武艺好，绝对不走三合。何斌此时心中也暗想：原来西川路上，也有这样好本领的女贼。我何斌出世以来，没有人能跟我走个十几回合，不想如今她会有如此本领，自己怎么样的去打，那姑娘是怎么样的接。些时二人对打，小霞怎么进招，何斌也怎么样去接。霍坤与他妻霍门张氏老夫妻二人，心中赞美这个男子的武艺出群。霍坤道："夫人，我已经叫上刘贤弟的名姓来啦，谁知他竟会将我忘了。"张氏道："如今一来，他二人战长了，你我的女儿必要甘拜下风。那时我女儿可有性命之忧。"霍坤说："不要紧，我自有解劝之法。"

如今且说鲁清、石禄、杜林、蒋兆雄等，他们在沙岗上站着。他们在这里往台上看，就见何斌与霍小霞比武。石禄心中不痛快，遂说："嘿！老台官，你没看见我走二大在这儿吗？这个小何是没能耐。这不是一腿就踢趴下了吗？"说着他也一抬腿。好吗！在他前头看热闹的踢趴下了三个。那三个人爬了起来问道："这位爷，你是怎么啦？犯病是怎么着！"杜林说："列位老乡，你们可躲开点，他这是替打擂的使劲啦！"三个说道："你不会上台打擂去吗？"石禄说："你管呢？台官不叫我，我怎么上去呢？"

不言他们在此捣乱，且说刘荣在那里不由心中纳闷，看着台官眼熟，只是想他不起。他瞪着眼往上看着。那何斌与姑娘打个平手，他是子报父仇心胜，急快无比。那霍小霞心中想，这个人上台来，全是报仇的招儿，我与这人抢拳比武，他是男子，我是一个女流之辈，工夫一大，我不是他的对手。倘若一招不到，那时恐怕我有性命之忧。常听我爹爹说过，逢强者智取，遇弱者活擒。当下他们二人动手，也就有二十几个回合。何斌转面向西，那小霞是面向东，姑娘迎面一掌，身子往上一纵，名为鸡登篱笆的招数，双足一合，向他踢来。何斌一看，笑道："丫头，你这是圣人门前卖孝经。"急忙往旁一闪，跟着一上步。小霞姑娘从上就下来啦。何斌他用手一接姑娘双腿，左手一抬，就将姑娘的脖子给托住啦，右手抓住底衣，整个将她举了起来。姑娘是头朝东，脚朝西，被人给举在空中。此时台上的人，全吓得颜色更变。那何斌托着姑娘，往旁一转身，打算把小霞扔下台去。此是刘荣在台下观看，见姑娘被举了起来，忙将右手一举，大声喊道："何斌你手下留情！"说完话，身体一纵，便登着人肩头上台去啦。上得台来，说道："你看在我的面上，快将姑娘放下，留她一条性命吧。"何斌这才一撒手，将姑娘放在台上。那小霞一盘腿坐在台上，低头不语。张氏急忙拿过斗篷来，过去盖在她身上。姑娘心想，当着人千人万的，太不好看啦，便用斗篷一蒙头，下台去了。刘荣说道："何斌，你先下去，听我的回话。"何斌说："叔父，您说什么，孩儿全听。不过我得问一问这个老儿，他为什么单叫我上台来？"刘荣说："少要多言，下台去吧。"何斌这才跳下台去。

刘荣转过身来，一抱拳说道："这位台官，您住哪里？姓什名谁？领教一二。"霍坤说："刘贤弟，我先问一问你，方才多承你的一句话，才将我的女儿性命保住。在你们山东省，正门正户的，实在多得很。方才这位公子他是何人呢？"刘荣说："您要问的这位公子，与我倒是有交情，他父与我神前结拜。提起此人大大的有名，可称镇住半边天，那人乃是涟水县东门外何家口为首的庄主，保东路的水达官分水豹子何玉、逆水豹子何凯，此子乃是何玉之子、何凯之侄。"老台官说："那么他是归哪一门呢？"刘荣说："他是左十二门第七门。"霍坤说："公子今年多大？"刘荣说："他今年二十有四。"老台官听到此上，鼓掌大笑。刘荣问道："老哥哥您倒是谁呀？"霍坤说："刘贤弟，你下转牌之时，曾到我家。那时小女正在学艺之时，如今咱二人说了半天话，你会没想起来？"刘荣说："我真想不起您啦。"台官说："我是右十二门第七门。"刘荣一闻此言，是木雕泥塑一般。霍坤说："我托你点事，你一定能办得到。"刘荣说："兄长您有话，可以说出，真是正门正户的人，有什么事，只要说出来，我没有办不到的。"老英雄一听，说："好！我祖居西川道天山后，在银花沟的左边山，小小的地名霍家寨，我姓霍名坤，人称金刀镇西川。"刘荣听到此处，如同大梦方醒。霍坤说："你们大家住在哪里啦？在哪个店里住着哪？"刘荣一想：西川路上保镖的，有我尤大哥，有这位姓霍的。刘荣想到此处，这才赶紧上前行礼，口中说道："老哥哥多多恕罪，实在是小弟我一时想不起来。我也请问兄长一件事，自古以来，立擂的主儿，有往台上愣叫的吗？还幸亏是我们叔侄爷两个，要不然您把何斌叫上台来，那下边有许多我与他至厚的主儿，说不定要上来多少人呢，那还了得。"霍坤说："刘贤弟，你是不知道。我是另有心腹事，所以才把他叫了上来。但不知此人他叫何名？"刘荣说："他名叫何斌，外号人称翻江海龙神手太保。"霍坤一听，他的名扬高大，遂说道："我在西川路上，是久仰此人的美名。刘贤弟，但不知这位公子与何人呕气，今天来到这里，拿我父女来出气呢？"刘荣这才将普铎与二峰火烧何家口，一镖三刀治死何玉，何斌此来为的是子报父仇的事说了一遍。老台官说："哦！原来如此。"刘荣又说："我等来到此处是为报仇而来，我们大家赶奔西川，报那一镖三刀之仇。我们昨天住在黄林庄三义店，听店伙计说此地有人立擂专等山东来人打擂。因此我们才多了心，以为必是西川路银花沟的普铎，托出高亲贵友，在这里立下擂台，好截杀我们。多亏我鲁贤弟一句话，不准带军刃。要不然他将砍刀带了来，像您这么一叫哇，他上得台来，您这里就得有些受伤的。"霍坤说："你说的这个姓鲁的，我听着耳熟，但不知他住在哪里？"刘荣说："他家在山东登州府南门外鲁家屯，此人姓鲁名清，排行在二，外号人称会友熊。"霍坤说："我跟你打听打听。"刘荣说："您打听谁呀？"霍坤说："我有一个拜弟，姓鲁名彪，人称自在熊的便是。"刘荣说："那不是外人，与他是一母所生。"老英雄一闻此言，哈哈大笑，说道："这才是大水冲了龙王庙，一家子人不认识一家子人啦。"刘荣说："兄长，我来问您，您有什么心腹事呀？"霍坤说："贤弟，此地不是说话之所，你将大家请回店中。我与你嫂嫂以及你侄男侄女，我们众人也到店中。那时我一人前去黄林庄三义店，必有大事相求。"刘荣说："老哥哥，我刘荣办事，就是干脆明了，有话可以讲在当面，难道说，还有什么背人的言语吗？"霍坤说："贤弟呀，我与何玉门当户对，这个情况，贤弟你还不知道吗？男女授受不亲，那何公子与我女儿已经相近，再说他已将小霞举过头面。贤弟呀，我打算求你做个媒人，将此女许配何斌身旁为妻。"刘荣听到此处，心想：那何斌有热孝在身，焉有娶妻之理？一时答对不上来。霍坤又说："刘贤弟，你不要为难，暂时先回店中。少时我到你们那里，必有提亲的道理。你们就先回去吧。"刘荣说："好！兄长，那我就先回店等候您啦。"说完跳下台去，会同众人径自去了。

且说霍坤此时心中高兴，便命人收拾银两，自己穿好了大氅，戴好帽子。书中暗表：他与尤斌同保西川的镖。他有一女名叫飞弹嫦娥霍小霞，有一子名叫小金刀霍全。那亮翅虎尤斌也有一女，名叫尤兰娘，外号人称圣手嫦娥，比小霞小一个半月，她算是妹妹。尤斌有一儿，名叫尤焕，这个尤焕可比霍全大两个月。尤焕、霍全二人结拜为生死的弟兄，小霞与兰娘也结为异姓同胞的姐妹。这老二位在西川保镖之时，就仰仗这两个姑娘，她二人的武艺，就是这老哥俩的亲传。古语说得好：男大当婚，女大当配。姑娘长大成人，就应当早一点打发出去，可是对于这个男子，必须门当户对，男子还得有艺业才能自己治家，秉性还得好。那时将姑娘许配于他，可以不受累。霍坤为此女终身大事，都忧出病来啦，茶饭懒进，低头不语，终日愁闷。那小金刀霍全说道："爹爹，您为什么这样发怔呢？是我姐姐不服您管啦，或是孩儿我不听您的教训啦？还是我那娘亲有冲撞您之处？"霍坤听到此处，不由长叹了一声，说道："儿呀，我这病源，就为你姐姐的终身大事。在西川路，跟咱家门户一般大的真没有，不过就是尤家屯你那伯父亮翅虎尤斌，是个门当户对，但又不能结亲。因此为这事，叫我心中倒为难啦。西川路上淫贼太多，若是有个防范不到，那时出了舛错，我二人的名誉，岂不等于流水！"霍全道："爹爹，有道是任你有千条妙计，也架不住咱们父子有一定之规。西川有那治土务农的主儿，派人来咱们家提亲，您不给。而今呢，莫若咱们将镖行之事，全交与他人掌管，随我那尤伯父他们，预备骡驮轿，多拿些银货尺头等物，咱们上一回山东。您就对娘说是到山东看望亲友。暗中咱们到了沿路上，大小的村镇，是个繁华码头，那时我们打好了店，暂时住下，在那方立个把式扬，名为以武会友，暗中有那武艺超群，胜我姐姐，无论他穷得如何，只要门户正，武艺高，就可以将我姐姐许配他身旁为妻。孩儿我情愿将咱们上等家业，归他们执掌，孩儿自立门户。"霍坤一闻此言，不由心中大喜，病体就从此一天比一天见好。

没有多少日子，竟完全好啦。这才照计而行，命张氏收拾物件，带着女儿，向山东省望着那些至近的宾朋前去。大家一齐上了马匹驮轿，由霍家寨起身。

一路之上无事，饥餐渴饮，晓行夜住，这才来到黄花庄。霍坤父子下了马，拉着牲口，进了村口，一看南北的店铺住户，还真整齐。由西边进来，都快到了东头，看见路北有一家大店，墙上写着仕宦行台，安寓客商，茶水方便，草料俱全，南北大菜，东西口味，包办酒席，价值轻微。进店观看，东西的跨院，清雅所在。在门道里坐着一位白发老太太，在门外小凳上坐着一个年老的人。见这老者，身穿一身毛蓝色衣服，往脸上一看，是闭眼静坐，面如重枣，皱纹堆垒，须发皆白。那老者见他们来到切近，向霍坤一抱拳说道："达官爷，您住店吗？我们这里有干净房子。"霍坤说："你们快将车辆挡住，咱们就住此店吧。"霍全急忙到前边叫车辆停住，两个丫环先下了车，随定霍坤来到门前。里面那年迈的婆娘说道："这位达官，您要住在我们这个店中，跨院单间都有，又清静又干净。"那老者令他的妇人往里领他们。那老妇人黄门高氏说道："您随我来吧。"小霞一看北边有一所跨院，是青水脊的门楼，黄油漆的门，遂说道："咱们住那个院子吧。"

霍坤说："可以，那你们随她进去看一看，如果可住，你们就在这里打店吧。"那高氏一听，上前开了门，三个人走了进去，迎面一道木头影壁，后面四扇绿屏门，红斗方金字，上写整齐严肃。推开屏风门，迎面又有一个影壁，头里有个大鱼缸，北房五间，一明两暗。东西的里间，东配房三间，西配房三间，全都是一明两暗。她们到了北房，往东里间一看，迎门一张床，床上的幔帐是两块，北边这块挂着啦，南边那块没挂着，床上的被褥及枕头等俱全，屋中有些桌子凳子，桌上有一面古铜镜子，两边有两把椅子，摆设倒很不错，后面有个后窗户。她们又到了西里间一看，迎面有一张大床，另外有个大柜。翠屏说："回头咱们一跟小姐说这个形式，小姐一定愿意住，因为这里跟咱们霍家寨一个样。别说十天，非住二十天不可。"原来这所院中，全是新油饰的。高氏说道："两位姑娘，回头你们见了小姐跟你们主母，多给美言几句。我们掌柜的必有一份人情。"黄高氏说："你们老达官贵姓啊？"翠屏说："我那老人家姓吴，名叫吴振山。"书中暗表：那霍坤在未离家之时，早已嘱咐好了她们，出来到处隐姓埋名，不露真名实姓，就为的是防备有人背地里谈讲。因此翠屏才这样说。她出来对霍坤道："这所房院全很好，我家小姐一定喜欢住。"霍坤一听，这才来到柜房，与那店东黄甫一处谈话不提。那翠屏来到驮轿旁，说道："小姐呀，您快下来看看吧，这个店里有一处最好的院子，真可以住。"小霞一闻此言，连忙下了驮轿，随着翠屏主仆来到跨院一看，不由心中大喜，忙命翠屏去到外面向老家人去说，就说咱们家住在此店。翠屏答应，赶紧到了柜房，禀报老达官。"霍坤当即叫霍全将人和行李接到店里来。小霞亦带着金屏出来迎接她娘张氏，母女们往里走，这外边赶车人等，往里搬运，大家忙乱一阵。由黄甫指给他们，在店的东边一个个栏门，令他们把车辆马匹一齐进了那个院，吊槽晃绳，将马匹拴上喂好。赶车人等，随着家人在东院居住。他们女眷，进到后院不提。霍坤问道："黄掌柜的，我们是西川人，一切说话防备人家不懂得，请给我们找两个婆子来。"黄甫说："是啦。"当时打发伙计出去，找来两个女仆带进后院，侍候她们母女不提。欲知后事如何，且看下回分解。

第三十一回

鲁清用计诓弓弹　杜林激怒翻江龙

　　霍坤问："掌柜的，这一带照这个村子大的有几个？"黄甫说："我们这里是五里地的长街，这一方是十八个村庄，就是我们这个村子大。在宋朝那时，这个村子名为黄格庄，因为姓黄的多。"黄甫又说道："离我们东村口偏北，有个黄林庄，跟这里不相上下。"霍坤说："这位县太爷姓什么呀？"黄甫说："姓冯，他官印是冯治国。东门外代理十八村，西门外也代理十八村，大家人等给太爷赠一美名，尊他为玉面赛包公。两袖清风，爱民如子，公正无私，乃是一位清官。"霍坤说："要是位清官，我到县署挂号，我打算在此立座擂台，以武会友。"黄甫说："你要是立擂台，那就不必上县里去啦，这件事您交给我吧，我给你办去。黄林庄有个绅士，此人姓黄叫黄六，外号人称土圣人黄六，黄花庄有个人叫百事通黄三，可以把他二人找了来，跟他们一说，就可以成。因为他们两个，在县太爷面前是说一不二的。"霍坤说："好吧。"当时开出一个单子来，交给黄甫，又回到后院取出些银子来，交与黄甫，令他立了一本出入的流水账。黄甫一见，忙命伙计把黄三、黄六一齐找了来，将银子交给他们。二人拿过来一看，一参酌情形，当时两个人跑出去找来土木工以及棚匠人等，当时就动起工来。霍坤向黄甫要了一本历书，查看吉日。黄甫说："您要用多少日子呢？"霍坤说："立一百天吧。"后来查好了吉日。这天正好要开擂，这时正巧有山东的群雄来到啦。打人群之中看来了刘荣，这才冒叫一声。后来看见有一个英俊青年，在他身边甚为可心，便将他点名叫上来，两下里比武较量，才有此奇遇。

当时刘荣跳下擂台，这里也全收拾齐啦，一同回店。他下到台下后，见张氏与婆子丫环正围着小霞，那小霞正放声痛哭。一个没出阁的大姑娘，被人家男子举过头顶，怎么也不好看。小霞无法，只得用手绢擦了擦眼泪。霍全牵过马来，姑娘搬鞍认镫，上了马。霍坤老夫妻也各自上了马，婆子丫环各上了车辆，大家一齐回店不提。

且说台底下的傅家五寇。那小蜜蜂傅虎、金头蜈蚣傅豹、小花蝶傅荣、追风鬼姚庆、黑面鬼姚明，五个人的二眸子，不错眼珠的看他们，这五个人一直跟了下来，走在人群之中。傅豹说："合字。"傅荣说："并肩。"傅豹说："牵着他，垛字窑，昏天字，撮红，溜攒至月攒，伶俐齐毕，入窑儿扣烟，将斗合的星星摘走。"这些话乃是江湖黑话，说明白就是："合字是兄弟，并肩是哥哥，牵着他就是跟着他，垛字窑就是店口，昏天字是黑啦，撮红是点上灯，溜攒是定更，月攒是二更，以后便是说，晚上点薰香，好去采花去。他们这样一说不要紧，旁边有人说道："你们这几个小子们，真是满口胡言乱语。"五寇一闻此言，抬头一看人家，没敢言语，原来傅虎认得此人，乃是单鞭将马得元。他们不敢再说，恐怕叫人空找啦。五寇跟下霍家车辆而去，暂且不提。

且说刘荣他们众人，看擂台事已完，遂说道："列位呀，咱们先回店吧。这个立擂的不是外人，他也是我的一个老友。"何凯说："既是您的老友，为什么将我侄儿叫上擂台？是何道理？"刘荣说："二哥您不知道，其中还有内情，容到店中，您就知道了。"大家这才一齐往店中走来。杜林问道："刘大叔，这个擂台上是谁呀？"刘荣说："是金刀赛判官镇西川霍坤。"杜林说："他认得我爹爹与我那叔父，他那个时候上我们家中去过。"刘荣说："你瞧见过此人吗？"杜林说："瞧见过。我说跟我那霍大姐闹着玩，因为闹着玩，我爹爹打过我呢。"刘荣说："别的不用提，咱们店中一叙吧。"杜林说："他是哪一门的呢？"刘荣说："他是右十二门第七门的。"杜林说："刘大叔，您一说这个门户，我知道啦。"刘荣说："你知道什么呀？"杜林未曾说话先看何斌，不由一吐舌头。原来他素日与何斌打哈哈说笑话，他心眼最快，见景生情，早明白这内幕啦。刘荣说："你又知道什么啦？"杜林说："我这个霍大姐要姓何啦，她一姓何，我可就管她叫何大嫂子啦！"大家一听一乐儿。

　　说话之间，来到黄林庄三义店门前。鲁清上前叫门："丁大哥赶快开门，我们大家回来了。"丁银龙一听，忙命伙计将店门开了。大家走了进来，看见众人面带喜容。大家到里面，大门紧闭。来到屋中落了座，丁银龙追问打擂经过。闪电腿刘荣便将经过之事，一一说明。正在此时，店伙计跑了进来，问道："哪一位姓刘？"刘荣说："我姓刘。"伙计又问："哪一位姓何？"何凯说："我姓何。"伙计说："外头有霍达官求见。"刘荣、何凯二人来到外头。刘荣上前见礼，遂说道："霍大哥，此位是我二哥，此人家住山东涟水县何家口，姓何名凯，排行在二，外号人称逆水豹子。二哥，这是我霍大哥。"两个人相见，互一抱拳。何凯道："霍爷，我久仰您的大名，西川路上，还真得叫你给荡平啦。"霍坤道："岂敢岂敢！何二爷，您弟兄二人，威名远震，在山东一带保的是水旱两路的镖，谁人不知，哪个不晓呢。"

　　弟兄二人当时携手揽腕，一齐来到柜房。伙计将店门紧闭，刘荣命伙计预备茶水，茶水已到，每人倒了一杯，他们吃茶讲话。原来霍坤是为姑娘亲事而来。在擂台上，已经听见刘荣说啦，他们是左十二门第七门的。他来这里，本来是给他找婆家啦，可是见了面，怎么好就提亲呢，必须用话套话，慢慢的就可以引到此处上来。因为当时不好明说，所以今天前来拜望。霍坤说："何二爷，您是哪一门呢？"何凯说："我乃是少林门，左十二门第七门，自幼爱练习大红拳。您是哪一门呢？"霍坤说："我是潭腿门。"刘荣说："霍大哥，您家住在哪个店子里呢？"霍坤说："黄花庄东头，路北四合店。我问何二爷一声，在擂台上动手之人，他是您的什么人？"这句话他可是明知故问。原来他借这句话，为的是借话套话，向他提亲。何凯说："那孩子不是外人，乃是我兄长之子。"霍坤说："您那贵侄少爷，今年多大年岁啦？"何凯说："他今年已经二十四啦。"霍坤站起来抱拳一拱手，说道："何二爷，我有一事向您启齿。您叔侄俩，必须要捧我一场，赏我们全家的脸面。就皆因他二人在台上比武，公子何斌是正人君子，不过男女授受不亲，他将我那少女举过头顶，因此我要将那女儿许配他身旁为妻，以全两家的脸面。就请我那刘贤弟为媒，你我两家结为秦晋之好。我想咱们两下里可称门当户对，我那女儿小霞，今年也是二十有四。我且问二爷，何斌的生日您可曾知晓？"何凯说："此孩子的生日是四月十六日。"霍坤一闻此言，不由大喜。刘荣说："霍大哥、何二哥，你们两下里要是结了亲，那才是真正门当户对。我一定给你们两下里做保。"

当下何凯说道："霍大哥，这个亲事，我倒是答应了。但是我那侄儿何斌，性如烈火，并且又有孝在身，跟他一说，那是准不成。"霍坤说："咱们大家可以一同赶奔西川，与何大哥报仇完毕，那时再给他们圆房，还不成吗？何二爷呀，可有一节，如今咱们结了亲，可是我得要您一份定礼才成啦。"刘荣一听要定礼，说："这倒是应当的。"何凯说："刘贤弟呀，要是要定礼，恐怕何斌不给。按说无论什么，全可以定亲，但是他要不肯给，那可怎么办呢？"刘荣说："不要紧，我有主意。"遂叫道："霍大哥，你要打算叫我们弟兄二人给您向他去要，怕他不给。我给您介绍一位朋友，此人是山东著了名的人物，真是能说善道。少时你们二位见了面，您就知道啦。我有办法，非会友熊鲁清不可。"霍坤说："我有一友，自从结拜分别后，至今未见，此人姓鲁名彪，人称自在熊便是。"刘荣说："他二人是一母所生。自从与王氏老太太办寿日那时，鲁彪走去杳无音信。"霍坤说："这个鲁清不是未曾说话，先从鼻子眼里哼哼的那位。不过因有点小事闹过意见。我不知道他俩是亲兄弟？"刘荣说："大哥，我把他叫过来，您知错可得认错。这件事就靠在他的身边啦，除非他，别人可办不了此事。"霍坤说："刘贤弟，那么你多受累吧。"刘荣说："这有什么呢。"说完转身来到正房，进屋一看，不见鲁清，忙到各处去找，也是没有。

此时鲁清在门后头一哼吃，刘荣赶奔上去，说："鲁贤弟，你到一趟柜房。那里有一位朋友，求你一点事情。"鲁清说："好吧。"便跟着刘荣往里走。

刘荣高声说道："霍大哥，鲁二弟来啦！"那屋中霍坤、何凯二人，忙迎了出来。霍坤见了他，一揖到地说："二弟呀，千错万错，全是我一人之错。您与我大弟鲁彪，乃是一母同胞，我实在不知。我要知道，焉能与你不和呢？"此时鲁清心中暗想借这个为由，给乐他几句，遂说："这不是老火球吗？谁把您拿到这里来啦？"霍坤一闻此言，鼓掌大笑，说道："亲家、刘贤弟，你们听鲁二弟他说的这话。"刘荣说："鲁清，别跟老哥哥逗啦。你们哥俩前场堆的口仇，今天你们是一天云雾散，不准谁再放在心中。再说，当年霍大哥不知道你与鲁彪是亲兄弟。方才他与我二人打听，我们两个人一说，他直认错。"霍爷说："我要知道他是我鲁大弟的亲兄弟，我小看他，如同小看我那大弟一般。"刘荣说："从此你们老哥俩，谁也不准记恨前仇。"鲁清说："何二哥、刘大哥，你们二位不知，当年他头一次上山东送镖之时，他们两个人就神前结拜。给我老娘办寿这日，他们全家全上我们家过，我那嫂嫂与我老娘拜过寿。那时皆因我有事出门未在家。我回来之时，在登州府西门外，我看见他啦，赶紧下马，叫了一声老大哥，他连下马都不下马，反倒冲我一撅嘴，他还说我认差了人啦，你认得我，我为什么不认得你呀！说完他们一齐往西去啦。临行时还说了句，长眼睛不看明白，胡叫人！什么东西。后来他再上山东来，那我就不叫他霍大哥啦，我叫他火球啦。你们哥俩，谁把火球拿来的，我得拿一拿，看看这个火球儿烫手不烫。"霍坤说："鲁二弟你就说吧，我看你拿得动拿不动。"刘荣说："得啦，谁叫您是哥哥哪，还容不过他去。我二弟就是好谈笑。"鲁清说："火球儿，我这可是没找你去。"何凯道："鲁清，咱们可全是山东人，你这个就不对啦，没有要死儿没完的，你再要紧说，那就赶尽杀绝啦。二弟，你赶紧上前与我亲家赔礼，以后你再说笑谈诙谐话，那就叫大家耻笑啦。"鲁清这才说："这是我的老哥，他与我兄长神前结拜。您不用给您亲家争口袋。他说对于我没有用我之处，那叫瞎话，如今他求到我这里啦，我得拿拿他。刘大哥，那么您把我叫了来有什么事呢？"刘荣就把提亲之事，细说了一遍。鲁清说："那么霍大哥跟咱们哥三哥提好了没有？"刘荣说："我们哥三个，全提好啦。"鲁清说："何斌与姑娘的年岁全配吗？"刘荣说："全好。"鲁清说："既然四水相合，那么你们还找我干什么呀？"刘荣说："鲁贤弟，要是没有要紧之事，我们也不找你。皆因你俐齿能言，必须用贤弟去办。"鲁清说："大哥从中为媒，没有我什么事呀。如今您是卖切糕的不拿刀抓啦！不用说，霍大哥一跟你们要定礼，你们老哥俩瞎啦。您想一想，那何斌的定礼，您能诓过来不能？"刘荣说："是啊，你也知道啦，这件事还得非你不可。一来你成全他们啦；二来你也给他们遮过脸去啦，免得外人有烦言；三来你也可以赏我们老哥三个全脸，这叫全个其美。"何凯说："二弟，我的侄男，我知道他的性情，他身上的军刃暗器，你许拿不下来。可不是我何凯拿话激你，天下的武夫是一家，男女皆为一理。要说定亲，必须用自己的军刃或是暗器。为什么使那两样呢，因为那两样上全刻着他的名字啦。"鲁清说："我不是在三位兄长面前夸下海口。霍大哥，当中为媒可是刘荣，他把我鲁清找出来的，然后你们大家才求我办理此事。刘荣可算是哪头的媒人呢？咱们必须说明白才成啦。"霍坤道："二弟，那么他算我这头的吧，咱们这个样办好不好呢？"鲁清说："好！我算我二哥这一头的，可是我给提的亲事。刘大哥从今往后，提媒保亲，您可千万少管。您这个拙嘴笨腮，这么大岁数，保不住人家就要定礼。您没有金钢钻，不用揽那么大的瓷器活。"这几句话说得刘荣脸上变颜变色。鲁清说："霍大哥，我这个笑谈，可与别人不同，我说出就能办到。少时我要把他定礼拿来，您可别在这里坐着，必须赶紧走。"霍坤说："就是吧。"鲁清这才转身往里。

鲁清一看此时天色已然黑啦，便急忙来到北上房，看见何斌正在那里坐着哪。他一直就奔何斌来啦，说道："何斌。"何斌说："叔父，有什么事？"鲁清说："你要见了西川贼人报仇之时，通报名姓不？"何斌说："我就通名姓，说我姓何名斌，外号人称神手太保翻江海龙。"鲁清说："你且慢着，人人全知道你水性好，因此叫你翻江海龙，那么你怎么叫神手太保呢？"何斌说："我有折背弓一张，能打八个连珠弹，百发百中，因此有许多叔父伯父们，与我贺号，管我叫神手太保。"鲁清说："你在哪里试过武艺呢，你试武艺谁又瞧见过呢？"何斌说："夜晚三丈三远近，绿香头儿，无论扦在哪里，我要是打出八个弹儿，那算不了什么，必须用独弹将香头打灭，香还不折。白天打更有妙法。仰面往上打四个，容他们往下一落，那时再用底下的四个弹子往上打，硬叫八个弹子全碎啦，那才算是绝手功夫。"鲁清说："你父亲不会呀。可是你跟哪人所学呢？"何斌说："我授业恩师住家在永安镇，姓安名三太，人称神弓手。"鲁清说："你先慢着，你这个神手太保，我真没听说过。你可知道我的外号？"何斌说："叔父的外号，侄儿全知，我大叔父，外号是自在熊。您是会友熊。"鲁清说："这三个字，就是表明我在外能为高。可是我还有一个外号，你知道不？"何斌说："孩儿不知。"鲁清说："我又叫神手鲁，大家跟我打哈哈闹着玩，管我叫鲁法官，我又叫砖头鲁。"何斌一听不由一怔，说道："我这个叔父，不定又要犯什么坏啦？您怎么叫鲁法官？怎么叫砖头鲁？"鲁清说："我这几手全是单摆浮搁着。你要看哪手哪？"何斌说："我就瞧一手，瞧您那手隔皮打馅。"鲁清说："好！你把门窗户壁全关上，不透一点亮儿。你要看一手儿，这不是要瞧我一下子吗！"何斌说："怎么？"鲁清说："我的弓在家里，你一死的叫我练，这不是强人所难吗？"何斌一听，透着他机灵，忙问道："您那个弓几个劲？"鲁清说："我的弓三个劲。"何斌说："鲁叔父，我有一张弓，是三个半劲，拉不满是三个劲。您可以用它来练，究竟怎么打法呢？"鲁清说："你在屋里骑马蹲裆式，头上顶着一个茶杯；我在那屋里面朝里，我一问你，你一答应，一弹子便可将茶杯打碎。"何斌说："您先教给我这手儿，我得看看。"说着话来到西屋，取过折把弓及弹囊。

　　鲁清一看，他把两样全卷到一块，遂伸手接了过来，说道："你，这个孩子，人小心可不小，试探我哪，我会打就能上得上，不会打那一定不会上。"说着话将弹囊挂在身上。这囊的颜色，是鹅黄缎色作底，青缎色荷叶边，里边是万字不到头，双荷叶边里头，四个犄角有四个小字，上写神手太保，下面有何斌两个字。鲁清当时将弓弦取下，一窝便将弓上好了，转身往外，他叫何斌全将窗户门上齐啦。鲁清在院中问道："预备齐了没有？"何斌说："没有呢。"鲁清说："先把竹帘给卷起来。你摆设齐了没有，要齐了我可献艺啦。"何斌说："我已预备齐啦。"在屋中蹲裆骑马式一蹲。遂说道："鲁叔父，您献技吧。"鲁清一听，急忙一到柜房，将折把弓和弹囊交与霍坤，说道："霍大哥，您赶紧拿走，这可是您姑老的折把弓弹囊，您可好好收了起来。这里的事，您就不用管啦。我累碎了三毛七孔心，使了妙计，才将此弓囊诓了出来。"霍坤说："二弟，我谢谢你啦！"说完，拿了弓出店而去。他们弟兄三人送出店外。霍坤回店不提。　如今且说刘荣、何凯、鲁清，三个人回到柜房，将双门紧闭。那鲁清是搓手擦掌捶胸跺脚，说道："刘大哥，咱们可怎么呢？他一要弹囊弓，我可上哪里给他找去呢？"急得他直出汗，无法去搪何斌。刘荣说："如今我有主意。"老哥三个商量好了，这才往里走来。此时何斌蹲在那里腿也酸啦，腰也木啦。这才将茶杯拿了下来，转身形开了屋门，往外一看，天已昏黑，不由发怔。何凯就走了进来，大声说道："这可了不得啦！"何斌说："怎么啦？"何凯说："你鲁大叔闹肚子，这可怎么好？"何斌说："我要跟他老人家学一手绝艺，也许是一拉弓有点不合适，所以闹肚子。"何凯说："待一会儿必须给他瞧瞧，请一个医生。"工夫不见甚大，刘荣也过来啦。刘荣说："二哥呀，咱们可得给鲁爷请人看看。他要是有个一差二错，西川的事，可不好办。"他们正在说话之间，鲁清双手搂着肚子，从外面走了进来。鲁清说："孩儿，我可对不起你。"何斌说："您有什么对不起我的地方呢？"鲁清说："我失去了你的左膀右臂，我把你折把弓弹囊全给丢啦，要丢一样没关系，这两样一块没啦，岂不令人心疼。"何斌说："没有什么，叔父您不用往心里去，咱们到西川报仇，也不用着急，有地方买去。不过有一样，我那张弓是我使出来的。"鲁清说："我一拉弓，肚子疼，我便拿着弓到茅房去解手。我到里面一看，墙上净是树枝，我就将弓立在墙外，又将囊弹绕在弓的翅子上；后又有本店里一个小孩，买了一块牛肉，他也解手，便将牛肉放到我那弓上。这时从外面跑进一只黄狗，便将肉叼跑，连那弓跟弹囊，也就丢啦。"何斌一听，连连点头说道："这样丢的情有可原。"杜林说："这还有情理啦，咱们这里谁出去买肉去啦？再者说，你那弹囊又没有盖儿。这么办，你叫鲁大叔带一个伙计，去到外边去找。要真找回一个来，那也算是丢啦，要不然的话，哼！我往下不说啦。"何斌说："你说吧，千万别不说。"杜林说："那只好就等到将来拜堂之时，一个也短不了。"何斌一听，心里就火啦，大声说道："鲁叔父，你与我找吧。要真给我定亲，是人也不靠近我，别说是亲戚，连朋友全都不会理我啦。我也对不起我那死去的天伦。"鲁清说："何斌呀，你可要再思再想啊！在当场动手，男女授受不亲，你为什么把人家举过头顶，是何道理？再说，你家也有个妹妹，你父不叫学武，也就是了。假如她也被人给举过头顶，那时你脸面何在呀？"杜林在旁说："你瞧是不是，只要他找不回来，等我给我何大爷报完仇，我再回家，永不跟他交友。自己父仇未报，就拿弓给你定亲，那样好吗！那还成什么英雄呀？"何斌一听，遂说："您就将那张弓给我拿回来就是啦。如若不然，我可另有对待。"鲁清说："小子，你不用说，我早将弓送给人啦。你便将我怎么样？"

何斌当时来了气，立脱了大衣，拿刀出来，推簧亮刀，在当院一站，点名提将，叫鲁清出来。鲁清说："列位别劝啦。"杜林说："谁管你们的事呢。"鲁清到了西屋，伸手取了自己的刀。大家正要拦他，鲁清一使眼色，众人便不相拦。鲁清跳在院中，何斌不容他站立稳，上前搂头就是一刀。鲁清往下一坐腰，何斌一闪，他挂着火，还真一刀快似一刀。开始鲁清不肯还招，后来看他不像事啦，只得还了招。叔侄打在了一处，真是棋逢对手，将遇良材。江南蛮子赵庭说道："二哥您看，这不是他给阴起来的吗？这黑间半夜里，倘若他们爷儿俩有一个走了神，挂了伤，这不是山东人自己就为了仇吗？"杜兴说："哥哥您就快想法子吧。"杜林便来到东间，说道："石大哥呀，大清是谁的？"石禄说："是我的。"杜林说："小何在院子里打大清啦。"石禄一听，急忙跑到外间屋。此时众人正在那里观看。石禄在人群中，伸手抓住何斌，大声说道："小何，你再要跟大清动手，我这一巴掌，可就叫二何家去啦。"何斌一见就急啦，跳过举刀奔石禄，说："石禄，你撒开。"石禄一撒手，他的刀直奔石禄砍来。众人一看他真是要疯。石禄听见后边带着风到啦，连忙一推何凯，转身一躲，扬手将刀磕飞，说道："小何，你还要动手吗？"何斌这么一想，石家门的功夫，比哪一门都高，自己便不敢再动手啦。此时鲁清坐在地上直喘。当下众人过来，将鲁清扶起来，大家乱到一处，暂且不提。

如今且说那霍坤，拿着弓和弹囊，要回转店中，不由心中暗喜。他从北边往东南绕走，一边走一边心中暗想：这才叫门当户对，可是有一件不对，我太小看鲁清啦。就以今天说吧，要没鲁清，这个定礼就拿不到手。从此以后，我霍坤可不要小瞧人啦。他看见那弹囊上有何斌二字，自己不好拿回去，便将那名字扯了下去啦。往前行走，进黄花庄，到了四合店中，便一直到了西院，来至北上房。那张氏安人迎了出来，老夫妻二人见了面，张氏说："原来达官爷回来啦。"霍坤说："安人呀，你我的女儿，我已给她找了个安身之处，就是那个在台上举女儿过顶的那人。"张氏说："好！那人乃是正人君子。他是哪一家的公子呢？"霍坤说："他的天伦，乃是山东何家口的，保水陆的镖，威名远震，那人姓何名玉，人称分水豹子。他是何玉之子，名唤何斌，逆水豹子何凯的侄儿。"张氏道："真有名望。不过你我的女儿，生性躁烈，要许配他身旁为妻，你我夫妻不亏此女。"霍坤道："安人，你看这就是姑老爷手使的军刃折把弓作为定礼。"张氏道："这位姑老爷，年长多大啦？"霍坤说："他跟姑娘同庚。"

　　张氏一闻此言，不由喜出望外，说道："想不到他也会打弹弓。咱们姑娘的可惜放在家中，未曾带来。"霍坤说："咱们招门纳婿，是个美事，可有一节，你没看见他身穿重孝吗？一时不能圆房，只因那何玉死在云峰、段峰之手，必须到西川子报父仇，然后才能迎娶。这不是刘荣当中为媒吗，可是多亏二弟鲁清，将定礼拿过。"

　　说着，夫妻二人已然来到堂屋，忽听东里小霞说道："娘啊，天到掌灯，我那爹爹还不回来，必是去寻找那胆大的狂徒去啦。待女儿收拾利落，带好绣贼砍刀，叫我兄弟霍全带好军刃，一同去寻找我的爹爹，以防有个一差二错，偌大的年纪，与人闹不得气了。"霍坤在外间一听，忙说道："姑娘，你尽管放心，为父的我回来了。"小霞说："那么您倒是找他去了没有？您怕孩儿我给您惹下杀身大祸？"霍坤说："我倒是上村庄去找，谁知他业已还完店饭钱，登程走了。"小霞说:"您不是寻找人家去啦,分明是给人家送信去啦。"霍坤说:"他既然一走,那就是怕咱们啦,恐怕夜间带军刀找他去。可是文武全是一样,谁也不能赶尽杀绝。"小霞说:"我已认准了他啦。有朝一日见了面,我非得用刀劈了他。"霍坤说道:"小霞,你千万不可如此,我去找他未见着他,我在黑夜间走到了松林处,谁知那林中有人在那里唉声叹气,意欲要悬枝高挂。"小霞说道:"那您为什么还不赶紧去救他呢?"

霍坤说道:"我到了松林里面将他救了下来,我便仔细一盘问他,原来他也是咱们西川人。他是因为欠了人家的店房饭钱,手中缺少银钱,无有法子偿还人家,因此被逼无路才上吊。他又因病魔在身,这才将他自己随身带的东西变卖了钱。那时他有一张弹弓及弹囊。他是用十两银子买来的,打算还要照先前买时的十两银子卖出。想你我父女平素要是在那外面见了这宗东西的时候,还得非买到手不成呢,如今何况此人又是在有病而又困难之中呢。"小霞说:"那您为什么不留下呢?"霍坤说:"姑娘,他是十两银子买的,还得卖十两。当时因为我的囊中也没有多少,要是多的话,我也可以周济他些银两。"小霞说:"你拿过来,我看一看这张弓。"说话,伸手接了过来,一拉弓,又一看弦,遂说道:"爹爹,卖弓的这个人,可比女儿我胜强百倍。他的弓法实有高招,女儿与他比较起来,一定得甘拜下风。"霍坤一想,她怎么会考查呢?便问道:"姑娘,你一拉弓,便能知道此人比你强,你是从什么地方知道的呢?"小霞说:"你有所不知。当年您传我之后,我师父又传给我,他说道:女人没有抛骨,至大的是三个劲儿。这张弓是三个半劲,因此知道此人比我强。"霍坤说:"好!那么我那拜兄名姓,你可记得?"小霞说:"我记得他老人家名叫神弓手安三太,对不对呀?"霍坤说:"不错,是此人。人说这张弓是几个劲儿?"小霞说:"是三个半劲儿。咱们家中的弓,是三个劲儿,我使着稍微大一点。"说着话便将弓挂在床帐帘上。霍坤说:"姑娘,给你这个弹囊。"姑娘伸手接了过来，往起一提，说道："这个人可有点暴殄天物，他把此囊撕破，真算是没厚成。"翻来覆去，就见在四个角上有青缎子的小字，是神手太保。遂问道："爹爹，这个当中的两个字，是那人的字号，但不知他的名字是什么？"此时霍坤是一时高兴，便信口说了出来："他名叫何斌。"那小霞姑娘今年二十有四，早已明白此事。不由心中所思，在台上动手，将我举过头顶，我听我刘叔父说，那人叫神手太保何斌，莫不成就我终身的大事，许配了他人，真叫我莫名其妙。霍坤从身上取出两个白布卷来，递给小霞，又冲她一比试，是叫她防备薰香等用。姑娘点头，接了过来。霍坤说："金屏、翠屏，你们两个人快侍候你家小姐睡觉吧。"说完，他便出门而去。金屏说："小姐，我们给您拿个必得来吧。"姑娘说："好！拿来之后，你们俩人回到西屋，侍候你家主母去吧。各人拿好军刃，在西屋防备着，夜里无论有什么动作，千万别害怕，全有我啦。告诉两个婆子，也别喊叫。"金屏二人说："是啦。"两个人答应着，出了东间，往西里间去了。欲知后事，请看下回分解。

第三十二回

衔素恨傅虎探花　霍小霞弹打淫寇

　　话说小霞看他们走后，将双扇门紧闭，把灯儿放桌子上，另外又点一盏。她便斜坐床上，伸着一条腿，盘着一条腿，斜倚在靠枕上，思想那白天之事以及这张弓。此时霍坤夫妻在西屋与霍全用完了晚饭。夫妻收拾利落，各将砍刀预备手下，说道："霍全呀，你在外屋去加强防备，今夜恐怕有事。你姐姐我已然许给何斌身旁为妻。白天打擂上来那三寇，乃是那西川路莲花党的人，我恐怕他夜内前来偷行不法。那时给咱们父子的名誉上，可大有妨碍。这里有白布卷给你，小心在意，千万别疏神。"霍全说声"是啦"，连忙自己收拾利落了，将刀背在身后，自己到了外屋，将屋门关上，便在屋中坐着，静待动静。　他们暗中防备不表。如今且说傅虎他们五个人，在擂台分手后，暗中跟着车辆，直到了黄林庄，看他们进了店。哥五个看好，这才回来，找个酒楼用酒用饭。吃喝完毕，算清了酒楼饭钱，五个人出了酒楼，来到西村外，进到一片大松林中，席地而坐，静等天黑后，好前去行事。他们靠在松树上，傅虎说道："四位贤弟，你们看那个霍坤老匹夫，最为可恨。他不知道跟咱们接近，尽跟西川老乡亲为仇作对。他又将他女儿霍小霞，许配那山东何玉之子何斌为妻，真是舍近求远。"傅豹说："兄长，你还不知道吗！西川练武的倒是不少，只是正门的人太少，那就别怨他不给咱们啦。莲花门的人更多，全都采花做案，叫人心中不佩服。再说，他们全是保镖的，咱们是贼呀，跟他们冰炭不同炉。"傅虎说："你不用说别的。我们在今天晚上，设法前去，到了那里，全凭薰香成功，到那里将她薰过去，先采了她的花，然后拿上她的一双小绣鞋。那时一定把霍坤与他们大家气死，撅他们个对头弯。"说着话，五个人在树林中直耗到初更。

五寇一边说，一边收拾齐毕，将白蜡捻儿熄灭，大家一齐出了树林，直向黄花庄而来。五个人各施展夜行术，各显奇能。少时一到黄花庄西头，扭项回头往后一瞧，并无跟随之人，这才进庄来到店外。此时那店中正收拾完了，关好大门，众人在柜房闲谈。五寇飞身上房，爬房坡来到里面，那高先生问道："张二，你可将大门关好？"张二说："全关好啦。方才霍老达官还叫打更的少上花墙门楼那边去，他们不叫闲人过去。"五寇一闻此言，知道霍家住在那里，这才一齐奔了后边。

少时看见那个瓦门楼。傅虎便命姚庆、姚明奔了西房，傅荣、傅豹奔东房，叫他们巡风了望，然后傅虎取出问路石来，蹲在院中，没有人声犬吠，这才下了房。到了院中，长身形往北瞧，就见北上房东头掖间里有灯光。此时他因为是偷花盗柳的心盛，于是便蹑足潜踪来到窗下，连大气全都不敢出。他用双手一扶窗台，侧耳细听。屋中并无动静，遂取出银针，刺了一孔，口含大指，闭着一目，往里观瞧，就瞧见那床上搭拉着一条腿，葱心绿的裤腿，下边窄窄金莲。傅虎来到后院。来到后窗户，又用针刺了一孔，往里一看，跟那姑娘对了面，一会儿见她和颜悦色，忽然又面带怒容。傅虎一见，忙取出解药来，自己闻上，又取出薰香盒子来，取出仙鹤，用大指捏盒子，顺进窗户，右手拉仙鹤腿，里面自来火着啦，那薰香一道白烟，直奔姑娘而去。

且说霍小霞在屋中本来未睡，那傅虎在南窗户扎窗户眼的时候，小霞就听见啦，不由注了目。后来又听见后窗户一响，一道白烟向自己而来，连忙一卧身，偷偷取出白布卷来，塞上鼻孔，一伸手取下折把弓，左手取出四个弹子来，扣好了弦，拉弓，对准了那个白烟的来处，大指一领，右手一放，"吧"的一声，四个弹子满全打在傅虎的鼻梁子上啦，就听外边"噗"的一声。里间霍坤夫妻尚未敢睡，只因白天有莲花门的人来打擂，唯恐夜间有人前来。果然东屋有了动静，弓弦吧的一声响，忙用耳一听，明间没有动作。忽然听见东屋后窗外有动作，连忙亮刀将门开了，跳在院中，飞身上房，到了中脊了，往四外观瞧。就听西里间窗响，他连忙又来到前坡，低头一看。霍坤叫夫人快预备："外边有动静。"当时夫妻二人抓刀登床，一抬腿就将窗户端开啦。夫妻二人也跳在院中，转身形上了房，忙问房上什么人。霍全说："爹爹，正是孩儿。"霍坤说："霍全，你看见有什么黑影没有？"霍全说："爹爹，您不要担惊。方才孩儿上得房来，看见有五条黑影，一直奔正西。"霍坤听到此处，不由心中大惊，忙问道："我儿快去查看查看，可有什么印迹没有？"霍全细一看那里放着一个薰香匣子，又看到后窗户扎了一个小孔，连忙取下来，跳到地上，提刀转到前院，说："爹爹，您请下房来。"张氏、霍坤老夫妻二人闻言，跳下房来，他们一同来到屋中，忙将灯光点好，放在桌上。霍全说："爹爹，这里有一个棉花攒攒。"霍坤说："你看上面可有字迹没有？"霍全拿到灯底下一看，原来上面写着一行小字，是小蜜蜂傅虎。霍坤说："此物咱们可带不得，急早刨坑掩埋为是。"霍全出去，连忙到外面给掩埋好了，二次回到屋中。　霍坤说："霍全呀，你快到东里间看一看，你姐姐的印堂有守节砂没有？要有，你我全家的命在；要是没有，那可就急速全家离开此地，找一僻静所在，全家自尽。你我没有脸目再生于三光之下啦。"霍全说："您不必着急，待孩儿到东屋去看。"说着话将刀放下，端起灯来，说道："二位老人家可千万别着急。"当时他来到东里间，用手一推东掖间的门，口中说道："姐姐，您这屋中有什么动作吗？"听见小霞在屋中说道："外面什么人？"霍全说："姐姐，正是小弟霍全。"小霞说："你不睡觉，来到此处有什么事呢？"霍全说："您这屋中有动作吗？"小霞说："不错，有动作。"霍全说："您把屋门开开，我到屋中看看。"小霞一闻此言，不由心中暗想：你说要不叫瞧，恐怕我爹娘心中着急；您说叫他瞧吧，此时屋中香烟全满啦。说："你先等一等，我将薰香放一放，这屋内烟气全满啦。"说完她翻身起来，伸手取刀将北窗户纸给划破啦，转身又到南边，将前槽窗户用木棍支开。不大工夫，那烟就全出去了。伸手将灯残芯掸去，这才将门插关拉开，双手一支门口。那霍全举起灯，一看他姐姐的芙蓉粉面，印堂守节砂未动，心中这才放心。遂问道："姐姐，此贼寇没进来呀？"小霞说："爹爹早已嘱咐，姐姐我不敢睡觉，倘若疏神大意，岂不受了那贼的薰香？他进屋来，与我名誉有关。"霍全将前后窗户放了一下来，将灯安好，这才转身来到外间，禀报他父母说道："二位老人家，您请放宽心，我姐姐的守节砂未动。"书中暗表：守节砂，要以古事今比，这种东西名目，出在江苏省大户人家，为保全家风，所以在一初生时就点好了。第二天霍坤派霍全到黄林庄，告诉大家说："我收拾齐备，与他们一同入川，必须稍候几日。"霍全说："是。"此时外边有黄六、黄三，将银钱箱子搭到四合店，令霍老达官查点齐毕。霍坤说："黄六、黄三，你们二人，我每人谢你们纹银一百。那四十名站台的，每人所穿的衣服满归他们所有，另外每人送二十两银子。"众人谢完走去。又叫来店里伙计，算清店饭账，就一齐给钱，要他一个清单。伙计答应，出去告诉先生，一齐算清，开单子交与霍坤。那先生问道："老达官，您几时还上这里来？"霍坤说："皆因五路达官，我全略知一二，所以我才用假名住店说我姓吴名叫振山。而今我归回本姓，我祖居西川霍家寨，我姓霍名坤，外号人称金刀赛判官镇西川。"他一通报名姓，那店东黄甫说道："达官，我问贵公子今年多大？"霍坤说："此子今年二十一。"黄甫说："老达官，您夫妻二人随我来。"霍坤老夫妻随着他来到店的后跨院。黄甫说道："家里的出来见见老达官。"屋中走出黄范氏，出来与他们相见。原来在霍坤初一住店的时候，她们姐妹俩就投缘，姐妹将他叫了出来，自然都是熟人啦，立时让到屋中。霍坤与黄甫一考究年岁，霍坤说："兄长，您比我年岁大吧，今年多大岁数啦？"黄甫说："我今年六十八，您呢？"霍坤说："我今年六十有六。"黄甫说："霍达官，这个女儿，不是我亲生女儿，我夫妻二人太孤，您那嫂嫂这一世未曾生养。她母暗地访查，少达官乃是正人君子。我打算将我小女许配少公子为妻。"说话之间，他妻范氏连忙从东屋叫出姑娘玉屏来，叫他赶快上前与你公爹行礼。姑娘从东间出来，便与霍坤跪下叩头。范氏说："女儿，你不用起来啦，就便与你婆母行礼吧。"此时臊得姑娘面红过耳，不敢违背，这才又与张氏行礼。张氏一见此女，长得容貌美，真比自己女儿还长得好看。范氏说道："派人快去把霍小姐请来吧。"婆子答应，连忙出去到了西院，便将霍小霞请到。小霞早知有事，便带好了几锭金银，一齐来到后院。婆子说："主母，霍小姐来啦。"范氏与玉屏连忙迎接出来。小霞一看，出来这个玉屏姑娘，长得十分好看，不由心中暗想：照这个样的姑娘，要在家中侍候我二老爹娘，实比我胜强百倍；要许配我弟，真乃是天下第一美事。想到此处，她二人携手来到屋中。范氏令玉屏与小霞行礼。小霞用手相搀，说道："妹妹少礼。"说着话伸手从兜中拿出两锭黄金，说道："妹妹，这里些微黄金，请你拿去，买枝花带吧。"玉屏接过，连忙致谢。姐妹一同来到西跨院去谈话不提。

黄甫与霍坤弟兄在一处谈话，黄甫说道："霍老达官，你我既为儿女亲家。我那姑老爷，保镖为业，我女不会练武，一切多求您原谅。最好您将此女带走，择个好日子，与他二人圆房。"霍坤说："亲家且慢，必须容我们到山东就亲，回头再办此事不晚。"黄甫说："您将侠女许配何人？"霍坤说："我将小霞计配山东何家口为首的，姓何名玉之子，名叫何斌。"黄甫说："我这店中时常住镖车，往来水旱达官不少。西川路的达官，也常住在此店。我跟您打听一友，您可知晓？此人姓尤名斌，外号人称亮翅虎的便是。"霍坤说："我与他孩童之交，亲弟兄一般。"黄甫一闻此言，不由哈哈大笑，说道："原来你我弟兄是又亲又友。亲家，今天我跟您启个齿。"霍坤："有甚话请说，何言启齿呢？"黄甫说："您要上山东就亲，请把您那镖旗，借我一用。"霍坤说："您要镖旗有什么用处呢？"黄甫说："交朋友，名姓值金子。我将此旗插在影壁头里，可以吓退毛贼草寇。"霍坤说："此地还有不法之人吗？"黄甫说："有哇！离此地正东，地名叫李家场，此人姓李名方，外号叫青头蝎子，此李方乃是江洋大盗。正北卢和县太爷剿拿他好几次，此贼远遁脱逃，竟在此县该管地面上，落下些个因奸不允、刀杀少妇长女之案，有尸无头。"霍坤说："亲家，你不必担惊，叫黄六、黄三，擂台别动，立擂日子不满，将我这支镖旗插在门前，再找几辆大车放到东院。我今天起身够奔西川，为的是替我家姑老爷报那杀父之仇。报仇已毕，再到山东就亲；就亲回头，再给他们圆房。我回家之时，必要扫灭李家场，将李方捉住卢和县归案。"黄甫说："那我就替本县的太爷谢谢您啦。这一来这本地面就全太平啦。"

范氏姐妹俩此时直奔西院，当时叫人去找霍全来到屋中，令他与岳母行礼。霍全赶紧给范氏行礼，然后到了后宅，又与黄甫行礼。霍坤说："儿呀，快将你那银镖一支，取出作为定礼。"臊得霍全呆呆发怔，面红过耳。霍坤到了外面，买了一张约纸，将此镖包好，交与黄甫。天到平西，大家人等吃喝完毕。霍坤说："亲家，我们众人走后，您赶紧预备大车小辆，将镖旗插在车上，或是插廊子底下，我保家宅长无事。"那外边早将车辆马匹，通盘预备齐毕。霍张氏与姑娘母女上了驮轿，婆子丫环上车辆，黄甫率领先生伙计往下护送。霍坤父子竟力相拦，说道："黑天半夜，不用送啦，快回去吧。送君千里，终有一别。您请回吧。"黄甫这才一抱拳说："那小弟我可就不往下送啦。"眼看着他们出了村子走远，这才回到店中，便带人将西院收拾好了，又锁上门，嘱咐伙计道："你们多要留心。这个西院无论什么人来租，千万的婉言谢绝，谁来也别租。防备那霍老达官他们回头，没地方住。"伙计答应。又叫黄六、黄三："把擂台告条上再添写两个月，一切东西千万别动。你二人谨记在心，此事千万别外头说去。"他二人点头，照着去办，按下不表。　如今且说霍坤，他们全家直奔西川。一路之上，有书即长，无书即短，每日饥餐渴饮，非止一日。这一天，天到正午，看前面有片松林，道旁有个土山子，松林稠密。霍坤说："霍全，你先头里去看看道去。据我看，这个树林必有岔事。"那霍全到了前面，拐过土山子，来到松林切近，早看见林中有那西川傅家寨的五寇，不由心中暗想：哎呀！如此看来，我爹爹眼力不差，真看出来啦。就听傅虎说道："四位贤弟，那霍坤老匹夫从此路过，你我弟兄非截杀他们不可，那霍坤由我战他。"金头蜈蚣傅豹说："兄长，我去迎敌那张氏。"小花蝴蝶傅荣说："我战霍全。"傅虎说："姚庆、姚明，你二人将话听明。那飞弹嫦娥霍小霞由你二人去战。"四个人点头答应。小金刀霍全一见，连忙哨子一响，土山子那边车辆就打了盘啦。霍坤下马，亮军刃迎上前来。五寇一听，知道他们到啦，连忙收拾利落，扒簧亮刀，出了树林。傅虎急忙上前说道："这位老人家，休要动怒，小婿傅虎等候多时。"霍坤说："好你个大胆的恶淫贼，休走，看刀！"傅虎往旁一闪，急架相还，二人打在了一处。傅豹上前迎住张氏，口尊："亲家娘，你老人家，休要动怒。"张氏说："胆大淫贼，今天妈妈与你一死相拼。"说着话上前扬刀就砍。傅豹往旁一闪，托刀往里就扎。张氏用刀往外一挂，打在了一处。傅荣上前敌住霍全，姚家弟兄迎住霍小霞。小霞上前举刀来劈姚庆。姚庆往旁一闪，反身撩阴一刀。姚明躲开了。当下他弟兄二人，就把姑娘给围上啦，两口刀上下翻飞。姑娘这一口刀，真是神出鬼入。按说事情虽是假的，可是书中的理由可是真的，一人难敌四手，好汉架不住人多。二寇工夫一大，也是累得力尽筋疲，汗流浃背。小霞也累得喘不上气来，香汗淋漓。小霞一看二老已然被人家给打得只有招架之功，并无还手之力，遂低头一想，计上心头，提手一晃，下边一腿先把姚明踢了一个滚儿。小霞是真急啦，跳过去就是一刀。姚明正要往起爬，一刀砍在脖项上，噗咚一声，姚明的尸首两分。姚庆一见，眼就红啦，上前提刀就砍。小霞一见，知道他急啦，连忙横刀一架，顺刀扎伤他的肋，红光崩现，鲜血就流下来了。姚庆往外一纵身，口中说："三位兄长，我弟姚明死在丫头的刀下做鬼，小弟我身挂重伤。"正说之间，姚庆看见从西边飞也相似的来了两个人，细一看，原来是叶德、叶喜。姚庆大声叫道："好了！你们哥两个快来吧！好与我兄弟报仇雪恨。"二人一听，连连答应。

原来二人是从银花沟来，因普铎与云峰等三人，让他二人前去山东，探一探他们西川报仇之人："你们两人赶快去打听，回来好做准备。"当下二人奉令下山，往下行走。今天来到这片松林，名为狮子山，见他们在此动手。两个人收拾齐毕，亮军刃正要过来动手，忽听东面有人一声喊叫。姚庆说："大哥，你听这是谁喊啦。你我弟兄给个三十六着，走为上策。"傅虎、傅豹、傅荣一听全都逃了。这里霍坤也已累得躺在就地，口吐白沫。霍全与小霞也是喘作一团。原来正东面来人，乃是猛英雄石禄，一嗓子惊走了群贼。石禄说："老霍子，你们大伙上这里来啦。我说找不着你们呢，原来你们跑到这里，今天我可找着你们啦。"说着话，他绕过狮子山，下了马，正要往树上拴。东边又有人喊道："石大哥，先别拴马啦。"说话之人正是杜林。

书中暗表：原来他们众人在黄林庄三义店内，收拾好了东西物件，大家一齐起身。鲁清一想，还有一件事，须向大家说明，当时说道："何二哥，那霍坤也派人来告诉咱们大家一个话儿，说是把擂台之事办完，好一同起身。小弟我一听上言不搭下语，可不是我鲁清多猜疑，霍坤他许把咱们安在店中，然后他们全家起身，够奔西川银花沟，要给何大爷前去报仇。你们二位谈话之时，我看出行踪，他说话是喜笑颜开，心中放了心啦，因为他已给姑娘找好了安身之处啦。可是有时他一咬牙，那不用说，他是暗恨云峰。小弟我能猜透其肺肝，霍坤他一定要买咱们山东省的好儿。我说这话您信不信？可是他女儿要许给别人，咱们不管，如今他给了咱们这面的人，那我可得注点意。再说，因为西川淫贼上台打擂，被他们给打了下去，我看见他们的眼神不定，不用说这三个小辈一定是莲花党的贼人，他们要是记恨上啦，那时可难免的在后面相随，夜间有偷花盗柳之情，那时他们栽啦。他们没什么，可是咱们山东的一千群雄，栽不起呀。二哥是咱们山东省的人，全是报仇心盛，那么在中途路上，给孩子他定了亲啦，咱们想得到，他们也许做得到，可是不能不这么预防着。您先不用对旁人说，跟我刘荣刘大哥，咱们兄弟三人，夜换紧衣，前往黄花庄，去设法保护他们，因为霍小霞已然是咱们山东的人啦。倘若夜间三寇到他们那里，往屋中一放薰香，然后三个人进到屋中，摸了姑娘一把，那咱们就算栽啦，落了个好说不好听。"何凯说："也好。"当下便告诉刘荣，三个人同了心。天色已晚，吃完晚饭，鲁清说："二位仁兄随我来。"刘荣、何凯，随鲁清一同往外。店里伙计问道："您三位干什么去呀？"鲁清说："到一趟黄花庄。"店里伙计连忙过去，将大门开了。弟兄三人来到外面，一同来到黄花庄。到了黄花庄西村头，往里一到村内，天已然黑啦。哥三个到了四合店，围左右绕了一个弯儿，细看门框上，下边有一个莲花记儿。鲁清说："二哥您看，没出小弟所料吧。"当时三人找了个僻静之所，换夜行衣。鲁清说："咱们哥三个上房去，全在北房上等着。"此时天到定更时候。鲁清往前坡爬走，一看霍坤正在屋中嘱咐霍全，然后在西间又嘱咐张氏，就听他说："鲁清能言，才将姑娘许配何斌为妻，那张弓与弹囊，全是姑老爷的，必须好好与他人保存着。"鲁清一听这话，才回到后坡，将此话传知他二人。三个人便顺北房往北观看，因为房屋太多，一直往北而来。过了两层房来到西房前坡。鲁清说："二位兄长，咱们在此地，可以往店里瞧，哪方面来人，咱们都可以看得见。他们决不能从正南来，咱们在这里就可以看三面啦。"

不言他弟兄三个人暗做准备。少时天到二更，忽听院子里有响动。三人一长腰，看见有五条黑影，一直往正西。鲁清说："咱们弟兄三人，只顾在前坡说话，真不知道他们是从哪边来的，好令人纳闷。"刘荣说："鲁贤弟，西川路虽说不少淫寇有那小巧之能，但都不在咱们之上。"鲁清说："大哥您要追他们，可以在暗地里追。我二人在店中守候。"刘荣说："好吧。"说完，他下了房，暗中跟了下去。他可不敢明追，离了黄花庄，认上大道，一直正西。听见五寇在前头说话，傅豹说："大哥您怎么啦？是挂了什么伤啦？"傅虎说："霍家那个丫头拿弓打了我啦。"刘荣一听，急忙撤身回来，见了鲁清、何凯，说道："你们哥俩不用担惊啦，小霞拿折把弓把贼打啦。走吧，咱们回去吧。"说完，三个人便下了房，到了平地，将大衣解下，穿好了回到黄花庄。到店门口一叫门，伙计开了店门一看，说了声："喝！原来是三位达官来啦。"鲁清说："伙计，明天你们择出两个人来，到黄花庄西村头去了望。若看见打擂的他们满门家眷出村，急速回来禀报。"伙计答应。第二日天明，大家吃完早饭，白天无事。到了晚上，店里伙计回来啦，说道："列位达官，您不是叫我们上黄花庄西村头去看那立擂的霍老达官吗。那庄里有一个遛马的，这个人尽指着拉缰吃饭，拉缰就是骒马贩子，他哪个店里，全都能够，马的成色，马的脚力，他是说一不二。适才在西头，看见我们人，他问我们在这里做什么呢？我们将此话一说，他说霍达官他们全家今天晚上起身，车轿东西物件，满全收拾齐毕。"鲁清说："这个人姓什么？"伙计说："此人姓牛。概不说谎言。"鲁清说："刘大哥，咱们弟兄明天一清早起身，也就成啦。"他们商量好啦。便吩咐杜林叫大家将东西物件弄齐啦，店钱一齐给清。第二天一早，他们众人就出了店。伙计给大家拉过马来，众人上马往下行走。何斌说："石大哥，咱们哥俩赛马呀。"鲁清说："你要跟他赛马，你可要多多留神。现时离西川可近啦，沿关渡口有个不方便之时，他有个一差二错，这个仇可就报不了啦。"何斌说："鲁大叔，不要紧，我们当注在心意。"书要简短，天天哥俩赛马。原来石禄这匹大黑马，实比那马快，再把肚带勒紧了，这匹马哪匹都比不上。这一天石禄说："小何，我把马的肚带勒一勒，咱们再赛一下子。"说着话，便把马的肚带勒好，成了葫芦形啦，然后飞身上马。石禄一打马，此马四蹄蹬开，早把他们众人全给落在后头啦。走了不大工夫，看见眼前有骡驮轿，打了盘啦。他不知道是谁的，连忙问道："你们是哪里的呀？"车夫说："我们是西川霍家寨的。"石禄说："你们为什么不走哇？"车夫说："前边有贼人断道。"石禄一听，急忙上前，一转过狮子山，大声喊道："老霍子。"这一嗓子，惊走五寇。会友熊鲁清众人大家一齐来到近前，便问车夫道："你们大家在此做什么呢？你们是哪里的？"车夫说："我们是西川霍家寨的。"鲁清说："杜林你过去，快把你石禄大哥叫到西北角树林中。你们大家也在那边候等于我，待我过去问一问。"杜林答应，前去叫石禄。鲁清、刘荣、何凯三个人，来到狮子山前面，一看霍坤全家，累得力尽筋疲，小霞连急带气，挂着一口绣鸾刀，浑身立抖；霍全也是挂着刀，汗流浃背；霍坤夫妇二人倒在地上，累得口吐白沫。鲁清说："你千万不用着急。有我到了，是事好办。"霍全点头。鲁清道："你快去到那驮轿旁边，将那婆子丫环叫来，好撅叫你母亲与你姐姐。"霍全答应，连忙来到正东，将婆子丫环一齐叫到。他们忙将张氏与小霞挽到东边驮轿旁边。霍坤缓过来说："三位是我全家救命恩人，受我一拜。"鲁清说："霍大哥，您这是上霍家寨吗？"霍坤说："我们是赶奔西川银花沟。一来为尽亲戚之礼，与我那死去的亲家报仇雪恨；二来也可以尽其交友之道。"鲁清说："确实吗？"霍坤说："焉能是假呢！"鲁清说："霍大哥，可见得您将女儿许配山东省，心田倒是不坏。您跟何玉结了亲，确是实情。可是他们二人圆了房吗？他们没圆房呢，您就敢上西川去给亲家报仇。您上西川银花沟，那里淫贼太多，智谋太广。山里面埋伏好了绷腿绳。出来几名人等，与你们一家一动手，人家假意的败，你们一贪功，往城追，那时人家将你全给抓啦，你们夫妻俩跟霍全会是什么情形，那没的可说。倘若那小霞姑娘，被他们摸了一把，你们霍家栽得起，我们山东的宾朋可栽不起。趁早把折把弓定礼与人拿回，这门亲事我不保啦。"霍坤一听此言，这才如梦方醒，遂说："贤弟别看你比我年纪小，可是比我胜强百倍。贤弟，依你之见又当如何？"鲁清说："依我之见，您快将姑娘送回霍家寨，然后你父子再回来，与我们大家一同上银花沟。你父子到了那里，要有一差二错，我敢说，能叫他们十五条人命抵住你们一个人。"霍坤这才点头，遂说道："既然如此，鲁贤弟，那咱们银花沟见啦。"鲁清说："霍大哥，您赶紧走吧。我到时候手提着三寇的人头，一回山东，前去祭灵。那时您带着姑娘上山东去就亲，给他们小夫妻圆了房，大事已毕，有什么话咱们再说。"霍坤夫妇当时告辞走啦。刘荣、何凯、鲁清弟兄三人来到西北松林，石禄说："你们都来啦，我走啦。"说完，伸手拉过黑马，飞身上马出松林，认大道，一直往西。众人一见，也就各自拉马出松林，都上了马，也认着大道，一直往西而来。要知后事如何，且看下回分解。

第三十三回

穿山熊戏耍张文亮　白胜公巧遇众英雄

话说石禄一合镫，催马往西而去。走到太阳平西，马已累得浑身是汗，直打响鼻。石禄一看，道的南北两边全是柳林，连忙翻身下了马，拉马进了路南这个树林。他刚一进去，看见挨着柳树坐着一个瞎子，看他站起来，身高七尺，伸着一条右腿，可是盘着左腿；身穿蓝串大褂，洗得全没颜色啦，上头补丁压补丁，青纺丝的里衣，袜子全成了地皮啦，两只鞋，是一样一只，一只实纳帮，一只叠铺扇，麻绳捆着，在面前放着一个长条包袱；看他脸上，面如蟹盖，细眉毛，圆眼睛，鼻直口方，大耳相衬，头戴一顶草帽，上头稍有几根红缨。石禄便将黑马拴在树上，说道："老黑，这里有个瞎子。他在这里坐着，我把他包袱拿过来，看一看里面有什么。"他这里一说，那先生可就听见啦。他将马拴好，那先生的马竿，也就到了手里啦。石禄过来伸手刚要拿，人家手比他快，早就拿到手中。石禄说道："瞎子，你不瞎吧。"书中暗表：原来此人乃是夜行鬼张明张文亮。他没见过石禄，石禄也不认识他。石禄回头一瞧，张明一长腰就起来啦，忙撒手马竿，照着石禄的后脑海就抽，马竿带着风就到啦。石禄一掖脖子，上前一把，就把马竿抢过来啦。张明说："我瞎不瞎，你管得着吗？"石禄说："要是瞎，怎么知道我要拿你的包袱呢？"张明说："你跟那黑马一说话，我才把包袱拿了过来的。"石禄说："瞎子，你说你瞎，我知道你不瞎。人家瞎子全是凹眼泡，怎么你是鼓眼泡呢？你这个马竿怎么是铁的呢？"这条马竿七尺长，上秤有二十七斤半重，用轴线藤子勒出竹节来，绿桐油和齐油好啦，猛然一看，真好像一根青绿竹竿，其实他跟人动上手，实有特别功夫，神鬼莫测。他这条马竿，又当大刀使，又当大枪使，按三十六手行者棒，外加十八路六合枪，又加上四路春秋刀。这位说，说书的你别废话啦，马竿怎能当大刀使呢？原来那马竿一头是扁的，有一个小环儿，报君知二面是刃，风霜快，要将他挂在马竿上，当大刀使，厉害无比。

　　书中垫笔书，他们来了弟兄三位，还有三爷，姓苗名庆字景华，别号人称草上飞；还有他四哥，此人住家兖州府南门外白家口，姓白名坤字胜公，外号人称水上漂。皆因为八个人庆贺守正戒淫花已毕，大家各自回家，谁也没见着谁，他们谁也放心不下谁。苗庆有怜兄爱弟之意，听见人说，那沿关渡口被那淫贼作下些个伤天害理之事，草上飞苗庆这才与五弟张明、四弟白坤说道："莲花党之人，尽在外作些伤天害理之事。又加着有土豪恶霸，真不能令人心安。"白胜公道："五弟，咱们哥三个，必须到外边访查访查才好。"张明说："怎么访查呢？"苗庆说："五弟，你那个包袱里，有什么东西？"张明说："里头有串绸大褂一件、裤褂一身、两双袜子、一双鞋、两挂制钱。"遂说："二位兄长，咱们要走在村庄镇店，要将包袱放在我左右，你们两个在左右看着。有那爱便宜的主儿，上前将我包拿去，你们俩不论是谁，要上前把他拿住，交给我。拿的主儿不知道这里头有什么，我自己出主意，来诈他一下子。"白胜公一听，心中就不愿意，遂说："五弟，你这就不对，这不是没事找事吗？"张文亮道："我这个包袱，要是在眼前放着，不爱便宜的主儿，他不拿。他只要是爱便宜，专欺负没眼睛的主儿，有我这么一警戒他，下次也就不敢啦。"二人一听也对，当下弟兄三人由山东起身，往西川路上走来。

这天走在中途路上，白胜公说："眼前可到了一个大村庄啦。"说完向村里走去。将到村口，看见迎面来了一个老头儿，连忙一抱拳，说道："这位老丈，我跟您领教领教，贵寨村唤作何名？"老者赔笑道："这里名叫祝家河。"苗庆说："道谢道谢。"苗庆由此往西，看见街北有一个酒铺，来到切近伸手一拉门，口中说道："辛苦啦！您这里是酒馆吗？"里头有人答道："不错，我这里是酒馆，您是吃酒吗？"苗庆说："对啦。"便到里面，找一张桌子坐下。伙计打过酒来，送过各样酒菜。

不表他在此喝酒。且说那张文亮，拉着马竿，打着报君知，进了村子，来到大门的西隔壁。到了铺子的台阶上，用手一揉眼泡儿，黑眼珠放下一点来。要不知道的主儿，冷眼一看，他还真是二目不明。他便坐在台阶上，将包袱解下，放在一旁，自己往后一靠，他是闭目养神。这个时候由大门里出来一个仆人，年岁也就在三十上下。他来到切近，一伸手便将张明的包袱拿起，一直往西。苗庆一看，张文亮坐在那里说道："你们这村子里欺负瞎子呀，有人把我的包袱给拿走啦。"这一嗓子不要紧，从门洞出来六七个仆人，问道："先生你别嚷，谁把你包袱拿走啦？"张明说："我那包袱里有钱，他拿走了可不成。"当时有一个年老的仆人说道："我说咱们这里是谁拿他的包袱，趁早给他拿了回来。要不然被咱们庄主知道，那可是不但照赔先生，谁拿去还得把谁吊起来打一顿，还得把他逐出村外。来呀，先生您先这边来。"说着，把张明带到西边一点，正对着酒铺。张明说："老者您贵姓？"老者说："我姓祝，名叫铜山。"张明点头。铜山说："你们大家快给找去，是谁拿去了。方才除非是给庄主遛马的那个人，他是才出来，这不用说，一定是他给拿走啦。你们快给找去吧！"此时有许多人往西追下去了，直到西村口以外。　路北有片松林，众人到松林一瞧，原来遛马的周二滚子，正坐在地上打开包袱清理啦。这里有人说道："滚子，你别看啦，快给人家送去。这要叫庄主知道，你说你这一顿打，能轻不能轻？那不是说拿就拿的。"大家上前揪住他，又有人过去将包袱又给包好，一齐回到村子里来，又来到酒楼门前。此时看热闹的人越来越多。他们将二滚子揪了回来，祝铜山问丢包袱那人："先生您贵姓？"张明说："我姓张，名叫张明。"祝铜山说："那包袱里有什么呀？"张明说："里头有一件蓝串绸大褂，一身小裤褂，两双袜子，一双鞋，两挂制钱，十二两白银。"祝铜山听他说完，便将包袱拿了过来打开一看，物件全有，就不见十二两白银和两挂制钱。大家人等一看，有作好的作歹的说道："先生，是你所说的东西物件全有，就是没有银钱。"张明一闻此言，跺脚捶胸，跳起来就喊："这可要了我的命啦！"众人正在这里议论，从打庄门里出来一位。苗庆一看，此人身高八尺开外，武生打扮，胸前厚，膀臂宽，脸如重枣，粗目阔口，鼻直口方，大耳相衬，光头未戴帽，高挽牛心发髻，蓝布贴身靠衣，青布护领，青抄包扎腰，蓝布底衣，鱼鳞洒鞋，青布袜子，蓝布裹褪磕膝，年长在四十上下。苗庆看罢不认得，忙向铺掌柜打听，问道："掌柜的，这位就在这里住吗？"掌柜的说："不错！他就在这里住。"苗庆说："此人贵姓大名，你可知晓？"掌柜的说："您若问此人，他姓祝，名叫祝猛，排行在二，别号人称紫面天王。这个人太忠厚啦，他们亲哥四个，大爷叫铁面天王祝勇、三爷叫花面天王祝刚、四爷叫翠面天王祝强，他们弟兄，全是挥金似土，仗义疏财。我请问这位酒客，您贵姓呀？"苗庆说："我姓苗名庆。他们兄弟以何为业呢？"掌柜的说："务农为业。但这哥四个，都好武爱练。"苗庆说："他们爱练，但不知是何人所传？他们是哪一家呢？"铺掌柜说："他们乃是仙门传授。"苗庆说："道长在哪座名山洞府参修？姓什名谁呢？"铺掌柜说："这位道长，是来无踪去无影。因为他弟兄一问道长贵姓，那道长就一去不来啦。"苗庆说："这位道长说话的口音是哪里人氏呢？"掌柜的说："听见他们说过，是河南省的口音。"正说着，就听外面祝猛问道："你们为什么在这里喧哗？"便将二滚子拿瞎子包袱之事，说了一遍。祝猛说："滚子呀，你们是祝姓之人，倘若是外姓之人，我早将你赶出庄去。你倒是拿人家的没有？"二滚子说："这个包袱，倒是我拿的，不过里头实在没有银钱。"祝猛一听，忙问道："先生你贵姓呀？"先生道："我姓张，单字一明。"祝猛说："您那个包袱里有多少银钱呢？"张明说："十二两白银，两串制钱，我那钱全有记号，是字对字。"祝猛忙问二滚子："你倒是拿没拿呀？先把大衣服脱下。"二滚子一解抄包，那两串制钱就掉下来了。祝猛一猫腰，将钱拾起一看，不错，是字对着字，回头说："滚子，这你还有什么话讲？叔父，他这个样，您要快给回禀，可就将我弟兄的名气给毁坏啦。我是祝姓之人，我得加着倍重办，我要不将你放在重墙之内，以后你还不一定作出什么不才之事。来呀！进去回禀我兄长，拿出十二两白银。"仆人答应，连忙到了里面，少时拿出十二两白银交与祝猛。祝猛伸手接了过来，说道："先生，这是我庄中有此不法之人，将您白银拿去。先生您家住哪里？"张明说："我住家在苏州南门外太平得胜桥，张家镇的人氏。"祝猛说："您住口。我跟您打听一位朋友，您在那里是祖居吗？"张明说："不错，我在那里是祖居。但不知您打听哪一家呢？"祝猛说："此人是八门头一门的，在苏州是著了名的人，排行在五，姓张与您同名，号叫文亮，别号人称夜行鬼。"张明冲他一翻白眼，一点黑眼珠没有。祝猛一瞧，忙问道："阁下可曾认识？"张明说："我与他最好，不亚如一母所生，我们乃是一爷之孙。我与他与别人大不相同，名姓一样。"祝猛说："您跟他实有来往。"文亮心中想：别瞧你们弟兄名声很大，只不定哪位高人辖管你们四个人，你们也不过是一勇之夫。那祝铜山在旁说道："老二，你好不明白。不用说我已听清，这位先生就是夜行鬼张明张五爷。"祝猛说："叔父，那要是五爷来到此处，怎么不道出真名实姓来呢？"铜山说："祝猛啊！你弟兄四人在此庄内，心太粗鲁。你们哥四个，就是庄内以及方近左右知道你们；要离这里三百五百的，就没人知道你们这四大天王啦。要提起人家张五爷的名姓，是威名远震。再一提你们，那就没人知道啦。"祝猛说："你是五弟不是五弟，我不知晓。你要是五弟呀，求你多多的原谅，我弟兄不知，望贤弟不要见怪。"那酒铺的人说道："祝二员外，您请这里来。这里有您一位贵友，此人姓苗名庆；这里还有徐老达官与您留下的一个束帖，上面有八个人名。这二位的名字，我听着好耳熟，后面名单上，正是那八位之中的二位。"祝猛说："口说无凭，我一看军刃。就可以知道此人是真是假，护手盘为记。"

　　说到此处，他这才扑奔酒铺，伸手拉开门，问道："这位是苗三爷吗？"苗庆说："不错，正是我苗庆。您认识我，我苗庆可不认识阁下，我二眸子该挖。"二人正闲谈话，早有家人回宅前去报告祝勇、祝刚、祝强，说是外边有镖行中二友夜行鬼张明、草上飞苗庆。祝刚说："兄长啊，那苗庆、张明，小弟我可见过。"祝勇说："咱们快到外边看看，要是他弟兄驾到，早行接进庄内。当初咱们三位老师说过，他等弟兄要到，叫咱们得会高人。"说完，他们三个人穿戴整齐，一齐往外来了。到了大街之上，祝刚说："老人家闪开，待我见过。"说着他一看，正是张明张五爷，又往对面酒铺一看，那人正是苗庆，连忙说道："兄长，这二位正是苗三爷、张五爷。赶快请到家中吧。"此时苗庆在酒铺中见这个祝勇，身高八尺，虎背熊腰，壮汉魁梧，面皮微黑，扫帚眉，大环眼，酒糟鼻子，四字海口，大耳垂轮，身穿月白色贴身靠衣，白布底衣，鱼鳞洒鞋，白袜子花布裹腿，蓝抄包扎腰。后头走的这位说道："大哥，您往酒店那里瞧，苗三爷正在那里。"祝勇一闻此言，紧行几步，说道："您来到我庄内，怎么不上我家吃酒去呢？对面可是苗三弟吗？"苗庆一听，连忙起身迎了出来。祝刚说："苗三哥，我给您弟兄致引致引。这是我大哥祝勇，人称铁面天王；我三哥紫面天王祝猛。你们多亲多近。"又说道："二位兄长，这是我联盟一位朋友，姓苗名庆，人称草上飞的便是。"苗庆紧行两步，上前说道："二位兄长在上，我苗庆这厢有礼。"祝勇说："贤弟快快请起。"此时夜行鬼张明说道："前面说话的，是我三哥吗？"苗庆说："正是愚兄。"祝刚来到近前说道："这不是我五弟张明吗？"张明说："您是我三哥祝刚翠面天王吗？"祝刚说："五弟，你不是看不见吗？"张明说："三哥您可别笑话。虽然说我眼睛不好，我耳音倒也不错，能听得出来谁是谁来。"苗庆说："五弟两眼迷糊，别与他取笑。"祝刚说："别看五弟这样，他比有眼睛的还强一倍呢。"叫道："二哥呀，他们八位乃是仙长爷的门徒，最好认不过了。您在外边与他谈了半天的话，怎么会不认得呢，他是翻白眼为记。"祝铜山说："二位多有原谅。我那二侄男，他乃是一庄户人家，心太迟慢。此地不是讲话之所，庄内说话吧。"大家说："好"。苗庆伸手取出银子会酒钱。祝勇说道："掌柜的，千万不准取。"说完，众人一同进到庄门之内。苗庆转过影壁一看，有广亮大门，门洞内悬挂一块横匾，是四方阵三个大字，下边一行小字，写的是存留祝姓，不法之人。苗庆又看，见大门头里，东边三处宅子，西边三处宅子，一看门户全都一个样，青水脊门楼。来到路西这个宅子门前，祝勇上前叫开门，一看里面，是北房五间，东西厢房各三间，南房五间，顺着屏风往西看，还有一片花瓦墙，另外有小门。书中暗表：那是祝勇的内宅。大家一齐到了北上房，来到屋中。苗庆一看，这里是明三暗六，院子里是方砖墁地，当中是黄土墁地，廊子底下有兵器架子，摆着各种兵器。

众人到了屋中，分宾主落座。当时有手下人等献过茶来。祝勇说："老人家，您快将二滚子送到阵门以内；将他的家眷也一齐送到里面。"苗庆说："您祝姓之人，把他送到四方阵怎么样罚呢？"祝刚说："这个阵内四周围有墙，有滚沿坡棱砖，墙挂着卷网，墙根底下有翻板梅花坑，一丈二长八尺宽，四大阵门，台阶是活的，掉下去是水牢，门楼上头有冲天弩，有片网。此外再无别的消息啦。当中是平地，每面是一里半地见方，四个犄角有更楼，一个更楼里有四个人，那更楼里一共是十六个人，他们是白天六个夜里十个，夜间十个人来回调换着。"苗庆说："您把他们送到阵里，以什么生活呢？"祝刚说："河南二位道长给我留的庄规。如有我祝姓之人不守庄规，便将他全家送到阵内。里头也有庄田，在里头三年后，将他野性及那不法之习，也就除去了许多，在这三年之内，不准他出阵。如有那外姓之人不守庄规，当时轰出庄外。他再不守国法，叫我弟兄知道，便将他捉住，送到当官治罪。"苗庆说："三弟。我来问你，河南二位道长，内中有马万良；但不知那一位道长尊姓大名？"祝刚说："那一位道长没留下名姓。只知他老人家是紫云观的观主。"苗庆说："那是我的授业恩师。"

大家在大厅内讲话，外面进来一人，口尊："兄长，我祝强领大庄主庄规，将祝二滚子全家送到四方阵内。"祝刚说："贤弟快来，我与你致引。此位是你我的三哥，姓苗名庆，人称草上飞的便是。"祝强一闻此言，连忙上前行礼，说道："三哥在上，小弟祝强给您叩头。"苗庆用手相扶说："贤弟你且免礼。"在苗庆与祝刚到阵门时候，祝勇在庄中对铜山说道："叔父，您带着祝猛、祝强，将二滚子全家一齐抄来，送到阵门以内。我们祝姓之人，要不去管，岂不受外人辱骂吗？"祝铜山说："祝勇，我领二位剑客爷的规矩。"带着祝猛、祝强，爷三个一同往外，到了外边，当时将二滚子全家一齐拿到。铜山说："二滚子，这可不怨我，全是你自找。"当时将他们夫妇，连同三个孩子，一齐送到四方阵的阵门里面。祝铜山说："二滚子呀，你已然犯过数次。大家全看你对待你娘不错，我也给你瞒着，不肯对大庄主爷去说。这回你要想出阵门，那就三年后见吧。"说完，他们也就回来了。祝刚回到客厅，面见兄长，将此事禀报了祝猛。苗庆、张明二人便在他们这里住了五六天。

这天清早二人要走。祝猛、祝勇、祝刚、祝强，与他叔父祝铜山给他们弟兄预备盘川。祝铜山说："你们哥两个，无论如何多少也得拿一点。他们哥俩既然拿了出来金银，还能收回去吗？千万别推托。"
文亮说："三哥，这老人家以及兄长贤弟，要赠咱们哥俩盘费，咱们哥
俩一死的不收留，好像咱们不赏脸似的。"苗庆说："也好，那咱们就
拿一点吧。"当时拿了一锭黄金、两锭白银，弟兄告辞。众人送到村
口以外。苗庆回头一抱拳，说道："您请回吧。送人千里，终有一别，
咱们是他年相见，后会有期。"他二人从此动身，那可就追不上白坤
啦。张文亮仍然是访市井之人。这天二人来到双柳林，弟兄二人进了
林中，席地而坐，正赶上石禄骑马误走此地。此时张明面向北，石禄
是面向南。石禄说："小瞎子，你这个马竿是铁的呀！我看着怎么会像
竹子呢？"书中暗表：他这马竿乃是纯钢打造，后文书任莲芳一个照
面，就在马竿下做鬼，这是后话不提。且说石禄正看马竿之际，听见
后面风声到啦，连忙一低头。幸亏张明比他身量矮，要再高一点，这
个飞蝗石，就打在他的头上啦。石禄连忙回头，不见有人，原来这个
飞蝗石，是草上飞苗庆打的，他在树林子藏着啦，所以石禄看不见。
这个时候张明一抖手，打出报君知来，直向他脖项打来。石禄连忙一
抬右手，竟将报君知给抓住，横着一脚向前踢来，口中说："你趴下
吧瞎子，你拿小锣打我。"张明打算再躲，哪儿能成，早被踢倒。石
禄上前将他按住，解腰带当时将瞎子捆好，将一别腿，看见他胁下有
刀，便解了下来，亮出刀来。他一看这个护手盘是八卦盘，遂说："你
们全是杂毛的徒弟，跟大肚子四一个样。"说完又将刀放下啦，伸手
一揪他头上的苇帽，口中说道："瞎子，我倒要看一看你的眼睛，是真
瞎还是假瞎。"说完，他伸二手指真的来抠，后边苗庆的刀就砍到啦。
石禄长腰站起，用左手挡他的刀，右手掌往里切来，这名叫切掌。苗
庆往下一矮身，躲过切掌。石禄右腿使了一个里排腿，当时将苗庆
摔倒，又上去将他按住，给捆上啦。苗庆说："你姓什么呀？"石禄
说："我姓走，名叫走二大。你姓什么呀？"苗庆说："我要真说出来，
你小子真不值。"石禄说："你要说出来，我就给你解开啦。"张明说：

"三哥，您就说吧。回头他把我解开，咱们哥俩毁他。"石禄说："小三，你说名姓吧，我解开你们。你们俩人毁我，我再把你们两个捆上。"苗庆说："我家住辽阳州东门外，苗家集的人氏，姓苗名庆，字景华。你把我解开，我在草上飞一个，叫你看一看。"石禄说："你叫飞儿呀，捆着不会飞？"苗庆说："捆住不会飞。"石禄连忙将他绑绳解开，苗庆翻身站起。石禄说："你把拉子拿起来。"

　　苗庆过去将刀捡起。张明说："走二大，你把我也解开呀。"石禄说："你叫什么呀？"张明说："我姓张名明，字文亮，外号人称夜行鬼，大家称我白瞪眼。"石禄一听，过去也把他给解开啦。张明站了起来，捡起马竿跟报君知，说："合字齐了没有？"石禄说："齐啦，你们两个人要毁我啦。小瞎子呀，叫你们哥八个把我围上，你们全占不了上风。"张明上前举马竿盖顶砸来。石禄说："我要不爱你们，我这一掌能把你腕子打折了。"说着话左手一抢他马竿，飞起右脚，正蹬在他中脐之上，当时踢出一滚溜儿去。苗庆往前一跟身，照他腿上就是一刀。石禄左腿往后一别，右腿一抬，将刀夹住，一转身，苗庆的挽手正在腕上挽着啦，一时撒不开手。石禄左脚抬起，将苗庆踢上，口中说："你趴下吧，小子。"庆苗当时来个嘴啃地。石禄说："小子，你别起来啦。"过去按住又给捆上啦，遂说："小瞎子，你再拿马竿抽我。"张明说："我可真急啦。"说着放下马竿，伸手亮刀脱了大衣，上前照石禄后腰砍来。石禄使了一个扇腿，一下子就在张明的右手臂就擒住啦。石禄说："你撒手吧小子。"张明一脚踢来。石禄一转身，流星赶月拳打到。张明连忙往下一猫腰，他的双拳过去啦。张明将要往起站，那石禄的磨盘腿就到啦，口中说："小瞎子，你别起来啦。"张文亮就是一个翻白，摔倒在地。石禄当时就把张文亮的腿抄起来，张明趴下了。石禄忙把他也捆上啦。将他二人的刀捡过来，插在就地，笑道："小瞎子、飞儿，你们两个人，全是我养活的，都得跟我玩。"石禄来到黑马旁边，抽出一双铲来，过来问道："飞儿，你认得这个兵刃不认识？"苗庆一见，原来是短把追风荷叶铲，遂说道："五弟呀，这个走二大，许是石禄。我听镖行人传言，玉篮石禄，他出世见山扫山，见寨灭寨，掌中一对短把追风铲，山东被他打了半边天，与大宋朝清理地面。他跟他父石锦龙学艺，可是他怎么姓走呢？"张明说："这是他撮的鬼万。"苗庆说："走二大，你的真名实姓，可是石禄吗？"石禄说："我不是。"苗庆说："你要不是，你是哪个门的？你报出门户来，我就知道是不是。"石禄说："我树林子没门。"苗庆说："你要没门，那杀剐存留，就任凭你办吧。"石禄说："飞呀，等一会儿，要有人解你们，可别说是我捆的。"说完，他用铲将树砍下一大枝来，然后将单铲又放回褡子里，然后举起苗庆，就要往树上挂，忽听正东有人说："傻子别挂啦。"石禄说："你说不挂成吗，我偏挂。"当时将苗庆给挂在树上啦，弯腰拾起两口刀，用马竿把张明的两腿一别，说道："回头有人来，可别说是走二大捆上的，听见没有！我走啦。"说完，他过去解下黑马，拉出林外，飞身上去，又向正西而去。欲知后事如何，请看下回分解。

第三十四回

毕振远父子同访婿　猛英雄大战未婚妻

　　话说东边答话之人，乃是闪电腿刘荣。刘荣看见了，心中暗想：这幸亏把苗庆挂到外边，这要挂到里边，谁能知道呢？书中暗表：刘荣在后边，他想："石禄是我请出来的，第二他是王爷心爱之人，他倘若有个好歹，王爷这个关就难过。那没别的，我在这个孩子身上，就得注意。倘若出了人命，在州府县，他被官府拿了去啦，那老王爷知道，他能为大家解化。"刘荣有此一想，所以他才跟了下来。到了柳林里边，听见石禄说："飞儿呀，你不会飞吗？"刘荣赶忙往前跑来，到了切近，正看到石禄整苗庆，他这才说："别挂。"后来挂完他走啦，刘荣进到林中是搓手擦掌。苗庆说："刘大哥，你一向可好？恕小弟不能与您行礼，我们弟兄是被走二大捆的。您先将我五弟解开吧。"刘荣答应，这才上前先把张明解开。张文亮爬起，先结好丝鸾带，然后冲东跪倒磕头。此时刘荣在正南。苗庆说："五弟呀，此地没有外人，你还不露出真相来吗。"夜行鬼说："我刘大哥知道。"大家从正东来，到了柳树林，众人全都下了马。此时杜林说："哪一位会上树？将苗三叔救了下来。"鲁清说："我会上树。怎么这么高呢？要把他解下来往地上扔，可不成。"苗庆说："鲁二哥，您把我绑绳解开，我自己就可以下去。"鲁清说："好吧。"说着爬上了树，照他所说，把他解开。苗庆自行跳了下来，大家见礼。有不认识的，由宋锦为他们介绍。大家礼毕，苗庆说："大哥二哥，咱们这哥八个里头，谁叫大肚子四？谁叫小脑袋瓜？"宋锦说："三弟，你这件事情，是谁把你们哥两个捆上的？"苗庆说："是走二大呀。"宋锦说："他不叫走二大。你可认识圣手飞行石锦龙？"苗庆说："我知道。"宋锦说："那就是大兄长的次子，玉篮石禄。我那年同你到石家镇去的时候，那个孩子才八九岁。"杜林来到近前说道："三叔，我杜林给您叩头啦。"苗庆说："你叫什么名字？"杜林说："我姓杜，名叫杜林，混海龙的便是。"苗庆说："你父是哪一位呢？"杜林说："我家在兖州府西门外杜家河，花刀杜家第五门的。"苗庆说："从打我们弟兄庆贺守正戒淫花完后，便各归各家，老没见着我兄长。是我弟兄放心不下，这才找那白四弟，二人到了一次苏州，找好张文亮。那时张明他与六弟有事，我们先到了山东兖州府九宝桥陶家，见了陶氏安人。安人说，您兄弟走啦，上西川去啦。我弟兄从那里到何家口，那里有人把守，听姜文龙说，众位全上西川报仇，我大哥、二哥也在内，因此我们才往这边追来。杜林呀，皆因你五叔拿他那包袱，要试探市井之人，才巧遇走二大。他要拿你五叔的包袱，这才打了起来。杜林呀，我们弟兄算栽啦，我们八门的人，没让人捆上过。"杜林说："你老二位不算栽，因现时这里没有下三门的人，外人不知道。这全是正门正户的人，那又怕什么呢？再者说，那镖行二老，比你们哥俩成名不成名？他们老二位，全在我石大哥手下甘拜下风；镖行十老，我三伯与我四伯父，也不是他的对手，他们全是著了名的英雄。"张明说："幸亏他直瞧咱们刀的护手盘跟咱们大兄一个样，要不然就许被他结果了性命。"杜林说："五叔您别说啦，他全给您哥几位撮了鬼万啦！石禄管我宋大叔叫大肚子四，管我二叔叫小脑袋瓜，给我三叔您起个外号叫飞儿，四叔叫漂。五叔哇，我说您可别在意，他管您叫小瞎子，我六叔叫鬼脑袋，七叔是猴，八叔叫鼠。"

那位说，石禄成了傻子啦？不是。诸位想一想，他要真傻，后文怎么做了总镇呢？再说他也学不会一对双铲呀！这对双铲乃是石锦龙的亲传，一百二十八趟，一趟拆八手，一手拆八招。石禄能为除贾斌以外，没再比他强的。那么他有硬对没有？中套有一个，是在大莲口，此人姓薄名林，外号人称魂化魂，掌中一对藏龙双棍。还有鄱阳湖北岸武家庄，大爷叫神力将武连思，掌中一条禹王神槊，纯钢打造，他这是横，乃是一只手拿着一只铁笔。二爷叫双臂童子武连方，掌中一对坡刀，每口二十四斤重。三爷叫武连永，道号晓真，掌中一对二郎夺。这是石禄的硬对。将来到后套他们立三光以及绿林松棚会，他们弟兄三个人在地下埋伏地雷，要害天下众宾朋。此是后话，暂且不提。

书说当下。杜林说："那么我四叔哪？您不是一同来的吗？"苗庆又将祝家河的事情，细说一遍。杜林说："那么我四叔他一个人奔西川啦。列位叔父伯父，那就千万别在这里怔着啦，咱们一同往正西，追赶我四叔要紧。"张文亮一闻此言，不由心中暗想：别看杜林人小，他说出话来，全通人情，合乎情理。大家一齐往回走，暂且不提。

如今且说石禄骑黑马一直往正西。太阳压西山啦，前面有一道山口，松树里头是附近村子里的一个粮市，十天是一大集，五天为一小集。石禄这天来到此处，正碰上赶集的日子。这树林里集市还没散净，还有许多人，正在那里收拾粮食呢。人群里有一辆小车，东边有个席围子，里面有行囊褥套，又放着一堆假兵器。西有藤子编的圈椅。在小车车把后斗子里面，坐着一位姑娘，身高一丈，汉壮魁梧，面似黑锅底，大耳垂轮。虽是女子，却长得男子貌相，宝剑眉斜插入鬓，二眸子灼灼放光，鼻直口方，玫瑰紫的绑身靠袄，翠蓝汗巾扎腰，紫色底衣，大红抹鞋，鞋尖有一朵紫绒球，那是硬尖软底鞋。书中暗表：那绒球内暗藏倒须钩。再看场内站边一位公子，年岁也就是二十五六岁，身高七尺，细腰窄背，身穿一身荷花色的衣服，五彩丝鸾带煞腰，双叠蝴蝶扣，黄绒绳十字绊，矮腰白底靴子，头扎一顶荷花色公子巾。小车旁边一位老者，身高九尺开外，胸前阔，膀背宽，精神足满，面如蟹盖，宝剑眉斜插入鬓，鼻直口方，大耳相衬，一部花白的胡须，蓝绢的罩头，前后撮打拱手，须鬓皆白，身穿月白布贴身靠，粗布护头，护领上头满都是轱辘钱，蓝色的丝鸾带扎腰，月白布的底衣，脚踏鱼鳞洒鞋，蓝色的布袜子，花布裹腿，怀中抱着一口金背砍山刀，刀面宽，刀背以里有两道血槽。按刀谱而言，单血槽的为金背刀，双血槽的为金背砍山刀；刀背上要是没有，那就算是坡刀；还单有那么一路截头刀，那种刀是没有刀尖；还有的是轧把撬尖浑铁雁翎刀，这路刀是最体轻不过，也是用纯钢打造的。书中垫笔，这刀名原为十八样，枪名为九样，棍名有五样。按刀刃里说很深，学徒我可不知道详情，这不就是这样草草一表而已。

闲言还是休提。且说当下这个老者，由此处往四面出去二百里地，合着就是在这四百里地以内说吧，没有不知道这个老者的。就听那位老者说道："列位练武的老哥们，哪一位会几手，全可以过来比试。踢我一个跟头，拿走一个金元宝，打我一拳，拿走银元宝；踢我一个手按地，那散碎的金银就全拿走。若将我父女全打败，那时我们爷三个拔脚就走，草刺不拿，全是你们的。我是在这里等朋友，已然待了一个多月，每天在此练武，按毕某看来，你们这个荷包村内，没有多少练武之人，不敢前来与毕某我比武，不用说你们全是吃豆腐渣长起来的。有一个不怕死的没有？我一掌要打在你的身上，叫你往外冒白浆。"石禄一听，心中大怒，连忙翻身下马，说道："老黑，你在此等我一等，待我打他个老排子去。"那老者说："黑汉，你前来做什么？"石禄说："我到此地要与你擦擦手，你把场子弄大一点。"那老者用刀在地上一面，口中说道："列位往后，列位往后。"当时将场子展大啦。那看热闹的人，全都往后。

老者说："你进来是赤手空拳。我若是与你过家伙，那算毕某我欺压于你。"说着话将刀放在车旁说："姑娘，你瞧着点。"那个大黑姑娘一点头，老者这才将胡须一分，用两根绳叠好结好一个扣，说道："黑汉，我已然归拢齐啦，瞧你的啦。"石禄说："我不用收拾啦。"书中暗表：石禄早将那一堆碎银子，抓在兜囊之中啦。那老者说道："黑汉你为什么将我那银子抓起？"石禄说："少时咱们一比试，你就活不了啦。"老者一阵狂笑，说："好你个黑汉，不是我说句大话，某家自出世以来，还真没遇见过硬对。除非那年在夏江口石家镇，我们那位亲家，他在我老毕的肩左，不在我肩右。除去那人之外，四山五岳任何英雄好汉，也得在我手下丢丑。黑汉你休走，看招。"说着话，左手提手一扬，右手使了一个劈心掌。石禄一见他掌到，忙往旁边一闪身，这个劈面掌打空了。那老者一见又一进步，穿心掌打到，石禄一看忙一转向，老者撒手变招，白猿献桃，撮掌打来。石禄忙一坐腰，使了个野马分鬃，往左右一分，说道："老排子，你不用动手啦，三招已完，咱们两个人仇可大啦。嘿！老排子，那是大清说的。咱们两个人可分个胜败。"说着话上前就打。老者一看他的拳脚，出来全带着风，嗡嗡的直响，别看他那么大的个儿，到了下三招的时候，真能一叠三折，心口挨着地皮走，往上一蹿，能起一丈开外。不由心中暗想，此人面貌好像拙笨似的，其实不是，原来他是外拙内秀。想我在山东一带，久站四大冷海，一辈子成名，我要输与他，那我可就栽啦。

一枝笔不能写两下里的事。那黑姑娘看见他们动了手，忙站起来将刀拿起，心中暗想："我父已然年迈，老不讲筋骨为能，英雄出在少年，倘若少走半步，拳脚步眼若有一个露空，我爹爹就有性命之忧。她正想着，那老者使了一个太岁压顶打下来。石禄往左一转，右腿抬起，使了一个百步翻身法，他便将老者的双膝盖拦上了，右手在上一翻掌，说声："老排子你趴下吧。"老者此时再躲上面的右掌，连忙双手按地，双腿扬起，好像蝎子似的。石禄一见，忙将左腿飞起，当将老者摔倒，上前一脚踏住老者的右腿，猫腰抄他左腿，说了声："你两片吧！小子。"正在此时，背后金刀劈风，那个黑姑娘的刀砍到。石禄忙撒开老者的腿，翻身摆腿，就踢上啦，刀已踢飞。这个时候那老者说："姑娘你快与我报仇。不知我与他有何冤仇，他要将我力劈两半。"石禄也跳在一旁，说道："你穿那样鞋，我不跟你玩啦。"老者说："姑娘你别饶这人。"姑娘的砍刀被石禄给踢飞啦，当时说道："大黑小子，你家姑娘决不能与你善罢甘休。"石禄说："你敢情是大黑小子，我老娘说啦，不叫我打你，你们穿红鞋的，全不能打。"黑姑娘说道："你不打我，我可打你。"说话之间，上前当头就是一掌。石禄双手往上一分。男女二人过招，两个人拳脚纯熟，一个受高人的传授，一个受名人的指教，二人的门户一般大。

书中暗表：此女乃是赛无盐飞侠女毕赛花，乃是毕振远的亲传，掌中一口锯齿飞镰刀，左右的盘肘弩，会打左右手袖箭。又会打三块莲子，左右紧背低头钉，败中取胜套魂索一条。此女文武全才，智勇双全。那老者就是毕振远，乃是清江四大冷海，南海口内东海岸盘龙岛，想当年在那里插草为标，立刀为寇，拦路打抢，断道截人，勾串江洋大盗，坐地分赃。那山上会水的兵卒，有五万出头，手下偏副战将不少。四山五岳，占山占岛一万有余。毕振远在年幼之时，不论哪路的镖，他一概全截。有许多的探子，有探船往来报告。他也有几样不截，女眷的船不截，带家眷的他也不截，除此之外，无论谁的镖，他是全截。量物作价，三七扣账。比方说，这个镖船值一万吧，他得要三千，因为他不准各路镖船从岛前经过。水面动手，掌中一条五钩神飞枪，压倒清江地面。　那时宋帝都，将杭州改为临安城。皆因镖行十老立兴顺镖行，将临安一带，保证路不拾遗，夜不闭户。当时有人奏明圣主。皇帝是明君，立时赏他一面小旗子，上有四字，是如朕亲临。他们这座镖店，开设在临安城南门外路西，有四五年啦，外边的名声大啦。那时有临安西门里路北红货行，此人姓严名春，住家清江四大冷海东海岸，严家坨的人氏。此人乃百万之富，要打算把银钱运回家中，可是知道沿路上太不好走，他便跟手下人打听。手下人说："哪里的镖您也不用雇，您就去到本城南门外兴顺镖行，面见那达官蒋兆雄，除去他们，别人谁也不行。再说非走南海口不行，北边是过不去，南海口内路东有一盘龙岛，那里为首的一个贼寇，姓毕，名叫振远，号叫士雄，外号人称巡海苍龙。"严春一听，不由心中暗想，我倒是也听人说过，那里的镖难走，这兴顺镖行有十位达官，他们还有御赐的牌匾，我借着他们点时运财运，或可以平安到家中；如果我将银钱运到家，那时我破三十万，赈济东海岸那一带的老乡民，若有困苦来找我的主儿，我是尽量帮助。自己暗中许下此愿，他这才来到兴顺镖行，到了门前抱拳拱手说道："众位达官。"当时有马子江来到外面，问道："您找谁呀？"严春说："我有点银钱，要打算请您给运到家中。"马子江说："您贵行发财？"严春说："我是红货行。"马子江说："你这个买卖座落在什么地方呀？"严春回答说道："您要是问我们这个铺子，是开设在临安城西门里，字号是天顺祥，专卖珠宝玉器，乃是红货行。"马子江一闻此言，忙问道："严掌柜的，您红白珠有多少万？"严春说："您贵姓？"马子江通了姓名。严春说："马爷，您给我介绍一位达官。"马子江说："您跟我说得明明白白，我好回禀我家达官。您得跟我说得必须遥遥相对，那才成啦。"严春说："不算别的，尽算黄白二珠，一共就是四百七十万。"马子江说："要上车那就得用二十七辆。到扬州雇船，就得三只大船。您在此等候，待我往里与您回禀。"当时将他让到门房，给他倒了一碗茶。马子江问道："客官，您祖居哪里？"严春说："我祖居清江四大冷海的东海岸严家坨。"马子江一听，不由一皱眉，这才转身来到里面，见了蒋兆雄，便将此事细说一遍。蒋兆雄说："列位贤弟，这趟镖倒可以去，光咱们脚力钱能挣几十万。一来咱们哥十个名姓立住啦，二来这镖店的名声是万无一失。这趟镖可称是中心之意。不过有一样，那南海口内盘龙岛，水寇武艺高强，极为出众。"大家一听说道："蒋大哥，少时您见了那个严掌柜的，您用大价一压他，就许把他给坑走啦。"蒋兆雄说："你拿价坑人家，还能出得了圈去吗？这一次咱们给他保到了地上，咱们有二年不开张，这个银钱全都够用的。此买卖若是作了下来，连一个伙计都不能伤，咱们的名姓可就立下啦，从此扬名四海，那时我情愿将咱们北隔壁那座武圣人庙重修。"飞天豹焦雄一听，说道："兄长，您去同他商量去。要将此事商量好啦，我可以去请人。您我弟兄武艺不敌，可以请咱们那位朋友。"蒋兆雄说："错过石大弟不可，除非石锦龙，哪一位也不成。你我那大弟，人家已然退归林下啦。"焦雄说："他退归林下，我也得把他请出来，好助力镖行。"蒋兆雄说："那么您在此听我的话吧。"说完，蒋兆雄来到柜房。马子江说："达官，这就是严掌柜的。"又说道："严掌柜的，这是我家总达官。"严春上前说道："老达官，我今天此来特为托您点事。"蒋兆雄说："严掌柜的，您说哪里话来啦，有话讲在当面。"严春说："蒋达官，我打算将银钱宝物运回四大冷海东海岸家中，您要用多少花用呢？"蒋兆雄说："我要说出一个价来，您到各行去问去，他管保不敢应。中途丢一个草刺，我们包赔。"严春说："达官，您将价说足啦，一共多少钱？"蒋兆雄说："那是当然，我要说出价来，你们可别驳回。脚力钱一共五十万白金。"严春道："您带多少人？"蒋兆雄说："您珠宝红货、金银等项太多。"严春说："达官，我给各位达官，连镖行的伙计，增加酒钱五万两。您是镖行人，我是红货行人，咱们倚靠神佛吃饭。这五万两白金，我一人拿出一半，您拿出多少我不管。将来平安到家之后，镖店北边这座武圣人庙，我是重建庙宇，再塑金身。"蒋兆雄一听，便道："正合我心中之意。"遂叫道："子江、子燕、金平、玉平，你四个人赶奔庙去，把方丈请来，就说这里有重修庙的施主。"他弟兄四人一闻此言，转身往外行走，来到铁佛寺，是出家人全是那样，要是有那重修庙宇之人，他们全喜欢，全都欢迎。僧人点头，当时回到庙中，叫来土木工人，令他们瞧着工程。大家看好，商量重修庙宇不提。

如今且言蒋兆雄和严春两下说好，便令他先回到柜上去，遂说道："严掌柜的，您先回您柜上去吧，等我派大家到一趟夏江秀水县，到那里之后，去请我那拜弟石锦龙来，约请那圣手飞行去。若将此人请出来之后，无论是什么样为难的大事，都能够解决了。因为我那大弟，若论他的武艺，实在是出色的人物，他能为出众，武术超人，水陆两路的英雄。那拜弟石锦龙要是出了世，真能够辅助镖行。"回头叫道："二弟，你得走一回。"焦雄说："是啦。"立时命人抬枪备马，自己将应用的东西拿齐，又拿好路费，备好一份请帖，盖好哥十个的名戳。当时辞别大家，来到外边接过马来，拉马匹往南走，出了南关厢，焦雄飞身上马，由此动身，向夏江走去。一路之上饥餐渴饮，夜住晓行，非止一日。这天来到了秀水县，他穿城而过，马上加鞭，少时来到石家镇。焦雄下了马，拉马而进，过了海河桥，顺着庄墙往里。当时有北门守护的庄丁，将他带到石家门口。焦雄将马匹拴好，正一正头巾，上前叫门，里面仆人出来问道："您找谁？"焦雄说："你给往里回禀我那大弟、圣手飞行石锦龙，就说我焦雄前来拜望。"仆人到里面，工夫不见甚大，就听里面人声一乱，有人说道："快出去迎，原来是你我的二哥来啦。"当时大家来到外面。焦雄一看，正是石锦龙、石锦凤、石锦彩、石锦华弟兄四人，来到屏门外，上前说道："兄长在上，小弟我与您叩头。"焦雄连忙用手相搀，说道："四位贤弟，快快请起。"石锦华当时将仆人叫过，先把马匹拉去，涮饮喂遛。兄弟三人将焦雄让到里面。锦龙说："兄长，哪一阵香风，将兄长您飘到此地？"焦雄说："贤弟，我有要事相求，故此才登庄拜访。"石锦龙说："二哥，你我自己弟兄，何必客气呢？又说什么有要事相求呢？您有事尽管说出。"焦雄说："有一件事，必须大弟前去才成。"当时便将严掌柜的事前后说了一遍。石锦龙说："二哥呀，如今小弟我是退归林下的人啦，已然洗手不再保镖行。有几路镖行人等，全可以走哇。那年东路三老，曾约过我一次，我没出世。这个呢，有许多人等传说，我全灌满了耳音，倒是也想上四大冷海走走，看一看老贼有多大的本领。"神枪焦雄说："这里有我们哥十个的请帖。"说着取出请帖。石锦龙忙伸手接了过来，放在桌案之上，叫过三个兄弟，过来参拜请帖。焦雄一看，他还是古派，连忙上前用手相揖说："三位贤弟免礼。"石锦龙说："二哥，那水寇断喝镖行，没有人敢走南海口的镖。要有走的，小弟我不为挣什么，专为斗斗这个水寇，省得断了这股镖道。我看一看我这对银鞭，扫得了扫不了那座山寨。不过现下我不能离身。"焦雄说："大弟，你为什么不能离身呢？"石锦龙说："我有长子金篮石芳、次子石禄，石禄今年八岁啦，天真烂漫，他离不开我的身，此孩生来烈性太大。"焦雄说："你把此孩叫来我看看。"石锦龙当时命仆人到后面把石禄抱来。此时玉篮已然八岁啦。

　　按年代说，宋时年间，人全是身量高，心眼也实在。少时仆人将石禄抱到前面。焦雄一看石禄骨格相貌，无一不好，他一说话可全是傻话。他一出来问道："咱们爹叫咱们干什么呀？这个二格把我领来啦。"焦雄问："你叫什么呀？"石禄说："我叫玉篮。"锦龙说："我可要走啦，你二伯父叫我来啦。"石禄说："反正我不在家，咱爹上哪去，我跟到哪里。"石锦龙说："二哥呀，就是他离不开我，要是离得开我，我早就上了盘龙岛，看一看那老贼究竟有什么样的武艺。"石禄说："您要不带我去，我就跳后院那个井去。"石锦龙说："二哥不知道，这个孩子是天生的蠢性。"焦雄说："那么你就带他走一趟吧。"石锦龙便将仆人一齐叫了来。石锦龙问道："你看哪个仆人跟你好，咱们带哪个仆人。"石禄说："那咱们就带这个人吧，他尽哄着我玩，他跟二叔好，我一跟我老娘要钱，他就说不用要。咱们可以带他去吧？"石锦龙虽然这么问，他可不能尽听孩子的，心中暗想：外庄之人来我家中做事，怎样也是稍差，不如近支近派。我四弟荐来的人，怎么说他也姓石，俗语说得好，是亲三分向，是火热似灰。这才命仆人外头预备车辆，说好明天动身。焦雄随着石锦龙众人谈话已毕，天色已晚，厨房预备吃喝。石锦龙到后面安置准备，夜行衣靠，水衣水靠，军刃百宝囊，通盘收拾齐毕，拿到前边书房。一夜无事。第二日天明，大家起来，洗脸喝茶。吃喝完毕，命人将行囊褡套放好车中，带家人石俊，为的是照管石禄。石锦龙与焦雄弟兄二人一齐来到外面。焦雄将大枪挂在马上。锦凤弟兄三人往外相送。当下他们弟兄看离门远啦，这才相对一抱拳，然后石锦龙上马。石俊上了马，他们打马赶车，大家一齐向前赶路。

　　书是有话即长，无话即短。他们一路之上，石锦龙必在住店后夜换紧衣，到各处查看有偷花盗柳的没有，他是侠义的行为，专门打路见不平。饥餐渴饮，晓行夜住，非止一日。这天来到了京都临安城关厢南口外。二人翻身下马，拉马匹一齐往里走。抬头一看，见镇店门前站了许多人，不知何故。两个人拉马匹，便抢行几步，到店门外一看，见是马子登他们，正在门外练啦。早有小伙计上前说道："你快进去回禀列位达官爷，就说现下已将石老达官请到，请大家出来迎接。"马子登忙命马子燕往里回禀。子燕向里而去，见了蒋兆雄，一报告，蒋兆雄说："八位贤弟啊，你我大弟锦龙来啦，快出去与我那二弟接风洗尘。"哥九个这才一齐往外走，到了门外，往两旁一闪，正目一看，石锦龙实在是威风。蒋兆雄说："二弟，后边那个花车是做什么的？"焦雄说："那是你我大弟的二公子石禄。"众人是看父敬子，一齐扑身来到近前，大家往里一看，石禄在车内。蒋兆雄说："傻小子玉篮来啦，我得抱一抱。"当时大家将此车围啦，蒋兆雄上前将石禄抱在怀中，大家一边说着，便来到里面。是认识主儿，大家对施一礼。不认识的主儿，有焦雄给引见，落座吃茶。谈话之际，蒋兆雄又将水寇毕振远之事说了一遍。石锦龙说："千万别长水寇之威风，灭咱们五路达官的名誉。要不是有玉篮，我早就到了那里，将水寇制服。"蒋兆雄说："大弟，那水寇在山上的兵卒，有四万出头，他们那里能征惯战之人，不计其数。"石锦龙说："众位兄长，他山上有雄兵百万，战将千员，一人主权啊，我与那主权之人，分上下论高低，分胜败论输赢。必须准许咱们五路镖行横行天下，叫那水寇见了咱们的镖船走，是免战高悬，闭门不出。"蒋兆雄说："马子燕，你赶快进城将严春请到。"子燕答应，当时柳金平、柳玉平弟兄二人也跟随，他们弟兄三人一齐前往，到了临安城内西门里那个杂货店，说道："辛苦列位，严掌柜可曾在家？"里面先生说道："外面是哪位呀？严掌柜同着老和尚去庙里监工，自那天走后，一去未归。"

三个人一听，这才回到南门外，来到武圣人庙，往里一看，果然正在修庙。他们忙问道："众位，那位杂货店的严掌柜可曾在此？"瓦木工人等说道："不错！正在后面监工。"此时早有人往里回禀。

严掌柜同着老和尚出来了，当时便与马子登等同来到店。蒋兆雄领着石禄迎了出来。老和尚一见，口念："阿弥陀佛，待我看一看这位公子。"问道："老达官，这位公子是哪一家呢？"蒋兆雄说："老和尚，您看此子骨格怎么样呢？"老和尚说："此子后来必大贵，此公子脸上带着官运哪。"蒋兆雄说："好！来来，二位请到柜房。"众人此时见老和尚来到，连忙全站了起来，给老和尚让座。蒋兆雄听大家传说，僧人看相如神，遂说道："老和尚，请您看一看，此子是哪一位达官之子？"按说这地方，就是要号号老和尚的脉，看看怎样。老和尚一瞧大家，便说道："蒋达官，这位公子，乃是石达官的次子。"石锦龙一听此言，连忙站起身形，深鞠一躬，说道："谢过圣僧。"老和尚说："此子石禄，将来长大成人，必能给国家出力，你们石宅必要改换门庭。"石锦龙说："这是武圣人殿，落地重修，将来我儿石禄若是高官得做，我今天是出口是愿，还得让此子落地重修。"老和尚说："此次重修是有严掌柜与蒋达官，对我言讲，是怎么底坐延年，怎么修理。你子高官得做之时，我求施主，重修塑化金身。"蒋兆雄说："您看此子气色，到多大年岁，可以做官呢？"和尚说："此子是有朝中大官相辅，命有上人见喜之命，官职还小不了。三十岁往里不见官运。"石锦龙一听，说："落地重修多少钱，我绝对如数奉上，决不失言。"大家一听，连连抱拳称谢。蒋兆雄便把严掌柜意欲返家之事，说了一遍。严掌柜说道："这位石达官，旱路走有一位算一位，应当多少位？"石锦龙说："严掌柜的，您这个算是富镖还家。"严掌柜的说："不错！我是打算在东海岸夸示一番，花多少钱我倒不在乎。"石锦龙说："您这一回家实有敌国之富，我们的责任很大。"严春说："蒙各位达官抬爱，有一位算一位，每位十两银子脚钱。"众达官谢了。严春又问："要走水路，必须用多少只船呢？"石锦龙说："船倒用得不多，用两只漂洋舟、一只客船，两只飞虎舟，两只飞豹舟，一只飞凤舟，一只战船，一只太平船。用这只太平船，为的是走到江湾海岛，遇见有人呼唤，可以靠岸去；买东西，可以用飞豹舟；中途水手们与他船水手打架，可以用飞凤舟去解围；往来接人送人，必须用飞虎舟；两下里若是对敌动手，必须战船；运送货物，必须用木板船；上任官、卸任官，必须带客船。有船杆的船只，上面有滑车子是镖船，上面没滑车子那是货船、买卖船。要是官，在上面有一横梁，为的是好挂气死风灯。"当下双方议定，因都是锦皮光亮物品、珍珠玛瑙等等，虽然说是在京都，也须用达官照管一二。蒋兆雄说："我去吧。"

当下来到外边，随着严春一同前往，并且嘱咐好伙计，他告诉家人叫搬哪件，就可以搬哪件。众人答应，便一同来到西门里杂货铺，车辆站住，有人来到里面，一看那许多的箱子柜子，俱都上着封皮。忙命伙计往外搬。蒋兆雄一看，这东西太多，下令叫伙计先把车套上。当时车在门前，打成车圈，众人也来到外面。西面是蒋兆雄，东面是焦雄，南面是尤凤昆、穆德芳。耗来耗去，天气已晚，大家预备吃喝。吃喝完毕，大家分班派人值夜。

一夜无书。次日天明，大家人等拴紧车辆，又是一天。蒋兆雄、焦雄、尤凤昆、穆德芳哥四个围着车辆查看一下子，是怕有绳扣不实等事。查看完毕，并无有分毫偷闲，这才命大伙督车起身。到了兴顺镖行，排列好啦，一字长蛇的情形，便将石锦龙的镖旗，插在头辆车上。这杆旗子是长方的，高有二尺八寸，宽有二尺，这么一面白旗子，当面靠下边，有一对菱角脚合着，上边又画着有一对五节鞭，十字样搭着，有一行小字，写的是：祖居夏江秀水县南门外石家镇，姓石双名锦龙，号叫振甫，别号人称圣手飞行，大六门第四门，镖行开设扬州府东门内路北，万胜镖店。北二辆车上也插着一杆杏黄色的三角旗子，上面是御赐的字，写的是：奉天承运，如朕亲临，御赐兴顺镖行，开设在临安城南门外，镖行十老，总达官姓蒋，双名兆雄。由此往下，每辆车上全有一杆黄缎旗子，有蓝火沿的，有黄火沿的，也有白火沿的，有绿火沿的，可是中间也有不带火沿的，姓焦的当时有个焦字，也有是尤字的，也有是穆字的，插好了镖旗。后边单有七辆敞车，好比当今小轿车相仿，上边全有芦棚，车上全有行囊褡套以及大家应用物件，车上有一个扁形铁丝灯笼，上面有字，也跟旗子上一个样，为的是白天看旗子，到了晚上好看灯笼。在后面有一辆花车，里面是石家镇的仆人带着公子石禄。排列好了次序。第三天天明，由里面拿出三支大杆子支起，拉起一挂鞭来，足有一千五百头。众人一齐来到武圣人庙，参拜已毕，外边便将鞭点着了。当时没有一个间断，一直响完，大家无不欢喜，准知道这一路之上，一定平安无事。大家道喜，各人心满意足，大家知道，这一趟走足啦，回来之后，东西是东西，银钱是银钱，膘满肉肥。大家人等这才各拉马匹。焦雄将马匹大枪全备好，与石锦龙两人向九老告辞。蒋兆雄与八老往外相送。焦雄说道："我带他们四个伙计。"当时又派四人前去。那马子登、马子燕、柳金平、柳玉平，各人备好了行囊马匹。水路上喊镖是马家弟兄，旱路上是柳家弟兄。镖车四十三辆，最后有一辆花车，大家人等这才由此起身。

一路之上，饥餐渴饮，晓行夜住。这天来到扬州府，进北门出东门，便来到路北万胜镖店。有人从里面拿出一面镖旗来，插在头辆车上。车辆人等这才来到扬子江的西岸。此时西岸上众人往西一看，这一片镖车太多啦。那扬子江中使船的众人一看，见这镖车全奔江岸而来。在江的上岸有座西朝东五间大房，房里头有两丈高的砖台，一丈六见方，上头有一亭子，亭子当中挂着一口钟。有人到了上面，那聚船钟"当当当"就响啦。大船一听见钟响，便一齐来到西岸，全靠了岸，搭上跳板，安好了锚。大众人等全都登岸，上高坡往西看着。少时镖车来到此处，有人问道："达官爷，可用船吗？"当时马子登说："用三只漂洋舟，长短在四丈八，宽在三丈六，船舱当间有一间小房。"这船上边除去木就是竹子，一到船上，那外面是油漆彩，上面有花鸟人物，下面是虎皮石，俱都是画的花卉。镖车上所用的东西，以及弩箭匣等物件，全放在船上。这船前后中三道大舱，凡是吃喝物品，满全放在这舱里。就将这四十三辆车，在岸上一卸。当时众人一阵忙乱，松绳解扣，紧拴大船。前后左右，由马子登弟兄巡视已毕。那船行在中途，要有个失落物件，那全是他们四个人包赔。所以看好了，这才将车上镖旗拿下来，插到大船之上，前后三只漂洋舟，头里是兴顺镖行的旗子，第二只是万胜镖局的旗子，第三只是紫缎色的镖旗，白火沿。三船的后头有一只客船，客船后头麻洋船，麻洋船后是战船，战船左右两只飞虎舟，右边还有飞凤舟，后面还有飞豹舟，船只满全齐啦。有人在岸上买好了船上一切吃食物品，又将石禄以及石俊，连同车上东西全搬到船上。马子登、马子燕二人大声说道："那些个车夫人等，要有愿意跟着船走，直快上舟；不跟镖车走的，快将车辆马匹带到万胜镖店。"此时岸上车夫人等，满全要回万胜镖店，候等二位达官。达官说："不跟镖船的，每人发银二两，撤跳起锚。"船家忙问："达官爷，咱们奔哪里去？"不知焦雄说些什么，且看下回分解。

第三十五回

石锦龙决斗毕振远　神枪焦解围定良缘

话说船家一问焦雄，说奔东海岸，水手说："必须走南海门。南海口内路东盘龙岛上为首的水寇是巡海苍龙毕振远，大小的镖船不放，咱们是难以过去。"焦雄说："不要紧，行到切近，若有水手探船，速来舱中报我得知。倘有水寇来劫咱们船时，我有办法。只因各路镖行全不敢走南海口，因此我才将万胜镖行达官请了出来，为的是辅助各家，会斗水寇。"镖行伙计赶紧不言。那马子登、马子燕又细看各船，头一样灯笼不能落下，将各灯笼全查好，白天用镖旗，晚上用灯笼。船到了江心，那就没有湾船之处，除非是临岸码头，才可以靠船。当下船往下行走。万般事全不是力笨干的。在东江岸上，若是有人用树枝搭在一处，用绳子一结，这时伙计喊镖荡子，必须冲东面喊，那就是吃水面的水寇，他们的规矩人在东边，他们结在西边，人在西边，他们就结在东边。夜晚分香头，白天是用草梢树梢。各行也有各行的规矩，隔行如隔山，这也不在话下。

话说石锦龙他们这些船只悬挂整齐，开船前行，顺水飘洋，昼夜行走。达官水手人各一班，分出白天跟夜间来。未曾换班先表明，比方说是六百名水手吧，四个达官，两位达官带三百人为白天，那两名达官为夜间，自然就带着另三百人。白天有什么事，全归这二人管。天一黑，那就归那二位达官负责，带着人查点东西物件，派人注意。镖船之人，个个全是精明干练。夜间两达官，是船头一位，船尾一位。这三百名水手，左右每面一百，各穿水衣，手中提着军刃，前面五十名，后面五十名。将桅杆的旗子撤下，换上灯笼。船头有座位，达官坐在那里，左右有伙计。走在中途，东江岸有记载，东边这个伙计喊镖荡子；西边若是有了记载，那就归西边这个伙计喊镖荡子。黑白天全是一个样。当时他们大船一直往下走去，路上吃喝不短。中途路上，看见岸上有集镇，就乘飞豹舟，前去购买一切应用的东西物件。

他们镖船往前行走，非止一日，这天来到一地。伙计说："达官爷，您顺着我手瞧。那远处那座山岛，便是盘龙岛的山寨。"焦雄、石锦龙说道："来呀，伙计们，你们大家哪一个认识那个岛呢？"有一个说："我认识那是盘龙岛。"伙计也说："正是。"石锦龙说："你跟哪路达官来过？"伙计说："我跟南路达官来过，去上金家岭，乔装打扮，改作行船，才渡过此岛。凡是桅杆白天挂镖旗、夜晚挂灯笼的船只，保镖的项长三头，肩生六臂，从此经过，也是不行。行船没有镖旗，桅杆矮那倒成，人还不能有镖行的打扮，才能将全船的东西渡过金家岭。"他们大家从远处一看那岛上，很是威风，真是青山叠翠，绿水长流，波浪滚滚，天连水，水连天，一望无边，望空无影。天乃是一口空气，天上蓝光，与地上水，两相映照，成了一个天水相连，无边无岸。坐船不惯的主儿，一眼看不到边啦，那时就要晕船啦。人要坐船，有几句要言，请阅者切记，挨着自身旁边放着一碗水，船是稳的，那水是纹丝不动，那人就不能晕。书归正传。那船往前行走，忽见上首有一打鱼小船，四名水手。瞧这只小船，非常快，越过大船，直向前面而去。早有镖行伙计看见，连忙说道："达官，您看方才过去的是山上的探船。"石锦龙说："我知道。等他们第三只探船来到，你再报我知道。必须这般如此、如此这般的办法。"两名伙计点头答应。焦雄命使船的多加注意。水手忙将战船摘下，跨在麻洋船左右，这船仍然往前走。天到平西，相离海口很近，那岛上一片锣声。石锦龙忙叫预备。

不言他们这里。且说那只探船回奔海口，来到了盘龙岛水寨竹城。探子取出一个铜牌子，上面注写着龙安镇的探船，盘龙岛的远探子王功，外号闹海虾米，往里一递。守城卒看完，竹城大开，下面滚龙挡撤去，滚网卷网挂好，小舟才进水城，到了里面。王功弃船登岸，急行如飞，直奔大厅，禀报毕大王知晓。说道："今有京都临安城南门外兴顺镖行，三只大船，一只麻洋大船，满载货物，随行有战船一只，飞虎、飞豹随行，船上镖旗无数，分出青黄赤白黑，红白紫绿蓝，什么颜色全有。小的特来禀报。"毕振远说："来呀。闹海魔王焦豹，快去鸣锣聚将。巡海白猿焦明，快将兵船预备齐毕。"上面焦豹抄起一面铜锣，站在屏风门以外，打起锣来。声音焦脆，借着山水之音，震得全水面全听见啦。兵卒一听，急忙来到大厅之外，排班站立。焦明抄起木铃，梆梆梆的一声，那各路的水手连忙聚兵船，上岸问首领用多少。焦明说："小战船要四百只，每船上十个人。"旁边有人答言，说道："二位首领，兵船上镇角何人代理？"焦明说："分水骆驼姜续、闹海江猪姜环二人代理。外预备麻洋船四只，全是有名的寨主，或是水面上能征惯战的战将。"少时船只齐备，大家一齐上船，船只冲出海岛，便将海口闸开啦。闹海魔王焦豹坐上船，出海口打探。焦豹乘一只虎头舟，停住了船。那毕振远在大船上等候回音。按下不表。

且说焦豹船到了镖船前头，停住了船。那马子江说："兄长，您看对面来的这只小船，有一人站立，往这边观看。"看他船离切近，那小船摆了头啦，离着镖船也就在两丈开外，那船上的水手，便能看清楚船上是什么货物。

当下马子江一见这个小船往后绕了去，便连忙在暗中跟了下来。见那个小船围着大船绕了一个弯儿，马子燕自知是探船无疑，自己连忙将桅杆子的镖旗落了下来。又听他说道："你们可知我等请来能人，要为破这海口而来，任凭你们为首的项长三头，肩生六臂，也得叫我们从此经过，你们也不看一看，你们岛前有多少无头鬼！"毕振远当时乘坐一只飞虎舟，刚然划过去，便问道："镖旗何在？"焦豹说："他已将镖旗掩下，避到船舱。"毕振远一闻此言，气往上撞，便叫战船侍候，遂说道："不论他是皇差，或是镖船，我全不怕。那么他们船上有多少达官，你可知晓？"焦豹说："那战船上，各样镖旗全有，大半达官也许少不了吧。"毕振远一闻言，心中暗想：如此说来，大半是少不了。不过不知道是谁为首？便乘坐战船，离开水寨竹城，来到外面，一直来到南海口。随行的船丁，往两旁一分。对面镖船一分，也冲出一只战船来。

船到江心，马子江站在船上往对面观看，有一个水寇，年约五十多岁，身高九尺开外，细条身材，面如蟹盖，抹子眉，环眼努于眶外，鼻直口方，大耳相衬，头戴月白布扎巾，月白布的剑袖，青帽底衣，脚下鱼鳞洒鞋青袜子，青布裹腿，掌中一条五钩神飞枪。马子江赶忙禀报二位达官说："有水寇。"石锦龙、焦雄二人一听，不由气往上冲。石锦龙心中想：不可轻敌。遂将周身收拾利落，外罩大氅，转身形往外，冲上一只飞虎船，将战船冲到江心。两下对了面，毕振远一见，对面这位达官，身高七尺，细腰窄背，年约四十开外，黄脸膛，宝剑眉斜插入鬓，一双阔目，光华乱转，狮子鼻，阔口，大耳相衬，头戴紫缎色八棱壮士巾，顶门一朵黄绒球，突突的乱跳，上身穿紫缎色绑身靠袄，蓝缎色护领，黄绒绳十字绊，黄丝鸾带扎腰，双打折蝴蝶扣，青底窄腰薄底靴子，斜披通氅，上绣花儿朵朵。焦雄抱着石禄，在船上一站。他看对面船上有一人，他便大声喊嚷："老排子，可别拿扎蛤蟆扦，来扎你爸爸。"那毕振远正在船头，一闻此言，忙往这边船上一看，不由暗吃一惊：他们真有能人。今日大家凑到一处，在海口安下敌国之富的镖船，然后有那善习水性的达官潜入内宅，将我女儿盗出，你说我还能与他们交战吗？书中暗表：原来毕振远也有一女，与石禄长得一般无二，今年也是八岁，长得黑而且亮，别看她长得丑，后文书她替石禄掌印，实有二品夫人的命官。

闲言少叙，书说当下，二人一对面，那焦雄忙催小船来到二人当中。毕振远一看，焦雄抱着的小孩，绝像是自己的女儿，心中不由暗想：哎呀，天下会有这等巧事，正跟我女一样，看此子未满十岁，八宝神光很是圆满，将来必主大贵，莫若自己将计就计，给他个借水行舟，我将他二人请进水岛，问问此公子是哪一家的？二人要结为秦晋之好，将我女儿许他身旁为妻。这时焦雄说话："毕大王，我是久仰您的美名。这是我结拜大弟，此人姓石，双名锦龙，号叫振甫，外号人称圣手飞行，大六门第四门的。"又说："石贤弟，这位是四大冷海，南海口盘龙岛为首的寨主，姓毕，名振远，号叫士雄。"毕振远说："二位达官若不嫌弃我山寨太窘，请至山前一叙。"石锦龙说："毕大王说哪里话呢。您岛内有雄兵百万，寨中有战将千员。我等兵船退吧。"大家这才一齐退回海口以内。石锦龙弟兄二人挂着镖船，跟着他们的船后，也一齐撤进海岛内。到了里岸，石锦龙定睛观看，水岛内威风十足。看这山寨是一半天产，一半人工。不怪大家夸水寇，山上果然是十分坚固。船靠了里岸，再看他们那兵船一直正北，又往东拐过去啦。镖船左右，一只兵船也没有。焦雄抱着石禄，同石锦龙、毕振远二人上了岸，顺山道往上走，一直来到大厅。大厅前是块平川之地，一眼望不到边。房子是八字，壁的形景，北大厅是七间，明三暗六，大厅东房山往东，是五间大房，西房山往西南是五间大房，俱是带廊子的大房，前出廊子后出厦。早有人过去高挑帘栊。毕振远说："二位达官往里请。"焦雄说："毕大王您头前引路。"

众人到来里面，毕振远将焦雄让到上座，将石锦龙让到下垂首，自己主位相陪。当时有仆人献上茶来。毕振远说道："焦老达官，我这水岛，十年前派焦豹下山，去请各路保镖的达官山前一叙。您想如何？"焦雄说："也可以呀。"毕振远说："不想他拿帖到处一送，是日竟会没有一位前来。因此我才一恼怒，从此是见镖船就劫，为的是斗斗达官。"石锦龙说："前十年之时，我怎么没见过请帖呢？我那时正在扬州府东门内万胜镖行。我且请问毕大王，前十年您聘请五路达官所为哪般？"毕振远说："我是请各位来到我的岛内，打算跟大家冲北磕头，结为金兰之好。"焦雄说："你要有那样的心意，焉有这个举动呢？"毕振远说："我打算看各路的达官，若有一出头露面之人，我便与他分上下，论高低。不用说我二人谁还把谁战败，就是我们有平手之时，那时有至友能够解去重围，我就将竹城紧闭，不准一个兵卒下山。山上粮草、耕种地等，完全可以办理啦。二达官，我且问你一件事。您随我来。"当下焦雄随他来到外边西廊子底下。焦雄说："毕大王，您问我何事呢？"毕振远说："您抱着的那孩子，是您什么人呢？"焦雄说："那是我大弟石锦龙的二儿子，名唤石禄。"毕振远说："此子今年多大？"焦雄："他今年八岁啦。"毕振远说："焦达官，我有一事拜托于您，您多要美言几句。但不知他是哪门？我二人门当户对，我是外六门第四门的人。我有一小女，与石公子长得一般无二，我打算与他结为秦晋之好，特意拜托焦二达官代为说知。我情愿与他和平了结，以后若有老少达官从此经过，我必请进岛上，摆酒款待。如在周围出去二百里地，丢一草一木，我姓毕的包赔。"焦雄说："毕达官，您听我的喜音。"说完，他便将石锦龙请到外边，就将毕振远所说之事，对石锦龙细说一遍。石锦龙说："二哥呀，石禄呆呆傻傻，我打算令此子横练三本经书法。"焦雄说："石贤弟，此言差矣。不是咱们姑娘给他，是他的姑娘给咱们，这不是娶不娶的归咱们吗？这样一来，不少事情和平过去，老少达官他们全都感谢于您。可以叫他们把女儿带到前面，令小弟观看，我便知分晓。"石锦龙说："你叫他将女儿带了出来，也叫小弟观看。"

当下二人回到大厅，焦雄说："毕大王，您将令爱抱到前面，我们看看。"毕振远当时命人将毕赛花抱到前边。石锦龙一见这个姑娘，心中喜爱，他们爷儿俩就投缘。毕振远说："姑娘，上前与你爹爹行礼。"毕赛花一闻此言，双腿跪倒，说道："咱爹在上。"石锦龙一探兜囊，取出一锭黄金，说道："你叫什么呀？"姑娘说："我叫毕赛花。"石锦龙说："谁叫你管我叫爹爹？"赛花说："咱爹。"石锦龙心中暗想：此女与我儿石禄长得一般不二。毕赛花说："咱爹，这个小紫胖子，从哪来呀？我要跟他一块玩。"毕振远说："这个小紫胖子，还要打我哪。"赛花说："我要跟他玩，他就不能打您啦。"毕振远说："你二人长大成人，就在一块啦。"毕赛花说："那么就叫他在山上玩吧，我就爱跟他玩。"石锦龙说："玉篮，上前与你爹磕头。"毕赛花说："紫胖子，你干吗给咱爹磕头哇？"石禄说："那个黑胖子给咱爹磕头，咱能不给老头儿磕头吗？"毕振远探兜囊取出黄金两锭，递与石禄。石禄说："我不要那么些个。"他嘴里那么说，可伸手接了过来啦，口中说道："黑胖子，你跟我玩，我把这锭给你。"那毕振远看了看石禄的五官，再一看赛花，这二人久后必定大贵，将来一定错不了，石禄长大成人，必定慷慨大道，仗义疏财，遂说道："亲家，您府上还有几位令郎？"石锦龙说："他还有一兄，一共两个儿，一个女孩。"毕振远说："那位千金今年多大啦？"石锦龙说："那女今年五岁，名叫秀英。"他们正在说话之际，那毕赛花说："咱爹，可别叫紫胖子走啦，我到后面去啦。他跟我这个爹全别走，叫他们住两天，我好跟他玩呀。"振远说："好！你快上前，与你伯父行礼。"石锦龙说："玉篮，快去与你二伯父叩头。"石禄答应。这赛花是随着石禄叫，二人一齐跪倒，口中说："二伯父在上，我二人与您叩头。"焦雄伸手从兜囊中班出四锭黄金，说道："你们两个人，每人拿两锭去吧。"毕振远跟石锦龙二人谈话，锦龙说："后山可有我贤嫂？"毕振远一闻此言，不由叹了一口气，遂说道："我那妻童氏，已然故去了，留下一儿一女，小子叫毕连。"石锦龙问道："毕连今年多大？"毕振远说："今年五岁啦。"石锦龙说："镖行十老的大爷，我那兄长，在我弟兄未结拜之时，他有一小女，要许配此子为妻，我没点头。如今我二人已然结拜，当然不能结亲啦。"毕振远说："亲家，您送镖回头时，来我这里将此女带到石家镇，叫她婆母教调此女。"锦龙说："不必，十年后花红彩轿来至岛上，不为迟晚。亲家，我拜托你一件事。"毕振远说："有事尽管吩咐，何言拜托两字？有话请讲。"石锦龙说："打算教此女习学防身艺业。"当时毕振远鼓掌大笑，说道："亲家此言，正合我意，我也打算叫她习学武艺。您在此少住三日，过此岛便是严家坨。"石锦龙与焦雄二人答应，便在山上住了些天。这一天锦龙看见他面沉似水，二目带神，有些不悦之色。毕振远临出屋子之时，回头瞪了他二人一眼。石锦龙看他走远，遂说："二哥，方才您可曾看见他的样子？好像有些不悦之色。少时您对他谈话，探听他的心气如何？不是别的，他山上毛贼草寇很多，若有一个不服气的，我二人便可挥拳比武。因为我久闻他们山上每次截杀咱们的镖船，我久有除他们之意，如今有此机会，正可与他一战，水旱两路，任他自便。这样野性之人，若不把他治服了，他永不怕您。他跟我作了亲，您要将口话问出之时，可以叫他将合山的水旱寨主以及喽兵，全在大厅前观阵。我二人是抡拳比武，还是过家伙，随他调遣。"焦雄听了，便去找着毕振远，说："毕大王，我告诉您一件事，我那大弟打算跟您在大庭广众之前，抡拳比武，或是空手，或是过家伙，随您之便。"毕振远说："好，正合我之意。"焦雄说："毕大王，你二人若是定哪日比武，可以将合山的兵卒战将，叫到大厅，在院子旁边站立，叫他们与你二人观敌料阵。你们二人还是过兵刃哪？还是比拳脚呢？"毕振远说："较量之时再议吧。"毕振远奔后山，与大众去参酌此事。工夫不见甚大，那毕振远来到前面，说道："焦二达官，明天过午以后，我二人大庭之前比武较量。"焦雄说："是啦。"当时分别，一夜无书。

次日天明，那大庭上早已连珠炮声惊天。合山的副战将，以及兵卒，各拿合手长枪短刀，来到大厅头里排班站立。石锦龙与焦雄二人收拾好了，出来一看，人家兵将早已到齐，全都是小农襟，短打扮，偏将全是花布手绢包头，兵卒全是青的。焦雄看了一怔。石锦龙忙叫他下山，去将镖行伙计四百八十名，一同叫上山来。那焦雄走了工夫不大，早将这些人带到大厅之前，他们是青绢帕包头，怀抱坡刀，站立一边，大家不住交头接耳。那焦雄一看石锦龙，面上不变颜色，谈笑自若；再看毕振远也是如此，面带喜容。少时吃喝完毕，吃茶。焦雄说："毕大王，您多有原谅。"毕振远说："太客气了。"

说完，三个人一齐往外。石锦龙说："毕大王，你我过拳脚？还是过家伙？"毕振远说："过军刀吧。"说完话一齐来到当院。毕振远一看镖行伙计个个全都有英雄的气色，自己连忙收拾紧衬利落，将海下胡须结在额下，由兵器架子上拉下一口砍刀来。见石锦龙谈笑自若，长大衣服，连氅都没脱，头巾也不摘，不由自己心中暗想：这他可是放份。遂说："亲家，可曾收拾齐毕？"石锦龙说："亲家，我三招已过，再收拾不迟。"毕振远一听，心里挂点气，遂上前抬手一晃，迎面就是一刀。石锦龙见刀到，连忙往旁边一转身。毕振远缠头一刀，石锦龙转身躲过。毕振远前三刀没找着人，知道此人必然武艺超群。心中有点惧敌。俗语说得好，惧敌者必败。他可有点害怕，因三刀没找着人，遂说道："阁下名不虚传。我听合山的人言，说您能为出众，武艺超群。"石锦龙说："亲家请啊，你要容让我可不成。"毕振远说："亲家，你我好有一比，咱们是对头的冤家。"说完捧刀再扎。那石锦龙尚未还手，他一看这一众大小寨主们，各捧军刀发威，心中有不服的样子。毕振远左一刀，右一刀，直向前砍来。那石锦龙是十成使出对成，就是跟他施展出来，叫他看上啦。

二人动手，那刀真个是上下翻飞。毕振远一口刀上下翻飞跟刀山一样，石锦龙施展出八仙战法。那毕振远一看，前后左右全是石锦龙，往哪边送刀，哪边没入。两个人过招也就在七八十个照面，累得毕振远嘘嘘气喘。石锦龙见他刀到，往旁一闪身，用左手鞭一磕他的腕子，右手鞭兜穴门中而去。原来是石锦龙看他刀到，用左手往上一撩，他用眼神一跟鞭，右手鞭一下子，便将毕振远扔在那里，石锦龙连忙一甩五节鞭，盖顶就砸。焦雄在旁大声喊叫："大弟鞭下留人。"石锦龙一闻此言，将鞭抽回，说："兄长，此水寇万不可留。他将女儿许我儿身旁为妻，不知他又受了哪个毛贼草寇蛊动是非，又后了悔。今天将他废命才对。"那山上一众寨主以及合山喽兵，一齐将军刃抛于就地，大家一齐跪倒，口中说："焦二达官，您给讲情吧！求石老达官手下留情，饶了我家大王的性命。他对待我们实有感情。"焦雄说："大弟，你看在大众的面上，再说，你们又是这样的亲家，千万把他点穴给破了吧。"石锦龙说："我看在二哥您的分儿上，我饶他不死。"这才点他左肋，右肋给了一掌，这才解过来。毕振远将刀归入鞘内，一抱拳说道："亲家您多留情啦。多承焦二达官赏给你我二人全脸，我心中感谢了。"毕振远心中暗想：我二人过招，人家不出招，一出招，我甘拜下风，如此看来，还是自己不是他的对手哇。焦雄在旁说道："毕大王，您想，要是我大弟能为浅薄，他能掌八路镖头吗？"毕振远说："是，那是当然。你们老二位在山中盘桓几日，再走也不迟。我山上若有照料不到之处，您二位可以指教一二，小弟我是惟命是从。因为小弟在山上执掌生杀之权，我的山令不严，难以束缚他们。您二位在山上，可以辅助我，替我调动调动。"石锦龙说："亲家，等我二人送镖回头，可以帮您重整山寨。"毕振远说道："但不知这支镖送到何处？"石锦龙说："送到这正北严家坨。"毕振远说："可是首户财主严春吗？"石锦龙说："不错，正是此人。"毕振远说："严春可在镖船之上？"石锦龙说："正在客船。"毕振远说："待我亲自登船拜访。"

当下哥三个下山，来到客船。船上马子江看见，连忙往里回禀说：

"严掌柜的，盘龙岛毕大王，亲来拜访。"严春一听毕大王，不由心中暗想：他与我是正邻，自己必须出迎。连忙出了船，遂说："毕大王，小可怎敢劳动大王前来。我在京都做事，不常从岛前经过，所以未能拜望。而今我是发财回家，前场我来过一次，登山拜访，给您送点重礼，您可曾见着？"毕振远说："什么重礼？一共是多少呢？"严春说："礼物倒不多，千里送鹅毛，礼轻人意重。不论多少也算是我的心意，也算是我严春有街坊的义气。毕大王口出不逊，非要劫我镖船。我船只一入水岛，竹城上封，这是何故？"毕振远说："严员外，这可是我毕振远亲自跟您说的吗？"严春说："您倒是没跟我亲自说明，是您山上一位远探子，此人姓焦名豹，外号人称闹海魔王的，是他对我言讲。"毕振远说："您往我山上送礼物，一共价值白银多少？"严春说："价值白银五万两。我给山上小姐买的玩物，不计其数。"毕振远说："严员外，您是咱们邻居。那货物送来，有何凭据呢？"严春说："凡是我送给您的物件，上全有我姓名，有点金器，以及绸缎，那上面全有严春赠品四个字。"毕振远说："您赏我全脸，咱们要问焦豹。二位达官，到我山上打这个质对。您可以赏脸？"严春说："我想求大王，你我二人相见，能将里面详细情由说在当面，不能听人家在旁边鼓惑是非。"毕振远说："严员外，我要跟您领教一二。"严春说："有什么事，请说详细。"毕振远说："有一严占方，您认识不？"严春说："那是我一位伯父。"毕振远说："我有一位婶娘，乃是那里的娘家。"严春说："不错，我伯父有一子，是我兄长，名叫严奇。他从岛前经过，出门在外，到如今此人杳无音信，不知生死存亡。"毕振远说："这个人如今还在山上。"严春说："我到山上，观看我那兄长。"毕振远说完，便领焦雄、石锦龙、严春，一同上山。石锦龙说："亲家若侦查出来，是真赃实犯，可不能轻饶于他，那时无论男女，一齐斩杀。我想此事，必是那焦豹所为。那时若查明了，在大厅之上，连与人伙同一气的主儿，一同捆绑，砍去人头。若是这样一办，一来压住合山的口舌，二来免去是非。"焦雄说："毕大王，我有一友名叫毕通，不知是您本族不是？"毕振远说："不错，有这么一个人，他正与我同族。要有他在山上，虽然他武艺浅薄，他的山令最严，那他会替我整理山寨。有那各地在外抢劫客船的主儿，就被他给砍啦，致招大家不满，我才将他赶下山去。现下我二人是不通音信啦。"焦雄说："我多时未见着毕通。如果你二人执掌水岛，水寨竹城以里，为毕大王所执掌。竹城以外，归他调遣。那准保水岛高枕无忧。"

说话之间，大家来到山上。毕振远当时叫手下人巡海夜叉姜旺，手执铜锣一面，站在二门之外，鸣锣聚众，将合山的寨主全行叫来。姜旺答应，连忙出了大厅，各处搜找，他带二十名喽兵，十个人拿绳子的，十个人怀抱鬼头刀的，拿着毕振远的山令，由大厅往东向各处找去。直到闹海魔王焦豹的住所，姜旺便带人走了进去，到了东西里间，以及东西掖间，并没有什么私货。他又用刀往各墙上磕一磕，并未发现夹壁之墙。又用脚一跺地，原来下面有地板。连忙叫进四名刀斧手来，将地板撬开，往里一看，有三尺长、二尺六七宽的箱子，不计其数。他一数，一共二十二只，在那各箱子盖上，全刻着字，上面注写着东海岸严家坨，当中四个大字是严春赠品。看明白啦，便叫十名刀斧手在此看守。他又将东西配房一看，那两下里全有地板，下面全有物件。当时交到大厅，回禀了大王。毕振远一听，遂说："严员外，您跟我到山左查看一番。那些东西是您的不是？"严春答应，当下跟随来到山左一看，正是自己送来之物，一丝未动。毕振远说："严员外，您这是几时送来的礼物？我是一概不知。"严春说："在一个月之前，我派人给你送来的物品。"毕振远点头，便到各处搜找。这一片山上，除此之外，他处并没有什么私弊。当时一怒，便将焦豹及手下共十一名，通盘绳缚二臂。焦豹说："毕大王，我在山前与您办了什么错事啦？您将我十一名一齐上绑。"毕振远说："焦豹，我山外邻居，以及我外面的至友，你胆敢与我弟兄拆散和美，独吞重礼。你又累次鼓惑是非，隐藏重礼不献，是何道理？"问得焦豹哑口无言，立时令人鸣锣聚众，上到寨主，下到兵卒，一齐来到大厅之上。遂叫手下兵本洪，随着张九风、巡海夜叉姜旺、闹海白猿焦明："你们即将焦豹剁成碎肉，以正我的山令。他死在乱刃之下，屈他不屈？焦明啊，你兄长做事，他独吞重礼，错杀李忠，我要不给这个李忠雪仇恨，这个山上谁要跟谁有仇，那就更无法睁眼啦。再说，没有我山令，竟私自在山口抢劫船只，这不是给我毕振远栽赃吗？"焦明说："我兄长他死在乱刃之下，据我想他是不屈。"毕振远说："他死了不屈？"焦明说："不屈。"毕振远说："好！既然不屈，来呀，给他个乱刃分尸！"焦豹死后，不知如何，且待下文分解。

第三十六回

毕振远访婿走四方　二龙口揭榜擒贼寇

话说上集书中，说到毕振远下令将焦豹乱刃分尸，当时这些刀斧手一齐动手，少时便将他剁成肉泥烂酱。这把那旁边被捆绑的十个人，吓得浑身乱抖。有人便把焦豹碎尸抬出竹城以外，扔在水中了。焦豹死不冤屈，赃证俱明，死而无怨。毕振远下令放了十个人，派他们到处去搜找。十人遵令，到了焦豹的住所，先将东西间的踏板都撬开，将严春的赠品一齐起出，抬到大厅之上。又将他私自山外所劫的银钱，一齐给大家分了。焦豹的住所，便叫焦明代理。兵卒通同散去。毕振远说："以后哪一个私犯山令，可以先报我知。倘若私下伤害一兵一卒，被我知道，我可将他剁成肉酱，与那受害的兵卒报仇。"此时合山的寨主喽兵，俱都点头。毕振远这才令大家一齐散去。焦雄、严春、石锦龙向他告辞。毕振远率领众人一齐送下山来，说："多承亲家教导于我，以后我决定整顿，再有犯法之人，我是一定斩杀不饶。"石锦龙说："那是一定。我告诉你一声，你可小心紫云观的观主，他要是来到岛上，那时恐怕亲家爷首级难以保住。那位剑仙，来无踪影，去无形象。"毕振远点头称是，遂说道："您将这支镖船送到严家坨，回头从海岛前经过，可千万将此女带走。"石锦龙说："不必，容等此女长大成人，那时我儿他也成人，到那时候，再行迎娶，好与他二人拜堂成亲。"毕振远一想也对，一边说着话，一边往外相送。早有人将竹城门大开，又将绝户网拉起，船冲出水寨竹城，到了近岸。

焦雄、石锦龙带着石禄，护着镖船，从此告辞一走。船到东海岸，严春下船登岸，口中说："二位达官在此少等，容某去就来。"说完，他便回到自己庄内，叫手下家人严荣、严安弟兄二人，带领长工月工人等，套车辆备马匹，一齐来到岸上。将船上东西物件，卸下镖船。焦雄从身上取出单帖，查着软包等，一共是八十四件，完全交代了严春，令他查点明白，不缺不欠。严春说："二位达官且慢，我这里还有两件，请您带回，送给他们水旱伙计以及车夫等。这两件赠送给达官爷。你们老二位回到镖店，多多代我谢谢蒋老达官的美意了。容等我在家收拾已毕，必然到镖行拜访列位。"焦雄说："这倒不必。"当下石锦龙大家辞别了严春，撒跳起锚，又将镖旗取出，挂在桅杆之上扬长去了。按下不表。

如今且说毕振远，他在水岛里面，从此便传授姑娘武艺。自己独出己见，给姑娘又请来文先生。毕赛花文武全才，长得是外拙内秀，水旱两路精通。一口锯齿飞镰刀，左右手会打袖箭，左右胳膊会打盘肘弩、紧背低头弩、铁蒺藜，回光返照套魂索一条，是败中取胜。年沉日久，姑娘长大成人啦。听见来往的镖船达官说，石禄在外边成了名啦，掌中一对短把追风铲，横练三本经书法，发出自己的本心，反对莲花门。好打路见不平，能为高大，武艺超群。逢山扫山，遇寨灭寨。毕振远不由心中暗想，姑娘如今已然二十有八啦。我那姑老爷石禄，他也二十有八了。一眨眼就相别二十年，我那女儿二十岁以外。山上连兵卒带寨主，与我知道的，与我不知道的，已然斩去无数。从打此女成人，在东海岸一带，名震四外。我那姑老爷石禄，在外也是名扬四海，好比皓月当空。我毕振远年过花甲，没做过那不才之事。想当初，倒退二十年前，我托焦雄亲自将她许配石禄为妻。自他走后，转眼二十年，杳无音信，真是令人心中难过。自己越想心中越难过，日子一多便忧虑出病来啦。后来他自己也看见面上带了病容。毕连一见，连忙问道："老人家，您面上带着愁容，所为哪般？"毕振远说："儿呀！只因你姐姐许配石禄为妻。"毕连说："爹爹，我姐姐已然有了人家，我怎么不知道呢？"毕振远说："那是小时的事，你二人尚在年幼。"毕连说："提亲之时，哪一个是媒呢？"毕振远说："镖行十老，排行在二，人称神枪焦雄。"毕连说："您先好好养病！容等病体痊愈，孩儿我会推小车，那时咱们爷三个乔装改扮，多拿金银以及细软的物件，起身前往，访一访他人。先上兴顺镖行，去找我焦二叔，请他同着咱们到石家镇，有何不可呢？"毕振远一闻此言，心中痛快。将主意拿定，这才叫姑娘收拾。每人粗布衣服，每人两套，应用物件满拿齐全。外边备好了马匹小车，上面拴好一个荆条筐，筐里头卧上两个包袱。小车子捆上油篓子，他们安了一个小钱柜，里边放着贵重物品，通盘路费。满预备齐毕，便乔装改扮。那赛花姑娘已然二十有八，一身粗布衣服，绛色底衣，青布的大鞋。爷三个从此要动身，便将山寨之事，完全交与巡海夜叉姜旺代管。临行时嘱咐他，说道："我走后若有犯山令之人，你可千万要管。"姜旺说："您要上哪里去呀？"毕振远便将就亲之事细说了一遍。姜旺说："您将合山寨主喽兵一齐叫来，当着大家交派于我，那时我可以代头来管他们。若有犯山令之人，我能将他们推出去问斩。"毕振远一听很对，这才叫姜旺鸣锣聚将，上自寨主，下至喽兵，少时满都来到厅前。毕振远说："你等大家将话听明，如今我父女爷三个，有事下山，将山中生杀之权完全交与姜旺代理。哪一位不遵他令，就如同违背我一样。若犯山令之人，推出问斩。后山之事，完全交与巡海犬王保。"毕振远将山上事情交派已毕，这才由山上起身。父女三人弃舟登岸，此时那姜旺率领大家一齐往外相送，彼此分别。

毕振远父女到了岸上，姑娘坐在车上，毕振远在前拉着，毕连在后边推着，父女三人直向临安城而来。一路之上无事，饥餐渴饮，夜住晓行。这天来到临安城兴顺镖行的门前，将车停住。毕振远来到门前，说声："辛苦诸位。"当时出来一位老者，问道："您找谁呀？"毕振远说："我找焦二达官。"老者说："您来得可不巧！这是一座空房，就是我与四个伙计看房，他们大家上了何家口啦。"毕振远说："这个何家口在哪里？"老者乃是店里先生，名叫郑明，遂将何家口的地方告诉他。毕振远一听，只得带了一双儿女，爷三个从京都起身，赶奔何家口。一路之上，是饥餐渴饮，夜住晓行，非止一日。这天来到何家口的西村头，一看有许多村丁乡勇把守村口。当时毕振远一人来到西村头，说道："诸位老乡，贵宝地是何家口吗？"兵卒说："正是。"毕振远又问："这里有位首户，名叫分水豹子何玉，可在此住吗？"兵卒说："那是我家大庄主。"毕振远说："劳驾你给往里回禀一声，就说有毕振远前来求见。"兵卒说："您在此等候。我们这里有二位首领，待我与您回一声去。"说完转身往里，来见姜文龙弟兄一说。文龙一听，连忙随着他来到西村口。姜文龙一见是位老者，自己不认得。毕振远说："我跟您打听打听，有镖行十老，可在此处？"姜文龙说："那十老给我姐夫报仇去啦。"毕振远说："上哪里报仇去啦？"姜文龙当时将何玉受贼人一镖三刀、去西川报仇之事，细说了一遍。毕振远一听，连忙问道："十老之中，可有焦二达官神枪焦雄？"姜文龙说："我那兄长正在那里。"毕振远一抱拳说道："姜贤弟！你好好看守村庄，待我也追奔西川。"说完回身就走，来到小车近前，说道："毕连呀！咱爷三个出来拜四方来啦，就为你姐姐终身大事。"毕连说："那可无法，咱爷儿三个得到西川找着我焦二叔，您就不用着急啦。"毕振远拉着小车，毕连推着，姑娘可在车上坐着，爷三个由此动身，官行大道，一直正西。

他们走到济南城西，遇见一个打柴的老者。那老者看见他须发皆白，这大道又分两股走，便问道："这位仁兄，你们是上哪里去呀？"

毕振远抬头一看这位柴夫，须发已白，粗眉阔目，狮子鼻，四方海口，面如古月，大耳朝怀。身穿头蓝布贴身靠袄，头蓝布底衣，腰结一条绳子，青鞋白袜子，肩上扛着一条扁担，上有绳子，手提板斧，长得慈眉善目。遂问道："樵哥！你打听道路？"樵夫说："我是本地人，倒不用打听路。那车你们是全家吗？"毕振远说："不错！那车上是我的女儿，推车的是我的儿子。"樵夫说："这前面有个二龙口，你们走南边，可千万别走北边，因为那边是股背道，松林特密，歹人不少？"毕振远说："是股背道，还有什么意外吗？"樵夫说："若是走镖的达官从此经过，也得出事，不时有断道劫人之事。这伙子人全不是本地人，也摸不清他们是哪里来的，游行不定。衙门派人来，他们早就远走啦。府台大人因此贴出堂谕，但因府里无有能人，府台大人虽恨之入骨，就是拿不住他们。堂谕上写得明白：回汉两教，僧道两门，男女老少，无论何人，要将此寇捉住，赏纹银二百两，另外赏官衔一份。"毕振远说："什么官衔？"樵夫说："堂前的大班头。"毕振远说："此贼姓什么呀？"樵夫说："您若问呀，我可是也姓张，我叫张顺。您一到北门打听樵夫张顺，没有不知道的。此贼可也是姓张，外号人称海底捞月，手下有二十多人跟在此地。"毕振远说："张顺！此时若是有人能把那贼除了呢，又当怎办？"张顺说："若有人能将此寇捉住，送到府衙，知府上堂一问，只要是他，决会有赏。"毕振远说："这位贤弟，你休要拿我当行路之人，我全家是替天行道，除暴安良，到处行善，好打路见不平。我若将此寇捉住，府台大人可得有赏。"张顺说："有赏！"毕振远说："要是到了张家屯打听你，可有知道？"张顺道："那是有人认得。您要跟人一问，赶巧了就许指给您是哪门。"毕振远说："好！那么你就在家听信吧。"遂说："姑娘，你把咱们那军刀预备齐了。"赛花答应，便将三个的军刀拿出，预备手下，又用铺盖压上。毕振远说："樵哥！倘若我要治死几名山寇，会有什么舛错吗？"张顺说："别管您治死多少，只要是有军刀，准知道与您交手来着，死多少也没关系。只要将他们打尽。可千万把那为首的拿住。"毕振远说："说定了！"

当时爷三个一直往正西，来到了二龙口。走北道，一进北道走在正居中。正走之间，忽听树林子里呼啦一声，东西两旁全出来人啦。毕振远装作不知。忽然正西有人说话，说道："咧！那个老头儿，你的小车别往前进啦！"毕振远也不停，仍然往前。前边有一人说："你怎么不停住哇？"毕振远便站住了。毕连也坐在车上。毕振远一看，对面这人，平顶，身高八尺，胸间平，膀背宽，精神足满。面如淡金，半截眉，三角眼，蒜头鼻子，翻鼻孔，大嘴岔，大耳相衬。花布手巾缠头，前后撮打拱首。蓝布的靠袄，蓝布底衣，登山用的鞋，青袜子，花布裹腿，青抄包扎腰。右手提着一口鬼头刀。遂问道："拦我的去路，所为哪般呢？"那人说："你们是干什么的？"毕振远说："我们上西川投亲，从此经过。你们是干什么的？"那人说："你要问，这是二龙口。正道你不走，偏走背道。"毕振远说："背道也许人走。"此人说："你要走背道，你们有买路的金银吗？"毕振远说："你们要金银，我倒有的是，大半还用不完。你贵姓啊？"此人说："我姓李名玉，登山豹子便是。你是谁呀？"毕振远说："我乃无名氏，买路的金银倒是有，你可拿不了去。"李玉举刀上前搂头就砍。毕振远往后一倒步，飞起一腿，正踢在他脉门上，刀就飞啦。李玉一见不好，转身就想要走。毕振远横着一百灵腿，当时把他摔倒，过去便将他捆上。赛花一见，忙叫道："爹爹呀！咱们把他炖了吧。"这本是行话，就是把他杀啦。毕振远说："不用那样，大小给他留点记号吧。"说完，猫腰捡起他的刀，左手一提他耳朵，"哧"的一声，便将耳朵给拉下一个来。毕赛花赶紧收刀。

那李玉一听，准知道是江湖人，李玉说："这位老者，你既然说出行话来，阁下必有名姓。报通你的名姓上来。"毕振远说："你不必问我的名姓，你是为首的吗？"李玉说："我是二为首的。"他说到此处，猛然往前一扑身，举刀就砍。毕振远一看他的刀来啦，往下一坐腰，使了一个左百灵腿，将刀踢飞。李玉转身要走，毕振远横着一抽腿。李玉再躲，那可就躲不及啦，便翻身跌倒。毕连上前揪住左腿一转，那李玉便趴伏在地。毕连用绒绳丝鸾带将他捆上。毕振远说："姑娘，给这小子留点记号。"赛花过来拾起他的刀，将他左耳削下。趁着血热，反着给他贴上啦。

此时两旁的呼哨子是连声响亮。工夫不见甚大，东西来了三四十名兵卒，手中各拿着明晃晃的刀枪，往这边而来。由正西如飞来了一个。看他平顶身高七尺开外，细条条的身材。往面上一看，煞白的脸面，半截眉，大环眼，蒜头鼻子，小嘴岔，小元宝耳朵。头戴青布紫巾，青布衬身靠袄，青布底衣，洒鞋蓝袜子，蓝抄包扎腰，紧衬利落。掌中一条勾连枪，双手提枪来到近前。大声说道："对面的老儿，报通你的名姓！"毕振远说："小辈，你先通报名姓，好在你家老某的刀下做鬼。"这时上来一人。毕振远问道："你叫何名？"来人说："我姓李名豹，外号叫连三枪的便是。来啦！上前动手。"说完，前把一立，后把一扬，直奔胸前扎来。毕振远一看他是有意的来扎，枪到啦，忙往旁一闪，进身就是一刀。李豹抽身再躲，那就来不及啦，只听噗哧一声，人头砍下。群贼一见，个个胆惊，旁边又蹿过一个，口中说道："你不用忙，我家大寨主随后就到。"

旁边这人，平顶，身高不满七尺，长得五短身材，面皮微黑，剑眉毛，小眼睛。脸面真是无一不小：小鼻子，小耳朵。紫花布的手绢蒙头，穿紫花布裤褂，鱼鳞洒鞋，青袜子，蓝布裹腿，掌中一口鱼尾刀。此人说："我姓蓝名杰，外号人称登山无影的便是。老贼你不敢通报你的名姓，可是我家老员外传我这口刀，是为杀那有名的。谁知今天偏遇见无名之辈。"毕振远说："小辈，你祖居何处？"蓝杰说："五江口正西，韩县南门外，五峰山蓝家寨。"毕振远说："要是蓝家寨，我打听一个人。"蓝杰说："有名的便知，无名的不晓。"毕振远说:"蓝氏五杰,你可认识?"蓝杰说:"那是我家员外,焉有不认识之理!"毕振远说:"好!那我看在你家员外分儿上,饶你不死,必将你生擒活捉。"蓝杰焉看得起他,上前一刀紧似一刀。毕振远说:"蓝杰,我给你全脸,你是一死的不听,好不识时务。"这一回他刀又到,毕振远连忙一坐腰,横身一腿,蹬在他中脐之上,蓝杰蹿出多远去。遂令毕连过去,便将他绑了。毕振远说:"还有哪个过来?"旁边又过去十几个人,各执刀枪器械,当时便将毕振远围啦。毕振远正在当中走圈,这十几个人,是个个带伤。此时西边有人说道:"列位宾朋闪开了,待我看一看老贼,到底有多大的本领。"大家人等往两旁一闪,来者正是张茂。他一看手下人等个个带伤,便来到近前,一抱拳说道:"对面可是盘龙岛的毕大王吗?"毕振远说:"你认识毕某。"张茂说:"不错,我认识您。"说着上前双膝跪倒说:"我在您那水岛的竹城为首领,您往前倒退一年,您可记得杀了一个闹海江猪李元,小人我那时一见心惊,才乘坐小船私行逃走。"毕振远说:"好!你快起来讲话。你为何跟府台大人为仇作对?"张茂说:"您若问呀,苦不可言。当年我在十字街上打把式卖艺,那府台大人准我在街上卖艺。他说我明着是卖艺,但他们暗中是要踩道,夜间好偷。他们官兵逼我太甚,因此我才来到二龙口,断道劫人。可有一节,小人我至今奉行您的山令,对于少妇长女,决不亲近。无论年岁多大,我是概不欺压于她。"毕振远说:"张茂,你既然在我山上待过,就得听我之言,不可跟他们胡作非为。你要一意胡行,那你难免有掉头之苦。"张茂说:"我听老大王之言。您还能给我错道吗?"毕振远说:"你可有妥实的铺保?"张茂说:"有!"毕振远说:"要是有保的话,我可以保举你在府台衙门内当一名班头。多时大人任满,你再回山不迟。"张茂说:"就是吧,您可得容我日期。我将山上的宾朋,寨内的钱财,给大家分散分散,然后再随您去。"毕振远道:"好吧!"遂叫道:"毕连,你随他过去,到他窑口内瞧瞧去。"

张茂说:"大家随我来。"那些人说话:"张寨主,您这就投降了知府大人,咱们是各尽交友之谊,通盘散伙。你我大家既是一个头磕在地上啦,那也就如此。"内中有个叫王明的,当时说道:"大兄长,您要走光明之路,我王明很是佩服,也打算叫您给我一保。"毕连说:"你是哪里人?"王明说:"我是青州府南门外王家坨的人氏。"毕连说:"我跟您打听一位老前辈,您可否认识?"王明说:"只要是王家坨的人,无一不知。您说哪一位吧!"毕连说:"此人姓王,双名殿元,是左十二门头门的,你可认识?"王明说:"那是我家老主人,焉有不认识之理。少达官,您跟王殿元怎么认识?"毕连说:"我爹爹与王殿元神前结拜。"王明说:"原来如此,那你我就不是外人了,多求你父子关照于我。"三个人说话之间,一直进了路北一个坟圈子,那里头有坐北朝南的两间看坟房子。一进明间到了里间,是一股地道。当时解下抄包,每人送给十两。吩咐道:"你们拿此银两,各去做小本经营,千万别断道劫人,再作此事!"大家答应。

正在此时,从南边来了一片官人,头前是那樵夫张顺带路。原来张顺与毕振远分别,他进西门到了衙署的班房,遂将毕振远父子走二龙口背道,要替府台捉贼降盗之事说了一遍。刘头一听,当时进里面,来到书房,将此话禀报大人知道。大人一听,喜出望外,连忙亲自落笔写了一份请帖,上面说:"本府张文华,请毕老侠客府衙一叙。只因公事特多,不能亲身往接,请多海涵。务必驾临为祷。文华拜上。"写好之后,说:"你领本府之谕,带领官兵,前去二龙口,将毕老侠客接回。如果那老侠客不是他人的对手之时,你们可以助人一阵。刘头遵谕,带领官兵人等,与张顺将一千官人带到二龙口,大声说道:"毕老达官,您不必耽惊,我将官兵约到,助您一膀之力。"毕振远说:"好,那么张茂啊,你如今可得受点屈,我将你绳缚二臂,面见府台大人。"张茂一听,说道:"毕大王啊,您捆了我去见大人,那时恐怕我的性命难保。"毕振远说:"你在本城内,可有因奸不允、刀伤人命之事吗？"张茂说："我没有花命案。"毕振远说："既然没有，那我在大人台前保你在府衙当差，叫你们可心效其犬马之劳，报答府台大人不斩之恩。"张茂一听，这才将军刃抛掷于地，自缚二臂。毕振远叫毕连上前将他绑好。张茂说："您只要保存我的性命，情愿报效当差。"毕振远说："好吧，那你随我走吧。"刘头说："你们哪一位会推小车？"毕振远说："不必！毕连呀，你去推着吧。"当时将鬼头刀李玉带好，有官人过去，扛着被擒二贼，大家由此动身。刘头见旁边有死尸，说："这个人对敌官长，暂将此人掩埋。"官兵上前动手将尸首埋好，这才一同起身。

　　众人进西门，来到府台衙门，早有人报知大人。大人忙下令大开中门，迎接老侠。府台大人亲来大门之外。张顺一见，连忙紧行几步，说："大人，您看那白发须的是毕老侠客。"府台大人一闻此言，往前紧行几步，双手一抱拳，说道："毕老达官，替本府捉住盗贼，本府实在感谢。"毕振远站起身形，此时将张茂三个人一齐押到班房。府台大人请毕振远同到书房，大人说："老达官请坐！"毕振远说："有大人虎威在此，焉有草民的座位！"大人说："老侠客请坐，不要客气了。"毕振远说："谢谢大人。"这才谢了座，分宾主坐好。毕振远说："大人，您这里所见状纸，有刀伤人命之事没有？"大人说："达官若问，倒有几处。"毕振远说："那您可以升堂，追问他们的前情，他们要是没有刀伤人命之情，您看在我的面子上，将他们三人收下，在您台前效力当差，可是必须追问他们前情，找好妥实铺保。"大人说："毕老侠客，他们一个落匪之人，哪一个铺家敢保他们三个人？您要看他三个无有反覆之意，您肯在当中做保吗？"毕振远说："您能赏草民的全脸吗？"府台大人说："老侠只要看他三个人能在衙署内当差，那就可以看在您的面子上，收他们三个人。老达官啊，口说无凭，立张字据为证。"毕振远说："大人，从今日为始，您备下文房四宝，我当时可以写给您一张字据。"府台大人说："您祖居何处？"毕振远说：

"我祖居清江四大冷海东海岸盘龙岛，身为山大王，姓毕号叫振远，别号人称巡海苍龙。"府台大人说："来人，快将他三人松绑，带来书房。"手下人答应，当时出去。少时带进三个人来，三人见了大人跪倒行礼，口中说："大人在上，罪民张茂与你老人家叩首。"府台大人说："你抬起头来。"张茂说："草民罪该万死，不敢抬头。"大人说："本府恕你无罪。"张茂这才一正面。大人定睛观看，原来他骨骼五官相貌，实是忠厚的样子。这为官的主儿，全有点麻衣相法的知识，能可以看人。如今一看张茂并不好诈，大人说："我看你的五官相貌不藏奸诈，本府当前现无能人，我打算叫你在衙中服务，当一名班头。"张茂说："大人，您要留我在衙中，我与他二人，情愿与您打保，在衙中效力，将功折罪。"大人说："张茂，那二人是谁呢？"张茂说："就是他二人，名唤李玉、蓝杰。"大人说："李玉，你们抬起头来。"李玉说："大人，草民有罪不敢抬头。"大人说："本府恕你无罪。"李玉连忙一正面，大人一看，也没有奸诈的行为。这才又叫蓝杰抬头。一看他的五官，也是很正气。这才说道："你弟兄三个人，愿意在本府当差？"三人连忙说道："我弟兄三人，情愿在大人府内当差。"大人说："既然你三人愿意，那么空口无凭，你们必须找一保人来，具一张结，然后再在本府当差。"毕振远这才站起身来，一抱拳，说道："大人，赏我毕振远的全脸，我情愿在当中做保，我保他三人在府中当差，他们若有一差二错，您拿我全家治罪。"大人说："你弟兄三人，站起身形。"三个人这才谢过大人。毕振远这才将他们三个带出衙署。毕振远说："你们只要往正道上走，我到贾家寨，就将你们的情形对他们说明。为人要作侠义一流才好，万古千秋，死后全有美名。"弟兄三人说："老达官，您请放宽心，我三个人若干出不才之事，违背了府台大人之命，叫我等不得善终。"毕振远安慰他们一番，回到衙署之内，回禀了大人，当时立好一张保结，画好押，按上斗迹，这才从此告辞起身。府台大人要挽留他们多住几日。毕振远说："大人不知，我另有要事：我一来为去夏江秀水县就亲；二来我为追赶焦二达官，要上西川路去与明友报仇，不能在此久待。您只要说到此处，那草民我就感念了。"大人说："达官，赠你盘费，你必不收。我如今送你饯行酒一桌，请您全家用过后再走。"毕振远说："谢过府台大人了。"大人当时叫刘玉去到十字街二友居，在楼上预备上等酒席一桌，请毕老达官受用。

大家吃喝完毕，手下人等将残席撤下，擦抹桌案，献上茶水。大人预备出来白银三百，作为路费。毕振远说："大人您说到此处，我就已领情不过。"大人说："老侠客难道不赏本府全脸吗？"毕振远说："那么，大人您赏全家的脸子。"当时便将白银收下。父子从此告辞，下了楼，回到班房，叫过张茂、李玉、蓝杰三个人，将这三百两银子交与他三人，说："这是大人常与你们的，你三人可得多效犬马之劳。在大人所管地内，有那不清之人扰乱地面，你三人要奋勇当先，必须将匪人拿获，那才对啦。再者，不准在外吃私作弊。我父子上西川，前去找那焦二达官，然后好送此女去夏江就亲。回来之时，我再望看你们弟兄三人。"三人点头，将银收下。第二日天明，弟兄领大人堂谕，将他父子女三个送出西门。从此告辞，直奔西川。

一路之上，晓行夜宿，非止一日。这天来到西川管辖，眼前一个村镇，东村宽大，西村口狭窄。大家进了东村口，路北有一座招商客店，来到门口，说道："店家。"从里面出来一个伙计，身高力猛，细条的身材，面皮微白，粗眉阔目，鼻直口方，大耳相衬，光头未戴帽，高挽牛心发髻。蓝布裤褂，白袜青鞋，腰中系一条围裙，说道："客官您住店吗？"毕振远说："可有上房？"伙计说："这里有后院，后院倒有上房。"毕振远说："你前边带路，我到里边瞧瞧。"当时从北房东夹道，绕到后面。一看那屏风里头有个夹道，遂说："伙计你把这个屏风门开开。"伙计将门一开，进到里面一看，东西厢房各三间，前面俱有廊子，北房五间，一明两暗，东西两个里间。"毕振远一看很合适,遂说:"我就留下这所院子啦!"说完来到外边,那伙计在屋内收拾一切。当时姑娘下车,毕连将车推了进去,小车放在夹道,东西物件往里拿。店里伙计打过洗脸水来,沏来一壶茶。"毕振远说:"伙计贵姓?"伙计说:"我姓韩排行在四。"毕振远说:"韩四,此处离西川还有多远?"一听他打听西川,不由上下打量他们爷儿三个。毕振远说:"韩四,我一提西川,你干么直瞧我们呀?"伙计说:"达官,您可别怪罪我,西川路上的人,要是来在我们村内,吃喝住店,一概不给钱,我们这里好像普结良缘似的。"毕振远说:"你不必担惊!毕连,你将那值钱的东西拿起来,放在柜上保存。这样还不放心吗?"伙计说:"达官,有什么东西,您就在您这屋里收着吧。银钱若是放到我们柜上,倘若西川路上来了人,那时有人存五百银子在柜上,半夜里他们能设法偷了去。临走一算账,交人家银子,开柜一看,早已不见。这许多银子,我们赔得起吗,他们看守自盗,后来我们东家有话,凡是远方客人进店,所称达官主儿的银钱物件,柜上是一概不收。您别管住多少日期,临行之时给不给的在您。要给呢,我们还可以买点东西,预备再卖别人;您要不给钱,再让我们预备吃喝,那可办不到啦。因此我们这一带的店口,全不带小卖啦。客官您要用什么吃喝,您可以拿钱,我们好给预备。要不然可没有的吃,因为我们店中常受这个害。在店里住了许多日子,临行之时,跟我们头天晚上一算店饭账,到了第二天清早,前边门窗未动,人早从窗户跑啦。达官你想,还有我们开店的活路吗?你看我们这店,快到西天啦,还有伙计在门口站着的吗?简直不敢往店里让啦。凡是带着军刃的,真假难辨。"毕振远说:"人可不一样,如今我们吃了多少东西,不用你们垫。先拿我们钱去买去。来!我先给你纹银四封,置买吃喝东西。另外有十两银子叫你置买衣服,买不买在你啦。还有十两银子,留下作零钱。"当时伙计谢过了老达官。毕振远说:"我跟你打听一件事,前些日子,可有许多达官从你们门前经过前往西川吗?"伙计说:"没见。"

毕振远一听，知道他们没从此路走。只可在此店住下，每天他们父子们夜换紧衣，围着村子兜个弯儿，夜中查看，并没有西川路的贼人来探村镇。毕振远父子在此半个月，并不见有贼人来，一来这地方相离西川路太远，绿林飞贼不肯前来；二来又因为二峰与普铎自山东何家口报仇回来，三寇到了西川，派云中燕崔成到各处请各路的至亲至友，大家要护庇银花沟，因此没有人得闲往这边来啦。爷儿三个这天叫过伙计，说："韩四，我全家要打算挣点银钱，打把式卖艺，可有地方吗？"韩四说："您可在正东松树圈里头，那里是粮食市，早晚人全不少。"毕振远说："你们这个村镇里头有杂货铺没有？"韩四说："倒有几个，如今全都扣了锅啦。您要打算买什么呀？"毕振远说："我打算买点棍棒刀枪。"韩四说："我们对门倒是有一家，如今他们不敢开张啦。您买木器，他们不宁敢应。"毕振远说："伙计，你尽管去，没有什么。等我的宾朋来到，叫他们给你们这村子除去眼中之钉，肉中之刺。我爷几个好打路见不平之事。"韩四说："只要是扫灭西川人等，无论大小村镇，一切商民住户等，全都感念您的大恩大德。"毕振远忙命韩四拿去银钱，到杂货铺置买木器的军刃。车上的东西物件，放到店中，爷三个的军刃放到车上，吃完了早饭，在店中收拾紧衬利落，姑娘换好那硬尖软底鞋，不知要怎样卖艺，且看下回分解。

第三十七回

粮食市父女卖艺　西头路石禄比武

　　话说当时毕振远心中暗想，我们爷三个来西川地面，一名至近的朋友没有，要有动手之人，要跟咱们下绝情，那时可记住了：也给他往致命处打，千万不能留情。他们在东村口卖艺，不到二十天，这一日天将过午，不由说了浪言大话，可巧遇见石禄，毕振远与石禄，这才抢拳比武。毕振远是甘拜下风，毕赛花上前抵挡石禄。毕振远在旁一看，此人的拳脚，乃是外拙内秀。二人打在一处，分上下，论高低。不由他心中暗想：此人比我父女胜强百倍。就见姑娘虚点一掌，往南一跑。石禄也虚点一拳，往北一闪。毕赛花使了一手分身踩子脚。石禄一分身脚到啦，忙往右一闪身，用左手一抄姑娘两条腿，用右手一揪姑娘十字绊，此时左手已抄住了双腿，右手揪住了十字绊，往怀中一带，往上一翻腕子，右手一垫，就磕膝盖的上头，一把抓住，一长腰，他打算把姑娘摔死。正在此时，正东焦雄来到，这才解了此事。上面就是毕振远来的一段倒笔。焦雄见了毕振远，那毕振远说："此人可是当年您在海岛与小女为媒的那人？"焦雄说："正是此人。"毕振远说："此地不是讲话的所在，咱们回店一叙。来，我与弟牵马。"焦雄说："大哥，我可不敢当。"正说着话，众雄来到。毕振远说："毕连，你将这些兵刃全放到车上，推着你姐姐在后头跟随咱们全回店。"石禄说："嘿！老排子，你先别走，那银子必须留下才成。"焦雄说："玉篮，你不用着急。回头那银子全是你的。"石禄这才不言语了。

　　焦雄拉马要走，那一旁穿蓑衣的那人，上前与焦雄行礼，口中说道："二兄长在上，小弟白坤白胜公与兄长叩头。"焦雄连忙伸手相扶，说声："四弟免礼！你从哪里来呀？"水上漂白坤遂将他随他三哥、五弟上山东找宋锦，路走何家村的事细说了一遍。焦雄说："你怎么一个人走了单呢？"白坤说："我没跟他们一块儿走。二哥您可认识此猛将？"焦雄说："不但认识他，我与他爹爹还是神前结拜，吃喝不分哩。"说着话忙将石禄叫过来，说道："你快上前与你四叔叩头。"石禄说："这个是谁呀？"焦雄说："他是水上漂白坤。"石禄说："就是那漂呀。"众人这才一齐来到店中，与大家从新见礼。焦雄问鲁清说道："鲁二弟，石禄方才在道上所说的话，我全不懂，你说一说，谁叫大肚子四呀？"鲁清说："这就是啦，他说的大肚子四是宋锦，小脑袋瓜是赵庭，飞是苗庆，漂是白胜公，小瞎子是张明。他向来就胡给人家起外号。"此时焦雄便说道："马贤弟，现今毕大王已然来啦，想当年我与石大弟保镖，过毕大王的水岛，双方比武结盟，事隔二十年，后来两下里结亲后，凡是咱们保镖的再从岛前经过时，那毕大王必然请上山去，治酒款待咱们。如今女已长大，他这是前来就亲来啦。咱们大家先上西川报仇，回来我同着毕大王夏江就亲。"杜林说："石大哥，你爱那个人不爱？"石禄过来说："我不爱！"鲁清说："石禄，这个人是你娘子。"石禄说："我不要。"杜林说："你不要，给你送去。"石禄说："要是给送家去，叫她看着老娘，要是有小偷到我家去，她得打小偷。"杜林说："焦二伯父，您听见没有？"焦雄点了点头。那石禄说："老头儿。"这是叫毕振远啦。马得元说："玉篮，你应当管他叫爹。"石禄说："你怎么不管他叫爹呢？"大家鼓掌一笑。马得元说："那么你管他叫什么呀？"石禄说："就叫老头儿。"大家一听，也就无法。当时毕振远、鲁清、焦雄、石禄、杜林、马得元等齐到了后院。 杜林在前面笑谈，到了后院，他可不敢，见了姑娘毕赛花，上前拜倒，说："焦二伯父，我是从我石大伯那里论，还是从这边论呢？"马得元说："还是从你石大伯这边论。"杜林说："嫂嫂在上，我杜林给您叩头啦。"毕赛花用手相搀，说："杜贤弟免礼！你为什么管我叫嫂嫂？"杜林说："您还不知道啦。"姑娘说："我不知道。"杜林说："我毕大伯带着您这么大的姑娘从打夏江直到京都，又由京都到何家口，又由何家口来到西川，找那焦二伯父，将您终身大事，许配我石大哥身旁为妻，这可是二十年前的事，我焦二伯父当中为媒。"姑娘听到此处，转身进到西里间去了。鲁清一看，此女是外拙内秀，遂说："杜林，你看你这位嫂嫂怎样？"杜林说："此侠女之风，一身的正气。"鲁清说："石禄，方才杜林给磕头的主儿，你跟她在一块不在一块？"石禄说："她穿那个鞋，我不跟她在一处。"鲁清说："她是大妞子。"石禄说："大妞子，老娘睡啦，这老头儿还要大妞子不要啦？"鲁清说："这个老头儿那就不要这个大妞子啦。"石禄说："这个老头儿不要大妞子，老娘也没啦，那我要这个大妞子，叫上我们家去，把她送到我家哄我老娘，省得我老娘想我。"毕振远一听，石禄大孝格天。鲁清说："石爷，我要叫你给谁磕头，你给谁磕不磕呀？"石禄说："你是我养活的，你叫我给谁磕，我给谁磕。"鲁清说："你给这个老头儿磕。"石禄来到近前说道："老头儿在上，我石禄给您磕头。"毕振远说："姑老爷请起。"焦雄说："鲁清，你我大家前边一叙。" 众人转身形往外，石禄说："先别走，我得告诉那个大妞子话。嘿，大清你告诉老头儿，把那大妞子叫出来，她要找我老娘去啦，我告诉她几句话。"鲁清说："毕大哥，您听听您姑爷怎么个交派。"毕振远这才叫道："姑娘出来。"那毕赛花本来长得就黑，如今出来，鲁清一看，成了紫茄子啦。石禄说："这个老头儿把你送到我家去，你可听我老娘之言？"石禄又说："老头儿，你把她送到我家，你上哪里去？"毕振远说："我回我们家呀。"石禄过去拉过毕连，说："小孩，你跟老头儿回家，谁要欺负老头儿，你告诉我，我把他脑袋给摘下来。"石禄说："小孩，你管她叫什么呀？"毕连说："我管她叫姐姐。"石禄说："你管她叫姐姐，我也管她叫姐姐。"遂叫道："姐姐。"那赛花姑娘未出来。石禄说："老头儿，我叫她姐姐，她怎么不出来呀？你把她叫出来，成不成？"毕振远说："姑娘，你出来吧。"毕赛花这才来到外面。石禄说："姐姐，老头儿不要你啦，我要你，上我家住着去，千万别招老娘生气。你要招老娘生气，你是我姐姐，我也打你。"马得元在旁说道："玉篮，咱们大家在这里，你叫你姐姐上哪里去呀？"石禄说："叫老头儿跟这老排子与小孩把我姐姐送到我家去。"又说："小孩呀，谁要打老头儿，你要是打不过他，你来找我，我能把他给劈了。"马得元说："要有人打我呢？"石禄说："有人打你，有小老虎啦，不会拿小老虎咬他吗？"

原来他所说的小老虎就是巡山虎马俊。毕振远说："刘三，我们大家将那行囊褥套放在你的店中。"伙计答应。毕振远取了一封银子交给刘三，说道："刘三，这封银子是专赠送你的，容等他们大家扫灭银花沟回来之时，再行清算。这里先给你两封银子，存在柜上。不够之时由他们诸位给你找补，若有富余，有多少也算你的啦。"何凯听到此处，便从褥套里取出二百两银子说道："伙计，这里有二百两银子，要是我们走后，有卖马的主儿，你可千万的替他们留下，该多少我们回来再算清。"刘三连连答应，伸手接过。鲁清说："焦二兄长，您见了石嫂夫人，可想着替我道喜。"焦雄说："我一定替你们大家道喜。"杜林说："焦二伯父，叫店里伙计给买一张红单帖来，写上咱们大家的花名，您给带了去，大家给他道喜。"会友熊鲁清说："大家赶快预备。"当时将大家人等全写在红单帖上，皮上写"道喜"两字。 杜林想起一事，说："诸位叔父伯父，我杜林今年十六岁，咱们大伙每人十两银子，我毕大伯也不能驳咱们大家的面子。这十两是六两添箱，四两是给我这位贤嫂买朵花戴。"毕振远说:"杜林,你说到这里我领啦。"杜林说:"那可不成,我出的主意,我得先给。"鲁清说:"毕大王,他已然说出来啦,那就不能说不收。咱们这一拨,没有外人。"焦雄说:"鲁清啊,你去叫伙计给预备三个帽盒,一个帽盒装一个人头,用潮脑一喂,将来带回何家口,好去上祭,好与我大弟何玉前去祭灵。我去跟他们就亲回头,如果要赶上那灵前之事,我准备;我若赶不上呢,那没有别的可说,鲁清你替我分心啦。"又把何斌叫来说道:"何斌呀,我可嘱咐你,要是到了西川,见了二峰,他二人要是死在旁人之手,孩儿你的名誉,可就付与东洋大海。杀父之仇,不共戴天。二峰要是死在你手里头,那你的孝字就有啦。那不认识之人,闻着名都能跟你交友。"何斌连说:"是是。"然后叫过谢春、谢亮、石俊章、马俊、莫陵来说道:"你们哥五个,看见普铎啦,可别叫他走了!自己千万别自大,眼空四海,叫石禄过去。"众人答应。他把大家嘱咐完了,便与毕振远父子与姑娘毕赛花,又将大众的银钱收起来,与众人道谢,收拾好了行囊褥套。他们便从店中起身,焦雄同着毕振远起身走了,后文书再提。

如今且说鲁清他们大家,鲁清叫刘三来,问道:"从这到银花沟,有几个村子?"刘三说:"从此到银花沟,就是一个村了,名叫四里屯。中途路上有一座小山,顺着山的北边有一股大道。在小山西边斜着朝西南,顺着大道一直往前走,很快就到了。"鲁清说:"中途路上有店口吗?"刘三说:"没有!从我们这里一直到小山,那是四十里。从小山到四里屯的村东头,那是一百二十里。"鲁清说:"这道小山,那么山上也没有店口吗?"刘三说:"也没有,四里屯道南道北,店户铺户全有。"鲁清说:"刘三,我们大家走后,你们店里可不要卖外客。佟大哥您请过去,您给开出一个单子来,上头注写着几个帽盒,潮脑多少,马是十匹,写好交与刘三,嘱咐他,叫他照单行事。"当时每人拿了十两,其余的银子满都存在柜上。鲁清说:"众位,咱们一路之上，走得非常劳乏，必须在这里歇个三五天，容等精神足满之时，再一齐动身，好杀进银花沟。"众人一听，连说："好！"便在这里一连住了三天。

第四天晚上，将马匹满全备齐，又叫伙计给预备吃食，是卤盐的花卷。店里伙计人等，足忙活了一夜。鲁清说："咱们大家可吃喝齐毕，好一同前往。"杜林说："鲁大叔，这一百二十里地，可道路遥远，我可是爱渴，咱们多预备几个水罐。咱们走到中途路上，遇着山泉，也可以找点水喝。"大家答应，各自收拾齐毕，各人将自己的兵刃暗器完全带齐，大众人等满全收拾齐毕。众人往外，早有伙计将马匹备好，大家出来上马。石禄说："小何！还是咱们两个赛马呀？"鲁清说："何斌！你可是报仇的心盛，这里离西川可很近啦，你石大哥若有个一差二错的，恐怕你的仇不好报，你可要小心了。"何斌说："料也无妨。"当下他二人仍然是在前边赛马。从此处起身，到四里屯，合着有一百六十里。按说石禄这匹虽是宝马，但也得说出一点情理来，能够一出马便走一千里吗？不过是比别人的马快点也就是啦。石禄可就把何斌的马给落下啦。石禄的马一直往西来啦，他一催马，哒吃，哒吃，他原本不认识道路，应当由大道往西，他从小道往西啦。等来到了山坡，天已然黑啦，大黑马一打响鼻，石禄便翻身下了马，遂说："老黑呀，这是山坡呀，没有山口，哪里叫川子呀？"说话之间，拉马匹往北，他是误投误撞。往北一看树林成林，这匹马又一打响鼻，从北边来了一个旋风。石禄的头发根不由一扎煞，遂说："大何，你别吓我呀！我们大伙给你报仇来啦。我找不着峰子的家，怎么给你报仇啊？你要是大何，你把我带到峰子他们家去，连峰带铎，一个也跑不了。"正说着，那个旋风就往南来了。

书中暗表：原来石禄已然来到银花沟东山口外头，他看见东边有灯光，听见有人说："行路的客官打店吧，过去这个村，可就没有店啦。"天色已晚，石禄一见，原来这是一道村口。他再一看那个旋风直奔灯亮而去。石禄心说：大何呀，一定把我带到峰子他们家啦。正想着，那个旋风没啦。此处正是四里屯的西村头，在西村头里头多出一块话来。要从东村头进来人，可以看见白墙上写着黑字，横着两行，上头写仕宦行台，下边写的是安寓客商。靠南边有两行字，立着写的是茶水方便，草料俱全；在北头有两行字：单间跨院，包办酒席。横着有四个小字：随时小卖。石禄来到切近，看见这里是东西房四间平台，房上有一个四方的灯笼，油纸灯面上，也写着字啦，跟墙上字一个样，前脸是七间南房，当中的门道，再看门道中悬着一块匾，上写"罗家店"。店门外一边一盏纸撮灯，旁边站着两个伙计，在那里让来往的客官。石禄一看这两个人，一个身高，一个身矮，那身高的有九尺，汉壮魁梧，面似姜黄，黄中透煞；半截眉毛，八字的眼睛，蒜头鼻子，火盆口，两个黄板牙往出一支，一搭拉厚嘴唇，大耳相衬，猛一瞧好像吊死鬼一般。光头未戴帽，高挽牛心发髻，竹簪别顶，头蓝布的靠袄，蓝布底衣，袜子，腰中系一条围裙。再看那个矮的，身不满七尺，细条条的身材。面皮微白，尖头顶，细眉毛，小圆眼睛，黑眼珠小，白眼珠大。蒜头鼻子，薄片嘴，满嘴的小芝麻牙，细脖子大颏拉素，小元宝耳朵，也是光头未戴帽，高挽牛心发髻。青布的裤褂，蓝布转裙，白袜青鞋。听见大个说道："贤弟，你听那正西有马蹄声音，咱们让一让。"遂说："客官您住店吧！天气不早了。"石禄抬头看见，店内全点着灯啦，问道："你们这里是店吗？"两个人说："不错，正是店。"石禄说："你们有北上房吗？别的房我可不住。"伙计说："有上房。"随说着，那个大个往下一看石禄，那个小个围着石禄马一绕弯，便从兜里掏出一个单帖来，那上面注写得明白：石禄的五官相貌，以及军刃全都对，就是马不对。这个马匹写的是中江五龙的马，他一看这匹马精神百倍。

书中暗表：这两个人乃是银花沟的两个贼人：小个是李俊蝎虎子的便是；那个大个姓韩名智，人送外号叫黄面狼，艺业浅薄，胆子最大，全给普铎在外踩盘探事。另外还有一个厨子，一个喂马的，一共是四个人。这个店乃是罗文龙、罗文虎、罗文彪、罗文豹所开，他们是四里屯的绅士，他弟兄是金银铜铁四条棍，压倒西川，与普铎、黄云峰、黄段峰等全是盟兄弟，神前结拜。皆因他三人上何家口报仇，回到银花沟，路过罗家店，便将他们哥四个约到银花沟，对他们说明此事。罗文龙说道："二哥，我让店里的伙计雇那无用之人叫几名来，你再将山上胆量最大之人找两个来，叫他们带好薰香、蒙汗药与八步断肠散，来到店口，凡是住店之人佩带军刃的，能用蒙汗药就使药，不能使药，可以使薰香，可是要从东方来的人。"普铎答应，回山派人带着这些应用物件，来到店中暗为预备。那遛马的名叫阎三，灶上名叫李二。罗文龙又令他三弟、四弟到四里屯，前去嘱咐各家铺户，凡是店里头就贴出条去，此店不卖外客。文彪、文豹弟兄二人答应，这才来到各店口，照计而行。说好之后，两个人又去到银花沟，将他兄长所出主意，细说一遍。

普铎一听大喜，便派叶德到西川旧，聘请王氏三白：小蝴蝶王平、半展蜂王亮、薰香太岁王澍。他三人长得面皮微白，因此人送外号叫关西三白。普铎又叫叶喜到傅家寨，聘请小蜜蜂傅虎、金头蜈蚣傅豹、小花蝶傅荣、追风鬼姚庆、黑面鬼姚明。又派叶茂前去姚家洼，约请赤发阎王姚忠、白面鬼姚横、金面鬼姚亮。又派叶荣到谢家坡，聘请金叉将谢冲、银叉将谢红，将这些位一齐请来。不到十天，是见信者，一齐来到。普铎委派黄云峰前去正北玄秘观约请九手真人李玄清、一文钱谢亮、钻云燕子于良、王明、王朗，请他们大家前来，护庇银花沟。云峰走后，大家见信后，是全都到齐。这些人在大厅之前桌椅拉开，大家正商议此情，外面有人来报。到了厅前说道："回禀普二大王，外边有中江口北门外五龙岛的大王爷来到西川银花沟，人家是登山拜访。"普铎说："云峰大弟，你可知晓中江五龙？"黄云峰说："二哥，小弟知晓，他们也是咱们薰香门的人。他可是住岛的，占山为王，他们是吃漂上的买卖，水岛跟旱地山寨，不用说为首的人，就连山上的喽罗兵，全都不一样，咱们要将计就计，借水行舟。我略出一计，便可成功。"普铎说："贤弟，你计将安出？"云峰哈哈一乐，说道："咱们哥三个，上山东去杀何玉去啦，入都交宝铠的主儿没回头，他们要是回来，那与老贼解去重围之人，一定对那小畜生何斌细说一遍。店里伙计可有认识我们哥两个的，再说，那一支镖，因为未收回来，有那支镖，就可以把他们大家引到银花沟，那时必有一番血战，咱们大家凡是在西川的亲友，都受点累；若是不来呢，那咱们得派人出去访查人们。若是有那面生之人来到西川，设法陷害于他，有何不可？他们内中可有石禄，那小子是金钟罩护体，实有万夫不当之勇。走线轮弦挡得了别人，可挡不了石禄。可是他最孝母不过，咱们大家等五龙来到，将中江五龙迎了进来，到庭中一叙。他们五个人代买薰香，我略施一小策，叫他们自告奋勇当先。您把薰香拿出来，鸡鸣五鼓断魂香五支，连解药匣子可全收起来。不论他给多少钱，也别卖给他。咱们给他薰香，可不收钱。那时他们心中感激咱们，可以遣派他们弟兄三人上一趟石家镇。他们到石家镇，将石禄的老娘人头盗来。容等山东人等来到，那时把人头挂出。石禄一见，一定咯血身亡。"大家一听齐说："有理。"说完这才一齐出迎。

普铎见了五龙，连忙一抱拳，说道："哪阵香风将阁下吹到鄙处？"中江五龙金龙刘清说："普二大王，我们弟兄一来登山拜访，二来我们来给您报信，三来我听朋友传言：银花沟造的匣子是最好的，还有那鸡鸣五鼓断魂香比别处也好。"普铎说："五位贤弟，此处不是讲话之所，你我大厅一叙。"当下众人一齐来到里面。中江五龙一看大家，高矮丑俊，有老有少。分宾主落座，手下人献上茶来。普铎问道："五位贤弟，你们弟兄五人有何事向我来讲？"银龙刘明说："二大王，绿林里旋风起来啦。"普铎是明知故问，遂说："是哪一路的旋风呢？"刘明说："这么大的事您能不知道吗？是真不知道，还是假不知道呢？"普铎说："我还是真不知。"刘明说："此人也是咱们绿林人，可是保五路镖的达官圣手飞行石锦龙的次子，名叫石禄。此人可大孝格天。"黄云峰说："兄长您赶紧到后面，把咱们制造的仙鹤以及薰香五块，解药每样五包，快快拿来，好叫他弟兄使用。"普铎答应，起身往后去了。云峰说："中江五位，我烦劳你们弟兄一趟。"五龙说："有何事烦劳呢？"云峰说："你们弟兄多受风霜之苦，到一趟夏江秀水县石家镇，你们哥五个多要留神，务必将石禄的老娘刺杀，将人头带回。"刘明说："盗来她的人头，又有什么用呢？"云峰说："我弟兄三人上山东镖打何玉，一镖三刀治死他人。要将老儿乱刀分尸未成，当时有人解去重围。我三人可不是惧怕他人，而是怕他们大众人到，那时不好逃回。当时我们便脱身回到了银花沟，这才聘请西川各路宾朋，来保护银花沟。我丢镖一支。小畜生何斌，那时他入都回头，一定请山东保镖的杀奔西川银花沟，好给老儿何玉报复前仇。报仇之人里面就有石禄，那他一看这里面有他娘人头，他一急，一定咯血身亡。石禄要是一死，大家再来，那时就没有可怕的啦。那时我施一小计，叫他们一网而尽。"大家正在说话，普铎从后面出来，拿出薰香匣子以及解药等，交与中江五龙。当时五龙将金银取出，普铎不收。黄云峰说："你们弟兄用这银钱作为来回的路费吧。"中江五龙连声道谢。刘明说："要取她的人头，易如反掌，好像探囊取物一般。"小白龙丁得茂说："我弟兄去去就来。此时正好趁他未在家，定可办到。"说完，五龙起身告辞，扬长而去。五龙夏江行刺，下文书再表。

如今且说银花沟大家人众。九手真人李玄清说："我要将银花沟之事安置齐毕，我们爷五人还得回正北，那里有一大片事还没办啦。"普铎说："老人家，您多累三毛七孔心，与我道兄，与我胞兄，与那段峰，死去的三人报仇雪恨！务必将那山东省的众人一网打尽。"李玄清说："普铎，你们山上一共有多少兵卒？"普铎说："不算能征善战者，有五千余人。"于良说："道兄，普铎把各地人等请来，没有花名册，您可以叫他们大家站在您的面前，可以量其格，作其用。"普铎说："那可以急速抄写一份吧。"说着忙命人将所请之人的花名，完全写齐。请大家人等满全站在大厅之前，然后李玄清拿着花名册子叫。是人全答言，唯有一山东人未答言。李玄清一看此人，面如姜黄，细条身材，身高七尺开外。青布衣裳，年在三十上下。脚下青鞋白袜，花布裹腿。遂问道："你可是山东人呀？"此人说："是！"李玄清说："那么你从哪里来呀？"此人说："我从屯龙口来，前二年到的这里。"普铎说："老人家，您别错会了意，此人是我至近的宾朋，决无差错。"李玄清说："你可以鸣锣聚众把兵卒全拘来吗？"当时有人站在高凳之上，手敲铜锣，声音焦脆。山上前后左右，各地兵卒，闻声一齐来到大厅前面，兵卒大家你一句，我一句，说的声音很大，一时乱成一片。

李玄清连忙叫普铎下令，压住声音。普铎忙用鼓槌一敲锣边，大家便压住声音，寂无人声。李玄清命人将文房四宝取来，他提笔在手，工夫不是甚大，满全写完，三道栅栏门以外，叫黄云峰代理，照单子行事；三道栅栏门以内，叫普铎安置齐毕；三道门的里外，叫殷志文、殷志武二人各施本领，巧摆埋伏，那就看他弟兄。四面八方全都安置完毕，放下了笔，李玄清冲大家一抱拳，说道："普铎，我如今已将山寨替你安置完毕，那就凭你调动兵将，我就不管了。我们五个要动身走啦，必须再出去找位朋友去。"众人不好相留，他们爷五个告辞走，大家把他们送出山口。李玄清等一摆手，说道："送人千里，终有一别，你等回去罢！"于良说："我们但愿得你们大获全胜才好。"他们从此离走，后文书再提。

当时普铎众人回到大厅，传令叫小喽啰王平等一百个人，手拿长枪短刀，再叫一百人，各人全拿强弓硬弩，在东山口左边，暗中安置齐毕，候等报仇之人。又叫半展蜂王亮，也带领二百人，前边也是长枪短刀，后边是弩箭手，在东山口右边前去安置埋伏。薰香太岁王滚，带二百名，山口以里分为左右，暗中埋伏。金棍将罗文龙、银棍将罗文虎哥俩，带二百兵卒，在头道栅栏门口左右把守。铜棍将罗文彪、铁棍将罗文豹，带一百喽兵，每人坡刀一口，埋伏在二道栅栏门左右，暗做准备。金枪将谢冲、花枪将谢永二人带兵一百名，每人斩马刀一口，在三道栅栏门以内埋伏，等他们人到。又叫殷氏弟兄带二百名兵卒，搭着拿着各项应用物件，随你们心里，随便去设置消息埋伏。仍然仿照打虎滩那样设备，墙头也是滚壁坡棱砖，以及弩箭、梅花坑、窝刀，等预备完毕。大家人等俱都点头。普铎、云峰、殷志文、殷志武，来到大厅之中，将门窗户壁满全上好，里面四块踏板挪开，下去人将走线轮弦、牛角拐子上好。每个拐子上，全有走弦往外拧三十二扣。往里拧的三十二个，每个拧八扣，通盘上齐，然后上来，踏板盖好，五个人鼓掌大笑。这正是：挖下深坑等虎豹，撒下香饵钓金鳌。预备山东省一班老少群雄来到，好将他们一网打尽。他们这里做准备，按下不表。

且说石禄一个人，来到四里屯西村口店内，此时已然有定更多天，他看见这里伙计上下尽瞧自己，还从兜囊拿出东西看，然后那人才说："您随我来。"石禄何等精明，他一看心中就犯疑心，从此他就处处留心。伙计说："您把马给我吧！"石禄说："你别管！我自己拴吧。"伙计把他带到马棚，拴好马匹，拿下皮褡子。抬头一看北房，有三个大后窗户。这才转过前面，进到屋中，迎面八仙桌，左右有椅子。石禄坐在上垂首，皮褡子放在桌上，回手一摸铲把，遂叫道："二格。"伙计说："客官，我不叫二格。"石禄说："我不管叫二格不叫，我就偏叫你二格。"伙计说："您叫我二格，有什么事吗？"石禄说："你快去炒菜打酒端馍馍，铡草喂马快快的，你要是误了，可小心我打你两个嘴巴。"伙计说："误不了。"说完一出屋门，又回头一瞧他。石禄一见，就明白八九。石禄看那个伙计出去啦，伸手拿起酒壶，一晃荡，然后往地上砖上一倒，直冒白沫子。石禄一吐舌头，心说：这个可不能用，一到肚子里他能咬我。他假作捂着肚子往外走来，到了院中一看，北房西头有个夹道，夹道有一个茅楼。他叫道："二格，这个丸子也不知什么东西。我直肚子疼，要拉屎。"伙计说："您别在这拉，快上茅房拉去。"石禄说："这个茅楼里多黑呀。"伙计说："我给您拿盏灯去。当时他到柜房，点了一支蜡烛来，又到了茅房，便将灯放到墙上。此时墙里墙外，全是亮的。石禄借灯光一看，挨着东房山有半截坎子墙，西边也是一样。茅楼里边是解大手的地方，外边有尿池是解小手的地方。石禄说："你这里瞧着我拉屎。"伙计说："我不瞧。"石禄说："那么你出去吧。"说着用手一扶墙，他要出来必须从石禄后身往出挤。伙计往外一来，石禄一挤他，伸手挽袖，他一俯身，就将他举了起来，头冲下对准茅厕坑子，说了声："你下去吧小子！"石禄力猛，噗咚一声，便将那个伙计给扔进尿坑里去啦。伸手揪住了腿，往出一拉，又往里一填，便将他填进屎坑里去啦。石禄站在外头，喊道："二格，你瞧瞧他怎么填在这里啦？"由柜房里又出来一个，来到茅房里一看，抹头就走。石禄上前把他截住啦，说道："小子你别走啦！"这个伙计刚要嚷，当时石禄使了一个踏掌，直打到心口上，立时背过气去，翻身摔倒地上。石禄趁着他往后一倒的工夫，就去抄起他的两条腿，也给填到屎坑子里。这时石禄心中暗想道：不用说，小子，你们一个好人没有哇。他大声喊道："你们快来人瞧吧！他们两人打起来啦。"当时又由柜房跑出一个人来，说道："客官，您怎么不给劝一劝呀？"石禄说："我不能劝，我一劝他就打我。"伙计来到了外面，石禄说："你快到里头瞧一瞧去。"伙计说："您知道他们在哪里打吗？"石禄说："你去看吧，他们在茅房里打啦。"这个伙计进去一看，头冲着坑里一个，那旁死了一个。他一见转脸要跑，石禄早在后面跟了过来，说："小子，你怎么不把他揪起来呀？"这个伙计一回头，见石禄一张脸暗中带笑。他一看这个情景，连忙说道："黄头，快走吧！此事不好了。快去西山口送信。"石禄一听他说送信，伸手抓着他往怀里一带，横身一掌，当时打得脑髓皆出，死于非命。不知后事如何，且看下回分解。

第三十八回

穿山熊黑店收卜亭　小杜林奉命搜贼寇

　　话说穿山熊石禄连忙奔了柜房，就听见屋里有人说话，道："怎么着摆上酒席吃得不太平？我腿快也得吃完了才能去啦。难道叫我看着饼挨饿吗？"另一人说："这件事作下来一千银子，你也分一半。"石禄一拉风门子说道："一千银子我一个也不要。"进到屋中看见有一桌酒席，迈步走了进来。这个人连忙说："客官，我们这是柜房。"石禄说："柜房也不要紧呀，你们这个酒菜，吃了大半不能睡吧？"伙计说："吃完了再睡。"石禄说："你这就睡了吧。"说着话，伸手拿起筷子来。伙计说："你那里有酒席你不吃，这是我们柜上吃的。"石禄说："我那桌菜都咬我。"伙计说："这桌也是一个样。你吃哪样，哪样咬你。"石禄说："他咬我我也吃。"伙计一怔，连忙上前用两只胳膊一围，不叫他吃。石禄一见，气往上撞，抡圆一掌，便将这个伙计也给打死在地上，花红脑髓溅了一桌子。石禄出来到各处一找，并无别人，就是他们这几个人。原来这几个人贪心特大，石禄把他们全打死了。这才来到店门前，大声喊嚷："住店来吧。开张贱卖三天，吃啦喝啦不要钱，住店也不要钱，盖被褥也不要钱。"他高声大嚷了有十几声，从正西来了一位，说道："大掌柜的，这个买卖是您的吗？"石禄说："不错，是我的。"那人说："您为什么许的愿呢？"石禄说："我为老娘活七十七、八十八，耳不聋，眼不花，走道不把拐棍拿。"石禄借着门外的灯笼一看，此人身高九尺，两条细长仙鹤腿。面皮微紫，扫帚眉，大环眼、蒜头鼻子，火盆口，大耳相衬，压耳毫毛倒竖像抓笔一般。头戴紫色头巾，紫缎色上衣，绒绳十字绊，蓝丝鸾带扎腰，双褶麻花扣蓝绸子底衣，白袜青鞋，肩上扛着一根钉钉狼牙棒。棒上挂着褡套，里面鼓鼓囊囊，不知装些什么。石禄说道："骆驼你饿啦？"此人说："对啦。大掌柜的，连今天你开张几天啦？店里头有客官吗？"石禄说："有哇，他们全睡了。"此人说："他们吃完了睡啦。"石禄说："没吃就睡了。"这人说："他们全走累啦。"石禄说："对了。"原来石禄的心意，叫他进来做饭，自己好吃，来人说："我可不叫骆驼。"石禄说："那么你叫什么呀？"来人说："我家住淮安府东门外，卜家屯的人氏，姓卜名亭，外号赤面太岁便是。你打听打听，我怕过谁？"

书中暗表：原来卜亭他是家大业大，生来好武，听见哪里有练武的，必定登门拜访，与人交友。因比偌大家财，全行花尽，后来落得乞讨在外。人可是侠胆义肠，在路上还好打个路见不平。凡是会狼牙棒的主儿，全被他给打败了，以他为尊。身上也有小技艺，蹿房越脊他也成。他自己在家中设摆香案，对天赌过咒：人家一草一木不取。要想人不知，除非己莫为。自己横心不做坏事，不偷，不盗，不抢，不劫。自己这才在外做事，后来落得狼狈不堪。"今天你打听打听，我怕过谁？"石禄说："你怕我不怕？"卜亭一想，我说不怕他，回头不叫我吃饭，遂说："我怕你，那么饭做得了吗？"石禄说："做得啦，尽等你来吃啦。我这三天全是吃酒席。"卜亭说："好，真是人不该死，五行有救，我三天没吃饭啦。大掌柜的，咱们哪里吃呀？"石禄说："里头吃。"卜亭随他来到里面一看，那大桌的酒宴，在那里摆着。急忙上前抓起一个丸子，往嘴里就填。石禄从后面一拦他胳膊，说道："你别吃，吃了就睡啦。"卜亭一听，遂说："大掌柜的，你不叫我吃呀，吃完了就睡不成吗？"说完自己一想：哎呀，如此看来，我非把他弄趴下，才能吃啦。好吧，想到此处，放下褥套，取出狼牙棒，伸手揪下门帘，跳在当院，大声说道："大掌柜的，你不叫吃，你出来吧。"石禄说："骆驼，我不叫吃，你就急啦。多好的汉子也怕饿。我是为你好，你是我养活的。我爱你这个大个。"卜亭说："你管我叫骆驼，我就是，你也得喂我呀。那么你怎么不叫我吃呢？"石禄说："我不叫你吃。"卜亭说："那你就出来吧。"石禄说："好，我出去看看你有多大的能为。"石禄管他叫骆驼，他给大家胡起外号。这是垫笔书。为的是到了中套，石禄遭官司时候，那时众位一看，便可明白八九，知道起外号是情有可原。

闲言少叙，且说石禄来到院中。那卜亭看他出来，抡狼牙棒奔他顶门就砸。石禄见他狼牙棒奔头顶打来，连忙往旁一闪身。卜亭见打空了，忙一推棒，奔他右耳门子。石禄一矮身，伸手抓着狼牙棒，说时慢那时可快，真有打闪纫针之功。石禄抄狼牙棒，右引顺着打去，施了一个凤凰单展翅往里打来。卜亭不敢撒手军刃，见掌已到，只可往后来了个铁板桥。石禄一见，抬手飞右腿，使了一个里拍腿。卜亭再想躲，那就不易啦，一腿将他掀倒。石禄连忙扔下狼牙棒，上前将他按住，当时就给捆啦。一手提着卜亭，一手拿了狼牙棒，来到柜房，将卜亭放下。那卜亭是苦苦哀求，说道："大掌柜的，你把我放开吧，我不吃啦，我是吃错了。"石禄说："没有一进门就要吃的。你要吃对了，你吃饱了都行。再说你认识我吗？"卜亭说："不认识。"石禄说："你不认识我，你怎么认识你呀！"卜亭说："自己要不认识自己，那人就死啦。你快把我解开吧。"石禄说："你不吃丸子啦。"卜亭说："我不吃啦。"石禄这才上前将他解开。卜亭爬起把绒绳捡起来，用筷子挟起肉来，又要吃。石禄说："你别吃，吃了就睡啦。"说着便将肉给打在地上啦。卜亭说："大掌柜的，我也看出来啦，今天我不把你捆上，我是吃不了哇。"说着猫腰抄起狼牙棒跳在院中，叫道："你出来，咱们还得比比。"石禄说："你怎么这么急呀，非吃不可，是怎么着，我什么也不叫你吃。"卜亭说："我非把你捆上，我才能吃啦。"石禄说："你要能把我捆上，你才能啦。"说着来到院中。卜亭一抡狼牙棒奔胸打来。石禄一见，忙使了一个旱地拔葱蹿了起来，一蜷腿，往下一落，劈面一掌。卜亭往后一闪，石禄双风灌耳就打进来了。卜亭往旁一闪身，石禄使了一个外扫堂腿。卜亭一长腰，石禄一伸手将他腰带抓住，往怀中用力一带，卜亭又趴下啦，二次又被捆上。石禄一手提着人，一手提着狼牙棒，来到屋中，往地上一放，把棒立在窗户台上。卜亭二次又央告，说道："大掌柜的，你把我解开吧，我不吃啦。"石禄说："没有尽吃干的，一点稀的也不吃，你要进来先吃稀的，我不是就叫你吃了吗？"

原来石禄为人心最慈，他一想这么一个小辈，没什么能为，不往心里去，卜亭也不明白这句话，以为真不叫吃啦。其实石禄倒是好意，怕他吃完就死了。这回卜亭不由心中一动，暗想他也许是好人，因为我饿了好几天啦，肚肠全饿细啦，又加上我多少日子没吃着酒席啦，一见这桌酒菜，恨不能全吃了才可心，我吃丸子后吃肉。想到此，遂说："大掌柜的，你好哪，快把我解开吧，我再也不吃了。我知道这吃错啦。"石禄说："对啦，你真吃错啦，我要给你解开你还得吃，许吃你再吃，我就不打你啦。"说着话，上前将他绑绳给解开。卜亭起来捡起绒绳，绕在腰间，连忙上前端汤菜又要喝。刚到唇，石禄一推他右胳膊肘，他便撒了手，吧的一声，碗筷掉在桌上啦。这回他可真急了，急忙抄起狼牙棒跳在院中一站，叫道："小子你出来，我非得把你捆上，我才吃得好。捆不上你，我吃不好。"石禄说："骆驼，你真是自己要死啦。我要是把你捆上吧，你又央告，一解开，你又反毛。反毛你又不是对手，弄趴下你，又得费事。"卜亭说："你出来，有话院子再说。"石禄说："好！"当时来到院中，卜亭一见他出来，一抡狼牙棒，打了过来。石禄一见双棒奔着迎面骨打来，连忙往前一纵，双手一按地，双腿就起来啦。身子一转，把双腿可就抽在卜亭的腰节骨上啦，当时把卜亭抽了一个爬虎。石禄连忙过去，一用千斤力，压得卜亭直哎哟。连忙说："得啦，大掌柜的，你把我放开吧，我不是你的对手。"石禄说："小子，我不是说，不叫你吃吗，菜里头有那个，一吃就死了。"卜亭这才明白，遂说："有那个我就不吃啦。"石禄说："有那个你就不用吃啦。"卜亭说："我决不再吃了，再吃叫我不得善终。"说着，心中暗想：这个人怎么这么大的能为呀？我自出世以来，没有几个跟我平手的，如今他怎么会这么厉害呢？我以为我双棒能为大，其实不成，真是能人背后有能人，一点也不错。英雄出在四野，好汉长在八方。

卜亭此次出世，遇见了石禄，就叫石禄把他胆子给吓破啦。卜亭站起身形，他说酒菜里有那个，待我试一试。当下来到褥套旁，伸手取出夜行衣包，从百宝囊中取出银针一根，一试酒菜，那针立时就黑啦，吓了他一身冷汗。连忙将针收起，过来跪倒行礼，口中说道："大掌柜的，你是好人！你要不拦阻我，我一吃，那就小喇叭——吹啦。"石禄说："骆驼，你上外边说声，住店吧，贱卖三天，吃啦，喝啦，不要钱，盖被窝也不要钱。有人一来，那时叫他给咱们做饭，我是大掌柜的，我先吃；我吃完了，你是二掌柜的，你吃。你吃完，他爱吃不吃，那就不管他啦。"卜亭听到此处，便扛着狼牙棒在院子里喊，连三拼四一喊嚷，说道："住店吧，开张贱卖三天，吃啦喝啦不要钱。不但不要钱，你要会做饭，有你一股买卖，你做熟了饭，我们大掌柜的先吃，大掌柜的吃完了我吃，我吃完了你爱吃不吃。"他在院子里喊，南房上有人答言，唔呀了一声。

书中暗表：原来是江南赵庭来啦。他因为行在此地，听见有人嚷住店不要钱，这才上房，一看各屋子里全有灯，听见石禄在屋中说道："骆驼呀，你倒是出去喊去呀。你在院子里喊，哪能有人住店呢？"赵庭在房上答言道："你们这里是店呢？"卜亭说："你这位住店的可怪，怎么从房上走哇？"按下此不表，且说山东老少众雄，自何家村起身，石禄、何斌哥俩赛马。石禄这匹马乃是赛马良驹，何斌那匹是中江五龙的，也是一匹好马。他骑马与石禄赛。因为他子报父仇的心盛，所以要跟他赛马。谁知一拐过山怀，便不见了石禄。他怕走岔了道，此时已然太阳平西啦，正想要找人打听打听。正在此时从西边来了一个樵夫。何斌翻身下马，一抱拳说道："这位樵哥，我跟您打听打听，这个四里屯在哪里？"樵夫说："您上四里屯，别下这条道，一直正西就到了。"何斌说："谢谢，谢谢！"那樵夫说完，扬长而去。这里何斌飞身上马，往西而去。到了四里屯，天已然大黑。下了马没进村，自己心中一想：一年吃了亏，十年都记着了这件事情。这才拉马站在此处等候。工夫不见甚大，众人骑马来到。鲁清说："何斌，你一个人在此呀！你石大哥呢？"何斌说："我们二人赛马，一拐山怀，我就看不见他啦。直到而今，我就没找着他。"鲁清说："谢斌、谢春、石俊章，你们哥三个在这路南，房上头一个，房下头两个，从这里往西找。无论店铺住户，全可以查看一下子，恐怕他们里头有鬼计多端的人。搜找一回，直到西村口会齐。"三个人一听，连忙下马，收拾好了。鲁清说："街北里是宋锦宋士公、江南蛮子赵庭、草上飞苗庆，你们三位也是一个上房的，两个在地下，西去搜查，直到西村口会面。"哥三个答应，当时也换好了夜行衣，各人上屋，往西寻来。那赵庭在房上，听见正西有人连声喊："谁住店？"他才往西来到了店门口，听见石禄说话，遂说："傻小子石禄吗？"卜亭说："你怎么认识我们大掌柜的？你叫什么呀？"赵庭说："我们一块的。"石禄在屋子里答了话啦，说道："骆驼啊，他是华阳，是我养活的。"赵华阳说："我正是赵华阳。"卜亭说："大掌柜的，这里有人给你送来一只花单来。"石禄说："你把他拿了来我吃。"赵庭长腰从房上就下来了。

　　卜亭一看赵庭，原来是一个蛮子。身穿夜行衣，背后背刀。那屋中石禄说话："小脑袋瓜，我的骆驼不准跟他斗。"赵庭说："你姓骆，叫骆驼呀！"卜亭说："你可别给我改姓呀！我们大掌柜的叫我骆驼，我还不愿意啦，你还管我叫骆驼？"赵庭说："那么你叫什么呀？"卜亭说："我家住淮安府西门外，卜家庄的人氏，姓卜名亭，外号人称赤面太岁。你打听打听，除去我们大掌柜的之外，我怕过谁？"石禄在一旁说道："骆驼、小脑袋瓜，你们全是我养活的。等一会儿还有许多的人啦。"大家正在说话，外边众人到。鲁清一看店门前头有两个纸撮灯，再听店里头石禄、赵庭口音说话，连忙问道："店里是石禄、赵庭吗？"石禄一听是他们到啦，连忙嚷道："大清呀，快来呀。我在这里开店啦。"鲁清大众一听，这才一齐各拉马匹，进入店内。早有店小二前来接马。众人说："不用你们啦，我们自己来吧。"说着，各人先把马拉到后院马棚拴好，将东西物件拿下来，大家来到前面。鲁清追问石禄的前情。石禄说："骆驼，你见了没有？这些人全是我养活的，他们全得跟我玩。"卜亭一看这些人，有老有少，黑白丑俊不等。又一看各位全有军刃，使什么家伙的全有。他又一想，我访友，可上哪里去访？这如今跟他们在一处，可以会一会世外的高人，遂说："大掌柜的，那您给我引见引见呀。"石禄说："我给你引见引见，你过来。这个是大肚子四，这个是小脑袋瓜，那个是小瞎子。我说大肚子四、小脑袋瓜，这个骆驼是我养活的，你们可要记住了。"他这么一说，与大家一引见，胡送外号。鲁清平素好懈怠，遂叫道："骆驼。"卜亭说："我不叫骆驼，我们大掌柜的因看我长得身高，所以管我叫骆驼。"鲁清说："阁下贵姓？家住哪里呢？"卜亭这才将姓名家乡，说了一遍。鲁清说："卜亭，你们二位谁先来的？"卜亭说："我们大掌柜的先来的"鲁清说："他不是大掌柜的。他姓石，名禄，外号叫穿山熊。家住夏江秀水县石家镇，大六门第四门的。"卜亭说："他的老前辈呢？"鲁清说："是圣手飞行石锦龙。你是哪一门的？"卜亭说："我是右十二门第三门的。"鲁清说："我给你指引指引吧。"当时引领他见了大家。统统见完，鲁清问石禄道："你来的时候，这里有人没有？"

石禄说："有人。"鲁清说："那他们全哪里去啦？"石禄说："你这里来。"当时把他带到茅房。鲁清一看，这里粪坑上露着两个脚丫，那边趴着一个，门外头斜身倒着一个，脑袋没了一半，死于非命。鲁清说："哪里还有？"石禄说："这里还有一个。"二人来到柜房，鲁清一看，趴在桌上一个，是一掌打死的，万朵桃花，红白的溅了一桌子。鲁清连忙命人将四个死尸以及这桌酒席，全埋好了。比方说，将这桌酒席给狗吃，狗都能翻白眼。这个八步断肠散药力特大。鲁清叫众人在后院刨了个坑儿。刨完便将两桌酒席，四个死尸一齐埋在坑内，里外收拾干净。他们又去各处搜找。在厢房找到银子两封，字柬一张，上面写着：拿着那石禄赏银五百，拿住鲁清赏纹银七百，拿着杜林赏纹银一千。除此三个人之外，拿住其他别人，也有赏赐。原来这是普铎、云峰、段峰三个所派。鲁清大家再在各处去找熏香、蒙汗药，是一样也没有。

书中暗表：这些毒药熏香等，全在那两个兵卒身上啦。鲁清一看外人没有了，这才命人把撮灯放到院中，将店门开了，这座店就算咱们的啦。杜林说："咱们到厨房瞧一瞧，用银针点上一点，防有舛错。"鲁清、杜林二人来到厨房，伸手一拉屋门，迎面有个厨格子，五个碗一摞，一共是三格，有半斤的，有十二两的，也有一斤的，三格往下是油盐酱醋。二人用银针一探，并无别色。面袋子是一袋挨着一袋，他厨房内一共是七整袋，另外还有半袋子。旁边有个大缸盆，东墙角有口水缸，往北有个面案子，旁边立着擀面杖。那边有一笎篱，靠近窗台有个柴锅。鲁清往上一看明柱上，南边有个吊灯，北边有个吊灯，东边有一个大青灯，西边空着，没有什么。鲁清、杜林爷两个又来到门道一看，大门紧闭。杜林说："鲁叔父，可不是我小孩心眼多，小心无过。"鲁清说："好，咱们爷儿俩走一趟。"遂叫道："俊章啊，你将大门关上一点。"说完，他二人开店门，走了出去，石俊章过来将大门关好。鲁清、杜林爷儿俩来到店门外，各将大衣脱下，打了腰围子。杜林说："鲁叔父您在地下，我比您年轻，腰腿灵便一点，我在房上走。"鲁清一听，这个孩子倒是比人强得多，遂说："好吧，就这么办啦。"说完，杜林飞身上房。爷儿俩一上一下，往东查去。住户铺户仔细观瞧，凡有灯光之处，便用耳音找一找。

直到东村头，杜林在房上一举手，鲁清一见，知道没有破绽。那杜林上了北房，又上了南房，又从东往西搜来。爷两个瞧看明白，并无一差二错。然后杜林下了房，来到店门口打门。石俊章问道："什么人叫门？"鲁清说："是我。"俊章这才把门开了，遂说："你们两人干什么去啦？"鲁清说："我们爷两个兜了个弯。"石俊章忙将店门关好，三个人来到北上房。大家在一处商量着应当谁去做饭，问谁也不答应。杜林有点咬群，他说："石大哥叫养活的这个去做饭可以吧？"遂说："嘿，骆驼啊，你去做饭去吧。"卜亭说："我不会，我是鹰嘴鸭子爪，管吃不管拿。"杜林说："这样说，你是不去呀。非得叫你们大掌柜的跟你去才成啦。"连忙问石禄说："石大哥，您叫他做饭去吧。做什么样咱们全吃，只要熟就得。"卜亭说："那么我要做熟了，你们大家可别抱怨，做什么样吃什么样。"原来他也不会做饭，便向石禄说道："大掌柜的，我不会做饭。"杜林说："你会吃不会呀？"卜亭说："我会吃就得会做呀？"杜林说："对啦。"卜亭说："好，那你们在此等着吧，我去做去吧。"说完，他来到厨房一看，东边一份，西边一份。他来到东边打开锅盖一看，锅内还很干净。又一看那旁边水缸是满满的一缸水，他便用盆盛了多半锅的水。来到后面抱一捆干草，搬到厨房，又将风门开啦。人要是会烧火，三五根一续。他不会烧火，大把往里续，当即将火膛里塞满了柴草，尽冒烟，没有明火，不大工夫三间屋子里的烟全满啦，他连忙推开屋门。那草的烟真刺眼睛，少时烟出完，那一锅水翻开。他一看水是开啦，这个面怎么和呀。他左右一看，没有法子。忽然想起一个主意，心说：有啦，我在锅里和吧。他抄起半口袋面粉，全倒在锅里了，少时锅底出了煳味。他连忙放下口袋把面棍拿起来，用力这么一搅，少时这一锅浆子打好了。自己又一想，别管如何，也得叫它熟了才好吃。半天工夫，他把面棍在锅边上一抹，上头还有些个面，便把它插入水里。他便出来一看，西头有两个水桶，连忙过去拿起两个水桶，来到屋中，将横梁撤去，拿起马勺来，就往桶内一倒。两只桶倒满，那里还有一半。便把两桶的梁安好，用手一提，热气熏手。他先将五摞大碗一齐拿到北上房。杜林说："熟了吧？"卜亭说："熟啦。"杜林说："过水了吗？"卜亭是气话，遂说："过水，你吃吧。你们几位把佐料对好了，我去搬桶去。"说完，转身走了出去。杜林说："列位，您看，我要不叫我石大哥让他去做，他决不做。会吃不得会做。"鲁清说："不一定吧。我看他是不会做。"杜林说："他不会做，怎么熟啦？"鲁清说："不定做成什么样。"杜林说："这就不能要样，熟了就得啦，要样您就卜酒楼，这个他就不容易。"他们说话不表。

且说卜亭来到外面，他看见院子里有个大秤，撤下秤砣便到厨房，用秤杆将两桶挑到了堂屋，口中说："你们诸位可包含着吃吧。"说完放下两只桶，回身拿着桶梁等往外行走。杜林便跟了出来，口中说："卜爷，明天我给你找一个做饭的地方，好不好？"卜亭说："你待着吧，我不会做饭，可侍候谁去呀？"说话之间，到了厨房。杜林洗完手，拿了一大把筷子，又拿了盐、酱油、醋等佐料，来到上房，一看面还没动啦。他放下一切东西，拿起碗来到桶旁边，伸手往下捞面，这刚做的糊还是烫的，不由他哎哟了一声："烫了我啦。"石禄说："你瞧是不是打板的，别嚷啦！我不会做饭，卜亭也不会做饭，你偏叫他去做。这不是成心吗！"鲁清说："咱们大家全是山东省的人。卜亭是淮安的，人怕挨，金怕炼，知性者同居，像你们在镖行里当伙计，就没有会做饭的吗？"当时旁边来了三个人，说道："鲁大叔。别说就是咱们这些位，没有这些人，我们也能做。"鲁清一看，原来是小豹子石俊章，遂说："俊章啊，咱们大家来到西川，是来给咱师父报仇来啦，我等大家是尽其交友之道。要看这种形景，真是令人啼笑皆非。"遂命石俊章、谢斌等人重新到厨房去做面条。说起做面条，面和完了讲究三光：面光，盆光，手光。将干面撒在面板上，将面取出放在板上。用擀面杖擀匀，拿干面一撒，用刀吧吧的一切，提起两下一拉，真是条条如帘子棍相仿。此时锅水已开，便将面放入锅中，拿筷子一搅和，盖上锅，少时便煮熟了，用大盆捞了出来。第二把，第三把，全照样煮齐，然后提过水桶一过水，就算齐啦。

谢斌拿过土坯挡好了灶火门，将厨房收拾好了。然后三个人拿碗端盆，来到上房。大家人等这才各人拿碗来捞面吃。夜行鬼张明说："哪位劳驾给我来一碗？"没人答言，他便背过脸去用手往下一扒，眼珠往下一点，看了看屋中。他先看了看北边后窗户，俱无二色。宋锦过去替他捞了一碗，连同筷子，一齐交与他手。张明接过来，大家一齐用面。张明忽然一抬头，看见窗户当中好像有一个黑影似的，心中不由一动，遂说："好吗，真是着了凉啦，我还得拉点屎去。"大家一听此言，不由全看了他一眼。杜林说："列位叔叔伯父，您看见我五叔没有？人家刚端起饭，还没吃呢，他要拉屎，这不用说，那是当年我五叔刚会爬饭桌之时，我张奶奶没受过老婆母的教训，所以用筷子来指您，您这才留下一个毛病，一吃饭就要拉屎。"宋锦心中也不大痛快，遂说："五弟呀，你不是年岁小啦，怎么说拉屎呀？五弟你快出去吧。"说着，过来一接面碗。张明低声说道："兄长怯山把罩子磕啦。"这是江湖话，怯山是北面。他一说宋锦就明白了，连忙点了点头，接过碗来放在桌上。张明一猫腰说："我就在这里拉。"宋锦说："外头去。"张文亮伸手取过马竿，往外就走。宋锦跟着他，二人来到了外面，到了北房东夹道。宋锦说："五弟，你在此等候，我去看一看去。"张明说："兄长可要小心了，千万别把他惊走。"宋锦说："不能放走他。"

说完，他便蹑足潜踪，来到夹道的北口。往西一看，见后窗上搭了一条腿。他便一撤身回来了，遂说："五弟，是来了人啦。"张明说："哥哥您不用管，待我去擒此贼寇。"说完用马竿往后走来，口中说道："我没眼睛，住在一个店中，全靠有缘，我肚子疼还不许我拉屎。说我文亮前世因造下了孽，如今我才二目不明。在外面解手，也得靠墙底下，要不叫店里伙计踩上，也得骂我。"他来到窗户底下，口中说道："我在这里拉，大半不碍事吧。"说话之间他翻脸一看，一长腰蹿起来便将那条腿给揪住啦，大声说道："你下来吧小子，别在这里瞧啦。""噗咚"一声，那人落在地上，便给捆好啦，用马竿一穿，说："兄长您过来，咱们哥两个搭着他。"宋锦过来，弟兄二人便将他搭到了前面。鲁清问道："五弟你拿住人啦？"张明说："不错，我拿住了一个人。"此时，被擒之人不由心中暗想：我怎么被一个没眼睛的主儿给拿住了，真是倒霉。鲁清走了出来，此时已将那人放到廊子底下。他过去一提他，看了看，并不认识，遂说道："列位可以出来，大家认一认，他是哪一路的贼人？"众人一齐出来，看了看，没有一个人认识。刘荣说："我在江湖多年，要是出世的人，没有不认识的主儿。这个贼我怎么不认识呢？"又看了看，笑道："呀，我看他太眼熟了，可是一时想不起来他是谁。"此时就是杜林没出来。杜林还在屋中捞面啦。小花鳞杜兴说："鲁叔父，您把我兄长叫出来，他或许认识。"鲁清这才笑道："杜林，你快出来。"杜林说："您们全都不认识，我一个小孩子，怎么能认识呢？"杜林来到了外面，他一看身影，遂说："哪位拿过一盏灯来？"杜锦答应，端了过来。　杜林一推这人脑壳，猫腰一看，遂说："原来是你呀！"那人闻言，不住的叫："小爷爷。"杜林说："那么待我亲解其绑。"说完，当时就把他的绳扣解开。那人起身又拜倒，说道："小爷在上，崔成有礼。"杜林说："这是我兄弟。"崔成又给叩头，说道："这是我二小爷爷。"杜林说："爹爹，您请过来。"崔成说："这是我老太爷。"杜林又将杜凤请过来，说："这是我叔父。"崔成说："这是我二老太爷。"老龙神杜锦说："杜林你不可这个样子。崔成你今年多大年纪啦？"崔成说："我今年三十岁。"杜锦说："你为什么管他叫小爷爷呢？"崔成说："您有所不知，我小爷爷在倒退二年，救过我性命，我无恩可报。"杜锦说："从今以后，不准你管他叫小爷爷。你要管他叫小爷爷，这不是折受他吗。"杜林问道："崔成，这些位里你有认识的吗？"崔成说："我有认识的，镖行三老我认识。"杜林说："你认得谁呀？"崔成说："飞天怪蟒徐国桢，恨地无环蒋国瑞，圣手托天李廷然。他们三位不敢认我啦，恐怕这内中有是非。"那镖行三老一闻此言，便走了过来。徐国桢说："崔成，你怎么认得我弟兄？"崔成说："您倒退二年想。"徐国桢低头一想，说道："我真想不起来啦。"崔成说："我二十八岁那年，在您镖店之时，专给您买东西送信。你给我五百两银子，叫我给杜家河口过银子，我一去未归。我走在中途路上，相离杜家河口不到一里地，路东有片松林，那里有男女说话声音。"

杜林说："爷爷，那一年我十四岁，您叫我上当家嫂嫂买盐去。那时我赤身梳着一个小冲天辫，拿着十个制钱，一个毛蓝布口袋，正走在松林的西边，听见有女子跪着直央求。那时我到了里面一看，站着一个贼人，身高九尺，身材魁梧，面上有斑点，左边有一块痣，棒槌口，三角眼，浑沌沌两个眼珠子，蒜头鼻子，翻鼻孔，大嘴，长耳相衬，头戴紫缎色八棱壮士巾，蓝缎条勒帽口，鬓边斜插茨菇叶，顶门一朵红绒球，突突乱跳。身穿紫缎色贴身靠袄，青缎护领。黄绒绳十字绊，丝鸾护带扎腰，双搭蝴蝶扣。薄底靴子，身披紫缎色一件通氅，上绣花花朵朵，淡青里儿，胁下配定一口鬼头刀，黑鲨鱼皮鞘，青铜饰件，真金吞口，蓝挽手往下一垂。在他面前跪着一个年轻的少妇，身穿一身布衣服，挽着头发。地上放着一个小包袱，面上吓得惊慌失色，右首放着一封香。当时我不明白，我便藏在草地里啦。

此时天已要黑，听见树林内贼人说话："妇人，今天你要应我片刻之欢，我将白金周济于你。"又听那少妇说道："大太爷，我由南边来，走在此地。我以为您叫了进来，打听道路，谁知您向我求取别情。现在我家中有婆母染病在床，一时不能离开人。"那贼人说："妇人，在家中还有什么人？"妇人说："有我婆母与我丈夫。"贼人说："你丈夫可曾在家？"妇人说："我丈夫盐商做事，逢年过节才来家一次，送来用度。我婆母在家卖盐为生。现已然过了五月节，连回来都没有。从此地到盐店很远，我一个女流之家不好前去找他。我那婆母病体沉重，我打算回到娘家，一来为打听偏方；二来为借纹银十封，我们好度日。我那夫主不在家，那老太太倘若有一差二错，容我夫主回来，他要一问我，我有何言答对。今天在路上，巧遇大太爷您，请您高抬贵手，放小妇人回家，好侍候我那婆母去。"说话声音是悲悲切切。又听见那贼人说道："妇人，你只要点头应允，还则罢了。不应允，我有刀，非要了你命不可。"说话之间，他拉出刀来威吓。妇人还是苦苦哀求，说道："小妇人我是一个中户之人。再者说，这林中冲天冲地的，许多不便。"贼人说："从此到你家有多远？"妇人说："二里有零。"恶贼说："我不能去，就在此求片刻之欢。"妇人一死不听。 此时崔成从正北来，原来他从镖行拿五百银子与杜锦送去。正走此地，天色已晚啦。他听见树林中有男女说话的声音。他便来到林中一看。自己认得此贼：他姓焦名英，外号阴阳鬼的便是。他又一看那少妇，人很忠正，臊得面红过耳，跪在地上苦苦哀求。崔成说："焦大哥，您在这里干什么啦？"那焦英说："崔贤弟，你从哪里来？"崔成说："我从青州来，要上杜家河口，您在此处做什么呢？"那少妇一听，连忙转过面来给他磕头，说道："这位大太爷，您要认识他，您就与我讲一讲情吧。"崔成说："焦大哥，是怎么回事？"焦英说："妇人住口。"又对崔成说："崔贤弟，你走你的，我的事你不用管。"崔成说："我既然遇见了，自然要问一问是怎么一段情由。"焦英说："我在林中歇着，看见此妇人从南边走来。是她长得有几分姿色，我一见她，邪火上身，要在此地求片刻之欢。"崔成说："焦大哥，我给杜家河口过镖，遇见此事，请你原谅她一二，放她去吧。"焦英说："你休要冲散姻缘，我要住店，囊中不足。"崔成说："不要紧，我给您二百两，先去住店。天明进扬州府，找到勾栏院，石榴花您捡样挑。"焦英说："你给二百银子，我到那里要招了病，你给治吗？"崔成说："焦大哥，我给你二百两银子，是我搭救这位贤嫂，你没听说她家有病人吗？你家里也有姐妹，在半路途中被淫贼捆住，行不行？"焦英说："崔成，你不要管我的事。"崔成说："我是非管不可！我与这位贤嫂，虽然是路不相识，可是今天我是非管不可。况且此地离杜家河口不过半里之地，倘若有人来，焉有你的命在！"焦英说："既要偷花盗柳，那生而何欢，死而何惧，杜家河口不来人便罢，若是来人，说不定谁死谁活呢？"崔成听到此处，遂说："姓焦的，咱们两个人树林外头分上下，过过论高低。这位贤嫂，任你自便。"焦英说："妇人，你要早点头，焉有此事？少时我将崔成一刀结果性命，少时美事办完，我也叫你一命归西。"妇人说："大太爷，你一刀把我治死得啦。可怜我家中那年迈老母，盼儿不回。"崔成听到此处，心中焦急，纵身跳到林外，将大衣脱下，放在草地上，亮刀一站。焦英也赶紧甩了大衣，收拾利落，提刀跳到林外，上前提手一晃，当前刀劈来。崔成一见刀到，忙用刀一挂他腕子，那焦英抽刀便走。崔成横刀抹去，那焦英一低头，崔成飞起一腿，便将他踢倒，过去一脚踩住，举刀说道："焦英，你还有命在吗？"焦英说："崔贤弟，你饶我这条性命，你此时能耐比原先长啦。"崔成说："便宜你，要不然我是手起刀落，要你性命。"说完一抬腿，焦英爬起，将刀收好。到了松林，恶狠狠的瞪了妇人一眼。猫腰将头巾大衣卷在一起，低着头往南而去。这个妇人见贼人已走，心中放心。那崔成也抬起大衣与小包袱，提刀到了林中，说道："这位贤嫂，您家住哪里？我可以将您送了回去。"妇人说："这位侠客爷，我谢您啦，您多受累啦。我要一死不要紧，我那婆母要活活的急死。"说完，拿起药包跟那封香出树林往北，崔成提刀在后跟随。

来到正北路西高土坡，有一人家，座西向东，有三间土房，有竹子勒出来的花帐。妇人将药包放在地上，伸手去开篱笆头的门。就听南间屋中有妇人的声音问道："是谁呀？"说话声音带着病音。妇人说："是我。"那妇人说："是儿媳回来了。你怎么去了这么半天啦？"妇人拿起药包和香便进去了。那云中燕崔成偷偷的来到南房山偷听。那妇人进到屋中，放下东西，进到南里间，见婆婆便双腿跪倒，说道："娘啊，我此次回到娘家已将银子借来。给您买的药，请的香。回来之时，正走在我叔父的坟前的那片林子外，不想那里有一个人将我叫住。我以为向我打听道路，谁知他要胡行。多亏来了一位侠客爷，才解了我的危急。"又听那年老妇人说道："哎呀，儿呀，你快烧好开水，沏壶茶，将那位侠客爷请进来。"崔成在外边闻听此言，连忙取出二百两银子，心说：我要给焦英，他不定做什么用呢？那我为什么不周济他婆媳呢？这也算是行侠作义。想到此处，手托四封银子，来到门前，叫道："这位贤嫂您请出来，我在盐场，见到我那兄长。我问他家中还有何人，他说家中有一位老母，还有我义嫂，在家替我尽其孝道。小弟我不信，他便叫我带来白金二百。贤嫂不要见怪，他要我在背静之处访一访贤嫂有异外别情没有？如今我已然访清。难怪我那兄长，在外与你传扬美名，果然名不虚传。"那少妇在屋中一闻此言，连忙问道："侠客爷，您真跟我夫主是神前结拜吗？如果是真，那就请您进到屋中，请用茶水。"崔成说："不成，现下我一路之上事情太多，不能多时耽误。贤嫂，这里有二百两银子，拿到屋中，我必有真名实姓相告。"妇人接过银子来到里面，到了南里间，说道："娘啊，我那夫主他在外结交一位朋友，给咱们带回二百两白银。"又听见老妇人说道："儿妇，你怎么也不问一问人家姓什么叫什么？叫人家进来喝点茶水，吃点什么再走。"少妇一闻此言，连忙二次来到外面。此时天还没黑，再找那位恩公，是踪影不见。妇人回到里面，禀告婆母说："娘啊，那位恩公踪影不见啦。"那婆母鲁门张氏说道："你不知那是行侠作义之人，当然不肯见我，他为周济咱们。你暂且将门关上。"妇人答应，关好了门，将那四封银子放在柜中。张氏道："姑娘，你到院中祷告上苍，给那位侠客爷磕三个头，保佑他平安。"按下他们不表。

且说崔成从这里跳下坡来，上大道直奔杜家河口。又到了树林前面，一个没留神，脚底下一绊，栽倒在地，不由说道："我命休矣。"原来是焦英使出阴毒行为，金风未动蝉先觉，暗算无常死不知。他看见崔成送妇人往北走，他便在暗地里跟随，跟到了正北，看见崔成正在那里周济银钱。焦英照旧道而回，到大道树林等候崔成。此时天已然黑啦，他准知道崔成一定回来，上杜家河口去交镖钱。等了工夫不大，果然看见崔成从北边回来啦。他看崔成从哪边走，崔成走东边，他往西歪身，用右腿扫地；崔成要走西边，他往东边一歪身，用左腿扫地。崔成不知，当时被他绊倒。自知遇见仇人，只可双手一抱头，口中说道："我命休矣。"那焦英一脚蹬住他脊背，哈哈大笑说道："好你个崔成，别看我明道不是你的对手，我在暗中将你绊倒，非一刀将你杀死，提你首级，去威吓那少妇不可。我美色之情，床中之事一完，我再将她婆媳二人一杀，拿走那二百两银子，与你的三百两，然后将你一埋，我漂漂亮亮的来把亮子，然后扬长一走。"焦英说完，左手一抓他的发髻，举刀往下就落。忽然耳轮中"噗哧"一声，崔成没死，焦英脖子倒抹进半边去啦。

书可是慢，想当时做事时候可快，那焦英举刀之时，那杜林要去买盐去。看见此事，藏在蒿草地里，不由心中埋怨自己，我为甚买东西不穿衣服呢？这要穿好衣服带上刀及暗器，我早就要了他的命啦。后来看见他们两个人杀在一处，再后来看见崔成把焦英踢倒。依杜林的心理，过去一刀把焦英杀死，方解胸中之恨。谁知崔成一时有恻隐之心，把他放啦。崔成送那少妇一事，杜林不由心中赞美侠义之风。后来看见焦英由南边又回来了，他跟在后面向北走。杜林一见，心中暗想，这小子不用说是要暗算崔成，那可就别说我要暗算于你啦。再说，你们这些莲花党是留不得的，远近不分，到处见美色起淫心，令人可恨。他看见焦英爬在土坡底下，他可就蹲在一旁。后又看见他跳出来往回跑，杜林也随着回来，往树后一蹲。别看他人小，胆子最大，身体更是灵便。工夫不见甚大，焦英坐在树林里头，面向北。杜林看着，工夫不大崔成来到，被焦英绊倒。焦英举刀要杀他，杜林便跳了下来，来到切近，用左手一推他的后脑海，用右手一挂他的后背，往下一搂，刀就到了焦英哽嗓上，立时抹死。不知后事如何，且待下回分解。

第三十九回

夜行鬼戏耍捉刺客　云中燕路遇阴阳鬼

　　话说杜林抹死焦英，忙用腿一拱他，死尸便爬在崔成身上了。杜林一长腰，便蹿进蒿草之中，到了那里看着。此时崔成是尽等一死，谁知噗哧一声，有物件打在自己身上。自己平时听见镖行三老说过：昏昏沉沉便是死啦。再说，咬手指头，若是疼，便可知道自己没死。想到此处，将手伸入口内，用牙一咬知道疼，这才知道自己没死。翻身起来，将焦英的死尸推在一旁。崔成当时把他的腰中银钱，全给掏了出来，说道："小子，你也有今日。这不定是哪位侠客爷将你斩首，搭救我的性命。这可是我的重生父母，再造爹娘一般。"忙向四外一看，不见有人，只见满天的星斗。遂向四外说道："是哪一位侠客爷救了我一命，请快出来，我见一见，日后准知道是哪位搭救于我，将来我好登庄拜访扳恩。"且说崔成来到松林，看东西物件一样不短。死尸埋好后，天光就快亮啦。他便一狠心，离开山东省。他饥餐渴饮，晓行夜住，来到西川地面。不由自己心里暗想：我到西川投奔谁家？见人打听马家的财主在哪里住，有人告诉他奔四里屯。到四里屯的街当中，在那里一练把式，如果自己刀法好，自有你吃饭之所。崔成说："四里屯在哪里？"此人说："在街的当中。"崔成一听此言，谢了人家，他便一直打听着，来到四里屯的街当中，看见有一个空地。

书中暗表：这个空场，乃是粮食市。他就在这里将小包袱放下，将大氅脱啦，绢帕蒙头，前后撮打拱手，将刀摘下，将十字绊丝鸾带紧了紧，便在场中打了趟大红拳，踢了一趟潭腿。潭腿一共十二趟，一趟分八腿，一腿分八招。常有人说：三绺毛，四门斗。这话是被人叫白啦，其实是三手忙、四面走。崔成他一练，很有个样子。往高一纵，真有七八尺。往下一伏，鼻梁子着地。练的工夫不大，外边就站了一片人。内中有人说话，道："练把式的，你这是哪一门的？"崔成一闻此言，连忙收住拳脚，说道："哪位朋友问？"旁边有人答言，说："你要问是谁问的，不错，是我问的。"崔成一看此人身高九尺开外，胸前厚，膀背宽，精神足满。往面上看，面如姜黄，尖脑门，细眉毛，长眼睛，黑眼珠小，白眼珠大。蒜头鼻子，薄片嘴，一嘴碎芝麻牙，小元宝耳朵，光头未戴帽。高挽牛心发髻，竹簪别顶。蓝绸子裤褂，绒绳十字绊。青抄包扎腰，洒鞋白袜子，花布的裹腿，手中提着一个包袱。此人来到了里边。崔成问道："阁下贵姓？"来人说："我姓王名凯，人送外号镖连枪。"王凯又说："你贵姓？"崔成也通了名姓。王凯说："你祖居何地？"崔成说："山东东昌府人。"王凯说："你是东昌府的人氏！来到此地面，有何贵干呢？"崔成说："我来到此地，为的是访一位朋友。可惜无有引线之人。"王凯说："你我二人抢拳比武，就是以武会友。我可以给你找一个安身之处，我那占山为王的宾朋不少。"崔成说："我是那二十四门前三门。"他一听是莲花门的人要跟自己抢拳比武，不由心中暗想，我倒要看一看他有多大的本领。遂说："朋友，今天你来到此处，问我是哪一门的人你是何意？"王凯说："我问你是哪一门的人，这是赏你好大好大的脸。"崔成说："你不赏大脸又当如何？"王凯说："我是扬拳便打。"说到此处，上前提手一晃，劈面掌往下打来。这要一打上，五脏就得受伤。还有什么切掌踏掌，都全算气功能为。要是金钟罩的功夫，也是怕这几手。后文书大莲口赴会,生铁佛伍云乃是金钟罩护体,被石禄一撮掌,打出了血。此是后话,暂且不提。

如今且说崔成使了一个撮掌,王凯连忙使了一个缩颈藏头式,躲过此掌。崔成见他躲过切掌,当时左脚尖一点地,右脚一用力,立时绕到王凯的身背后。来到他身后,反背撩阴一掌打去。王凯再想躲,那就来不及啦,"吧"的一声就打在脊背上啦,打得他往前出去好几步,险些趴下。自己觉得心中不合适,哽嗓一发甜,"哇"的一声,一口鲜血就喷了出来啦,两眼发黑。外面有人喊道:"王贤弟不要担惊!他不是一个小山东吗,待我来交战于他。"王凯抬头一看,遂叫道:"三哥呀,你可多小心了!小辈下手太黑,武艺太高,在你我的肩左。"崔成一见,说话之人身高八尺开外,细条身材,头顶上有几个包,又有四五个肉瘤子。书中暗表:他有七个肉瘤,连他头,因此得外号,叫八头太岁,姓孔名方。他是西川孔寨的,皆因银花沟走了一个普莲,他才来到此处。今天他见王凯被人打吐了血,这才上前搭话,便问道:"你就是崔成吗?"崔成说:"不错,正是在下。"孔方说:"崔成你从山东省来到此地,不知维持朋友,反倒见一个就比下去一个,那你岂不是早晚失败吗?没别的可说,今天咱们二人挥拳比武。你要是胜得了我,立时我把你引到山上,大小给你个座位。"崔成说:"阁下,你有多大的本领?你祖居哪一处?"孔方说:"我乃住大龙山后孔家寨。我们那里,除去太岁,就是阎王。"崔成说:"这么说我得跟阁下领教一二。"孔方便将大衣头巾全行摘下,说道:"王贤弟,你先给我看守这两样东西,待我与你报这一掌之仇。"崔成哈哈大笑,说道:"你休要口出大话!今天咱们比武,我要不把你头顶上的肉瘤子,一个一个的全给揪了下来,你也不知道我的厉害。"说话之间,伸手取出匕首刀来,约有七寸来长,光亮无比,风霜似快。"孔方,我先把你顶门上的那个给拉下去吧,省得戴帽碍事。"孔方一听,心中大怒,上前提手一晃,迎面一掌,两个人当时就打了起来。这二人真是棋逢对手，将遇良材。

　　崔成右手刀往下一垂，左手伸开一切掌，用磕膝盖一顶他前胸，这一掌正打在他脖子上，那孔方往前抢了两步。崔成好有一比，打闪的一个样，用刀一走，"倏"的一下，他头顶上的粉瘤子，当时就落了下来。这一来戴帽子真合适啦，孔方头上的血就下来啦。崔成说："这你戴帽子可就好啦。休要见怪，是我走手了。"孔方说："崔成你不用担惊，我并不恼你。不是当着大家你把我的肉瘤子给拉下去了吗，我倒爱你是英雄。你把药取出来，先给我上点，咱们弟兄是不打不成交。你不在山东，来到西川，所为哪般呢？"崔成便将山东之事细说了一遍，可没说杀了一个焦英。孔方一听："这个杜林，别看人小，胆子可真不小。十四岁的娃娃，愣敢亮刀杀人。你不是给我削去一个包吗，你看我耳下这个包儿，才危险啦。那年我与他动手。小辈给我一刀，将耳下瘤子划破。那时他要往下一垂腕子，我的人头就掉了。你是山东省人，我倒要跟你交交。你要是立着刀下来，焉有我的命在？"崔成一闻此言，连忙取出药来，与他敷在刀伤之上，遂说："你我没有多大冤仇，不过是见面之情罢了。"孔方说："你随我来。"当下两个人来到罗家店，正赶上罗文龙在门前站着。崔成说："这就是罗家店吗？"孔方说："不错，这里正是罗家店。此位乃是我的拜兄金棍将罗文龙。"罗文龙一闻此言，连忙问道："贤弟，这位是干什么的？"孔方说："这位在粮食市卖艺，武艺超群。"罗文龙道："贤弟呀，他可是山东省的人氏？与咱们西川路人，脾胃可大不相同。"孔方说："兄长，你可不要提话打岔。那山东省的人，也有交友之道。咱们西川也有不好门的。"罗文龙道："此人贵姓？"孔方说："此人姓崔名成，云中燕子便是。"罗文龙说："好，那么请进来吧！"当下将他二人请进柜房屋中，分宾主落座。他这才追问崔成的前情。

　　书中垫笔书，他不得不撒谎。他早就知道西川路莲花党的人，久同山东保镖的为仇作对，因此他才改为假话。罗文龙说："孔贤弟，你被他给你削下一个粉瘤子去，从今往后我与你改个外号，叫作多头太岁吧。咱们哥三个说一句笑话，你见着一个山东人，你就眼空四海，目中无人，自己的劲儿不小。你是艺高人胆大，在咱们西川路上，有个三十里五十里的，有你这么一个多头太岁孔方，你要真是像咱们门长那样的名誉，我全不嘱咐于你。"罗文龙又说："山东省人，人家全是齐心，互相帮助，位位全是手黑。孔贤弟，你也算是两世为人。崔贤弟，你们贵省人，保镖的最多，护院的也不少。咱们江湖之中，成名的不少。山东省人脾气猛烈，好打路见不平。一提起山东省三个字来，是人人皆爱。"崔成说："罗仁兄，您要抬爱我们山东人，说话可别客气。"罗文龙说："是，我请问贤弟一声，为什么不在山东？为什么来到西川路呢？此地有什么高朋贵友呢？"崔成说："我特来找我二主人。"罗文龙说："是哪位呢？成名的便知。"崔成说："此位大有名誉。"罗文龙说："是哪一家呢？"崔成说："我在山东济南府南门外涟水县打虎滩，金花太岁普莲是将之尾，兵之头。皆因普大王叫我带领兵卒，白银十封，下山去买应用的物件。我在涟水县南门外吊桥以北路西酒馆吃酒，路东有三家赌场。那时我吃酒过量，因此上了宝场，十封白银一宝没红。我因为是下山置买物件，不想赌博输钱。我家大王说过一回，我是旧习难改，故此我便没有脸再回山。这才将兵卒送回山口，我一人够奔西川，来到银花沟二大王普铎的门下。来到那山寨里面，我要打算报那失银之恩。不过我与二大王素不相识，拜托仁兄代为介绍，可曾认识他人。"罗文龙一闻此言，便鼓掌大笑，遂说："崔贤弟，你艺业浅薄，不能跟普通人久在一处。"崔成说："那么依您之见呢？"文龙说："你要胜得了我的拳脚，那待我将你引到银花沟，与他人相见。"孔方心中暗想：如此甚好，我那拜兄，必要与我报那割包之仇。崔成说："罗仁兄啊，你我要当场比武，是举手不留情。"罗文龙一闻此言，不由心中暗想：我必须设法胜了他才成，与我那拜弟报那削瘤之仇。此时崔成也暗做准备，将头巾也取下啦，大氅脱了下来，紧一紧丝鸾带。罗文龙收拾齐毕，转身形往外，说了声："崔成，随我来！"院子里打扫干净。罗文龙说："崔成，咱们二位可是素不相识，你要是把我打个手按他，我可以带你前去。你要是胜不了我，那银花沟你就不要去啦，我姓罗的就打发你家去啦。"崔成一闻此言，并没还出话来，心说：说不定谁把谁打发家去哪。遂说："请啊。"文龙上前抢步，右手一晃，左手的两手指直奔那崔成的二目而来。崔成一想，这小子是下绝招哇，连忙一掉脸没还招儿。罗文龙劈面掌又到，崔成往旁一闪身。文龙往前一进身，横着一个撮掌，崔成又没还招。罗文龙见他三招已过，并没还招，这才知道来人武艺比自己和孔方胜强百倍，遂问道："崔成你为什么不还招？"崔成说："罗仁兄，我叫您作引见之人，小弟焉有还招之理？"文龙说："崔成，你这话言之差矣！你不把我战败，你怎能进山？"崔成说："我一还招，你就输啦。您输了，可别记恨前仇。"罗文龙说："焉有记仇之理？"崔成说："那我可要多有得罪了。"罗文龙说："请吧。"双掌使了一个白猿献桃，崔成便往下一矮身，双手使了个海底捞月，将他双手捞住，往里一拉，往上一扬，崔成借劲往起一悠，双腿挂着了他的腿。这个时候，罗文龙可乐大发了，翻身跌倒。这手功夫名为反臂千斤坠，把罗文龙的五脏六腑，满给踢翻了过，险些被踢死。 崔成把他踢倒，这才撒开他的手腕子，挺身站起。回过头来一看罗文龙，见他直张嘴，连忙说："孔方，我们哥两个赶紧把大爷搀起来遛一遛。"这才把他扶起。文龙一张嘴，吐出一口鲜血，说："崔成，咱们两个人并无仇恨，你怎么还使千斤坠呢，这要是真有仇，这下子就要了我的命啦。"崔成说："兄长您要是那么说，您没有毒招，也招不出我用绝手。倘若西川路的宾朋不群战，要讲单打单斗，我说话敞一点，无论他是谁，也是难讨公道。"罗文龙说："好，孔贤弟，你去把你的三哥、二哥叫来，与我报这个千斤坠之仇。"孔方转身形往外，到了东村头路南三友店，叫来罗文虎、罗文彪，三个人一同来到店内，追问里面动手的情形，孔方细说了一遍。文彪说："好，三哥闪开了，待我与他过一过家伙。"崔成说："阁下是谁？"文彪说："我们是亲哥四个。俗语说，上阵亲兄弟，打虎父子兵。"崔成说："阁下排行在三？"罗文彪说："不错。"崔成说："我可是山东省人，人与人不同。我是跟你们哥四个动手，还是另有世外高人。"罗文彪说："你就是跟我们哥四个动手。"崔成说："罗三爷，我今天说话斗一点胆，我在这里住个三五日，房价饭钱我全照给。每天四位跟我动手，分上下，论高低，无论是谁把我踢倒，那时我抱头走出西川省，滚回我的故土原籍。"

书中暗表：罗家兄弟四个，就数文彪的武艺好。四里地长街，就得叫他过去。罗文彪说："咱们过军刃。"崔成说："过军刃，难道赌生死吗？练武的人，胜败输赢乃是常理，为什么要赌生死呢？"罗文彪说："你我一战，咱们是有能为占上风，无能为认母投胎。"崔成闻此言，便一横心。孔方说："崔成，你要是有能为躲得开他这一条棍，就算你成。他的外号叫铜棍将镇西川，西川的无敌手。"崔成说："好！咱们哥俩过一过家伙吧。"说话之间也就拔出了刀啦。罗文彪收拾利落，来到影壁后头取过一根熟铜棍。齐眉者为棍，故为百军刃之王。崔成提刀一看他，要依着文彪的心里是一棍就打得他筋骨折。要打在头上，必须万朵桃花，死于非命，方趁心意。不过是遇见没有能为的人，他能如此；真要遇见有能为的主儿，他也难称其意。崔成一见，不由暗想：我一个人来到西川太孤，一两招就得见输赢。遂说："三哥手下留情，请进招吧。"罗文彪双手拿定熟铜棍是轻如鸿毛，要打到人身上，是重如泰山。崔成横刀观看，不由心中暗想：我要把他杀了，那时我一人难敌三人，架不住他们人多，莫若我多少叫他们着一点伤也就是啦。想到此处，见那文彪横棍一撮，崔成看他这是绝招，如往上一纵，腿准抢上，往下一坐腰，头部就得挨上。他反倒往前一扑身，横刀来个正砍。罗文彪往下一猫腰，这刀就顺头发过去啦。刀一过去，文彪搬棍头往上一立，压他的腕子。崔成用左手一推他的左手，顺胳膊一压，右手刀往外一撕。罗文彪急忙往下一低头，这一刀当时将他手绢削了下去，连带一块头皮，鲜血流了下来。这一来是他的刀法厉害，二来是他身形真快，再说他眼神最好。所以一刀将他后脑皮削下二指宽一块去。崔成连忙说道："三兄长，是我一时失手，多有得罪。来呀，快上点刀伤药。"说着，伸手取出药来替他敷上，用布包好。罗文虎一横亮银棍，上前说道："崔成啊，你我分上下，论高低。你将我兄长打出了血，如今又将他头皮削下一块，咱们二人是有死有活。"崔成说："罗三爷，你们哥们跟我动手，我是十成能为，才拿出三成来。你不，咱们二人过招，一照面，我就叫你挂伤，你这还打什么呀。我要与他一动手，一招就结果他的性命，我可就不管了。"罗文虎说："好，你不要说浪言大话，我全不怕。而今你我是有死有活，非看一看你是怎么一般厉害。我们哥们不挂伤不算啦。再说，咱们已然是过了家伙啦，还说什么容让呢。"崔成说："要是一招不让，照面就得见输赢。"

　　他们二人正说着话，后边的铁棍就打下来啦，"吧"一声把地砸了一个坑。崔成一转身，平着一刀直奔他右耳门子。孔方一见，大声说道："姓崔的刀下留人！"崔成见刀已然临近，听他一说，连忙用刀一扬，刃朝上，顺着右脸，往上一走，那右边耳朵就掉下去啦。罗文虎一看四弟的耳朵掉下一个去，就急啦。崔成说："无名的小辈，你没报通你的名姓，给你家崔某来个金风未动蝉先觉，暗算无常死不知。你是什么东西。如此看来，你们这西川路上的人，好不讲道理啦。若不是孔方说了一句话，我定叫你的尸首两分。"罗文虎说："崔成，你可千万不准说出不逊之言，他不是外人。"崔成说："他不是外人，是什么人呢？"罗文虎道："那是我四弟罗文豹，别号人称铁棍将。我弟兄金银铜铁四条棍，名震西川。你如今将我弟兄四个人战败了，你可算一个豪杰。待我将你引入银花沟，会见我那兄长普铎。"崔成说："我崔某人来到西川，不讲人多，不讲暗算，你有雄兵百万，战将千员，我也不惧。生死置之度外，生而何欢，死而何惧。"罗文虎说："崔成，为人做事，我四弟无知，你我也就不必动手啦。你在店中等候，我二人上山面见普铎，引你入伙。"崔成说："就是吧，你见了普二大王，多给美言就是。"罗文虎说："你不必多言，如此看来，你的武艺是压倒西川。"罗文龙、罗文虎与多头太岁孔方三个人上山。文虎说："你们哥三个先在店中等候，待我弟兄去面见他人。山上若是用人，我叫孔方回来，再请你上山，天下占山是一家。"说完，三个人出店，崔成送出说道："三位兄长，我可不远送了，听您的回话。"三个人说："是啦。"

当时三个人来到中途路上，罗文虎说道："孔贤弟，可不是我心眼多，究竟我心中犹疑不定。"孔方说："大哥，您只管放心，那崔成在山东地面待不了啦，一心投咱们西川来。要是再不收留他，那他就没地方投啦。"罗文虎说："那他在山东待不了啦？"孔方说："是呀，他但要有地方，为什么往这里跑呢。依我之见，咱们到了山上禀报普铎。到了那时把山上规则预备齐备，考查他的胆量如何？"弟兄三人主意已定。少时到了东边山的山口。一进山口，直到寨门。到了门前，说道："兵卒，二大王可在山中？"兵卒说："正在山中。"三人说："你给回禀一下，就说我们弟兄来啦。"兵卒说："您三位常来常往，还回禀干什么呀！"三个人来到了里面，来见普铎，行礼毕，普铎说："三位贤弟有事吗？"罗文龙说："有事。"便将崔成之事细说了一遍。普铎说："他的艺业如何？"罗文龙说："他的艺业比我弟兄胜强百倍。"普铎一闻此言，吩咐鸣锣聚将。当时锣声响，兵将人等聚到厅前。普铎用锣锤一敲锣边，大家一声不响。普铎说："头道寨大门以里，要兵卒四百，要这样的预备；二道寨栅门之内，要这样的形景；三道门以里，也派四百人按这样办理。大厅前边喽兵，必须如此准备。按下此大厅不表。

如今且说云中燕崔成，在外边等的工夫大啦，这才看见从里面走出四个身量高大的喽兵，身高九尺开外，个个身体强壮，粗脖梗，大脑袋。青布贴身靠袄，蓝布护领，青纱布扎腰，青布底衣，鱼鳞洒鞋，青布袜子，青布裹腿。一面两人，旁边站立。崔成往山上一看，是土雨翻飞，烟雾弥漫。不大工夫，那多头太岁孔方从里边走了出来。孔方说："崔贤弟，往里请啊！"崔成当时迈步往里要走，旁边兵卒说："朋友，慢走！这里上山的规矩，你可曾知晓？必须先将军刃物件百宝囊大氅，一齐全行摘下为是。"崔成一听，连忙将那些东西完全摘下。孔方说："贤弟你可要遵山令，屈尊屈尊。"崔成说了一声"好"。说着把双手往背后一背，过来人将他绑了。孔方说："多有得罪了。"说完，他往里跑回见普铎，三次行礼。此时屏风门里预备下八仙桌一张，桌上放着一个方盘，里头一块炖肉，旁边一把牛耳尖刀。孔方见预备齐啦，这才吹哨子一声响，崔成才进头道寨门。他一看，两边有四百兵卒，每人全是青绢帕罩头，前后撮打象鼻子疙瘩，每人手中一口斩马刀。两方面刀交叉在一处，当中是走道。崔成一见，这才低头钻进刀下，往前行走。走在中间，上边刀"呛啷"一响，崔成并不担惊害怕，面不更色，仍然往前走。那孔方在暗中一看他，真是面不更色。崔成一看那边还有刀搭十字，也须低着头走。来到二道门以里，又是四百人，每人还是单刀，上头刀尖对刀尖，下边也是如此，刀刃冲外。崔成到了此时不由倒吸了一口凉气，心中暗想：这普铎乃是西川有名的总瓢把子，果然与他人不同。可是我崔成来到此地，不能叫他把我们山东人给耗了去，一笔写不出两个山东省来。想到此处，他这才将死置之度外，当时钻刀而进。又来到三道寨门，还是四百名兵，每人全是单腿打千，手中全是攒竹枪一条。三道门直到屏风门，不见甚远。此时崔成施展绝艺，脚尖一着地，一长腰，"哧"的一声，就纵进屏风门。当下距离有两丈，燕子三抄水，那全不足为奇。他这功夫，比哪个都快，要不他怎叫云中燕。他显这手功夫不要紧，当时吓得群贼一怔。

崔成来到里面一看，迎面有一张八仙桌，桌旁站着一个大兵卒，他身后有一把椅子。此兵身高顶丈，披散着头发，面如黑锅底，朱砂眉，大环眼努于眶外，蒜头鼻子，翻鼻孔，一绺红鼻须子，短钢髯如同蒿草一般。上身穿青缎色贴身靠袄，白护领，红绒绳十字绊。一巴掌宽皮挺带扎腰，三环套月青布底衣，足下薄底快靴。左手插腰，右手拿着一口牛耳尖刀。一见崔成来到，他"哇呀"的怪叫，问道："对面来的可是崔成吗？"崔成道："不才正是崔某。朋友你贵姓？"此人说："我叫赤发太岁焦亮。崔成，你可有胆力吃肉？"崔成一声没言语，就把嘴张开了。那焦亮用刀一扦那块肉，往出一递，直奔崔成口中而来。崔成一见刀进来了，咬着肉一甩头，焦亮往外一抽刀，将那块肉又带出来啦。崔成说："焦亮，你们山上之人好不景气，行事不到，可见你们山主不利。"普铎一听山主不利，心中大怒，吩咐将焦亮绑了。当时过来十几个人，立时把焦亮绑了。普铎下令将他推出砍了。崔成一见，连忙说声："普大王刀下留人！"普铎说："崔成，别人的情我决不准。今天你初次到山，我给你个全脸。来人，把他拉回来！"崔成说："普大王，您有所不知，这样杀他，他心中也不服，必须叫他心服口服，才死也甘心。请问大王，您刀是真刀，为什么我咬住了，他还能给带了出来？"孔方一闻此言，连忙过去拿起牛耳尖刀一看，原来刀弯了回来，连说道："普大王，这个牛耳尖刀是弯回来的。"普铎一听，此人口中有劲，把刀尖给咬弯了，遂说："焦亮，并非是我不斩，只因他是我兄长，在山东屯龙口打虎滩那时，他乃是一个将之尾兵之头。来呀，快将崔成的绑绳撤下。"孔方一闻此言，连忙将他绑绳给解啦，这才上大厅与他致引。罗文龙用手一指说："崔成，这位便是普大王，姓普名铎，外号人称银花太岁。"崔成一见此人身高八尺开外，白煞煞的一张脸，宝剑眉斜插天苍。头戴青缎色软扎巾，青缎软袍，丝鸾带紧衬利落，蓝纺丝底衣。足登搬尖洒鞋，花布裹腿，青袜子。崔成连忙上前行礼。普铎说："崔成，你由山东省到这西川地面，你是什么意思呢？"崔成便将编的谎言细说了一遍。普铎一闻此言，见他所说的话与罗文龙所说一样，遂说："崔成，你在我兄长山上身任何职？"崔成说："将之尾，兵之头。"普铎说："崔成，你要当面试艺，我看你的技艺如何，大小给你个寨主，在大厅之内，也有你个座位。"崔成说："普二爷，您看在我家大王的面上，赏一把金交椅，我当面谢过。"普铎说："来呀，把他军刀拿来。"兵卒答言，当时送了过来。崔成接过，穿戴起来，周身收拾紧衬利落，抽出刀来。普铎说："且慢！此时兵将全在大厅之前，必须当面试艺。"说完一打锣，二次聚来兵将。崔成说："二大王，我的暗器是百发百中。尤其是败中取胜的飞刀，施展出来，令人难躲。"说完，他来到当场，说了声："我让过了列位寨主以及诸位弟兄。"他把刀法练了出来。大家一看他这路刀法，在西川真还没有，大家不由暗中夸奖。崔成他看普铎在北房廊子底下，倚靠门柱，遂说："二大王，您看我的刀法怎么样？"普铎说："可算第一。"崔成暗想，待我号一号他的脉。想到此处，练到快处，一抡刀直奔明柱，飞了出来。普铎一见刀到，斜身低头出去。那刀"呛"的一声，便插在横匾之上。崔成来到近前跪倒，口中说："二大王快将我双手绑了，您多有受惊，奴才我失了手，您多有受惊啦。"那普铎鼓掌大笑说："崔成，你何罪之有？"崔成说："二大王，我这口刀是走了手啦。"普铎过来，双手一捧他的手腕，在他心中，既要看看他的功夫，也是要号号他的脉。崔成一硬腕，普铎一摸他的腕子，如同铜镜一样，连忙撒了手。崔成说："二大王，您让我哪把金交椅？"普铎说："第六座的寨主。"焦亮一听，连忙说："二大王，他由山东省来，他在屯龙口乃是将官之尾，兵卒之头，您将第六座寨主赏与他人，小弟我上哪方？"普铎说："焦亮，你要是不服，你二人可以在厅前对刀，你要是他的对手，第六把交椅还是你的；你若不是他的对手呢，那只好让与他。"

原来普铎有一宗心意：因为焦亮刀法在自己之上，这个人的刀法呢，能在西川占第一，为的是叫他二人比一比，看是谁好，因此叫他们比刀。焦亮说："二哥，我两个人要是对上刀啦，挂伤为输。"普铎说："崔成，你把刀取下来。"崔成走过去将刀取下来，遂说："焦亮，你我二人在厅前分上下，论高低，是伤算输，这可是你说的。二大王，还是论生死的伤，还是点到而已的伤呢？"普铎说："还是点到而已吧。"在他心中暗想，得一帮手不易，可是不能够得一个伤一个。焦亮的刀法，绝对不如崔成，遂说："二人较量高低，可是谁也不准伤损谁。"焦亮一听，虽然说谁也不准伤损谁，可是见他来到西川，不能叫他占上风，多少我也得叫他挂点伤，赶巧了叫他废命。崔成说："焦亮，我崔成是初次来到大寨，你我二人远日无冤，近日无仇，最好还是挥拳比武，不必过家伙。咱们一过军刃啦，难免有个失手。那时躲之不及，挂点伤处，那倒有个不方便。"焦亮说："不要紧，咱们两个过家伙。"崔成一想：我要用刀跟他一过家伙，叫他们大家小瞧于我。像他这样无名之辈，何足挂齿？他不过是一勇之夫，终无大用，犟小子一个，空有寨主之名，绝没有过人之处。他可是西川人。我跟他过家伙，上至寨主，下至喽卒，并无有一个答言解劝之人。如此看来，小子一定没有屈己从人之量。这口刀要是我拿着，是一口刀；他要拿着，那是废铁一块。崔成这个地方，就叫放份，遂说："焦亮，你这个人好不知自爱。我倒肯让于你，你非过军刃不可。冲你一说过家伙，我倒给你个便宜；要是单打单斗，不用跟你过家伙，你得甘拜下风。"焦亮闻此言，"嘿嘿"一阵冷笑，说道："崔成，你不拿家伙？"崔成说："你拿一块废铁，我拿家伙干吗？"说着双手一捧，说声"请"！焦亮左手一晃，右手一刀向下劈来。崔成见刀到，手连动也没动，往旁一闪身，他刀就空啦。刀一空，随即往怀中一拉，崔成连忙使了一个铁板桥。三招已过，崔成说："且慢！头一手刀，乍来到山上，以后你我天天相见，是久在一处，我不还招；第二招我不还招，是看在二大王的面上；第三手没还招，有见面之情。这三手已过，你还不认输吗？"焦亮说："我不认输。"崔成说："我一还手就叫你甘拜下风。"焦亮说："是牛全是宰的，没有吹死的。"说着话，托刀往里一扎他。崔成往旁一闪，右手一盖刀背，往里一划，当时拿住了他刀的护手盘，往前一拉，低身上步一左掌，名为撮掌，在他右肘上就打上了。"吧"的一声，左腿使个里排腿，掌腿一齐到。当时焦亮被打倒在地，自觉心口一热，嗓子一甜，一口鲜血喷出唇外，将五脏打翻了个。

大众一看，暗暗夸奖崔成果然艺业高强，在你我大家之上，咱们过去真是自给，可算无名之辈。罗文虎一看崔成的能为，实在是高。孔方、文龙连忙过去将焦亮搀了起来，问道："你们两个人这么一来，怨谁呢？他来到西川，一而再的让你，你偏不答应，如今怎样？"焦亮是个不见黄河不死心的人，说："崔成，你当着大众将我打吐了血，我倒是不记恨于你，可见我的艺业不好，因此吃亏。你我久后在一起，日子太多啦，那没别的可说，还求你多加指点刀法。"崔成说："你我既已说出，那咱们亲弟兄一般，这不过是小事一段。"银花太岁普铎说道："第六把金交椅归你崔成，第七为焦亮。"崔成说："他占第七座，那他不服。我能替你与他走几合，无论是拳脚刀法，是随他之便。"说得大家闭口无言。这时普铎带着崔成在山上各处一绕，指点好了那里出，那里入，全告诉好了他，然后来到大厅。崔成在山寨半年之久，银花太岁在暗中一调查崔成，并无懒散之处，处处地方他全小心，专心保护山寨。普铎这才叫过罗氏弟兄与孔方以及崔成："咱们弟兄结盟喝血酒。"遂说："文龙，结交崔成，就是我的左膀右臂。"文龙点头说："是。"从此他在这山上二年。后来云峰、段峰回山，勾走普铎；何家口一镖三刀治死何玉。他回山后，约下西川的宾朋不少，为的是防备他们山东人前来报仇，又将罗家店之事安置齐毕。 直到如今，两个月有余，是音信皆无。这才命崔成带五十名喽兵，在东四道围子墙那里驻守，是三间房，一明两暗，下面有四道地弦，直通明间后房沿。四棵明柱子，上头有四个走铃。由北边这柱子起：头一道走铃响，是外围子拿人；二道走铃响，是卷网拿人；三道走铃响，是翻板有人被擒；四道走铃响，那是万字坑搅轮刀捉住了人。那普铎带着崔成，围着各处一巡视，全都指给他了。从夹壁墙到外边这股暗道，也叫他知道了，拿他当了心腹之人。崔成到各处也全看明白了。另外有一张阵图，上头注写明白，哪里为总弦，哪处为管弦，什么地方为放弦，各种的钥匙全在哪。由这天起，每五天上一回大厅，要听崔成报告。崔成答应，这才带着这五十名兵卒在这里把守。那崔成对待兵丁，是如同亲弟兄一样，屈己从人。这五十名兵卒，跟他也是一心一意，服从于他。崔成暗将阵图放好装兜囊之中，便对兵卒说道："列位弟兄，咱们无论是谁，可在日出以后、日落以前谈话，别的时候可不准闲谈。"大众俱都点头。

书要简短，崔成从此是每隔五天，便到大厅一次，报告无事。这天他又来到了大厅，普铎说："崔贤弟，我昨天夜内偶得了一兆，我看见老贼何玉，捧刀将我的卧室明间的门给劈啦。他身背后有小畜生何斌，另外还有许多的人等，我没看明白。那何斌是跟我全家来拼命，他要报那一镖三刀之仇，将你那嫂嫂一刀结果了性命。我心中一着急，醒来却是一梦。那时山上梆锣齐响，正是子时应兆，不知主何吉凶？崔贤弟，你今天把他们安派好了，我遣贤弟你夜探罗家店。"崔成说声"是！"这才回去到了三间房，叫五十名兵卒，安置齐毕。这时有一个说，道："崔兄长，您对待我们真是恩重如山，我们粉身碎骨难报此恩呀！"崔成说："你何出此言？你们大家里头，也有年长的，也有年幼的。有一件事我对你们说，今天大王派我下山，夜探罗家店，我要是回来，你们大家还可以归我管。倘若我一去不返，那你们就不用与我再见了，咱们是来生再见。"众兵卒说："您别那么说，您来到西川还这样的交友诚实啦，真是在山上就没有几位护胸口的朋友吗？那些位山东的人前来报仇，就许内中有一两位，也可借此得有活命。我们大家盼望您早去早归。"崔成说："诸位，我可是山东省的人，我到了那里，他们报仇的人要是真来了，我被获遭擒啦。你们在山上只是一名喽兵，看那山东省报仇人来到，可要各处逃命，千万可别上前去拦挡。他们有那明白的主儿，可是刀捡有仇的杀；要遇见那无情度理的主儿，他可不管一切，叫这山上，上自寨主下至喽兵，一齐命丧。你们大家家中一定还有妻子老小，哪能像我似的，孤身一人，没有哭的。"他说着话，眼泪不由在眼眶内转。大家一见，无不心酸。崔成说完，转身往外行走。大家一齐说道："崔大哥。"也有叫崔兄弟的，说："您探罗家店，不是夜里去吗？做什么白天走呢？咱们大家再盘桓一会儿，好不好呢？"崔成说："列位不知，那大厅之前，还有事呢。"说完，他赶奔大厅，与普铎一说话，他是一惊一乍的。厅前有一桌酒席，大家坐在一处吃酒。唯独那云峰、段峰、普铎三寇是变颜变色。众人吃喝已毕，残席撤下，献过茶水，一天无事。晚饭吃完，天交初鼓，崔成这才来到三间房子，安排好了这五十人。不知后事如何，且看下回分解。

第四十回

崔成献地图报恩　鲁清察地形派将

话说云中燕崔成说:"你们哥几个多多注意点,我去去就来。"说完他来到外面,在松林之中,换好了夜行衣,便扑奔四里屯的西村头。来到了门外,侧耳细听,听见里面人声乱杂,连忙绕到店后,扎二臂往四外一瞧,并无人声。长腰上了墙,低头往里一看,马棚内有许多马匹。崔成往南一看,早看见三大后窗户内灯光闪亮,人影飘摇。用手取下一块瓦片扔在地上,一无人声二无犬吠,知道后院一个人没有,这才跳下墙来。一下来到房沿,抖身形上了后窗台。挂住之后,取了银针,刺破一孔,眇一目往里观看。迎门站着一个瞎子,怀里抱着一根马竿,手中端一碗面,此外另有许多的人,有老有少,有不认识的,也有认识的。杜林正在后房沿坐着啦,所以他没看见杜林。听见那个瞎子说要拉屎,他万想不到人家是计。有人引他出去,自己一个不留神,被人擒住,提到大厅,谁看也不认识,最后杜林过来,认明是他,便将绑绳解了。这便是他这倒笔书。

老人杜锦说:"崔成,从今以后,不准你管他叫小爷爷,这不是折杀他吗?"杜林说:"这个叫小爷爷,不是从我嘴里说出来的,这是从崔成嘴里说出来的。"崔成说:"诸位,我可是山东省的人,吃山东的水长大起来的。我也不是长普铎之威风，灭你们大家的锐气，皆因这里有我小爷爷，因为他在山东搭救过我的残喘性命，我无恩可报。我将这正东方的阵图交与您大家。你们先将走线轮弦治住，然后再进山，是万无一失。要不然是飞蛾投火，自寻死路。"杜林说："你先别说这阵图之事，除去我一人之外，这内中还有人认识的人没有啦？"崔成说："有认识的人，可没说过话。有东路三位老达官，我在他老人家店内做过事。"杜林说："哪三位呢？"崔成说："飞天怪蟒徐国桢，恨地无环蒋国瑞，圣手托天李廷然。"徐国桢说："崔成，你说在我镖店做过事，我怎么记不得呢？"崔成说："您往二年前想，也是您的事情多，一时想不起来。您可曾记得派我拿五百两银子，二十两路费，叫我往杜家河口过镖，我是一去未归。我走到杜家河口东村外，巧遇阴阳鬼焦英。这时他在树林内，正持刀威吓，向一妇人求情。那个妇人是大大的贤慧，执意不允。当时被我解去重围，将她送至家中。后来焦英在中路上暗算于我，这才多承我这位小爷爷搭救我的性命。因为我周济那个妇人二百两白银，那时我小爷爷杜林叫我离开山东，周济我三百两白银。我来到西川省，结交普铎二年有余。徐老达官您再细想一想，对不对有我这么个人？"徐国桢说："我倒忘记了。"崔成说："那是您镖行的事太忙，丢个千数八百的不在乎。可是除去在您这里拿走五百，是我的错处，别的地方，我没有这种行为。"徐国桢说："这不算什么。真要有据有对，准是行侠周济贫穷之人啦，那就是一千，也无妨碍。"崔成说："咱们这里有外人没有？"鲁清说："没有外人。你有什么事吗？"崔成说："有，若按交友之道说，我也不能帮助您诸位对着普铎去争斗。因为我来到西川省，普铎以及各位寨主喽兵，全对我恩重如山，不好意思反脸。"杜林说："崔成，是我先搭救的你？还是你先跟他们结的拜呢？"崔成说："您先搭救的我，我才离开山东省，来到西川省结交普铎。我们几个人对天赌咒烧香喝血酒，比作一母同胞，生死的弟兄。我崔成如今也不能回银花沟，助力普铎。我要助力他人啦，我那时恐怕山东的宾朋辱骂于我。可是我若帮助您大家，我又对不起神前那股香。哪位出去兜一个弯去，万一要是有人暗中跟了我来，那可就大有不便。"鲁清说："谢春、谢亮、石俊章、杜兴、杜林、云彪你们六个人到外边兜个弯儿，可千万别偷闲躲懒，此事关系重大。"六个人答应，转身往外就走。每人脱了大氅，围在腰间，有上房的，有在地上的。当时房的左右前后，里里外外，全调查了一遍，并无歹人。这才回到屋中，向鲁清回话："一个外人没有。" 崔成说："杜小爷爷，外边既然是没有外人啦，那我可以细说他们的埋伏。从打银花沟大厅上说，四面全有走线轮弦，厉害无比。那就请鲁爷多费心机，派遣能人，先治住他的总弦，那时房墙挡不住人出入，就可以随便。我知道了才向众位宣布一二。还有我不知道的，那也就无法说了。不过进山口时，多加仔细留神就是。我这张地图是正东方埋伏，上方上墙，全要留神。那上面全有片网，有滚瓦，大家多要注意。我别的不念，也得念我那生身的父母还在山东埋着。再说，我是吃山东水长大的，决不忘本。"说话之间，伸手取出一张地图，献与鲁清。当时众人一齐来到屋中，借着灯光一看，崔成是颜色不改。鲁清说："崔成，你方才所说的这一片话，我便知道你的肺肝。此地图可是实在的吗？"崔成一闻此言，不由二目落泪，遂说："此图若不真，叫弟子死于乱刃之下。"杜林说："崔成，你将地图献与我们大家，你是回银花沟去啊？还是跟我们大家回山东省呢？"崔成说："我要回银花沟，对不起山东省；我要回山东省，又对不起神前那股香。如今我是进退两难。"说到此处，一跺脚，亮刀就要横刀自刎。杜林忙给拉住，大家忙过来解劝于他。鲁清说："崔成，用我姓鲁的这两只眼睛一看，你是一个忠厚老诚人，偷富济贫，一世行侠。若落这个收缘，太可惜了。"随后，大家劝止了他。这时，鲁清把崔成献的阵图摊开，众人一齐围上观看。经大众研究，分工明确了各自的任务。然后鲁清说："咱们大厅会齐，无论谁全是一个样，咱们进山，见一个杀一个。"徐国桢说："这倒不必，咱们不是找普铎吗？刀找有仇的杀，别人可以不必啦。像那些兵卒，就是全杀了也是白费呀。他们那里如果有帮助普铎的主儿，全不必要他的命，可以叫他身带重伤。咱们先在这店里歇个三天五日，一路劳乏歇足啦，然后再入山，管保一阵成功。第一紧要的，将三寇的人心人头带回何家口，与我何大弟祭灵。"鲁清说："咱们大家来到西川听我鲁清之言，而今我心内乱成一片，又得护庇活的，还得照顾死的。我现在是替我那兄长自在熊鲁彪尽其交友之道。诸位，咱们这里面可有六个人别进山。一来这六个人性情暴烈，第二是他们哥六个年岁过大，倘若有个一差二错，到了山东省，人家不说他们年岁过大，人家一定说我没有韬略。再者说，咱们大家要是全进山，第一大家的马匹无人照管，第二咱们从山寨回来，万一要有挂伤的呢，连个落脚的地方全没有。再说，店里的吃食，一切足用。"大家人等一听很对。杜林说："鲁叔父，全是谁不去？您也说一说。"鲁清说："你跟杜兴哥两个紧随着你们的天伦，他们老哥俩年迈，有个什么事，就许看不透。徐国桢、蒋国瑞、李廷然，你们老哥三个看守店的前面。左林、窦珍、丁银龙你们老哥三个，看守后边马匹。"老弟兄六人连连答应。鲁清说完，出去围着店绕了一弯儿，回来说道："杜林啊，你与谢春他们去把东西南北房，每间房上搁三捆干草，前后坡全顺着，中肩上可要横着。这样一来，这个店口可以高枕无忧。"丁银龙说："我们哥六个不去，可怎么给我大弟报仇呢？"鲁清说："未曾要剁仇人之时，我叫上您的名字，就如同您亲手与我那何兄长亲自报仇一个样。"银龙说："好吧，那么鲁贤弟，你们大家将那仇人们的人心人头带回店内，那时就算是我们老哥六个报了仇啦。"鲁清说："好，咱们可要预备了。"杜林说："列位，咱们有那用不着的东西物件，可千万留在店中，叫我六位伯父看守。"大家说："是。"众人便在店中一连歇了三日。第三天晚上，众人把夜行衣包全行带好，各将军刃暗器一齐收拾齐毕，这才跟随鲁清一齐来到店门外，向西川而去。里面丁银龙便将店门紧闭。

且说他们老弟兄六个人，见众人走后，哥六个来到上房。徐国桢说："五位拜弟，咱们这里与何大弟有生死之交的很有些位，可是那山东省还有许多未来到呢。孩儿何斌报仇的心盛，他是不等啦。"丁银龙说："还有哪一家没到？"徐国桢说："镇海金鳌王殿元没到，澈水金蝉高佩章、踏海鸟龙郝佩洪、圣手擒龙上官子泉老侠也没到。"他们在屋中谈话，暂且不表。

返回再说鲁清他们大家一出西村头，忽然看见有两条黑影，一直正南。鲁清说："诸位千万别追，咱们大家是既来之则安之。"说话之间，一齐来到松林之内。大家坐下，歇一会儿，便一齐动手收拾。这时天已三鼓，取出白蜡烛捻儿，用火折子点好，粘在树上。众人通盘将夜行衣换好，将白天衣服包在包内，打了腰围。鲁清说："诸位，千万各人全想好了，千万别落下什么零碎物件。"众人说："是。"鲁清说："咱们止灯啦。"大家一闻此言，便将灯吹灭，仍放在兜囊之中，大家这才出了松林。鲁清说："咱们大家可要散开了。"等到了山口，用目细心来看，山口内并没有什么。他们一进山口，再看这里宽窄，足有一丈，十分坚固。往上一看，是星斗一条。原来山有数十丈高，长有十数丈。便到宽阔之地，大家散开了。到北边一看，有三大堆柴草，又高又大，另外还有一小堆。依着杜林说："这三堆半柴草，是为咱们来的，莫若给他点了吧。"杜锦说："你这可是胡说，人家是在这里住的，全仗着这个换一年的吃喝。你一个小孩子懂得什么，别多说怪道的。"杜林说："烧不是烧我一个人，大家被烧。到那时候，您是我爹，我看出破绽来，我也要说。莲花党之贼，能够贼起飞智，到时候要有个麻烦，那可就无法子防备啦。再说，这草并不是乡村住户等着换吃喝的，这是山贼用的。"鲁清一闻此言，上前说道："列位压言。"杜林说："我看这堆柴草相离山口特近，咱们大家还是小心为是。咱们众人散开了，若是见了西川的贼人，一定是见一个杀一个。倘若有人在暗中观瞧，那时难免有些意外。再说，他们山口很是坚固，咱们在草地是顺民。平素走在山林，都有坏事可作，何况他们这么大的山呢？而今咱们来到了这地方，必须要详细搜查他们。无论什么地方，都得搜一下子。有人该杀就得杀了，不给他们留活口。各处找出隐藏之人，那就是他们的探子。来呀，咱们大家散开，找一找吧。"众人在旁边这一带散开，一找没人，这才来到北面。那北边有松林，众人将树林子围啦。谢春、谢亮、石俊章、杜林四个人进树林子找，喊道："里面有人没有？"问了半天，没人答言。他们仔细正往前找，忽然从树后过来一口刀，直奔后脑海而来。杜林听见后面风声，急忙一低头，刀可就过去了，便大声说："三位哥哥，这里可有人，而今在暗处给我一刀。"谢春说："好，多要留神。"遂大声说："四面列位听真，树林子可有人。"石俊章说："杜贤弟闪开了。"杜林连忙往旁一闪，那石俊章提刀上前，借着星斗的光华一看，见此人身高七尺开外，一身夜行衣，手中一口坡刀，面皮微黄，头上有个肉瘤子，遂问道："对面之人你是干什么的？"此人说："我住家孔家寨，姓孔名方，人称八头太岁。"

书中暗表：原来普铎派崔成前去探罗家店，谁知他一去未归。大家等了二三天没回来，他便心中不稳，犹疑不定。孔方说："二大王，崔成在山上二三年的光景，信义不错，您此次派他上四里屯罗家店打探，是一去未归。咱们不知道他是丧命啦，还是归顺他人。三天已过，杳无音信，待我今夜换好夜行衣，去罗家店走一走，探听虚实。"普铎与二峰说声："孔贤弟，你可要到处留神。一有失神大意，恐怕你的性命难保。"孔方说："列位兄长，你我西川人，生而何欢，死而何惧。"说完，他转身往外，在院中换好夜行衣，来到寨门之处。这个时候，山东来那么些的人，无论怎么，人多也是有点声音。那孔方下了山坡，就看见许多人在那里搜找。他便藏在松林之内了。少时人家又进到林中来搜。孔方一声不言语，将刀抽出，心说：待我给你们来个金风未动蝉先觉，暗算无常死不知。这才从后边给杜林一刀。杜林躲过，石俊章到，两个人一照面，孔方通报了名姓，问道："你是什么人？"石俊章说："替师报仇之人，姓石名俊章，人称水豹子便是。"杜林说："三哥，您替师报仇，可一招别让，我要看看你的刀法如何？"石俊章说："那是一定。"孔方连忙上前，捧刀就扎。俊章说："你乃无名之辈，太爷焉把你放在心上？"说完用刀往外一磕，孔方急忙往下一撤，又往上一反手，随机应变。俊章刀奔孔方的耳门子。孔方一见，往下一坐腰，连忙托刀扎他的右肋。俊章立刀，往外一划。二人过招，也就在八九个照面。石俊章心中所思：当着杜林，我要是跟他打的工夫大了，那山中人是多的，莲花党人很广，我们是前来报仇，谁有工夫与他们耗工夫。这回见孔方刀往下劈，连忙施展转步连环刀。心中暗想：我为学这手连环刀，被我师父咬了我一口。如今我来到西川报仇，我施展这一手，与您报仇。书说是慢，可是事快。战场上谁手快，谁占上风；谁手慢，谁甘拜下风。那孔方也是要玩命，他往下一劈。俊章上步往旁一闪身，托刀往上，从下一撩，当时"噗哧"一声，孔方的二臂跟前脸，就被削下去啦。临死了他双手还攥着刀呢，死尸栽倒在地。杜林说："三哥，你可给我何大叔报了仇啦。"说完再找各处，已然没有人啦。

当下众人一齐到各处。杜林说："鲁大叔，您叫我石大哥上草堆往四外看一看，有什么动作？"石禄连忙飞身上草垛往四外一看，并无有什么，下来说："清儿呀，没有什么。"鲁清还不放心。杜林说："张二叔，您是左剑客的门徒，我听说您在江南献过绝艺，您是吊睛法，今夜请您上柴草垛上去，往四外看一看。据我小孩看，这内中一定有原故。"张明说："可以，待我上去看来。"说完飞身上了草垛，四外看了看，果然看见正北有灯光闪烁。这才下来，说道："鲁爷，正北有灯亮。"鲁清这才派刘荣、杜林去打探。爷儿俩身形如飞，刘荣是连蹿带蹦，就把杜林扔下了。刘荣往前跑着跑着，脚下一软，"噗"的一声，就地趴下啦。连忙爬起来一看，这片柴草垛平地起，足有一尺多厚。这时杜林来到，爷儿俩一看这片柴草，杜林说："这是晒柴啦。您往北边看，那人字窝棚里有没有人？"刘荣说："你去看看去。"杜林说："我别去，我一个小孩，穿着夜行衣，又是山东口音，多有不便。您要是去，见了他要这么说。他跟您说什么，回来对我说，咱们想办法。"闪电腿刘荣往北而来，就听见那窝棚里有人问道："你是干什么的？"刘荣说："我是巡山的。"说着话来到切近一看，原来窝棚里有许多柴草，上边有油布，点着一盏灯，有两个人，好像父子爷儿俩，正在那里顶牛儿啦。那年长的有六十多岁，年小的也就是十三岁上下。那老者慈眉善目。

刘荣说："这位老者，你这是干什么啦？"老者说："我这是晒柴草，您没看见南边那二堆半吗？这是那半堆。"刘荣说："你们晒丁了，往哪里用呢？"老者说："我给山上大王爷预备的。二大王普铎，他今年买我的柴草，换一年的吃用。这位侠客爷，我怎么不认识您啦？这山上的列位，上自寨主，下至兵卒，我没有一个不认识的。"刘荣说："我是刚到山上，昨天才来的。老者你贵姓呀？"老者说："我姓刘，名叫刘成。"刘荣说："这个小孩是你什么人？"刘成说："这是我的老儿子。"刘荣说："这个小孩是你教子之过，你怎么教给他耍钱呀？"刘成说："侠客爷，您不知道，他今年十三岁，您要打算耍钱，他算行啦。一天要是不摸牛牌，不能吃饭。"刘荣说："他叫什么呀？"老者说："他们哥三个，他就叫三儿。因为他淘气，人家管他叫刘利球儿。您不知道，我要不同着他耍钱，他就跟山上兵耍。他要输了，兵卒去找我要钱。我要是不给，叫二大王知道，他上我们庄内要少妇少女。看见谁家的好，他们就抢。临完了还把人杀死。这谁还敢惹他们呀！每年我卖给山上两堆柴草，今年他要四堆，那两堆是我给买的。"刘成又说："侠客爷您贵姓啊？"刘荣说："我没听见。"刘成说："我问您姓什么？"刘荣说："我姓刘，名荣，你好好把草给弄齐了，再上山去送信，叫他们将草运到山上。"刘成说："侠客爷，您要是见了二大王，我借您脸面，替我要那柴草钱。因为我一给垫钱，我家中的用钱就不够了。"刘荣说："多少钱啊？"刘成说："我跟孔方说好，是二百五十两。二大王说给二百两。他老人家年年买我的柴草，我能多要吗？"刘荣说："就是吧。"说完转脸往回走，将他们所说的言语，对杜林备说一遍。

杜林一听，说："这话也是行迹可疑，那您为什么不亮刀将他父子斩首呢！"刘荣说："杜林，这不是误杀好人吗？你怎么不把你父斩首呢！再者说，你有狠心，我可没有。咱们到西川来报仇，不是刀捡有仇的杀吗？比方说，我要刀杀普铎啦，有人在前边挡拦，那我非跟他分上下论高低不可。"杜林说："您这话又差了，为人做事，不狠不毒不丈夫。您要是不斩，我也是不斩，火不是烧我一个人，烧咱们大家。"一边说一边走了回来，见了鲁清细说一遍。鲁清说："你怎么不一同去呢？见了他们可以当时亮刀给杀了。"这时年长的全抱怨鲁清、杜林说他们想误杀好人。石禄说："小棒槌，这个老头儿在哪里啦？"杜林说："在北边啦。"石禄说："你把我带了去，我把他们父子全弄死，因为我就怕烧，我怕活埋，我怕火烧。听咱们老爷说，怕宝拉子。"宝拉子，便是宝刀家伙。

原来这宝刀宝剑全有光，推簧把亮出来，一道紫光，这是出炉之时以子母血沾钢。剑一出匣，一道蓝光，此剑出炉之时，以风沾钢。那位说："什么叫以风沾钢呢？"学徒听高人说过：您把铁片烧红了，用铁丝缠好了一抡，那是以风沾钢。那刀上便蓝旺旺的有寒光。铸刀有刀册，造剑有剑谱。造剑者自古以来有七口剑，有一口秋风落叶削霜扫，是头一口剑；第二口便是湛卢剑；第三口是巨阙剑；第四口是波虹剑；第五口紫电剑；第六口是八宝乌龙剑；第七口是鱼藏剑。造刀是四刀：头口是大五金丝刀，刀柄上一面有一个槽儿，槽里有赤金环子；第二口刀是素志；第三口刀是含璋；第四口刀是七宝。这四刀七剑之外，再造刀剑，那名就不叫宝刀啦，那刀就叫窝刀，名折铁刀。除了世外的高人，金银钢铁锡五金打出刀来，可不能切金断玉，斩人不沾血光。削钢铁的家伙，可是带响。杀人不沾血，拿什么考查呢？难道说，为试验还能斩一个人吗？不用杀人，凡是带生气的活物全是一个理。要讲血沾，就嘱鸡血。试验之时，先手拿着鸡尾，刀斩去鸡头，用血往刀剑上去洒，那血到了刀上，就好像有羽毛似的，把那血全给滑下去了。这是因为石禄他怕烧，才引出这四刀七剑。闲言少叙，书归正传。

那石禄虽然是金钟罩护住身体，可碰不了宝刀宝剑。鲁清说："石爷不用找去啦。"赵庭说："鲁二哥，我们四个先走啦。"说完，他与朱杰、电龙、苗庆四个人一直往西北，前去巧破四道围子墙不提。

这时，正西"呛啷"一声锣响，众人连忙各亮军刃，扑奔正西。鲁清说："列位，咱们大家可别散开，要是遇见前边战事啦，可不能派谁去，我知道敌人有什么手段。派你出去，倘若你要是挂了伤，或是不幸废命，那时你不是抱怨我分派得不对吗？莫若大家自己量自己的本领，看见贼人是什么身份，然后上前与他对手，是各人尽各人的心。何斌呀，里面群贼甚多，可不准出头露面。你父死在普铎与二峰之手，遇见他们三个人，那必须你出去，要刀砍三人。他们要是死在别人之手，那时你可是万事皆休，英名付于东洋大海。"何斌说："是！叔父啊，孩儿来西川，就为普铎、二峰，二峰我倒认识，就是普铎我未曾见过。"鲁清说："那不要紧，他到了战场，你刘叔父认得。因为他下过转牌，他自然就告诉你啦。"杜林说："鲁叔父，我刘叔父哪路贼人全认得？怎么在黄林庄，那个姓霍的，他怎么不认得啦？"鲁清说："杜林呀，你别多说话。"

此时正西一片灯光，大家来到切近，原来是寨门之外群贼列了队啦。喽兵围成一个大圈，各举灯球火把，亮子油松。鲁清一看，原来是霍家父子，赛判官霍坤与小金刀霍全被围在中央。鲁清问道："哪位前去把他父子换回来。可有一节，上去就必赢贼人。一场胜，是场场胜；一场败，就会场场败。哪位上去？可要酌量情形再上去。"旁边谢春答言："列位叔父、伯父闪在一旁，待我过去，替师父报仇。"说完，大喊一声："小子们闪开了。"这些喽兵一听背后有人喊嚷，连忙往旁一闪，回头一看，从东边来了许多位老少英雄，吓得大众胆战心惊。此时谢春来到当中，说道："霍老英雄闪开了，待我捉他，替师父报仇。"霍坤一闻此言，连忙虚点一刀，跳出圈外，说声："谢春呀，可多要留神，此贼手法太高。"谢春说声"知道了"，便往对面一看，此贼身高九尺，虎背熊腰，肚大，面如蟹盖，棒锤眉，三角眼，蒜头鼻子，翻鼻孔，大嘴岔，大耳朝怀。花布手巾缠头，前后撮打拱首。青色靠袄，白色护领，青色底衣。登山道鞋，蓝袜子，花布裹腿。蓝丝鸾带扎腰，紧衬利落。有一条绒绳在带子上掖着。掌中一条五股烈炎托天叉，是用钢打造。遂问道："你是什么人？快报上名来！你家大太爷刀下不死无名的小辈。"此人说："我住在那关西，谢家岭的人氏，姓谢名冲，外号人称神叉镇三山。"谢春一听，遂说："对面小辈，想姓谢之人，哪有你这无能之辈，你助力淫寇，真正可恼。"此人说："你休要说大话，报上名来。"谢春说："我住家山东济南府涟水县东门外何家口，姓谢名春，外号人称水中蛇的便是。"谢冲一听，双手抱枪往上抢步，分心就刺。谢春说："我念你也姓谢，但不知你是哪一支之人？头一下子让过你去，若按规矩说，应当让过你三招。皆因我恩师死在你们西川人之手，而今我尽其师徒之情。"谢冲不理，第二招使了个顺风扫月。又头往出一磨，谢春旱地拔葱，长腰就起来啦，往前一横，双手抱刀直向人头上劈来，"噗哧"一声，当时将谢冲的人头砍成两半，死尸栽倒在地。大家一看，真叫干脆。

书中暗表：这霍家父子自从狮子山分别后，霍坤说："刘贤弟、鲁贤弟，你们列位搭救霍坤，成全我一世的英名。"鲁清说："霍大哥，这个可不在我们弟兄身上，这个在猛英雄石禄身上。这要不是跟你们姑爷赛马，你们全家就要受累。"霍坤说："那我谢谢列位了。"说完他们告辞走了。这一天来到孔家寨，天色已晚。依着霍全，要连夜往下赶，说道："爹爹，咱们离家还有七八十里地，咱们在这里打一打尖，登程赶路要紧。再者说，在家您也说过，他们这孔家寨淫贼特多，倘若有个舛错，那便如何是好？再者说，这又不是西川的道路。"霍坤说："一来这一路之上，我骑马太累了。二来你娘亲有点精神不爽。虽然说相离有七八十里路，可是沿道上孤棚特多了。"孤棚是单树，孤棚特多是说有大树林子，怕里面藏有坏人。霍全说："那就依从您吧。"霍坤说："在孔家寨的西村头路北有一座大店，字号是德升店，咱们可以到那店中。"霍全答应。当时他们来到西村头切近那店门口，果然有个伙计让客人。霍坤说道："店家，你们店中可有干净的屋子？"伙计说"有"，便将马接过。霍坤来到后面一看，有五间北房，是一明两暗，东西两掖间，前面可没有廊子。西夹道有一间小房。霍坤一看东西没有房，遂说道："这五间北房我留下啦，您把门开开。"伙计上前将门开了。霍坤来到屋中一看，一间堂屋没有后窗户，就是东西掖间有后窗户，全是东西的大炕。这才叫伙计去告诉那个拉马的少达官，就说我找好了店啦。伙计答应，连忙就出去了。霍坤忙用脚一踏屋中之地，五间全没有地窖，这才出来。伙计到了外边道："少达官，现在老达官已然在这里打好了店了。"霍全说："好。"连忙说："娘啊，我爹爹已然打好了店啦。"李氏说："好啊。"当时带女儿霍小霞以及两个婆儿一齐往屋里走。小霞手还拿着两张弓。霍全说："东西物件不用动，一齐往里走吧。"这个时候，那两个丫环金屏、翠屏在姑娘之后，一齐往里一走。这时打柜房出来三个人，斜眼直瞧她们三人。那霍坤此时迎了出来，正走在西房山，一眼就看见了。自知他们不是好人，自己可没言语。他们一直来到里院，小霞带两个丫环在东里间，两个婆儿在西里间，霍全在外面招呼那车轿人马，一齐来到东跨院。安置已毕，他便将车上的被褥拿到后面。霍坤看他把东西拿来，遂说："儿呀，方才你娘带你姐姐往店中走，从柜房出来三个人，你可看见？"霍全说："老人家，孩儿不但看见，内中还有一个仇人，那人上咱们霍家寨踩过道，孩儿未敢说出，怕你辱骂于我。又怕咱单身来到孔家寨，那时你一人怎能对付他们，那不是自找其祸吗？那时孩儿跟随此寇来到东村树林中，我二人过招。此人姓孔名贵，外号人称小粉团的便是。此人面目奸诈，他来到霍家寨踩道，那还是好人吗？"霍坤说："那两个人你认不认得？"霍全说："孩儿不认识那二人。"书中暗表：那二人一个叫玉美人孔清，一个叫粉面如来孔豹。这三寇全是西川著名的偷花盗柳淫寇。男子长得好的就此一人。他们在店中看见了姑娘三人，连忙退身形来到柜房，孔贵说："二位贤弟，方才进去那些人，年青的男子，我看他面熟，一时想他不起，我好像跟他在哪里动过手。他刀法出众，武艺超群，一时想不起来。"三寇便在柜房说江湖话："江字点斗，盘尖角儿屈，撒头大伙，口轻，月春的里外。"他们说的是三个姑娘长得好，脚儿不大，身穿得花红柳绿，年岁又轻，大约有二十上下。孔贵又说："昏天字，撮红啦，阡着，在那个窑儿妥飘。"就是说："天黑了，点上灯，瞧着他们住在这个屋里。"妥飘，是睡觉。他们又说："月攒的里外，刺罩子，捏了灯。"便是说，二更左右，用银针刺窗户，好洒薰香，再偷花盗柳。不知他怎样前去，且待下回分解。

第四十一回

小粉团设计采花　霍小霞弹打淫寇

　　话说霍坤，向他儿子说道："你去告诉你娘亲跟你姐姐与两个小丫环，她们在东里间睡觉，叫两个婆儿在西里间。房山的东西门打开。你赶紧到外边，将你娘坐的那轿子的布围子拿来，将那一个竹帐拿来。"霍全答应转身出去，少时将布围、竹帐拿到上房，放到东里间。那丫环一看竹帐到，连忙伸手接过，这就张罗将帐子全挂好了。相离窗户有一尺五六远，支挂好了，外面就是薰香，也是不成。东西里间布围子挂齐毕，急忙叫店家给打脸水，大家洗脸已毕，要酒要菜。霍坤叫伙计赶快去拿两个酒杯来，先把伙计支出去，父女伸手探兜囊取银针，试探酒菜，俱无二色。小霞低声说道："爹爹，今天咱们住这个店口，柜房出来那三个人，据女儿一看，他们可不是好人，今天夜内咱们全家可多要留神。"金屏、翠屏在外边站着。小霞到了东里间，把布围子掀开，将把儿灯挪在里面，将折把弓与弹囊，满全放在床里头，姑娘暗拿准备。又叫金屏、翠屏一同吃饭。霍门李氏坐在当中，丫环婆子给布菜。小霞说："金屏、翠屏吃完饭，你二人到外面将那必得拿进来。"两个人答应。吃了饭，二人出去不大工夫，便拿了进来。这就传话叫伙计："撤去碗盏，然后回来有话问你。"伙计答应，便将碗盏送到厨房。然后回来问道："老达官，您有什么言语，请道其详。"霍坤说："你们贵宝村，是孔家寨？"伙计说："不错。"霍坤说："我跟你们打听几位朋友。"伙计说："您打听哪一家？"霍坤说："此人姓孔名贵，外号小粉团。"伙计说："不错，有这么一个人。"霍坤说："还有一个姓孔名清，名号二美人的便是。"伙计说："也有。"霍坤说："有一人姓孔名豹，外号粉面如来。"伙计说："您跟他们有什么来往吗？"霍坤说："我跟他们三人是口盟的把友，你要认得他们，可以把他们请来，我们在此一叙。"伙计说："你来得不巧，他们三位没在家，出庄拜客去了。"霍坤说："你贵姓啊？"伙计说："姓孔名庆。"书中暗表：他是小鸡子孔庆，也不是安善之辈。他给达官说话，两只眼睛不住的偷看姑娘。在灯下看着十分的貌美，那金屏、翠屏便一低头。小霞一看，面带气容，遂说："店家你去吧。我们走得一路劳乏，要安眠去啦。"说着话，便与李氏大家奔了东里间。

霍坤说："孔庆，我家住这西边霍家寨，我姓霍，名坤。别号人称金刀赛判官镇西川的便是。你累了一天啦，去休息吧。"孔庆说："是。"当时孔庆退了出来，不由心中暗想，回去告诉三位东家：这个美貌姑娘住在西里间。我独自一人，带好了薰香盒子，天到初更以后，往东里间掸薰香，我好与她们作那云雨之情。原来这小子明为伙计，暗中便给他们踩盘子。他一边想着，便来到了厨房，遂说："三位东家，方才住下这一家子，正是老贼霍坤。"孔贵说："要是他，今天晚上多要留神，使完香，将他那三个女子占了之后，我看他全家是死是活。"孔贵说："孔庆，你我全是孔门之人，这三个姑娘住在哪个里间？"孔庆说："她们往西里间啦。"孔贵说："别管她住在哪间，这三朵花我不要。你竟在我店中蝗为应酬店客，暗中给采盘子，累碎你的三毛七孔心，我们弟兄居心不忍。三朵鲜花全是你一个人的，我弟兄三人决定不争。你要将三朵花折了下来，一来你的名誉有啦；二来那老贼的命一定也得要了。孔贤弟，你可要多多留神，他父子可不是好惹的。"孔庆一听，说道："不要紧的，您不用挂到心怀。生而何欢，死而何惧。"当下他们四个人说此事，孔贵三个一齐出来，到了店外。一出孔家寨的西村头，道头有片松林。这时候村内已然起了更啦。店口虽在西头，可是在他西隔壁还有西房啦。三寇在树林内低言说话。孔贵说："二位贤弟，那鸡子孔庆，他也是孔姓之人，偷花盗柳。咱们跟他说完了这片话，咱们赶紧换好了夜行衣。这叫作巧指使孔庆，他把人满熏过去，正要去采花，贤弟你过去把他踢倒了，给他堵上嘴，是每人一个，任咱们取乐。他到了那里有动静，那时可别下去，咱们是拿他问路。"二人一听也对。当时他们三人，将白昼衣服脱去，换好夜行衣、上房软底鞋袜，背后背刀，明露刀把，绢帕蒙头，前后撮打拱首，夜行衣通盘换齐，将白昼衣服包好，抬胳膊踢腿，不绷不吊。三个人长腰出松林，进村口，上北房，一直来到店内，在他们所住的房上，暗中偷听。

反回来单说小鸡子孔庆。他将店中规矩交代已毕，上门封火撒犬，进屋中睡觉。孔庆到了自己屋中，点上灯，连忙换夜行衣，带好薰香，背好刀，将灯光熄灭，便蹑足潜踪出了屋子，将门倒带。来到院中，往四外一看，黑洞洞。店内虽然有狗，不咬熟人。凡圆毛的畜牲，全有夜眼。人要长出夜眼来啦，那是生来的，或是有异外别情，用功夫练成的。孔庆上东房，不由心中所思：他们三个人，向来没说过这样容人之话，莫不是他们拿我试道：我要成功呢，他们在暗中将我踢倒，绳缚二臂，他们拣现成的；倘若霍坤他们有个准备，我一吃苦子，他们不出来啦。有咧，待我先查一下动静，我先给他一瓦。想到此处，忙向各处一看，并无人影，这才下了房，直来到小粉团那院内。见东里间有灯光，连忙下了房来到窗户台，往里一看，见那床上有一张弓，不由倒吸了一口凉气。心说：那黄的一定是弹囊。又向左右一看，见东边布围挂着一半，有花红招展的衣裳。

书中暗表：霍小霞嘱咐好了金屏、翠屏，告诉她娘亲上床上躺着，和衣而卧。暗拿折把弓，右手拿毒弹一个。而今听见窗户上有了响动，连忙将弹子放在兜子内。后来又看见从窗户纸上进来一股白烟，直撞到北边围子上烟才一散。小霞蹲在床上，不由得打了一个喷嚏。少时那李氏与二丫环也是如此。小霞连忙拉圆了弓等着。这个时候外边孔庆侧耳细听，知道成功了。这才伸手取出刀来。将窗纸划开，撬开上扇窗户，支了起来。双手一推，身子贴下扇，猛劲一推，倏的一下子。那小霞知道贼要进来了。连忙比准了一撒手，只听"噗哧"一声，那弹子打进小鸡子的右眼内。这个时候孔庆疼得往后一仰身，摔在就地，在地上来回翻滚。西里间跑出金刀赛判官霍坤，连忙叫道："霍全，快去将小辈捆上，看他是谁。"当时父子来到外面，霍全出来长腰往东，按住贼人就捆。霍坤抬头一看，南房上站定三个人，连忙问道："什么人？"三个人没言语。小霞听见了，连忙拿弓抄起弹囊，来到门间，往南房上一看，正有三条黑影。这才扣弹子，"拍拍拍"，一连几下子，三寇也有打在头上的，也有后背中上的，也有耳朵上中上的。打得三个人没敢下来，跳下房去逃走了。姑娘说："爹爹您看四处有人没有，再要有人，我的折把弓取他的二目，不费吹灰之力。"霍坤说："四外没人啦。"小霞虽然是个女的，可是她跟男子惰性一个样。当时霍坤命霍全掌灯一照，看看贼人是谁？半夜三更，往屋中施薰香，就准当将他斩首。霍全答应，连忙进到屋中，取出一盏把儿灯来。一提贼人头发，仰脸一看，见贼人右眼珠在眶外奔拉着，满脸鲜血。细看不是别人，正是店中伙计。

天光大亮。霍坤说："我本当手起刀落，要你狗命。如今先警戒你一回，以后若再有客人前来可要小心。自己想想你的右眼为什么失去？你要知悔改过，有你的命在；要是不改，小心你尸头两分！"孔庆并没将三寇说出。霍坤将他捆绳解开，说道："孔庆，先将脸上血洗去，快与我算好店账，我全家要走了。"孔庆忙去柜房。小霞说："爹爹你叫我兄弟出去，买来两张弓，两个弹囊，一包弹子，孩儿好用。

这个弹子比别的又轻又好，我舍不得用。"霍坤说："好，便命霍全出去，照样买来。金屏、翠屏跟小霞学，也会打五个连珠弹。买回来，小霞先将弹子分好，每人一张弓一囊弹子。小霞说："今天咱们从此起身，一路上树林子太多，谁知道那个林子里有没有孔家贼人。他们不在半道上劫咱们，还则罢了，若是在半道上劫杀全家，今天孩儿说句大话，不论他有多少人，我是每人取他们二目。"说着霍全到外边备马匹与车辆，预备齐毕，将店饭账通盘给清。大家打算来到外面上车辆上马匹。小霞与金屏、翠屏每人一张弓，一个弹囊。姑娘与霍坤父女在前面，后边是霍全。李氏驮轿的左右是两个丫环。小霞说："爹爹，咱们在路上，如看见树林中有人看咱们，咱们不用理他们。倘若是出来劫咱们，那时再拿弹子打他。"霍坤说："好吧。"

按下他们要走不提。且说那孔贵三寇在别家房上暗中观看，见他们将孔庆绳缚二臂，然后他三人下房一商量。孔贵说："咱们还是劫人呀。"当下孔贵、孔清、孔豹三个人来到街当中，将村内人等预备齐啦，要在中途路上劫杀霍家父子。那时将一个姑娘两个小环全留活口，不准杀，其余老少三口全都杀死。孔清说："兄长，咱们先到东院，把伯父请来，把孔庆招怨一顿，省得被霍坤交与当官。"孔贵说："他老人家不好求啊。"孔清说："不会跪门不起吗？他老人家是这一方的善人，谁人不知，哪个不晓。"书中暗表：原来此人姓孔名安。平生是斋僧道，大开善门，因此全叫他孔善人。这哥三个便来到他家，上前叫门。里面家人出来开门，一看门外黑洞洞，有三个人在那里跪着，不知是谁。他回去取出灯光来一看，原来是他们三个人。连忙问道："你们哥三个为什么事啊？"孔豹说："店内住下霍家父子，有一女儿长得甚是貌美。不想店中小伙计孔庆，他夜间前去要偷花盗柳，被人所伤。"便将此事说了一遍。这个家人是奴随主姓，名叫孔全。一闻此，方说道："你们这些话，全不能跟老当家的去说，他老人家早记上你们这些匪人了。不过是一笔写不出两个孔字来，我少时变化着说，这个孔庆的事，交给我啦，你们放心就是。要是照你们这话去说，他老人家准不管。"三个人说："管家大人，我们拜托你啦。"说完告辞便走。孔全来到里面，见上房点着灯啦，遂来到窗下，问道："员外爷您起来啦？"里面孔善人说："我起来了，打算出去围着村子绕个弯。"孔全说："老员外您请出来，我跟您提一件事。"孔安一闻此言，连忙开了屋门。孔全说："方才孔门张氏来到叩门，因为她儿子孔庆在店中偷花盗柳，被住店的女客人用弹弓打啦。天亮人家老达官要把他交到当官治罪，请您念他孤儿寡母，前去见那老达官一面，也省得把他送到官署。那张氏头上磕出了一个鹅头来，员外爷答应了此事才好。"孔安一闻此言，连连点头，说道："我若不看在是妹妹的分儿上，我真不管这事。"说完，等到天光大亮，他净面梳发，叫孔全拿着一根皮鞭子。孔全答应，拿着一根鞭子在前头走。员外挂着拐棍，在后面跟随，一直来到德升店。孔全先进到店中，住店的几位客人全要拜一拜，一直来到后面霍坤住的屋中，有人到里面通报。这个时候孔庆还在那屋门外，满脸血迹。孔全上前说道："屋中达官爷，您贵姓啊？"霍坤一闻此言，连忙出来说道："我姓霍名坤，金刀赛判镇西川的便是。"孔全说："霍老达官，我家员外爷特来此处见您。不知孔庆得罪您了，特来替他请罪。"霍坤出来一看，见此人身高八尺里外，汉壮魁梧，长得四衬，面如重枣，狮子眉，一双阔目，通官鼻子，四方口，大耳有轮。霍坤连忙问道："阁下贵姓？"这人说：我姓孔，名安。"霍坤说："这个店是你的？"孔安说："不错，是我的，叫我们当家什户给看着，好应酬客人。"霍坤说："你们店里有几名伙计？"孔家说："就是外请的一位先生，此人姓刘，名叫刘山。有一个当家的侄儿，名叫孔庆。"霍坤说："有人叫孔贵的，你认得不认得？"孔安说："老达官，您问我，哪能说不认得。凡是我们孔家门的，没有不认识的。那些个孔清、孔豹、孔贵，他们三个人我是不识，因为他们目无王法，心无五伦。这位老达官您的名姓，我久有耳闻。"霍坤说："您认识被捉之人？"孔安来到近前一看，一脸的鲜血，眼珠子在外边奔拉着，遂问道："孔庆，你这是怎么啦？"霍坤便将他所作所为之事细说了一遍。孔安一闻此言，遂说："孔全你把鞭子给我。"孔全连忙把鞭子送了过来。孔安拿鞭子在手，赔笑道："老达官，我给您出一出气，他家是孤儿寡母，您多可怜他吧。"说完，抢起鞭子，抽了有十几下子，说道："孔庆，你胡作非为，你这不是得罪我的店客吗？"打得那孔庆是苦苦的哀求。霍坤一晃，倒替他讲情，说："是啦，您不用打啦。我要把他送到当官治罪，按偷花盗柳之情。"孔安说："你我全这大的年纪啦，还不容量他么？就拿他当一个小猫小狗，也就完啦。再者说，而今大宋朝的法律，凡是那偷花盗柳之人，一经官即置于死刑。请您就把全脸赏与我。"霍坤说："霍全上前给他松绑。"霍全急忙过去与他解了。孔安说："孔庆，你别跟他们三个人学，我这店中用你，也按照店规给你工钱，那南来北往的客官，带着少妇长女，不要看方寸挪位。人家的姐妹，也跟自己的同胞一个样。"霍坤说："以后你再有此类事，必要慎重。起个誓，如今我是看在老人面子上饶你不死。"孔庆跪倒，对天赌咒："从今以后，再有盗柳之事，必死在霍家父子刀下。"霍坤说："去吧。"孔庆忙谢过了他的伯父，然后走去。

当时孔安说："达官，您在这里多住个三天五日的。"霍坤说："不必了。"孔安说："那店饭钱我候啦。"霍坤说："不用，我已然叫人算清全给啦，下次住您这店再说吧。"便令霍全到外面备好车辆。霍全答应出去，不大工夫车已备妥。小霞母女带同金屏、翠屏与婆子一同出来上了车。父子二人出店上马，一直往霍家寨而去。如今且说那三个贼人，招集了喽兵们。孔贵说："咱们在半道上劫杀他们全家，必须听我的哨子响，然后再出来，千万留神那个丫头的弹子。他们那两个丫环，一定也会打。小霞外号人称飞弹嫦娥，你们想她的弹子打得准打不准。咱们看能报仇就报，不能报时只可改日再说。君子报仇十年不晚。别去了一目，那更报不了仇啦。"众人一听也对，遂说："那么听您调动吧。"这些人便一起的来到路上，等劫杀他们。

这时忽听正东车辆响，他们真来了。看见他三个姑娘，全拿着弹弓。左手推着弓背，右手扶着弓弦。在南边骑马的女子，正是金屏。树林内很高的蒿草，那刀斧手全在草里藏着啦。正走之间，忽然草声一响。金屏连忙用目一看，一片大松树，心中暗想：那里一定有人，待我问一问。想到此处，右手一放，早有一个弹子飞了出去，"吧"的一声，打在树上。树后正是那孔贵藏着，孔贵连忙一闪身。金屏跟着又一弹子，事有凑巧，这一下子打正在他口中，连门牙两个打下。孔贵也真豪横，一声没言语摔倒在地上。

霍家全家逃过危险之地，一直扑奔霍家寨。赶到东村头啦，路南一片树林，里边有人说话，道："前边是我老哥哥全家吗？"霍坤定睛观看，树林跑出一人，来到马前双膝跪倒，口中说："兄长一向可好？你我有数载未见。"霍坤见此人，身高九尺开外，细条条的身材，青须须的脸面，细眉毛，圆眼睛，蒜头鼻子，火盆口，大耳相衬，花布手巾罩头，青底衣，鱼鳞洒鞋，花布裹腿，罩月布的大裤。周身是青线勒出来的蝴蝶，纽绊未结，胁下配有雕翎刀一口，绿鲨鱼皮鞘，青铜饰件青吞口，青绸挽手。霍坤翻身下马，说道："这朋友免礼，你认识我霍坤，我怎么想不起阁下来呢？"此人说："老哥哥，这时候是您贵人多忘事，上了几岁年岁，什么事也就忘怀了。我先问一问您：头前这位小姐，是姑娘乳名凤兰吗？"霍坤说："不错，朋友你知道我的女儿乳名，这样说来，你我足有二十年开外没见。"霍小霞在前边一听，弃鞍来到近前，连忙下拜，问道："您可是我李叔父吗？"那人说："正是，侄女小霞。"霍坤说："姑娘，你可知此人的名字。朋友你怎么称呼？"那人说："姑娘说出我的姓来，这就是她的灵机太好。那么姑娘你可认识于我。"小霞说："我认识您，您的官印，孩儿不敢说。我爹爹忘记了，我兄弟太小。要不是您这一口刀，哪能搭救我们全家的性命？"霍坤说："姑娘，那位搭救我全家的正是那姓李名刚，别号青面兽的便是。"说完他来到驮轿前，叫李氏快下来，上前见过咱们拜弟。李氏一闻此言，急忙下了轿。夫妻一齐来到此人面前。霍坤说："若不是姑娘说出你搭救过我们全家，我真忘怀了。拜弟可千万的要恕过我年迈。"李刚说："自己弟兄不要如此。"说着前行几步，说道："嫂嫂在上，受小弟一拜。"李氏连忙还礼，说道："兄弟别行礼啦，愚嫂我这里答拜啦。"当时行礼已毕，李刚站起身形。李氏道："贤弟，你我有二十多年未见，我叫你兄长到处找你，不知你上哪里去了？"李刚说："嫂嫂，我自从斩王洪之后，于得江打了我一毒药镖，多亏有我的师叔彻地腾仙广惠，就是正北兴隆寺当家的，才将我中的毒药暗器伤治好。我四山五岳去寻找于得江，未能将小辈捉住。也许他埋名隐姓，找背地隐藏，也未可知。"霍坤说："是了。霍全呀，快过来见你李叔父。"霍全此时早已下马，一闻此言，连忙上前跪倒行礼，口称："尊叔父在上，侄儿霍全与您叩首。听我姐姐言讲，倒退二十年，有王洪掌桃花坞，截杀我全家。多亏叔父雕翎刀解去重围。我爹娘嘱咐我姐弟，必须千恩万谢。"李刚说："贤侄请起。兄长啊，姑娘与孩儿，他姐弟全在西川成了名啦。"霍坤说："你这是赶奔哪里呢？"李刚说："我上山东何家口。"霍坤说："你上哪里做什么去呢？"李刚说："我到那里拜望我盟兄分水豹子何玉、逆水豹子何凯。"霍坤说："贤弟你不用去啦，姑娘你上骡驮轿里去吧，前边离咱们家已然近啦。"小霞一听，心中暗想：这还有背我之言吗？只得去上轿子。

霍坤说："贤弟，我与你打听一位公子。"李刚说："但不知哪位？您问的有名的主儿，我能略知一二。"霍坤说："在山东很早成名，就是何玉之子。"李刚说："原来是何斌呀，那孩子太好了，乃是侠义一流。他能跟着我那老哥哥的脚印走，他无论到哪里，真是仗义疏财，慷慨大道。一来有他爹爹名姓，二来他也有重整家业之心。何玉、何凯他们老哥俩的武艺，倾囊而赠。他随他三个师哥在山东一带走镖，道上成名，他可称文武兼全，智谋广大。在济南府挂涟水县首户的财主，家中是家大业大。兄嫂啊！我李刚是尽其交友之道，我要跟您商量一件事情。姑娘青春多大，您住家又在西川，正门正户的太少。你们两家要结亲，那可是门当户对、八两半斤。"此时小霞一闻此言，臊得没敢出头。李刚又说道："姑娘已然二十往外了，别叫她与您一块走镖啦。西川路上莲花党太多，倘若有个失神，那时您是成了名的人物，岂不被水一冲。"霍坤连连点头，说道："贤弟，你此话说在后头了，你有此话我夫妻就感恩非浅了。李贤弟，你可看见凤兰马上挂着的那张弓，身上挎着的那个弹囊？"李刚说："我倒是看见了。"遂叫道："姑娘。"霍小霞连忙下轿一转脸，李刚一看那弹囊上有神手太保四个字，何斌二字撕下去了。李刚不知怎么回事，连忙问道："这是怎么回事？"霍坤便将立擂招婿之事说了一遍。李刚便问："何人为媒？"霍坤又将刘荣、鲁清二人为媒以及鲁清诓弓囊之事细细说了。李刚说："兄长，这保亲的二位，外面成名露脸。我李刚云游天下，头一宗我为寻找于得江；第二我为找我那拜兄自在熊鲁彪。至今不见他二人，便不知这二人往哪里去了？"霍坤说："贤弟，除去宋朝管辖之外，你可上哪里去找。再说，那于得江他到处不报他真名实姓，那你可上哪里去找。贤弟呀，俗语说得好，冤家宜解不宜结啦。你别看你见不着此贼，你要托一托朋友，就许碰见了他人，也可以替你报仇。"李刚点头。此时霍坤他将莲花党人镖打何玉、大众西川报仇之事对李刚说了一遍。李刚一闻此言，当时翻身跌倒，背过气去了。霍坤说："霍全与轿夫他等快将你叔父唤叫起来。"大家上前七手八脚，好容易将他撅叫过来，李刚放声大哭。霍坤说："你且止住悲声，到西川前去报仇就是。"李刚此时心中所思，我要跟他们父子一同前去，未免叫那小金刀霍全小看于我，说我怕死贪生，畏刀避箭，胆量太小，遂说："兄长，您同定我嫂嫂大家回家，小弟我要前面见我大哥。然后我去银花沟，刀斩二峰，力劈普铎。"霍坤说："好。"当下李刚告辞走了。暂时不表。

单说霍坤父子全家回到霍家寨，众人下车辆马匹，大家来到里面，安置齐毕。车夫轿夫将东西物件马匹交代清楚。霍家父子在家休息几天。霍坤叫李氏，说："夫人呀，你必须将咱们当家什户，小霞的姐妹，你我的弟妹嫂嫂，一齐请了来，要跟他们说明这门亲事。再者，每天晚上要小心咱们前后院子，多加注意留神，小心莲花党的淫贼。她的守节砂要紧。"李氏连连点头，第二天便将那些女眷们一齐找了来，内中有霍坤的一位嫂嫂霍门张氏，乃是霍恩之妻。这个霍恩早已死去了。张氏说："妹妹，你将咱们当家什户女眷全找了来，所因何故呢？"李氏便将小霞说婆家之事，完全说出。张氏是个嘴快之人，平素又好逗人。她一闻此言，便来到东里间，说道："凤兰姑娘。"小霞说："大娘，有什么事？"张氏说："不久你就要离开你的爹娘。"这亲事之情，人人全知道啦。那么姑娘她究竟明白不明白？原来他已明白了八九。而今又见她娘将当家什户的女眷全请到了，不知何事，心中纳闷，她在暗地里便将霍全叫到身旁。霍全是她手下败将，一说不投缘，立时挨打。因为霍全的武艺敌不过他姐姐。那小霞无论当着她爹娘不当着，常打霍全。如今把她兄弟叫到身旁，问道："兄弟，她们全做什么来了？"霍全一想：这是她的终身大事，遂问道："您比我大，她们说什么，您是真不知道，还是假不知道呢？"小霞说："我是真不知道。"霍全说："在擂台上您跟人家动手的那位您可记得？"姑娘说："我知道，那个大胆狂徒我没找着他。"霍全说："您拿的这张弓的人，比您能为怎么样？"小霞说："那一张弓，他比你我胜强百倍。"霍全说："姐姐您可千万别把人家的弓囊给人家丢了！那两样可是人家定礼。你我爹娘将您的终身大事，许配何斌身旁为妻。"姑娘一听，当着大家臊得面红过耳，低头不语。霍全说："姐姐您生来一个女流之辈，脸面朝外之人啦。俗语有话，男大当婚，女大当嫁。市井之上，全是这个理由。素日咱们姐弟两个，您打我的仇恨，全已勾消。您我的爹娘，指着您好像顶上明珠一般，学全了折把弓一张，帮助在西川成了名可，一抓错你就打我一顿。"小霞说："你还是有错，没错我能打你吗？"霍全说："这您还不明白啦，将您许配何斌为妻，您要有姐弟的情肠，将来爹娘有个百年之后，千万的我能上山东将您接了回来，姐姐在家可以盘桓几日。您也不是岁数小啦。叫一个不相识的男子举过头顶。您不知道，就凭咱们爹爹那个脾气，那人若是贼人，他上哪里，也得追到哪里，非要了他的命不可。"小霞一闻此言，不由心中暗想，遂问道："兄弟，那人与咱爹有多大冤仇？要使双剁子脚，把老爹踢死。"霍全说："姐姐，那么那个人是君子呀？可还是小人呢？"小霞说："倒是一个正人君子。"霍全说："您想想，一个立擂台，什么人不来呀？此人就是上西川报一镖三刀之恨。与您比武之人，正是那美豪杰大孝子何斌。现有刘叔父解去里围，约请我父子上西川报仇。我随老爹尽其交友之道，姻亲之情，杀奔银花沟。您在家一切多加小心吧。"说完竟自走了。

不言他走。且说张氏向小霞说道："姑娘，咱爹爹与兄弟被人约走了，前去报仇，给你张的是口袋。你过门之后，夫妻二人全年轻。"小霞姑娘心中暗想：我爹爹那么大的年岁，我兄弟又不大。再说我们这一支，人少，过门之后，我二人一起冲突，他要拿举过头顶这言语来咬吃于我，那时我应当拿何言语答对，我拿他这张弓赶奔贼巢，一来护庇我爹爹；二来护庇霍全；第三我到那里，是见事做事叫山东省老少的达官看一看，我弹打群贼的二目。想到此处，便打定了主意，遂叫金屏、翠屏，嘱咐二人在前面多多的留神。等老人家与公子爷要走的时候，千万给我一个话。金屏、翠屏两人来到外面，霍坤说："你们两个人上这里做什么来了？要是来了宾朋，那是何样子？"金屏说："回禀太爷，我们小姐有话，您要跟公子爷一走，我们得禀报我们小姐。"霍坤说："你二人到后面去吧，我父子走的时候，必须到后面告诉个话。"两个人点头，二人出来到了外面，便隐藏到大柱后边。霍坤父子吃完晚饭，把长大衣服放下，夜行衣包军刃暗器，通盘拿齐。

父子二人来到外面，爬过山岭，来到四里屯的西村头，看见出来一片人。霍全说："老人家，咱们随他们先入山吧。"霍坤说："咱们赶紧走。"霍坤依着小金刀霍全，可是大家一块入山。霍坤打算单立功，当下分父子进了山口，来到林中，换好夜行衣。抬胳膊踢腿，不绷不吊，要了刀，来到寨门之外，大声喊嚷，这才将普铎等人唤出。霍坤与谢冲打在一处，霍全与谢勇打在一处。石禄大家赶到，石俊章刀劈谢冲。谢勇一见不好，带喽兵往寨门里退。鲁清说："列位，千万别叫那个使叉的跑了！"没多时，谢勇已退进寨门，喽兵退回一半，寨门外还有一半。这时便是遭劫在数，在数的难逃。大家往里一败，谢勇抹头往里就跑，飞抓手云彪将抓抢开了，往前进步。谢勇正跑三五步远，这个抓头就到了，连绢帕带发髻一齐抓住。云彪往怀里一用力，谢勇低头往肘里一钻，好比是有人把发髻抓住一个样，再想往前掖，那就没工夫了。云彪往回一拉绒绳，贼人就倒下啦。黄龙黄远威，别号小昆仑，正挨近云彪。他一看贼人倒，连忙一举浑铁棍，往下一砸，"噗哧"一声，当时给砸了个骨断筋折，死于非命。再往里走，到了二道寨门，双门紧闭。杜林说："鲁叔父，您看他们把门关上了。"石禄说："大清、小棒槌，这两个跟谁在一块呀？全都置于死命啦。我还没得着一个啦。他们一个也活不了。"

不言他们这里，且说头道寨门的喽兵，跑进大寨，来报告普铎，说道："二大王，大事不好，他们山东报仇的人可是全来了。"普铎一听，连忙命黄云峰手执铜锣一面，敲锣聚众。普铎也是胡哨直响，他听南方是杀声震耳，他心中也是有点惊心，暂不表他们。再说二道门外的众人。鲁清说："石爷，你上去推一推门，看看关了没有？"石禄上前双手一推门，昂然不动。杜林说："列位大家可千万别往墙上蹿，怕上头有走线轮弦。"原来那墙上暗藏三十二支冲天弩。此消息乃是殷志文、殷志武弟兄所摆，与人家所摆的不同：每隔二尺六寸有一支，或是一尺二有一支。要从二尺六的地方上去，有冲天弩，里面是卷网，宽六尺四寸。比方说要是从一尺二的地方上去，这一尺二的东西多挨着一寸全有弩箭，一尺二往里没有。人要是往下一掉，那就掉网里面。下面是一尺二长、八尺宽的翻板，板下是地沟。这南面东至西长，宽有一丈二，深有一丈。在沟帮上有十二个槽儿，槽里亦有兵卒。每一个里头有一人，也有拿长钩杆子的，也有拿绳子的。只要掉下去就得被擒。二道围子墙，一直到三道四道，全是一个样。鲁清说："石爷别往上蹿啦，随我来。"当时将他带到二道门外："你从这里上去吧。"石禄说："大清，你们大家往后，上头要是有竹签咬我，我不怕。"说完，他撒步长腰往上一蹿，左胳膊一挎墙头，右胳再一挎，那冲天弩就打出来啦。石禄用胳膊一挡脸，心说：竹签来哪，容那竹弩打完，再一用力便上了墙头。弩箭放完，他用胳膊一拐，拿肚子一贴墙头，说："小子，还有没有哪？"他一问没有了。正在此时，从里面翻上一扇卷网，当时将石禄上身满全给罩上了，上面的倒须钩住了衣服，往里愣揪石禄。他便双腿一飘，头冲下栽进墙里去啦。大家看得明白，可是里面一点动静也没有。杜林说："鲁大叔，你可站着别动。黑夜之间，这里有卷网，回去咱们找不着这个地方，那可麻烦。"鲁清说："石爷，你在哪里哪？"石禄原来正在网兜里，还没掉下去啦，连忙答言："我在这里啦。"鲁清说："你看一看四面还有没有？"傻子要冤人，是一冤一个准儿。石禄可不是傻，他要真傻，那一百二十八趟万胜神刀，怎能学得会？一趟拆八招，一招分八手，焉能学得会呢？

　　石禄一听鲁清问，他成心说："你们大家可别过来，我这个旁边尽是网，真咬人，厉害极啦。"鲁清一听他这声音，不由心中纳闷，但不知为什么掉下去没响声，遂问道："石爷，你在里头干什么啦？"石禄心中所思，我要说在网兜里，谁也不进来啦，便假意说道："我在地上站着啦。"鲁清说："怎么一点声音没有啊？"石禄说："我头冲下下来的，我把网给撕啦，手按地起来，哪有声音呢？"大家一听，情有可原。鲁清说："卜亭你过去。"卜亭说："你们不过去，为什么叫我过去呢？"鲁清说："你过去不要紧，那块网叫他占上了，那个网他给撕碎啦。"石禄一听，连忙说："骆驼你可别过来，这里尽片网，可咬你。"卜亭说："鲁爷，你们谁爱过去谁过去吧，我不过去啦。"杜林说："你不用过去啦，你真是畏刀避箭，贪生怕死。"正说着，里头石禄说："大清，你把我那对铲给我，我用铲问一问。"卜亭手中给他拿着皮褡子，一想也对，他便抡圆了往里一扔，扔过翻板地方，"吧嗒"一声。杜林长腰上墙头，说道："姓卜的，人可是死阵前，不死阵后。死在阵前，人人可爱。死在阵后，是怕死贪生。"他双手一扒墙头，墙头没动，往里探身。低头一听，那滚网就把他也卷到墙里头去了。杜林就扎入石禄的怀里去啦。杜林用手一推石禄的腿，说："你别夹我，那网上的倒须钩钩上我啦，你怎么往里冤我呀？"石禄说："我没冤你呀。"杜林心中暗想，这人要傻呀，冤机伶鬼，是一冤一个准。想到此处，用手二抱他的大腿，一翻身，便将倒须钩给摘了下去，遂大声说道："鲁大叔，你们列位可别上来啦，这上边有滚瓦，里面有片网，网上有倒须钩，坚固极啦。下面又有翻板，我石大哥掉在网里啦。"鲁清在外边一听，遂问道："你在哪里呢？"杜林说："我也在网里啦。你叫杜贵、林茂他们两个人从此下来二尺多远，用虎侾尾三节棍去砸墙，把墙给他砸塌了，然后再进来，自然无险，以后见着房墙就拆。"鲁清一听也对，便命杜贵、林茂、董相、佟豹、小黄龙五个人，全是力猛的军刃，足可以将墙砸塌。杜贵、林茂全是纯钢打造的虎尾三节棍，董相是熟铜棍。五个人闻言，各举兵刃向墙上砸去。"吧"的一声，那墙头早就砸松了。佟豹说："二位贤弟，咱们已然将墙砸松了，别再砸啦，可以用棍往里推，便推倒了。"四个人一听也对，这才一齐往里一推。"轰隆"一声，墙倒了，便将里面的翻板给砸翻起来了。

此时众人进去一瞧，他二人还在卷网兜里啦。石禄头上有四个倒须钩钩住他。鲁清说："云彪，你用飞抓将他们抓住。"大家用力一拉，便可将他们拉了下来。杜林说："且慢，千万先别拉，因为下面是翻板，不知道坑里还有什么东西。我石大哥他掉下去不要紧，我要是掉下去，那可是凶多吉少。"鲁清说："你揪住上头那个铁环，也保点险，不致于掉下去。"杜林一听也对，这才伸手揪住了两个铁环子。云彪抖抓，便将石禄的肩头，连那网全抓住啦。大家人等一扯，当时扯他离了墙，又一松动，石禄当时又撞在墙上。石禄说："大清啊，你们别扯啦，敢情拿我撞钟啦。"众人一听，将要一松手，"嘎吧"一声，绒绳已断，将石禄掉下翻板去啦。鲁清叫铜叉手李凯、银叉手李继昌、飞叉手李文生三个人，用叉头搅起翻板，叫杜林来，杜林来到下面一长腰，便到北边了。这个时候石禄掉了下来，双手一抱头，用腰找地。此时天黑，又在翻板的底下。他一看地下有个牛角泡子的灯，又看见出来四五个喽兵，听他们说道："得，从上面掉下人来啦。"说着话，用钩杆子一钩，便将他身上的衣服以及靴子鹿筋绳钩住了。石禄看他们全钩好了，忙一翻身，左手揪住钩杆子，右手迎面掌打去，只听"吧吱"一声响，这个兵卒就算完啦。那些个兵卒往西就跑。石禄爬起，用钩杆子便把这个兵的腿钩住了，一反手，"吧吱"一声，这个也死于非命。他再找那几个人，早已跑得没了影儿。原来他们全顺地道跑了。上面鲁清说："石爷哪里去啦？"石禄说："我在这里啦。"鲁清这才叫人将翻板支起，又叫云彪把抓系下去，石禄伸手揪住便上来了。石禄猫腰拣起皮褡子，说道："我的骆驼呢？"卜亭说："我在这里啦。"石禄说："给我扛着吧。"卜亭说："你不会说给你拿着吗？"说完伸手接了过来。大众人等，这才一齐往里来。

石禄在前头，他们是见着房墙就拆。来到了里面一瞧，他们这个屏风门与别人不同，是座北向南七间大房，当中阶脚石，上面大廊子，里面挂着铁丝门灯一个。鲁清说："石爷进去。"石禄说："骆驼，你把铲给我。"卜亭当时将皮褡子交给他，石禄抽出了双铲，往屋里便走。看见西墙头是沙篦子，里面有盏把儿灯，屋中坐着一个人，面朝着里。他一看，气不打一处来，原来正是那黄云峰。他便奔了屋门帘，左手铲一挑帘子，迈步往里，来到切近，抡右手铲，盖顶就砸，"吧吱"一声，人头已碎，可是那个尸腔子还是不倒。石禄一怔之际，脚底一软，"忽隆"一声，石禄就掉下翻板去了。鲁清在外头一看，那个假人还在那里站着啦，他这才知道这个是自行人，特意在桌上放上一盏灯，蜡灯的火苗最软不过，因此招来众人。又听底下石禄喊："大清啊，快把翻板撬起来吧，这里头味可大啦。"鲁清大家一闻此言，急忙来到屋中，用刀将翻板一掀，味气上来，令人难闻。有人系下抓江锁去，石禄揪着上来了。众人见石禄身上一身脏泥脏水。鲁清说："杜林，你带他上外边去。"石禄说："你别带我出去啦，里头就是普铎的院子。"当时大家来到里面，在南房廊子底下一看，这里好宽的院子啦，座北向南七间大厅，大勾连搭三层房，明着七间，暗着二十一间。前边全是大廊子，阶脚石左右两边插着兵器架子。鲁清一看，正东有七间房，是东屏风门，正西有七间房，是西屏风门，当中院便是武场。他往里一瞧，赵庭、苗庆、朱杰、电龙没到，不由心中纳闷。

按下众人不表，且说赵庭他们四个人，进山一直往西北，看眼前一道围墙，伸出火折子，借光亮一看，上下俱是大开条。赵庭将火折子掐灭，亮了刀，取出白蜡点好，粘在护手盘上。哥四个蹲在地上，围着这盏灯，取出地图来，铺在地上，四个人一齐观看。瞧好了头道围子，记住之后，又命朱杰看第三道围子墙的总机关在哪里。赵庭说："朱爷，可千万瞧明白。看错一点，可有性命之忧。"朱杰说："三弟，你可多要小心了。"电龙说："是。赵仁兄，您献您的绝艺吧。"赵庭将阵图交与朱杰，朱杰叠好放在兜囊之中。赵庭将刀递与苗庆，叫他把刀尖向外拿着。又叫朱杰、电龙在二丈一外去，问："这墙上有什么暗器没有？那么大的崩簧，够不上你们哥俩。"说完他将上身衣服脱了，一抖中，往下一挽，推到底边。他借光一看，从南头第七块帘，横放着，一块横着，一块顺着，高一丈三尺。他站在第三块之上面向东，脊背贴了墙。他施展爬碑献艺之能，往下一叠腰，双腿就起动来了。头冲下，脸朝墙，赵庭两手扶墙，肚贴着墙，他一叫气功，"吧"的一声就上墙上去啦。赵庭用双手扶墙，往上去到了上边。他换口气问道："朱二哥，您看我的左脚滚檐没有？"朱杰说："再往北点。"赵庭又往北错一错，朱杰说："成啦。"赵庭这才用左腿一踢，右脚登在顺着的抢檐之上，猛力用左脚一撮，那块砖就撤回去啦。赵庭连忙下来，顺着墙根一躺，仰面侧耳细听。那上边"吧啦吧啦"直响，后来不动啦。赵庭这才站起身来，将衣服穿好，从苗庆手中接过刀来，起下灯，背好刀。朱杰刚要往上蹿，赵庭说："先别蹿，你我用飞抓问一问，防备上边有什么动静，小心无过。"说完，各人取出来往上扔去，抓住墙头一问，并无别的动作。四个人这才登着墙上来。伸手取出问路石，往下一扔，是犬吠声没有，收好抓墙索，四个人下了墙，到了平地。

再往二道围子墙上看，那二道墙八尺高，同有一扇一扇花帐。书中暗表：那一共是六十四块，从南数第七块，大家往上撬，起下石灰片，往地上扔，"咚"的一声。赵庭说："可要留神，下边有翻板坑。"苗庆用手一扶花帐，有些活动。大家再往里看，第三道、第四道相离不远。苗庆有手绝艺，人称草上飞。他一勒绒绳，说："你们列位闪开。"他细看花帐上莲花，分出青红紫。心中想：第二朵莲花，乃是阵眼总弦。他飞身上了花帐，伸手揪着了第二朵莲花，往起一揪，出来八寸长，往外拧八扣螺丝簧，他一撒手往东一扔，到了墙头之上，再看这些花帐自南往北倒，北边的往南倒，两下里全支住了。地面铜弦一响，再无别的动作啦。赵庭说："列位抓好墙头，各人下去先用刀点一点地，翻板不动啦，然后再摘抓墙索。"大家下来，脚到墙根，用刀一点地上，那翻板不动，这才将索撤下，叠在兜囊之中。朱杰一看这第三道墙中间有一个地道门，赵庭说："朱爷，你再把阵图看一看。"朱杰取出阵图，电龙取出自来火，大家细看，图上注写明白：那门灯旁边有两口劈刀。朱杰说："我看明白了。"他也有手绝艺，能够飞过去五层台阶，双脚登着门坎，又一换腰，来到第二门坎。

这个门坎往外直滚。朱杰双脚一倒换，身子不由一晃，他用手一扶外边这个小狮子狗。朱杰暗说："不好。"此时轮弦一响，耳轮中只听"嘎吧"一声响，朱杰连忙飞出一双手，扶着小狗往北一转，侧耳细听，邪门"吱扭扭扭"一转，再扶那个小狗，是当然不动啦。这吓了朱杰一身冷汗，心中暗想：他们这里真有能人，摆的这个消息是奥妙无穷。这才点手将他三人叫了进来。原来四道围子墙是里头有埋伏。电龙说："你们哥三个闪开，这四个墙是我的。"说完他飞身上来，往里　看，西房二问，廊了底下有一个人，南北里间有灯光。就听这个说了声："外边来了一个。"当时里边花的一乱。

书中暗表：这五十个人，自从崔成一走，无人照管，他们很替崔成担心。因为崔成脾气很好，平素跟他们很投缘。如今他一个人不在这里，无有头啦，谁也管不了谁。这内中有一个名叫张三的，他见众人在这里全都着急，遂说："列位，咱们大家在这里可别着急，不要烦闷。他在这里也是这样，他不在这里，咱们还是这个样才成。咱们有多少日子没要钱啦？从打崔成上山，正月是从初一到初十，才许咱们玩一会儿。山上的规矩，逢年按节，才许赌博啦。这崔成一走，咱们是南里间二十四位，北里间二十四位，外边有一位巡风，堂屋有一位，专听四道走铃。谁要赢了钱，给他二人批出二成利来。南里间开宝摇摊，北里间是顶牛斗纸牌。叫刘七在外边巡风，李二在明间看四棵明柱。"众人一听也好，大家便一齐分屋耍起来了。这内中有人说："东颠西跑不如摇摊押宝。比方说，孤丁上一百，就是三百。押一千，赢了就是三千。押宝是大耍，顶牛推牌九，全是男子耍，百里挑一。女子押宝，少妇摇摊，有那富有的家庭，年节接姑奶奶住家，进门就推牌九，那个可太少了。老太太疼女儿心盛，不差什么全是玩纸牌。

　　闲言少叙。他们这些人到一处，足耍一气。内中有一个人能押宝，他说："我手中有五十五两。上宝开什么？"旁边人说："是二。"他说："这一定是四，我全押上四吧。"开宝的主儿，真开的是四。心中一害怕，你说揭吧，不够赔他了。遂用诈语说："我还是二，你算是输了。"说着话伸手刚要揭。外头刘七说了声："来了一个。"众人一听，忽拉一乱，当时把银子就抢啦。这个押主出来说道："刘爷，你单这么时候说话，要不然我赢他一百多两，给你几十两。如今你这一句话不要紧，连我老本也丢了。"刘七说："真出来一个。"众人往南房上一看，真是有一黑影。张三说："七弟，我们大家还进去耍去，你在外边拿条凳子，坐在廊子底下装睡。他既然进了四道围子，大半就可以知道一点什么。那翻板搅轮刀十分厉害，南墙底下才有一条方砖。顺翻板那道白线，你看他往北一走，你在他身后跟着他，容他相离且近，一声断喝，他一胆怯，往西一躲，当时就得掉翻板之内，立时碎尸万段。"刘七点头应允，大家这才又回到屋中。

　　那刘七依法坐在屋子廊沿底下。他们这里说话，早被电龙他们听清楚。电龙道："列位，待我过去。"说完顺墙下来，用脚踩好墙根，知道八寸以外，就是翻板。用脚一试，这翻板还真活动啦，这才一猫腰，就看见那个装睡的人下了台价，奔了东墙根底下，正在电龙身后。那刘七说了声："你往哪里去呀？"电龙一回头，连忙左胳膊一圈，右手按簧，"嘎哧"一声，正打在左脸之上。他一害怕，往旁一闪，忘了脚底下啦，一登翻板，"吧"的一声，刘七掉了下去。电龙连忙蹿到墙犄角，侧耳细听，那下面一阵刀轮响，当时将刘七绞得骨断筋折，不由倒吸一口凉气这才蹿到平地，找着阵眼古楼钱。他一看不是莲花，乃是一枝藕。依照破法，将弦放下。就听翻板下铜弦一阵响，他再用脚一踩翻板，昂然不动啦。电龙这才舌头打卷，一打吸溜。外边哥五个听见，各自长腰上墙头，下来登在翻板上，也没什么事啦。朱杰说："赵仁兄，您先到后窗户外头看看去，防备他们逃走。我在南屋外面，苗三哥在北间外头，电贤弟进去绑人，一个也别叫他们走了。"电龙说："您就去吧。"说完，他提刀上台阶，进到屋中。

此时李二听见有动静，遂说："老哥们，外头可有动作，不知道是破阵的掉下去，还是咱们伙伴掉了下去？"张三说："管他呢，反正天亮再说。"原来这些人正要得高兴，谁也不想出去。电龙猛然一开门，便将刀举起，说道："谁要嚷，我一刀杀死你。"李二说："不嚷。"电龙说："你们一共是多少人？"李二说："我们一共五十个人，除去崔成下山之外，这里还有四十九个人。"屋中人便问李二："你与何人讲话？"李二说："列位别耍啦，山东报仇的人来啦。"大家闻言，就是一阵乱。电龙说："你们先别乱，是我把你们捆上，还是你们自捆呢？"李二说："不用您捆，我们全都自己捆。"内中有不叫捆的，说："踹前窗户出去。"朱杰、苗庆说："你们哪一个出来，先杀那一个。"又有说："走后窗户。"赵庭说："唔呀，吾早在这里等着你们呢。"大家一听，得，谁也跑不了。只得认可受捆。电龙说："留李二带道，将他倒绑二臂，用带子绑上他腿，再用物堵上他嘴，叫他带咱们上大厅去打群贼。"大众一听很对，当时将他如法捆好，叫他在前带道。

走在中途路上，电龙说："三位兄长，待我学一学会友熊鲁清。"说着话，他来到三间房的北房山，将刀交左手，右手捏着嗓子说话，变了嗓子的声道："刘三，你在这里听着，他们在屋中若有磨蹭绑绳的人，你拿刀进去给他们肚子上一刀，一搅和，那就算完了。"刘三说："好吧，站着我不是他们的对手，捆着我还可以成。"电龙安置好了，返回来将李二推倒，绑好了放在蒿草之中，低声说道："你要遇见我们的人，那是你命该如此。不该死，你可就碰见你们的人，还可以逃了活命。因为我们从山东一来的时候，是说好了，见有气的就杀。后来有人居心不忍，这才出主意，叫刀捡有仇的杀，你算是得了益啦。"说完，四个人够奔正西，来到西边，一看座西向东七间大房。

书中暗表：这是大厅前头东屏风门，正中三明间。他们哥四个顺着北明间，用刀点着阶脚石，恐怕有埋伏。来到北房山一看，有一扇大窗户，有青布门帘，听屋中"忽噜吱吱"直响。电龙说："这屋中有人睡觉。"朱杰说："我看看。"用刀往起一挑帘子，往里一看，那床上躺着一个人，面朝里，头前有一盏灯，好像在看画似的。朱杰一见，心中大怒，原来那个人正是黄云峰。左手将帘子揪下。跳进去举刀一砍，砍上啦，可脚底下一软，气他自知不好，再想往起提所，那焉能成？连说："不好，你们哥三个可少往前进。"说完一闭眼，抱刀就掉了下去啦。电龙又要往里跳，苗庆说："三弟且慢！"说完掏出飞抓百练索，一抖手便将躺着的那个人头给抓了过来，细一看，原来是以假作成真。电龙用刀将人头劈了，进到屋中将翻板撬了起来。一看原来是灰坑，专欺人二目，里面飞灰还没落下去啦。赵庭取出自来火，往下一照，好像家中生火时浓烟一个样。苗庆说："朱爷您往南来。"那朱杰在下面，闭着眼往南走，答言："我在这里啦。"苗庆听明他在那里，扔下飞抓。朱杰揪着绒绳便爬了上来。三个人一看他是满身飞灰。电龙忙用手绢将他脸上的灰掸去，又吹了吹他眼睛上的灰面。再往院中一看，人家早预备齐啦。这才要大战银花沟，刀劈二峰，乱刃剁普铎，取人头人心祭何玉灵。何斌与霍小霞、石禄与毕赛花奉旨完婚。许多热闹节目，且待来日再行分解。